MEMO2018

《三联生活周刊》的观察与态度

生活·讀書·新知 三联书店

Copyright © 2019 by SDX Joint Publishing Company.
All Rights Reserved.

本作品中文简体版权由生活·读书·新知三联书店所有。
未经许可，不得翻印。

图书在版编目（CIP）数据

MEMO2018：《三联生活周刊》的观察与态度／生活·读书·新知三联书店编．—北京：生活·读书·新知三联书店，2019.2
 ISBN 978–7–108–06465–3

Ⅰ.①M⋯ Ⅱ.①生⋯ Ⅲ.①新闻报道–作品集–中国–当代 Ⅳ.①I253

中国版本图书馆 CIP 数据核字（2019）第 015703 号

责任编辑	赵庆丰
装帧设计	康　健
责任印制	卢　岳
出版发行	生活·讀書·新知 三联书店
	（北京市东城区美术馆东街 22 号 100010）
网　　址	www.sdxjpc.com
经　　销	新华书店
印　　刷	北京市松源印刷有限公司
版　　次	2019 年 2 月北京第 1 版
	2019 年 2 月北京第 1 次印刷
开　　本	720 毫米 × 965 毫米　1/16　印张 27.5
字　　数	330 千字
印　　数	0,001–6,000 册
定　　价	58.00 元

（印装查询：01064002715；邮购查询：01084010542）

出版说明

在《三联生活周刊》的创刊号上,时任三联书店总经理兼总编辑董秀玉女士曾写过这样一段"编者手记":"今天,我们正处于世纪之交的大时代中,这是我们的幸运。如何从老百姓最平凡的生活故事中,折照出这个时代,反映出人们普遍关注的社会新课题,提供人们崭新的生活理念和生活资讯,这是我们最需努力的关键。"四分之一个世纪过去了,周刊的办刊方针有了多次调整,从业人员换了一茬又一茬,但做时代忠实记录者、倡导生活新方式、坚守文化、引领潮流的初衷没有改变。只是,面对现在所处的新时代,面对互联网的全面冲击,因应新时代的要求,不得不在保持已有特色的情况下做出一些改变,好听的话叫"创新"。这种改变有些是主动而为,有些是被动之举,虽不无痛苦,却都是势在必然。"特殊时代需要提供特殊的精神食粮",生活书店创办人邹韬奋先生的这句话仍是我们工作的指导。

与此前一样,《Memo2018》精选了2018年度《三联生活周刊》中的文章,分国内、国际和未来生活三个维度,为读者呈现2018年的发展脉络。每一部分分作三个专题,未尽之处以"Memo more..."的形式记录。三大部分均有记者手记,呈现周刊的观察与态度;书末附有《2018年度记》。

国内部分,主要选了"贸易战""消费降级"和"中国走向世界"三个专题。贸易战是年度的主轴,随之而来的是对消费降级的焦虑,而中国的应对策略是更加开放和拥抱世界,这三个专题有一定的逻辑相关性。"Memo more..."中选了房价、霍尔果斯、疫苗、高岩和万州公交事件。房价和霍尔果斯以小见大,可窥国家政策的方向性变化。疫苗事件反映了社会的信任危机，高岩事件引发了对于教授权力的大讨论，万州公交则告诫大家没有人能置身于公共事件之外。国际部分主要关注阿富汗、沙特和俄罗斯。沙特和阿富汗是行走中东计划中的两篇专题，有记者的所见所闻，也有所思所感，可读性强，富有创见。俄罗斯今年举办了世界杯，在国际舞台上也不断露脸，算是年度国家的代表。"Memo more..."中精选了五篇文章，考察了巴西、挪威、印度、巴基斯坦和马来西亚五个国家。至于未来生活部分，"城市人的心病"这一专题关注焦虑、心理脆弱和失眠三种城市病；"悲伤之年"回忆了年内去世的几位大师：余光中、霍金和李敖。第三篇"知识付费"以及"Memo more..."均或多或少地显示了某一领域的状态或趋势。

　　在碎片化阅读盛行的时代，提供有深度、有内容的独特思考，一直是《三联生活周刊》办刊的宗旨。希望《Memo 2018》梳理过去一年的同时，也能启发对新一年的思考。2019年，《三联生活周刊》会在媒体融合方面做出更多的尝试，以不同的方式立体呈现更多更精彩的内容，竭诚为读者服务。

生活·讀書·新知 三联书店 编辑部

2018 年 12 月

目 录

中美贸易战：一场新世纪的持久战
  中美贸易大战，无路可退 4
  中兴的双重困局 13

中速时代：我们的生活策略
  我们将要面临怎样的困难和挑战？ 24
  中速时代的资产配置 36
  我们的消费在升级还是降级？ 41

记忆之宫：当代中国的历史足迹
  "一战"百年：中国融入现代世界 54
  改革开放四十年：光荣与梦想的编年史 75

Memo more...
  "房住不炒"新时代 92
  霍尔果斯入冬 104
  国产疫苗的信任链 112
  "绝望"的高岩：高校内的不平等关系 119

　　　　万州公交：永不抵达的半站回家路　　126

"帝国坟场"阿富汗
　　　　在历史的洼地中：寻路阿富汗　　138
　　　　"大博弈"：英帝国在阿富汗　　143
　　　　愤怒的熔炉："基地"组织在阿富汗　　154

沙特阿拉伯：如此富有，如此不安
　　　　深入中东"轴心"：沙特阿拉伯探访记　　166
　　　　终结"九龙夺嫡"：穆罕默德王储的崛起　　191
　　　　"被消失"的卡舒吉：一桩事后张扬的凶杀案　　198

制裁下的俄罗斯进入"普四期"
　　　　正在开始的终结：普京再次执政　　208
　　　　克里米亚：王牌与代价　　218

Memo more...
　　　　巴西："奇迹"褪色，重回十字路口　　230
　　　　挪威：幸福感从何而来　　239
　　　　"班加罗尔特快"：管窥印度式全球化　　251
　　　　中枢易主，"巴铁"仍在等待戈多　　256
　　　　强人归来，"大马"寻求再出发　　264

城市人的"心病"
　　　　焦虑：为什么别人都过得比我好？　　278
　　　　抗逆力：如何应对生活中的坏事件？　　290
　　　　失眠：如何夺回我们的睡眠？　　301

"悲伤之年"：与大师别离

"乡愁"余光中："西潮"与"后土"之间　316

霍金：禁锢人间 仰望宇宙　325

成为李敖：一个台湾知识人的20世纪时间场　338

知识付费时代：我们如何获得真知识

我们向知识寻求什么？　352

知识付费，能学到什么？　366

Memo more...

低端制造"拼多多"　378

在艾滋与恐惧的边缘　387

中国人需要什么样的抗癌药　399

《创造101》：后选秀时代的大众审美狂欢　413

IG夺冠：电竞的自我正名之路　420

2018年度记　430

2018，继往开来

2018年年初，当特朗普对中美贸易逆差屡屡表示不满时，很多人都认为这不过是这位"大嘴"总统的又一次口水战而已，谁也不曾想到，这场口水战会迅速升级，并且如此深刻地影响着中国。

3月23日，特朗普宣布，计划对中国出口至美国的600亿美元商品加征关税，就此点燃了中美贸易战的战火。中方迅速做出反应，对美国商品做出了同等规模和同等力度的对等反击，大豆、汽车、飞机等敏感商品均在清单之列。

到了4月中旬，贸易战的格局开始发生变化。美国宣布对中兴通讯实施制裁，将战火引至了高科技领域，精准抓住了中方的弱点，由此开始，中方对等反击的筹码开始减少，而美国开始在贸易战中掌握更多的主动权。

贸易战一度出现过缓和，5月19日，中美双方发表联合声明，剑拔弩张的贸易大战暂时休战。但仅仅过了9天，美方就宣布将对500亿美元中国商品加征25%的关税，贸易战再次打响。

中美双方的谈判并不顺利，到了9月份，贸易战继续升级，特朗普宣布对2000亿美元中国进口商品加征10%关税，到2019年上升至25%，如果中方实施报复，将升级到2670亿美元。

2000亿美元，意味着中国对美出口商品的40%都会受到冲击。特朗普将贸易战升级到这样的程度，到底想要什么呢？缩减贸易逆差还是遏制中国崛起？这两个目标既是也不是，贸易逆差的目标太小，而遏制中国的目标太远，对特朗普而言，最想要的其实是在这两个目标之外，那就是实现美国制造业的复兴。

2016年，特朗普竞选总统成功，很大程度上就是依靠锈带选区的帮助，也就是美国没落的传统工业州。特朗普提出复兴美国制造业，承诺把制造业工作机会带回美国，赢得了锈带州选民的大力拥护。传统上锈带州是民主党的票仓所在，正是由于锈带州选民的倒戈，很大程度上帮助了特朗普逆袭成功。

为了兑现竞选承诺，同时也为了应对2018年中期选举的压力，特朗普在年内一步步升级贸易战。向中国征收高额关税，既可以打击中国的制造业，提升美国制造业的竞争力，同时也可以逼迫更多的制造业向美国回流。比如，在贸易战中被波及的苹果公司，曾公开表示对贸易战的不满，特朗普的回应是，你们应该搬回美国生产！

2018年11月，美国中期选举结束，通过贸易战为选举拉票的需求暂时消失，而从选举结果来看，共和党失去了众议院的多数席位，大打贸易牌的效果也并没有想象中那么好。与此同时，中方对农业的反击也给美国带来了很大压力，越来越多的美国农场主宣布破产。对特朗普而言，在经过了几个月疾风骤雨般的贸易战之后，需要对贸易战重新思考和定位。

G20峰会上，中美两国元首会晤，给贸易战按下了暂停键。按照美国原定的计划，2019年1月1日起，美方将对中方的2000亿美元进口商品加征关税，从现有的10%提升至25%。经过两国元首最新磋商之后，2019年1月1日起，依然维持10%的关税。双方将在90天内展开谈判，如果届时不能达成协议，10%的关税将提升至25%。

就在大家以为中美贸易战峰回路转时，12月6日，华为CFO、任正非之女孟晚舟在加拿大被捕。4月对中兴通讯实施打击之后，美国又将矛头指向了华为，和中兴通讯相比，华为的量级和重要性远远超过后者，如果华为遭遇"猝死"，对中国的高科技产业将造成难以想象的打击。

这场贸易战到底给中国带来了怎样的影响呢？

首先是放大了中国的经济增长压力。最近几年，中国经济本来就已经逐年放缓，进入了L型增长区间，贸易战的升级使得经济形势更加恶化。2018年7月底的中央政治局会议提出，"当前经济运行稳中有变，面临一些新问题新挑战，外部环境发生明显变化。要抓住主要矛盾，采取针对性强的措施加以解决。"长期以来，官方对于中国经济的描述一直是"稳中向好"，在中美贸易战的影响下，官方对中国经济的描述转为"稳中有变"。

由此也带来了中国经济政策的调整。过去几年，中国的宏观调控的主旋律是供给侧改革，在去杠杆、去产能等主要任务的驱动下，货币环境也处于相对紧缩的状态。但是中美贸易战爆发之后，中国的货币政策开始出现变化，从此前的"稳健中性"变成了"稳健"，通俗来讲，也就是不再维持紧缩的力度，而是回归到相对宽松的尺度。从财政政策来看，虽然依然维持积极的财政政策没有变化，但从实际情况来看，基础设施领域补短板已经成为重要任务，财政稳增长的需求又在一定程度上回归舞台。前几年大力推进的供给侧改革，在中美贸易战的冲击下，力度和节奏都出现了一定的调整。

中美贸易战爆发之际，恰逢中国改革开放40周年。这两件事相互交织，看似偶然，其实也是必然。

经过改革开放40年的高速发展之后，中国经济取得了举世瞩目的成就，一跃成为全球第二大经济体。如果中国GDP增速保持比美国每年高出3%，大约15年之后中国经济总量将可以超过美国，这个时间点大致对应着2032年；如果中国GDP增速保持比美国每年高出2%，大约需要23年，这个时间点大致对应着2040年。而有些更积极乐观的说法是，如果按照购买力平价来计算，也就是重新调整美元和人民币的汇率之后，中国的GDP其实已经超过了美国。

从积极的角度来看，这足以说明我国改革开放的成就，但从另外的角度来看，也足以引发美国的警惕，所以，这一次中美贸易战虽然是由特朗普这位不按常理出牌的美国总统发起，看似具有很大的偶然性，但即使换成别的美国总统，也会以别的方式来制约中国，这可以算是中国崛起的必经之路。

对于中国而言，2018年，改革开放40年之后，高速增长的时代已经结束，2019年，又一个新的时代拉开序幕。（谢九）

中美贸易战：一场新世纪的持久战

  2018年的主轴自然是贸易战，国家之间数千亿的制裁，普通民众并没有概念，而中兴事件立马让我们对贸易战有了真切的体验，引起了大家对核心技术受制于人的思索。贸易战是一场持久战，从早期的盲目乐观到后来的沉稳应对，不变的是坚决反击的决心。

中美贸易大战，无路可退

谢九、邢海洋

宣战

中美贸易大战，美国已经公开宣战。

3月23日，特朗普宣布对中国出口至美国的600亿美元商品加征关税，并限制中国企业对美投资并购，并表示这只是开始。

对于中国而言，特朗普在中美贸易上的步步紧逼，多少显得有些尴尬。因为从特朗普上任以来，中国对于特朗普在贸易上的言论其实一直在做最大程度的让步，但这种忍让并没有获得特朗普的认可，反而让贸易战一步步升级。

2017年4月份，中美提出经贸合作的百日计划，计划在一百天之内让中美之间的贸易逆差取得明显成果，可算是中方为特朗普当选送上的一份见面大礼。这份百日计划中，最引人关注的就是中方重新开放了美国牛肉进口，自从2003年美国爆发疯牛病疫情之后，中国就一直禁止从美国进口牛肉，长达14年的牛肉禁令解除，足见中方释放的善意。但这并没有换来特朗普的认可，2017年8月，特朗普对华启动"301调查"，将中美贸易推向几年来最复杂的局面。

2017年11月，特朗普访华，中美之间更是签订了高达2535亿美元的巨额合同，创下了两国经贸合作的纪录。但即便如此，还是无法打动特朗普。3月23日凌晨，特朗普宣布对600亿美元的中国商品加征关税，意味着中国此前的忍让基本上付之东流，对于特朗普这位另类总统，中方只能抛弃幻想，迎接战斗。

尽管中国外交部对贸易战表示"一不会怕，二不会躲"，但问题的关键在于如何有效反击。应该承认，尽管中国经济实力已经今非昔比，但与美国仍有较大差距，正是出于对美国实力的自信，美国总统特朗普才敢于在贸易战上步步紧逼，而且公开在"推特"上表示："贸易战是好事，而且可以轻而易举获胜。"

3月23日早上，中国商务部网站宣布拟对自美进口部分产品加征关税，以平衡因美国对进口钢铁和铝产品加征关税给中方利益造成的损失。该清单涉及美对华约30亿美元出口，这可以算是近期中国对美反击的第一枪，不过该反制主要针对前期美国对进口钢铁和铝产品征收关税，而且涉及金额不大。对今天美国宣布对600亿美元中国商品征税，中方的反制尚未出台。

尽管中国和美国之间存在实力差距，但如果选择在某些局部集中精准发力，还是可以对美国造成较大创伤。如果中美之间的贸易战全面升级，中方可以选择的反击领域主要集中在飞机和农产品，目前中国是美国这两大市场的最大买家。

美国波音公司曾经表示，公司生产的喷气式飞机，每4架就有1架卖往中国。中国市场对于波音飞机的重要性不言而喻。更重要的是，由于欧洲空中客车的存在，波音公司的产品具有很强的可替代性，当前欧洲也因为贸易问题和特朗普的矛盾上升，特朗普在全球贸易四处树敌，无疑也给中欧之间的贸易合作提供了更多的可能性。

农产品也是中国可以选择反击的另外一大利器。美国的大豆、玉米和猪肉等诸多农产品，中国都是其最大买家，一旦中国大幅缩减美国农产品进口，将对美国农民带来巨大冲击。众所周知，当初美国总统大选，特朗普之所以能够击败走精英路线的希拉里，很大程度上就是依靠大量中低层美国人民的选票，如果中国的反击能够对美国形成巨大杀伤力，将在很大程度上危及特朗普在很多农业州的支持率。

除了贸易领域之外，金融领域也是中美之间可以选择的战场。目前中国持有美国国债超过1.1万亿美元，占比超过7%，是美国的第一大债权国，如果中国大规模抛售美国国债，将导致美国国债收益率上升，这就意味着美国举债成本增加。美国经济高度依赖债务扩张，大量的债务也带来了巨额的利息支出，大概在5年前，美国利息支出占联邦财政支出的比重约为6%，现在这一比例已经超过12%，如果中国大规模抛售导致美债利率上升，美国利息支出还将继续增加，这将对美国带来巨大的财政支出压力。

众所周知，在全球化时代，大规模的贸易战最终都没有单方的赢家。即使美国在很多方面强于中国，但如果贸易战全面升级，最多也只是"杀敌一千，自损八百"。在特朗普宣布对中国 600 亿美元商品征收关税之后，美国国内同样响起了强烈的反对声。对于美国而言，即使强硬的贸易战能够缩小一定的贸易赤字，但是中国进口美国产品的价格提升，也会在很大程度上伤害美国的普通消费者，而如果中国选择强力反击，美国的很多特定产业也会遭受巨大损失。

对于中国而言，即使一万个不愿意和美国开打贸易战，但是选择权已经不在自己手上，从 2017 年 4 月份的中美贸易百日计划，到 2017 年 11 月份 2535 亿美元的巨额合同，最终换来的只是特朗普的步步紧逼，所以中国其实已经没有退路。对于中国而言，既然忍让没有效果，那就唯有采取强有力的反击，只有打得越狠，才越有可能赢得更多坐下来谈判的空间。

开场

特朗普上任第一年，美国贸易逆差 5660 亿美元，创 9 年新高，他念念不忘的贸易战也顺势打响，对进口钢铁征收 25% 的关税，对进口铝征收 10% 的关税。不过滑稽的是，钢和铝的关税针对的不是美国的主要贸易对手中国，而是它的一众盟友。

2016 年底，美国在墨西哥的沙漠中侦查到上百万吨的铝材，全球最大的铝材制造商之一忠旺铝材被怀疑利用墨西哥掩盖大量铝材原产地来逃避美国关税，忠旺予以否认。后来这批被干草和塑料篷布遮盖的铝材又被转运到了越南。中国出口到美国的铝型材被征收高达 374% 的反倾销关税，而美国对越南铝型材征收的关税只有大约 5%。于是乎，越南与墨西哥间的铝材贸易突然繁忙起来。

美国政府已经多次对中国制造的钢铁和铝材展开倾销调查，还曾没收过有中国背景的铝材。可为了取悦把自己推上台的"锈带"的蓝领工人，向所有的贸易伙伴发出通牒还是头一次。钢和铝都是基础金属原材料，附加值不高决定了它们不适合远距离运输，当然，如果比较优势过大，也不排除金属原材料远渡重洋。可全球低成本冶炼中心的中国在供给侧改革和环保风暴中已经过了几轮涨价，更因为欧美国家的多轮制裁，中国的钢铝已经基本退出美欧市场。可见，特朗普政府这次不惜四面树敌了。

数据显示，截至2017年9月，美国钢铁进口构成中，前十大来源国家和地区占到了78%，其中加拿大占16%，巴西占13%，韩国占10%，剩下的是墨西哥、俄罗斯、土耳其和日本等。铝材也类似，第一名是加拿大，占56%；第二名是俄罗斯，占8%；第三名是阿联酋，占7%。2017年前9个月，中国对美直接钢材出口仅占总出口量的1%或钢材总产量的0.1%，微乎其微，都可以忽略不计。随着国内需求增长和去产能的效果显现，2017年中国钢铁企业对出口的依赖性大幅下降，所以我们看到，对特朗普的关税摊牌，国内异常淡定。

最终出台的关税法令中，美国给予了两个邻国加拿大和墨西哥赦免，剩下受到影响最大的是巴西、俄罗斯和韩国。但韩国对美国的钢铁出口大多集中于管道和管材等低档次的钢材上，这是韩国两大钢厂"浦项"与"现代"极少涉足的产品类型。这就意味着，俄罗斯和巴西产品档次不高的钢铁企业是这次关税令的主要受害者。俄罗斯与巴西显然不是美国传统意义上的盟国，特朗普似乎并未得罪盟友。

可既然美国是向几乎所有的贸易伙伴征税，它就违反了WTO的贸易公平性原则，等于向所有传统的贸易伙伴宣战。而单方面的行动必然招致报复，掀起贸易战。对此，特朗普似乎胸有成竹，在"推特"上他写道：当一个国家差不多和每个国家进行贸易时都在流失数十亿美元，贸易战就是好的，而且很容易赢。举个例子，当我们和某一个国家的贸易逆差有1000亿美元，并且对方在耍聪明的话，那就停止贸易——我们会赢得很多。这很简单！

美国有恃无恐，因为离开美国的产品，很多国家的工业体系很可能立即崩溃，如果没有了美国的芯片，海外的整机制造商将无米下炊，互联网甚至会无法运行，飞机飞不上天，GPS无法定位，没了美国产的靶向药，海外患者将失去希望。如果美国企业屈尊俯就，它们也能缝制牛仔裤，制造炊具。可问题是，美国的领先优势并未到了他国无法追赶的地步，一旦贸易的大门关上，剩下的国家抱团取暖互通有无，不用一两年的时间美国的所有优势都将化为乌有，而故步自封的美国等于是"自毁长城"。

其实，选择钢铁和铝材这两样与中国很少关联的商品入手，已经显示出特朗普政府贸易战"虚张声势"的一面。美国与贸易伙伴的主要逆差来自于日用消费品，如果这些商品断档会立刻推高物价。作为政客，拿钢铁这种无关大碍的商品以及炼钢工人的就业说事，真算得上是苦心孤诣了。

临战

美国白宫在当地时间9月17日收市后发布了总统声明。声明中显示，美国将继续对约2000亿美元的中国进口商品加征10%的关税。对2000亿美元中国商品加征关税将是迄今为止最大规模的贸易动作，贸易战面临一场重大升级。可在我们这边，一种乐观气氛却在升腾着，角力时刻却放松了警惕。

来自央视新闻的一篇报道的题目是《被美加征25%关税，这些中国企业订单却不降反增》，文中列举了一家生产胶带的企业，原来出口到美国市场的胶带切割器已经无法正常出口，但企业研发出一种新型贴膜，生产成本直接降到了原来的一半，在国内外市场销售额翻了3倍。

还有一家摩托车、卡丁车、高尔夫球车的生产商，美国加征25%的关税，让这家企业的传统产品销量减少了10%～20%，但新产品性能较过去大幅提高，价格提高了30%订单仍大增。真可谓好货不愁卖，何愁加关税。

但个别企业的情况能普遍代表外向型企业的现状吗？一件产品恰逢技改，性价比甚至提高了，可中国输美产品何止千万种，也只有极少数产品有这个运气吧，更何况技术扩散的速度极快，企业今天还可享受超额利润，明天市场可能就是一片红海。

第一轮500亿美元的贸易战是分两步实施的，第一步是340亿美元，开始于7月6日，至今将近两个月了，这两个月里我们感受到疼了吗？7月份，一个被贸易战影响不完全的月份，以美元计价出口同比增长12.2%，进口同比增长27.3%，进出口两旺，均远超预期，可因为进口增长太快，当月贸易顺差为280亿美元，比6月份低了很多。该月的进出口数据被解读为贸易战对中国冲击有限，反而是美国"搬起石头砸了自己的脚"，因为当月美国贸易逆差创了新高。

可这是一个不完全的月份，美国人难道不会因为贸易战提前备货？那艘漂在海面上的大豆船，最终是中储粮支付了600万美元关税。中国进口大涨，其实也和备货有关。当然，340亿美元的商品，平均到一个月里连30亿美元都不到，只不过是中国进口额的一个零头，只有出口总额的1%。

8月才是一个完整的月份，将真实地反映贸易壁垒的影响，并且从8月开始，两国惩罚性关税的数额就扩大到500亿美元，9月份美国可能再对2000亿美元中国商品加征关税，而我们只有600亿美元的应对。贸易战的后果，只有放在长远的时间尺度上才能观察出来。可对于分析和决策者，提前分析和预判才是关键。

美国国会的"301调查"听证会上，100多家公司反对，只有十来家赞成。美国大量公司的供应链严重依赖中国，无法短期内找到替代者；美国的公司即使想回去生产，在美国也很难找到建厂的地方，因为供应链在中国。有些公司找了好几年的替代供应商，印度、越南、墨西哥等国家都尝试过，但是在产能和质量上都无法满足。

另外，如果增加关税，美国以外的竞争者可以便宜地拿到中国供应商的供货，从而增加对美国公司的竞争力。美国的国会调查记录显示，美国的大多数企业家们都对特朗普的关税政策表示忧虑，也间接地突出了中国制造在全球供应链中的地位和价值。有鉴于此，特朗普若强行加征关税，其实是对美国经济犯险而行的。但当他挟持了美国民众的民意，企业家们的声音起的作用也就有限了。

更何况，为了遏制中国制造的崛起，特朗普是有备而来的，白宫雇用了很多专业机构研究计算，各种风险、各种损失不仅考虑周全而且计算精确。他们给予受影响的美国企业以豁免的机会，敦促美国企业将供应链移出中国，一旦摆脱了对中国供应商的依赖，图穷匕见的时刻就来了。而这需要多长时间？据测算需三年左右。

留给我们的时间并不多，面对错综复杂的国际关系，最好的应对方式是埋头苦干，而不是沾沾自喜。

休战

上一次中美贸易的休战协议仅仅持续了9天，这一次能够真的停战吗？

按照美国原定的计划，明年1月1日起，美方将对中方的2000亿美元进口商品加征关税，从现有的10%提升至25%。经过两国元首最新磋商之后，明年1月1日起，依然维持10%的关税。按照美方公布的消息，双方将在90天内展开谈判，如果届时不能达成协议，10%的关税将提升至25%。

一直强硬的特朗普之所以愿意重新回到谈判桌前，主要有两大原因。首先是美国中期选举已经结束，特朗普通过打压中国为选举造势的需求已经暂时消失，因此可以对中美贸易做更长期的考量。而从美国中期选举的结果来看，特朗普所在的共和党失去了众议院，说明大打中国贸易牌的策略，并没有特朗普预想中的效果那么好，从这个角度来看，特朗普也有必要对中美贸易战的战略意义重新定位。

与此同时，中美贸易战对美国农民的杀伤力也开始显露出来，由于来自中国的购买力大减，大量美国农场不得不申请破产，这也给特朗普带来了不小的压力。按照美方公布的谈判细节，中方同意马上开始采购美国的农产品，也从侧面说明美国的农业到了岌岌可危的地步。

中美贸易战暂时休战之后，接下来的关键就是90天内双方是否能够达成最终的协议，如果不能，贸易战还将继续升级。而最终能否在90天内达成协议，很大程度上取决于中方能在多大程度上满足美方的要求，比如大量增加对美国农业、工业和能源等领域的进口，以减少中美之间的贸易顺差额，同时中方还需要在知识产权保护等方面做出巨大努力。以此来看，如果中方在新一轮谈判中做出的让步不足以满足美方，中美贸易战还将在90天后重燃战火。

即使90天之内能够达成协议，也不能完全确保未来中美之间就不会爆发新的贸易摩擦。今年5月份，中美双方就贸易战一度达成过停火协议，但是距协议签订还不到10天，美国白宫就突然宣布对500亿美元中国商品加征25%的关税，以至于当时国内网友讽刺特朗普的"契约精神"为"弃约精神"。因此，现在就认为贸易战已经结束显然还是过于乐观。

从更长远来看，随着中国经济总量逐渐接近美国，甚至不远的将来可能会超过美国，两个大国在追赶过程中不可能永远相安无事，加上两国意识形态的差异，更决定了摩擦才是未来两国相处的常态，暂时的休战可能只是中场休息。对于中国而言，即使在90天之内能够达成协议，也不要幻想中美贸易将会从此相安无事。

不过换一个角度来看，对于中国而言，贸易战虽然在短期之内带来巨大阵痛，但是长期来看也未必完全是坏事。

改革开放40年之后，中国的改革进入深水区，很多领域的改革由于各种利益集团的存在已经很难推动，比如垄断行业的坚冰、收入分配改革等，借助外部力量的推动，可能反而使得改革能够更向前一步，否则，很有可能停留在原地踏步。当前中国经济正处于结构转型的关键时刻，如果改革止步不前，还将长期停留在原地踏步，重蹈拉美国家长期陷入中等收入陷阱的悲剧。

美方对中方提出的知识产权保护等要求，长期来看其实对中方也是好事。这将逼迫中国进一步增强对科技创新的投入，在当前中国经济增长乏力的背景下，原有依靠资本投入的增长模式已经到了尽头，提升生产率才是中国经济的出路所在。如果长期不注重知识产权保护，不可能成为科技创新型国家。

中美贸易战就像一面镜子，在很大程度上可以帮助我们认清自身的不足。

改革开放40年来，中国经济取得了举世瞩目的成就，尤其是2008年北京奥运会之后，恰逢美国次贷危机爆发，国人自信心空前膨胀，很多人认为美国已经就此衰落，中国俨然已经是全球老大，这种心态难免引发美国乃至全球的警惕，今天中美贸易战的爆发，很难说和国人的膨胀没有关系。

从美国的崛起来看，早在"一战"结束时，美国的实力就已经超过了英国，但是美国一直没有以老大自居，在很长时间里对国际事务都保持中立态度，从来没有主动对英国的霸主地位发起挑战。直到"二战"结束，英国实力大幅下降，对全球事务已经力不从心，全球霸主也就自然过渡到美国。

和当初英美之间的实力对比相比，今天的中国和美国相比仍有全方位的差距。

最鼓动人心的一个说法就是，按照中美之间的经济增长率，大概十几年之后中国经济总量将超过美国。即便这个算法成立，那也是十几年之后的事情，而即使经济总量上超过美国，人均GDP也还是远远落后。

对于两个大国而言，十几年已经足够发生太多的变数。仅仅十年前，美国次贷危机爆发和北京奥运会开幕，当时很多人都预言这是一个大国的衰落和另外一个大国的崛起。但是仅仅十年，中美经济就迎来一次大反转，美国经济已经从危机中复苏，而中国经济增速却开始逐渐放缓。

当初深陷危机的美国再度咄咄逼人，而一度引领全球的中国似乎只能被动防守，国人的自信心又降至冰点。但是，和十年前一样，如果预言中国将就此衰落也为时过早。从乐观的角度来看，这次贸易战可能反而是一个契机，能够帮助国人减少膨胀，重新出发。问题的关键在于，中国是否有足够的智慧来应对这场贸易战，并且化危为机？

中兴的双重困局

王梓辉

违规导致授人以柄

一个规模达到 8 万人、前一年的营业收入超过 1000 亿元人民币的大型上市公司很可能在短时间内迅速垮掉，这在和平年代几乎是一件难以想象的事，但却很有可能很快出现，而且就发生在我们身边。这就是中兴通讯现在面临的生死存亡之境。

"拒绝令不仅会严重危及中兴通讯的生存，也会伤害包括大量美国企业在内的中兴通讯所有合作伙伴的利益。"这是中兴通讯官方在 4 月 20 日上午发表的声明原话，没有任何遮掩的必要，这毫无保留地表明了这家公司现在的处境。

导致这一切出现的"元凶"就是上面提到的"拒绝令"。美国当地时间 2018 年 4 月 15 日，由于中国企业中兴通讯违反了美国相关条款，美国商务部（US Department of Commerce）工业与安全局（Bureau of Industry and Security）激活了对这家总部位于深圳的中国公司的出口权限禁止令，宣布实施长达 7 年，直至 2025 年的技术禁售令，其间禁止美国公司向中兴销售零部件、商品、软件和技术。同时，英国网络安全监管机构则要求英国电信运营商不要使用中兴的设备。作为一家在很多关键环节均严重依赖进口的公司，这对于中兴来说无异于晴天霹雳，中兴通讯随即在深圳和香港市场宣布停牌。

4 月 20 日下午，中兴通讯召开发布会回应此事。中兴通讯董事长殷一民在短短的10分钟讲话的开头率先总结了这次引发美国政府雷霆行动的原因，即美国商务部提出的两点：第一，中兴通讯对涉及历史出口管制违规行为的某些员工未及时扣减奖金和未发出惩戒信；第二，在2016年11月30日和2017年7月20日提交给美国政府的两份函件中对此做了虚假陈述。

看上去这些因素还不至于导致出现这样严重的后果，但如果你最近几年对此类事件稍有留意，你会知道美国政府给出的理由只是导火索而已。根本原因是在过去几年中，中兴已经多次在美国政府的禁区触犯到美国人敏感的神经了，这个禁区就是伊朗。

美国司法部在2017年3月惩处中兴时出示了一份公文，其中显示，在2010年到2016年间，中兴通讯直接或间接地通过第三方公司向伊朗运送了大约3200万美元的美国原产元器件产品，而没有从美国政府那里获得相应的出口许可证。要知道因为一些众所周知的原因，伊朗一直是美国政府制裁的对象。而中兴则一边偷偷躲避美国长时期对伊朗的禁运，反而利用美国的设备和软件技术为伊朗"提供、建立、运营及维护大规模通信网络"。为此，美国商务部在2016年3月宣布，调查证实中兴向伊朗的出口违反美国相关的禁令，并下令所有美国公司向中兴出售产品前，必须取得特别许可，作为中兴违反美国禁令的惩罚。随后在斡旋下，美方多次暂缓执行这个决定。

2017年3月，中兴与美国政府达成和解协议，协议宣布对中兴施以12亿美元罚金的惩治措施，这是美国历来在一起限制出口案例中最庞大的处罚。而中兴在当时立刻缴纳了其中的8.92亿美元，其余的3亿多美元罚款则暂缓7年缴付。除了罚金之外，双方达成的协议还规定，中兴承诺解雇4名涉及违规的高级员工，并以减少奖金及发出公开惩戒的方式处罚35名其他员工。美国政府在当时还同意暂缓执行"7年的出口特权限制"，但如果中兴未能满足协议要求，或违反美国出口管理条例（EAR），此限制就可能被激活。

但根据美国商务部在4月15日发出的公文，中兴分别在2016年11月30日和2017年7月20日向美国当局发出信件，表示公司已经就违反美国出口禁令事件对该39名员工做出处分，包括扣减奖金、发出惩戒信等，以显示公司十分重视遵守美国当局的禁令。但美国商务部的文件指出，这一切都是中兴的谎言，他们既没有发出惩戒信，绝大部分的员工也按时收到了他们的奖金。于是美国政府就此找到了实施这一极严厉处罚的合理落脚点。

"如果它没有违规，都是按照美国政府的规定办的话，美国政府这次也不会拿中兴开刀，他可能就要找一个其他有瑕疵的地方对吧？"南京大学经济学院教授、长江产业经济研究院院长刘志彪对笔者说道。

国资委研究中心于4月20日发布的《中兴通讯遭遇美国制裁事件的分析和反思》（后简称《研究报告》）中则写道："在此事件中，中兴通讯公司一系列应对都十分愚蠢和被动，美国的制裁对中兴通讯公司自身及其他中央企业都可能带来高危影响。"《研究报告》同时也指出，美国政府对中兴通讯公司的制裁很可能会延伸至所有与中兴公司有关联的企业，"一定程度上，不仅通信行业，也不仅国有企业，国内很多企业都在为中兴通讯公司的短视和无诚信经营付出惨痛代价，我国外交布局和国家形象也不可避免地受到影响"。

核心技术受制于人

"如果政府不出手相救的话，这家企业是要倒闭的。"刘志彪甚至做出了这样严重的判断。

一纸禁令产生的后果如此致命，这与中兴这家公司以及它所运营的业务有关。作为一家"综合通信解决方案提供商"，中兴的三大业务板块分别是：运营商网络、消费者业务和政企业务，占比大约在6：3：1。而无论是运营商设备、消费者终端设备还是政企网设备，均有大量核心零部件来自美国。据路透社估计，中兴有25%～30%的零部件来自美国，其最为核心的零部件都依赖于美国供应商。中金公司分析师则认为，通信设备的核心零部件中，基站部分有的零部件是100%来自美国公司，中兴有1～2个月的备货，如果不在这个时间内达成和解，将会影响中兴设备的生产。

以光通信（一种目前重要的通信技术）为例，之前中兴在元器件上主要的采购方是美国光学元件公司Acacia和Oclaro，其中Acacia公司2017财年营收的

30%来自中兴通讯。受到禁令的影响，Acacia股价在周一早盘交易中最高下跌了34.7%，触及历史新低；Oclaro公司的股价也大幅下跌17%。

事实上，禁令的效果立竿见影。总部设在美国的英特尔公司已经做出了回应，"现在是财报发布前的静默期，我们已经知晓美国商务部的命令，并将遵守相关法律法规的要求"。而另一家与中兴有供货关系的欧洲半导体公司工程部员工对笔者透露，其公司内部已经发邮件称将停止与中兴的合作。该员工同时表示，他们提供给中兴的产品想要在国内找到可行的替代方案并不容易；即使勉强找到可以替代的方案，但根据通信行业一般需提前8~9个月进行新设计方案验证的惯例，中兴至少需要半年到一年的时间来更换新的产品设计方案，这在现实中几乎是不可行的。

难以找到可行的替代方案与中国在半导体行业的长期衰落有直接关系。根据海关总署数据，2016年全年，中国集成电路进口金额为2270.26亿美元，同期中国原油进口金额仅为1164.69亿美元，集成电路进口金额已是原油进口额的近两倍。紫光集团董事长赵伟国2017年底在第17届中国年度管理大会上表示，2017年全球芯片产值大概4000亿美元，而中国就进口了超过2500亿美元，也就是说全球60%以上的芯片都被中国买走了。

如此巨大的市场需求映衬的则是芯片国产化弱势的能力局面。中国半导体行业协会副理事长、清华大学微电子学研究所所长魏少军曾在2017年透露，中国自己的产值在全球集成电路产品销售的规模占比只有7.3%，而且从产品结构上看，在一部分关键芯片上的市场占有率仍然是零。"我们面临的长期矛盾将是需求旺盛、供给不足，这个判断我想在未来很长时期适用，我个人悲观预计10年内这个现实无法改变。"

这个差距有多大呢？市场研究机构Strategy Analytics手机元件技术（HCT）服务副总监Sravan Kundojjala告诉笔者，在尖端芯片制造工业上，国内以中芯国际为首的企业一直远远落后于台积电、三星等境外大厂。台积电预计在2018年就将量产7nm级芯片，而中芯国际还在努力攻克28nm的水平，其中相差了3~5代。

浙江大学信息与电子工程学院资深教授韩雁告诉笔者，芯片制造本身可以粗略地分成三块，分别是设计、制造以及封装测试，而我国目前只有在设计和封测环节自主能力相对强一点,"因为芯片设计受的制约比较少,只要有人脑,懂得这些设计的基础知识,还有一些工具就可以设计了。但是制造就不一样了,制造是受制于人的,因为制造是需要生产设备的"。

就读于清华大学微电子学与固体电子学博士生李博(化名)给笔者举了一个很详细的例子。他们要在实验中做出一款芯片,大约需要以下几个步骤:EDA 仿真、设计、制造、封装测试、验证,如此才能得到一枚小小的芯片成品。而在所有这些步骤中,除了芯片设计可以由他们自己来,几乎所有其他环节均需要使用国外进口的设备或外国公司的服务。

要用别人的产品和技术就意味着你会受制于人。以芯片制造必需的光刻机为例,目前,光刻机领域的龙头老大是荷兰 ASML 公司,其占据了高达 80% 的市场份额,垄断了高端光刻机市场。Intel、台积电、三星等厂商用来加工 14/16nm 芯片的光刻机都是买自 ASML,更关键的是,最先进的 EUV 光刻机全球仅 ASML 能够生产。由于 EUV 光刻机的生产难度和成本都非常大,ASML 的 EUV 全年出货量仅有 12 台,每台单价都超过 1 亿美元。ASML 中国区总裁金泳璇 2017 年在接受媒体采访时澄清,ASML 对大陆晶圆厂与国际客户一视同仁,只要客户下单,EUV 要进口到中国完全没有任何问题;在交期方面,所有客户也都完全一致,从下单到正式交货,均为 21 个月。即使她的说法就是事实,也说明我们在这些核心技术上受制于他人。

韩雁告诉笔者,现在我们已经可以从美国购买很多先进设备了,但它在卖给你的同时,你也要跟它签《出口限制条例》。"它会有一个很长很长的清单,这个清单里面全都是高端的芯片,当你的芯片指标达到某一个指标的时候,他就认为你不能生产,你不能去制造。"有一次,韩雁想要在国内最好的一家集成电路制造公司"流片",就是把自己设计的芯片制造出来,厂商对照清单之后,发现已经有指标名列其中。那动脑筋偷偷地来行不行呢?答案是也不行,因为美国厂商专门聘请了一个日本员工在这里负责相关审查。无奈之下,韩雁只能将指标降到限制值以下才顺利流片。

"这件事提醒中国人,在全球价值链上进行附加值贸易,除了需要加强合规管理外，更要以创新引领、加快建设独立自主的现代产业体系，加速关键核心技术的进口替代。"刘志彪这样说道。

而清华大学微电子学研究所副所长王志华教授则反复对笔者强调，一定不要简单地认为"难"就是核心技术，"在产业里边，只要你不会，它就是核心技术，而且核心技术是买不来的"。

国家之间的战略博弈

当然，在中美贸易战的背景之外，这其中不能忽视的还有国家安全的重要考量。美国白宫曾在3月12日发出行政指令，美国总统特朗普以"国家安全"为由，禁止新加坡电子芯片制造商博通公司收购美国同业高通。特朗普认为有"可靠的证据"显示，如果让博通控制高通，博通可能做出"破坏美国国家安全"的行为。如果博通和高通按原定的计划合并，将成为全球第三大电子芯片制造商，规模将仅次于英特尔和三星。此前美国一直有分析担心，如果两家公司合并，将可能制造出让中国在这个领域获得领先的空间。

路透社撰文分析称，白宫叫停这次收购，是因为美国政府担心在下一代通信技术的标准制订上输给竞争对手，尤其是来自中国的竞争对手。美国高通公司多年来投资大量资金研发5G芯片，而他们最强劲的对手就是中国通信设备制造公司华为。路透社引述知情人士透露，美国军方担心如果博通成功收购高通，将会使得华为控制芯片市场。

"这个问题完全与技术无关。"王志华对笔者明确说道。在过去的几年中，不仅仅是中兴，作为同行业中规模更大的公司，华为在美国遭受的打压更为严重。2018年1月，华为本欲与美国最大的电信运营商之一AT&T合作在美国市场推出自己的旗舰级手机Mate 10 Pro，然而基于某些原因，AT&T在最后时刻放弃了与华为的合作。后据媒体分析，这次合作失败的直接原因就是美国参众两院18名情报委员会委员致函美国联邦通讯委员会（FCC），要求后者评估与华为的所有关系，并要求FCC对2012年以来提出的安全问题进行了解。市场研究机构Strategy Analytics无线智能手机战略总监隋倩非常明确地对笔者表示："我们认为是政治因素发挥了主导作用。"

事实上，作为以提供通信基础设施起家的科技公司，华为与中兴一直因为其从事行业的信息与数据敏感性受到美国政府的高度戒备。早在2011年，美国国会及政府中的中国委员会就多次在年度报告中指出，华为等公司的装置可以让"中国政府存取美国敏感资料"；随后，美国众议院情报委员会在2012年也因国家安全原因而要求美国电信公司不要与华为和中兴合作。

尽管王志华教授对笔者表示这些质疑从技术角度都能说得通，因为"所有的电子设备都需要调试，都需要维修"，但这里的问题都不是简单的技术问题。韩雁就解释道，通信行业就像人的神经系统一样，是最敏感的一个部分，"牵一发而动全身，靠的就是神经系统的传递，它就是这么敏感，如果人家把你的通信系统卡住，你的指挥和行动都要失灵的"。

而芯片则是整个电子信息产业的心脏。"所有的精密仪器、自动控制、电子信息传递，没有一样是不需要（芯片）的。"刘志彪说道。

而严重的是，对这种重要的战略级产品，王志华告诉笔者，"中国缺的，中兴都缺，而且缺的不只是核心芯片，表面看上去'价格便宜、利润不高、技术难度不大'的芯片都缺"。

用所谓的"国之重器"来比喻这些核心技术产业应该没人会反对，尤其当这些牵扯到错综复杂的地缘政治问题时，情况就越发复杂。早在1949年1月，美国和英国、日本、法国、澳大利亚等17个国家就在巴黎成立了"巴黎统筹委员会"（简称"巴统"），这个组织的目的就是专门对社会主义国家实行禁运与贸易管制。"当时列在单子上对中国禁运的东西就有500多类。"王志华对笔者说道。

1987年爆发的"东芝事件"最能体现当时"冷战"时期各国对核心技术的管控力度。这件事的起因是日本东芝机械公司偷偷向苏联出口了9轴数控机床，而这种机床是加工核潜艇所需要的高性能螺旋桨的必要设备。1986年初，美国政府在接到举报材料以后，立即要求日本政府和涉事的挪威政府调查事实的真相。1987年4月21日，日本政府通产省官员正式向美国政府承认："1984年6月东芝机械公司向苏联出口了巴黎统筹委员会管制范围内的软件；东芝机械公司确实向苏联出口了巴黎统筹委员会管制的9轴数控机床。"随后，日本驻"巴统"代表宣布，一年内禁止东芝机械公司向14个巴黎统筹委员会管制对象国出口该公司的所有产品。而这个事件也对美日关系产生了深远影响。

华东师范大学冷战国际史专家崔丕教授曾撰文详述此事，他直言道："毫不夸张地说，与北大西洋公约组织这类军事组织一样，东西方贸易管制体系成为支撑美国世界霸权的重要基石。"

其后，随着苏联解体，"冷战"结束，巴黎统筹委员会于1994年3月31日正式宣布解散。但这种针对部分国家与地区的贸易封锁并未结束，"巴统"之后是新出现的《瓦森纳协定》。这个《协定》基本换汤不换药地继承了"巴统"的职责，它规定了九大类被管控的技术清单，分别是：材料加工、电子设备、计算机设备、通信与信息安全、传感器与激光器、导航与航空电子设备、船舶类、航空航天与推进器。一眼看去，这些技术领域均属于一个国家最重要的核心战略，而半导体芯片行业就在其中。

"我不认为制裁是个案。这本质上是国家之间的问题，中兴不犯错误就不会被制裁吗？没有中兴，其他企业就不会被制裁吗？以前提出的301条款调查涉及的企业，就应该被制裁吗？"王志华提出了他的疑问，"说到底，制裁是后发国家必须面对的困境和必须承担的代价，躲避是没有用的，也躲不过去。"

"美国当惯老大了，他发现你要超过我，那他总会想办法让你慢一点。"刘志彪说道。

一个产业的耐心追逐战

中兴事件发生之后，舆论影响早已波及半导体行业之外，成为全民热议的话题。随之而来的一个话题就是，既然我们在核心技术上落后于人，那该如何追赶？

一个颇为令人担忧的现象是，愿意从事相关研究并愿意在这个行业长期从业的年轻人数量越来越少了。作为全国半导体研究最好的学府，清华大学还未受到太大的影响，李博就告诉笔者说，想考进他们清华大学微电子学研究所的难度还是挺大的；但即使是他们，也一定程度上受到了金融、计算机与人工智能等当下热门行业的引诱。李博向笔者透露，他们研究所硕士毕业的同学平均能拿到20万元出头的年薪，这个数字看上去绝不算低了，但此前西安交通大学2018年应届硕士毕业生邱熙曾对笔者透露，据他所知，该校AI领域毕业生的年薪"好像都是30万起，大家的待遇都非常好"。在各种外部因素的刺激下，李博说他估计他们研究所每年转行的同学比例也高达三分之一。

在清华这样的行业顶级强校之外，情况只会更糟。作为浙江大学微电子与光电子研究所副所长，韩雁告诉笔者，微电子专业在浙大也已经沦为学生第四志愿第五志愿的选择，成了"无奈之下不得不选的学科"。在吐槽之外，韩雁还给笔者讲了一件听上去略显荒谬的事情：不久之前，有相关组织要设立奖学金给浙大微电子学院，每年可以奖励两个优秀同学6000元钱，但结果只有三个人报名；这还罢了，到最后评选时，竟还有两个人退出了，因为他们已经转专业了。"想一年给两个人6000块钱奖金都发不出去，都降到一个人，你想想看这是不是很危险？"

当然，个体的选择无可厚非，但要改变现状，行业人士都认为政府需要在其中发挥最关键的作用。

"凡是关系到国计民生的，都不能是纯市场行为。"王志华说道，"一个重要行业的产值可能就是没那么大，这时它就是需要制定政策鼓励它发展，不能只凭金融市场上挣钱与否来评价这个行业的重要性。"他同时认为，这次的制裁使得我们清醒地认识到，从长远发展角度来看，必须打破这个国内市场对国产芯片的"不可信链"，使得国产芯片有机会进入系统并进行迭代验证，因为"成功的芯片必须有机会迭代"。

"我觉得这次这个事情是好事情，它在某种程度上会成为一个转折点的事件，能改变中国在核心技术产业这一块的基本认识。"刘志彪也持有相似的看法。

一个业界的共识是，半导体行业属于典型的资本密集与人才密集型产业。根据市场研究公司IC Insights的数据，2017年全球前十大半导体厂商的研发总支出增加至359亿美元，而前10名里并无中国企业；其中排名第一的英特尔公司当年的研发支出为131亿美元，占该集团总支出的36%。根据清华大学魏少军教授提供的数据，全国每年用于集成电路研发总投入约45亿美元，即少于300亿元人民币，仅占全行业销售额的 6.7%，不到英特尔一家公司年研发投入的 50%。如果没有政府的协调与支持，国内几乎没有企业能单枪匹马追上这些国际大厂。

除此之外，更重要的还有行业内脚踏实地做事的耐心。中芯国际创始人张汝京就曾说，半导体产业是高投入、高风险、慢回报的行业。以 CPU 为例，中国科学院计算技术研究所耗费多年努力研发出了"龙芯"系列 CPU 芯片产品，但抛开那些争议不谈，就像王志华所说的那样，它就是一颗 CPU 而已，它解决不了一个产业的问题，"就算是龙芯出来后把英特尔给灭了，你还得买其他芯片。这是一整个产业链的问题"。韩雁也认为，这些技术不是一下子就能够做上去的，"毕竟我们起步太晚，人家一直都在搞研究。这是一个整体的系统工程，我们需要耐心"。

而半导体行业目前的技术现状还停留在集成电路的时代，没有人知道集成电路之后是什么。在王志华看来，发展核心技术，需要有耐心，不存在捷径；在暂时看不到"弯道超车"的机会时，追赶是一个漫长的过程，"你跟在后面慢慢跑，差距自然而然就会逐渐变小"。

中速时代：我们的生活策略

在过去的十几年内，我们都习惯了中国经济的高速增长。未来我们可能要学会在"中速时代"生存，要为可能到来的时代提前准备。经济增长放缓，往往意味着收入下降和支出上升，"消费降级"一词一夜流行，我们要学会对自己的资产配置做出改变。

我们将要面临怎样的困难和挑战?

谢九

在过去很长一段时间里,我们都习惯了中国经济的高速增长。

在高增长的预期之下,很多人认为中国经济成为全球最大经济体只是时间问题,中国社会也将很快进入高收入国家之列。很多人对自己的未来也做出了一些乐观、积极甚至是冒险的安排,比如做一个潇洒的"月光族",敢于承担每个月数万元的房贷,对于未来的生老病死不做任何安排,等等。

万一,如果中国经济的未来无法保持持续增长,或较长一段时间内都保持低迷,很多人的生活是否会因此发生翻天覆地的变化?我们是否为这种预期之外的变化提前做好了准备?

从世界经济发展历史来看,没有任何一个国家的增长能够一帆风顺,即使是美国也经历过无数次衰退,日本自20世纪90年代之后,经济持续低迷至今。中国经济在经过了40年的高速发展之后,也有可能遭遇这样的时刻。中国目前正处于从中等收入国家向高收入国家迈进的关键时刻,从历史上其他国家的表现来看,最终能够成功跨越中等收入陷阱的只有十几个国家,大多数国家在数十年时间里一直徘徊不前。中国能否成功跨越,无疑也是一个巨大的考验。

最近几年,当中国经济告别了两位数的增长,跌落到不足7%之后,官方的表述是中国经济进入了L型增长,也就是经济增速从高位下跌之后,会在一个中速增长区间企稳。但随着中国经济2018年开始稳中有变,中国经济的L型也开始遭遇新的挑战,如果在L型的基础上继续掉头向下,我们过去基于中国经济高增长而做出的预期和安排，可能都要因此做出调整和改变。

如果未来中国经济增速继续放缓，个人收入放缓也将是大概率事件，如果为了稳增长而大幅放水，中国还有可能遭遇通胀压力，而滞胀通常还会带来失业率的上升。对于个人而言，如果滞胀时代到来，这意味着收入下降和开支上升以及就业难度加大的三重打击。

最近一段时间，几乎是在一夜之间，"消费降级"这个词迅速取代了"消费升级"，高房价和高房租之下，人人都在吐槽自己的生存压力之大，而这可能仅仅是一个开始。20世纪90年代日本资产泡沫破灭，日本进入"失去的十年"，当年很多破产的日本人不得不弃房、离婚、流浪甚至自杀。

多重压力之下，消费降级只是一个开始，更重要的是对自己的资产配置做出改变，以适应未来的经济减速，以及和自身的风险能力更加匹配。过去在股市和楼市上曾经的一夜暴富，未来对此可能不得不大幅降低预期；一些过去被忽略甚至是看不上的理财方式，比如购买国债和货币基金等，其实都可以帮我们跑赢通胀，在现金为王的时代都是不错的选择。

中国养老金体系的缺口早已经不再是新闻，随着经济增速放缓，养老金体系的压力还将进一步上升，我们依靠现有的养老金水平其实已经很难维持体面的退休生活，如果未来养老金体系再出问题，我们可能就不得不为自己的养老寻找出路。在政府主导的基本养老保险和企业主导的企业年金之外，我们可能还需要考虑为自己购买一份商业养老保险，或者养老保险基金，使得退休之后的生活不至于太过窘迫。

当然，从乐观的角度来看，或许中国经济在经过了短暂的困难时期之后，还可以重获高增长的动力，我们对于未来的种种担忧，可能最终被证实只是杞人忧天。

滞胀时代的三重打击

即使没有2018年爆发的中美贸易战，中国经济最近几年的增速已经形成了明显的下降趋势。从2010年以来，中国的GDP增速每隔几年就下一个台阶。2011年的GDP增速首次跌破了10%，从此告别两位数的高增长，2012年GDP增速跌破

8%，2015年跌破7%。

权威人士一度将中国经济定义为L型，但是随着贸易战的爆发，中国经济从"稳中向好"转为"稳中有变"，维持L型也遭遇了重大挑战，中国经济面临继续失速的风险。为了应对不可预知的外部风险，宏观政策开始再度转向宽松。在经济下行的大背景下叠加货币和财政宽松，中国经济未来几年有可能会迎来滞胀的局面。

对于个人而言，滞胀意味着三重打击，一方面，经济低迷不仅影响到个人收入，同时还将带来失业率的大幅提升，而随之而来的通货膨胀，还将大幅提升生活成本。

首先，从收入增长来看，居民收入总是和宏观经济的增速保持相关。以人均可支配收入这个指标来看，最近几年，随着我国经济增速放缓，全国居民人均可支配收入也随之放缓，2013年，这一指标的增速超过8%，但到了2017年只有7.3%。如果未来中国经济持续放缓，人均收入的增速还将继续随之放缓。

不仅是中国经济的疲软会影响收入，从日本等国的经历来看，国民收入还在很大程度受到外部因素的制约。20世纪90年代，日本经济开始进入"失去的十年"，当时日本国内的很多行业出现一种现象，只要涨工资就面临失业，原因在于当时中国经济开始起飞，全球制造业开始发生转移，日本国内如果提高工资，相关产业很快就被中国替代。同样的现象，在20世纪70年代的美国也曾经发生，当时对美国带来替代压力的是起飞的日本。

对于今天的中国经济，同样也面临类似的压力，最近几年随着大量制造业开始向更便宜的东南亚和非洲等地转移，中国也面临巨大的制造业流失风险，当年日本和美国曾经出现过的"只要涨工资就失业"现象，未来很有可能在中国重演。

未来几年的麻烦不仅在于收入增速放缓，物价上涨同样是一个巨大的挑战。随着中国的货币和财政政策双双放松，加之贸易战持续升级，未来将会有多条路径提升中国的通胀水平。

从货币政策来看，为了应对经济下滑的风险，中国的货币政策在持续了一年多的紧缩状态之后，开始再度转向宽松。从积极的角度来看，流动性的宽松可以帮助企业减轻成本压力，提升扩张动力，但从悲观的角度来看，如果释放出来的流动性不能被实体经济所吸收，很有可能制造出通货膨胀和资产泡沫。

事实上，中国经济在2014~2015年就已经实施过一轮宽松政策，当时一共实施了6次降息和4次降准，但是最终对于实体经济拉动的效果并不明显。从GDP增长来看，2014~2016年这3年期间，我国的GDP增速分别是7.3%、6.9%和6.7%，这3年的经济增速并没有因为大规模的宽松政策受益，反而逐年下滑。由于大量流动性没有进入实体经济，最终不可避免地刺激了资产泡沫。和经济增速下滑形成鲜明对比的是，这3年期间，中国股市在2015年迎来了一轮暴涨，股市泡沫破灭后，楼市在2016年也迎来一轮暴涨。

由于大规模宽松释放出来的流动性没有进入实体经济，这使得当年驱赶资金脱虚入实成为中国经济的一个重要任务。在宽松政策对于刺激经济的效果越来越弱的背景下，中国经济从2016年开始放弃传统的需求侧管理，启动了供给侧改革。

这一次在外部压力下，中国经济重回宽松，问题的关键在于，上一次就没能得到解决的资金脱实入虚的难题，在这一次有什么好的办法，如果没有，是否意味着资产泡沫和通货膨胀将难以避免？

除了货币政策宽松释放的流动性提升通胀水平，以基建为主的财政政策扩张，同样也可以刺激通胀。由于基建投资会拉动对上游相关产业的需求，在大基建投资的预期之下，近期国内与此相关的商品比如钢铁、焦炭等价格都开始明显上涨，而上游生产资料价格的上涨，最终也会传导到下游消费品，提升通货膨胀水平。

除了货币和财政政策的刺激之外，中美贸易大战也是未来通胀的重要诱因。比如中国大幅提升美国进口大豆的关税之后，如果停止从美国进口大豆，中国只能转而向南美或其他地区增加进口，以弥补大豆需求的缺口，在这样的背景下，其他地区的大豆坐地涨价将是大概率事件，而如果继续向美国采购大豆，高达25%的关税如果由中方进口商承担，也和涨价无异。由此来看，贸易战的背景下，中国进口大豆涨价将是大概率事件。大豆是我国猪饲料的重要原料，而猪肉价格对我国的CPI指数有着相当重要的影响。我国的猪肉价格已经持续了两年的低迷，随着下一轮猪周期归来，再叠加猪饲料涨价的因素，猪肉价格可能会迎来一轮猛烈的报复式上涨，进而拉动CPI指数快速上升。

除了猪价上涨之外，房价上涨将会带来更大的压力。从过去几轮中国经济放水的历史来看，每一次都毫无例外地带来房价的大幅上涨，这一次和以前相比，情况略有不同：一是当前人们对于中国经济的前景悲观预期上升，对于房价的继续大幅上涨多少信心不足；二是房地产税开征的靴子可能会随时落地，也对投资炒房者产生了一定的心理震慑。不过，即使这一轮放水不会带来房价大幅上涨，新的问题也会随之而来，那就是房租价格大幅上涨。最近，北京等一线城市的房租价格大幅上涨，房租价格上涨带来的影响并不逊于房价上涨：一是因为房租价格影响的是相对中低收入的人群，这部分人群对价格的变动更加敏感；二是因为我国的CPI统计并不包含房价，却包含了房租，这也就意味着，房租价格的上涨，将比房价上涨更能拉升我国的CPI水平。

养老难题渐行渐近

在未来经济增速放缓之后，不仅面临收入下降和生活成本上升的冲击，养老问题也会逐渐浮出水面。近期黑龙江多地爆发出养老金延迟发放的消息，预示着我们对于养老问题的担忧并非杞人忧天。

最近几年，我国养老基金的收入增速明显低于支出，2013年到2017年，全年基本养老保险基金收入累计增长91%，而同期养老保险基金支出增长106%，如果养老保险基金的收入增速长期不及支出，出现亏空就只是一个时间问题。

以2017年的养老保险基金收入为例，就可以看出目前的养老基金形势有多么严峻。2017年全年基本养老保险基金收入4.6614万亿元，全年支出4.0424万亿元，表面来看似乎还保持了收大于支，但其实都是财政补贴的功劳，细分来看，2017年养老基金的征缴收入3.4213万亿元，远远不及保险基金支出4.0424万亿元，靠了8000多亿元的各级财政补贴，才不至于当期收不抵支。

从养老基金结余来看，2017年我国的基本养老保险基金累计结存5万亿元，大概同比增长13%，假如明年继续保持这样的增速，明年年底结余大约5.7万亿元，而2017年的养老保险基金支出是4万亿元，增长19%，预计明年支出大概是4.8万亿元，这也就意味着，目前的养老金结余可支付年数不到一年半。如果细分到各个省份，有些地方比如黑龙江已经没有结余，有些地方的结余也仅够支付几个月。

最近几年，我国一直在试图解决养老金的缺口压力，但始终没有太好的办法，因为很多问题都面临两难，在解决一个问题的同时，就会冒出另外一个甚至更多问题。而随着未来经济增速放缓，养老金的缺口压力还会越来越大，在经济高增长时代都难以解决的问题，在减速时代可能更加无解。

随着最近几年我国经济增速放缓，为了减轻企业的成本压力，2015年以来，我国开始阶段性降低社保费率，过去3年多来，社保费率大概降低了10%。减轻企业负担必然会带来社保收入的减少，进一步增加社保基金的缺口压力。不过，与此相对应的一条消息是，自2019年1月1日起，社会保险费将由税务部门统一征收。在现有社保征收体系下，很多企业出于减轻成本的目的，并没有为职工足额缴纳社保，随着明年社保的征收转移至税务局，在税务局的监管之下，企业将没有偷缴漏缴社保的空间。

从增加社保收入和保护职工权益的角度来看自然是好事，但这无疑加剧了企业负担，尤其在当前经济背景下，很多企业盈利空间已经大为萎缩，如果大幅提升社保费用，可能会直接导致企业亏损。面临即将加剧的社保负担，很多企业有可能会通过降薪裁员来应对，这无疑将引发更严重的后果。

虽然我国的养老金从全国范围来看尚有结余，但从具体省份来看呈现出极大的"贫富不均"，比如近期延迟发放养老金的黑龙江，当期养老金已经出现亏空，还有很多省市的结余也仅够支付几个月，随时可能成为第二个黑龙江。为了避免这些地方的养老金问题提前爆发，我国近年来开始推进养老金全国统筹。

从积极的角度来看，养老金全国统筹有两大好处：一是养老金的异地转移更为便捷。在现有养老金地方统筹的局面下，很多跨地域流动的人员，只能转移个人账户的养老金，而所在单位缴纳的统筹账户不能转移，在全国统筹之后，养老金的异地转移将没有地域障碍，更加有利于人才在全国范围内自由流动。另外，养老金全国统筹之后，还有利于全国社保基金理事会进行统一投资管理，提升养老金的保值增值水平，而在现有地方统筹格局下，养老金只能以银行存款的形式存在，每年的收益跑不过通货膨胀，实际上处于缩水状态。

养老金全国统筹的争议在于，以富裕省份的养老金补贴贫穷省份，是否对这些富裕省份的参保人意味着不公平？从乐观的角度来看，以富裕省份的结余可以暂时帮助短缺省份度过危机，但从悲观的角度来看，如果将来全国范围内养老金缺口压力越来越大，短缺省份是否也有可能将富裕省份拉下水，使得兑付危机向更大范围内蔓延？

老龄化程度不断提升，也是中国养老面临的一大挑战。20世纪90年代，我国养老保险的抚养比为5∶1，也就是5个参保人养1个退休人员。随着老龄人口迅速攀升，抚养比迅速下降，现在不到3个参保人养1个退休人员。中国未来老龄化程度还将继续提升，这也就意味着抚养比还将继续下降。

过去几年，我国的二孩政策逐渐放开，全面取消计划生育预计也并不遥远，虽然提升人口出生率可以部分解决抚养比下降的难题，但一个更现实的问题是，在这些新生人口成长为未来的劳动力之前，还需要现有劳动力付出极大的成本来抚养，大量新生人口的出生，首先带来的并不是人口红利，而是进一步加剧了当前的抚养负担。

除了"全面二孩"之外，延迟退休也被视为解决养老金压力的一大办法。对参保人而言，延迟退休意味着工作年限加长，可以为增加全社会的抚养比做出更多的奉献，同时延迟领取养老金又可以减少当期的养老金支出压力，仅从效果上考虑可谓一举多得。不过，即使不考虑公平问题，延迟退休也同样会带来另外的挑战。未来中国经济放缓之后，就业率下降将是一个大概率事件，如果现有就业人员都延迟退休，对于刚毕业的年轻人而言，意味着工作岗位的减少，这将进一步推升就业压力。就业在中国一向是一个相当重要且敏感的问题，过去几十年，中国经济之所以一直对高增速有很高的要求，很大部分原因就在于保就业。

某种程度上讲，养老金在今天面临的种种两难困境，其实就是我们未来可能即将到来的命运选择。未来的我们或者是面临养老金缩水，或者是延迟退休到65岁，或者像现在的日本一样，大量白发老人也依然在餐厅和出租车里劳碌。总之，指望一份养老金安度晚年，现在看来可能是过于乐观的梦想。

已经开始的消费降级

最近几年，中国经济的消费能力呈现出一幅非常分裂的画面。

中国人均 GDP 逐年升高，2017 年接近 9000 美元，不仅达到了中等收入国家水平，更是开始向高收入国家迈进，国人海外"血拼"已经不再成为新闻，加之最近几年中国的 GDP 构成中，消费占比也超过了 50%，因此，消费升级成为中国经济最热门的话题。

但从 2018 年以来，"消费升级"突然开始被"消费降级"所取代，好像是一夜之间，人们突然发现中国的消费能力并没有想象中强劲，消费降级似乎更符合当前中国经济的现状。

其实早在中美贸易大战之前，中国的消费就已经开始显露疲态。春节向来是国人消费能力最旺盛的时间，但 2018 年春节的诸多消费指标都不理想，可以算是率先揭示了消费开始转弱。除夕到正月初六，全国零售和餐饮企业实现销售额增速同比放缓了 1.2 个百分点，创下 2012 年以来春节期间的最慢增速。2018 年春节的旅游数据也不乐观，全国接待游客人次和旅游收入的增速都出现了同比下降。春节期间表现最抢眼的是电影票房，同比大幅增长了 70%，高于 2017 年同期的 11%。而电影票房大卖，可能更加反过来印证了经济的疲软，看电影这种不太费钱的消费方式，其实很大程度上类似口红效应，人们没有能力消费更贵的商品，只能退而求其次，这种"口红"商品卖得越好，越说明经济不景气。

中国经济的消费转弱其实并不奇怪，从历史上来看，中国从来就不是一个消费型经济体，过去相当长一段时间，中国经济的主要任务就是向消费型经济转型。而这几年中国 GDP 中的消费占比突然超过 50%，成为第一大引擎，并不是消费自身有多么强劲，而是外贸占比出现了大幅下降，此消彼长导致了消费占比的上升。从另外几个指标来观察，就可以得出不同的结论，比如社会消费品零售总额，2010 年，我国社会消费品零售总额的实际增速为 15%，到了 2018 年上半年，增速已经跌破了 10%。2014 年以来，我国的统计数据中开始出现"人均消费支出"这个指标，2014 年的人均消费支出实际增长 7.5%，2017 年，这一指标下降为 5.4%。

最近几年，中国经济之所以给人留下了消费能力强大的印象，一方面当然是因为部分国人的确先富了起来，但更大程度上和这两件事分不开，一是"双11"期间的销售井喷，二是国人在海外购物一掷千金等。其实这两件事不仅不能说明国人消费能力强大，反而更加体现了国人精打细算过日子的心态。无论是"双11"还是海外购物，这两件事都有一个共同的特点，就是便宜。"双11"打折不用多说，海外购物看似"高大上"，其实有过经验的人都知道，在海外购物主要图的就是便宜，同样一件衣服，海外的价格大概只是国内的十分之一，所以很多人在海外"血拼"，其实只是为了趁便宜多囤积一些货，免得回国了还要花更多的钱。

过去人们所说的中国经济消费升级，一方面是过于高估了真实的消费能力，另一方面，是建立在中国经济未来持续高速增长的假设之上，如果以目前中国9000美元的人均GDP来看，可能只需要5年，人均GDP就可以达到1.2万美元，而这是高收入国家的最低门槛，假以时日，我们还可以向更高水平迈进。但是一旦中国经济增速无法如预期持续增长，这些假设都会在瞬间崩塌。

2018年的中美贸易大战就是这样一个转折点。在此之前，虽然中国的消费已经开始出现疲软，但出于对未来持续高增长的期待，人们的情绪依然乐观，随着中美贸易战的爆发，中国经济开始稳中有变，越来越多的人意识到，我们对于未来的预期可能过于乐观，一旦预期开始逆转，消费升级就迅速被消费降级所取代。

任何一个国家都不可能永远保持高速增长，都会遇到发展瓶颈期，经济强大者如美国和日本，也都遭遇过很多次黑暗时刻。美国20世纪30年代的大萧条就不用说了，更近一些的年代，比如20世纪70年代，美国经济经历了长达十多年的疲软，直到80年代才重新振作起来；日本经济从20世纪90年代以来就失去了高速增长的动力，直到今天也没有找到太好的办法。

从美国和日本的经历来看，经济疲软往往能带来人们消费方式的巨大转变，一些适应时代变化的公司如果能抓住时机，在萧条时期也能诞生出巨人。20世纪70年代美国经济陷入滞胀之后，零售折扣店沃尔玛异军突起，成长为美国乃至全球的零售业巨头；日本经济在20世纪90年代进入"失去的十年"，走低价路线的优衣库迅速崛起。巧合的是，这两家在萧条时代崛起的公司，其创始人都一度成为本国的首富。

而在中国，前段时间吸足眼球的"拼多多"，某种程度上也是萧条经济的产物，在上市当天，其创始人的身价也跻身中国富豪榜前列。在 A 股市场，同样也有消费降级的代表产品，比如涪陵榨菜，在 A 股市场的熊市背景下，这家公司的股价持续上涨，过去一年的股价涨幅超过了 150%；支撑公司股价的是高速成长的业绩，2017 年公司的收入增长 36%，净利润增长 61%，2018 年一季度的净利润增长更是接近 80%。网上曾有段子描绘中国人消费降级的生活状态，"吃榨菜，喝二锅头，上拼多多"，其实距离真实生活并不遥远。

出路何在？

如果未来我们将面临收入下降和通胀上升的压力，同时还要应对晚年的养老危机，那么，有没有办法避免这样的命运？或者，至少可以减缓危机的程度？

美国在 20 世纪 70 年代陷入严重滞胀，以及后来走出滞胀的过程，对于今天的中国经济或许可作借鉴。而日本在 20 世纪 80 年代的经济政策导致日本经济进入"失去的十年"，对于中国经济则是一个不可多得的负面教材。

20 世纪 70 年代，美国经济遭受多重冲击，越南战争、石油危机、美元和黄金脱钩等重大事件接踵而至，美国在十多年里一直挣扎在滞胀之中难以摆脱。20 世纪 30 年代的那场大萧条爆发之后，美国人借鉴了凯恩斯主义的办法，通过大规模的政府扩张来刺激经济，但是面对 70 年代的这场危机，政府刺激模式并没有任何效果，某种程度上，美国 70 年代这场危机正是由于过度使用了凯恩斯主义而引发。

到了 1981 年，里根担任美国总统时，美国的通胀和失业率都高达两位数。里根彻底抛弃了凯恩斯主义的做法，转向以减税为主的供给学派。里根的经济复兴计划则是大幅度减少政府开支，控制货币供应，同时大幅削减个人所得税和企业所得税，和传统的凯恩斯主义背道而驰。

在里根经济复兴计划的初期，美国经济雪上加霜，继续下行。不过里根顶住了压力，在度过了将近两年的黑暗时光之后终于迎来曙光。1983 年，美国的 GDP 增速回升到了 3.5%，1984 年更是超过了 6%，与此同时，美国的通胀率也大幅下降。

里根经济学的成功让里根声望大振，在他竞选第二任总统时，美国50个州的选举人票，里根拿下了49个州。里根的减税方案不仅让美国经济彻底走出了滞胀的泥潭，还为美国经济奠定了坚实的基础，从1983年到90年代末期，美国经济迎来了长达十多年的持续繁荣。

美国经济在20世纪70年代陷入滞胀泥潭时，日本经济高速起飞，大有取代美国之势。不过随着里根上任，在通过减税拉动美国经济增长的同时，也顺带通过国际贸易打压了日本的成长。著名的《广场协议》签署于1985年，正是里根在第二个任期内主导完成的。

随着美国经济在20世纪80年代后期重新恢复增长，轮到了日本经济面临重大挑战。《广场协议》签订之后，时任日本首相中曾根康弘委托日本银行总裁前川春雄进行对策研究，在前川春雄的主持下，《前川报告》在1986年出台，成为日本当年发展经济的战略指导。《前川报告》的核心内容是，日本经济应该成为内需主导型国家，同时还要大力扩展海外投资。随后，日本刺激内需的方式是大幅放松货币，为了应对日元升值，日本央行连续大幅降息，与此同时还扩大住房和基建投资，还计划对发展中国家的基础设施大力投资。最终事实表明，日本基于《前川报告》的发展路径并没有成功，日本大幅降息导致日本的楼市和股市出现超级泡沫，后来日本不得不加息来应对，导致资产泡沫破灭，日本经济在随后的30年里都始终徘徊不前。

中国目前面临的困境和美国20世纪70年代多有相似之处，都是在经过了多次大规模投资之后，发现政府财政刺激经济的效果越来越弱，而货币政策的宽松又带来了通胀和资产泡沫风险。

和20世纪80年代的里根经济学一样，中国在前几年其实已经开始抛弃凯恩斯主义，从刺激需求转向了供给侧改革。不过随着外部环境发生变化，中国推行了两年多的供给侧改革也随之生变，大基建重新回归，而呼声很高的减税尚未见实质性举动。

对于中国经济而言，大规模基建投资和宽松货币的组合政策，对经济的拉动效应已经越来越弱，即使能够在短期之内起到一定的效果，但也会带来更大的通胀压力，提升民众的生活成本，同时对于民间资本具有较强的挤出效应，大部分民众无法分享这种增长模式带来的福利。相比之下，大规模减税既可以带来经济增长，民众也可以最大限度地分享增长红利，对于需要面对收入下降和生活成本上升的民众而言，这种增长模式显然比大基建更受欢迎。

最近几年，中国经济增速虽然明显放缓，但财政收入依然保持了较快增长，尤其是进入 2018 年以来，财政收入更是实现了两位数的高速增长，远远高于同期经济增速，这一方面说明我国的税收增速并不合理，同时也意味着减税还有很大的空间。问题的关键在于政府有多大的勇气和决心来实施减税，一方面，税收相当于政府权力的象征，大幅减税相当于让政府大幅放权；另一方面，减税对经济的效果也具有不确定性。从美国的几次减税来看，这一次特朗普减税的效果立竿见影，年初通过减税方案，2018 年二季度美国经济就实现了 4% 以上的高增长，但从当年里根减税来看，却是经过了将近两年时间才见曙光。

中国经济当前的困境和美国 70 年代类似，但从应对策略来看，至少目前还没有选择里根的大减税计划，而是和 80 年代的日本政策更为接近。日本当年的应对之策是"货币宽松＋基建＋海外投资"，而我们当前的组合拳是"货币宽松＋基建＋'一带一路'"。

值得一提的是，里根当年用减税和贸易战的组合拳，对内提振了美国经济，对外击退了追赶者日本。今天特朗普的策略几乎是当年里根的翻版，对内推出了美国"一代人一遇"的税改，对外和中国大打贸易战。今天的中国是否可以避免当年日本的悲剧，很大程度上取决于我们的应对之道。如果应对不当，日本经济在长达 30 年的时间里停滞不前的悲剧，也有可能在我们身上重演。

当然，从乐观的角度来看，如果中国 14 亿人的消费能力能够彻底被激发出来，或者未来中国能够在科技领域获得重大突破，通过科技创新大幅提升生产率，中国经济也有望再度迎来新一轮的高速增长。

中速时代的资产配置

谢九

在经济向好的年景，个人的预期收入和风险承受能力都相对较强，资产配置应该相对积极进取一些，可以更多地向股市和楼市等高风险、高回报领域倾斜，而这些风险资产在经济繁荣时通常也都有不错的回报。但在经济下行周期，个人的预期收入和风险承受能力相对较弱，风险资产的回报率下降，个人的资产配置就应该以保守防御为主，减少高风险资产的配置，增加保本型甚至保险型资产的投入。

从楼市来看，随着国内货币政策再次松绑，按照以往的历次经验，总是会带来一轮楼市的大涨，这一次也不能排除这种可能性。不过即使楼市还能再来一次上涨，涨上来的部分也已经是货币宽松催生的泡沫，能够持续多久也是一个大大的疑问。如果在当前背景下在楼市上加大资产配置，无异于火中取栗，短期或许仍有账面收益，但最终能否成功套现或者全身而退才是关键。

从股市来看，虽然人们常言"股市是宏观经济的晴雨表"，不过很多时候，股市和宏观经济基本面的关系其实并不大，有时候甚至呈现出反向关系。当前的A股市场虽然持续疲软，但也不排除会有短期的交易性机会，比如中美贸易战突然出现转机等，都可能成为股市短期反弹的导火索，毕竟在持续大跌之后，当前A股估值已经来到了历史最低水平。不过，从更长远的角度来看，在中国经济下行的背景下，期待A股市场的长期牛市并不现实。股市和宏观经济的关系就像人在遛狗，有时候狗跑在前面，有时候狗跑在后面，但最终还是跑不过那条绳子的长度。

在人民币贬值预期下，要不要换购美元是一个两难的选择。长期来看，人民币汇率主要受两大因素影响，对外是美元升值的空间，对内是人民币放水的程度。虽然美元2018年4月份以来再度走强，已经在新兴市场引发了诸多危机，不过，近期特朗普多次表示对强势美元的不满，并且公开批评美联储的加息政策，这使得强势美元的未来也充满了不确定性。而从中国自身来看，这一轮放水的力度究竟有多大，现在还不得而知。

综合来看，虽然人民币具有贬值预期，但也不可过度恐慌，尤其当人民币汇率跌至7元附近时需要给予警惕，不可过于冲动在高点买入美元，如果确实有配置美元的需求，逢低买入可能是更好的办法。

一是因为7元可能是央行对于人民币汇率的心理底线，2016年那一轮贬值，人民币就是在接近7元时大幅反弹，当时很多人在6.9元附近买进美元，迄今没有解套。最近央行宣布重启人民币汇率定价的逆周期因子，人民币汇率迅速反弹。在2016年那一轮人民币贬值过程中，逆周期因子对于人民币反弹起到了很重要的作用。第二是即使人民币最终可能"破7"，从投资的角度来看，在高位买入美元可能也并不划算，因为持有人民币的无风险年化收益还有4%左右的回报，这意味着美元兑人民币汇率一年上涨4%以上才有利可图，在汇率市场，一年4%已经是一个很大的涨幅。

经济不景气时，很多人总是会考虑囤积黄金。事实上，中国经济未来走势如何，和黄金价格并没有太直接的关系。在国际市场上，黄金价格主要由美元决定，中国对于黄金没有太大的定价权。很多时候，黄金和美元价格呈现跷跷板效应，比如2018年4月份美元大涨，同期黄金价格随之大跌。所以，如果2018年有人试图买入黄金避险，损失程度要超过人民币汇率。

经济不景气时，"现金为王"总是最稳妥的选择。不过考虑到通胀的风险，仅仅持有现金或是银行存款显然还不够，滞胀时代，利息通常很难跑赢通货膨胀，持有存款，同样也要面对资产缩水的风险。

前几年，P2P风起云涌的时候，8%左右的年化收益，其实是抵御通胀的很好路径，可惜由于监管缺失导致这一行业泥沙俱下，如今的P2P已经成为雷区，如果考虑到未来中国经济下行导致很多中小企业压力加剧，P2P的坏账风险在未来还会继续攀升，远离 P2P 依然是最保险的做法。

银行理财产品一直是跑赢通胀的利器，过去几年也深受老百姓喜爱，迎来了爆发式增长，不过央行新的资产管理规定要求打破刚性兑付，以后市场上的银行理财将不再承诺保本，也就是说，将来购买银行理财产品，也要承受损失本金的风险，这对保守理财者将带来一定的冲击。

在资管新规打破银行理财的刚性兑付之后，2018 年还有一个产品开始在市场上走红，那就是结构性存款。这种产品明确承诺保本，但是并不保息，预计年化收益率大概在 4% 上下，因为明确保本加之预期收益不错，很多此前购买银行理财的人开始转而购买结构性存款。这种产品的运作原理是，在普通存款的基础上嵌入金融衍生工具，将投资者收益与利率、汇率、股票价格、商品价格、信用、指数等标的物挂钩，起点一般在 5 万元以上。投资者资金大部分购买存款，少部分本金或者利息购买高收益的金融衍生产品，从而能够提供相较普通存款更高的收益。这种产品的好处在于本金安全，但是有一定的购买门槛，比如 5 万元以上，虽然预期收益还不错，但预期收益并不能保证百分之百兑现。

在安全的前提下能够跑赢通胀的产品，货币基金和国债都是不错的选择。在 2017 年货币环境紧缩的背景下，国内货币基金的年化收益率基本上都在 4% 以上，甚至更高，不过随着下半年货币环境重回宽松，货币基金收益率也开始下降，近期收益率普遍回到了 3.5% 以下，即便如此，从安全性和收益率方面综合考虑，货币基金也还是不错的选择。

除此之外，储蓄式国债能够提供更高的安全性和收益回报，不过更适合长期投资者。财政部在 2018 年 8 月份最新发行的储蓄式电子国债，3 年期的票面利率是 4%，5 年期的票面利率是 4.27%。另外，储蓄式国债虽然看似持有期限较长，不过还是可以提前变现，只是需要损失部分利息。

在经济下行周期，将来的养老问题也成为一个现实的难题。我国现有的养老体系面临诸多挑战，从个人角度来看，主要有两点：一是养老金替代率过低，大概只有 40%，如果退休前每个月收入 1 万元，退休后只有 4000 元。按照世界银行的标准，以及大多数发达国家的做法，养老金替代率超过 70%，才可以维持退休后相对体面的生活，退休前后的生活落差不至于过大。考虑到很多企业对员工的养老金并没有足额缴纳，很多人的养老金替代率可能还到不了40%。第二个问题是退休后的养老金能否足额以及按时领取。众所周知，我国的养老金缺口压力越来越大，随着老龄化程度越来越高，将来人口抚养比越来越低，现在3个工作人员养1个退休老人，将来可能演变成1∶1，在巨大的养老金压力之下，我国养老体系的安全和稳定性面临巨大挑战，近期黑龙江等地出现养老金延迟发放的现象，或许只是我国养老金危机的一个开始。

在过去经济景气度比较高的时候，很少有人为自己将来的养老问题提前规划，很多人的想法大都是趁年轻多挣点钱，将来的养老也就不成问题了。但是如果将来经济不景气了，原先预期的高收入在未来难以兑现，养老就会成为一个很现实的难题，毕竟退休之后二三十年的开支还是一个庞大的数字，并不是每个人都可以在有限的职业生涯中积累下足够的财富。

从国外成熟市场来看，养老保险通常包括三大支柱：一是我们大多数人都在缴纳的基本养老保险，二是企业年金，三是个人商业养老保险。目前我国的养老体系以基本养老保险为主，企业年金在最近几年有所发展，但是个人商业养老保险发展还相当落后。对于个人而言，在经济下行周期，或许是时候考虑商业养老保险了。

对于个人而言，购买商业养老保险还可以适度避税。为了鼓励个人商业养老保险的发展，财政部等部委在近期开展个人税收递延型商业养老保险试点，"个人通过个人商业养老资金账户购买符合规定的商业养老保险产品的支出，允许在一定标准内税前扣除；计入个人商业养老资金账户的投资收益，暂不征收个人所得税；个人领取商业养老金时再征收个人所得税"。试点办法从2018年5月1日起在上海、福建和苏州工业园区开始执行，如果试点顺利，预计很快会在全国范围内推广。

这个规定的主要意思是，如果购买了个人商业保险，相应支出可以抵税，而这部分税并不是不收，而是等将来退休时再收，不过考虑到通货膨胀等因素，将来实际征收税款肯定会大大低于当前。

缴纳商业养老保险将来能够收获多少回报呢？根据中国银行保监会的测算，假如一个人从30岁开始缴纳个税递延商业养老保险，每月缴纳1000元投保，产品收益率以 3.5% 的复利计算，等到 60 岁退休，总计缴纳保费 36 万元，账户价值变成了 61.8 万元，通过精算，一个月可以领到 2746 元。当然，如果一个人从 30 岁开始定额定期购买存款或者银行理财等相关产品为自己养老也是一个办法，60 岁之后的复利也能积累到一定程度，不过区别在于，商业养老保险可以无限期领取，直到投保人身故为止。

除了养老保险之外，筹划已久的养老目标基金近日也开始正式运作，首批 14 家养老目标基金在 8 月初正式获批，8 月 28 日，首只养老目标基金开始正式发售。和商业养老保险不同的是，养老目标基金的投资标的是基金，所以风险和收益都相对更高，对于普通人规划养老又多了一种选择途径。

在经济下行周期，除了增加养老保险的投入，对于疾病的投入也应该有所增加，比如"重疾险"。重大疾病对于一个家庭将带来多重压力，仅从经济角度来看，一是很多重大疾病的开支对于普通家庭都是一个天文数字，而且我国现有的医保体系难以覆盖，这将对患者家庭带来沉重负担；二是很多患者在遭遇重大疾病之后，可能至少几年之内丧失了工作能力，家庭失去重要的经济收入来源。重疾险的好处在于一方面可以覆盖高额治疗费，同时赔付的金额和实际医疗费用无关，只要确诊就可以赔付，可以在一定程度上弥补短期失业带来的收入损失。重疾险的创始人是一位南非的外科医生马睿思·伯纳德（Marius Barnard），他认为，很多人即使最终能够度过重病的考验活下来，但从财务上看其实已经死了，医学只能挽救一个人的生理生命，但却无法挽救一个家庭的经济生命。在这样的理念之下，20 世纪 80 年代，重疾险在南非正式诞生。某种意义上来看，重疾险也可以理解为工作收入损失险，在经济下行时期，收入和就业压力大增，这样的产品一个家庭还是可以考虑配置的。

不过，重疾险的一大争议在于保险赔付问题，因为理赔条件设置得较为苛刻，很多投保人在发生重大疾病之后，因为保险公司对疾病的认定标准不同而拒绝赔付，更有人认为中国的重疾险其实是"保死不保病"。保险市场的水太深，对于大多数专业知识不足的投保人而言也是一大考验。

不过，如果对未来的保险做过多的投资，相当于挤占了眼前的收入和消费水平，如何平衡当前和未来的风险，在经济下行周期，对很多人都是一个不小的挑战。

我们的消费在升级还是降级？

杨璐

拧巴

我们在进入低欲望社会吗？

中产阶层的朋友圈舆论在这三个月内发生了戏剧性的逆转。

5月底，我在一个西部省会城市的时尚活动现场认识了一位漂亮的小姐，她刚从长沙赶来，那是为了爱马仕店铺的出差。爱马仕是奢侈品中的奢侈品，在"小红书"上，买爱马仕的攻略不像其他品牌一样讨论哪里可以买得便宜，而是告诉你要穿什么样的"战袍"，表现出怎样的举止，才能让爱马仕的店员觉得你配得上这个品牌，肯把包卖给你。这么强调尊贵的品牌，长沙哪个商业地产能匹配它的店铺呀？

当时的朋友圈，"新一线"是个爆款话题，有多少人热血沸腾于省会城市的消费升级，眼看着从"北上广深"先升级起来到大家共同升级的局面。果然，长沙虽然不像武汉、西安是"新一线"话题的中心，但也在那个月开业了高端购物中心IFS，爱马仕的店铺就入驻在这幢象征着富裕和国际化的奢侈品航母上。可到了8月份，恐慌和哀叹蔓延开来，每天都有人在朋友圈转发带有"消费寒冬""消费降级"字样的文章。这简直就像是你正沉浸在盖茨比闪闪发光的香槟、华服和爵士乐中，想透一口气，推开门却立刻发现街道上秋风卷着落叶，行人都瑟缩着前行，一片萧条。2018年7月份，中国社会消费品零售总额的增速下降到15年前的水平。

让人揪心的是，起码在3年前，消费已经替代投资成为中国经济增长的第一动力。也就是说，无论你有没有着手缩减开支，大数据告诉你别人已经不怎么花钱了，并且财富增长的引擎也许不那么有力了。

每个中产人士都学习过"生于忧患，死于安乐"，立刻把日本作为命运可参考的样本。它持续处于一蹶不振的局面，日本的经济评论家于是总结出"低欲望社会""厌消费"的概念。对比两国的形态，不结婚、不生娃、不买房是共同的现象，日本的小确幸、宅文化和中国的佛系、丧文化有异曲同工的地方，所以，网络舆论中经常见到中国也在进入低欲望社会的说法。这件事之所以惹人关注，其中一个重要原因是消费拉动生产、经济和就业，它一次次带领深陷经济困境的各国人民绝处逢生，走出黑暗。消费如果拉响警报，后果不堪设想。

日本的"低欲望社会"最直接的原因是经济不景气和通货紧缩，但这个概念的发明人、日本经济评论家大前研一认为，它与日本的经济政策、社会现状甚至年轻人的心理都有关系。日本是世界上财富分配最平均的国家之一。根据瑞士信贷的报告，世界上财富分配最平均的国家第二名就是日本，财富独占率是50%。大前研一写道，因为日本采用的是累进税制，并且遗产税偏高，最高税率超过50%。这种做法虽然有利于缩小贫富差距，导正不平等的世袭，但对于日本这样经济增长和资本报酬率都几乎为零的国家，薪资不再调涨，资产也不增值，再采用这样的税制，会导致无论高所得族群还是低所得族群收入都在减少，他们普遍丧失了"赚钱的欲望"，对社会没贡献，生产和消费都没有活力。

日本的吊诡之处还在于，不消费并不全是因为囊中羞涩。跟大前研一得出的结论类似，日本市场研究所董事长松田久一提出"厌消费"的概念，就是说消费并不随着收入增加而增加。2002年以后，日本经济形势变好，但是消费倾向持续走低，特别是处于黄金年龄的"泡沫经济一代"，厌消费的指数最高。松田久一分析，这一代在少年时代经历了经济萎靡的黑暗年代，内心焦虑而自卑，虽然现在收入尚可，但对未来增长不看好，并且长期的经济低迷，让他们成长在"非通货膨胀"的环境之中。新品价格一年之内会下降20%~50%，也就是延期购物会更便宜。这跟成长于日本经济发展时代的人不一样，那时买得越迟，还款量越大，那一代人养成的是"立即购买"的习惯。

各种因素交织在一起形成了丧失成功欲和物欲的价值观。大前研一写道,在我们那个年代,人人都想头角峥嵘,但现在的年轻人丧失了这样的企图心。不愿意升职,不愿意贷款,因为这些代表着责任和负担。市面上也缺乏振奋人心的例子。大前研一写道,近年来,在日本晋升为有钱人的类型,多半是进行IPO的创业者或者父母转移股票以资本获利者,但这样的人数极少。持续的低欲望让日本消费层面元气大伤,持有这种价值观的族群也难以成为经济支柱。

中国正值壮年的"80后""90后"是怎样的局面呢?1996年出生的郭子辉是无人机飞手,在温州做无人机教员,同时跟朋友合伙创立航拍工作室,业余时间还参加县城的公益救援。郭子辉是典型的小镇青年,读的是三线、四线城市里的大学,毕业回到老家,月收入3000多元。虽然这些钱只够日常开销,但在"前辈们"的眼里,生于中国经济腾飞时代的郭子辉明显是"富养大"的孩子,不是说他手里有充裕的零花钱,而是对待消费的态度很有自我主张并且充满信心。

他的第一台无人机是大学时候贷款买的,每个月还800元,一共还12个月。跟上一代人会选择做兼职挣钱买下来不同,郭子辉说,兼职的时间还不如用来练无人机,月供总能还得上。他一开始只当是买了个昂贵的玩具,用无人机给学校拍运动会开幕式,还上网去结交飞友,这些经历使得玩具变成了生产资料和职业机会。丧失成功欲和物欲在郭子辉的身上一点影子都没有。他说,留在温州是想拼一下看能不能创出无人机市场的一亩三分地来。他觉得浙南小城里目前还是一片蓝海,为了验证这个商机,根本不在乎拮据的现状。

郭子辉的力争上游是否具有普遍性,可以参考给他贷款的电商"分期乐"的数据。分期乐很早就倡导消费分期,在它之后才出现了"花呗"和"京东白条"。创始人肖文杰自己就是这个时代的财富样板,他出生于1983年,曾经在腾讯工作6年,做到腾讯的移动支付财付通产品总监的位子。肖文杰说,他在腾讯工作的时候看支付的数据,发现很多人买东西都很纠结,前一天下了订单不付款,第二天又下一次,反反复复。他就想做一款把金融和电商连接起来的产品,为消费者提供服务。

拿着数百万的启动资金，肖文杰创立了"分期乐"，跟依托于流量电商的花呗和京东白条不同，分期乐的用户更细分。肖文杰说，他只做 30 岁以下、未来有支付能力的一批人，可以理解为刚工作一两年的小白领。为了抓准客群，"我不会卖抽纸，不卖那种很便宜的东西。我卖手机，卖限量版的乔丹篮球鞋，我要吸引的是这些商品对应的消费者"。跟郭子辉一样，这些年轻人现在的支付能力不足，但如果能凭借外力，他们乐于追求好品质，并对自己未来的还款能力很自信。肖文杰说，人们现在印象里认为年轻人用 vivo、OPPO 等品牌的多，iPhone 的价格对他们来讲还是贵了。但分期乐商城里，iPhone 的销量比其他九大品牌的总和还要多，而从全网看 iPhone 的市场份额只有 9.6%。

分期乐数据里呈现出来的消费观是追求高品质，对未来的收入增长有信心。2017 年底，分期乐所属的乐信集团在纳斯达克上市。采访的前一天，乐信刚公布了 2018 年第二季度财报，用户达到了 2920 万人，促成借款 166 亿元，不良率仅为 1.39%。肖文杰说，消费其实可以看作对未来的预期，人性对好东西的追求不会消失，外在环境是影响的变量。

消费升级过的人更容易接受性价比

日本人对低欲望社会的纠结可以用《资本主义的文化矛盾》来解释，作者丹尼尔·贝尔在书中指出，"勤奋与节约"对生产来说是必要的道德观念，"休闲与浪费"对富裕的生活来说是必要的道德观念。这两者虽然看起来互相对立，但"勤奋与节约"生产的产品需要消费者的"休闲与浪费"。作为商业高度发达的社会，日本对物质的吹捧和市场营销技术发展了几十年，已经十分娴熟，面对"低欲望"这种新的消费文化，敏锐的商人主动或被动地调整了策略，出现了一种新模式：产品优质低价。这其中的佼佼者，并在中国广为人知的，就是无印良品。

无印良品也是中国创业者心中的高山。雷军的小米生态链是科技界的无印良品，网易严选的风格与无印良品很相似，名创优品直接与日本设计师三宅顺也合作，做毛巾的最生活在砍掉 SKU 之前对标的就是无印良品，家居纺织品牌大朴也在视觉和文案上提出"侘寂之美"。这批中国创业项目也正是目前焦虑的中产阶层关注且谈论的品牌，明明都说我们要奔向美好生活，消费升级了，却眼看着这些便宜的产品涌现，买的人还很多。它们的大受欢迎到底预示了我们未来怎样的命运？拧巴之下，有人不停地在朋友圈争论：买了这些品牌算是消费升级还是降级了？

无印良品创立于1980年底，是大型超市西友的自创品牌。当时受到1978年第二次石油危机的影响，全球经济萎靡不振，日本也陷入了萧条。消费者对商品的价值和价格开始精打细算。这种消费动向很快波及生活用品市场，各大超市不得不尽快调整策略确保销售业绩。它们纷纷推出超市的自有品牌，并针对消费者对价格的敏感，主打"便宜"这个特色。无印良品的起步其实比同行要晚，但它除了便宜，还强调高品质。

无印良品的上市广告是"因为合理，所以便宜"，要达到这个目标，无印良品的方法是砍去不必要的支出，降低成本，比如它早期经常被引用的案例是香菇片：从前日本卖的香菇为求美观都在生产环节挑选出形状和大小一致的装袋，但无印良品认为，无论什么形状，反正烹饪的时候都要被切碎，不如省去挑选的工序，降低成本。中国消费者很熟悉，并称之为"muji风"的牛皮纸包装，初衷也是为了节约包装成本。无印良品现在是生活用品里的"名牌"，可"无印"就是反对名牌溢价。西武流通集团文化财团理事长辻井乔氏在回忆无印良品创立经过的访谈里说，70年代后期他对品牌之类的东西已经十分厌倦了，贴了商标之后，商品价格就可以提高两成左右，这感觉就像是在搞欺诈。

这种反名牌的模式在日本当时不主流。虽然消费暂时进入低谷，但因为暴富，国民还处于追求物欲和名牌的阶段。1980年，日本出版了小说《梦幻水晶》，主人公是在东京做兼职模特的女大学生，类似于郭敬明的《小时代》，这本小说的字里行间充满了奢侈品和富人生活方式。因为涉及的名牌在行文中密度太高，并且还附加了注释，它在日本被称为"品牌小说"，成了一种社会现象。

无印良品的时代机遇是泡沫经济的崩溃，1990年到1999年，无印良品的营业额翻了4倍多，特别是1993年到1999年阶段，利润和销售额都维持在两位数增长，是日本流通行业为数不多的高利润企业。无印良品的成功带来一个"性价比的时代"，一方面原因是日本消费者真没钱了，一方面是经过20世纪80年代的购物潮，越来越多的消费者发现名牌既达不到炫耀的目的，也达不到实现自我的作用，就像西武百货理事长辻井乔氏厌倦的那样，对名牌熄火了。日本消费研究者三浦展曾经在文章里指出，连女中学生都拥有了路易威登钱包和香奈儿化妆品，再大张旗鼓地穿戴名牌已经证明不了自己属于富裕阶层了。日本的富人越发朴素不张扬，穿基本款的优衣库、无印良品，不通过名牌而是靠穿搭来显示自己来自上流阶层。

跟无印良品创造神话的土壤类似，虽然中国大众的支付能力有限，但低质优价并不是立刻被欢迎，最先接受这种非名牌的反倒是有一定消费能力的人群。"名创优品"很多产品只要10元，第一家店的生意却不理想，顾客看得多买得少。直到第二家店开业并且生意兴隆，创始团队才找到原因。名创优品的品牌总监成金兰告诉笔者，生意不好的第一家店开在居民区，生意好的第二家店则开在了广州最繁华的商业街，说明像居民区顾客那样对价格过分敏感，收入和购买力不足的人群，通常缺乏对商品的辨别能力，所以更加依赖品牌，对名创优品这样的新事物半信半疑。名创优品随即明确了中国的目标客群，是收入较高的消费者，他们见过世面，很精明，知道一件商品该值多少钱。

网易严选的客群也很清晰。去网易在杭州滨江的公司，进大门右手边办公楼的一层就挨着开了三个开架商店，最外面是网易考拉，紧接着是网易严选，再往里走还有网易做的猪肉，二层的咖啡厅里，也开架卖着网易严选上的零食和饮料。网易电商上的产品，公司员工就是最贴近的消费者。网易严选的工作人员告诉笔者，大家出国玩就会发现国外有很多质量好的东西，价格并不贵，既然中国工厂那么多，为什么我们没有这种东西卖呢？从这个朴素的想法出发，网易的邮箱部门开始孵化电商。第一批产品卖给了公司员工，这其中就有后来成为爆款的毛巾。毛巾一共卖了30万元，让网易觉得项目可行，并且像网易员工这样的群体，就应该是用户画像，大学以上学历，在公司上班，出过国，用过好东西，有识别经验。既然是网易邮箱孵化的项目，近水楼台先得月，网易严选的种子用户最初来自网易邮箱的用户，因为很多人用网易邮箱做工作邮箱，严选首先瞄准了这些公司白领。

为什么好品质稀缺

无印良品在日本虽然属于大众消费水平,但进入中国之后因为各种原因定价偏高,2018年它已经完成了进入中国以来的第八次降价。这个本来以物美价廉行走江湖的品牌,在中国虽然失去了价格优势,但因为它具有设计风格,质量不错,对比本土杂货非常有竞争力。截至2017年,无印良品在海外一共有295家门店,其中200家在中国。这种"定位的变形"其实也符合经济新兴国家在生活杂货上的消费升级。作为经历了日本经济发展时期的资深零售商,辻井乔氏在访谈里说,西武在1959年策划了一场法国产品展销会。"不论是烟灰缸,还是果皮箱,只要是产品都一份不落地卖出去了。"日本消费者从前觉得欧美产品可望而不可即,但到了20世纪60年代,终于有实力敞开心扉购买外国货了。

这种迫切也是因为日本产品的水平已经满足不了消费者的需求。当时日本已经出现一些"教主"级别的意见领袖,推动生活美学,从他们的文章里经常可以见到对欧美物质的向往和眼下的不足。造型师出身的散文作家吉本由美曾经写道,她憧憬法国电影里看到的咖啡欧蕾碗,日本国内的商店里却完全找不到。吉本还提到她在洛杉矶买到一种用铁丝穿过布料制作的"晒衣夹收纳",日本同类商品却全是塑胶材料的水果篮造型。"老实说,形状也太丑了吧。"吉本写道。吉本写这些是批判当时日本日用品的品质:"他们是不是觉得便宜的东西,只要随便做做就好?""欧美的东西不会像日本,因为材质粗糙就要故意搞得很高级似的,他们的东西干脆利落,不做作,我很喜欢这样。"

无印良品进入中国的阶段,很多中产阶层人士已经开始产生吉本由美的烦恼。"最生活"的创始人朱志军就看到了其中的商机,创业对标无印良品。"那时候也不懂品牌真正是什么意思,就是我们自己设计了包装,然后从阿里巴巴进货,撕下别人的换上自己的,就在电商上卖了。"朱志军说。当时赶上B2C的电商红利,即便模仿如此粗糙,每个月的纯利润还能达到两三百万元,2013年他做到了电商里这个品类的佼佼者。

朱志军来自百货业,职业经历让他信奉渠道为王,但随着消费者的见识越来越多，买家投诉率高，他意识到这种左手倒右手的方法难以持续。从渠道进入到生产，朱志军碰了大钉子。他告诉笔者，既然说对标无印良品，就想找最好的样品，最好的供应商，开一个模具就要几十万，每个月有三四十人在全国各地出差找生产资源，什么东西都不卖，这些开销就要几百万。"我们花两年时间做了50款产品，把我做电商挣的2000万元快亏光了，公司也从100多人剩了不到20人。实在是挺不下去了，我就找雷军咨询。"朱志军说。

雷军的建议是把单品做透、砍产品，对于创业小公司来讲，这也是比较可行的路线。中国虽然被称为世界工厂，但从前物质匮乏，制造业良莠不齐，甚至连好品质的标准都没有。王治全是家居纺织品牌大朴的创始人，他曾经创立过库巴网，也就是"国美在线"的前身，有互联网思维和创业经验。他告诉笔者，消费升级是一个必然趋势。"中国每年那么多家庭出国旅游，不是去国外买艺术品的吧，大都是日用品，那证明这些东西国内是缺的。但是，消费升级不一定是卖得贵，而是要品质好。中国最近几年出现的现象级产品有一个共同的规律，就是品质变得更好，价格变得更公道。"

王治全的第二次创业，看了很多行业分析报告，他发现家纺行业虽然竞争激烈，但品牌高度分散，国内的标准也不高。"国家标准从前重点都在耐用上，关注掉毛率、色牢度啊，因为这些是从前老百姓最关心的事情。直到2017年才修订标准，把荧光增白剂列入当中。我要做的是没有荧光增白剂，甲醛含量低，没有致癌芳香胺，贴身用也安全的品牌。"王治全说。因为国家从来没有这样的标准，虽然做的是常见的床单，整个供应链全要自己组建。"我们自己采购棉纱，找织布厂织布，然后自己找印染厂印染，再找缝制厂缝制。这种相当于定制的研发，愿意配合的工厂很少。谈判特别艰难，这个行业的规矩是，一个颜色至少得3000米布开机，那就是四五百套，你是个初创品牌，销量本来就起不来，成本又没有竞争力，这是一个很煎熬的过程。"王治全说。

朱志军把50款产品复盘，发现毛巾卖得最好，占40%的销售额。他于是把创业聚焦到了毛巾上，并且拿到雷军1000万元的投资。2017年，朱志军的"最生活"跟"网易严选"因为一款毛巾在网上吵了一架，结果消费者很快从关注他们谁是谁非转向毛巾质量本身。有自媒体用吸水率、纤维长度等毛巾质量的重要参数把最生活、网易严选和日本著名毛巾品牌今治放在一起测评，结果两条中国毛巾的质量不差于今治，可它们的定价都不到30元一条。

王治全经过一段时期的摸索，也创出自己的产品线和产品风格。他虽然跑去日本学习了侘寂之美，但风格跳出了"muji风"。王治全说，"侘寂"主要还是安静内敛，不张扬，在这个审美趣味里，他开发出更符合中国人喜好和生活习惯的图案，除了无印良品标志性的性冷淡风，还有花鸟、卡通等。对中国消费者来讲，选择更丰富，而且便宜。

中国式的做法

由奢入俭难，消费升级还是降级，不能仅用花了多少钱来衡量，而是品质，一旦受到了消费升级的熏陶，人们对生活品质的要求很难下降。兴业研究公司副总裁鲁政委在最近的专栏里根据吃喝、住、行类的消费数据分析，发现中国消费者对高档白酒、大户型房子和中高级轿车及SUV的偏好更高而不是相反。

如果没有"消费降级"四个字时常出现在朋友圈里戳心，消费者大概会毫不迟疑地欢迎像日本人买无印良品一般轻松，不必在这方面精打细算。这个市场是一个难以描述的天文数字，网易严选和小米生态链的采访对象都搞不清楚他们的项目包括哪些品类，只能回答哪些领域是不涉及的，因为不涉及的才是少数。可就像王治全做床品、朱志军做毛巾的经历一般，在制造环境良莠不齐和长久低标准的现状里，支撑起这样庞大的生意，困难重重。这一批涌现出的"性价比"品牌，虽然不断向消费者解释"自己就是中国的无印良品"，其实它们的生意模式更类似于美国的好市多（Costco），它更容易解决中国设计和制造上的薄弱问题。

好市多是会员制的连锁超市。它最大的特点是每个品类只有两三个品牌，但确保它们是同类商品里性价比最高的，相当于好市多已经为消费者筛选了一遍，消费者不需要左顾右盼，买走就好。这种模式使得它的库存少，单品销量巨大，所以能从厂家拿到最低的价格。好市多的毛利从来没有超过14%，而以高效率、低成本著称的沃尔玛毛利是22%到23%。简单说来，这个模式如果要行得通，商品都要有爆款潜质，并且前端能够取得消费者的信任，确保你选择的商品被接受，后端有优秀的供应链做支撑，确保能提供高品质产品。

网易严选从名字上就表明，它采用的是类似好市多的严选模式。它从上线以来已经产生了很多爆款，无论是被人谈论的阿瓦提毛巾还是电动牙刷、美容棒等，如果留意消费潮流就会发现，网易严选上的新品与当时各电商平台的流行产品重合度很高。网易严选副总裁 Wendy 说，严选跟淘宝最大的区别在于涉及生产环节，产品周期很长。它上面的每一种产品都是半年甚至一年前就立项的，这就要求选品团队对消费趋势有预测能力。类似于时尚行业的买手从时装周上看准流行趋势和选品，严选也有一个团队经常密集采风，去看国内外的展会，从中发现有流行潜质的商品，或者留意供应商们正在研发的新技术。比如冻干技术能高度还原食品味道，是即食行业正流行的探索，严选就陆续上线了冻干牛肉面、酸辣汤，还有替代速溶咖啡的冻干咖啡。

为了取得消费者的信任和找到优秀的供应商，网易严选一开始上线时打出了与大牌同厂生产的旗号，海报上标明"采用同样的材质，来自同样的制造商"，这曾引起轩然大波，因为看起来像是把山寨合法化了。但"好的生活，没那么贵"实在是击中人性。上线两年，在 2018 年网易第二季度财报中，严选等电商净收入达到 43.66 亿元，成为网易游戏之后第二大营收项目。Wendy 说，中国制造业的环境是良莠不齐，我们选择能证明自己素质的供应商合作，效率最高的证据就是曾经有过国际大牌这样优秀的客户。这些代工厂其实满足不了中国消费者所有的需求，网易严选现在辟出一个海外制造馆，因为像织物除菌除味喷雾、除氯负离子花洒等，从前中国市场上很难找到成熟可靠的商品，消费者只能海淘，网易严选就得去国外找工厂。

小米生态链也非常明确地提出学习好市多的精品策略和无印良品的品质。好市多就是小米心目中的理想状态：用户可以绝对信任米家的品牌，只要是米家的，一定是性价比高的。米家在吸引会员上有优势，小米自带数量庞大又忠贞的粉丝。小米生态链高级产品总监李创奇说，最早小米做了刷机，刷机是件有风险的事情，比如可能丢失资料，小米提高刷机门槛，用这种方法筛选出一个核心用户群，就是发烧友。这一群用户向外拓展，小米有一批认同小米文化的"米粉"。每当小米产品上市，第一次曝光带来的用户转化率非常高，这是跟粉丝有直接关系的。除了自带流量，小米通过黏性、品质控制等很多方法潜移默化地让粉丝形成一个认知，就是小米的产品总是比售价所产生的心理预期高一点。"比如你心里很清楚20块钱买的东西是什么样子，那么小米做的东西让你感觉这是30块钱的东西具有的一些品质和设计。"

在生产端，小米没有选择依靠"证明过自己的供应商"，而是提出生态链的概念，用投资的方法聚拢一批企业或者项目，给钱，给小米做手机蹚出来的方法论，给渠道，也就是小米电商，还有粉丝和社会对小米的关注度，这些公司的产品除了供给小米，也可以创立自己的品牌。小米同样面临一个制造业薄弱的环境。李创奇说，小米生态链上的产品可以分成两类：一种是成熟标品，最典型的例子是小米电视；另一种是新兴产品，从前中国市场上没有或者现在才刚流行起来，比如激光投影、空气净化器、扫地机器人。小米跟投资团队共同研究，它应该是什么样，有哪些功能，像小米做的移动电源、空气净化器等，甚至是小米团队先有了产品需求，再去游说合适的人创业，从无到有地造出公司和产品。

最后所有人都要面临一个原创能力和设计的问题。无印良品创立30多年，不但把品牌营销包装成了一种生活方式输出，而且有原研哉、深泽直人、杉本贵志等知名设计师贡献智慧，互相成就。从代工厂土壤里成长起来的中国品牌如何从生产再上溯到创意呢？文化的培育周期很长。名创优品的方法是寻找了日本设计师三宅顺也合作，他毕业于日本文化服装学院，那个学校培养出了三宅一生、山本耀司等世界知名设计师，作为产品经理和设计师，三宅顺也为很多品牌提供过服装、饰品、小部件方面的企划，能把日本现代设计和商业运作中得到的训练和经验带到名创优品。

网易严选虽然表示采用ODM模式合法合规地售卖品质优异、性价比高的商品是对当下面临困境的"中国制造"的支持，但是也曾经承诺设立1亿元"网易严选创新专项基金"，严选上中国制造的创新商品售卖达到1万件，就启动激励机制，在常规设计费基础上，对创新进行奖励。Wendy说，严选现在有自己的设计团队，做自创品牌，还在探索跟中国传统工艺、原创设计师合作开发产品，已经上线的过风雨伞就是采用西湖绸伞的工艺，由浙江大学工艺设计系老师设计的产品。

一个从物质匮乏和粗制滥造环境中迅速崛起的庞大消费市场，支付能力不均匀，消费诉求和对购物的理解处于不同阶段，难以用消费升级还是降级简单地区分。

记忆之宫：当代中国的历史足迹

中国近代历史的主轴之一就是融入世界，中间虽然经过各种波折和倒退，但古老的中国还是成功地通过拥抱全球化而获得新生。2018年是"一战"结束百年，也是改革开放四十周年，让我们一起来回顾中国走向世界的这两个脚印。

"一战"百年：中国融入现代世界

刘怡

1918年11月13日，星期三，大战告终第三天。万里之外的巴黎和伦敦依旧沉浸在与初冬气候迥异的欢喜气氛中，革命的狂飙则仍在柏林、维也纳和彼得格勒继续上演。在中华民国首都北京，宝洁公司联合创始人詹姆斯·甘博的孙子、28岁的中华基督教青年会美籍干事西德尼·甘博（Sidney D. Gamble）用他的Speed Graphic型大画幅4英寸×5英寸照相机记录下了两个特殊的场景：在东单北大街与西总布胡同西口交叉处，身着黑色制服的中国巡警正指挥着一队民夫，手忙脚乱地将一座四柱七楼的汉白玉石牌坊拆卸成大大小小的散件。在象征国家尊严、平日大门紧闭的中华门（原址现为毛主席纪念堂）正前方，竖立起了一座六柱五楼的竹制彩牌楼，正中央悬挂着新任国务总理钱能训亲笔题写的四个大字——"公理战胜"。

那座被拆卸一空的石牌坊，曾是20世纪中国历史的重要见证物"克林德碑"。1900年6月20日，时任德国驻华公使冯·克林德男爵在西总布胡同西口被清军击毙，成为引发八国联军侵华之役的导火索。战后德方强迫清廷派专使赴柏林谢罪，并在克林德毙命之处兴建一座纪念坊，上刻光绪皇帝亲笔起草的"惋惜凶事之旨"，"以彰令名，并表朕旌善恶恶之意"。这座耻辱性的牌坊距离东堂子胡同的前清总理衙门旧址和石大人胡同的北洋政府外交部大楼仅有咫尺之遥，在鼎革前后的中国外交官心中皆是最刺目的疮疤，如今终于随着德国的战败被一扫而光。牌坊拆开后的构件被装上平板车，转移到故宫南侧的中央公园（今中山公园）内。在西郊朗润园中的战俘营，被拘禁一年有余的原驻华德军官兵也得到了准备回国的通知。

11月28日，太和殿前广场举行了中华民国历史上第一次阅兵式。前国务总理段祺瑞悉心编练的"参战军"一部，与自东交民巷调来的协约国各使馆卫队一道，接受了中国政府要人与各国驻华使节的联合检阅。几位在中国参战问题上发挥过关键作用的名角——参议院议长梁士诒、前财政总长梁启超、暂时退居幕后的段祺瑞、英国驻华公使朱尔典（Sir John Newell Jordan）以及美国驻华公使芮恩施（Paul Reinsch）——悉数列席观礼。须发皆白的大总统徐世昌向到场的两万多名宾客发表了感慨深沉的演讲，回顾了自1914年大战爆发以来，中国在"侨工之协助，粮食之输供，原料之补充，军需之制给"等事务上对协约国集团倾力相助，"事无巨细，必竭其勤"的历史；并寄望在战后缔造"全世界之和平"的进程中，中国亦能"克尽相当之义务，奋力疾追"。阅兵式结束后，太和殿前鸣放了108响礼炮，全国开始为期三天的公共休假。

即使是在整整一个世纪之后的2018年，不同国家的民众对那场首度被冠以"世界大战"之名的漫长冲突的集体记忆，依旧有着明显的歧义。在英国，数十万青年士兵遗尸于1915年的弗兰德战场造成的震撼是如此之大，以至于弗兰德海岸盛产的红色虞美人花从此被冠以"悼亡虞美人"（Remembrance Poppy）之名。每年11月11日，佩戴悼亡虞美人徽章已经成为英联邦成员国国民共通的仪式，以警醒战争带来的浩劫。在美国，对壮志未酬的伍德罗·威尔逊总统的评述被再度提起；由他首倡的"十四点和平原则"使美国第一次得以跻身传统上由欧洲列强独占的世界外交舞台中心，但在1919年的巴黎和会上却收获了一言难尽的终局。然而对"十四点"尤其是其中革命性的"民族自决"（Self-determination）理念，东欧、巴尔干和中近东一系列中小国家至今抱有感激之情。对这些国家而言，"民族自决"赋予的正当性支持使它们得以从沙俄、奥匈、土耳其三大帝国崩溃的废墟中破茧而出，收获新生。而这正是大战直接催生的结果。

唯独在中国，大战带来的转变，迅速为其他一系列事件造成的负面影响所遮蔽。距离徐世昌发表那番热情洋溢的演说仅仅5个月，中国代表团在巴黎遭遇外交失败，未能收回战时已为日本攫取的山东权益。此事成为历史性的"五四运动"的导火索，也使中国民众关于"一战"的长期情感记忆，耻辱性远大过成就感。战争后期曾短暂为中国所收回的外蒙古主权，在20世纪20年代初远东政治的新动荡中亦得而复失，并最终在1945年被永久化。当中国人回顾本国在1914~1918年经历的历史时，直观感觉往往是异常突出的混乱、无序和涣散：在大战进行的四年多里，北京政府累计经历过12次内阁彻底改组，有9人出任或代理过国务总理，两度发生帝制复辟，爆发过两次南北全面内战。1915年的《二十一条》交涉以及1918年的《中日共同防敌军事协定》，几乎使中国置于遭近邻日本独占的处境。就在徐世昌宣布中国已"（凭）公理战胜（强权）"的那一天，全国仍有两个互相对立的国会和政府，分裂状况直至1928年底才告一段落。加之中国并未派正规军赴欧参战，致使英国外交大臣贝尔福在巴黎和会期间，竟发表了中国对此役"未出一先令，未死一个人"的攻击性言辞，似乎坐实了中国困顿于内乱、对大战殊少贡献的习惯性印象。

然而此次大战之所以会被冠以"世界"之名，新意恰恰在于涵盖范围更广的全球图景，尤其是新的全球治理模式和国际行为准则，在战争进程中的浮现。在19世纪能以欧洲一隅撬动全球权势格局的英、法、德等传统列强，在财富、人力和物质损耗空前惊人的总体战时代已无暇他顾。在"东北亚-西太平洋"，逐渐兴起了以"中国之命运"为核心命题的区域国际关系体系，使日美两大新兴强国皆卷入其中，从而深刻地改变了20世纪的亚洲乃至世界历史的进程。在战后的1922年，太平洋和远东秩序问题，尤其是中国问题成为华盛顿会议上全球关注的焦点，新的《九国公约》由此诞生，日本独霸东亚大陆的野心遭到挫败。而以"五四运动"以及作为大战副产品的中苏关系交涉为契机，中国深刻进入了战后席卷全球的民族主义和社会主义大潮，新民主主义革命的时代就此开启，最终使中国彻底摆脱了半殖民地半封建社会的命运。

更重要的是，所有这些变化并非纯系运气或机缘造就，而是中国政府决策者、外交官、知识分子乃至社会各阶层在大战期间审时度势、主动争取的结果。1901年灾难性的《辛丑条约》宣告了中国自19世纪40年代以来对近代国际体系持久抵抗的失败；中国正式进入国际社会，但依旧是不平等、受摆布和宰割的客体身份。以近代欧洲为发源地的一整套国际社会运作机制和文明准则，通过暴力强加给了中国，收获的则是夹杂有顿悟和愤懑的复杂情绪。第一代"西化论"者和共和主义者试图通过推进内部革命，以建成与欧美同质的宪政体制来博取外交上的平等地位。但在北洋政府成立之后，谋求改订平等新约的尝试依旧为列强稳固的在华均势（Balance of Power）体制所挫败。中国在财政独立和边疆安全上仍无法实现自主。

1914年爆发的大战，给中国的国际主义者和民族主义者带来了一个始料未及的机会。随着欧洲列强走向全面军事冲突，均势体制不复存在，世界秩序乃至东北亚国际关系迎来了新一轮洗牌。中国重新定位本国与国际社会间关系的可能性就此出现。从大战爆发之日起，以梁士诒、梁启超、顾维钧等"外交政策群体"（Foreign Policy Public）为基干的北洋政府外事和决策精英就已经意识到：获得参与战后和平体制缔造的机会，是中国摆脱"辛丑体制"、赢取具有主体性的平等国际地位的最大希望；而要获得此种机会，就必须加入更有希望赢得大战的协约国阵营，为最终的胜利做出贡献。从1914年到1917年，中国三次谋求对德奥宣战，其间曾历经国内政局动荡的纷扰和日本独霸野心的威胁，最终得以如愿。由梁士诒首倡的"以工代兵"模式，自1916年起将14万名"中国劳工旅"（Chinese Labour Corps）成员输送到欧洲战场，在最大限度地抵消了中国宣战偏晚带来的不利影响的同时，为协约国的胜利做出了实际贡献。一番苦心运作之后，中国终究得以以平等身份参与巴黎和会和华盛顿会议，在战后世界秩序的缔造中发出了自己的声音。

香港大学历史系教授、中国与"一战"关系史研究专家徐国琦指出："中国参加'一战'，从小处着眼，是为了应付日本，为了在战后和会上占一席之地。但从长远看，是为了加入国际社会，为了国际化，为了在新的世界秩序中有发言权。"从直接结果看，参战使得德奥两国在华的租借地、势力范围以及包括治外法权在内的种种不平等权益被一扫而空，并在事实上终结了中国对屈辱性的庚子赔款的支付。20世纪20年代初北洋政府与德、奥两国新政府签订的全新双边条约，成为民国初年改订平等新约进程中的关键节点。而通过在战后历次国际会议上勉力发声，特别是利用日美关系的变化寻求国际支持，中国在华盛顿会议上最终得以收回山东权益，从而有效弥补了巴黎和会外交失败造成的损失。而在参战以及战后和平问题造成的内部涟漪中，中国知识分子群体通过著书立说、发表演讲、联络工商界和学界以及与闻国是，形成了覆盖范围甚广的社会动员机制。"五四运动"的兴起以及社会主义思想在中国的早期传播，便是这种机制的直接成果。

那位以影像记录了中国人在胜利之日欢庆场景以及"五四运动"爆发时刻的美国人甘博，战后参与到了协助在欧美华工回国的志愿服务活动中。与此同时，另一位北美基督教青年会战地服务干事、耶鲁大学毕业生晏阳初也在法国前线的华工营地里，义务为同胞们承担代写书信、教授文化等工作。1931年，第四次来华做社会学研究的甘博在河北定县与晏阳初相遇，后者当时已经把他在华工营中的实践经历发展成为一套系统的平民教育理念，并在定县进行集中实验。回到美国后，甘博出版了三卷本汉学名著《定县：一个华北乡村社区》；他和晏阳初的人生道路，都被那场发生在遥远欧洲的大战彻底改变了。

1920年7月4日，被拆散的克林德牌坊在中央公园南门重新竖立起来。三块坊心石上与"惋惜凶事"和"谢罪"有关的文字被全部抹去，钱能训题写的"公理战胜"四个大字被郑重地镌刻在中央的匾额上。1952年10月，有37个国家代表出席的"亚洲及太平洋区域和平会议"在北京召开，会议期间决定再度更换匾额，由郭沫若题写了"保卫和平"四字，至今尚存。那时节，中国已经经历了一场新的革命和新的世界大战，成功跻身全球主要大国之一，始于"一战"的转折，终于结出了果实。

通往参战之路：北洋政府的危机与转机

27岁这一年，伍朝枢终于体会到了父亲伍廷芳在前清时代为李鸿章参谋外事谈判时的心理感受：沮丧，苦恼，但又不得不为之。更令他郁闷的是，抛出这道难题的，正是19年前令父亲名誉蒙羞的同一个国家。

时间是1914年9月2日深夜，中华民国政府的8位内阁总长，政事堂国务卿（国务总理）徐世昌和左右丞、副总统黎元洪，总统府内史监（秘书长）阮忠枢，税务处督办梁士诒以及几位书记官围坐在中南海丰泽园中的澄怀堂办公室，焦虑地等待着大总统袁世凯的问话。他们中的大部分人年纪在50岁左右，早在前清时代就已经身居高位并且彼此熟识，但对如此棘手的情形依旧一筹莫展。或许是考虑到僚属们的困境，三位年纪尚轻但通晓国际事务的政事堂参议被紧急召来，安排在会议桌的下首，以便随时提供咨询。他们是33岁的早稻田大学法学学士、安徽人金邦平，26岁的哥伦比亚大学法学博士、担任过大总统英文秘书的顾维钧，以及前清驻美公使伍廷芳之子、剑桥大学法学硕士和英国法学协会会员伍朝枢，分别对应与中国外交关联最为紧密的日、美、英三国。回想1895年，伍廷芳曾经以中国代表团一等参赞的身份随李鸿章赴日，亲身参与了耻辱性的《马关条约》的谈判和签订。这位毕生自豪于自己的法律专业主义、此时正在上海安然过寓公生活的老人并不曾料想到，当年困扰过自己的日本威胁，时隔不到20年便再次逼近了下一代中国人。

身材矮小壮硕的袁世凯简明扼要地交代了当天传来的突发消息：接日本驻华公使日置益通报，日本陆军第18师团的先头部队已于9月1日深夜在山东半岛北部的龙口登陆，对德国在华的海军基地胶州湾租借地展开包抄进攻。日方同时还暗示，基于军事行动需要，将对德方控制的胶济铁路全线以及不属于德国租借地的济南实施占领。尽管自8月23日日本对德宣战以来，战端骤开的可能性便已出现在中国政府要人们的预期内，但日方竟早于事前公布的最后期限9月15日展开军事行动，并公然无视中国政府在8月6日照会的《局外中立条规24条》，在胶州湾以外的龙口地区实施入侵，依旧令众人感到猝不及防。作为专业人士，顾维钧和伍朝枢给出了基于国际法准则的反馈意见：既然中国已经决心对欧洲大战置身世外、严守中立，就必须以严厉的姿态应对日方破坏中立的行径。中方应立即向山东半岛调兵，坚决抵制日军肆无忌惮的侵入。

然而这毕竟只是年轻书生的热血之见。几分钟后，陆军总长段祺瑞就给出了令人沮丧的答复：受装备差距，弹药匮乏和后勤、运输能力不足所限，即使中国军队在山东只部署最低限度的正面防御，也仅能抵挡日军约48小时，随后便难以为继。届时中日双方已处在准战争状态，局面将更不易收拾。袁世凯的亲家、外交总长孙宝琦则以沉默给出了暗示：对如何处理"武力保卫中立"这一无任何先例可循的命题，他本人全无头绪。长久的沉默之后，仍是袁世凯本人做出了一锤定音的决定：效仿1904~1905年日俄战争时的旧例，将胶济铁路潍县车站以东、龙口、莱州以及连接胶州湾附近各地划为日德两国"交战区",撤出驻扎在其间的中国驻军,潍县以西则仍为中国中立区。9月3日,此项决定被通报给了在东交民巷的各国驻华使节。

当年日俄战争爆发之时,袁世凯已是权倾朝野的清廷直隶总督、北洋大臣,统领全国大半新式军队。他当然知晓:所谓"局外中立"的安排,从一开始起就是废纸一张。日俄双方实际的冲突范围,很快就突破了清廷划定的"交战区"边界;双方强征中国民夫、捣毁中方民政机关、劫掠财富以及残害平民之举,更是贯穿于战争始终。以此类推,指望以一项事后追认的声明限制1914年的日军在山东的行动,不过是自欺欺人之举。事实也的确如此:9月25日日军占领潍县车站之后,并未即时东进、尽快攻下德军盘踞的青岛和胶州湾,而是继续发兵西扰,将青州、济南等胶济铁路沿线要地和周边矿山、公路一概收入囊中,甚至设立临时管理机构,堂而皇之地开始了准殖民统治。当年11月青岛被最终攻克之后,中方向日本使馆发出照会,宣布鉴于战事已毕、"交战区"在事实上丧失效力,日方应尽快安排从山东撤军。但对方完全不予理睬。

继续推进一项明知无法奏效的外交政策,反映的是袁世凯此际万般纠结的心理状态。他曾经悲观地告诉顾维钧,尽管国际法的"理"似乎指出了中国在奉行中立政策时本应享有的权利,但亚洲大局的"势"和中国本身缺乏"力"的困境迫使政府只能不断妥协退让,最终向日本的胁迫低头。另一项不便启齿的原因是:在扑灭了国民党人发动的"二次革命",并颁行了新的《中华民国约法》之后,袁世凯本人的注意力已经转移到了尽早实现"改变国体"、帝制自为的内政问题上,殊不愿这一良机为外交上的纷扰所阻断。顾维钧日后回忆称:"袁世凯不懂得共和国是个什么样子,也不知道共和国为什么一定比其他形式的政体优越。"既然在国体问题上的倾向已经愈发复古,则在外交事务上对前清萧规曹随,在袁氏眼中也就不再成为大问题。

但并非所有人都怀抱类似的看法。就在日军占领青岛之后不久,参加了9月2日中南海会议的伍朝枢、梁士诒以及前外交总长陆徵祥几乎同时萌生出了交结英国和其他协约国要角,以化解来自日本的安全压力的想法。驻美公使夏偕复则建议中国以中立之身调停欧洲战事，通过缔造新的和平来改善自己的外部处境。通过使中国问题由中日双边架构变为国际化，特别是借由欧洲大战的时势、实现中国外交局面的改观，成为相当一部分中国外交家的共识，并着手付诸实施。尽管此时距离中国实际参战，还有整整两年半的间隔。

神父外长的课题

即使是在百事一新、异象频生的民国政坛上，陆徵祥依然称得上是一位特立独行的奇人。作为平民家庭出身的外交干才，他的道德观念和行事法则曾颇受身为新教传教士的父亲的影响。40岁那年，陆徵祥改宗罗马天主教，嗣后虔诚之心愈发炽烈，最终竟在57岁的盛年退出政坛，以比利时天主教本笃会神父的身份在异域度过了余生。他也是清末外交官中最早与欧洲女性缔结新式婚姻的少数几人之一，通晓俄、法两门外语。这样一位背景特殊的人士，得以在清末民初的政坛崭露头角，正是此际中国日益与世界接轨的缩影。

晚年的陆徵祥反思平生功过，曾经留下过一句振聋发聩的遗教："弱国无外交。"不可谓不沉痛。但在他本人亲历的大部分政治活动中，恰恰是要为中国这一弱国谋外交，以外交策略的得分弥补中国军事、经济硬实力上的缺陷。庚子之变前后，陆徵祥曾随前清洋务重臣许景澄、杨儒办理对俄外交，深知中国边疆危机之险恶与盲目排外之无益，更对清末新旧混杂、外交决策完全系于个人之身的旧体制抱有极深的个人看法。辛亥革命之后，南北两政府于1912年实现合并，袁世凯有意延揽一位与同盟会素无渊源、又能外于官场老迈恶习的新人物出掌外交部。陆徵祥遂从驻俄国公使任内被召回北京，成为北洋政府外交事务的主要掌舵者。

作为北京官场中的外来者，陆徵祥的最大贡献，在于迅速实现了中国外交系统的专业化和独立化。归国之前，他即正告袁世凯：在他本人主持外交部期间，既不向其他部会推荐官员候选人，也拒不接受其他部会对人事安排的置喙。1912年10月他上任后不久，即参考法国制度草拟了《外交部组织章程》，设立一厅四室的固定编制，将全部在京办事人员压缩到100人以下。在选拔和任命新官员时，他要求对候选人进行严格的考试，不以籍贯为依据，原则上要求至少通晓一门外语。前清时代，驻外使节大多加有钦差衔，可直接向皇帝上奏，对使馆事务也近乎一人包办。而陆徵祥要求将所有驻外使领馆人员逐步替换为专业外交人员，仅对总长负责，组建了一套责任明确、人员精干的职业外交家班底。整个外交部系统除去总长为特任官，须随内阁更迭变换人选外，其余次长、参事、公使、领事等皆为简任官，职务变化不甚频繁。这使得外交官群体在民国初年变动频仍的政局中，始终得以保持稳定，能够持之以恒地追求为中国争取平等地位的外部目标。

陆徵祥晚年曾感慨："凡是办政治，尤其是办外交，绝不可用外行。武人做外交官，只可认为一时的'变态'。我那时培植60余青年，我绝不用私人，只选择青年培植，希望造成一专业外交人才。"在1912~1920年他执掌外交部期间，外交系统办事人员具有留学经历的比例一直维持在50%以上，前清遗留的老迈庶务人员则被大刀阔斧地裁汰。伍朝枢、顾维钧等年轻留学生能以未及而立之身与闻机要，参与最高决策，与陆徵祥的倡导关联甚大。甚至到1928年北伐结束之后，北洋时代的外交官仍有相当一部分被南京政府所留用。

此举当然不是为了自矜已才，而是鼎革之际中国面对的国际形势复杂性使然。辛亥革命前后，中国政局动荡，英俄两国乘机策动西藏和外蒙古谋求独立。在随后展开的关乎宗主权（外蒙古）和边界划定（西藏）的一系列谈判中，痛感前清遗留的条约体系淆乱不堪，在观念和细节上都存在莫大的差池，有鉴于此，陆徵祥在外交部设立了"条约研究会"和参事室，延揽一批常备的国际法人才，细致研究前清遗留条约的漏洞和国际法学界的新动向，以为最高决策提供咨询。1912年12月，外交部还组建了定期集中议事的"保和会准备会"，名义上是为派团出席1915年第三届海牙和平会议（当时称"保和会"，后因大战爆发而取消）做前期筹划，实则已经开始整理基于中国本身利益诉求的国际法提案，希望借助未来的大会予以公开和实现。

香港大学历史系教授、中国与"一战"关系研究专家徐国琦认为：在1914年前后，中国已经出现了一个以外交才俊、言论精英、工商业人士以及知识分子思考群为核心的"外交政策群体"。他们秉持一种建立在世界主义基础上的国家主义理念，对旧文化、旧秩序和旧的国家认同发起了公开挑战，希望使中国成为国际社会的平等一员。也是这个群体，最早觉察到了世界大战为中国提供的潜在机会——1914年8月17日，外交部秘书刘符诚就青岛战事问题前往东交民巷拜会法国公使康悌（Alexandre-Robert Conty），后者提及：待将来战事平定，各国必有一大会议，届时中国应设法取得列席资格，如此方可使本国问题不由外人决断。

康悌所透露的关于战后和会的消息，是中国的"外交政策群体"第一次窥见国际秩序即将迎来决定性的重构。伍朝枢率先就此发声，11月7日，他向袁世凯呈上说帖，建议中国拒绝单独与日本就山东问题展开谈判，而要将协约国领袖之一英国拉入其中，举行中、英、日三方交涉。如若不遂，亦可将中日争端付诸战后召开的"国际公会"，借他国之力来挽回损失。10月31日，陆徵祥在保和会准备会第52次会议上提出：日本以武力夺取德国在华租借地，属于国际法上并无先例的新问题。鉴于战后和会必就此争端做出裁决，中国应当尽快着手研究既有法条并撰写相关论文，以为合法收回山东主权做出准备。然而短短两个月之后，这位神父外长就开始缺席随后的讨论，因为袁世凯给他安排了一项一言难尽的新工作——主持对日双边谈判。

日本想要什么？

如果说中国的外交政策精英在大战之初觉察到的还只是全球权势体系发生剧变的模糊可能性，那么日本的高层决策者，尤其是军队领导人在战争问题上的态度则远为明确和坚决。开战前夕，日本由于常年维持海陆并举的扩军态势，国家财政已经濒临破产，政府内部各派阀之间的矛盾也急剧激化。战争的爆发使"大陆政策"的鼓吹者不禁欢呼"天佑"已经到来，前外务大臣井上馨侯爵投书给大隈重信首相，兴奋地表示："时局的发展将为日本与欧美列强并行提携、世界问题无法将日本置之事外奠定基础。日本应当立即举国一致，停止政争，和英法俄联合起来，确立在东洋的利权。"1914年8月15日，日本外务省援引1902年英日同盟条约的相关条款，对德国发出最后通牒，要求在日本和中国水域内的德国军舰以及一切武装船只立即缴械，并在9月15日之前将胶州湾租借地移交给日本。8月23日，日本政府以未收到答复为由，正式对德宣战。

1901年《辛丑条约》生效之后，列强在华的势力范围大致形成了均势。嗣后日本虽然通过日俄战争，在中国东北取得了局部优势，但因为此役未能获得赔款，直接收益要少于中日甲午战争，故始终耿耿于怀。而大战的爆发不仅使欧洲各国的商业和军事力量就此远离中国，还迫使英法两国直接向日本求援，呼吁日本派海军到地中海参战以应对德国潜艇战的威胁，并为协约国建造驱逐舰。不仅如此，英国和澳大利亚还默许日本舰队驶入中太平洋，占领了此前为德国控制的诸多岛礁。在国际形势极其有利的情况下，日本决心以协约国集团为依托，利用中国虽宣布中立却无力自卫的弱点，实现在政治、经济和军事上独占东亚的目标。

日本对德宣战之初，德国驻华公使冯·马尔灿（Ago von Maltzan）男爵一度提出将胶州湾租借地交还给中国。日本驻天津领事小幡酉吉闻讯竟警告中方不得接收，否则"日本将认为中国自行破坏中立"。鉴于驻青岛和胶州湾的德军总数仅有不到4000人，反击能力微乎其微，入侵山东的3万多名日军首先用了近两个月时间来完成对胶济铁路西段以及沿线主要城市的占领，随后才在1914年10月31日正式发动了对青岛的全面进攻。11月7日，德国总督迈耶-瓦尔代克海军上校宣布投降。日方随后拒绝了中国政府要求收容德军俘虏和收回胶济铁路的动议，接收了其占领区内的大部分德国企业，并将在山东的军事存在变为长期化。

即使已经在事实上完成了对山东的控制，日本政府仍未掉以轻心。和中方一样，日本深知胶州湾的最终归属在战后的和平会议上必定再起争执；要使这种占领能够合法化，最佳选择是与中方举行双边谈判，利用中国尚未正式参战的有利时间窗，提前完成在政治和经济上彻底控制中国的布局。而袁世凯愈演愈烈的称帝企图，给这一阴谋提供了新的机会。1914年8月底，新上任的日本驻华公使日置益登门拜访袁世凯，直截了当地表示："做皇帝没有什么不可以。但最重要的关键是，中国政府应当向日本人民表示中国对日本的善意，这样才能获得日本政府的同情与支持。"1915年1月18日，在东京获得外务省面授机宜的日置益越过中国外交部，直接与袁世凯本人联络，当面宣称："日本政府希望中日悬案能早日解决，中日两国间的亲善关系能日益加强，更希望大总统能高升一步。"旋即抛出了一份事无巨细的"对华二十一条要求"。

"二十一条"的基本内容，与日俄战争之后日方强迫朝鲜签署的《乙未条约》极度类似。它不仅要求把日本在山东和中国东北的经济、交通权益予以永久化，还企图插手中国内陆矿产开发权和筑路权的归属，以及沿海口岸和岛屿的开放。在军事上，它要求中国政府聘用日本人担任军事和财政顾问，向日本采购军火，并不得向其他国家让渡类似的权利。倘若中方予以全盘接受，由《辛丑条约》奠定的列强共管体制将被彻底颠覆，变为日本的一家独大。即使是醉心于帝制的袁世凯，考虑到条约内文公布可能对政府威信造成毁灭性打击，也未敢轻易应允。对日双边谈判随后再度由陆徵祥主持的外交部所主导，并持续了三个多月时间。

正是在围绕"二十一条"展开的中日谈判中，中国久未参战带来的弊端开始公开化。袁世凯企图玩弄由来已久的"以夷制夷"策略，通过秘密向英法美各国报章透露谈判的内容来营造舆论压力。但在日本已经公开参战并能为协约国提供现实支持，中方却游移不定的背景下，泄露"二十一条"的内容仅仅带来了欧美各国民间和新闻界的愤慨，对其最高决策的影响则相当有限。袁世凯多年的好友、英国驻华公使朱尔典明确表示：英国至多能就内容最为密集的第五号要求向日本表示异议，但因为中国并为协约国阵营一员，不能指望日方给予中国以盟友级别的待遇。美国公使的反馈与之相仿。而日方虽然在国际压力和陆徵祥的拖延政策下，最终应允撤回第五号要求，但在逼迫中方接受最终条款一事上始终不松口。

1915年5月7日，日置益突然提出最后通牒，限定中方于5月9日下午6时以前接受删改之后的"二十一条"修改案，否则"帝国政府将执行必要之手段"。8日上午，袁世凯手忙脚乱地在中南海春藕斋召开特别会议，向各部总长通报了谈判情况。当天中午，朱尔典到外交部办公楼与陆徵祥谈话，沮丧地表示："中国已经面临生死存亡的严重关头……最后通牒只能回答'是'或'否'，没有讨价还价的余地。此时欧洲各国无暇东顾，中国政府除接受日本条件外，别无自全之道。"美国公使保罗·芮恩施也再三劝告陆徵祥，"应避免与日本发生正面冲突"。9日，中国政府正式决定接受日方通牒。5月25日，双方代表在中国外交部大楼正式完成了两份相关条约的签署。由于1915年为中华民国四年，故该条约也被合称为《中日民四条约》(以下简称《民四条约》)。袁世凯随后亲书两道手令给各省要员,号召"凡百职司,日以'亡国灭种'四字悬诸心目"。

若从最终结果看,《民四条约》相较"二十一条"的初始内容,删除了危害最大的第五号条件以及涉及华南、华中待开发权益的大部分条款,仅承认维持日本控制山东的现状,在东北和内蒙古东部的主权损失也未到极其不堪的程度。但自客观效应看,它充分证明了在中国久未参战、欧美各国又无暇干预的背景下,北洋政府终将无法抵御日方意图独占中国的入侵。尽管《民四条约》的大部分内容随着战后东亚格局的变化最终遭到废止,但谈判的艰难过程已经显示:中国可用的反制手段已濒临枯竭,必须尽快另谋他途。

更何况,《民四条约》的签订并未使日本继续侵华的步伐稍微放缓。袁世凯原希望通过接受条约来稳住日本,为复辟帝制争取宽松的外部条件。孰料洪宪"帝国"刚刚出炉,日本政府即开始与南方反袁势力暗通款曲,并策动前清宗社党人、内蒙古马匪在东北境内大搞"满蒙独立"。不仅如此,日本还企图为其在中国的特殊权益争取国际承认,尤其是获得可能决定大战最终走向的区域外大国——美国的承认。1917年11月2日,日本前外相石井菊次郎子爵在华盛顿与美国国务卿兰辛达成《兰辛-石井协定》,在名义上继续承认"门户开放"和"机会均等"政策的同时,默认"(中日)两国因为领土接近而给日本带来了特殊利益",并承诺"不谋求剥夺友好国家人民或臣民在华的特殊利益"。长此以往,日本在华的特殊地位终将被普遍接受。

两位梁先生

关于两位同为广东人的民初政治要角梁士诒和梁启超,时人掌故笔记《旧京琐记》中曾录有一段妙趣横生的传闻:光绪二十八年(1902),梁士诒在京师应清末唯一一期"经济特科"试,考中一等第一名。孰料有小人向慈禧太后进谗言,称梁士诒之名兼有"梁启超之头,康祖诒(康有为)之足",籍贯又系广东,必为乱党无疑。梁士诒因此落榜,连夜逃往香港。此说流传甚广,但实为不确:三水人梁士诒早在1894年即已考中科举殿试二甲进士第15名,本不缺功名出身。1903年的

"经济特科"属于加试性质，不中亦不足为忧，连夜出逃更属无稽之谈。若论仕途经济，这位原籍三水的梁先生，远比来自新会的"饮冰室主人"梁启超先生来得顺畅。前清末年，他得袁世凯之助，接替盛宣怀出掌全国铁路系统以及交通银行，时人呼为"梁财神"。进入民国，梁士诒继续为袁世凯所信用，一度出任总统府秘书长，又得到"小总统"的别号。

两位梁先生虽彼此相识，仕途交集却不多。但在1914～1917年，他们曾不约而同地成为中国参战的鼓吹者，并发挥了至关重要的作用。事实上，当"二十一条"交涉临近尾声之际，中国参战的迫切性已经呼之欲出。从外交主事者陆徵祥到年轻一辈的伍朝枢、顾维钧，均以为不加入协约国集团，不足以改善中国在日本步步进逼之下的国际空间。然而以袁世凯思慕帝制的渴求心理，在《民四条约》订立之后，已无暇再顾及外交事务。唯独梁士诒能凭借其双重身份——既是袁氏复辟帝制的谋主之一，在前清时代又曾经参与对英国的外事谈判——对袁世凯有所进谏，并以隐身于后台的参谋角色，充当在中英之间交换高层看法的中介人。

1915年6月，就在《民四条约》签字之后一周，梁士诒找到旧相识朱尔典，主动提出：从减少牺牲的角度起见，协约国不必继续僵持在已成对峙之势的西线，而应取迂回之策，经地中海攻击中欧集团中力量最弱的土耳其，与东线的俄军在高加索实现会师。前一年夏天，英国曾经派出重兵强攻达达尼尔海峡附近的加里波利半岛，但被守军顽强击退，伤亡达20余万之众，短期内无力再战。现中国愿意自备半数武器弹药，派30万大军至欧洲，在英国指挥下恢复对土耳其战线的进攻，条件只是英方承诺在战后召开和会时支持中国的主张。朱尔典担心此举会触怒刚刚在"二十一条"交涉中自认为吃亏甚大的日本，加之英军将领始终怀疑中国军队的战斗力，此项动议未能成行。不过仅仅4个月之后，梁士诒再度展现出长袖善舞的才干：1915年夏天，俄国在波兰战线遭遇惨败，继续补充军火以编练新兵。中国自晚清时代起，即引入欧洲技术兴建兵工厂，所产枪支弹药恰好能满足俄方的需求，但在"严守中立"的名义下无法对外出口。机敏的梁士诒遂委托海军运输舰将1万支步枪和750万发子弹分批运至英属香港，由当地英国驻军付款接收，再辗转运交俄方。通过这种方式，中国在实际介入大战之前，即已成为协约国的军火供应商之一，双方具备了共同利益。

　　1915年11月，梁士诒再度开始运作中国参战一事。当时袁世凯帝制已是箭在弦上，昔日曾允诺乐见其成的日本政府却食言而肥，联合英、美、俄三国使节共同向北洋政府施压，要求暂缓变更国体，以免造成内战。梁士诒决意反其道而行，以日置益过去对袁氏的承诺为凭据，要求日方支持中国立即加入协约国集团，对德奥宣战。根据1902年英日同盟条约的相关规定，日本若要和第三国缔结军事同盟，需要事先征求英方的意见。而朱尔典和梁士诒在实现中国参战一事上已有共识；一旦日方将计划亮明，英国将以协约国领袖的身份将中国置于政治和外交保护之下。如此一来，日方将不得再向中方施加压力，袁世凯的复辟也可告成。

　　然而现实总比理想来得残酷。正当梁士诒"极力运动中国政府"，并暗示英法等国"不能以此虚体面让予日本"之时，日本外务省已经通过其无孔不入的电讯网和情报系统，捕捉到了中英两国密谈的蛛丝马迹。11月中旬，日置益倒打一耙，反过来指责朱尔典企图置英日同盟于不顾，单方面招揽中国加入协约国集团。此时正值德国海军将4艘潜艇送入地中海，协约国在欧洲的海上运输压力再度上升，重新生出了要求日本派舰队助战的迫切渴望。与这种现实需求相比，羸弱的中国参战可能带来的收益不免相形见绌。于是，英国外交部最终做出了否认推动中国参战的声明。朱尔典不禁哀叹："我们简直犹如一群被日本操控的傀儡。"

　　随着第二次推动中国参战一事中途夭折，梁士诒政治生涯的前半段已经临近尾声。袁世凯复辟失败之后，他作为"帝制首恶"被国民政府明令通缉，真的踏上了流亡香港之路。不过到了1918年，通过疏通段祺瑞的关系，梁士诒得以复出，不仅如愿列席中国作为大战胜利国的庆典，还提出了重整全国铁路与银行系统、复兴战后中国的方案。也是在那一时节，他和早有交往，但关系若即若离的另一位梁先生重新恢复了往来。

　　不仅如此，梁士诒对中国参战的最直接贡献，是在1916年促成了"以工代兵"计划的实现。在协约国集团陷于西线消耗战之中，紧缺工程、后勤与服务人员的背景下，梁士诒促成了英法两国在威海卫和上海招募中国青年壮劳力，组成中国劳工旅（Chinese Labour Corps）前往欧洲参战。到1918年为止，累计有大约10万名中国劳工进入英军后勤单位服役，4万人进入法军单位（其中约1万人转调美国），其中相当一部分成为熟练的工程兵、军工技术人员甚至坦克修理技师。有2000多名劳工在赴欧途中或战场上受伤、患病而死，约3000人最终在法国定居。他们不仅为协约国的胜利做出了实际贡献，还开拓了普通中国人的眼界。

相比梁士诒在列强之间合纵连横的实绩，游走于政学两界的梁启超，最初仅以民间建言者和舆论动员者的身份发挥作用。1914年战端甫一开启，他便以为13岁的儿子梁思成解读时局为名，撰写了一部200页的小册子《欧洲战役史论》。在该书中，梁启超极言"今之战，殆全世界人类相互之战也"，凡各国家、各民族皆不得独善其身，中国亦不能例外。根据他的分析，两大交战集团的整体实力对比决定了德奥必败、协约国必胜，此恰为"增进我国际地位之极好时机"。倘使中国能审时度势，加入协约国一侧，并对最终胜利有所助益，必能有效恢复自晚清以来一再失落的国家权益。但单是站对阵营还不够，更重要的是"借此努力，造成完全国家完全国民之资格"，利用欧洲列强无暇东顾的时机，完成财政自立、完善国家组织、改良政体以及普及教育等国家复兴的整体布局，特别是扫荡污浊不堪的政坛风气。"政治一改良，则凡百皆迎刃而解"。

从这层意义上说，"一战"初期的梁启超与20多年后鼓吹"抗战建国"的新一代中国人一样，看到了战争可能为构建现代民族国家提供的精神和组织资源。当时中国最受欢迎的人文类刊物《东方杂志》的主编、文化保守主义者杜亚泉最初对此同样持赞成态度，并认为需要创造一个新的中产阶级以为新中国的社会基础。区别仅仅在于，随着战事的日益延长，年纪较长如杜亚泉者开始生出一种偏执的自信，认定西洋文明终究无法避免自我斗争与自我毁灭，这正是中土"国有文明"复兴的良机。而以1915年创刊的《新青年》杂志为阵地的陈独秀、刘文典等激进知识分子，愿意更加彻底地拥抱民族主义、现代军工科技以及黑格尔历史哲学，认定这场世界大战正是黑格尔笔下的"世界法庭"；文明的优与劣、先进与落后，将由战争的最终结果做出评判。两种不同社会思潮之间的"思想战"，已经为嗣后的新文化运动埋下了某种伏笔。而最初的民族主义者，待其热望在战后的和平会议上遭遇重创之后，将会进一步转向更新兴的社会主义思潮寻求答案。

但梁启超绝不仅仅是一位宣传家。在1917年的某个时刻,他也将以政治家的身份隆重登场。

参战招来了皇帝

梁士诒的两次参战提议打通了英国关系,"以工代兵"的操作则使法国成为中国的事实盟友。随着时间的推移,另一个与中国同样具有千丝万缕羁绊的国家——美国,成了中国在寻求参战道路上的新伙伴。

中美之间就参战问题产生的互动,始于1914年驻美公使夏偕复主动提议威尔逊政府邀请中国参与调停欧洲的个人举动。这一动议之所以未能实现,固然是由于北京政府痛感自身实力不足,且顾忌日本的态度,与伍德罗·威尔逊(Woodrow Wilson)总统的冷淡亦不无关联。1914年8月4日,即中国发布中立宣言的第二天,美国也宣布不会插手欧洲战事,"不仅在名义上,而且在事实上保持中立;既要在行动上,也要在思想上不偏不倚"。这当然不是因为威尔逊对恢复和平毫无兴趣;相反,主要是因为他对和平的道德理想期待过高。1916年10月,这位总统在演讲中慷慨激昂地表示:"战火正在世界其他地区蔓延,合众国却远离当前的冲突,这不是因为它不感兴趣,更不是因为冷漠无情,而是因为它希望扮演一种前所未见的新角色。"

为了给这种新角色注入内涵,1915~1916年,威尔逊派自己多年的竞选顾问和私人幕僚爱德华·豪斯(Edward M. House)以特使身份前往欧洲,与英、德、法各国政府代表做直接接触。在归国途中,豪斯得出了一项惊人的结论:爆发战争的根源不是武力行为本身,而是由于欧洲诸国秉持一种完全错误的政治观念。他们将国家间均势视为和平的基石,却没有看到被理论化的均势所扭曲的人性。真正的"永久和平"应当建立在普遍民主、集体安全和民族自决的基础之上;在这三项原则指导下,世界各国可以结成一个类似议会的共同体,按照白纸黑字的法条去判断国与国关系的是非曲直,并一致惩戒违规者,如此和平便可长存。

1917年1月22日,威尔逊在参议院发表了题为"无须胜利的和平"的演说,阐述了美国政府对战后和平的设想——缔造一种无所谓谁胜谁负的和平,不以旧式的领土兼并和金钱赔偿作为尺度，只关心冲突本身的是非曲直，惩戒作恶者，并对潜在的冲突因素进行疏导。这一宏伟理想在欧洲收获的满是嘲讽和挖苦，在中国却获得了异乎寻常的欢迎。对保和会准备会里的那些知识分子型外交官来说，威尔逊所描绘的图景，与他们长期受感染的海牙和平精神如出一辙。而威尔逊对各民族间平等地位乃至新型和平的强调，更使中国的国际法学者们认定山东问题有望在公平、公正的战后国际环境中获得解决。中美两国间的接触遂日渐频繁。

1917年2月23日，英国外交大臣贝尔福在伦敦向美国驻英大使佩奇展示了一份情报机关截获的德国外交电报。电报内容显示：德国不仅决定在整个大西洋范围内实施无限制潜艇战，而且正在秘密联络墨西哥当局，企图对美国本土发动偷袭。这份"齐默尔曼电报"将美国政府和民众对中欧强国的愤怒推向了高潮。威尔逊政府正式启动了参战的准备工作，并通过驻华公使芮恩施知会中国外交部：若中国选择与美方步调一致，对德奥宣战并废止此前的一切中德条约，德国对胶州湾的租借将从法理上归于无效，日本对山东的占领也将成为非法行为。如此一来，在战后的和平会议上，中国将有充分的道义和法理基础去收回山东主权。

话虽如此，在中国政府内部的不同派别间引发的却是迥异的反响。袁世凯在1916年暴毙之后，共和体制得以恢复。黎元洪以副总统身份继承了国家元首之位，旋即宣布恢复民国元年的《临时约法》和旧国会。而新任副总统、直系军阀领袖冯国璋与国务总理兼参谋总长、皖系军阀领袖段祺瑞各以几省督军为凭靠，与总统形成三足鼎立之势。三股力量之中，以段祺瑞对参战问题态度最为坚决，这不仅是因为他从政治盟友梁启超那里接受了以战争为契机、实现国家改造的理念，更因为他意图借参战编练一支新军，彻底扫荡自反袁护国战争以来形成事实割据状态的西南各省，实现他心目中带有复古色彩的"武力统一全国"的目标。

然而被段祺瑞作为过渡人物抬出来的黎元洪并不甘心成为傀儡。他以原国民党和中华革命党议员组建的宪政商榷会作为依托，与总理争权，形成府院（总统府与国务院）对峙、两虎恶斗之势。经过一番明枪暗箭，1917年3月11日，参议院审核通过了与德奥两国断绝外交关系的决议；但在对德正式宣战以及组建参战部队的问题上，府院之间再度形成僵局。5月23日，黎元洪免去段祺瑞的总理职务，宣布将会先改组内阁，再召集国会正式讨论宣战问题。但他也深知，若无掌握各省武力的督军团的认可，国是势必难以为继。因此在逐走段祺瑞之后，黎氏竟引火上身，向督军团会议盟主、长江巡阅使张勋求援。后者素有恢复帝制的念想，此时乘机要求黎元洪解散国会，并领兵进京。7月1日，张勋扶植清帝溥仪复位，史称"丁巳复辟"。

张勋的倒行逆施之举，令黎段二人都大感意外。但段祺瑞毕竟身为军人，反应极为敏捷。张勋复辟不过两日，他就赶到位于天津马厂的北洋陆军第8师师部，宣布组建"讨逆军"，向北京挺进。梁启超为段氏起草了反对复辟的通电，并手书一联，悬挂于军旗之下："上将军段祺瑞，讨叛国逆张勋。"7月12日，讨逆军攻入天坛和皇城，溥仪再度退位，段祺瑞则在两天后自行宣布复行总理之职，并以梁启超所属的研究系官僚为班底，组建了新的内阁。冯国璋则以代理身份继任为大总统，并在参战问题上与段祺瑞达成了一致。1917年8月14日，冯国璋发表《大总统布告》，声明自当天上午10时起，正式与德奥两国处于战争状态。

五色旗驱逐三色旗

对自1914年8月以来始终处于惴惴不安状态的在华德国外交人员、陆海军官兵乃至侨民来说，宣战既是终结，也是解脱。自1917年3月16日起，已经陆续有中国警察开入天津、汉口德国租界，占领其中的领事馆、兵营和警署，降下德方的三色国旗，升起中华民国五色旗。8月14日宣战令下达之后，北京、塘沽、秦皇岛等地的德国兵营也被中国驻军占领，德军官兵在解除武装后被收容至几处管理所，等待战后遣返。

3月中旬中方对德奥两国断交之后，战时滞留在中国港口和内河的11艘德奥商船被中国海军扣押，并在8月14日正式升起了五色旗。这是中国近代史上第一次获得来自敌对国的战利舰船。负责接收这批商船的是刚刚从欧洲考察归来的陈绍宽少校，他后来成为抗战时期的中国海军总司令。被临时拘禁在南京下关江面的原德国东亚舰队内河炮舰"水獭"号与"祖国"号则有着更具传奇色彩的经历：它们被中国海军重新命名为"利捷"号和"利绥"号，编入第二舰队序列。1919年7

月，作为战后恢复东北主权行动的一部分，北京政府派这两艘战利舰和另一艘炮舰"江亨"号结伴北上，驶入长期为沙俄独占的黑龙江、松花江、乌苏里江三江航道。这是19世纪以来第一次有中国军舰抵达遥远的海参崴和庙街，也是民国时代最后一次。

比有形的收获意义更加深远的是无形的胜利果实。自中国对德奥宣战之日起，两国自清末以来与中国政府签署的一切不平等条约，连同德奥两国借助列强"一体均沾"规则获得的其他权益，悉数遭到废止。到稍晚的20年代初，北洋政府与德奥两国基于平等原则签订了新的双边关系和贸易条约，终于实现了自辛亥革命以来最重要的外交目标。值得一提的是，中国近代史上最具耻辱性的财政损失——庚子赔款，也随着中国成为"一战"胜利国，在事实上停止了支付。对德奥两国的赔款自双方宣战之日起即不再赔付，革命之后的俄国则主动放弃了赔款要求。而协约国各成员国从20年代中期开始，也陆续宣布将剩余赔款转作对中国教育、文化事业的资助或用于维持北京政府的财政稳定。实际有大约三分之一的赔款数额最终并未实际支付。

在胜利带来的喜悦和依旧光怪陆离的时局中，中国人的抵抗与彷徨仍在继续。为了完成"武力统一"之梦，复出的段祺瑞采纳梁启超的建议，不再恢复《临时约法》和旧国会，而是另起炉灶，选出了以皖系为依托的"安福国会"。他同时还授意陆徵祥曾经的副手曹汝霖与日本首相寺内正毅的幕僚西原龟三举行秘密谈判，以山东和东北的铁路、矿产、森林作为抵押，借得1.4亿日元的贷款。这笔巨款除去三分之二被用于稳定全国金融外，其余都用于装备一支3个师又5个混成旅的"参战军"。对此举大感不满的150余名旧国会议员离京南下，与叛离北京政府的海军第一舰队主力一同到达广州，组成了以孙中山为大元帅的"护法军政府"，并获得西南七省的响应，与北京政府相对峙。中国的南北内战由此重开，并一直延续到北伐结束。

1920年，即中国代表团拒绝签署《凡尔赛和约》、拒不承认由日本继承德国在山东的权益的第二年，段祺瑞在直皖战争中失败下野。又过了两年，在远东政治的新要角美国的暗中支持下，中国在华盛顿会议上与日本就山东问题达成新协议，彻底恢复中国对山东的主权,日军限期撤出山东并归还胶济铁路,同时一并废止不平等的《民四条约》。1922年2月6日,美、英、法、日、比、意、荷、葡、中九国代表签订了基于多边原则的《九国公约》,公约声明:签字国家应尊重中国的独立和领土、主权完整。近代中国的国际化进程,自此进入了一个新阶段。

参考资料:《第一次世界大战在中国历史上的地位及影响》,徐国琦著;《中国"一战"参战记》,王戢著;《北京政府时期的政治与外交》,马振犊、唐启华、蒋耘著;《中国外交与第一次世界大战》,侯中军著;《巴黎和会与中国外交》,唐启华著;《被"废除不平等条约"遮蔽的北洋修约史》,唐启华著

改革开放四十年：光荣与梦想的编年史

贾冬婷

1978～1988：破土

对于很多中国人来说，"改革开放"仿佛就在昨天。如果仔细分辨这40年翻天覆地变化的起点，应该追溯到1976年9月9日毛泽东逝世。那个时候，26岁的美籍华裔摄影师刘香成正在巴黎准备拍摄法国新总理，他在当地报纸上看到毛泽东的整版照片，意识到这是比不久前唐山大地震更大的震荡，主动请缨去中国拍摄毛的葬礼。他先到了广州，凭着摄影师的敏锐，记录下珠江两岸人们肢体语言的变化：人们虽然戴着黑纱，但肩膀不是僵硬的，脚步不是匆匆忙忙的，脸上的表情也不算很伤心，反而有一种不寻常的平静。他强烈地感觉到，一个新的时代即将到来。

可以说，毛泽东的逝世不仅是一个政治符号的消退，而且是10亿中国人预料之中的震惊，人们花了远超自己想象的时间从震惊中恢复过来，重新思考没有毛泽东的未来。带着充满矛盾的历史遗产，有些转变是疾风骤雨般的，比如"四人帮"的被捕、"文化大革命"的结束以及邓小平的复出；有些则是茫然无措的，比如经济改革，没有任何蓝图在手，也不知何处是目的地。

当时的中国是一个烂摊子。"文革"10年后，整个国民经济几乎到了崩溃的边缘。占人口总数80%的农民人均年收入只有区区40美元，人均粮食产量还不及1957年的水平。1976年12月，华国锋在接任国家主席之后的第一次讲话中，就强调了经济发展和改善人民生活水平在新一代政府工作中的重要性。但要开启经济改革，首先要面对的，是怎样才能做到既维持国家稳定，又为社会松绑。

1978年5月10日，《理论动态》杂志发表了一篇名为《实践是检验真理的唯一标准》的文章，第一作者是南京大学哲学系青年教师胡福明，随后被《光明日报》《人民日报》等转载，胡耀邦和邓小平表示了支持。这篇文章旗帜鲜明地挑战了当时风行的盲目崇拜毛泽东的政策，引发了一场关于真理标准的大讨论。这场讨论最终以实用主义的胜利而告终，将毛泽东时代遗留下来的意识形态枷锁放了下来。

召开于1978年12月18日至22日的十一届三中全会被公认为中国实行"改革开放"政策的正式宣言。74岁的邓小平再次回归，成为"改革开放"的主导者。在会议公报中，明确了"把全党工作的着重点和全国人民的注意力转移到社会主义现代化建设上来"的迫切要求，而且要求"大幅度地提高生产力"，希望社会主义现代化成为一次"新的长征"和"广泛、深刻的革命"。尽管公报里几乎没有给出任何具体措施，但心态上已经开始整装待发了。

国企改革成为之后一系列改革措施的重头戏。正如在三中全会公报中所写的那样，"经济管理体制的严重缺点，是权力过于集中"。因此，政府尝试让"地方和工农企业在国家统一计划的指导下有更多经营管理自主权"。而这一时期中国开始派出以副总理谷牧带领的官方访问团，密集出访各国，一方面是结束在国际上的孤立，另一方面也是重新审视中国的经济现状。邓小平本人也亲自出访，其中1978参观日产汽车给他留下了深刻印象，他感慨道："现在我明白什么叫现代化了。"于是，在接下来的几年里，企业改革成为经济体制改革的焦点，而国营企业"放权让利"更是重中之重，为此引入了经营承包责任制。原本以为，把在农村改革中一试就灵的"承包制"拿到国企中来就可以了，谁知道，其复杂程度远远大于农村经济，中国企业改革开始陷入经济学家高尚全总结的"一统就死，一死就叫，一叫就放，一放就乱，一乱就统"的循环中。

在国企改革陷入停滞之时，突破性的改变正在社会主义经济的边缘暗潮涌动。在这些"边缘革命"中，最为重大的变革是在农村爆发的。当时农村人口占全国人口总数的80%以上，但农业是整个国民经济中最为薄弱的环节。毛泽东逝世后，农业政策仍然建立在中央计划的基础上,"农业学大寨"和"以粮为纲"是当时农业的指导思想,剥夺了地方政府因地制宜的自由。真正意义上的农业改革,"包产到户"和家庭联产承包责任制,是自下而上展开的。

1978年底,安徽省凤阳县小岗村的18户农民秘密签署了一份契约:"我们分田到户,每户户主签字盖章。如此后能干,每户保证完成每户全年上交公粮和不再向国家伸手要钱要粮。如不成,我们干部坐牢杀头也甘心……"到丰收之时,这些农民所获的粮食远比他们的邻居多得多。下一个耕种季节,邻村的村民也加入其中。其实,"包产到户"并非小岗村的新发明。自1956年大力推进农业集体化之后,中国至少经历了"包产到户"的三次回潮,但都被打压下去。这一次,以小岗村为标志的"包产到户"在政府内部经历了一年多的激烈辩论,最终获得默许。1982年1月,时任中央农村政策研究室主任的杜润生在当年的"一号文件"里创造性地提出"家庭联产承包责任制"概念,这一提法冲淡了一些担忧。北京大学国家发展研究院教授周其仁当时以学生身份参与到杜润生的研究中,他阐释,在这套制度下,集体的土地分给农户,以农户承担一定的责任为前提。在开始的时候,农户的责任通常联系着"产量"——以相应土地面积的常年平均产量为基线,农户承诺将交多少给国家、多少给集体,以此交换土地的承包经营权。很明显,这是一个"增加的产量归农民"的合约,对生产积极性的刺激作用不言而喻。另一方面,承包到户的土地,并没有改变"集体所有制"的性质——它们还是公有的,只不过按照约定的条件交给农户使用而已。自此,家庭联产承包责任制成为一条国策。

与"包产到户"一起,另一项变革几乎同时在农村上演,这就是乡镇企业带领的农村工业化革命。1987年,邓小平在与南斯拉夫官员会谈时,将乡镇企业的崛起形容为一个惊喜:"农村改革中,我们完全没有预料到的最大的收获,就是乡镇企业发展起来了。突然冒出来搞多种行业,搞商品经济,搞各种小型企业,异军突起。"事实上,乡镇企业并不是"突然冒出来"的,它们当中有很多是从原来的社队企业发展起来的。正如杜润生所说,取消公社,政企分开后,过去的社队企业便能像经济动物一样行动,对市场需求做出反应了。在整个80年代,乡镇企业成为中国经济发展最快的部分。到80年代中期,乡镇企业的产值不但占据了全国农村经济总量的半壁江山，甚至达到了全国工业总产出的四分之一。而另一方面，乡镇企业对国营企业构成了越来越大的挑战，也为它日后的衰落埋下伏笔。

中国城市的边缘力量也开始萌动。随着"文革"的结束，城市青年"上山下乡"政策终止，到20世纪80年代初，大约有2000万知青和工人回到了城市，形成了数量庞大的"待业青年"群体。而与此同时，城市里存在着巨大的个体经济需求，居民需要各种小饭店、便民店、修理铺和小商店。著名经济学家、时任国务院经济顾问的薛暮桥在1979年7月20日的《人民日报》上发表了一篇文章，督促政府开放个体经营，让"待业青年"自谋出路。邓小平像之前以饥荒为理由允许农民"自己找活路"一样，在1979年也借城市青年日益增长的犯罪率，允许城市青年做"个体户"，一时间，个体户如雨后春笋般涌现出来。1981年11月，中共中央、国务院联合发布决定，将个体经济提升为社会主义集体经济的"必要补充"。但一开始，雇工人数被严格限定在不能超过7人，理由是马克思在《资本论》中的著名论断："雇工到了8个就不是普通的个体经济，而是资本主义经济，是剥削。"

不久，在安溪芜湖，自称"傻子"的个体户年广久就给经济学家们出了一道难题。他以炒卖瓜子起家，炒出的"傻子瓜子"引来一片叫好声，生意越来越兴旺，一天就能卖出两三千斤，他便请来一些待业青年当帮手，一数，居然有了12个人。很快，一场大辩论在全国范围内开始了——"安徽有个年广久，炒瓜子雇用了12个人，算不算剥削？"这场辩论一直持续到1982年，年广久的瓜子工厂已经雇用105人，他本人也成为中国第一批百万富翁之一，但关于雇工几个人的争论仍是尘埃未定。如何定夺小小一颗瓜子里面的大是大非？

周其仁当时供职于杜润生领导的中共中央农村政策研究室，他回忆，杜润生组织了关于"傻子瓜子"来龙去脉的调查，并把有关材料报到了邓小平的案头。传回来的邓小平指示上，斩钉截铁就是"不要动他"四个大字。在1987年"十三大"上，关于个体户雇工人数的限制正式解除了。这也是邓小平改革方式的又一次胜利：不争论，先尝试，见效之后再推广。

在改革开放最初10年的诸多"边缘革命"中，不可忽视的还有经济特区的开辟和发展。最早的突破来自临近香港的广东省保安县，时任招商局董事长的袁庚走到了前台。1979年,袁庚刚刚接手招商局,就提出一份大胆的建议,要中央给招商局一块工业用地,"这样既能利用国内较廉价的土地和劳动力,又便于利用国际的资金、先进技术和原料"。最后划定的蛇口工业区仅2.14平方公里,但袁庚争得了两个权力:一是可以自主审批500万美元以下的工业项目;二是被允许向外资银行举债。袁庚在螺蛳壳里做道场,蛇口很快成为中国最开放的"工业区",也是最醒目的制度试验场,企业和人才纷纷涌入。在蛇口开发区筹建半年后,1980年5月,深圳、珠海、汕头、厦门四个经济特区正式设立。1984年,邓小平在建立经济特区之后第一次视察深圳,在目睹深圳的高速发展之后,他称赞深圳是中国改革开放政策的成功样板。

新制度经济学鼻祖、诺贝尔经济学奖获得者罗纳德·科斯(Ronald Coase)一直关注着中国的改革,他认为,四大边缘力量——家庭联产承包、乡镇企业、个体经济和经济特区,是80年代中国经济转型的先锋力量。这些经济试验能够破土而出,也正是因为它们是在社会主义经济的边缘地带进行的。到了1987年10月,随着"十三大"的召开,中国经济总量已然是1978年的两倍。政府宣布兑现了发展经济的承诺,提出要以经济建设为中心,坚持四项基本原则,坚持改革开放。

我出生在20世纪80年代初,差不多可以算是"改革开放"的同时代人。我没赶上这出伟大戏剧的开场,但我知道,对父母那一代来说,这是很多人的命运转折点。1976年知青返城,1977年恢复高考……以此为开端,这一代人和下一代人才有了更多自主抉择的机会。不久前翻看刘香成当年拍下的大江南北一幕幕日常影像,很多看似不可思议的场景似乎已经离我们很远,但其实也不过40年而已:一个学生在校园里毛主席雕像下滑冰,伸展着胳膊,如鸟儿一样;高考刚刚恢复时,很多人家里灯不够用,学生们借着天安门广场的路灯夜读;上海照相馆里拍摄结婚照的新婚夫妇,为了省钱,这对新人只身着西式婚纱的上半身;还有云南思茅三个戴着廉价墨镜的朋克青年,对着镜头摆出一副酷劲儿……这些从"文革"的影响中走出来、重新燃起人文精神的中国人,眼神中充满了急切与新奇。

1978年到1988年,如同共和国的青春期。在刘香成拍摄的图景里,1978年开启的改革开放也是一个重建"常识"的过程,那是曾经暂时失去的意识。随后的 80 年代是充满闲散的浪漫年代，人们充满好奇地向"前"看，缓慢地抛弃过去，思考着随改革的深入而带来的新事物。

1988～1998：深入城市

在即将退休之时，邓小平决心攻克一个改革遗留问题——"价格闯关"。原来由国家规定和控制的物价，要放开由市场决定，这也是建立市场经济的关键。此前，中国已经形成了一种"价格双轨制"，即按计划指令生产的产品由国家定价，超计划增产的产品则按市场供求决定价格。1984 年提出并论证"价格双轨制"的经济学家张维迎告诉我们，双轨制是从计划调节到市场调节的一个过渡阶段，类似大禹治水中把"堵"变为"疏"的思路，在当时避免了剧烈震荡，但最终的目标是市场价格，是不断地"放"，直到"放"完为止。80 年代末，双轨制已经显现出越来越多的负面效应，同一个产品的"市场价"高于其"计划价"数倍甚至十数倍，以至于"寻租"盛行，腐败滋生。

周其仁指出，价格改革之所以被称为"闯关"，是因为此前波兰因放开食品价格，影响民生，导致大罢工和波兰共产党下台。中国价格改革的代价究竟有多大，能不能平稳推进，谁都不能打包票。但在 1988 年，邓小平义无反顾地决定取消物价管制，宣布在 3 到 5 年内完成物价改革。

但是，物价改革的时机可谓糟糕至极。当时通货膨胀正在加剧，很多商品已经供不应求。8 月 19 日放开物价管制的消息一公布，已经疲于应付通胀的城市居民立刻陷入惶恐，引发了全国性的恐慌性购买。据报道，武汉的一个消费者购买了 200 公斤食盐，南京则有人买了 500 盒火柴。8 月 30 日，物价改革宣布终止，"闯关"失利。9 月，政府启动了一项紧急财政紧缩方案，中国经济进入了长达 4 年的"治理整顿"期。这也是陈云力主的，他描述为一种"鸟笼经济学"：经济"就好比一只鸟，鸟不能捏在手里，捏在手里会死，要让它飞，但只能让它在笼子里飞。没有笼子，它就飞跑了"。

在近 10 年的经济强劲增长后，中国经济改革遭遇了第一个真正意义上的全面危机。1989 年，经济进一步滑坡，政治氛围紧张，邓小平也在这一年的 11 月正式退休。而让所有人始料未及的是，他还将在3年后再次启动中国经济的引擎。

改革开放可以不问姓"社"姓"资"吗？——类似的意识形态争论曾被抛在脑后，而90年代初，这种自我怀疑重被提起，甚至改革的大方向也有逆转的危险。已经88岁的邓小平决定出手拯救改革，但他当时已经没有任何正式职务，不得不另辟蹊径。1992年1月17日，他在子女的陪同下，坐上了开往南方的专列，要亲眼看看市场化改革最为深入的地方，是什么样的景象。他在一周时间里视察了武昌、深圳、珠海、上海等地，其间的讲话被整理成文，形成著名的"南方谈话"——"不改革开放，只能是死路一条"，"发展才是硬道理"。对于长期困扰中国改革的姓"社"还是姓"资"的问题，他的回答十分坚定："计划多一点还是市场多一点，不是社会主义与资本主义的本质区别。计划和市场都是经济手段。"

邓小平深化改革的呼声一经公开，最直接的响应来自私营企业和个人。此前不久，股票市场——市场经济的显著信号——分别于1990年和1991年在上海和深圳开设。而在邓小平"南方谈话"后，最令人瞩目的现象当属"下海"——政府官员、国企员工、科研院所学者扔掉了手中的"铁饭碗"，辞职从商。据统计，1992年有多达12万政府公职人员辞职，停薪留职从商的人超过了1000万。而在1992年10月的"十四大"上，政府第一次正式提出了"建设社会主义市场经济体制"的目标。

在邓小平"南方谈话"的推动下，"价格关"也终于闯过。到1993年春，中国社会零售商品总额的95%、农副产品收购总额的90%，以及生产资料销售总额的85%，全部放开由市场供求决定。"用市场价格机制配置资源"从此成为中国经济制度的一个基础。

为了应对价格扭曲和恶化的财政状况，1994年，时任副总理的朱镕基启动了税制改革。科斯认为，新的分税制带来的最根本变化是，让中国的企业摆脱了中央财政政策对其直接而快速的影响，同时将微观经济环境从政府的宏观经济政策中分离出来。长远来看，它将地方政府各自为营的混乱局面转化为一个高效的竞争环境，刺激了区域经济的发展。

价格改革和税制改革为单一价格体系和全国市场的建立铺平了道路。由此，国企改革也再次开启。这次的新目标超越了"放权让利"和经营责任承包制，要建立一个脱离政府干预并由市场监管的现代企业制度。但这一改革目标的悖论在于，国家所有的企业如何能不受国家干预，而变成自主逐利的商业企业？

当时的国企状况不容乐观。1994年，由九部委组成的联合调查组对上海、天津、沈阳、武汉等16个大城市进行调研，结果显示，这些城市国企的亏损面已达52.2%。与此同时，国企在工业生产中的比重大幅下降，到1995年只有34%。

是什么阻碍了国企的发展呢？科斯指出，产权界定是建立市场经济的先决条件，这一基本思路也为中国的国企改革提供了便捷通道。

突破口来自两个实践。一是颇有争议的"诸城经验"。1996年3月，经济学家吴敬琏突然接到通知，要他参加一个视察组前往山东诸城，带队人是副总理朱镕基。在此之前，这个山东省的县级小城已经悄无声息地完成了一系列改制举措，将辖区288个国企或集体企业中的272个变成了股份合作制企业，背后的推动者是市委书记陈光。因为政府无力继续补贴国企的亏损，1992年12月，诸城国营电机厂被变卖给职工，成为第一家被改制的国企，新公司以"股份合作制"的形式进行了重新注册。但在当时，股份合作制并未被正式承认为国企重组的手段。在陈光大刀阔斧的改革之下，诸城大多数国企要不转为股份合作制，要不被直接关闭。"诸城改制"进入了决策层的视野，意味着有可能作为正面典型推广，也有可能成为国有资产流失的反面案例。陈光日后回忆："那时候我的人生就好像一枚半空中的硬币，连自己都不知道会翻到哪一面。"视察组调研了三天半，朱镕基对诸城的小企业改制的成效表示赞赏，陈光悬着的心终于放了下来。

对"诸城经验"的肯定，与吴敬琏之前提议的"放小"路径不谋而合。也就是说，那些没有竞争力也无关国计民生的中小企业将被"放掉"，政府将主抓那些有潜力、有实力的大企业和盈利能力强的产业。

另一个实践来自上海。有着众多大型国企的上海，走的是另一条改革之路。上海成立了一个新的政府代理部门——"国资委"（国有资产监督管理委员会），一改过去不同部门各管一摊的局面，统一接管所有国企。经过对不同类型的企业实施改制，国企的数量直接下降，保存下来的国企也不再受政府直接管控，取而代之的是国有资产管理公司。

诸城和上海的实践在十四届三中全会上被正式接受。这意味着它们的策略——"抓大放小"、股份制等成为改革新手段，国企改革进入一个以所有权改革为主题的时期。在1997年召开的"十五大"上，总书记江泽民提出了"混合所有制"概念，认为"非公有制经济"已经是社会主义市场经济的一个重要组成部分，股份制公司也得到了正式的认可。

这一轮国企改革自1992年开始，几乎覆盖了整个90年代。从宏观层面来衡量，产权清晰化是大势所趋。而从微观层面看，无论是企业还是个人，也上演了一幕幕悲喜剧。发生在最大工业城市上海的景象是一个缩影。从1990到1999年，上海一直在进行"退二进三"的战略转型，大量工业企业被解体或者迁出城市中心区，这是一个十分艰难和痛苦的过程。其中1990年到1995年，上海失业人口的平均增长速度高达13.75%。在很多工业城市中，"下岗"成为很多老国有企业职工不得不面对的现实。以至于在1994年北京的一次会议中，朱镕基向与会的12名经济学家提出了一个难题——如何在进行企业改革的同时，避免大规模失业的发生？用他的话说，任何人只要能解决这个问题，都绝对有资格获诺贝尔经济学奖。

90年代中期，随着越来越多的国企面临亏损，地方政府开始放弃对它们的所有权控制，这一举动从根本上改变了政府和辖区内企业的关系。当手中的国企成了财政负担，地方政府便迫不及待地发展工业园，作为新的财政收入来源。

1992年以来，各种各样不同级别的工业园——高新经济区、自由贸易区、出口加工区和经济技术开发区等——在各地如雨后春笋般出现。在很大程度上，工业园区扮演的角色与80年代四大经济特区、1984年14个沿海城市对外资开放，以及1990年的浦东新区类似，都极大地刺激了区域经济的发展。

在区域竞争中，为争夺资本投资，各地方政府可谓煞费苦心。所谓"政府搭台，企业唱戏"，政府纷纷打造良好的基础设施环境和商业环境，确立各自的产业集群策略，以谋求企业青睐，从而增加就业，创造税收，拉动当地经济发展。但由于工业园无处不在，相互间竞争异常激烈，也造成了重复投资，比如绝大多数外国汽车制造商在中国的合资企业都不止一家。不过，科斯认为，重复投资虽然导致了有形资本的浪费，但它对生产技术在中国的传播起到了相当大的作用。在这一过程中，中国的制造能力——包括实体投资、个人技能及管理水平——无论在速度还是规模上都得到了惊人的提高，这也被公认为中国全球制造业大国崛起背后的驱动力。另一方面，在区域竞争中，整个中国变成了一个大实验室，不同的经济实验遍地开花，还发展出很多以地方命名的发展模式。科斯认为，中国空间上的优势因此被直接转化为经济发展的速度——"空间换时间"，这也是理解为什么中国市场转型速度如此惊人的关键所在。

1997年2月19日，邓小平去世。哈佛大学教授傅高义在《邓小平时代》里写道："邓小平完成了一项过去150年里中国所有领导人都没有完成的使命：他和同事们找到了一条富民强国的道路。在达成这个目标的过程中，邓小平也引领了中国的根本转型，不论在它与世界的关系方面，还是它本身的治理结构和社会。假如中国人要感谢某一个领导人改善了他们的日常生活，这个人就是邓小平。"

在邓小平的领导下，中国改革开放的前20年，呈现了不同寻常的高速发展，也释放了最大的改革红利。随之而来的问题是，当中国的经济规模越来越不容忽视，中国日益成为一个超级大国，它将如何处理和世界的关系？

1998~2008：中国与世界

1998年，美国麻省理工学院的博士生张朝阳将尼葛洛庞帝的《数字化生存》搬上了他刚创办的网站。他当时还没想好这个网站具体要做什么，但沉浸在尼葛洛庞帝描绘的未来里："信息技术的革命将把计算机解放出来，使之成为我们能够交谈、抚摸甚至穿戴的对象。这些发展将变革我们的学习方式、工作方式、娱乐方式——一句话，我们的生活方式。"在此之前的1995年，中关村大街上立起了一个巨大的广告牌——"中国人离信息高速公路还有多远——向北1500米"。它被很多路人当作路标，实际上，通向的是一个叫瀛海威的小公司，也是中国最早的互联网公司。到了1997年，搜狐、网易以及新浪的前身四通利方集体起步，开启了门户网站、搜索引擎、风险投资等全新商业概念，这一年也被公认为中国的"互联网元年"。那个时候，美国的互联网行业刚刚破茧而出，当中国第一代网民们在一个无限开放的信息世界中畅游的时候，他们感到世界从未如此触手可及。

互联网向世人显示了魔力，也在不久之后展现了它的虚幻。2000年，IT泡沫破裂，纳斯达克指数应声而落，新浪、搜狐、网易等几家在美国上市的中国互联网公司也不能幸免。不过，也因为中国的IT产业刚刚起步，受到的打击相对较小。

让中国更切实地融入世界的，是2001年11月10日，中国正式加入了世界贸易组织（WTO）。在很多中国人的印象里，"入世"不是一个旦夕生成的结果，而是一个持续而渐进的过程。从90年代开始，美国和中国就最惠国待遇问题进行了多次谈判，到1999年美国表示支持中国加入WTO，再到2001年最终"入世"，这一企盼已久的结果标志着中国进入了全球自由贸易的赛场，也意味着中国开始了全球化之旅。

"入世"不仅是在谈判桌上发生的，更多是按照WTO的开放市场时间表，在实践中一步步达成的。1998年初朱镕基当选国务院总理时，其承诺之一即是"用三年时间让国有企业摆脱困境"，而在此之后国企产权改革的深化便是应对"入世"的重大战略决策。从1998年到2003年，国有及国有控股企业数量从23.8万减少到15万，减少了40%。尤其有标志意义的是垄断企业的主动变革：一是大规模整体海外上市，中国电信、中国联通、中国石化等先后成功上市；二是基于打破垄断、增强竞争的大跨度拆分重组，中国电信一分为五，中国石油、中国石化重新分家。2003年3月，国务院宣布成立国有资产管理委员会，接受管理总量17.84万亿元的国有资产，标志着中央政府对国有资产的新型管理制度成形。

这一轮国企改革的特征被普遍解读为"国退民进"。据2000年的统计数据，国有企业数量大为减少，但效益飞速提高，全年共实现利润2000多亿元，创下90年代以来盈利水平的最高纪录。但另一方面，也存在法制监管缺位、政策界定混沌的问题，为日后关于国有资产是否流失的争论埋下伏笔。

2004年，关于国企改革产权之争，爆发了20年来规模最大的一次论战，起因是"郎顾之争"。这一年，香港教授郎咸平点名指责格林柯尔董事局主席顾雏军在收购科龙、美菱等几家公司中使用了欺骗手段，席卷国有资产，顾雏军强硬回应，结果引火烧身，以入狱告终。争论背后并不仅仅是针对某一家公司或个人，更是对

"国退民进"的不同观点：一派认为国有资产流失、经营者分食了盛宴；另一派则认为尽管改制中存在种种灰色行为，但是改革的总体方向和积极效应是不容置疑的。

针对中国制度变革的复杂局面和深层矛盾，2005年的全国"两会"上，经济学家吴敬琏指出："中国变革已经进入'深水区'，每前进一步都会触及一些人和一些部门的既得利益，遭到现有利益格局的反对，因而必然遇到阻力，延缓改革的进展。"深水区，成为人们对下一步改革的共识。

亚洲金融危机之后，中国面临巨大的经济下行及人民币贬值压力，朱镕基决定在1998年放开房地产市场，以刺激内需。国务院叫停了已经实行了40多年的福利分房，允许住房抵押贷款，推行住房货币化。房改之后，被压制已久的住房需求随之释放出来，私人资本最为雄厚的浙江及珠三角地区市场很快升温，随后蔓延到上海。此外，大规模的基础设施建设也释放着持续性投资需求，形成地方政府对土地财政的路径依赖，其狂热一直延续至今。中国经济的参照系之———2007年的《福布斯》"中国富豪榜"可作为注脚，当年榜单的前四位均为地产商，分别是碧桂园的杨惠妍、世茂集团的许荣茂、复兴国际的郭广昌和富力集团的张力，而前100名中有39人从事地产业。

如果说房地产打开了闸门，成为拉动内需的第一驱动力，那么，"中国制造"则启动了外贸市场的引擎。2002年，美国零售业巨头沃尔玛决定把亚洲采购中心从香港搬到深圳，它当年在中国的采购商品总额为120亿美元，相当于中国与俄罗斯之间的贸易总额。2004年，中国外贸规模突破了万亿美元大关，超过了日本，"中国制造"取代"日本制造""欧洲制造"成为世界制造业代名词。

房地产和"中国制造"的双重拉动，让加入WTO后的"中国崩溃论"不攻自破，甚至在2003年遭"非典"入侵几个月之后，中国依然是当年经济增长最快的国家之一。日本管理学家大前研一曾是"中国崩溃论"的提出者之一，他也转变了观点："我现在成了中国经济繁荣论的最积极的鼓吹者。未来10年，世界最重要的课题就是如何与一个强大的中国相处。"

尽管世界因2001年的"9·11"事件而对全球化产生了疑虑，但短暂的放缓之后，全球化在新世纪的前 10 年里依然势不可当。2005 年，托马斯·弗里德曼出版了《世界是平的》，形象地描绘了全球化对世界的席卷，他认为，柏林墙的倒塌、个人电脑的普及、离岸经营、开放源、供应链等，共同将世界"抹平"。这是一个乐观的全球化宣言，中国当然也是重要的参与者和推进者。

在中国向世界迈进的过程中，有一些标志性的共同记忆：2001 年 7 月，北京获得奥运会主办权；2001 年 11 月，中国加入 WTO；2002 年 12 月，上海赢得世博会主办权；还有 2004 年底，联想并购 IBM 的 PC 业务，"以市场换品牌"，被认为是中国企业走出去勇气与冒险并重的一步。

2008 年北京奥运会，让中国的全球化进击达到高潮。8 月 8 日晚，从永定门开始沿着北京城中轴线一路向北，艺术家蔡国强设计的 29 个 "大脚印" 焰火踏响在夜空中，一步步跨入 "鸟巢" 上空。曾经的 "体操王子"、后来的企业家李宁从天而降，在欢呼中点燃火炬。以至于印度裔美国学者法瑞克·扎卡利亚在《未来属于中国吗？》一文中断言："中国的崛起不再是一个预言，它已经是一个事实。"

2008~2018：新经济

近 10 年开端的 2008 年注定不寻常。在汶川地震、北京奥运会高强度冲击着人们的情感，同时也考验着国家的应对之后，9 月 15 日，次贷危机波及下美国雷曼兄弟公司倒闭，全球金融海啸席卷而来，中国经济政策也随之大转弯。在此之前，中国已经连续 5 年 GDP 增速超过 10%，而到 2008 年 11 月，出口却出现了史无前例的负增长，经济政策开始从紧缩转为扩张，全力 "保 8"。11 月 9 日，中央政府宣布将启动拉抬内需计划，两年内扩张投资 4 万亿元，其中最大比例部分 1.5 万亿元，都用于铁路、公路、机场等重大基础设施建设。

"4 万亿" 强心剂立竿见影，中国经济出现了 V 型反弹。不过，这一刺激政策也给未来经济留下了后遗症。民众体会最深的是房价，在政策的拉动下，"北上广" 等一线城市的房价增幅均超过 100%，核心地段的房价增幅超过 200%，房子成为每个人在未来 10 年生活中绕不开的关键词。而随着人口红利消失，"城市化" 速度放缓，房价泡沫的隐忧浮现，外延式发展模式开始不可持续。

房地产狂飙的另一面，是实体经济的低迷。"中国制造"的成本优势和规模优势逐渐丧失，面临转型的拐点。与此同时，中国经济在 2010 年左右爆发出新的红利，这一轮是由互联网带来的。

回溯中国互联网的发展史，在此之前已经经过了两次浪潮的冲击。第一次浪潮是自 1997 年开始，伴随着丁磊创立网易、张朝阳创立搜狐、王志东创立新浪，三大门户网站成形。第二次浪潮是"BAT"（百度、阿里、腾讯）三足鼎立局面基本确立：1998 年马化腾创立的腾讯，将"人"和"人"进行了连接；1999 年马云创立了阿里巴巴，将"人"和"商品"进行了连接；2000 年李彦宏创立百度，将"人"和"信息"进行了连接。第三次浪潮，则是自 2010 年开始至今，从 PC 互联网到移动互联网。在 BAT 一统江湖下，各种创新模式层出不穷，以不可思议的速度改变着人们的日常生活。

"只要站在风口，猪也能飞起来。"这是雷军总结的"风口理论"。事实上，自 2010 年开始的这些年，互联网的风口变换特别快，而只有勇敢者和幸运儿才能在风口上飞起来。2011 年，雷军站在了他认为的风口"智能手机"上，与乔布斯发布 iPhone 如出一辙，发布了小米手机，成为当时最畅销的手机产品。下一个风口是团购，也是在 2011 年，吴波的"拉手网"成功获得融资，在几个月内引发 5000 多家团购网站入场，堪称"百团大战"，尽管一年后硝烟散尽，最终只有 1% 活了下来，"美团"和"大众点评"形成对峙，依然让人们见识到"O2O"（线上到线下）被激活的魔力。之后是微信，2012 年，腾讯的微信朋友圈功能上线，仅仅一年多后，用户数即破亿。微信迅速颠覆了之前的博客和微博模式，它让传播变得更加有效，也更加碎片化，极大地改变了媒体和商业生态。还有 2012 年张一鸣创立的"今日头条"，以算法精准推送新闻，程维的"滴滴打车"，改变着出行方式。而这些风口，都建立在移动互联网的基础上。

移动互联网时代，BAT 把控着互联网最重要的三个应用入口——百度坐上了搜索引擎的头把交椅；阿里利用淘宝和支付宝重新定义了消费；腾讯则借助微信占据了社交媒体制高点。而另一方面，2016 年以来，各种新玩法仍层出不穷：共享单车、直播、快手、抖音……往往是掀起一股狂潮之后，就被更新的产品取代。可以说，互联网颠覆着人们的生活方式和认知边界，而反过来，它也颠覆和重新定义着自身。

无疑，互联网驱动下的"新经济"已经成为中国经济的新引擎。如果说在互联网时代，中国互联网公司还只是模仿者和跟随者；那么到了移动互联网时代，昔日的模仿者们则摸索出了本土化的生存方式和盈利模式，而且已经从虚拟经济继续渗透到了实体经济的方方面面。2016 年，李克强总理在当年的《政府工作报告》中第一次提出"新经济"："当前正处于一个关键时期，必须培育壮大新动能，加快发展新经济。"他强调，要依靠"大众创业、万众创新"，推动形成新的经济模式、新的业态，为中国经济提供新的动力。

大约从 2014 年起，改革进入"下半场"形成共识。如果说"上半场"的驱动力是投资、出口、消费"三驾马车"，下半场则转向供给侧驱动，转向创新驱动。事实上，从 2012 年起，中国的 GDP 增速开始回落。中央政府在 2014 年提出"新常态"，认为这是经济增长阶段的根本性转变，中国已经告别过去 30 多年平均 10% 左右的高速增长，因此，需要"改变一切向钱看的增长方式"。

四十不惑。从 1978 年到 2018 年，中国改革开放历经 40 年，对于经济、政治和文化而言，都是前所未有的大转型。这不仅仅是经济体制从"计划"向"市场"转型，也意味着一个几千年来占人类五分之一以上人口的农业社会进入到现代工业社会和后工业社会。

转型已经发生，也将在未来面临更多的挑战和不确定性。周其仁说，如果说前 40 年的改革是"摸着石头过河"，那么，现在水面上已经露出了一些大大小小的石头，很多石头露出很久了，能否去面对和跨越这些"石头"，是下一步改革的关键。

比如制度建设的挑战。在改革的后半程，学者们一直保持着对制度滞后的警惕。1991 年，经济学家吴敬琏就提出"制度大于技术"，之后更是充满忧患地呼唤法治市场经济。而 2003 年，在两大经济学家林毅夫和杨小凯关于"后发优势"和"后发劣势"的著名论辩中，杨小凯的警告发人深思："落后国家可以在制度不够完善的条件下，通过对技术和管理模式的模仿，取得发达国家必须在一定制度下才能取得的成就。但是，用技术模仿代替制度改革将产生很高的长期代价。"

还有中国在世界的角色。在目前全球化逆转的危机下,中国似乎成了唯一在推进全球化的大国。在中国问题专家郑永年看来,中国融入国际秩序经历了三个阶段:20世纪80年代是第一个阶段,中国实行"请进来"政策;第二个阶段是20世纪90年代,实行"接轨"政策,以加入WTO之前的努力为代表;第三个阶段则是从21世纪初开始的"走出去"政策,再一次积极出击,"一带一路"将创新出一种新的经济全球化模式。

对身在其中的每一个亲历者来说,对下一步改革的期待也是多元的。一方面,不同代际、不同阶层的人都是改革开放的受益者;另一方面,做大蛋糕之后,怎么分蛋糕又构成了不同的利益群体。而且,影响不仅是物质层面的,也是精神层面的,特别是当我们面临越来越多的食品安全、空气污染等社会问题时。正如80年代初拍摄中国的刘香成所说,如果说西方国家经历的现代化是一个缓慢的过程,一步接着一步,那么,中国经历的现代化就像是高速前进的二手车。40年改革开放是中国专注弥补"失去的几十年"的一种方式,人们是如此迫不及待地想要寻求一个物质上安全的未来。如今巨大的变革已经发生,但一个个里程碑式的成就和问题是交织在一起的,"中国梦"在精神层面还在延续。

参考书目:《变革中国》,(英)罗纳德·哈里·科斯、王宁著,中信出版社;《激荡四十年》,吴晓波著,中信出版社;《邓小平时代》,(美)傅高义著,生活·读书·新知三联书店;《不确定的未来》,郑永年著,中信出版社

Memo more...

2018年房地产似乎真正进入了拐点，而文化影视行业的偷税漏税也被掀起了一角。疫苗事件，引发了公众的大面积恐慌和不信任情绪；高岩事件迫使人们思考高校教授的权力边界问题；年底的万州公交以令人震撼的方式告诉人们，公共事件中任何人都无法置身事外。

"房住不炒"新时代

谢九

房地产的拐点真的来了吗?

2018年9月份,万科的郁亮在一次内部讲话中表示,房地产行业的转折实实在在到来了,要以"活下去"为最终目标。在9月底的万科秋季例会上,会议现场"活下去"的标语更是在网络上刷屏。龙头万科都如此悲观,地产行业20年的繁荣真的要结束了吗?

从销售数据来看,房地产行业的前景的确在迅速恶化。2018年前三季度,国内商品房销售面积同比增长仅为2.9%,而2017年同期增速是10.3%,2016年的同期销售增速更是高达27%。仅仅两年时间,商品房销售增速可谓雪崩式下滑,按照这样的趋势,商品房销售出现负增长已经近在咫尺,如果仅从单月销售来看,2018年9月份的销售增速其实已经出现了负增长。

房地产是一个高负债的行业,国内龙头地产公司的负债率基本上超过80%。恒大的负债率是82%,万科的是85%,碧桂园的是90%,融创的是91%,房地产企业几乎都将高杠杆资金用到了极致。

在过去住房短缺的时代,开发商的房子很快就可以售罄,实现快速销售回款,为开发商的现金流正常运转提供了重要保障,但是一旦住房销售放缓,开发商们就要随时面临资金链断裂的风险。为了避免现金流断裂,开发商不得不通过其他各种渠道融资,以弥补销售回款放慢带来的冲击,这就使得原本已经很高的负债率继续攀升。尤其是最近几年国内资金去杠杆，加之房地产融资的渠道收紧，开发商融资的成本越来越高。2015年，很多房地产企业的发债成本只有不到4%，但是最近两年快速提升，2017年，房地产企业的融资成本在8%左右，2018年基本上在12%以上。恒大最近发债18亿美元，利息高达13.75%，许家印自掏腰包认购了10亿美元。恒大尚且如此，房地产企业当前的融资难度之大可见一斑。市场融资难度越大，开发商的融资成本就越高，由此形成了一个恶性循环。

雪上加霜的是，未来几年，房地产企业将迎来偿债高峰期。2015年，管理层为了鼓励债券市场发展，对公司债的发行大幅松绑，当年证监会出台《公司债券发行与交易管理办法》，对发债主体的门槛大幅降低，此前只有境内外上市公司才能发行公司债，新规将符合条件的非上市公司也纳入其中。加之当年股灾之后资金无处可去，导致大量资金涌入债券市场，债券市场的发行规模在当年出现井喷。房地产企业借这一轮债券牛市大规模融资，但是现在开始陆续进入还债期。有市场统计数据显示，目前国内房企的负债总额大概为19万亿元，其中2019年和2021年是偿债高峰，大概有12万亿元将在明后年陆续到期。

面对严峻的债务压力，开发商们的选择并不多。一是借新债还旧债，但是面对越来越严的融资环境，以及越来越高的融资成本，借新还旧的办法只能是饮鸩止渴。

第二个办法就是降价，加速销售资金回款。郁亮在"活下去"的讲话中就重点强调了回款："6300亿的回款目标是所有业务的起点、基础和保障，如果6300亿回款目标没有达成，我们所有的业务都可以停，因为这说明我们没有任何资格和能力做下去。"而事实上，万科也的确在严格执行回款的核心目标，这一轮楼市降价，万科又一次站在了前列，网上热传的新闻"厦门白鹭郡降价四成"也让人看到了万科活下去的决心和勇气。除了万科，另外几家房地产龙头碧桂园、恒大等也都基本上采取了相同的战略，通过降价来实现快速回款，恒大早在年初就宣布全国楼盘8.9折，碧桂园更是因为降价幅度过大导致售楼处被砸。

对于房地产企业而言，应对债务危机还有一个不得已的办法，就是出售股权或是转让项目。万达将大量资产出售给融创，就是典型的断臂求生，不仅是万达，

2018年已经有很多房地产企业通过转让股权来获取资金。如果实在没有出路，那就只能接受破产或者被收购的命运，比如当年孙宏斌的顺驰和宋卫平的绿城，都是因为资金链断裂而不得不被他人收购。

当然，这并不是房地产企业第一次遇到困境。过去10年，我国的房地产行业经历过两次低谷，一次是2008年金融危机爆发，国内房地产量价齐跌，很多城市的房价跌幅都超过了20%甚至更多，另外一次是2012年，当时楼市成交量急剧萎缩，商品房销售面积持续保持负增长。这两次房地产低谷，最终都是靠政策层面救市，楼市从低谷大幅反弹，房地产企业也最终有惊无险地度过寒冬，迎来一个又一个春天。但是这一次，政策风向变了。

2016年底的中央经济工作会议，首次提出了"房子是用来住的，不是用来炒的"。在"房住不炒"首次提出之时，大部分人都认为这不过是房地产调控史上的又一个口号而已，过不了多长时间，调控就会再度放松，所以很多人并没有将这一次的"房住不炒"太当回事。但是随着时间推移，越来越多的人开始意识到，"房住不炒"确实是要动真格的了。

按照以往的经验，每次房价上涨过快时，房地产调控力度都会加大，但随着经济遭遇增长压力，房地产调控很快就会松绑。这一次"房住不炒"提出之时，也是楼市刚刚经历了一轮暴涨，很多人预计调控力度应该不会持续太久。结果"房住不炒"提出来已经两年，至今未有丝毫放松的迹象。

尤其值得一提的是，随着2018年中美贸易战持续升级，中国经济遭遇前所未有的增长压力，即便如此，中央政策对于房地产调控也并没有松动，在稳增长的压力之下，第一时间重启了基建引擎，但对于房地产引擎没有丝毫重启的迹象。

7月31日，中共中央政治局召开会议，分析研究当前经济形势，部署下半年经济工作，在这次会议上，中央首次将中国的经济形势描述为"稳中有变"。历史上来看，官方对中国经济的描述通常都是"稳中向好"，这一次描述口径发生变化，其实是相当于承认当前中国经济遭遇的困难。但即便如此，中央也依然强调要加强房地产调控，在会议列出的六大任务中，第五条就是"下决心解决好房地产市场问题，坚持因城施策，促进供求平衡，合理引导预期，整治市场秩序，坚决遏制房价上涨。加快建立促进房地产市场平稳健康发展长效机制"。

2018年3月份的《政府工作报告》，对于房价的表述是"遏制房价过快上涨"，7月份则变为"坚决遏制房价上涨"，前者意味着允许房价有一定的上涨空间，只是不能过快上涨，而这一次政治局会议的表态，意味着已经不能容忍房价的上涨。在经济形势稳中有变的背景下，依然对房地产调控做出这样的表态，中央对于"房住不炒"的决心可见一斑。

对于房地产企业而言，这意味着过去屡屡被验证的"经济下滑带来调控放松"的模式已经很难重演。开发商们向来是对政策最为敏感的群体，当风向开始转变时，开发商们最早意识到，等待政策救市已经不太可能，唯有自救才能度过寒冬。郁亮在"活下去"的讲话中就认识到，"虽然我们所处的行业仍然有发展前景，但是我们做的事情必须要改变，必须要认识到社会的方方面面都进入转折时期。在这个时期我们应该怎么做？只有四个字：收敛，聚焦。这是应对转折点和不确定情况的最好方法。只有收敛和聚焦，我们才能应对正在发生的转折；没有收敛和聚焦，我们就很容易在转折点中被淘汰"。基于这样的判断，"活下去"成为万科当前的生存之道。

对于房地产企业而言，在沐浴了20年的政策春风之后，拐点确实来了。

"房住不炒"能持续多久？

对于"房住不炒"能够持续多久，最大的争议在于，如果中国经济继续恶化，是否还会重启房地产引擎？

2018年7月份的中央政治局会议其实已经对此做出了回答。在中美贸易战导致经济恶化的背景下，中央依然表示要下决心解决好房地产市场问题，坚决遏制房价上涨。

真正的挑战在于，如果中国经济下滑的程度远远超过预期，"房住不炒"的政策是否还能坚持？这个问题的关键，在于如何认识当前中国经济所面临的困难。

中国经济的困难其实分为两个层次，一是因为中美贸易战带来的短期冲击，二是中国经济发展模式不合理带来的内在矛盾。前者可以理解成特朗普贸易大棒打击带来的外伤，后者其实才是中国经济真正的致命内伤。

如果仅从贸易战的冲击来看，短期之内当然会给中国经济带来不可忽视的伤痛，但以中国经济今天的体量，还是有很大的回旋余地的，不至于因为几百亿甚至上千亿美元的贸易订单而伤了中国经济的元气。按照央行马骏团队在2018年7月份所做的测算，500亿美元规模的贸易战会使中国的GDP增速放缓0.2个百分点，这个估计已经充分考虑了出口减少对其他相关行业的第二轮、第三轮影响。当然，后来贸易战升级到2000亿美元，将来还有可能继续升级，中国经济所受影响也会随之上升。

贸易战爆发之后，中国启动了基建补短板和个税减免等组合拳来提振内需，近期对于民营企业也出台了一系列扶持政策，预计这些政策的效果在明年应该会有所体现，虽然不太可能全面对冲贸易战的影响，但至少可以起到一定的缓冲作用。

如果经济下滑超出预期而重新刺激房地产引擎，房地产未必能够如愿拉动经济增长。在房价上涨超过一定幅度之后，成本的提升带来的负面冲击，有可能远大于对经济增长的拉动。2015年和2016年的房价大涨，房地产投资增速明显回升，但是中国经济并没有因此而显著回暖，最近几年的经济增速反而逐年放缓。房地产对于当前中国经济是否还有明显的拉动作用，已经成为一个有争议的话题。

如果重新刺激房地产引擎，最悲观的情形可能是房价继续新一轮大涨，但是经济增速依然没有起色，甚至表现更糟糕。即使房地产短期之内还可以拉动经济增长，但是从长远来看，由此带来的损失将远远大于收益，不仅会使得房地产调控前功尽弃，更将使得中国经济的长期结构转型就此夭折。

对于中国经济而言，真正的挑战其实不在于贸易战，而是中国经济长期不合理的发展模式积累下来的弊端。如果说贸易战只是中国的一场重感冒，不合理的发展模式才是中国经济真正的病因，为了治愈一场重感冒而放弃长期治疗，代价未免太大了。

中国经济长期积累下来的不合理发展模式，很大程度上正是由于过度发展房地产所带来的。从我国房地产发展的20年历史来看，1998年首次启动住房制度市场化改革，宣布停止住房实物分配，实行住房分配货币化，当时对我国房地产的顶层设计是"建立和完善以经济适用住房为主的住房供应体系"。但事实上，随后的发展偏离了政策设计的初衷，经济适用为主的住房体系并没有建立起来。

到了 2003 年，国务院发布《关于促进房地产市场持续健康发展的通知》，提出"房地产业关联度高，带动力强，已经成为国民经济的支柱产业"。明确提出加快普通商品住房发展，提高其在市场供应中的比例，"逐步实现多数家庭购买或承租普通商品住房"。我国住房制度的顶层设计就此发生重大转变，当房地产作为国民经济支柱产业的地位被确认之后，中国的房价也就此开启了一轮又一轮的上涨。

从拉动经济增长的角度来看，房地产业的高度发展当然给中国经济做出了不可磨灭的贡献，但带来的负面效应也同样突出。首先是房地产行业的高利润形成了一个很不好的示范效应，使得其他行业都纷纷跨界涌入房地产行业赚快钱，在一定程度上荒废了制造业等其他行业的发展。更重要的是，房价不断上涨，使得中国经济的整体成本快速提升，土地、房租和人力成本都在房价上涨的过程中被迅速拉高，一些利润相对单薄的制造业根本无力承受成本的全方位上涨。某种程度上，房地产行业的兴旺，扼杀了其他很多行业的成长空间，可谓"一业兴而百业枯"。从个人角度来看，炒房带来的巨大财富效应，也使得社会的财富分配形成严重扭曲，很多人辛苦上班一辈子，所得收入也不及一套房子带来的收益。

房价的持续上涨，也在很大程度上阻碍了中国经济向消费型转型。对很多普通民众而言，购买一套住房需要两个家庭六个钱包的支持才能勉强支付首付款，而每个月高额的月供支出，更使得日常的现金流所剩无几，当大部分家庭的财产都被一套房子压榨干净，整个社会根本谈不上消费升级。

过去几年，中国经济的"三驾马车"中，消费占比都超过了 50%，但这并不意味着中国已经成为消费型经济，更多是由于外贸负增长带来了消费占比上升，消费自身的增长其实并不乐观。以社会消费品零售总额这个指标来看，最近几年的增速逐年下降，2010 年，我国社会消费品零售总额的实际增速为 14.8%，2017 年的增速下降到 10.2%，2018 年前三季度仅有 9.3%。2018 年下半年以来，"消费降级"更是成为大多数人的共识。如果房价继续大涨，民众的消费能力还将被继续挤压，中国经济向消费型转型也就更加遥遥无期。

经过最近两年的调控之后，疯涨的房价得到了遏制，部分城市房价出现了明显下降，楼市又来到了一个关键的十字路口。如果现在重新刺激房地产引擎，房价极有可能会出现新一轮大幅上涨。除了房价上涨本身带来的负面效应之外，更重要的是，民众对于楼市调控将从此失去信心，中国房价只涨不跌将成为民众坚定的信条。

但事实上，没有任何一个国家，任何一种商品的价格会只涨不跌，一旦房价只涨不跌的预期形成之后，最终的结果就必然是泡沫破灭。以房地产在中国金融体系甚至中国经济中的体量，如果房地产泡沫破灭，将带来难以估量的金融危机甚至全面的经济危机。20世纪90年代，日本楼市泡沫破灭之后，大量日本家庭因为房价暴跌沦为负资产，很多人不得不流落街头甚至自杀，日本经济在随后30年里徘徊不前，迄今无法走出当年的阴影。对于中国经济而言，唯有坚持"房住不炒"，才有可能避免当年日本房地产泡沫破灭的悲剧。

2016年底，中央经济工作会议首次提及"房住不炒"时，正值全国房价新一轮大幅上涨，所以全国各地的举措大多以行政调控为主，比如限购、限售甚至限价等。行政手段的好处在于短期见效快，但从长期来看，扭曲了市场正常的供求关系，因此也不可能长期维持。所以，"房住不炒"的一大挑战在于，限购、限售以及限价等行政调控何时退出？如果退出，是否会带来房价报复性上涨？

从目前来看，由于有些城市房价已经出现明显降温，地方政府的土地财政收入大受影响，因此从地方政府的角度来看，已经存在放松调控的动机，部分地方政府也在试探性地小幅放松，开始上演新一轮的央地博弈。对于当前楼市开始发生的一些微妙变化，新华社近期发表署名文章："当前有些杂音认为，经济下行压力加大可能促使政府放松房地产调控。要明确的是，根据7月31日中央政治局会议中所强调的'下决心解决好房地产市场问题''坚决遏制房价上涨'的调控精神，决不会允许房地产调控半途而废、前功尽弃。"

由于现在房价依然存在随时反弹的可能，所以限购、限售以及限价等行政手段依然是打压房价最有力的武器，预计短期之内还是不会放松。从更长期来看，如果说将来行政调控手段终有退出的一天，这个时间节点应该是房地产调控的长效机制已经充分建立，比如租房市场能够发展到很大的体量，房地产税能够平稳推出等。到那个时候，限购、限售以及限价等行政调控手段才可能会逐渐退出。

当然，不刺激房地产引擎，并不意味着中国经济不需要房地产。中国的城镇化还有很大的提升空间，完全可以满足房地产业的持续发展，而房地产只需要保持一个正常的发展速度，就足以对中国经济做出应有的贡献，拉动中国经济稳定增长。反之，如果在政策上强行刺激房地产业发展，反而会带来过犹不及的效果。"房住不炒"政策如果能够转入长效机制，维持长期稳定执行的状态，无论对于房地产行业还是中国经济，其实都是一个最佳的平衡。

房价会降吗？房租会涨吗？

对于普通民众而言，"房住不炒"又意味着什么呢？最现实的问题是，房价会降吗？房租会涨吗？

"房住不炒"事实上可以分为两个阶段，一是目前以限购、限售和限价为主的行政调控阶段，二是将来以购租并举和房地产税为主的长效调控阶段。从现在行政调控阶段来看，如果"房住不炒"继续维持现在的调控力度，中短期内将会有越来越多的城市房价涨幅放缓，甚至出现明显降价。

从开发商的角度来看，由于资金压力越来越大，如果政策层面没有松动的迹象，越来越多的开发商将不得不通过降价来实现快速回款，以维持资金链的正常运转，开发商的资金压力越大，降价的幅度也会越大。最近全国各地再度出现了打砸售楼处的"房闹"行为，或许还只是一个开始。从二手房市场来看，虽然很多卖家并没有开发商所面临的资金压力，但开发商在新房市场的降价，会在整体上拉低二手房市场的定价，同时也会在心理上影响二手房卖家的信心。目前很多城市的新房和二手房价格都出现了倒挂，这种现象持续下去，显然也会加大二手房的降价压力。

从购房者的角度来看，严格的限购将很多买房者拒之门外，而限售政策又提升了炒房的成本和难度，市场的潜在需求被大幅挤压。即使对于具备购房条件的刚需和改善型需求者，由于贷款成本越来越高，买房的压力也是越来越大。尤其在二手房市场，过去"以小换大"的换房需求是二手房市场的主力，但是随着银行对首套房认定标准提高，放贷周期拉长，二手房市场的换房难度越来越大，相应需求也是大幅萎缩。

由于楼市的供需双方都感受到了"房住不炒"的压力，从短期来看，房价的下行压力还是很大。但是从更长期来看，"房住不炒"并不意味着房价绝对会下降。某种程度上讲，目前有些过于行政化的调控手段，扭曲了市场正常的供求关系，比如限购、限售、不允许高价楼盘入市等，这些举措虽然能够在短期之内压制房价上行，但是也为将来房价报复性上涨埋下了种子。

目前我国的商品房库存已经降到了4年来新低。国家统计局的数据显示，2015年末，全国商品房待售面积高达7.1853亿平方米，达到了历史峰值，在经过了2015年和2016年两年的销售高峰之后，2017年末，全国商品房待售面积下降到5.8923亿平方米。2018年9月末，商品房待售面积下降到5.3191亿平方米，创下4年来的新低，和2017年同期相比下降了13%，和2015年的库存高峰相比下降了26%。如果库存继续下降，部分城市供需关系出现紧张，有可能会再度形成恐慌性抢房，带来房价新一轮上涨。2018年以来，全国多地出现了摇号买房的现象，这也是对当前楼市调控机制的一个预警。

正因为如此，从长期来看，"房住不炒"将来也一定会从行政干预为主转向建立长效机制，通过更加市场化的手段来实现房地产调控。在房地产长效机制建立之后，楼市的涨跌将主要由市场的供求关系来决定，供过于求的城市房价将会下跌，供不应求的城市房价还会继续上涨。

不过，这种基于市场供求关系带来的房价上涨，和此前屡屡靠政策刺激带来的上涨有本质不同，前者的上涨主要由市场供给决定，可以说是一种健康的上涨，而后者的上涨主要是政策刺激带来了只涨不跌的预期，因此会形成巨大的泡沫，甚至会诱发严重的金融危机。

在经过了最近两年的调控之后，国内不同城市之间的房价走势出现了明显分化，以北京为首的一线城市率先出现了下跌，二线、三线、四线楼市继续保持上涨的势头，但从更长期来看，这种趋势也随时可能逆转。从供求关系来看，一线城市的供求永远是最紧张的，将来还是存在反弹的可能性。二线城市过去一段时间的上涨，很大程度上是因为人才新政所致。由于很多二线城市出台了鼓励人才落户的政策，这在很大程度上刺激了当地楼市的发展，随着一线城市的生活成本越来越高，二线城市可能还会继续保持人口流入。在一线楼市降温之后，三线、四线楼市的涨幅最大，但同时也最危险。三线、四线楼市的购买力主要来自棚改货币化的支持，随着未来几年棚改货币化的力度逐渐下降，三线、四线楼市的购买力也将大幅萎缩。

如果"房住不炒"的政策目标是遏制房价上涨，那么在一些供求关系紧张的城市，仅仅依靠限购、限售和限价等手段并不能彻底遏制房价上涨，只有增加供应，改变市场供求关系才可能从根本上解决房价上涨的压力。

最近几年，发展住房租赁市场成为我国住房制度改革的重要内容，也被视为"房住不炒"最重要的长效机制之一，北京、广州、上海等很多城市都出台了鼓励住房租赁市场的政策。但就在租赁市场迎来政策春天的时候，2018年8月份，北京市的住房租金价格出现一轮快速上涨，在中低收入人群当中引发恐慌。在"购租并举"被确认为"房住不炒"的重要长效机制之后，房租价格就开始快速上涨，这二者之间有必然联系吗？

如果从短期来看，发展租房市场确实有引发租金上涨的可能性。

为了鼓励更多的人选择租房而不是购房，政策层面开始出台一些保护租房者利益的办法，这会在一定程度上增加租房市场的需求。2018年7月份，住建部、发改委、公安部等九部门联合发布《关于在人口净流入的大中城市加快发展住房租赁市场的通知》，住建部有关负责人表示，将通过立法明确租赁当事人的权利义务，保障当事人的合法权益，建立稳定租期和租金等方面的制度，逐步使租房居民在基本公共服务方面与买房居民享有同等待遇。很多地方政府也开始探索租购同权，比如广州就赋予符合条件的承租人子女就近入学等公共服务权益，有些地方政府甚至放开了租房落户，这些政策都会在一定程度上提升租房的吸引力，进而增加租房市场的需求。但在租房需求快速提升的同时，租房市场的供给短期之内面临不足，势必会引发租金价格上涨。

当政府难以完全提供租房市场的供给时，就需要社会资本的介入。国务院《关于加快培育和发展住房租赁市场的若干意见》就提出，住房租赁体系"以市场配置为主、政府提供基本保障"。随着大量社会资本进入租房市场，资本的逐利性也注定了这些资本会要求较高的回报率，这也会拉高市场的租金价格。2018年8月份北京的房租大涨，当时就有传言是部分长租公寓哄抬价格，有关部门召集部分中介开会，后者做出了两个月不涨租金的承诺。随着两个月承诺到期，近期北京部分中介的价格又开始大幅上涨，提价幅度高达两成。

我国租房市场面临的一个难题在于，房价过快上涨导致租金回报率失真。以"住房租金／住房总价"这个公式来测算租金回报率，北京等一线城市由于住房总价这个分母过大，所以导致租金回报率很低，大概只有1.5%。按照发达国家的标准，租金回报率通常在4%以上，是一个比较合理的水平。但是在国内，由于房价上涨过快，使得租金回报率处在很低的水平，但是相对于民众的收入，租金的绝对水平其实并不低。对于房东而言，在房价持续上涨的年代，主要回报来自于房价收益，对于租金回报并没有过高的要求，但是当房价不再上涨甚至开始下跌，一些高价买房的房东无法从房价上涨中获得收益，因此势必会要求较高的租金回报予以弥补，这就使得租金水平开始上升。

对于租房者而言，如果租金价格大涨，甚至和买房的月供水平相当时，肯定会觉得与其每个月将钱交给房东，还不如自己供房，如果这样的话，很多人将会从租房市场转移到买房市场。如何避免租金过快上涨，将是"购租并举"能否成功的最大挑战。如果租金价格合理，又可以享受购租同权的待遇，对于中低收入人群还是具有很大的吸引力。

过去20年来，国内的房价持续大幅上涨，除了供需因素以及政策层面的刺激之外，还有一个很重要的原因是，中国人对于房子赋予了太多额外的功能，尤其是对经历过短缺时代的中国人，房子不仅能够提供最大程度的归属感和安全感，甚至还可以对抗通货膨胀，实现财务自由。

按照"房住不炒"的定位，"房子是用来住的，不是用来炒的"，核心要义就在于让房子回归最纯粹的住房属性，而不再有其他的附加价值。但是在中国人的潜意识里，房子总是多多益善，因此，想要让国人改变对于住房的传统观念并非易事。

随着将来楼市的供求关系发生实质性改变，住房不再是稀缺品，持有多套房产不仅不会实现财富积累，反而会在房地产税的打压下成为沉重的负担。唯有如此，国人才可能彻底消除对于房子的执念，也唯有如此，"房住不炒"在中国才可能真正成为现实。

霍尔果斯入冬

王梓辉

逃离霍尔果斯

谁也没想到,霍尔果斯2018年的第一场雪来得这么早。10月中旬的一场大雪让这里的气温瞬间降至0℃,但与严寒的空气相比,这里的商业活动正经受着一场更加剧烈的"降温"活动。

作为霍尔果斯市各大企业办理行政手续和开具发票的场所,你能在霍尔果斯市行政服务大厅察觉到一些明显的端倪。比如从十一假期之后,这里的取号机上不再只有"综合服务"与"发票管理"这两个选项,多出了一个"综合服务"(清税注销业务),原因如同大厅工作人员所言:这几个月来办企业注销的公司太多了,所以专门设置了这个取号选项并开辟了两个柜台来办理。

而在大厅的另一个角落,《伊犁日报》与《伊犁晚报》的工作人员则直接搭起了两个桌子,方便办理了企业注销的公司直接在这里登报公告。随手翻开10月16日的《伊犁晚报》,不多的8个版面上至少刊登了17则企业注销公告。

在10月16日的行政服务大厅里,我遇到了从乌鲁木齐来的年轻人张洪亮,他这次来到霍尔果斯的目的就是将自己2017年在这里注册的子公司迁回乌鲁木齐。2017年,他和几个志同道合的朋友一起在乌鲁木齐成立了一家网络服务公司,后来听说了霍尔果斯的优惠政策,就在7月份到这里注册了一家子公司。现在,他们不得不因为一些原因把公司再迁回去。

下午 6 点，排在"清税注销业务"前面的号还有 30 个，张洪亮在当天看不到希望，只得等第二天再来。他一边拉着笔者往外走，一边向笔者抱怨说，他们当时来办理公司注册的时候，霍尔果斯行政人员的服务热情可高了，只要人过来，当天就给你办好了，"材料都不用特别准备，我们公司注册的时候，所有的股东签名都是我一个人签的，很宽松，哪像现在，每个名字他都要核对"。

因为他们在霍尔果斯的公司之前还没开过发票，所以他可以选择更为简便的公司"迁出"而非"注销"。听到笔者说"还在为要不要离开霍尔果斯犹豫"，他苦口婆心地劝道："别想了，没必要考虑，划不来。"

另一方面，来自北京的李颖也无奈地告诉笔者，他们公司也正准备"逃离"霍尔果斯。"我们在霍尔果斯的这个公司基本上不会再去用了，因为他们的那些要求我们确实达不到。"李颖现在是一家影视制作公司的高管，2017 年，因为有行业里的朋友向她推荐霍尔果斯，说那里政策好，了解了情况之后，他们也于 2017 年下半年到霍尔果斯成立了自己的一家子公司。但仅仅做了一个项目，他们就不得不放弃这家只成立了一年的子公司。

张洪亮与李颖选择离开的直接原因是这里"开不出发票了"。大厅工作人员告诉笔者，想要开具十万版甚至百万版的发票需要专管员核准，否则一家公司一个月只能开出 10 份万元版的发票，也就是 10 万元钱，这对于一家企业来说无异于杯水车薪。开不出发票，业务运行不下去，公司也名存实亡。

本来顺利的话，对于李颖所在的这家不到 100 人的小公司，每年他们应该能节省下来一两百万元的利润，而这本是吸引他们来此的原因。"从优惠的幅度来说，虽然国内其他地方也有一些优惠，但霍尔果斯优惠的力度是最大的。"李颖说道。

税收优惠是霍尔果斯政策福利的核心，这在霍尔果斯被浓缩为人人尽知的"五免五减半"。这项政策规定，在霍尔果斯 2010 年至 2020 年间新注册的公司 5 年内企业所得税全免，5 年后地方留存的 40% 的税将以"以奖代免"的方式返还给企业。此外，企业的增值税和个人所得税都有一定程度的减免和奖励，上市还能享受绿色通道。按当地政策估算，一家销售额为 1 亿元、利润率为 30% 的企业，在免去 25% 的企业所得税，奖励返还部分增值税后，可以比正常纳税少缴纳 800 多万元。这在全国仅此一家。

面对如此巨大的政策优惠，大量外来企业涌入霍尔果斯，包括光线传媒、乐视网、欢瑞世纪、华谊兄弟等上市公司均在霍尔果斯开设了子公司。根据当地政府的报告，截至2017年12月31日，霍尔果斯市各类市场主体总量为22615户，而仅在2017年新登记注册的各类市场主体就达14472户，同比增长341.6%。

于是，霍尔果斯，这座中国最西部的口岸小城，在短短两三年时间内成长为了中国吸引企业落地最多的城市之一；到了2018年，霍尔果斯却又在几个月内将这些新公司中的很大一部分赶了出去，在舆论场上形成了一股"逃离霍尔果斯"的风潮。仅据《伊犁日报》的实际统计，2018年年初至今，在《伊犁日报》上刊登注销公告的公司就有300余家，张洪亮与李颖的公司也正在加入这支逃离霍尔果斯的大军。

政策被玩儿坏了

霍尔果斯，蒙古语意为"驼队经过的地方"，哈萨克语意为"积累财富的地方"，自古以来就是丝绸之路北道上的一个重要驿站，是商贾云集之地。但在新中国成立后的几十年中，因为地缘政治等原因，这里长期没有很大的发展。

现在任职于霍尔果斯一家互联网公司的许萧从小就生活在这里，他告诉笔者，在他成长的20世纪90年代，霍尔果斯只是在国门门口有两排房子，都是平房，整个小城只有一条主要道路，加起来只有几千人。直到2006年，中国与哈萨克斯坦两国共同设立了中哈霍尔果斯国际边境合作中心，霍尔果斯开始得到政策上的发展利好。

但更主要、更有力的契机来自2011年。当年9月，国务院发布《国务院关于支持喀什霍尔果斯经济开发区建设的若干意见》，正式确立了霍尔果斯为国家级经济开发区。同时，确立了霍尔果斯将重点发展新能源、新材料、建材、进口资源加工、商贸物流、旅游、文化及高新技术等产业。政策上的大幅开放拉开了霍尔果斯快速发展的序幕，也慢慢开始吸引外地企业来到霍尔果斯。现在，这里的常住人口已经超过了8万。

因为霍尔果斯国内独树一帜的税收优惠政策，这里也被称为中国的"开曼群岛"。而那些对办公地点要求偏低、不需要大量固定资产的第三产业企业看上去与这里极为匹配。根据霍尔果斯招商局相关工作人员的说法，目前霍尔果斯政府重点招商金融服务业、影视文化传媒服务业、科技服务业、商务服务业、旅游业、节能环保业这六大类行业。而从新疆伊犁州统计局的数据来看，在此落户的外来企业中，90%集中在广告影视传媒、股权投资、电子科技服务类等经营地点不受地域限制的轻资产类企业。

然而，2018年下半年出现的"霍尔果斯逃离潮"却让这里的政策利好受到了广泛质疑。中央财经大学财税学院教授樊勇就在接受媒体采访时表示，为了招商引资，一些地方把税收优惠作为重要手段，制造"税收洼地"，"这对整个经济是没有好处的"。霍尔果斯上级政府伊犁州也在统计局的一篇分析报告中称，"注册型企业固有的弊端不容忽视，优惠改革到期而出现的大幅退减对经济的影响更加值得研究"。

这些弊端在想要离开的李颖身上体现得很明显。作为其霍尔果斯子公司的监事与主要负责人，她迄今为止从未到过霍尔果斯，其公司在霍尔果斯也没有任何一个固定的工作人员，只有一位财务人员在需要的时候会临时从北京飞到霍尔果斯处理事务。这意味着他们对霍尔果斯当地财政与经济发展的贡献几乎为零。

帮李颖处理当地事务的是霍尔果斯随处可见的财务代理公司，这类公司主要任务就是帮那些企业主体在外地的企业代办霍尔果斯当地事务。"2017年最多的时候，全霍尔果斯有两百六七十家财务代理公司。"许萧告诉笔者。他在入职现在这家互联网公司之前，就在一家财务代理公司上班，每天的工作就是帮助手上负责的各家外来公司处理在霍尔果斯的行政、工商和开票事务。李颖的公司2017年也花了三四万元找了一家财务代理公司帮他们处理注册公司的相关事宜，他们之间都没有见过面，仅通过微信上的沟通，李颖没去霍尔果斯也把公司注册了。

而当地政府为了吸引更多的企业来此，此前一直允许一个地址有多家公司存在，于是李颖的公司之前注册的"霍尔果斯市友谊西路24号亚欧国际小区2幢2221室"这一个地址内就注册了444家公司。而事实上，这里当然没有400多家公司存在，这个地址就是服务李颖他们的那家财务代理公司的所在地，只不过他们把自己所服务的外来公司都注册在了自己的地址上。

在政策的纵容和这类代理公司的帮助下，这些外地来霍尔果斯开设公司的企业大部分成为没有任何实体存在的"注册型公司"。这些空有"霍尔果斯"之名，却对当地几无贡献的外来公司不仅没能给霍尔果斯创造经济收益，反而让政策利好变成了一些企业偷税、避税的工具。

"2017年大家什么发票都敢开，连煤炭公司的发票都有人去开，你说这里有煤吗？结果还真开出来了！"许萧对笔者说道。

2018年3月6日，财政部、新疆维吾尔自治区财政厅、伊犁哈萨克自治州财政局在霍尔果斯召开了"财政部专员办进点见面会"，会上霍尔果斯当地税务部门通报称，近年来空壳公司问题严重，部分公司在当地注册分公司，却并未在当地展开经营或生产活动，而是通过这些公司转入巨额利润实现避税，仅监测到的，"每年有200家企业各自向霍尔果斯注册子公司转移2000万元以上利润"。一年时间，霍尔果斯一地就有40亿元税收流失。

霍尔果斯市长杰恩斯·哈德斯在接受媒体采访时也坦承："考虑经济发展比较多，也追求经济数据，急于求成。""招商时有攀比的思想，跟内地攀比，看人家都可以招，心里想着我们为什么不能招？"

入冬之后是春天吗？

于是，从年初开始，霍尔果斯开始了行动。

过年前后，霍尔果斯开始实行"一址一照"。新疆维吾尔自治区工商行政管理局也于4月11日下发了《关于暂停执行"一址多照"政策的通知》。其中称，鉴于"一址多照"政策在执行中可能出现相关税收政策风险，暂停霍尔果斯经济开发区内市场主体按照此前"允许将同一地址作为多家市场主体的住所"的规定办理登记。

而对已经按"一址多照"政策办理的各类市场主体，则要求其限期办理住所变更登记。如同杰恩斯·哈德斯所说："一间房子注册了几百家企业的，慢慢给你分开。"直接手段就是暂停开发票，逼企业不得不改。

此通知下发之后，霍尔果斯市内可用作公司注册的商用房屋价格快速上涨。

"我记得 3 月份的时候，我看了一个 300 多平方米的房子，租金一年 6 万多元。等到 6 月底我再问，变成了 40 万元。"因为当时还在财务代理公司，许萧记得他为客户找注册地址时的疯狂场景。"那会儿街边饭馆不好干的就不干了，租出去，一年租金四五十万元，坐家里收房租就行了；宾馆什么的也不开了，都租给了各个公司。后来政府也觉得这样不行，霍尔果斯就这么大，这样就影响到其他行业发展了，于是又规定临街商铺不能用。"

李颖的公司当时也拜托财务代理公司，重找了一个办公地点。然而，到了 6 月，光有实际办公地点也不够了，还要配备两名以上在霍尔果斯缴纳社保的办公人员，还得查看你的实际业务情况。同时，霍尔果斯还规定在本地注册且享受优惠政策的非实业企业，每年都要缴纳保证金，缴纳额度最低为 10 万元，最高为 100 万元，年初缴纳年底返还。

这下光"抢地"都不够了，还得"抢人"。许萧之前服务的那家互联网公司看到这个情况，干脆开了双倍工资，将他从之前的财务代理公司挖了过来，让他负责这家公司在霍尔果斯的落地实施。为了在 7 月 23 日开出发票，7 月初才入职的许萧匆忙寻找办公场所和人员，然而他好不容易找到的办公地点因为是新修的写字楼，7 月 18 日才能装修完入驻，于是他在 18 日当天晚上连夜找来装修师傅和搬家公司，将办公室装修一新。人员方面，他也通过之前的关系找来了两个财务会计人员，还从总公司要来了几个客服人员的名额，找了几个中年阿姨，凑足 18 个人，让这家子公司看上去确实在霍尔果斯有业务，第二天终于通过了税务部门的上门检查。而相比起他们每月能开出的 6000 万元面额发票，每年付出的这些场地和人力成本绝对物有所值。

谈起这些，许萧颇为得意，他还揶揄起了他们对门的一家游戏公司，说那家游戏公司太"鸡贼"，检查的时候办公室里就摆了一张桌子和一台电脑，其他什么东西都没有，"连纸笔都没有，饮水机都没有，你说你办公不需要写字、不需要喝水吗？"结果就是没通过政府的检查。

比起总公司超过 800 人规模的互联网公司，李颖所在的小型影视公司没这种魄力。她一方面向笔者抱怨"抢不到人"，"当地能够上社保的人已经被抢光了，那时候还没毕业的学生都被约光了"。另一方面,她也觉得白白在这里招几个人属于浪费,"业内除非说这家公司在霍尔果斯的业务量很大,否则即使没撤离,也是大面积处于停滞状态"。

屋漏偏逢连夜雨,范冰冰偷税漏税事件又让霍尔果斯的影视公司们站在了风口浪尖。2017年年底,霍尔果斯爱美神影视文化有限公司更换了法人,此前的法人正是范冰冰,而这家公司现在的注册地址空无一人。其他一些带有影视明星背景的企业,诸如徐静蕾任监事的霍尔果斯春暖花开影业有限公司和冯小刚持股的霍尔果斯美拉文化传媒有限公司也相继申请注销。

当然,权衡利弊后,大型的影视公司更多还是选择了留下。为此,他们正按照霍尔果斯的新政,走在满足开票条件的及格线边缘,以最少的付出获得尽量多的利益。

在霍尔果斯政府新修的"影视小镇"一期里,20多家影视公司已经入驻完毕,其中包括了本山传媒这样的明星公司。不过记者走访之后,发现里面每家公司都各自租下了一间办公室,每间办公室中摆放着两三张桌椅,工作人员寥寥无几。

出生于1997年的小张现在就是影视小镇中霍尔果斯凡达影业有限公司的两名正式员工之一。在8月底经朋友介绍到这家影视公司入职之前,他分别做过霍尔果斯电厂的工人和顺丰的快递员。但影视公司的工作比较起来要好得多,一个月4000元工资,主要工作内容是打《王者荣耀》,天冷下雪了不想去就不去,只要保证政府来检查的时候在就行了。"他们还给我一张纸,上面写着公司的简介,就是公司什么时候成立的、主要业务是什么之类的,能应付过去检查就行。"小张的另一名同事稍微忙一点,每月负责去行政大厅领发票,但也仅此而已。

几十平方米的办公场地、两三名交社保的正式员工、符合商业规范的合同,这些能帮助这家公司每月正常开出几百万元的发票,每年省下两三百万元的利润。

在这样的诱惑下,霍尔果斯之前200多家财务代理公司逐渐被这些开始实体落地的公司掏了个空,财会人员也成为霍尔果斯最为抢手的人才。缺少了人员与业务量的财务代理公司们不得不选择转型,靠着自己之前客户们的落地去赚钱。"他们都快变成劳务公司了,靠帮你招招人,帮你找个办公地址,赚点中介费。"许萧谈起这些"前同行们"的处境还心有戚戚，他也透露目前霍尔果斯比较大的财务代理公司也就剩十几家了。

随着这些公司开始落地，"把经济往实体上引"的目标算是迈出了第一步，尽管这些所谓的实体公司大多也只有几人或十几人。此时判断这样的"实体经济"对小城霍尔果斯的发展是利是弊尚嫌过早，事实上，除了吸引外来企业注册，这里有更好的条件去发展边境贸易。

而对霍尔果斯人来说，除了在他们眼前轮番出现又消失的各式企业，房价的上涨成为他们自己感受最深的直观印象。"现在口岸这边的房子都4000多元了，伊宁市（伊犁州州府所在地）的房子平常一点才4000多元钱。"许萧向我们抱怨道。不过他最后还带着近于肯定的语气对我说："这么多人、这么多公司到这里来，总归是一件好事吧？"

国产疫苗的信任链

王珊

疫苗专家的无奈

2018年7月27日晚上11点,陶黎纳在微信上发了一条朋友圈,和以往的淡定和平静不同,这一次,他的文字中明显流露出怒气:这样丧心病狂地更改工艺和勾兑,已经无法用常理去推断其疫苗的质量情况了。陶黎纳年届不惑,曾在某一线城市疾控中心工作了18年,参与当地的免疫接种工作。平时,他也会做些与疫苗相关的科普,鼓励公众积极参与疫苗接种。

陶黎纳的感慨源于当日国务院调查组对长春长生生物科技有限责任公司(以下简称"长春长生")违法违规生产狂犬病疫苗案件调查结果的通告。调查结果显示,长春长生为降低成本、提高狂犬病疫苗生产成功率,违反批准的生产工艺组织生产,包括使用不同批次原液勾兑进行产品分装,对原液勾兑后进行二次浓缩和纯化处理,个别批次产品使用超过规定有效期的原液生产成品制剂,虚假标注制剂产品生产日期,生产结束后的小鼠攻毒试验改为在原液生产阶段进行。

其间,为掩盖自己的违法违规行为,长春长生还有系统地编造生产、检验记录,开具填写虚假日期的小鼠购买发票,以应付监管部门检查。如果不是内部人士的举报,也许现在问题也很难被发现。

在调查报告没出来前,陶黎纳和所有的公众一样,只知道长春长生存在生产记录造假。后来,他看一些报道说,是企业为了扩大产量,私自更改生产工艺,用较大规格的发酵罐替换小罐发酵。陶黎纳认为，生产工艺的改变不应该等同于公众理解的"假疫苗"，这种不会对人体健康造成实质性伤害，顶多是"接种无效"。他也是在写科普文章时这样安慰公众的。但现在，调查报告的结果却让他冷静不下来了，"他们居然用超过有效期的原液，并将小鼠攻毒试验提前，很明显是恶意的行为，为了节省成本和缩短疫苗生产时间"。

狂犬病疫苗属于灭活疫苗的一种。灭活疫苗是将致病的病毒或细菌培养后灭活，将灭活的病原体直接制备成疫苗，或将其裂解后提取主要抗原成分制备成疫苗。狂犬疫苗的生产，需要首先进行细胞培养，然后在发酵罐内培养狂犬病毒，并添加灭活剂以解除病毒自身携带的致病力，将刺激人体产生抗体的部分保留下来。这一步骤之后，则是对疫苗进行提纯、清除杂质的过程，其间还会加入一些稳定剂，用来增加疫苗的存储寿命。

这一系列的过程得出的产品就是"原液"。从原液到成品还需要经过稀释、配比等阶段。按照相关生产规定，疫苗的生产需要在一个持续的生产过程内进行。而长春长生使用不同的原液进行勾兑，则打乱了这个过程，直接会影响后续产品的稳定性和有效性。"企业会生产很多批次的疫苗，由于生产工艺的不稳定，有的疫苗会效价低，有的则效价高一些，企业会将其进行混合，这样一方面可以提高合格率，一方面则能够尽可能地降低损失。这属于很恶劣的行为。"一名医药行业的人士告诉我。

北京大学医学部免疫学系副主任王月丹向我解释，效价指标是评价疫苗有效性的关键因素，一般来说，效价指标不合格，是指疫苗中的有效抗原成分含量低于标准范围，说明疫苗达不到预设的免疫保护效果，起不到预防疾病的作用，但从免疫学的角度来说，不会带来安全风险。它和安全性指标，共同构成疫苗的两大基础。

陶黎纳倾向于将长春长生生产的疫苗比作地沟油。他觉得，注射了有问题的狂犬疫苗就像吃到了地沟油，即便不至于造成明显的身体伤害，但肯定会被恶心到，对精神伤害很大。"事件暴露出厂家对于生产过程质控的漠视。对于产品质量，最重要的是生产过程把关，如果这个做到了，质量自然不会差。如果不重视生产过程，事后监管再多，质量事故也只会越来越多。"

被操纵的进入权

同样感到震惊的还有陈涛安。他是山西疫苗案的举报者，曾是山西省疾控中心原信息科科长，专门负责防病信息。现在，他依然还在疾控中心工作，只不过调到了后勤部。陈涛安告诉我，"山西疫苗案和2016年的山东疫苗案都是冷链运输出了问题，也就是在销售环节。两个案子都会假定一个事实，即生产厂家都是没问题的。现在，厂家，也就是源头都出现了问题，人们还怎么去信任疫苗是合格的"。

按照我国对疫苗制品的现行规定，国家免疫规划中的疫苗品种为一类疫苗，由接种单位上报接种计划，国家统一招标和免费配送发放。二类疫苗则交给市场，按照2005年颁布的《疫苗流通和预防接种管理条例》（以下简称《条例》），采取自由定价的方式，由具有相关资质的疫苗生产企业和经营企业向疾控机构或接种单位直接提供。

不过，为了解决山西和山东疫苗案暴露出的二类疫苗流通链条长、牟利空间大等问题，修改后的《条例》将自愿接种的二类疫苗比照国家免疫规划用的一类疫苗，全部纳入省级公共资源交易平台集中采购，由县级疾控机构向疫苗生产企业采购后供应给辖区内接种单位。

这种做法，直接将药品批发企业从疫苗流通环节剔除，简化了疫苗流通流程，可以说在一定时间内对于加强监管起到了不小的作用。但当时，陈涛安就曾在接受笔者采访时提出要警惕垄断可能带来的问题。"将疫苗的采购权集中在县级疾控手中，很容易为企业公关提供便利的条件，只要搞定了疾控的负责人，也就搞定了疫苗的进入权。"

长春长生是上市公司长生生物的全资子公司。长生生物共有6个疫苗品种在售，其中，二类疫苗4个，包括狂犬疫苗、水痘疫苗、流感疫苗、脑膜炎疫苗，一类疫苗2个，包括甲肝疫苗、百白破联合疫苗。

长生生物的一系列的销售数据也从一定程度上证实了陈涛安的判断。我查阅了《长生生物：2017年年度报告》后发现，为了适应2016年修改的《条例》，长生生物调整了原有的自营与经销商结合的销售模式，继而采取与推广服务商合作的方式开展销售工作。报告显示，2017年度，长生生物销售费用5.83亿元，其中4.42亿元为"推广服务费"，支付给了推广服务公司。2016年度这一数据仅为2.3亿元，上涨幅度达到150%。报告对这一变动的解释是营销模式受《条例》影响。"疫苗企业跟医药企业一样，也要经常组织会议，推广产品。"一家疫苗公司的部门负责人告诉我。

陶黎纳一定程度上感受到了长生生物推广的力度之大。陶黎纳曾经写科普文章多次推荐过一家疫苗企业的狂犬疫苗，只要打四针、接种三次，价格还便宜，但他发现，这家企业的市场占有率并没有想象中的高。相反，长生生物的狂犬疫苗，要打五针、接种五次，价格还高一些。"选择什么样的疫苗，疾控中心应该是清楚的，无非三点：价格便宜、效果好、不折腾。长生生物的狂犬疫苗属于没有亮点的产品。"

但这样的产品依然受到不少疾控单位的青睐。数据显示，长生生物的狂犬疫苗销售量已经位居国内第二位，2017年的批签发数量为355万人份。"人们实际接种时选择的品牌，决定权在市县疾控中心的采购选择上。一般来说，包括辽宁成大、长生生物在内的几家疫苗厂家，一般都能进省级疾控中心的招标采购入围名单，此后就看县区级疾控中心如何选择了。"陶黎纳说。

陶黎纳说，从2002年国家开始扩大免疫规划开始，政府就开始对疫苗的准入指标进行了设置。陶黎纳曾参与其所在区域的疫苗采购指标设定。他很快发现，这并不是一件容易的事情。"你能拿到的数据，基本都是厂家公布的指标参数，关于效价、安全性这些权威的数字，疾控中心是拿不到的。有时候你可能需要企业提供一个实验的监测结果，但这个数据是没有标准的，它可能是一个省内使用监测的指标，也可能只是公司项目的结果。"陶黎纳说，一般过来投标的疫苗肯定都满足国家的标准，但具体到疫苗的质量，疾控中心是没有办法把控的。这些，也使得疫苗的采购有了人为操作的空间。

长生生物给予推广商的回馈也是颇为丰厚的。据媒体报道，长生生物曾在2017年推广销售团队表彰大会上对具有突出贡献的三家团队进行重奖，价值为起步价接近30万元的高端商务车。长生生物的阔绰源于其对国内疫苗市场成长空间的判断。

2015年，国家发改委等多部门联合发布《关于印发推进药品价格改革意见的通知》，取消药品的生产定价和零售价。这使得原本作为"社会福利"的一类疫苗更无利润可言。二类疫苗成为疫苗市场的主要竞争点。从2004年开始，国内人用疫苗市场以年均20%的速度增长，2005～2015年的几年间，人用疫苗市场规模从65亿元增长至245亿元。这其中，很大比例的销售规模源于二类疫苗接种量的增长。有数据预测，到2022年，中国疫苗销售额有望达到520亿元。如果时间再放长些，至2030年，中国疫苗销售额将达到或超过1000亿元。

2018年3月，长生生物董事长高俊芳在接受媒体采访时说："业绩的持续增长是回馈股东的前提和保障。"她说，未来增长的动力一个重要举措则是进行存量产品的挖潜，这主要集中在水痘、狂犬和流感疫苗上。根据公司的经营预判，作为公司业绩支柱的狂犬疫苗和水痘疫苗2018年仍然会有较乐观增长。但很显然，长生生物并没有耐心做好产能提升的准备，只能在工艺变更上"下功夫"。"疫苗生产周期较长，任何限定时刻的产能都是固定的，无法扩大生产，建立新的生产设施需要花费4～6年的时间。"一家疫苗企业负责人曾在接受媒体采访时指出。

断裂的信任

陈涛安觉得，疫苗风波的多次出现，与相关部门的处罚力度不够密不可分。2016年，在警方公布的山东疫苗案涉案名单里，陈涛安就曾发现山西疫苗案的涉事企业，仅是做了个更名处理，就继续从事疫苗的非法经营。在陈涛安看来，"山西疫苗事件是因，没有违法必惩，才造成了山东非法疫苗案的果，犯罪链又延长了"。而山东疫苗案的主要涉案者庞红卫在事发之前也因非法经营疫苗被以非法经营罪判处有期徒刑三年，缓刑五年。

抚州市食品药品检验所的肖敏也曾在一篇文章中指出，处罚力度不够，是疫苗事件频发的重要原因。她说，在国内，疫苗作为一种特殊药品，名义上实行最严格的监管，但是在现实中并非如此。2015年新修订的《药品管理法》将疫苗定性为药品，但是却没有专门的条款针对疫苗的监督管理，现在使用的《条例》是我国疫苗安全监管领域的专门法规，但属于行政法规，在疫苗质量监管力度上明显不够，且比较单一。

一名从业人员告诉我，需要国家各个层面加强管理，以使得人们能够对疫苗重新拾起信心。比如说，美国曾在大的疫苗事件之后，即刻成立了生物标准部，对日常储存冷藏室和冷冻室的温度都进行了严格的规定，任何违规都有可能造成疫苗的下架和召回，代价巨大。此后，美国还建立了不良反应的报告制度，以帮助人们监督疫苗质量和发现疫苗的长期副作用。该系统对公众透明可见。

上述从业人员担心，在国内，人们会因为各种事件的发生抵制疫苗的使用。毕竟，许多国家都曾出现过"反疫苗运动"。20世纪70年代中期，英国一名学者提出接种百日咳疫苗会导致永久脑损伤的理论，这一理论被当作百日咳疫苗有副作用的根据在人群中迅速传播开来，使其预防接种率从81%降到了31%，其后两年英国出现百日咳患儿超过10万例。

中国疾控中心流行病学首席专家曾光也在接受媒体采访时表示了同样的忧虑，他指出，疫苗是预防和控制传染病最经济、最有效的手段，其作用不可取代。根据美国疾病预防控制中心估计，仅麻疹、脊灰、百白破疫苗，每年至少挽救250万5岁以下儿童的生命。

从1978年开始，我国开始有计划地实施预防接种，初步引入针对6种疾病的4种疫苗；2002~2007年又曾两次扩大免疫规划，疫苗品种增加至针对15种疾病的14类疫苗，由国家财政负担、免费接种。一组数据也显示了疫苗在国内的重要性——国内的流行病学调查显示，1992年中国人群中乙肝表面抗原的阳性率为9.8%，这一数据在将乙肝疫苗纳入规划7年后，迅速下降至1%。

一名疫苗企业的负责人则告诉我，此次疫苗风波使得从业人员也颇为丧气，感觉被贴上了"黑心厂家"的标签。"长生生物只是一个个例，中国的疫苗质量是不差的。"他提到了一个数据，根据《2017年生物制品批签发年报》，2017年，国内申请签发的疫苗有50个品种，共4404批，4388批符合规定。其中，2批国产疫苗不合规，14批进口疫苗不符合规定。

但此时，一系列的数据在断裂的信任面前已经变得苍白无力。长生生物的事件出来后，许多人跑到陶黎纳的微信公众号后台留言，表达对疫苗接种的担忧和焦虑。"你会发现，公众，尤其是家长们很难听进去解释，他们就知道疫苗出问题了，担心接种到假疫苗。有的则将不信任扩大到了其他种类的疫苗，比如说甲肝疫苗、水痘疫苗，甚至扩展到了整个国产疫苗。"陶黎纳理解他们这种焦虑，但倘若事情的结局变成所有中国人都不敢去打疫苗了，那只能是场悲剧。

"绝望"的高岩：高校内的不平等关系

马戎戎

绝望的高岩

时隔 20 年，通过正常法律途径追责沈阳教授"性侵"女学生高岩，成为一件成功概率极小的事情。

"最难的一点，就是缺乏直接证据。"北京葆涵律师事务所的资深律师徐华洁女士说。

从目前已公开披露的资料和信息来看，有关前北大教授沈阳和女学生高岩之间所有涉及"性"的事实过程，均来自李悠悠的讲述。

"由于当事人已经不在了，事发过程没有当事人的直接陈述。李悠悠讲述内容的真实与否，没有第三人在场，无法证实。"徐华洁律师说。

从法律的角度，能够断定沈阳和高岩确实发生了性关系的直接证据，包括高岩生前的日记记录、高岩私人衣物上的液体等。然而，事情已经过去 20 年，如果高岩当年确实留下了相关证据，高岩父母应该早已向公安机关提交了。至于涉及"强奸罪"的判定，还需要进一步提供被害人确实是"不自愿""被强制发生"的证明。

"强奸罪的特殊性，就在于涉事双方的关系是一对一的。根据刑事诉讼的原则，如果要判定沈阳有强奸罪，需要强有力的客观证据，构成完整的证据链。"

"我非常同情高岩和她的家人，但是当年她没有站出来保护自己。20 年后，事情的过程都只能由旁人根据片段进行推理，无法还原事实过程。"徐华洁说。

从法律的角度，在目前已经公开披露的信息中，最有效力的反而是北大出具的1998年对沈阳进行处分的决定。在那份决定及其附件中，沈阳提到1997年1月，高岩曾去沈阳住处，要求沈阳"表态和她建立恋爱关系"。决定中还提到沈阳在香港城市大学做访问学者时，二人曾通信。1997年6月沈阳从香港返校时，高岩要求见面。6月底，沈阳在北大南门外与高岩见面时宣布与高岩终止往来。

在这份决定中，沈阳仅承认曾与高岩"搂抱""亲吻"，未承认与高岩发生过性关系。

一直到2018年4月，当年的中文系系主任费振刚教授接受媒体采访时，才对媒体确认，沈阳当年对学校承认了他和高岩的性关系。费振刚教授讲："从师德讲，这个年轻人（沈阳）是有问题的。"

"如果仅看这份决定中透露的事实，根本没办法判断，两个人是不是在恋爱；高岩是否是因为在恋爱中发生了矛盾才自杀的。"徐华洁说。

根据李悠悠在公开信中的陈述，高岩在1996年秋，对她含泪倾吐过："他（沈阳）像饿狼一样向我身上扑上来。"

那么，该如何解读高岩在此之后与沈阳之间的交往？

《越轨》一书的作者、中国政法大学教授、"越轨"社会学创始人皮艺军在关注"高岩自杀"事件后认为，作为一名年轻女学生，至少在刚刚入学时，高岩对沈阳是有一种"崇拜"的感情的。

"年轻女性对年长男性的崇拜，会对年长男性产生一种客观的诱惑。"皮艺军教授说。他强调："不是主观上的，而是一种客观上的诱惑。"

皮艺军教授认为，在整个事件中，高岩表现出一种"执着"的性格特点："当这种执着变成一种绝望，高岩就有可能选择自杀。"

结合中国传统的性道德，高岩的"执着"中，传统的"贞操"观念起了很大的作用。

中国社科院教授、社会学家李银河女士在1998年出版了《中国女性的感情与性》一书。20世纪八九十年代，她主持了多项针对中国女性感情与性观念的调查。

1989年，李银河曾主持过一项关于中国女性"婚前守贞"的调查。那时，受调查人群中，有婚前性行为女性的比例只占 15.5%，且绝大多数都发生在固定情侣之间，年龄层也都比高岩当年大很多。而随便的性关系，接近零。

李银河认为，以 1995 年前后中国女性普遍的性观念程度，对于当年只有十八九岁、从未谈过恋爱的高岩，沈阳的行为对她压力实在太大了。

性别平等传播组织"新媒体女性"负责人、社会学博士、资深媒体人李思磐认为，受害者高岩假如有"建立恋爱关系"的动作，恰恰说明了沈阳的行为带给她的"破坏有多大"："如果说她把沈阳的行为认定为性侵，那么，事情发生后，她不得不面对两个问题：第一，她怎么看待这样一个自己崇拜的老师？因为她之前跟她母亲说过，她崇拜这个老师。第二，她怎么看待自己的受害者身份？传统道德观念中对女性的要求，反抗强奸有很高的标准，即宁死不屈。她没死，那么事情发生后，她怎么认定自我的身份？那自己就成了一个荡妇。她没有办法接受这个身份，她只能把这个关系正常化。她这种把关系正常化的努力，正说明了这个性侵行为对她的伤害、对人的信任关系的伤害有多大。"

"直到高岩自杀前的最后一刻，她都在寻找一个出路。"性别研究学者吕频说，"她在寻找的这个出路是什么？这个出路就是在这个现实的社会里，在充满性别不平等、充满对女性受害者污名化的情况下，要寻找一条生路。"

吕频指出，在以男权思想为中心的社会中，一名受到性侵害的女性，在抗争性诉求得不到支持的情况下，只可能退而寻求理顺与施暴者之间的关系：

"她想到的是，如果我跟你真的建立了某种关系，那我失贞的问题可以被解决，受害者的包袱可以被卸下。"

"如果这个社会曾经给这个女人别的选择，她绝对不会走这条路，她绝对不会有这样一个选择。"吕频说，"如果你要说她对沈阳是不是有感情，她是不是真的喜欢沈阳，这是错误的问题。她只是想用这个方法来挽救自己。她是一个有强烈贞操观念的女性，而这个社会对性骚扰受害者、性侵受害者极度不宽容。"

"不管是自杀还是杀人，都是和社会彻底割裂的表现。走到这一步之前，她都在越来越绝望地寻找跟这个社会，跟这个男权的社会，甚至跟这个男权的施害者能够协商和妥协的方案。"吕频说。

"然而实际上这是个绝望的努力，因为沈阳这种非常残酷的人，绝对不会给她这条出路。他从未想过跟她建立真正的关系，从未想过真正理解她的经历。"吕频说。

吕频指出，沈阳在事后将主动一方的责任推给已经去世的高岩，是"反果为因"的。

皮艺军教授也指出，即便不以刑事犯罪的角度，单纯以"越轨"心理学角度来审视沈阳的行为，沈阳的行为也是无底线、不负责任以及以自我为中心的："每个人都有追求幸福的权利，但是追求的过程中间不能伤害别人。我们不能抹杀个人的权利，但是我们一定要保护对方追求幸福的权利。最起码沈阳没有关注到这名女学生的感受，他没有做这种移情式的理解。你一个老师，你从你个人的角度，你的所作所为，不考虑你行为的后果，这是非常不负责任的。"

皮艺军认为，即使社会没有追究沈阳的责任，作为一名有理性的成年人，沈阳是有能力去追究自己的："他该对自己有强烈的自责，他必须去反省他跟高岩所有的交往过程中间，他自己的责任。……如果他没有能力追究，只能说明他自己还是自我中心的。"

当时，她们为什么不说"不"

事实上，即使在2018年，已自杀的高岩经受的各种议论也不少。比如，有人就认为，因恋爱关系自杀是一种恐怖主义。

李银河女士说，2013年，在清华大学进行的一次关于婚前性行为的抽样调查中，有婚前性行为的女性，比例达到了71%。

以今日的观念和行为实践来衡量1995年的大学女生高岩，自然很多行为都无法理解。

"我们这个社会对受害者是特别不宽容的。"吕频说，"受害者永远都要回答的一个问题是什么？就是你为什么没有说'不'，你为什么没有及时地说'不'？然后你才这样一步步地越陷越深。其实这是一个特别苛刻的要求。"

吕频认为，当受害者处于一个权力非常不对等的情境下，说"不"其实是件非常困难的事："你永远不知道什么时候是一个说'不'的合适的时机，为什么？因为这件事情的进展主导权不是由高岩操控的,她根本不知道接下来要发生什么,她也没有勇气,她也没有能力去承担说'不'的后果。"

吕频剖析了师生关系之间存在的灰色地带:"到底老师对学生是关心、爱护,还是控制?你发现这分不清楚。比如说沈阳,每天接送高岩上学。你说这是关心、这是爱护,但是这个关心爱护是很特殊的——为什么只关心这个女生?实际上这是一种不能够拒绝的好意,他将关心、爱护和控制混合在一起了。而就在这样一个地带里,这个老师实际上有特别大的可以为所欲为的空间,可以逐步地破坏学生的身心自治领域的一个空间,不留余地。学生一旦进入这个领域的话,关系就很难由学生来决定了。"

在李思磐眼中,沈阳对高岩的行为,不仅是一种性侵犯,也是一种职权滥用。"老师对于学生,个人魅力、影响力都是被夸大的。他对于学生的影响、他的权威,其实是借助了他的职业身份。这是一种权利滥用。"

李银河女士则指出:"性骚扰和猥亵妇女罪,一个最主要的区别就在于有没有存在权力关系,包括上级和下级,雇主和雇员,医生和病人。"

皮艺军指出,师生关系并不是一种平等的关系:"其实应该是平等的、但是实际上它确实是有权威存在的。存在依附与被依附、控制和被控制这样一种关系。特别是在中国,师生之间很难有自然的和自愿的关系。理论上,师生之间可以有纯真、自然的友谊和爱情关系,但由于这种权威和不平等的依附关系,爱情、友谊都会失去原来的纯真,里面会有一些被迫的因素。"

"新型师生关系"如何建立

在武汉理工大学"陶崇园坠亡"事件中,师生之间的权力不对等关系似乎显得尤为明显。

2018年3月26日,武汉理工大学研三学生陶崇园从宿舍楼跳下身亡,陶崇园的姐姐随后曝出导师王攀曾要求陶崇园喊他"爸爸",强迫陶长期给他送饭等,给他带来各种精神压迫。

陶崇园的姐姐还曝出,王攀动用私人关系网,使陶崇园失去了出国读博的机会。

吕频认为，如果陶崇园姐姐向媒体披露的情况完全属实，那么王攀对陶崇园实施了双重的控制：一方面是行为上的控制，连几分几点都规定好，规定得特别详细；另一方面则是情感上的控制。

2017年底，西安交通大学药理学博士杨宝德溺水身亡。其后，其女友发文直指"导师奴役"。

北京工业大学教授、犯罪学专家张荆认为，这些极端案例，都反映了师生关系的扭曲，时下亟待建立新型的现代师生关系。

张荆教授指出，无论是"高岩自杀"，还是"陶崇园坠亡""杨宝德溺水"，背后都有一个同样的问题，那就是师生界限不清晰。张荆教授认为，从行为上来讲，人际交往应该有清晰的边界。比如教授让女学生去家中探讨学术，或者导师让学生为自己无限制地跑腿，如果学生不愿意，应该有技巧地予以拒绝。

无独有偶，北大教育学院副教授沈文钦在接受采访时也提到："老师让学生喊其为'爸爸'，这属于导师和学生的边界、身份不清晰。"

在现行教育体制下，研究生阶段以后，学生和教授的关系是相当紧密的。

"从导师对学生的影响来讲，本科、硕士、博士，导师的影响是越来越大的。"沈文钦说。

"以博士阶段而言，在人文社科领域，导师负责指导博士论文。在理工科，除了指导博士论文，导师还会提供课题参与的机会。"沈文钦介绍。除此之外，有些导师还会通过课题给学生发助研津贴。

一般来说，在与导师的关系紧密程度上，理工学科更甚于人文社科。在理工科，明星导师拥有大量科研经费，他们是科研产出的主要贡献者。而一个学科的显示度通常是由所在学科的明星教授决定的。因此，这些明星教授在学校事务上的话语权也和一般的教授、教师不同。在学生的留校、学术圈工作推荐等问题上，导师的作用更是至关重要。

在沈文钦眼中，健康的导师和学生关系包括："第一，导师和学生之间的权责利应该清晰，导师和学生之间主要是一种专业的关系，导师的主要角色是授业。第二，更理想的情况下，导师应该是人格榜样。当然，这不能作为对每个老师的要求。"

传统的儒家文化,也给个别教师的"公私不分"提供了文化土壤:"儒家文化中的师生文化是一种类似于家庭的文化,这体现在师父、师弟、师兄这些称呼中。这种文化下,导师和学生的情感纽带更加紧密。但在不好的情况下,会导致一些问题。这些问题就包括教师对于学生处于绝对的权威地位,两者关系很不平等。日本、韩国等受儒家文化影响的国家都有类似问题。"

在杜绝研究生对导师的单一路径依赖上,沈文钦提出了"允许学生更换导师"的建议:"在国外,学生换导师比较方便。我认识一个澳大利亚的博士,他换了三次导师。"

沈文钦还建议,高校可以试行双导师制乃至"导师组":"这样学生有一主一副两个导师。和其中一个导师冲突的时候,有一个处于第三方的协调人。"

沈文钦提到:国外高校都有教师手册,其中对导师的权利、义务、和学生发生争端的解决办法,规定得很清楚。这值得国内高校借鉴。

2018年1月1日,在微信公众号上发文举报北航教授陈小武的华裔女学者罗茜茜,接受媒体采访时,谈到在美国求学期间,她感受到的美国教师行为规范化:"我在美国求学期间,我的导师是男性,每次他找我谈话讨论论文进展,会把办公室门敞开,有时候我嫌屋外太吵去关门,他提醒我不要关门,这是规定。其实他也是在保护自己,万一他把门关上,女生出去说'他性骚扰我'了,他是说不清的。导师会有这种顾虑,其实是因为有一个很强大的制度在保护学生。"

成功举报陈小武后,罗茜茜致力于推动在国内高校建立相关性骚扰防范机制。

然而,一套有效的机制建立,并不那么容易。2014年7月"厦大吴春明教授性侵女生事件"之后,中华人民共和国教育部于2014年10月9日印发《关于建立健全高校师德建设长效机制的意见》,列出高校教师师德"红七条",并将"对学生实施性骚扰或与学生发生不正当关系"列入其中。但是正如代理过众多性骚扰案的北京源众性别发展中心主任、北京两高律师事务所律师李莹所说,仅仅将性骚扰问题作为师风师德来谈是不够的。

"如果道德伦理没有法制化的话,就无法形成一个真正的约束。"吕频这样认为,"我觉得真正的原因,还是这些事件背后权力与责任的关系。"

万州公交：永不抵达的半站回家路

王海燕

坠江背后的命运与怒火

10月初，三峡水库已经开始蓄水了，长江万州段是三峡水库水位最高的几个区段之一，碧绿江水一天天漫上夏季芳草茵茵的河床，没有几个人注意过，是在10月28号前的哪一天，江水达到175米水位线标志的。这本应该是这座依山傍水的渝东北江边小城最热闹的时候，第九届三峡国际旅游节已经开幕了，为了配合旅游节，西山公园准备了上百个品种的数十万盆菊花举办菊花展，展览是在28日头两天开幕的，退休的小学教师周大观一直惦记着这件事，念叨着要去看展览。

看起来，28号那天本应该是个不错的日子，连续多日阴雨的天空微微放晴，连气温都略有回升。周大观家楼层高，视野好，如果那天早上他从家里厨房的窗台望过去，应该能看到金色霞光越过重山，铺满江面，洒在高高跨越江南江北的万州长江二桥，一切如常。虽然是周末，他的儿子周小波还是7点多就起床了，周小波是万州汶罗小学的体育老师，2018年下半年刚刚借调到万州区教委，他当天需要到约6公里以外的万州体育馆去开会，体育馆就在举办菊花展的西山公园旁边。

周小波起床后去跟父亲打了声招呼，周大观听说他要开车去，便也爬起床，让儿子顺路把自己捎去西山公园。因为时间匆忙，周小波本来想煮碗面条也没来得及，两人各冲了一碗麦芽精和杂粮粉喝了就出门。周小波还记得，老人出门的时候，穿一件蓝色夹克，是一位亲戚前不久才买给老人的，还是新衣服，配白裤子，看起来精神抖擞的。因为在路上还捎了一个人，在车上的时候，周小波和父亲几乎没有说话，只在下车的时候，周大观告诉他自己看完就回家去吃饭，也没有让周小波去接。

万州的微信群和朋友圈在不到11点就已经炸开了，在流传的小视频里，万州长江二桥上，一辆前脸被撞得严重扭曲的红色轿车冒着烟，斜抵着人行道，人行道与机动车道之间的隔离带已经被撞开，耷拉在地上，更外侧半人高的护栏也缺了一个大口。还有人拍着已经平静下来的江面，画外音带着哭腔喊："大巴车掉水里了，大巴车掉水里了，冒冒儿（车顶）都看不到了，囊个得了哦（怎么办啊）？"周小波也收到了这些视频，并且得到消息，当地一辆22路公交与一辆小轿车相撞后冲毁护栏，坠入了长江。他的第一反应就是跟领导请假，冲回家穿上救援服装，赶到了长江二桥桥下。

除了体育老师，周小波的另一个身份是万州蓝天救援队的副队长，他在2015年加入这个民间公益组织，通过每周的训练，掌握了现场急救、高空绳降、水上救援等各种救援知识，大大小小参加过六七十次救援活动，包括2017年的茂县泥石流和九寨沟地震等事故救援。周小波是在11点左右到达现场的，事发地已经开始实施交通管制。按照类似事故处理的第一步，他和前后赶来的同事开着冲锋艇在江面搜寻。那时候的江面上，除了散落的油渍和公交车装饰碎片，已经变得一片平静。

在从家里赶往事故现场的时候，周小波给父亲周大观打了几个电话，没打通，但他当时没有想太多，甚至当他姐姐带着慌乱的语气也给他打电话，说父亲的电话打不通时，他还安慰姐姐，电话有时候打不通也很正常的。过了中午12点，蓝天救援队已经初步测出公交掉落在了水面以下69～72米的位置，而周大观的电话依然打不通，周小波心里开始发慌了。

确认消息是在下午3点多，当时公交公司从事故车辆上采集的数据显示，事发前最后两名乘客上车刷卡的时间为上午9:59，而在9:52～9:59之间，共有8名乘客上车刷卡，其中3张卡为老年卡，其余为普通卡，事发车辆上有十几名乘客。因为老年卡均为实名登记，周小波被告知，周大观也在体育馆站登上22路，上的正是坠落的那一趟车。

这是一个不合常理的路线选择，22路是当地的环湖公交，分内环和外环，全程绕着万州城区内的长江段滨江而行。周大观家住在长江二桥北桥头，如果走内环的话，他只需要坐7站路就能到家了，但他选择的是外环，需要整整25站才到家。但周大观生活闲散，他又喜欢锻炼，自从儿子帮他把微信计步的功能开通后，他还经常用本子记下当天走路的里程，其中行走最远的一次，他从家门口出发，绕着城区的滨江路行走，总共走了43629步，从早上7：10一直走到了下午6点。

这是个豁达的老人，笑起来眼睛往下垂着，一副随和可亲的样子。周小波的很多队友都认识周大观，老人有时候会去旁观他们训练，或者参加儿子的聚餐，总是乐呵呵的，也和年轻人说得上话，大家都很喜欢他。这个当天专门赶去看菊花展的老人很喜欢园艺，小区里面大多数的绿化带，都是他志愿修剪的，物业有一次给他发过200块红包，他也没要。没人知道那一天，周大观还有什么计划，唯一可以确定的是，如果当天22路公交不出事，还有不到半站路的路程，他就可以下车回家了。

流言和揣测

一开始，没有人知道，车上到底有多少人，发生了什么，车辆为什么坠落。

最早的两具遗体在坠落当天下午就被发现和打捞上岸了，但接下来的救援格外艰难。蓝天救援队是最早到达现场的救援力量之一，从贵州蓝天救援队赶去支援的王毅告诉我，当地蓝天救援队在28日下午1点左右就探测到，车身高3米的公交已经坠落到水面以下69~72米之间，位置在偏离桥面栏杆垂直位置的上游十几米，几乎已经到了江心。三峡蓄水期的长江水下环境复杂，能见度只有1~2米。经过70余艘专业打捞船只、蛙人救援队、水下机器人、吊船等专业力量的搜救打捞，3天过后的10月30日晚间11：28，公交才被整体打捞出水。经初步确定，车上共有驾乘人员15人，其中13具遗体被打捞上岸，2人失踪。

在打捞期间，公交坠江是万州城区所有闲聊的中心话题。长江二桥已经实施了交通管制，带着瓜子、餐布、扑克和望远镜的人们聚集在能够看到事发现场最近的位置围观聊天，包括桥面以下的长江南北两岸、长江南岸的南山公园。这些地方，甚至出现了各种流动的零食和饮料地摊。南山公园远离市区，但公园背面的观景平台是观看事发现场的最佳位置，连续多天，有人从早上7点就守候着，直到深夜还不愿散去，观景平台的多个木质栏杆连接处被靠得裂了缝。

在得不到多少救援信息的闲散时间里，流传在当地人口中的是那些和周大观一样的悲剧故事。比如住在滨江壹号小区C区的一家有四口人遇难，包括1岁和3岁的两个孩子，他们的妈妈和外婆。小区保安是看着一家三代人走出门口的，大的孩子自己走着，蹦蹦跳跳的，两个大人跟邻居寒暄，说是要到江对岸的万达广场游玩，随后他们像往常一样踏上了22路公交，家里还晾着一排小孩的衣服。住在江南天地小区的一对小夫妻，丈夫27岁，刚刚过生日不满一个月，妻子24岁，微胖，嘴甜，小区里所有小孩她都叫得上名字。这位妻子平时总是带着孩子，孩子1岁8个月了，白白净净的，长得乖。前不久小孩的爷爷奶奶刚从新疆回到万州，小两口终于可以偷空享受二人世界。有邻居告诉我，出事那天，当时小伙子穿着西装出门，跟在他后面的妻子穿着牛仔衣和高跟鞋，两人看起来高高兴兴的，路过小区的景观鱼池时，还停下来看了一会儿红鲤鱼。随后，他们走出小区，也坐上了22路公交。

当然，人群中也流传着另外一些故事，比如有人因为等待时间太长，换乘了其他公交；有人在临上车的瞬间改变主意，选择了乘船；有人因为小孩缠着，在江边多玩了一会儿……这些故事很难真的得到证实，但它们全都指向一个事实，对于那些与这趟公交有交集的乘客而言，决定他们命运的，更多的只是临时起意和运气而已。

和这些细节偏差却总体确定的故事相比，在短短几天里，经历了数次舆论焦点转移的，是事故原因。事发当天，最早被指责的是与公交车相撞的红色轿车车主，因为有人称是红色轿车逆行，公交避让，导致坠江。事发现场的视频中，有女性司机穿着高跟鞋惶然坐在人行道上，还有媒体根据万州官方的电话回应，称已证实这一判断，这些消息都增加了这一猜测的说服力。根据百度指数，当天全网有关"女司机"的讨论从头一天的50多万条暴涨到超过1800万条。但当天傍晚，万州交警发出公告，称事发前是公交客车在行驶中突然越过中心实线，撞击对向正常行驶的小轿车后冲上路沿，撞断护栏，坠入江中。

  舆论开始转向。公交司机冉涌在某 K 歌软件上的账号是从 29 日中午开始，从当地人的朋友圈流传到全国媒体上的。在这个软件上，46 岁的冉涌有一个"龙行天下"的网名，从 2018 年 4 月份开始上传自己的 K 歌作品，半年里共唱了 29 首歌。他还在软件上上传了多张自己的照片，照片中的冉涌身材适中，国字脸，时而独自练拳，时而和朋友在一起。这个账号的关注量很快上涨到超过 10 万，这或许是冉涌生前想都不敢想的关注量。人们试图在这里寻找到公交坠江的蛛丝马迹，其中最引人注目的是，公交坠江前的 27 日夜间 9：55，冉涌上传了一首《再回首》的 K 歌作品，事发当天清晨 5：24，他再次在软件上上传了同一首作品，并说自己头天没唱好。

  媒体还去造访了冉涌生前的住地，包括笔者。那是万州城区边缘的农民自建房地带，冉涌的邻居告诉笔者的信息包括：冉涌和父母、哥哥、侄子租住在这里已经很多年了，他平时喜欢健身、钓鱼，总是带着一个茶杯出门，爱漂亮，衣服穿得好，想戒烟但总是戒不掉，不喜欢孩子，有一个偶尔来往的女伴……这些事实很快全都出现在媒体上和人们的讨论中，并与 K 歌软件上的信息结合到一起，成为人们分析事故原因的素材。

  公交后面和相向而来车辆的行车记录则是在 29 号下午开始流传的，画面显示，冉涌驾驶的车辆从长江二桥南桥头驶上桥面以后，一开始是靠右正常平稳行驶，在接近桥面中间的位置突然左转，与迎面而来的红色轿车相撞后，以 45 度角冲上比机动车道高 30 厘米的人行道，那是一个在所有角度中，最容易开上梯坎的角度。视频显示，公交从转向到坠落江中，全程不到 10 秒，没有减速，也没有刹车。

不是真相的真相

  冉涌的朋友林高华是在 11 月 1 日上午接近 11 点时，知道公交坠落真相的，他的第一感受是又高兴又激愤，其中高兴的是因为，他认为冉涌终于洗脱了部分冤屈。真相来自当天万州官方发布的通告，通告称公交车坠江原因是，乘客与司机激烈争执互殴致车辆失控，通告附带一份10秒钟的公交车内黑匣子监控视频。

视频是从28日早上10：08：44开始的，视频中，一名女子先是与冉涌激烈争吵，5秒以后，这名女子右手拿着手机，击向冉涌头部右侧，10：08：50，冉涌右手放开方向盘还击，侧身挥拳，击中女子颈部。随后，女子再次用手机击打冉涌肩部，冉涌用右手格挡并抓住女子右上臂。10：08：51，冉涌收回右手，并用右手往左侧急打方向，2秒后，视频中传出激烈的碰撞声，再过1秒，大桥栏杆出现在视野中，随后，满车尖叫，视频黑屏……

这是一个令人错愕的结果，根据通报，事发当天，冉涌是在凌晨5：01离家上班的，5：50，他在起始站万达广场发出22路公交当天的第二班车，沿22路公交外环线路行驶。出事的车辆已经是冉涌当天发出的第三趟车了，9：35，乘客刘莉莉在龙都广场四季花城站上车，想要到达壹号家居馆站，她在那里的一家窗帘店上班，她就是在视频中与冉涌争吵互殴的女子。

根据22路外环的正常行驶线路，刘莉莉可以在壹号家居馆站下车。但实际上，由于道路维修，22路公交车已经有一段时间不再行经壹号家居馆站了，刘莉莉的最佳选择是在往前一站的南滨公园站下车。根据通报，冉涌在南滨公园是提醒过壹号家居馆的乘客下车的，但刘莉莉并未下车，当车继续行驶时，刘莉莉发现车辆已经过站了，要求下车，但因该处无公交车站，冉涌拒绝了。确定的冲突是从10：03：32开始的，那时，刘莉莉直接从座位上起身，走到了正在驾驶车辆的冉涌右后侧，靠在扶手立柱上指责冉涌，冉涌也多次转头与刘莉莉解释、争吵，争执随后逐步升级，并出现了攻击性语言，直到视频中的一幕发生。

令人费解的是，从刘莉莉坐过站的南滨公园到出事的长江二桥，如果根据22路外环的固定线路，整整超过了8个站，如果车辆正常行驶，需要大约10分钟到12分钟，很难理解坐过站的争吵为何会持续如此漫长的时间。而刘莉莉的邻居则告诉我，刘莉莉有车，平时都是自己开车上下班的，很少坐公交。而在22路经过的南滨路到长江二桥一段，是万州江南新区的居民集中区，这里全都是近几年才开发的新小区，区域内几乎还没有商业和产业配套，乘客少，且大都是沿线居民，少有流动人员。也许正是因为乘客少，在我反复乘坐的数趟22路公交里，经过该路段时，少有车辆主动停靠站点，车内响亮的广播依然延续着路线更改之前的报站，导致报站和车辆停靠错位，但并没有司机提醒，相反，大多数乘客都是熟门熟路地提前向司机喊话停车，加上爬坡上坎、曲折往返的行驶路线，陌生乘客在这一段路程乘坐22路公交，很容易变得疑惑。

很难确定，刘莉莉是在何处发现自己坐过站的，在起身前是否就与冉涌发生了争吵。刘莉莉的邻居告诉我，刘莉莉脾气的确火暴，经常与自己70多岁的母亲吵架，气得自己的母亲捶胸顿足。而另外一则当地人流传的视频中，一名女子在一辆小轿车内与后排人员发生争吵，言语中脏话不断，并且试图从前排副驾与后排左侧乘客动手。虽然轿车司机反复怒吼，"在开车在开车，好危险"，甚至拿出了手铐，这名女子依然没有停歇，并在司机停车后依然持续咒骂了起码3分钟以上。刘莉莉的邻居向我证实，视频中的女子确实是刘莉莉。

而冉涌的朋友林高华则告诉我，冉涌以前当过兵，已经有24年驾龄了，开过油罐车，也开过长途大巴，平时待人很和气，但性子直，刚烈，被人惹到时，脾气是会爆。林高华以前经常坐冉涌的车，他说冉涌爱干净，开车比大多数人都守规矩，很少超速，但因此也更痛恨不守规矩的人，很容易飙脏话。林高华以前经常跟冉涌聊天，他记得冉涌谈到伤心处就痛就恨，就咬牙切齿。他还强调，咬牙切齿是对真实动作的描述，而不是一个形容词。

林高华说自己是那种有以暴制暴冲动的人，他自己开车很规矩，但有一次因为被一辆出租车强行从右侧别车超车后，对方两次想下客，都被他追着跑了，并在第三次把对方逼停后拿出球棒下车，出租车立即起步加速带着乘客走了，林高华这才罢休。他形容自己当时瞬间眼睛发黑，脑袋充血，已经完全不能理智思考了。虽然他认为如果遇到类似情况，冉涌不会和他一样冲动，但根据他的观察，某些方面冉涌和他的确是一样的，也正是因为这样的性格，两个人关系才比较好。

而在刘莉莉和冉涌的争吵之外，另一个值得特别注意的事实是，冉涌在与刘莉莉两次击打后，突然将方向盘向左打了一整圈，原本平稳直线行驶的车辆迅速左转，并在3秒以内坠下桥面。在刘莉莉并未抢夺方向盘的情况下，这是一个难以理解的动作，官方通报中对冉涌这一动作的定性是，"冉某收回右手并用右手往左侧急打方向,导致车辆失控向左偏离越过中心实线"。其中"失控"一词令人困惑,因为通报在后半段称,经重庆市鑫道交通事故司法鉴定所鉴定,事发前车辆灯光信号、转向及制动有效,传动及行驶系统技术状况正常,排除故障导致车辆失控。

而类似的车辆失控,在万州区22路公交上已经不是第一次了,搜索新闻会发现,2015年12月12日,22路上一名女乘客由于没有听到广播坐过了站,对司机破口大骂,司机还嘴,女子冲向司机并抢夺方向盘,随后行道树被撞倒,公交车车头受损。当月17天后,同一路车上,疑因公交站台被社会车辆停占,公交司机欲过站停靠,一位老者上前抢夺司机方向盘,公交车冲上人行道撞上绿化树,车头受损。这两名乘客后被判"危害公共安全罪",分别获刑2年、3年,并获缓刑。而这样的事故在万州区同样不是第一次,在裁判文书网上以"万州区、公交车、危害公共安全罪"为关键词搜索,包括上述两个案例在内,从2015年至今,万州区公交车乘客被以"危害公共安全罪"刑拘的案件共8起,判刑均为2~3年,并获缓刑。在这8起案件中,其中3起,公交车撞向了道旁行道树或路桩,另外5起则与其他社会车辆发生了碰撞。而如果去掉"万州区"这个关键词,全国2014年来在裁判文书网上公布的类似案件为382起,其中超级大城市上海和北京分别为6起和10起,且北京和上海的司机遇到类似事件,多数都是以刹车告终。但在万州的8起案件中,没有案卷显示司机曾主动踩刹车。

在事故被最终调查清楚以前,我们依然没有足够的证据确定,冉涌向左打方向盘时,到底想干什么。而如果回到10月28日那天上午的22路公交上,在林高华看来,刘莉莉和冉涌的争吵称得上是一场针尖对麦芒的碰撞。我们可能永远无法知道,在逻辑思考和情绪爆发纠缠的极端瞬间,到底是什么东西如同钥匙打开了齿轮组锁的门一般,导向了不可挽回的结局。如果不是这个结局,那一天的22路公交会照常行驶下去,有人还有半站路就到家了,有人会回家取下阳台上晾晒的被子,有人会去给儿媳妇过生日,有人继续享受甜蜜的二人时光,那两个小孩子热烈盼望的周末游乐也会如期而至。

实习生王俞丰、张佳婧对本文亦有贡献,文中林高华、刘莉莉为化名

2018，变局依旧

风起于青萍之末。发生在 2016 年的英国脱欧公投和特朗普当选美国总统这两大事件，在当时尚被视为出离常情的"黑天鹅"。时隔两年回望，"黑天鹅"更像是"风向标"，预示着全球化整体方向的逆转与本土主义——平民主义潮流在世界范围内的蓬勃兴起。在 2018 年，这个各国选举频繁的轮替之年，本土主义运动的高潮已经从美国和西欧扩散至中东、东南欧、拉丁美洲乃至东南亚，世界格局依然处在变数频生的调试中。

在 20 世纪频繁被军事冲突阴影笼罩的中东，再度成为孕育变化的反应炉。始于 2011 年春天的叙利亚内战已经持续到第八个年头，在地中海西岸的沙姆（Sham）之地粉墨登场的不仅有形形色色的本土政治势力和武装力量，美国、俄罗斯、伊朗、沙特、土耳其、以色列、伊拉克等国政府同样直接出手，成为这场"新三十年战争"的当事方。恐怖组织"伊斯兰国"在遭遇多国联合打击之后，已经丧失了对叙利亚、伊拉克交界地带大部分领土和人口的控制。但由"伊斯兰国"肆虐引发的中东难民危机，以及叙利亚局势的进一步复杂化趋势，在整个 2018 年并未获得根本性缓解。而单边主义行动高昂的成本，正在令所有当事国遭受惊人的反噬。

2018 年初，周刊记者前往沙特阿拉伯，对这个神秘的中东大国进行实地探访。自 2016 年起，年轻王储穆罕默德·本·萨勒曼已经在这个保守的政教合一国家掀起了轰轰烈烈的改革运动，旨在实现全国经济结构的"去石油化"，并使沙特社会朝着开放化、多元化、现代化的方向转型。周刊记者抵达之际，改革的初步影响已经开始凸显，但不确定性依然在这个半岛国家上空徘徊：全球油价在经历 2018 年中的回暖之后，第四季度重新回归每桶 60 美元左右的"熊市"区间，使沙特可以用于改革的财政资源变得捉襟见肘。利雅得当局在叙利亚、也门和卡塔尔的四面出击，一反其长期以来谨慎持重的国策，与伊朗、土耳其等周边国家频频擦出火花。穆罕默德王储强硬专断的行事风格，同样令人生出忧虑：频繁诉诸短期手段，是否总能涉险过关？

2018 年 10 月，这种担忧以极其惨烈的方式获得了验证：卷入王室内部纷争的资深记者卡舒吉神秘殒命于沙特驻伊斯坦布尔领事馆内，国际舆论哗然。刚刚遭遇一场货币和债务危机的土耳其政府乘机发动宣传攻势，大大改善了自 2016 年未遂政变以来日渐逼仄的外部空间。而沙特政府虽然获得美国总统特朗普的力挺，最终仍不得不承认在卡舒吉案件中扮演的不光彩角色。王储"新政"引发的震荡，仍在中东继续发酵。

2018 年 12 月，特朗普宣布撤出部署在叙利亚境内的美军部队，并将驻停于阿富汗的美国武装人员的数量削减一半，这使得长期动荡的阿富汗再度成为舆论瞩目的焦点。2018 年 7 月，周刊记者前往这个被称为"帝国坟场"的邻国，与阿富汗资深政治家、政府官员、普通民众以及中亚问题专家做深入接触，试图对这块"文明冲突"之地的现代历史做出系统梳理。欧洲大国在 19 世纪的地理政治之争，将阿富汗裹挟入世界近代史，却并未为其经济结构、社会组织形式乃至思想观念的现代化提供资源或空间。一代代阿富汗精英试图实现国家现代化的努力每每以惨败而告终，最终使整个国家在20世纪80年代那场代价惊人的抗苏战争结束后，变成了孕育欧亚大陆极端势力的温床。"基地"组织在阿富汗的勃兴，带来了震惊世界的"9·11事件"以及21世纪初全球秩序的重新洗牌。而2018年，千疮百孔的阿富汗仍在无望地等待着和平曙光的出现。

随着美国"通俄门"调查的不断深入，俄罗斯在全球政治中扮演的角色及其实际影响力再度为人们所侧目。2018年3月，普京以压倒性优势赢得新一届大选，开始了第四个总统任期。2014年以来，他在克里米亚危机以及叙利亚问题上采取的果断政策，被认为大大改善了俄罗斯的战略处境，使得莫斯科能够以相对弱势的经济体量"撬动"远为惊人的国际权势杠杆。但2018年已经是俄罗斯遭遇欧美经济制裁的第四年，美俄关系并未因特朗普上台执政而出现根本性好转，俄罗斯经济和社会存在的结构性问题却接连不断地暴露出来：贪腐丑闻连续被曝光，老龄化早早降临造成了养老金危机和就业人口短缺，政府预算完全依赖能源出口的格局从未发生变化，来自社会各阶层的反对之声也已经开始传出。距离普京初次问鼎克里姆林宫已经过去整整18年，这位强人总统的是非功过依然难做定论。但俄罗斯已经开始为"后普京时代"的到来做着准备。

正在迎来政坛代际更替的还不仅仅是俄罗斯。2018年，巴西、巴基斯坦、马来西亚三国都选出了出身"非主流"党派阵营的新总理；在印度，励精图治的强人总理莫迪也将在2019年迎来"大考"。新当选的领导人不仅要驱散深陷贪腐风暴中的前任给政府带来的声誉危机，更需要重新检视本国在全球化新形势下急需做出的调整。无论是板球明星出身的巴基斯坦新总理伊姆兰·汗，还是以92岁高龄再度组阁的马来西亚老牌政治家马哈蒂尔，都必须审慎权衡在政策上改弦更张的方向和力度。毕竟，大变局远未表现出已经趋向稳定的征兆。

对全球局势来说，2018年是一个过渡之年。无论是纷繁复杂的叙利亚局势走向，还是特朗普一系列单边主义政策带来的动荡传导，在这一年都不曾宣告平息。在迟疑和观望中，新的2019年已经到来。（刘怡）

"帝国坟场"阿富汗

2018年,《三联生活周刊》的记者深入亚洲的中部阿富汗,写下他的见闻和思索,这个曾经让英帝国和苏联折戟的地方,曾经培养了国际恐怖主义的地方,现在却仍是世界上最贫困的国家之一。然而世界文明的走向,不只由那些明星国家所书写,这里愤怒的沉默者,也会给出他们的答案。

在历史的洼地中：寻路阿富汗

刘怡

在 2016 年春天披露的一组飞行安全报告中，迪拜航空（Flydubai）的飞行员们抱怨他们正在从事全世界最危险的民航运输工作。这家总部设在阿联酋的廉价航空公司拥有 62 架波音 737 系列客机，专门负责运营前往中东、中亚、非洲和巴尔干国家的偏僻航线。在巴格达机场附近，他们的航班曾被高射机枪子弹击中；在飞往喀布尔途中，有乘客在 3 万英尺高空宣称携带了炸弹。经年累月的超负荷工作以及旅客的不服管束使得每一次飞行都像是在赌博；航班安全落地之后，机组人员会带头鼓掌，以庆祝这段考验的结束。

但在 2018 年 7 月的这个下午，迪拜航空的波音 737 是唯一一架可以把我送往阿富汗的客机。受安全形势影响，只有 8 家分别属于印度、巴基斯坦、土耳其和阿联酋的航空公司仍在运营往返喀布尔的航线，但航班延误和取消属于司空见惯。迪拜航空的 FZ305 同样延误了三个多小时，但它至少慢条斯理地滑向了跑道尽头，从而给了人一种期待——当然，待飞机升空之后，随意走动聊天的乘客和胡乱堆放的行李再度使我的神经处在了紧绷状态。两个小时，整整两个小时，波音 737 终于缓缓下降，最终降落在这片陌生的土地上。

整整 25 年前，哈佛大学教授塞缪尔·亨廷顿在《外交》杂志上发表了那篇惊世骇俗的长文《文明的冲突？》，从那时起，阿富汗的名字就和亨廷顿创造的著名术语文明"断层线"（Fault Line）联系在了一起。而在更早的时间里，这个国家还曾被称为"褶皱"和"关隘"（Pass）。我们可以把它的历史上溯至距今 5500 万年前的始新纪：由南方古陆（Gondwana）分裂出的印度次大陆板块经海路持续向东北方漂移，与北方古陆（Laurasia）南端的欧亚板块发生碰撞，开始了规模空前的造山运动。这次轰轰烈烈的相撞在两个平原板块之间"挤"出了一道 1400 公里长的高原"褶皱"，东起祁连山，西至伊朗高原，阿富汗恰在其西侧末端的延长线上。位于欧亚大陆深处的寒冷低地，自此与濒临海洋的亚洲温带平原之间建立了地质区隔。

提出这一"大陆漂移"学说的是德国马尔堡大学的一位地球物理学家阿尔弗雷德·魏格纳（Alfred Lothar Wegener）。在他出版《大陆的起源》一书之后 7 年，1919 年，英国下院议员、牛津大学地理学院创办人哈尔福德·麦金德爵士发现了那道穿越"褶皱"的决定性关隘。根据他的观察，在公元 16 世纪以前，当游牧民族的骑兵和骆驼队从欧亚大陆深处的干旱地带出发，试图朝印度洋 - 太平洋沿岸的季风农耕区进军时，他们要么会选择翻越海拔相对较低的兴都库什山脉，经开伯尔山口抵达印度河，要么从西面的古城赫拉特南下，经伊朗高原东部和塔尔沙漠进入南亚次大陆。这两条路线交会的那个国家，构成了通往恒河平原的最后关隘，地位至关重要。

在 1919 年的这本《民主的理想与现实》中，麦金德留下了一幅按照墨卡托投影法绘制的世界地形图：在欧亚大陆"世界岛"内侧，一个由高纬度低地和内河系统构成的"心脏地带"（Heartland）犹如一块三角形楔子，深深嵌入整个大陆板块的内部。那道"关隘"构成了楔子的最尖端，它在人口稠密的亚洲沿海季风带挤压出一个醒目的缺口，暗示了权势斗争的阴影——主宰"心脏地带"的陆上强国，以及依托季风带桥头堡的海洋强国，将会在这个尖端展开最激烈的争夺。在不同时期，这种竞争曾经被称为"大博弈""遏制政策"乃至"查理·威尔逊的战争"。而当全面冲突尘埃落定之后，昔日曾被入侵者和防御者反复争夺的"关隘"，便也顺理成章地转化为两种异质文明之间的"断层线"。从这个意义上说，魏格纳、麦金德和亨廷顿代表的是一种一以贯之的世界史视野，一种由碰撞、斗争和断裂主宰的庞大力学体系。如同黑格尔所言，世界历史同时也是世界法庭，"国家""文明"等有机体的命运将由彼此之间自然竞争的结果来加以"宣判"。

除此以外,魏格纳、麦金德和亨廷顿还具备另一项共性特征:尽管正是那些由他们创造、继而载入教科书的术语定义了阿富汗在世界历史中的"坐标",但在有生之年,他们却从未踏上过那个国家的土地。

无论你是把阿富汗称为"褶皱""关隘"还是"断层线",都必须承认:我们对这个深陷战争旋涡已近40年之久的邻国其实知之甚少。当然,统计学家早已通过量化指标考察,给它贴上了"失败国家"(Failed State)的标签。在联合国开发计划署2016年公布的人类发展指数(HDI)排行榜上,阿富汗名列第169位,属于全球最后10%。它的3250万常住居民(不含离境难民)中只有26.7%居住在城市,总体平均寿命刚刚超过52岁,比排名不算靠前的中国(68.5岁)人均少活16.3年。当地成年人的识字率低至38.2%,人均国民总收入(GNI)在2015年才勉强达到1871美元。16岁以上的阿富汗人中,只有47.5%进入了劳动力市场,妇女的就业率更是低至19.3%。而她们平均每人一生却要生育5.1个子女——其中有40.9%严重发育不良。

但阿富汗面临的处境,与同样被归类为"失败国家"的撒哈拉以南非洲诸国以及阿拉伯世界的一众战乱国家又存在显著差异。后者至少可以被认为是20世纪民族主义的产物,而现代阿富汗国家的诞生却是一系列否定性力量作用的结果——当英俄两国都在觊觎这个地理"关隘"、却无意为此发动一场全面战争时,它们将"国家"的形式框架强加给这个地区,以维持一种似是而非的相对稳定局面。而构成现代国家所需的一切质料:清晰的地理边界,主体民族间的相互容忍和底线认同,相对统一的地区市场,对共同法律秩序和行政机构的向心力……在此处却远未具备。《阿富汗简史》作者、内布拉斯加奥马哈大学教授沙伊斯塔·瓦哈卜(Shaista Wahab)告诉我:"尽管阿富汗在1946年就已经加入联合国,但正常国家公民所必需的清晰身份认同在这里始终不曾建立起来。俄国人、美国人、巴基斯坦人和阿拉伯人曾在不同时期干预过我们对自身特质的认识和塑造,最终造成了一种可悲的局面:一个阿富汗人可能和外国的某一种族成员具有更大的相似性,却不把一街之隔的另一个本地人真正视为同胞,哪怕他们信仰的是同一种宗教,经济状况也相近。"

因其如此，在阿富汗采访的两个星期里，我时常被一种时间上的错乱感所困扰。在喀布尔市中心的智能手机商店和高级土耳其餐厅，物质消费的水平乃至服务规范已经和全球大多数国家相差无几。俯拾皆是的英语培训项目招贴画和进口电器行广告也暗示：或多或少，这里已经成为全球经济循环的一部分。但仅需向南移动十几公里，走进高悬在半山腰的普什图人贫民窟，你便会发现：那些已经学会驾驶汽车的本地居民，依然遵循着和200年前的中亚汗国牧民类似的道德法则，将外国人视作天然的勒索、绑架对象。在首都戒备森严的政府办公楼内，拥有硕士或博士学位、能熟练地在两三种语言之间切换的官员们近乎炫耀地向访客展示着一摞摞统计报表，一来借此夸耀自己的执政业绩，二来作为吸引外国投资的依据。而在数百公里外的南方农村，另一群官员正在为自己从罂粟种植生意中分得的份额讨价还价。有时你会误认为自己正身处于20世纪80年代初的中国，有时则猛地被抛回到莫卧儿帝国时代，被迫适应一种前现代的社会风俗和道德观念。唯一一致的是对暴力的滥用——在这里，表达政治诉求和不满情绪的首选方式是枪击或实施自杀式爆炸。

另一种一致性则是对逃离此地的渴望。从升斗小民到政府官员，从目不识丁的出租车司机到全国第一学府的大学生，在与我聊天的间隙中，或早或晚，都会提出那个羞涩的问题："如何才能去到中国？我能在中国找到一份工作吗？"

自18世纪末以来的100多年间，一切后发民族国家都曾被迫面对身为"他者"（the other）的尴尬境遇。在此之前的几十个世纪里，他们依照约定俗成的组织形态和本土化的道德法则，维系着一种自洽的古典生活方式，却在猝不及防间被卷入了全然陌生的"哥伦布纪元"（麦金德语）。闯入者并不依靠单薄的言辞来说服自己的客体，他们拥有空前强大的暴力工具——蒸汽舰船、"阿姆斯特朗"型后膛炮和连发步枪。古典帝国、王朝和部落们首先服膺于这些强横的物质工具，随后被迫在一个由征服者制定规则的世界里，模仿征服者的理念去认知并重塑自己的质料。意味深长的是，"他者"几乎永远不可能依靠顺应规则就转化为世界史循环中的主体：征服者早已垄断了更改规则的权力。他们需要等待"主人"们自相残杀，以及一点运气。

但运气没有眷顾阿富汗。整个19世纪，巴拉克宰王朝的几位埃米尔（君主）经过长达80年的厮杀和算计，也只是勉强赢得了在英俄两强之间充当缓冲带的

"资格"。进入20世纪，纳第尔和查希尔两位明君苦心孤诣，希望以一场覆盖经济、社会和法律制度的改革再造阿富汗的内生质料，以契合那个被强加的"现代国家"形式。但这项努力再度被来自世界史的"无形之手"所阻断——海陆强权之间的"大博弈"并未因英俄两国的退场就彻底消弭。新的全球大国再度为争夺通往季风带的"关隘"而展开斗争，并以一场强行植入的"革命"和赤裸裸的军事入侵令阿富汗重新沦为纯粹的"他者"。在漫长而残酷的抵抗中，这个国家成了一切偏激政治观念和新的战争模式的试验场：从赛义德·库特布的新型宗教激进主义到"伊斯兰国"的"最终决战"，从苏联的山地围剿战术到美国的城市反恐战争……当生存成为问题时，主体性已不再重要。

更为残酷的是，当新一代阿富汗国务专家在21世纪初再度尝试通过重建国家实现主体性的再造时，民族国家这种形式却正在被新一轮的世界史循环所扬弃。在全球化浪潮下，跨国公司只需以资本力量为武器，便可以堂而皇之地进入"关隘"中的矿藏。形形色色的种族集团、部落势力甚至恐怖组织都在从战争的废墟上汲取最后一点经济和社会资源，同时完全无意承担与"合法政权"对应的繁重义务。甚至连反恐战争的发起者，如今也在兜售"承认现状"这剂安慰药。在阿富汗真正为自己准备好一个"正常"现代国家所需的那些质料之前，国家的形式本身开始摇摇欲坠。然而重新回到古典时代同样不可能："他者"正在坠入新的深渊。

在这道内陆低地与次大陆之间的"褶皱"上，在这座连接"心脏地带"与濒海季风区的"关隘"中，在这条异质文明之间的"断层线"上，久久回荡着一个哈姆雷特式问题："生存，抑或死亡？"还不止于此：在土耳其与黎凡特接壤的库尔德人聚居区，在阿富汗与巴基斯坦交界的蛮荒地带，在伤痕累累的中东古城大马士革和巴格达，我也曾听到过同一个问题的回响。在我出入阿富汗山地的两个星期里，财政濒临破产的巴基斯坦选出了一位普什图族新总理，土耳其货币一步步走向崩盘，叙利亚政府军正在朝德拉省与约旦的交界地带进军。这三个国家和阿富汗的人口合计达到3.4亿人，与美国的总人口（3.28亿）相当。而这个世界最终将演变成何种样貌，不仅取决于那3.28亿人的意愿和诉求，3.4亿沉默者，同样会给出属于他们的答案。

"大博弈"：英帝国在阿富汗

刘怡

长年门庭冷落的阿富汗英国人公墓（British Cemetery），距离我在喀布尔的住处仅有一街之隔。抵达舍尔浦的当天傍晚，我便寻访而去，在那扇黑色木门跟前徘徊良久。尽管慵懒的守墓人早已闭门离去，尽管我要到两天之后才能入园一窥究竟，但那个傍晚，我已经确知：那扇门背后，藏着引领我抵达这里的一些原因。

这处悬挂着"英国人公墓"铭牌的小小墓园，安葬的远不只是魂归异乡的英联邦诸国公民。你甚至可以把它看成是一个特殊的外来者共同体：160多年以来，凡是亡故于此且无意接受伊斯兰教丧葬习俗（非穆斯林安葬后不得立碑凭吊）的外籍人士，不分种族、肤色、年龄，经协商后皆可埋骨于此。从死于劫匪枪下的美国商人到德国医生早夭的幼子，从丹麦旅行作家到俄国外交官，基督徒与无神论者、历史名人和白丁之士，在世界尽头的这处小园内接受了相同的命运。那堵不算高大的院墙则将他们和周围的街道隔离开来，从而标定了"本地人"与"外来者"的界限：尽管他们魂归于此，但终究仍是和阿富汗格格不入的异乡人。

我真正踏入院墙背后，是在一个烈日灼人的下午。守墓人马哈茂德神情严肃地告诉我：这块小小墓地并不归阿富汗政府所有，而是英国大使馆直接管理的特殊地产。90多年前，马哈茂德的曾祖父从英国使馆杂役的工作上退休，接过了看守和维护墓地的日常任务，最终把它变成了一项代代相传的家族性使命。通过观察墓碑上铭刻的死者国籍、职业以及去世年份，几乎可以汇总成一部19世纪以来的阿富汗对外关系史。起初入葬于此的只有英国军人、探险家和外交官，随后出现了形形色色的医生、商人和记者；病故联合国援外专家和苏联人的数量在20世纪60年代以后开始陡然增加，最后则是2001年以来的冲突中战死的外国军人。

在一堆堆字迹黯淡的碑铭中，奥雷尔·斯坦因（Aurel Stein）爵士立有白色十字架的墓穴无疑是凭吊者数量最多的。这位伟大的中亚考古学先驱、敦煌学奠基人在1943年秋天抵达阿富汗，意欲一窥当地巴克特里亚文明的究竟，却因中风意外病逝于此，并最终入葬英国人公墓。5年后，另一位丹麦籍中亚考古学家亨宁·哈斯隆-克里斯琴森（Henning Haslund-Christensen）同样在此长眠，成为斯坦因的"邻居"。但保存学者的遗骸显然不是英国大使馆开辟整个墓园的初衷；在和斯坦因墓遥遥相对的院墙上，一块黑色大理石纪念碑上的文字阐明了全部要义："此碑谨敬献给所有在19世纪和20世纪的阿富汗战争中殒命的英国军官及士兵。"

英国人公墓的初创，始于1842年第一次英阿战争结束后建立的战死者临时墓地；而它更重要的背景，则是19世纪英俄两国在中亚展开的划分势力范围的竞争。围绕着阿富汗、波斯以及中亚各土著汗国的归属，当时世界上最强大的海洋国家和最强大的陆上国家进行了整整一个世纪的对抗。史学界沿用著名诗人吉卜林创造的一个术语，称这场角逐为"大博弈"（the Great Game）。从1839年到1919年，英国曾三次入侵阿富汗，皆以抱憾撤军而告终，使阿富汗最终作为海陆两强之间的缓冲带存在了下来。但这并未阻止日后苏美两国步英国的后尘，在1979年和2001年兴兵攻入阿富汗。如今，这三个曾经远征阿富汗最终又饮下苦酒的国家都在墓地的院墙内为自己的战亡者立下了纪念碑：燃起野心之地，最终也埋葬了帝国和它们的战士。

吹响号角

1798年初夏，履新不久的英属印度总督韦尔斯利子爵（威灵顿公爵的长兄）在加尔各答听到了一个令人震惊的消息：初露锋芒的法军统帅拿破仑·波拿巴已经率大军出征埃及，意图不明。不止一个英国人揣测，拿破仑将从陆路穿过叙利亚和土耳其，随后经阿富汗或者俾路支斯坦来进攻印度。尽管这种预测随后被证明是一场虚惊，但拿破仑在1800年又联络上了俄国沙皇保罗一世，唆使后者派出骑兵征服印度。这项密谋由于保罗一世的神秘遇刺再度告吹，却使东印度公司董事会和英属印度总督府的神经紧张到了极限。从安全角度出发，只有在和英属印度接壤的波斯高原、阿富汗乃至更北方的布哈拉、希瓦等地建立广泛的军事和政治存在，印度的安全才能获得确保。但英驻印军队的规模不足以完成此项任务，他们只能退而求其次，向这些地区的汗国派出使者，说服当地的封建王公与英国政府建立友好关系，使其成为拱卫印度的屏障。

1810年，第五孟买步兵团的查尔斯·克里斯蒂（Charles Christie）上尉化装成马贩子，穿过俾路支斯坦的荒原和锡斯坦沙漠，成功到达了哈里河畔的阿富汗古城赫拉特。这座城市坐落在通往印度的西北门户开伯尔山口和波伦山口之间，具有不可低估的战略意义。克里斯蒂对当地的风土人情做了了解，并观察了古城的防御设施。他的战友亨利·璞鼎查（Henry Pottinger，日后成为第一任香港总督）中尉则化装成伊斯兰教徒，向西潜入波斯腹地，会见了几位地方王公。这是英国派出的第一批中亚探险家，也是"大博弈"的先声。

对这一切，俄国人并没有袖手旁观。从1804年进军亚美尼亚开始，他们就对整个中亚垂涎不已，断然不能容忍他人插足。1812年，俄国军队在阿拉斯河击败了英国支持的波斯军队，逼迫波斯恺加王朝签署《古里斯坦条约》，声明放弃对格鲁吉亚、达吉斯坦、明格里等半独立汗国的主权要求。1825~1828年，另一次俄波战争又带来了影响深远的《土库曼恰依和约》，波斯王国被迫将阿拉斯河以北的全部领土（包括东格鲁吉亚、东亚美尼亚和北阿塞拜疆）割让给俄国，并赔偿价值150万英镑的黄金。而在伦敦，当英国掌玺大臣埃勒巴伦男爵力主立即出兵波斯、抵挡俄国人的攻势时，他惊讶地发现：自从1810年克里斯蒂和璞鼎查的那次中亚之行以后，英国已经有整整20年没有对中亚进行过成功的侦察和测绘了。他们对未来的战场一无所知。

作为亡羊补牢之策，1829年秋，第六孟加拉轻骑兵团的阿瑟·康诺利（Arthur Conolly）上尉从波斯边境出发，穿越高加索和开伯尔山口之间的无人区卡拉库姆沙漠，花费一年半时间详细侦察了阿斯塔拉巴德以南俄军的驻防状况、当地统治者的态度以及可资利用的要塞。他正确地推断出：俄军要从陆路入侵印度，或者需要经过希瓦、巴尔赫和喀布尔抵达开伯尔山口，随后在阿托克渡印度河入境；或者需要先夺取赫拉特，以之为兵站向达波伦山口挺进。无论采取哪一路线，都必须经过四分五裂的阿富汗。对英国人来说，最可取的方法是扶植一个势力范围足够覆盖阿富汗全境的统一政权，对其加以武装，使之成为南亚次大陆的保护伞。

在康诺利的建议下，1832年初，东印度公司印度政治处的亚历山大·布尔内斯（Alexander Burnes）中尉前往喀布尔，会见了阿富汗名义上的埃米尔、巴拉克宰家族的多斯特·穆罕默德（Dost Mohammad）。英国人承诺帮助这位普什图王公统一阿富汗，并在喀布尔派驻一个常设代表团。这次会面也标志着"大博弈"开始由个人英雄主义的冒险升格为国家之间的全面对抗：在黑海，英国扶植奥斯曼土耳其苏丹抵御俄国的瓜分行动；在波斯高原，两国竞相争取波斯国王的友谊；在阿富汗，英国支持多斯特·穆罕默德的扩张企图，以此对俄国在布哈拉和希瓦的野心加以遏制。海陆强国之间的对抗，开始在里海和波斯湾之间的整个中亚全面展开。

但伦敦对多斯特·穆罕默德的支持并不是无条件的。1837年，这位可汗请求英国人帮助他夺取锡克帝国控制下的白沙瓦，但被英属印度总督奥克兰伯爵所拒绝。伯爵的如意算盘是在普什图人和锡克帝国的统治者兰吉特·辛格之间玩弄平衡，避免一家坐大。他给多斯特·穆罕默德送去了一封语气傲慢的信函，对后者大加嘲讽。火上浇油的是，俄国沙皇尼古拉一世恰好在此时派扬·维特科维奇上尉出使喀布尔，声明支持阿富汗人的领土要求。多斯特·穆罕默德与伦敦之间的友谊在短短6年之后就宣告破裂了。

当然，俄国人的真实意图并不在于拥戴多斯特·穆罕默德：他们要利用这位国王与英国人翻脸、无暇他顾的机会，夺取半独立的阿富汗西部重镇赫拉特。1838年11月，即英国代表团被从喀布尔驱逐之后第七个月，已经与俄国结盟的波斯国王穆罕默德出兵围困了赫拉特。出人意料的是，英属印度政治处的一名中尉正在当地搜集情报，并意外地卷入了这场围城战。此人名叫埃尔德雷德·璞鼎查（Eldred Pottinger），正是28年前潜入波斯的亨利·璞鼎查的侄子。在他的组织下，当地守军构建起了坚固的防御工事，抵挡住了波斯人长达一年的围困。1839年11月，在英国的压力下，波斯被迫从赫拉特撤军，俄国人的阴谋遭到了挫败。

喀布尔的血与火

与此同时，在遥远的加尔各答，奥克兰伯爵和他的幕僚正在策划一个石破天惊的计划。在和多斯特·穆罕默德决裂之后，东印度公司找到了被巴拉克宰家族推翻的前杜兰尼王室继承人舒贾·沙阿（Shujah Shah），并和锡克帝国缔结了三方盟约：英印军和锡克人出兵帮助舒贾推翻巴拉克宰王室；待他复国之后，即宣布阿富汗为英国的保护国，并协助英国人对抗俄国。1838年10月，奥克兰勋爵还发表了一份火药味十足的《西姆拉宣言》，把多斯特·穆罕默德描绘成一个背信弃义的恶棍，同时盛赞舒贾为"忠诚的朋友和合法的王位拥有者"。宣言称，只要多斯特·穆罕默德在位一天，"周边地区就没有希望获得安宁，印度帝国的利益就无法避免遭受侵害"；英国出兵阿富汗是为了匡扶正义，帮助舒贾·沙阿"建立合法政府，对抗国内乱党"。

1838年12月，约翰·基恩（John Keane）中将指挥的印度军团离开旁遮普，揭开了第一次英阿战争的序幕。这支部队包含1.5万名英国和印度籍官兵，分为步兵、骑兵和炮兵，后方还有总数达3万人的挑夫、马夫、洗衣工、厨师、蹄铁匠以及大批骆驼提供后勤支持。1839年春，英军部队抵达奎达，穿过80公里长的波伦山口，起程前往喀布尔。4月25日，英军进入弃守的坎大哈，举行了盛大的阅兵式。7月22日，在固若金汤的加兹尼要塞跟前，孟加拉工兵团引爆了埋藏在喀布尔门下的炸药，步兵随即蜂拥而入，夺取了这座重要的补给站。此役英军仅有17人阵亡，165人负伤；阿富汗方面至少战死500人，士气大受影响。

加兹尼失守之后，多斯特·穆罕默德一度从喀布尔派出5000名骑兵南下，企图决一死战；但面对英国人的火力优势，这支精兵不战而溃。多斯特·穆罕默德父子被迫逃往北方的布哈拉汗国，后于1840年11月向英军投降，随即被流放到印度。基恩的军团全速挺进，奔向160公里外的喀布尔。1839年8月，舒贾在英国大使威廉·麦克诺顿（William Hay Macnaghten）爵士的陪伴下进入王宫，宣告杜兰尼王室复辟成功。

对奥克兰勋爵来说，统一阿富汗的大业已经完成；但事实证明，麻烦才刚刚开始。去国多年的舒贾在这片土地上毫无政治根基,每项政策都要靠英国人的武力和金钱才能推动。随着部署在阿富汗的英军减少到不足 8000 人,到处都开始爆发反对新政权的叛乱。俄国则派兵逼近北方的希瓦汗国,随时有可能发动攻击。尽管恶劣的气候阻挡了俄国人的推进,但英方派去布哈拉与当地可汗商讨结盟的查尔斯·斯托达特上校以及阿瑟·康诺利上尉——也就是 1829 年那位杰出的冒险家——却被关进地牢,于 1842 年 6 月遭到斩首。

在南方的喀布尔,麦克诺顿和已经升任中校的亚历山大·布尔内斯被一种虚假的乐观情绪笼罩,全然不曾意识到危机正在身边酝酿。多斯特·穆罕默德的儿子阿克巴·汗(Akbar Khan)此时已经被地下抵抗力量拥戴为盟主,并在巴米扬建立了据点。1841 年 11 月 1 日夜间,喀布尔城内阿克巴的支持者发动暴动,包围了布尔内斯居住的新兵营。驻军司令威廉·埃尔芬斯通(William Elphinstone)少将和麦克诺顿处置迟疑,错失了派兵前去解围的良机。最终,布尔内斯及其弟弟、副官以及 30 多名警卫被砍死碎尸,情形惨不忍睹。

在暴动之后的喀布尔,每个小时都有新的普什图人加入叛乱者的行列;4500 名英军和 12000 名随军杂役被困在城市东北方一个四面环山、布满沼泽的营地里,既无法突围,又难以还击。阿克巴指挥的 6000 名阿富汗正规军随后开始进城,并在制高点架起大炮向英军轰击。英军廓尔喀营在抵御进攻的过程中悉数死难,另有 300 多人死于阿富汗人的炮火。此时埃尔芬斯通已经无法控制部队,舒贾则龟缩在坚固的巴拉·希萨尔城堡中自保。暴动者和阿富汗正规军的总数超过 3 万人,占据 7∶1 的兵力优势,英军实际上已经无力再战。

11 月 21 日,双方实现了临时停火。阿富汗人要求英军交出舒贾并释放多斯特·穆罕默德,换取残部安全退出阿富汗国境。但自作聪明的麦克诺顿玩弄了一个花招:他派一个中间人去游说阿克巴,承诺向后者提供 30 万英镑的赏金以及每年 4 万英镑的资助,并承诺由阿克巴出任阿富汗维齐尔(宰相),以换取保留舒贾的王位。英军同时承诺将逐步撤出阿富汗,但需在次年开春之后,以保全颜面。阿克巴假意允诺,当麦克诺顿在 12 月 23 日兴高采烈地带着随从前去签约时,却被阿富汗人扣押枪杀,尸体悬挂在大巴扎示众。

至此，英国人已经丧失了一切讨价还价的资格。1842年1月1日，意志涣散的埃尔芬斯通按照阿富汗人的要求缔结了停战协议：英军宣布放弃对舒贾的支持，交出大部分火炮，经开伯尔山口撤离阿富汗。阿富汗人承诺派部队保障英军及其家属沿途的平安。1月6日，不足4000名残军（其中700名为英国人）和12000多名后勤人员、家属离开喀布尔，开始朝目的地、边境城市贾拉拉巴德进发。从他们开拔的第一天起，阿克巴就背弃了诺言，开始不间断地袭击英军的殿后部队和侦察兵。埃尔芬斯通的残军已经放弃了所有重型火炮，又要掩护大批妇孺，每天只能前进8公里。在阿富汗的寒冬之中，大批印度兵被活活冻死。1月8日，当英军开始进入山口时，占据两侧制高点的阿富汗人开始了密集的射击，整个情形最终演变成了一场大屠杀。

　　1842年1月8日这一天，有3000多名英军士兵和平民被打死在开伯尔山口6.4公里长的入口处。其余人被迫徒步涉过冰冷的溪流，冒着枪林弹雨继续前进。到9日日落前，所有正规军只剩下750人幸存，12000名平民则死难了2/3以上。12日晚间接近山口末段时，一行人只剩下不到200名官兵和2000位平民。埃尔芬斯通在前去和阿克巴谈判时被扣押，几个月后死在了战俘营里。15名仅存的骑马者决定加速向贾拉拉巴德飞奔，第44东埃塞克斯团的20名军官和45名士兵则决定在甘大麦村稍作休整。入夜之后，阿富汗人围了上来，英国人排成一个方阵，用20支步枪和佩剑进行了惨烈的抵抗，最终只有4人被俘，其余悉数死难。

　　1月13日午后，贾拉拉巴德要塞的英军哨兵突然发现有一匹马正从地平线处孤单地走来。马背上驮着一个头部和手背布满刀伤的人，他是31岁的军医威廉·布赖登（William Brydon），是那15个骑马脱逃者中唯一一个活下来的，也是撤出喀布尔的16000名英国军民中，唯一一个抵达目的地的人。在那之后的许多个夜晚里，为了给穿行在荒野之中的可能的幸存者引路，贾拉拉巴德的喀布尔门之前一直燃烧着一团熊熊的篝火，城墙上亮着灯光，军号定期吹响，然而再也没有哪怕一个人到来。

危机再起

　　喀布尔溃败之后第二个月，中风的奥克兰伯爵被铁杆鹰派埃勒巴伦勋爵所取代，后者决心实施一场恐怖的报复行动来挽回颜面。乔治·波洛克少将奉命指挥一支大军从白沙瓦出发，于3月31日穿过开伯尔山口，用猛烈的火力给予阿富汗人以重大杀伤，随后和贾拉拉巴德守军会合。威廉·诺特爵士的部队则击退了围困坎大哈的阿富汗人，并在周边地区实施坚壁清野。1842年夏天，两支军队沿着埃尔芬斯通撤退时的伤心路杀向喀布尔，沿途四处劫掠、滥杀无辜。9月15日，波洛克的部队进入阿克巴·汗弃守的首都，发现舒贾·沙阿已经在几个月前被杀死，93名被俘的英国人质则在巴米扬附近获得了解救。作为惩罚，波洛克用炸药毁灭了富于盛名的喀布尔大巴扎，夷平了城内的大部分建筑和商铺，随后在10月12日宣布撤军。

讽刺的是，尽管代价重大的英阿战争完全是因为东印度公司和多斯特·穆罕默德父子的矛盾而起，但英国在1842年最终承认：继续扶植杜兰尼家族已没有任何成功的希望。多斯特·穆罕默德随后被释放，他软禁了张狂的儿子阿克巴，在1846年重新登上王位。这位狡猾而善变的君主继续在伦敦和圣彼得堡之间折冲樽俎，一直执政到1863年。而他的后代对阿富汗的统治又维持了一个多世纪，直到1973年才被一场政变推翻。

第一次英阿战争的结束中断了英国在中亚的扩张企图。尽管英印军先后占领了信德和旁遮普，但不列颠最杰出的五位中亚事务先驱布尔内斯、麦克诺顿、康诺利、斯托达特以及小璞鼎查在几个月内相继死于非命，沉重打击了鹰派的意志。现在，轮到俄国人出招了：克里米亚战争爆发之后，圣彼得堡不断唆使波斯新王纳赛尔丁向东进攻，以缓解俄军在黑海面临的压力。1856年秋，波斯再度出兵赫拉特，很快攻下了这座城市。英属印度总督坎宁马上以强硬手段予以回击：12月10日，英军波斯湾分舰队占领了波斯的布希尔港；次年3月，一支陆战队在霍拉姆沙赫尔登陆。经过法国斡旋，两国最终达成协议：英军撤出波斯，波斯军队撤出赫拉特，并放弃对阿富汗一切领土的宗主权要求。历史名城赫拉特由此重新被纳入阿富汗埃米尔国的版图。

但俄国人并不会就此罢休；相反，他们要以在中亚的领土扩张来弥补在克里米亚的失利。1865~1868年，俄军先后出兵浩罕和布哈拉，逼迫这两个汗国承认圣彼得堡的宗主权。1873 年，希瓦也被一支远征军攻下。两年后，俄军借镇压浩罕国民众起义为名，正式吞并了这个中亚小国。就这样，短短 10 年间，面积相当于半个美国的广袤领土落入了俄国沙皇的统治之下。在西起高加索、东至固勒扎（今新疆伊宁）的中亚腹地边缘，俄国已经建立了一道完整的防御屏障。1881 年，纳赛尔丁统治下的波斯也与俄国签署《阿哈尔条约》，宣布永远放弃对阿姆河以东地区的主权。围绕英属印度和作为英国保护国的阿富汗，俄国人正在建立一个包围圈。

1878 年，即俄土战争落幕的同一年，危机再度在阿富汗爆发。多斯特·穆罕默德的第三个儿子谢尔·阿里（Sher Ali）在 1868 年从哥哥阿扎姆手中夺得王位之后，试图在英俄两国之间维持一种不偏不倚的状态。但随着英俄两国在土耳其问题上的矛盾趋于激化，伦敦和圣彼得堡都迫切要求喀布尔当局在站队方面做出决定。俄国少将尼古拉·斯托列托夫奉命前去游说谢尔·阿里，试图"借道"开伯尔山口出兵印度，并宣称 3 万俄军已经严阵以待，随时乐意为阿富汗人阻挡英国的威胁。谢尔·阿里对此深信不疑，立即拒绝了英国派代表团前来斡旋的建议。英属印度副王李顿伯爵对此大感恼怒，派出三路大军入侵阿富汗，引发了第二次英阿战争。

3.5 万名英军从三个方向涌入阿富汗，夺取了开伯尔山口、贾拉拉巴德和坎大哈。谢尔·阿里向俄国人求救，俄方却以"严冬季节不宜出兵"为由，轻易地卸脱了承诺。这位绝望的国王随后逃往巴尔赫，于 1879 年 2 月在那里绝食而亡。他的长子穆罕默德·雅库布（Mohammad Yaqub）继承了王位，与英方达成了一份苛刻的停战协定，承诺将阿富汗的外交权让渡予伦敦，同意英国在喀布尔和其他地区建立常驻机构，并把包括开伯尔山口在内的紧邻印度的地区割让给英国。作为回报，英国承诺保护阿富汗不受俄国和波斯的入侵，每年还给王室 6 万英镑的年金。1879 年 5 月 26 日，双方在甘大麦村这个具有特殊意义的地点正式签署了文件。

无奈的尾声

仅仅 3 个月过后，事情就发生了 180 度的逆转：喀布尔的 3 个阿富汗卫戍团在向穆罕默德·雅库布追讨欠薪未果后，冲进了新近抵达的英国外交使团的驻地，将所有成员悉数杀死。已经折返的 6500 名英印军遂于 10 月初重新打进喀布尔，绞死了100多名嫌疑犯，并将穆罕默德·雅库布废黜。这一举动引发了阿富汗境内各部落的普遍愤怒，十几万起义军拥戴谢尔·阿里的另一个儿子、赫拉特省总督阿尤布·汗（Ayub Khan）为领袖，在12月23日凌晨向喀布尔发起了总攻。英军总指挥罗伯茨（Frederick Roberts）依靠9磅野战炮、7磅山炮、加特林机枪以及新型后膛枪的火力，在半天内打死了3000名阿富汗人，但仍未能突破包围圈。

危急时刻，罗伯茨决定把赌注压在谢尔·阿里的侄子、颇富才干的阿布杜尔·拉赫曼（Abdur Rahman）身上。1880年7月22日，这位在阿富汗北部颇有影响力的贵族在喀布尔加冕为王，英军在他的调停下顺利自首都撤出。但阿布杜尔·拉赫曼还需要面对堂兄阿尤布·汗的挑战：后者刚刚在迈万德击败了一支英军偏师，打死969人、打伤177人，势头正猛。罗伯茨中将不得不再度回师，疾驰500公里，在坎大哈迎战阿尤布·汗的主力军。1880年8月下旬，1万名英军与数额相等的阿富汗军队在坎大哈附近决战，阿尤布·汗的部队在白刃战中被冲垮，丢下1000具尸体后逃走。这位王子随后潜往波斯流亡，终生也未能返回故土。

到这时为止，阿富汗的危机尚未彻底解除：继扶植谢尔·阿里失败之后，俄国重新恢复了"大棒政策"，开始通过吞并里海东岸的土库曼领土来威胁阿富汗的安全。1885年3月31日，俄国军队在土库曼名城梅尔夫（Merv）和赫拉特之间的偏远绿洲潘杰（Panjdeh）袭击了当地的阿富汗守军，打死600人。英国首相格莱斯顿视之为公开的挑衅，发动议会批准了一笔1100万英镑的紧急拨款，准备对俄国开战。皇家海军也做好了进攻黑海和海参崴的准备。俄国则援引1881年缔结的"三皇同盟"条约，要求德奥两国在战争爆发时给予自己援助。关键时刻，反倒是阿布杜尔·拉赫曼国王这个配角显得格外冷静：他呼吁英印军队万勿轻易动武，并表示愿意忍辱负重，将绿洲潘杰的地位中立化。在此之后的几天里，德、奥、法、意各国外交代表接连在伦敦和圣彼得堡之间进行斡旋，最终平息了这一风波。1887年，俄阿两国签署勘界条约草案，俄国正式取得潘杰绿洲（今属土库曼斯坦）。作为交换，潘杰以西一个较小但具备一定战略重要性的山口被纳入阿富汗境内。

到这时为止，欧亚大陆腹地的均势已经基本形成。英俄两国再也无法觅得可以轻松攫取领土的区域，每获得一分利益都须冒发生全面战争的风险。而对两国政府来说，其战略重心显然并不在亚洲：俄国在 1905 年对日战争失败之后，需要优先确保在欧洲尤其是巴尔干的利益不被奥地利蚕食。而英国由于经济规模的下降，只有集中资源于欧洲、全力扩充海军，才能应对德国这个头号假想敌的挑战。这种情形下，双方最终于 1907 年 8 月 31 日在圣彼得堡缔结了《英俄协约》，对两国在中亚和近东的势力范围做了全面划分：波斯北部约 79 万平方公里的领土为俄国势力范围，东南部 35 万平方公里的沿海地区为英国势力范围，两者之间为中立地带。俄国放弃对阿富汗的领土和政治要求，承认其为英国势力范围，英国则保证不妨碍沙皇在中亚各汗国的统治。双方共同约定不干涉西藏事务。历时一个多世纪、波澜壮阔的"大博弈"，至此终于落下帷幕。

1919 年，阿布杜尔·拉赫曼的孙子阿曼努拉·汗（Amanullah Khan）为了取得主权和外交方面的完全独立，第三次也是最后一次对英国发动了全面战争。尽管英方在军事行动中取得了总体胜利，但在第一次世界大战已经结束、人心思定的背景下，伦敦当局被迫在当年 8 月签订的《拉瓦尔品第和约》中接受了阿曼努拉提出的条件，承认阿富汗内政和外交彻底独立，并与其建立公使级外交关系。而新设立的英国驻阿使馆的第一项任务，便是寻访 1842 年建立的第一次英阿战争死难者的埋葬地，并将其扩建为封闭的英国人公墓。从那时起直到今天，一代又一代探险家和远道而来的征服者都埋骨于此，成为"帝国坟场"的实体标志。

而那些生活在公墓院墙之外的本地人，似乎从未为这种反复的争夺和统治所降伏。他们依旧保持着自己独特的宗教信仰和生活方式，并且不放过每一个驱逐外来者的时机。粗犷、野蛮、不可预测，但同样构成一种强大的生命力，绵延万年而不绝，提醒着每一个潜在的入侵者：他们能留下的只有墓碑，同时什么也带不走。

参考资料：Peter Hopkirk, *The Great Game: The Struggle for Empire in Central Asia*; Ajay Patnaik, *Central Asia: Geopolitics, Security and Stability* 等

愤怒的熔炉:"基地"组织在阿富汗

刘怡

拜会希克马蒂亚尔的那个下午,我有一个尖锐的问题终究不曾有机会提出。返回北京之后,当我接到伊斯兰党新闻秘书的电话时,再度回想起了那个问题。我想在不久的将来,一定要把它抛给那位"穆贾希丁"。

这个问题是:"作为将奥萨马·本·拉登带进阿富汗的第一位领路人,您是否为此感到过后悔?"

在20世纪80年代那些风云激荡的岁月里,希克马蒂亚尔和他活跃于阿富汗-巴基斯坦边境的游击队曾是各种"穆贾希丁"势力中影响力最大的一支。正是他最早接纳了本·拉登及其领导的阿拉伯抗苏志愿者,将他们带入了普什图人的核心权力圈,日后又间接导致了本·拉登和塔利班的联手。在最近几年的公开谈话中,这位老去的穆贾希丁已经对他曾经的盟友表示了谴责和不屑,但他从未直白地向媒体透露过:自己对那位谤满全球的恐怖主义大亨的个人印象究竟如何,他又是否需要对"基地"组织在阿富汗的崛起承担道义责任。

也有人早早获知了本·拉登其人在阿富汗的存在,并对"基地"组织即将袭击美国本土确信无疑,却苦于缺乏足够的直接信息而一筹莫展。《纽约客》专栏杂志作家劳伦斯·赖特(Lawrence Wright)在他2006年出版的普利策奖获奖作品《末日巨塔:"基地"组织与9·11之路》中就记录了这样一位捕猎者的故事。此人名叫约翰·奥尼尔(John P. O'Neill),曾任联邦调查局(FBI)纽约办事处分管反恐和国家安全事务的高级特工,从20世纪90年代起就汲汲于追踪"基地"组织在全球范围内的活动。"9·11"事件发生之前20天，奥尼尔因为仕途不顺被迫从FBI退休，接受了世贸中心安保主管的新工作，并最终在世贸中心南塔殉职。对于自己的死亡，他早已有了宿命般的直觉："那些人一定会冲这里而来，并且会比1993年的独狼袭击者完成得更圆满。"

与奥尼尔殉职几乎同时，他口中的"那些人"也在阿富汗霍斯特山区的"狮穴"指挥部里，通过BBC广播接收到了世贸中心遇袭的消息。一个月之内，全世界都通过卡塔尔半岛电视台播出的录像熟识了整个行动的主谋。此人须长及胸、眼光深邃，以一种混合了先知和暴君气质的癫狂口气昭告世界："那就是美国，它被真主在最脆弱的地方予以痛击。"他正是十几年前希克马蒂亚尔带进阿富汗的那个阿拉伯人：本·拉登。

如果说"9·11"事件之前，即使是在美国也仅有像奥尼尔这样的专业人士才知晓"基地"组织的存在并视之为世界和平的重大威胁的话，那么到了17年后的今天，即使是田夫野老、蚕妇村氓也已经对Al-Qaeda这个生僻名词耳熟能详了。那场袭击催生了一部好莱坞主旋律大片《世贸中心》和一部阴谋论纪录片《华氏9·11》，决定了2007年度普利策非虚构类作品奖的归属（授予了赖特那本《末日巨塔》），还直接引发了美国对阿富汗和伊拉克两个国家的局部战争，从而彻底改变了后冷战时代的国际格局，影响持续至今。

但也有那么一些事情依旧未曾改变。拉登本人的下落始终扑朔迷离，直到2011年，他才在巴基斯坦境内被美军特种部队定位并击毙。死而未僵的"基地"组织依然在阿富汗、巴基斯坦、伊拉克等诸多动荡地区频频出没，其势力一度延伸到叙利亚、马来半岛和西北非洲，并直接催生出了另一股恐怖主义势力"伊斯兰国"。至于拉登长期的"大管家"、原"基地"二号人物艾曼·扎瓦赫里（Ayman al-Zawahiri），尽管被美国国务院悬赏2500万美元加以通缉，他依然在"阿富巴"地区的某个角落逍遥法外，并且时不时发出一些"圣战"号令，意图卷土重来。

自1988年在巴基斯坦-阿富汗交界地带成立以来，"基地"组织以其肆无忌惮的恐怖袭击手段，扩张性的、无边界的政治目标和蜗居于山洞、相时而动的怪异生存方式极大地改变了世界的面貌。当政治家和知识分子们高呼"冷战结束意味着历史终结"、幻想一种基于西方模式全球化的普遍繁荣局面时，受过良好教育、对现代科技尤其是大众传媒的运用了然于心的"基地"分子却反其道而行。他们拒斥被视作进步象征的现代性，转而返回宗教激进主义的伊斯兰经典和政教合一传统，并汲取现代性的诸种要素作为"圣战"工具。在"基地"组织针对平民的一系列无差别攻击中，人们仿佛回到了霍布斯式的自然状态，一切人在与一切人为敌。

最荒诞的是，"基地"组织的兴起绝非天灾作祟，而是不折不扣的人祸。当宗教激进主义势力盘桓于阿拉伯世界几个分散的国家中时，正是西方模式的主要代表和捍卫者美国为其制造了国际化的温床。中央情报局（CIA）与其海外盟友或企图祸水外引，或指望坐收渔利，为"基地"组织的壮大推波助澜。待到这一怪胎已膨胀至不可收拾，政客们才匆匆改弦更张，以一种与袭击者同样逻辑的暴力予以还击。一个恰如无头刑天，朝着无处不在的"绝对敌人"舞刀弄枪；另一个则恰似现代夸父，向着暗不见底的深渊狂奔而去。

库特布与反现代主义

在《末日巨塔》中，劳伦斯·赖特将当代宗教激进主义激进势力的精神源流追溯至 20 世纪中叶的埃及大作家赛义德·库特布（Sayyid Qutb）。这位博学的才子曾经流亡美国多年；带着同一时期殖民地知识分子身上常见的对于"我是谁"的困惑，他对美国这一现代文明的样本进行了观察和研究。1952 年七月革命后，库特布返回祖国，纳赛尔希望他出任教育部长。但库特布从根本上反对政府的世俗化改革目标，他加入了著名的逊尼派泛伊斯兰主义社团"穆斯林兄弟会"，为其编写宣传品，并参与策划了多起颠覆现任政权、暗杀政府首脑的激进政治活动，这些活动一直得到对阿拉伯民族主义极端恐惧的沙特阿拉伯政府的资助。

如果说列宁的《怎么办？》为 20 世纪之初的俄国革命提供了最富现实意义的行动纲领，那么库特布 1964 年在纳赛尔政权的监狱中写成的《里程碑》一书就是伊斯兰世界的《怎么办？》。在该书中，库特布相当有见地地指出了他眼中共产主义和资本主义两大体制所依据的"经济决定论"在基础上的狭隘性，并断言这一缺陷注定了西方现代性必将走向失败的宿命。按照库特布的看法，穆斯林为了自救以及拯救全人类，必须恢复古老的伊斯兰律法（Sharia），建立统一的"真伊斯兰国"。但这个国家不可能在现有的基于民族认同的国家架构中获得实现，后者是西方现代性的遗产，已经沾染了 Jahiliyyah（阿拉伯语"蒙昧时代"，这是《古兰经》中的概念，指未获真主引导之人）的毒素，而"真伊斯兰国"必须是政教合一、原汁原味的。

如果说到这一步为止，库特布的思想还与"二战"后西方知识界反思现代性的相当一部分观点不谋而合，那么《里程碑》接下来的部分就显得惊世骇俗了：库特布宣称，真正的穆斯林并不以种族和形式上的信仰作为标准，那些为世俗国家效力之人已经被施以 Takfir（阿拉伯语"放逐叛教者"，是《古兰经》中所载的伊斯兰刑律之一），自动归入了 Jahiliyyah 的阵营，可以随意斩杀。真正的穆斯林应当严格遵守最初的伊斯兰教义，首先以中东地区的 Jahiliyyah 政权为目标、对"投靠无神论者"的阿拉伯社会主义阵营发动全面"圣战"，最后在一场终极决战中消灭整个西方文明，使现实世界与伊斯兰教法合而为一，进入历史的新纪元。

由于《里程碑》的煽动性和穆斯林兄弟会发起武装暴动的图谋，库特布曾多次被纳赛尔政权逮捕。1966 年，他最终被处以绞刑，成了同道人眼中的"殉教者"，并直接引发了埃及"圣战者"组织的蓬勃兴起。而当初在法庭上为库特布辩护的那位律师马赫福兹·阿扎姆，就是后来的"基地"组织二号人物艾曼·扎瓦赫里的舅舅。不仅如此，库特布的著作和穆斯林兄弟会的纲领还传到了当时正在争论"阿富汗往何处去"的喀布尔大学生群体中，希克马蒂亚尔和马苏德便是在这一阶段接受了类似思想的熏陶。

脱开赖特的叙述、上溯至更远的历史，中东世俗政权与宗教力量间的纠葛并非因 1952 年埃及革命而起，而是暗含于现代阿拉伯世界诞生之初。两次世界大战结束后，中东世界的政治版图发生剧烈重构。为了扩大影响力、争取对自身正当性的认同，在 1948 年之后，阿拉伯世界的所有政治势力都把对以色列的战争视为最终出路。当以纳赛尔为领袖的亲苏社会主义阵营在 1967 年六月战争中遭遇惨败之后，争论再度达到了高潮：在库特布以及受他影响的宗教激进主义者看来，战争的失败正是纳赛尔政权投靠苏联、"背弃真主"的后果。他们决心按照《里程碑》中的训诚，对阿拉伯世界的这些"Jahiliyyah 政权"发动内部"圣战"。

从 20 世纪 60 年代末开始，埃及、约旦、黎巴嫩等国的激进"圣战者"开始在世界各地策划有组织的暗杀事件和武装暴动，这些活动伴随历次中东战争的进程愈演愈烈。1981 年，主动与以色列签署和平协议的埃及总统萨达特遭到本国"圣战者"的刺杀，身中数十弹而亡。31 岁的扎瓦赫里因为向暗杀者提供了武器，被判处三年徒刑。在法庭上，他被选为密谋分子的发言人，并因此结识了另一位涉案的圣战组织领导人、双目失明的神学教授奥马尔·阿卜杜勒·拉赫曼（Omar Abudl Rahman）。拉赫曼是埃及圣战组织的理论家和精神领袖，扎瓦赫里与他结成了一种亦敌亦友的关系。日后，这两个人将在不同程度上参与"9·11"事件的策划。

祸水外流：白沙瓦"反应炉"

1978 年年底伊朗革命的爆发，使穆斯林世界的激进主义运动进入了新高潮。第二年冬天，持续的动荡蔓延到了一直在资助各国"圣战者"、企图借此抵消泛阿拉伯社会主义影响的沙特阿拉伯：马赫迪教派领袖乌泰比指挥 300 多名狂热分子冲进麦加禁寺，劫持大批人质，造成近千名军警和平民被打死打伤。整个阿拉伯半岛笼罩着不祥的阴影，这给负责处理此案的沙特情报机关首脑图尔基·费萨尔亲王留下了深刻印象。

不过，从现实角度看，20 世纪 70 年代的"圣战者"诉诸武力的行为依然局限于一国范围内。巴勒斯坦激进分子主要在约旦和黎巴嫩活动，埃及圣战者汲汲于反对纳赛尔-萨达特政权，沙特武装分子则要和王室的开化政策做斗争，既无心也无力筹建《里程碑》中超越民族国家范畴的"真伊斯兰国"。各国"圣战"组织在宗旨和行动方式差异甚大，若无外力促进，虽可逞强于一时，却很难形成持久的、扩张性的链式反应。恰恰在这个关键的节点上，一场改变"圣战者"命运的战争在遥远的中亚国家阿富汗爆发了。

对 1979 年时的世界各国政治力量而言，苏联对阿富汗的入侵意味着不同的含义：美国看到了苏联人转入全球攻势的野心，巴基斯坦感受到了唇亡齿寒的危机，沙特政府则对俄国人借阿富汗通道染指波斯湾、切断全球石油供应的企图担忧不已。与此同时，分散于阿拉伯世界各国的圣战者们则嗅到了某种过分夸大的"最终决战"的气息——Jahiliyyah阵营正以无神论者为先导，对阿富汗的穆斯林兄弟发起进攻，这就是《里程碑》中预言的伊斯兰世界与异教徒的"最后决战"。所有"圣战者"应当立即前往阿富汗，参与这场神圣之战。

第一个将阿拉伯"圣战"付诸国际化的库特布主义者是巴勒斯坦流亡分子阿卜杜拉·阿扎姆（Abdullah Azzam），这是一个再典型不过的70年代圣战组织领袖：一个熟读《古兰经》的穆斯林知识分子。阿扎姆出生在约旦河西岸地区，1967年六月战争后逃往约旦，在埃及库特布主义者的大本营爱兹哈尔大学（奥马尔·拉赫曼等一干埃及圣战者都毕业于此，日后的阿富汗总统拉巴尼也曾在此学习）取得了伊斯兰法学博士学位，随后在约旦和沙特阿拉伯的阿卜杜勒·阿齐兹国王大学任教。阿扎姆在1981年曾经秘密潜入靠近阿富汗边境的巴基斯坦城市白沙瓦，仔细观察了从阿富汗越境来此休整的反苏游击队的人员和装备状况，随即提出了在沙特的吉达港设立招募点，将来自阿拉伯世界各国的圣战者集中送往巴基斯坦受训参战的计划。

阿扎姆的设想在沙特政府、巴基斯坦三军情报局（ISI）以及美国政府内部引起了热烈反响。卡特政府国家安全顾问布热津斯基有意将阿富汗变成"苏联人的越南"，他提议由沙特和美国共同出资，为阿富汗反苏游击队和前往阿富汗的阿拉伯志愿者提供武器和资金，在巴基斯坦对其进行补充，最后进入阿富汗境内作战。这一提议立即得到了图尔基亲王的响应：一直以来，沙特政府对无神论者领导的苏联和阿拉伯半岛上的激进圣战者抱有同样的恐惧，如果将圣战者们远远地送往阿富汗，令其与苏联人互相厮杀，无疑是一石二鸟的巧计。

在这种"祸水外流"心理操控下，沙特情报机关协助阿扎姆在吉达设立了多个圣战者招募点，在埃及、约旦、阿尔及利亚等国如过街老鼠般的伊斯兰激进分子纷纷涌向该地，领取沙特政府和民间募捐者提供的入伍津贴，随后手持沙特情报机关伪造的身份证件飞往巴基斯坦。在这一系列活动中，阿卜杜勒·阿齐兹国王大学的一名肄业生、年轻的建筑承包商奥萨马·本·拉登（Osama bin Laden）开始崭露头角。

奥萨马·本·拉登在沙特王国是一位显赫的边缘人：他的父亲穆罕默德·本·拉登来自也门，早年与沙特王国的开国君主伊本·沙特建立了密切联系，承包了国内数项重大工程的建设，因此成为沙特屈指可数的富豪和望族。但拉登家族终究属于外来者，与沙特国内政治势力尤其是瓦哈比派教长们关系疏远，其地位完全系于王室，具有很大的不稳定性。老拉登子女众多，其名下的产业并非平均分配，而是采取"能者得之"的淘汰机制，这使得出生于1958年的奥萨马始终具有强烈的好胜心。当阿扎姆在吉达设立第一个募捐点时，青年本·拉登就慷慨地捐赠了一笔资金。1984年，阿扎姆又说服拉登前往阿富汗边境观战，游击队员以寡敌众的情景感染了他，在过去对"圣战"始终只动口不动手的拉登决定亲自前往巴基斯坦，参与这场"最后决战"。

阿扎姆与拉登联手所创造的最大成果，是在白沙瓦建立了一个阿拉伯圣战者"服务局"（Makhtab al-Khadamat）。服务局设在白沙瓦大学城附近一片租来的空地上，拉登的建筑公司每月为其支付2.5万美元租金。受阿扎姆发布的"圣战令"（得到了一批伊斯兰法学者的认可）指引来到白沙瓦的阿拉伯志愿者可以得到往返机票、免费住宿和每月300美元的津贴，这些开支除了来自拉登的私人捐助外，大部分由沙特政府和私人募捐者承担。沙特政府及其情报机构每年都会向在阿富汗的"圣战者"提供3.5亿～5亿美元的资助，这些经费定期存入瑞士银行中一个受CIA控制的账户，由美国人调度使用，分配给"穆贾希丁"们以及阿拉伯志愿者。

在这个"服务局"，巴基斯坦三军情报局的教官和曾经担任过军职的阿拉伯志愿者对"圣战者"们进行了基本的军事训练。这些阿拉伯人还开设了神学图书馆，印行自己的报纸和宣传品，甚至办了一所"圣战者大学"。本·拉登还利用自家建筑公司的设备和人力，在巴阿边境的托拉博拉山中凿开了一系列可供长期隐蔽的洞窟。自1984年起，越来越多身份不明的阿拉伯圣战者从世界的各个角落涌入这个独立王国，这些人绝非通常意义上的"边缘人"，他们大多出身富裕的地主或官僚家庭，受过大学以上教育，有些还是在欧美国家出生的第二代阿裔移民，对现代科技和自然科学极为熟悉。他们对库特布主义的精髓理解得最为透彻，浑身上下充满了理想主义的激情。但这类激情在常态的国家里往往超出现实政治的藩篱，这使得他们或者沦为异见分子，或者成为不受欢迎的少数派。只有在白沙瓦的"服务局"，这些人才能无拘无束地发泄自己的情感，探讨"圣战"的前景，并进一步找到越来越多的志同道合者。

重返阿富汗

从 1984 年到 1986 年，抵达白沙瓦营地的各路阿拉伯圣战者总数超过 3000 人，其中真正进入阿富汗作战的还不到 1/10，其余则长期滞留在此，成为"职业圣战者"。同一时期，还有上百万阿富汗难民越境进入巴基斯坦东北边疆省份，近乎无限的资金来源、专业的军事训练、狂热的政治气氛使白沙瓦变成了库特布主义的"反应炉"。这一切随着扎瓦赫里医生在 1986 年的到来达到了高潮——阿扎姆是天才的政治吹鼓手，拉登是慷慨的资金赞助者，但这两个人都缺少从事秘密政治活动的经验和组织才能。而扎瓦赫里把整个埃及圣战者集团的核心人物都带到了白沙瓦，这些人中有前埃及警察阿布·乌贝达和阿布·马斯里（后来成为"基地"组织的前两任军事指挥官）、前伊拉克军官阿布·哈耶尔、埃及圣战组织副领袖法德勒医生和阿尔及利亚人艾哈迈德·乌德（后来成为阿尔及利亚反政府武装首领）。这些人在监狱中几进几出，政治经验丰富。只有当这个埃及人集团担负起领导职责后，"圣战"运动才能具备"可持续发展"的要素。

扎瓦赫里与本·拉登的相遇，是国际恐怖主义编年史上的里程碑式事件。前者拥有深厚的理论功底、绝对忠诚的少数追随者和政治动员经验，但在埃及之外的其他国家却默默无闻，也没有足够的金钱和人力将库特布的"决战"志愿推向全球；后者有着雄厚的财力、遍及大半个阿拉伯世界的美名和盼望出人头地的志向，却没有一个清晰可行的政治目标和行动纲领。在这两个人相遇之后，扎瓦赫里立即注意到拉登是自己成就政治目标的有力靠山，拉登也萌生了借助库特布掌控整个"圣战"运动的念头：他们的命运从此联系到了一起。

1988 年春，苏联开始自阿富汗分阶段撤军，阿拉伯圣战者们前往中亚的初始目标已经达到。当年 8 月 11 日，围绕"圣战往何处去"的问题，阿扎姆、拉登、法德勒等"服务局"的 7 名首脑在白沙瓦召开了一次历史性会议。阿扎姆认为，苏军撤出后,阿富汗各派武装必将发生内战,阿拉伯人应当远离这种自相残杀。效忠扎瓦赫里的埃及人保持沉默。拉登在发表了决定性的提议——必须成立一个新组织,在苏军撤出阿富汗后继续进行全世界范围内的"圣战"。这个组织将承担对职业圣战者的训练工作,其成员主要自白沙瓦"服务局"营地内的志愿者中招募,目标是"训练年轻人与压迫民众、不敬真主、奉行恐怖手段的国家战斗"。这一提议随后以 6∶1 的多数获得了通过。8 月 20 日,7 个人再度会晤,正式决定将这一组织命名为"基地"(Al-Qaeda)。9 月 10 日,包括拉登本人在内的"基地"组织第一批 15 名成员宣誓就职。

1989 年 2 月 15 日,苏联在阿富汗的撤军行动正式结束。尽管这场战争的胜利究竟在多大程度上应归功于阿拉伯人值得怀疑,但白沙瓦的"圣战者"们由衷地相信,正是他们的斗争挫败了"无神论者灭亡伊斯兰世界的阴谋"。现在,他们开始以更高的热情加入阿富汗经久不绝的内战。从 1987 年到 1993 年,进入白沙瓦营地的外籍"圣战者"多达 6000 人之众,是之前反苏战争时期到来的志愿者的两倍,阿拉伯人的行动也越来越鲁莽乖张。"基地"组织成立了一个以埃及人为核心的领导委员会,招募志愿者的每月津贴上涨到了 1000~1500 美元,退出"圣战"回国者还可以拿到 2400 美元的遣散费。他们以一种库特布式的语言发布了自己的政治宣言:"树立真理,祛除邪恶,建立一个真正的伊斯兰国家。"

1989 年 11 月 24 日,反对库特布主义的白沙瓦"服务局"创始人阿扎姆在一场神秘的爆炸中身亡。现在,阿拉伯圣战者中已经没有任何人可以与拉登-扎瓦赫里双头同盟相抗衡。短短 10 年时间里,一个来自巴勒斯坦的流亡法学家(阿扎姆),一个大学没毕业就娶了两位女博士的沙特建筑商(拉登),以及一个积极囤积枪支去暗杀总统的埃及医生(扎瓦赫里),在华盛顿那些自以为得计的战略家的策划下聚集到巴基斯坦,把一位谢世 30 余年的名作家(库特布)提出的一种乌托邦构想变成了一个强大而完整的恐怖组织。这个组织很快就将亮出獠牙,开始它对"Jahiliyyah 阵营"不计后果的袭击。而现在他们需要的,仅仅是等待最佳时机。

事实上,尽管本·拉登本人在 20 世纪 90 年代初一度前往东非寻求扩大势力范围,"基地"组织的重要成员却从未离开过"阿富巴"地区。在希克马蒂亚尔的军队和马苏德围绕喀布尔展开厮杀时,他们坐山观虎斗,指望收得渔翁之利。而当塔利班在 1996 年迅速崛起并夺取全国大部分领土之后,拉登从非洲回到了阿富汗,在贾拉拉巴德重新建立了他的指挥部,并将 250 多名"基地"组织核心成员从全球各地陆续招来。昔日他和希克马蒂亚尔之间的"亲密友谊",逐步转化成了与同属普什图人群体的塔利班势力的全面合作,尽管双方之间互有怀疑。沙特阿拉伯政府一度希望通过贿赂塔利班换取后者交出本·拉登,但被新政权严词拒绝——塔利班领导人奥马尔不愿让人感到他甘心受到"美国走卒"的要挟,本·拉登则承诺会让他的人马向塔利班宣誓效忠。

这段奇特的"友情",最终以一种令双方都心满意足的方式获得了巩固。在积极策划"9·11"事件并在也门等地不断制造针对美国军事设施的自杀式袭击行动的同时,拉登承诺他会为塔利班除掉后者的心腹大患——阿富汗最著名的"穆贾希丁"、北方联盟的军事领袖马苏德。2001 年 9 月 9 日,在扎瓦赫里的策划下,两名化装成记者的"基地"分子拜见了马苏德,用烈性炸药当场结束了这位传奇游击队员的生命。两天后,被"基地"组织成员劫持的民航客机相继撞入世贸中心和五角大楼,阿富汗一跃成为全世界关注的焦点。

2010 年秋天,距离"9·11"事件发生整整 9 年之后,CIA 终于在巴基斯坦边境城市阿伯塔巴德捕捉到了消失已久的本·拉登的踪迹。第二年 5 月 2 日凌晨,两组美军特种兵搭乘"黑鹰"直升机降落在拉登藏身之地的院落里,破门而入,将这位恐怖主义大亨当场击毙并收殓带走。直升机出发的地点是贾拉拉巴德:20 多年前,本·拉登正是在那里跟随希克马蒂亚尔的部队第一次踏上阿富汗的土地,从此开启了他的黑色生涯。

参考资料:Lawrence Wright, *The Looming Tower: Al-Qaeda and the Road to 9/11*; Assaf Moghadam, *The Globalization of Martyrdom: Al Qaeda, Salafi Jihad, and the Diffusion of Suicide Attacks* 等

沙特阿拉伯：如此富有，如此不安

富有的沙特一直处于不安之中，这样一个奇幻的国家有着迥异于他国的地面景观和运行逻辑，也正在发生着实实在在的改变。老国王年事渐高，而新王储渐渐走上前台。然而远在土耳其的一桩谋杀案，将沙特和它的王储再一次推到了聚光灯下。

深入中东"轴心":沙特阿拉伯探访记

刘怡

Anabasis

吉达(Jeddah)机场北航站楼的到达大厅,给我的第一印象极为冷清。在2018年这个初春的正午,排队等待通过非宗教团体海关入口的外籍人士总数还不到20位,在素来熙熙攘攘的中东公共交通设施里显得相当反常。实际上,当我在阿布扎比换乘航班时,周围的气氛已经开始发生微妙的改变:一路正襟危坐的老年日本游客们消失了,取而代之的是一张张用斜披毛巾(称为"净服")或连体白袍裹身的东南亚面孔。额头上的皱纹、粗糙的手指、面对英语询问时的茫然眼神以及统一配发的行李箱暗示了他们的身份——一群终于攒够盘缠、可以在出行淡季组团前往麦加的印度尼西亚农村穆斯林。他们必须首先飞抵圣地的接驳口岸吉达,随后乘坐包车前往禁寺。从公元7世纪中叶开始,这条连接吉达和麦加的朝圣线路已经不间断地存在了1400年。

身着熨烫平整的白袍、头包红色细格方巾的海关官员茫然地望着天花板,以一种漫不经心的姿态翻弄着我的护照。随后的两个星期里,我曾无数次在边防警察、巡逻军官、安检人员以及其他政府工作人员脸上看到了类似的表情:不同于叙利亚军警的敌意,也不同于黎巴嫩人的好奇心,更多是因为生活优渥和缺乏刺激带来的无聊感。在这个尚未开放旅游签证申请的神秘国度,域外来客倘若不是出于宗教目的,大部分也是冲着石油和奢侈品业务而来;而最近3年半里全球能源市场的降温，已经令这些投机客减少了很大一部分。在只有十多位旅客需要入境的情况下，审批者和等待者都显得不急不躁，耐性十足。直到集体通过朝觐游客入口的印尼旅行团已经消失，官员才打着呵欠在护照上盖上了黑色入境章。自始至终，我们都没有交谈过。

站在官员身后、一身橄榄绿军装的边防军士兵对我伸出手来：他索要的是一张记录有入境人员编号的小纸片。这张纸片就静静地躺在官员右手边的打印机出纸口上，只是被这位慵懒的老爷遗忘了。我拍了拍他的肩膀，小心地询问："编号卡？"官员连脖子都没有转动，用口音标准但极不情愿的英语嘟囔了一句："你可以入境！"我不得不又拍了他一下，指了指身后横眉怒目的士兵——两人之间相隔不足1米，但始终不做直接对话。这一回，官员终于勉为其难地放下了撑住脑袋的右手，用指尖夹住编号卡递给了我。顺带还让我发现了他所有倦怠情绪的来源：右耳里塞着的 AirPods 无线蓝牙耳机。显然，现在是他例行的午后音乐时间。

在吉达机场短短半个小时的经历，已经足够让我建立起对沙特阿拉伯王国及其国家机器的初步印象：友善但低效，严重的官僚主义，溢于言表的等级观念（官员拒绝和普通士兵交流），以及公共场合（不得播放音乐）和私人（用手掌盖住的蓝牙耳机）生活的分裂。这些特征在重要性上丝毫不亚于充斥着所有公共空间的宗教成分。在那位年轻海关官员的脸上，有一种只有在富裕国家中上层人士身上才会凸显出的骄傲气质：一种因自我感觉良好而导致的"不上心"。它使我想起了最早发明"最终之人"（亦译作"末人"）这个词的德国哲学家尼采，1885年他就在《查拉图斯特拉如是说》里写到过："'我们发明了幸福。'末人说，并且眨眨眼。"

"沙特阿拉伯"（Saudi Arabia），顾名思义，由"沙特"和"阿拉伯（半岛）"两个不可分割的要素共同构成。前者标记了这个王国的创始家族以及政治权力的控制者，后者则是其地理坐标。你在那些脍炙人口的古代典籍中很难找到它的踪迹——无论是在受希腊文明浸染的、从北非延伸到中亚的 Ecumene（希腊语"定居世界"）版图上，还是在威廉·麦克尼尔标记的全球文明迁徙路线图中，被高原草场和大片沙漠覆盖的阿拉伯半岛腹地都属于被遗忘的边缘地带。尽管伊斯兰教信仰就在汉志山脉和海岸线之间的狭窄平原奠基，但它在现实世界里的荣光却更多被大马士革、巴格达和开罗所僭夺。19世纪70年代，英国诗人、探险家查尔斯·道尔蒂（Charles Montagu Doughty）抵达今天的利雅得，他所目睹的只有一群艰难求生的贝都因人："干涸的溪流发出有气无力的嘶鸣，中间夹杂着流沙移动的巨大噪声。若上帝没有创造骆驼，内志地区将不会有人烟。"

是20世纪的两次全球版图变动重新"发现"了阿拉伯半岛，并使它成为那个连接欧亚大陆东西两翼、沟通"心脏地带"与外围大洋的中东四边形板块当之无愧的"轴心"。全世界已探明石油和天然气储量的一半左右集中于此，仅凭沙特国王一人的决断，便足以引发1973年席卷西方世界的能源危机。21世纪初全球治理中的一切突出问题——人口爆炸、宗教和意识形态冲突、中远程制导武器（弹道导弹）的扩散、水资源短缺——在这里也都有凸现。是故自20世纪90年代以来，沙特阿拉伯的国际地位非但不曾因为"冷战"的结束而有所折损，反而因其在全球"文明冲突"、叙利亚内战以及也门干涉战争中扮演的角色，关注度日益获得提升。

与此同时，沙特王国依然是全世界富裕国家中最不为外界所熟知的异类。它的王公贵族们的奢靡生活，它的依靠宗教经典和高阶教士诠释的治国方略，乃至它那历史悠久的朝觐经济和"输出动荡"外交方针，一方面因其独特性而为世人所津津乐道，另一方面却又难于建立完整的面相。传统阿拉伯社会对"墙外（公共）"与"墙内（私人）"生活的严格区分，似乎也适用于作为国家的沙特阿拉伯。而始于2016年的"萨勒曼改革"带来的新气象，更使外界对沙特王国能否以更开放的姿态融入全球化时代、统治家族的至高无上地位能否继续维持，抱有强烈的好奇心与疑问。这些都构成我亲身前往阿拉伯半岛、探访这一"轴心"的动机。

根据沙特王国政府公布的时间表，到2018年夏天，允许妇女驾车、开放外国人旅游签证申请等前所未有的改革措施将会付诸落实。而我在2018年春节之前进行的这次旅行，恰好选在了一个微妙的时间点上：新政策造成的冲击已经开始显露其初步效果；但在更激进的措施落地之前，传统社会的大部分面相仍在维持最后的稳定。走出吉达机场之时，我想起了2400多年前希腊人色诺芬的名著《远征记》（Anabasis）——当时色诺芬从地中海长途跋涉前往波斯高原，参加波斯王位争夺战。日后他用希腊语中代表由海向陆行进的Anabasis一词来命名他的回忆录。在乘坐波音 787 型客机抵达红海海滨的吉达之后,我的旅程同样构成一场 Anabasis。

夏娃与拉登

作为历史悠久的红海要港以及沙特王国第二大城市,吉达充当交通和物流枢纽的地位可以追溯至遥远的公元前 5 世纪。海洋基因对城市规划和社会生活的塑造,已经深深注入了市井生活的面貌。20 世纪 90 年代规划的新城区主体完全是围绕港口而建,连接机场与住宅区的高速公路几乎和海岸线平行,视线极为开阔。进入深夜,港区依旧是一派灯火通明:进出苏伊士运河的散货船和大型滚装船会以这里为中转站,彻夜不停地进行上下货作业。地理决定了这座城市的价值和出路——中东和北非所有国家的首都距离吉达的飞行距离都小于两小时;东非的农作物、亚洲的纺织和轻工业制品会沿东西两条航线首先到达这里,经过重新装箱组合之后北上直抵欧洲,报关作业也在本地完成。因此,吉达是我此行探访的沙特大城市中外国人数量最多的一处,也是西式教育最发达的一处:和迪拜一样,这些人力资源需要为全球经济服务。

伊玛目(Imam,穆斯林礼拜活动的领祷者)阿卜杜勒试图在吉达街头教会我分辨阿拉伯男性的着装方式和他们的宗教、文化立场之间的关系:最常见的穿法是用白袍包住从脖颈到脚踝的全身,头发(包括刘海)用圆形小帽整个裹住,上方再加披一条用圆形发箍压住的围巾。它代表的是一种对传统"均衡"的遵从。不戴发箍、白袍截短至脚踝上方的穿法多见于老年人身上,代表了最保守的社会观念;年轻人则有不戴头巾、下身着宽大灯笼裤的打扮,但几乎只有外国人才会完全采用 T 恤衫加牛仔裤的松垮美式搭配。"老实说,由于着装的缘故,一切健身和户外运动在这里都很难推广。"伊玛目幽默地耸耸肩膀,"任何一位体面的沙特男性都不会在妇女面前露出大腿。为了让白袍保持整洁,只有少出汗,并且尽可能减少和他人的肢体触碰。所以即使是在年轻的大学生里,也只有极少数人有经常运动的习惯。就算是在室内健身房,许多人也会选择穿长裤。"

不难推断,在这种习俗的影响下,大腹便便的年轻人在吉达街头随处可见。白袍的遮挡使他们对这种不甚健康的生活方式安之若素——"高糖分的日常饮食、缺乏运动和接受直接光照不足（因为衣物遮挡）使大部分本地人在中年之后都会饱受糖尿病、关节炎和骨质疏松的困扰"。在英国接受了大学教育的伊玛目介绍道，"想必你会在许多商场和车站见到依靠轮椅代步的老年人"。这一点对妇女的影响更加明显：无论是包裹最严实的波卡（Burqa）罩袍，还是允许面部和手部露出的希贾布头巾，都不鼓励外人窥测一位女性的头发长度和身体曲线，只有未成年人例外。"你几乎不可能仅凭肉眼就分辨出一位妇女是极度超重还是有孕在身。"伊玛目笑着表示，"但有些事情是很复杂的。当一位阿拉伯妇女结婚之后，她通常会获得对家庭财产和日常生活事务的更大话语权，经济上也会更宽松。因此几乎只有已婚妇女才有条件购买漂亮的时装、烫染更时髦的发型：尽管你们外人看不到。大多数外国人认为这对女性不够友好，但本地的年轻姑娘反而更渴望成年和婚姻。"

然而吉达毕竟是一座国际化色彩浓厚的城市。即使是优步（Uber）司机也明白，外来客对阿拉伯传统服饰的兴趣很快就会消失，他们在寻找的是更有历史感的建筑和遗迹，可惜在此地并不算太多。"你们听说过夏娃墓吗？"一位司机问道。是的，听说过：现在那里是一块用混凝土浇筑过的平地。它的存在属于中东地区常见的那种魔幻离奇的古老掌故，一种将前文明时代的神话传说与真实历史混杂在一起的做法。伊斯兰教和基督教关于人类起源的共同创世传说都承认亚当和夏娃是全体人类的先祖；按照《古兰经》、圣训和公元 10 世纪前后的古老典籍的记载，夏娃出生于吉达；她从这里出发前往麦加，在阿拉法特山附近和亚当做最初的会面。当她身故之后，灵柩被运回吉达郊外，安葬在一处白色穹盖形墓地内。19 世纪几位小有名气的欧洲探险家曾经饶有兴味地探访过这处带有猎奇色彩的遗迹，据《一千零一夜》第一个英文版的翻译者理查德·弗朗西斯·伯顿爵士（Sir Richard Francis Burton）回忆，夏娃的墓穴全长接近 8 英尺（约 2.44 米），浮夸至极。

这座被种种神话所笼罩的奇特建筑在 1928 年被汉志总督费萨尔亲王（后来的沙特国王费萨尔）在一夜之间夷平，1975 年又用挖掘机捣毁了地基，表面浇上混凝土。这些措施属于王国政府"破除偶像崇拜"文化政策的一部分——诚然，沙特王室希望通过控制历史悠久的文化名胜来增强他们在全世界的影响力，但还有另一种动机在左右他们的政策缔造：希望将阿拉伯半岛的历史和宗教特征始终和沙特家族本身及其尊崇的瓦哈比派信仰捆绑在一起，通过消解一切带有异端色彩的成分，来营造"沙特家族与阿拉伯半岛同生共长"的直观印象。对麦加古城的重新规划和建设属于这当中的"正向"部分，对夏娃墓这类来路可疑的历史遗迹的损毁则属于"反向"的部分。当然，被永久性移除的还有其他一些确凿无疑的历史文化地标，例如麦加城内的穆罕默德出生地、他的父母的坟墓、什叶派创始人伊玛目阿里的故居，以及伊斯兰教肇始阶段的数十座清真寺和先贤陵墓。按照瓦哈比派教义，对这些"圣物"和"圣陵"的礼拜都属于偶像崇拜之列，应当被禁绝。

取代语焉不详的夏娃受到公众尊崇的是沙特家族的历代国王以及他们在现实世界的追随者，特别是吉达地区最著名的新贵：本·拉登家族。出生于也门的老穆罕默德·本·阿瓦德·本·拉登（Mohammed bin Awad bin Laden）阁下在1930年来到吉达，承接了为美国石油公司建造工人宿舍和生活区的工程。他的精明和高效逐渐引起了沙特王室的注意，伊本·沙特国王在1932年委派他负责吉达地区搁置多时的胡扎姆行宫（今天已经改建成吉达考古和人类学博物馆）的改建工程。和许多阿拉伯男性一样，老国王从中年时代起就患有严重的糖尿病和关节炎，不得不以拐杖和轮椅代步，而拉登用一个杰出的细节赢得了他的认可：胡扎姆宫的正门和建筑主体的大厅（高于地面半层）由一条宽敞的车行道连接起来，国王的座驾可以直接开到会客厅门口，随后放下轮椅。在那之后，麦加和麦地那两座圣城老清真寺的扩建工程都被承包给了这家名为"沙特本·拉登集团"（SBG）的新公司，利雅得最初的几座混凝土建筑和高楼大厦也是出自老拉登的手笔。

对当时尚未获得石油财富"输血"的沙特王室来说，拉登家族是一个可靠的托管人：他们从半岛南部迁来吉达，在本地没有部落根基，也缺少政治野心。考虑到王国政府的财政困难，老拉登在最初十几年一度以垫款的方式替国王翻修清真寺和宫殿。伊本·沙特和他的儿子费萨尔决定给予这位"皇家包工头"最丰厚的奖赏：将沙特全国新清真寺和公路网的建设权提前许诺给拉登家族，并保证支付的款项不低于给英美同类企业的报价。到1967年老拉登因为飞机失事身故之时，他的家族财富已经积累到了50亿美元以上，富可敌国。

老拉登最终被埋葬在了他的发家之地，也是沙特本·拉登集团总部所在地吉达的一处墓园。而他的56个儿子之一、1957年出生的奥萨马·本·拉登自幼生活在利雅得，直到1976年才返回吉达，进入阿卜杜勒·阿齐兹国王大学（以伊本·沙特的正式王号命名）学习经济学。1979年，奥萨马在吉达为前往阿富汗参加对苏"圣战"的志愿者成立了一个招募营，利用家族企业的招工网络将那些年轻的狂热分子从埃及和叙利亚聚集到沙特，再统一运往与阿富汗接壤的巴基斯坦。1984年，他本人也经白沙瓦进入阿富汗，自此踏上了一条与父亲大相径庭的道路。但这从未影响到拉登家族与沙特王室之间的关系：到今天为止，拥有超过4万名雇员的沙特本·拉登集团依然是该国最大的机场、公路、清真寺、城市住房和桥梁承建商，净资产不低于70亿美元。人际网络和家族关系始终主导着沙特王国的上层财富分配，并且不因个别成员的背叛而轻易改变；这一点和阿拉伯世界上千年以来的传统规则分毫不差。哪怕"墙外人"将会因此承受后果惨痛的代价。

哈里发的铁路

"在这个时节，我们可能是'唯二'亲身探访汉志铁路起点和终点的中国人。"站在麦地那铁路博物馆低矮的正门前，我不禁对摄影师李亚楠感慨道。2017年9月初，我们在叙利亚大马士革见到了中东第一条近代铁路——汉志铁路（Hejaz Railway）的起点站；5个月后，2018年1月底，我们又在麦地那打量着这座已经被改建为博物馆的终点站。这条穿越黎凡特和汉志山脉以东、全长1320公里的铁路曾经是奥斯曼帝国将其中东附庸国和近代世界连接起来的标志；而对它的破坏和废止，象征着最近百年中东权力和版图的变迁。

尽管同样服膺于伊斯兰教法的约束，并且建立起了由帝国苏丹兼任哈里发（Caliphate，伊斯兰世界宗教和世俗最高统治者的称号）的政教合一秩序，但奥斯曼帝国复杂的人口来源、宗教背景以及地理版图为其植入了多元文化的色彩。到17世纪末为止，帝国的核心统治区依然在黑海沿岸与地中海东部；西欧历史学家和政治家将与土耳其有关的领土问题称为"东方问题"（Eastern Question）的缘由即据此而来。直到近代前夜的19世纪初，阿拉伯半岛腹地才被正式纳入奥斯曼帝国的版图。在埃及和阿拉伯半岛等帝国的边缘地带，苏丹行使的是一种特殊的间接统治制度：帝国并不通过直辖机构行使对当地的直接治理，而是仅仅设置若干税务监督官和军事总督，负责最关键的征税和战争事务；对一般民事和宗教问题的管辖权则被委托给了当地声名卓著的封建王公、部落谢赫（Sheikh，意为长老）以及教派领袖，由他们在苏丹的首肯下行使治理权。帝国的核心领土始终在安纳托利亚，阿拉伯半岛这个边缘世界则按照历史上形成的势力分布，大致分成也门、汉志（今沙特西部沿海地带）、内志（Najd，今沙特腹地）、伊迪里斯（Idrisid，今阿西尔省）几个独立的附庸国。

今日的沙特王国以坐拥麦加、麦地那两座圣城而闻名于世；但在13世纪之后的大部分时间里，圣城所在的汉志地区却处在沙特家族的竞争者之一、先知穆罕默德的直系后裔哈希姆家族的统治之下。而雄才大略的伊本·沙特直到1902年才在科威特埃米尔（Emir，阿拉伯王公头衔）的支持下重新夺回利雅得，在帝国晚期的政局中不过是一介配角。在20世纪初，统治两圣城和吉达港——它们囊括了当时阿拉伯半岛最富庶的红海沿岸——的是哈希姆家族族长、以"阿拉伯人之王"自居的侯赛因·伊本·阿里（Hussein Ibn Ali）。伊本·沙特的骆驼骑兵则还在内志的广袤大漠中，与受到土耳其苏丹认可的拉希德家族争夺有限的几块绿洲的控制权。

然而"欧洲病夫"奥斯曼帝国的衰竭及其领土流失，不可避免地也将影响到阿拉伯半岛的命运。进入19世纪末，随着君士坦丁堡对埃及和巴尔干的控制权陆续被英、俄等国所取代，经营阿拉伯世界开始成为奥斯曼帝国的新重点。1904年通过政变上台的"统一与进步委员会"（即著名的"青年土耳其党"）以德国作为靠山，掀起了一场轰轰烈烈的近代化改革。在帝国的核心部分，他们推行君主立宪制，将行政和军事大权集中于内阁，由纯粹土耳其血统的青年军人把持。在领土的边缘部分，他们竭力打压阿拉伯人的独立意识，并且试图通过引进德国资本、修筑铁路，消解地理区隔对行使统治权构成的障碍。间接管理逐渐被直接控制所取代，地方王公们的权力开始变得岌岌可危。而其中影响最大的举措，便是20世纪初汉志铁路的建造和开通。

这条改变历史的窄轨铁路（轨距仅有1.05米宽），北起黎凡特第一大城市大马士革，计划修筑至麦加，使汉志、巴勒斯坦和大叙利亚这三个土耳其在中东的关键统治板块被直接连接到一起。部署在安纳托利亚的帝国大军在 5 天内就可以经叙利亚运送至阿拉伯半岛，以对当地民族主义者乃至由英国控制的苏伊士运河形成威胁。叙利亚和汉志出产的农产品以及贸易转口物资，也可以经陆路输送到帝国核心区，不必再依赖可能被英国切断的海运。对志在推行"世界政策"的德皇威廉二世来说，汉志铁路更构成了未来柏林 - 巴格达 - 君士坦丁堡（合称"3B"）大陆交通网的前期布局，意义至关重大。只是在整个哈希姆家族的极力抵制下，帝国当局才勉强做出妥协，同意只将铁路最南端修筑到汉志王国北方的麦地那（Medina）。但整个工程毕竟木已成舟。

1900 年，汉志铁路工程在大马士革正式破土启动，由德国工程师海因里希·奥古斯特·迈斯纳担任项目总监，德意志银行提供贷款。土耳其苏丹阿卜杜勒·哈米德二世还以哈里发的名义在全球穆斯林中进行了募捐，承诺未来将会用铁路将朝觐者送往圣地。至 1908 年 9 月 1 日，最南端的麦地那站正式通车，宣告了这一历史性工程的落成。土耳其因此欠下德意志银行 2900 万土耳其镑的债务。但盛况仅仅维持了不到 8 年：为了从内部瓦解奥斯曼帝国，并从根本上消除中东战线对苏伊士运河航运的影响，1916 年 6 月，英国驻埃及当局策动哈希姆家族在汉志发动阿拉伯大起义，开辟了反对土耳其人的新战线。他们开出的条件是在战后建立一个从阿勒颇延伸到亚丁、由哈希姆家族统治的统一阿拉伯国家。大名鼎鼎的英军情报人员和游击战专家托马斯·爱德华·劳伦斯上尉指挥阿拉伯起义军在汉志铁路沿线进行了一系列破坏活动，使其濒临中断。

然而凭借老牌殖民帝国的嗅觉，英国绝不会将哈希姆家族视为唯一的利益托付对象。在策动阿拉伯大起义的同时，英帝国印度事务部正打算将刚刚统一了内志地区的沙特家族扶植为候选代理人。经过伊本·沙特的军事顾问、英国人威廉·莎士比亚上尉（他最终战死于对拉希德家族的战争中）的长期策划，1915 年 12 月，英印远征军政治专员珀西·考克斯爵士（战后出任英属伊拉克高级专员）在波斯湾的塔鲁克岛与伊本·沙特会面，双方签署了《达林条约》。英方承诺一次性提供给沙特家族 2 万英镑的资助和 1000 支步枪，此后每月还有 5000 英镑的津贴，以协助伊本·沙特继续攻克仍由拉希德家族控制的阿拉伯半岛东部。作为交换，沙特家族承诺不会吞并科威特、巴林以及波斯湾西岸由英国保护的几个埃米尔国,并支持英国的战后中东政策。

尽管同样身为英国的战时盟友,汉志和内志代表的却是截然不同的思维方式和战略眼光。老侯赛因尽管保守陈腐,但受到劳伦斯以及两个雄心勃勃的儿子阿卜杜拉和费萨尔的影响,部分接受了现代民族主义的观念。在哈希姆家族的构想中,未来的统一阿拉伯国家将是一个君主立宪国,拥有现代议会和财政体系;阿拉伯世界的一切民族都可以在这个国家找到容身之处,汉志铁路则将成为新国家的经济动脉。而笃信瓦哈比派教义的伊本·沙特本质上仍把自己看作一个部落首领:他对一统阿拉伯世界并无野心,也无法接受多种信仰并存和君主立宪的图景。但沙特家族的"去国际化"视野与英国避免中东为任何大国独占的思路不谋而合,《达林条约》则保证了英国拥有核心战略利益的波斯油田的安全;汉志-内志之争的结果已经预定。

1918年10月30日,战败的奥斯曼帝国在《穆德洛斯协定》上签字,宣布放弃对中东的一切领土和主权要求。1920年4月,英法两国在圣雷默会议上达成一致,将整个中东划分为分别由两国托管的委任统治区。汉志的阿拉伯民族主义者随后自行宣布建立"叙利亚阿拉伯王国"和"伊拉克阿拉伯王国",但在英、法的军事施压下迅速崩溃。伦敦最终实现了使中东维持分裂的目标:老侯赛因以及他的两个儿子分别成为独立的汉志王国、外约旦埃米尔国(今约旦前身)以及伊拉克王国的统治者,但三国不得合并。内志王国则由沙特家族统治。1924年,老侯赛因在土耳其废除哈里发制度之前两天自行宣布加冕为"全伊斯兰世界的哈里发",遭到内志军队的进攻,被迫让位给长子阿里,逃往外约旦避难。一年后,伊本·沙特攻陷麦加,将阿里驱逐出境,随后又吞并了处于半独立状态的伊迪里斯和吉赞。1932年,内志王国与汉志王国合并,沙特阿拉伯宣告诞生。

汉志铁路最后一次全程运行的时间,永久性地停留在了1920年。以哈希姆家族和沙特家族分别统治的约旦和沙特王国的国界为标志,它被彻底切断。尽管在两国内部,这条铁路的部分区段还继续运行了相当长的时间(叙利亚和约旦的部分轨道直到今天还在用于客货运输),但通过它将整个阿拉伯世界串联到一起的梦想在

1920年之后已经荡然无存。这毕竟是一条属于哈里发的铁路：它需要一个有志于融合不同信仰、教派、文化以及地区市场的世界级战略家来加以统合，而伊本·沙特不是这样的人。这位精明的国王和他的众多儿子们始终以本家族、本部落的守护者作为第一身位，而无意插手围墙之外的一切。尽管沙特家族依旧以"两圣地侍奉者"的称号自居，并且乐于充当全世界穆斯林前往麦加朝觐时的恩主，但他们也将与此有关的一切变成了自己的私产。与后来的"以邻为壑"政策有关的一切，都可以在废弃的汉志铁路上找到答案。一位航空摄影师告诉我：几年前他乘轻型飞机在沙特-约旦国界附近拍摄时，还能看到100年前被劳伦斯炸毁的列车。

在沙特王的宫殿

位于利雅得老城中心的马斯马克要塞（Masmak Fort）——现在的正式名称叫"阿卜杜勒·阿齐兹国王历史中心"——并不像它在BBC纪录片中被表现的那样高大巍峨。或许是因为最初是由沙特家族的世仇拉希德家族所修建，尽管在1938年之前它曾长期充当伊本·沙特的王宫，但始终没有做大的改扩建，外观也绝不富丽堂皇。整个要塞的正立面宽度只有不到30米，和许多国家的著名宫殿相比犹如一个玩具，要塞前的广场上凌乱地安插着石堆和稀疏的棕榈树。巨石砌成的厚重城墙以及四座突起的观察塔透露的是属于冷兵器时代古典战争的气息，尽管城堡内部已经陈列上了几门19世纪80年代生产的法国野战炮。最耐人寻味的则是它的正门：全宽仅有2米左右，入口处仅容一人通过。一种警惕和敌意的气息也从这道窄门背后透露出来。

欧美新闻界对马斯马克要塞的兴趣并非出自它那不算悠久的历史（建造于1865年），而是源于距离要塞仅有20多米的司法部旧大楼，以及它身后不算开阔的礼拜广场（Salat Square）。这个小广场还有一系列不那么严肃的别名，例如"色法尔广场"（以伊斯兰历法中代表霉运的色法尔月命名）和"剁剁广场"（Chop Chop Square），都是源自其用途之一：每年有若干天，待周五的主麻日礼拜结束后，司法部会将几名被视为十恶不赦的罪犯带到广场中央，处以公开斩首刑罚。死者的血污随后就被清水冲入排污槽，首级则重新缝合到脖颈上、用白布包裹好运走。2015年朝觐期间，麦加禁寺广场的一座塔吊曾经发生倒塌事故，造成超过500名民众死伤。被认为须对此事故负责的20多名当地警察随后就被带到礼拜广场，齐齐砍下了脑袋。2016年1月2日，深受年轻人欢迎的什叶派教士尼姆尔因为被控犯有"寻求外国干涉罪"和"武力对抗罪"，也在这里和其他46名犯人一起被处决。这一事件造成了巨大的国际反响，德黑兰的游行民众甚至焚毁了沙特大使馆。

BBC就"尼姆尔事件"拍摄的新闻纪录片曾经反复播放死者的鲜血被冲入下水道的镜头，造成了巨大的视觉冲击和舆论反响。但在2018年1月底的这个主麻日傍晚，我的直观感受却大不相同。礼拜广场并不是一处意在聚集人群，并通过公开处决造成警示作用的空间；它的面积相当有限，至多能聚集数百人，与麦加庞大的禁寺广场并不能同日而语。实际上，除去宗教用途外，沙特的所有公共建筑设计和城市规划都竭力避免出现适合大量人群集结的处所，以避免潜在的政治煽动和游行示威。将处决犯人的刑场设在老城中心、旧王宫正前方，更像是一种历史的偶然——即使是在1932年内志和汉志统一之时，伊本·沙特也不可能预见到他那贫瘠的国家有朝一日竟会获得近乎取之不竭的财富，并建造起数量如此之多的巨型前卫建筑。他只是略显随意地决定将司法部的四层办公楼盖在小小的王宫之前，并在必要时在此地处决刑事犯——完全是一种偶然。

倘若排除观看斩首的猎奇意味，马斯马克要塞、礼拜广场及其周围的古老建筑群实在不像是一座巨型城市的地理中心。在旧王宫前那个小小的广场上，一群小学男女生正在举行足球比赛；为数不多的本地游客聚集在要塞狭窄的入口前，等待礼拜时间结束后进入参观。最密集的人流是前往要塞北面一处古老家族墓地凭吊的经过者，这一路线也暗示了利雅得老城的规模是何其之小。就连旧王宫内部的导展人员和保安也显得无精打采：两位年轻保安花了整整15分钟时间，兴致勃勃地摆出各种造型和我合影，并上传到他们的 Instagram 账号。与此同时，墙上的显示器正在播放一部夸张的旧电影：伊本·沙特率40名勇士从天而降、重夺老城。

1875年出生的伊本·沙特用自己前半个世纪的经历打造了一部传奇故事：但基本上是《一千零一夜》式的，而不是属于20世纪的。在他出生之前100多年，沙特家族的杰出祖先穆罕默德·本·沙特（Muhammad bin Saud）已经为自己的后人确定了在宗教和社会政策上的范例：与被外界视为异端的逊尼派宗教改革家穆罕默德·伊本·阿布德·瓦哈卜（Muhammad Ibn Abd al-Wahhab）结成同盟。由这个同盟所开创的新宗教派别也被称为瓦哈比派（Wahhabism）。瓦哈比可以被视为穆斯林世界的加尔文，他对奥斯曼帝国中晚期教法废弛、物质主义横行、穆斯林沉湎于娱乐享受的景象极为不满，主张恢复穆罕默德在世时的风气，严格按照《古兰经》和圣训原典治理国家。根据瓦哈比派教义，一切企图在宗教仪式和风俗上另树新义的教派都应当被视为异端。对穆斯林行为正当性的评判不是依据后天制定的世俗法律，而是沙里亚教法（Sharia）。一切形式的圣贤、圣陵、圣物崇拜都属于制造偶像崇拜的异端行为，必须彻底禁绝。吸烟、饮酒、赌博、歌舞等堕落之举和对华丽服装、金银珠宝的喜好也在违禁之列。一个真正的穆斯林唯一需要致力的事业只有苦修和"圣战"。

站在今天的角度看，瓦哈比派是一种带有清教徒和禁欲主义色彩的原教旨思潮，其严苛不近人情之处甚至难以被大部分穆斯林所接受。但对志在统一内志的沙特家族来说，它在18~19世纪提供了一种不可替代的现实功用：瓦哈比派教义主张对倒向"异端"的周边部落和家族实施"圣战"，使沙特家族的视野不再局限于哈尼法谷地（在今天的利雅得西北郊外）以及周边的几块狭窄绿洲，而是扩展到了整个内志，甚至阿拉伯半岛。它的禁欲主义色彩使效忠于沙特家族的每一位部落成员首先成为战士，并且意志坚定、不求物质回报。在瓦哈比主义的驱动下，尽管沙特家族建立的前两个埃米尔国在19世纪先后被奥斯曼帝国及其附庸拉希德家族所推翻，但最终在伊本·沙特这一代取得了全面胜利，建立起囊括阿拉伯半岛绝大部分领土的统一国家。

很难说伊本·沙特是一位完全奉教义为圭臬的狂热分子。在统一半岛的最后阶段，他曾经相当依赖由贝都因游牧部落改编而成的宗教民兵"伊赫万"（Ikhwan）；1924年攻占麦加的主力军，便是伊赫万下属的骆驼骑兵。然而随着统一事业告一段落，国王开始尝试引进电报、电话、汽车、飞机等现代科技来巩固他对国家的控制；出于现实需要，他还必须接受由哈希姆家族统治伊拉克和约旦的局面。这激起了思维褊狭、个性激进的伊赫万分子的强烈不满（尽管他们本身也使用欧洲制造的现代枪械）。1927 年，伊赫万武装在边境地带发动全面叛乱，入侵了外约旦、伊拉克和科威特，并对沙特家族发起宗教谴责。伊本·沙特亲自率领一支装备了 4 架飞机（由英国飞行员驾驶）和 200 多辆汽车的现代化军队前去平叛，到 1930 年 1 月彻底打垮了伊赫万。

从这层意义上说，伊本·沙特选择在一个 20 世纪诞生的新国家里继续尊奉瓦哈比派教义，依然是基于实用主义原则的决断。内志地区的大部分居民是从部落和游牧状态直接进入了现代社会，既无法律观念也无权利意识。要在这样一个国家建立任何形式的现代政体和法律体系，成本都将极为高昂。而基于宗教信条和道德戒律形成的瓦哈比派教义，只需经过稍微调整，便可以直接转化为一套粗糙但易于实现的治国方略。在此种考虑下，遂出现了"王室与乌里玛（Ulama，权威伊斯兰学者和宗教领袖）共天下"的奇特结合。在乌里玛群体的要求下，沙特王国组建了类似宗教司法机构的"劝善惩恶联盟"，下设宗教警察"穆塔瓦"，有权在全国任何地区随时随地打击疑似"异端"的行为。但由于国王通过和上层乌里玛之间的协议为自己保留了宣布"圣战"和做出最终裁断的权力，这套平行机构的存在并不会威胁到王室本身的地位。在承认沙里亚法至高无上地位的前提下，从 20 世纪 40 年代开始，沙特政府逐步强化了大臣会议（内阁）在行政事务中的中心地位，并完善了现代国家治理所需的各项具体法规和职能部门的设置，使整个国家虽然高度宗教化，却也现代化。

教俗一体，并行不悖，以王室作为连接纽带和唯一仲裁者：这在今天的沙特造就了一个足够稳定又能缓慢革新的政治系统。它虽无宪法，却有与大多数国家无异的法律体系；虽有严苛至极的宗教戒律，在由乌里玛阶层对其进行阐释时又可以弹性十足。最重要的是，它始终有助于维持那个在 1902 年闪电般攻克马斯马克要塞、如今还继续保留在国家名称里的统治家族的至高无上地位；而圣训和教法对他们的约束并不严格。在 1938 年搬离马斯马克要塞之后，伊本·沙特毫无心理负担地住进了安装有发电机、抽水马桶和电梯的广场宫（Murabba Palace），并于 1953 年在那里去世。如今，这座简约大气的宫殿被改建成为阿卜杜勒·阿齐兹国王历史中心的第二博物馆。当我走进博物馆一层的展览大厅时，发现展牌上是这样描述人类起源的："安拉用泥土的精华创造人，复在土地之上创造生命的一切形式。"在沙特阿拉伯，这当然是一种别有深意的表态。

圣城春秋

"你们是如何抵达麦加的？住在何处？"英籍巴基斯坦裔文化学者齐亚丁·萨达尔（Ziauddin Sardar）兴致勃勃地向我打听道，"当我1975年12月第一次去往麦加朝觐时，有意模仿了古代苦修者的模式：先抵达吉达，从那里的咖啡馆花2000英镑买一头驴子，再用平均一天15公里的速度穿过沙漠和山区。一路上，我们和蜘蛇、蜥蜴为伴，花了差不多四五天时间才来到禁寺广场。中世纪的朝圣者大概也需要如此吧！"

走完吉达和麦加之间这段不到100公里长的公路，我选择的交通工具是一辆银白色的丰田"卡罗拉"轿车，花费大约3小时。因为本·拉登集团的努力，今天的朝圣者已经不必再和驴、蛇或者蜥蜴朝夕相对。但夏威夷大学的一位美国教授明确表达了对这种"私入圣城"行为的愤慨："仔细看看你那条公路上的路牌，上面明明白白写着'仅限穆斯林使用'！为了满足一点个人好奇心，就去遭受赤裸裸的宗教歧视和敌意，真的值得吗？"我只好用他熟悉的历史人物作为论据："弗朗西斯·伯顿去过那里，皈依之前的圣约翰·菲尔比大概也去过。倘若沙特政府已经决心大力开发旅游业，他们不可能不考虑到这些问题。总之，机不可失。"

让教授义愤填膺的那块路牌的确还高高悬挂在吉达-麦加高速公路的入口处；但在靠近圣城的醒目大门附近，已经不再有探头探脑的"穆塔瓦"朝车里张望，武装警察只是粗略地检查了一下是否存在疑似危险品。"时代不同了，"萨达尔不禁感慨，"你们衣着整洁，显然不是体力劳动者。虽然在本地人眼里可能还比不上阿拉伯富豪和欧美西装客，但跟随处可见的南亚、非洲体力劳动者相比依然是受欢迎的。何况你们还换上了白袍。"这使我再度回想起了临行前美国《新闻周刊》编辑乔瓦尼的忠告："如果非要换着白袍，一定记得买一件材质好的。不少阿拉伯人是根据你的袍子质地来决定对你的态度恭敬程度的。"而按照曾在圣地定居多年的萨达尔的看法，这里的等级制早在20多年前就已经形成了：最顶端是沙特王室和阿拉伯显贵家族的成员，接着是欧美人和稍逊半筹的东亚人，随后是南亚和东南亚人，最后则是来自也门和非洲的黑人——肤色决定论。

如果不是目光所及之处颜色高度一致的黑白长袍，麦加，尤其是禁寺广场给人的第一印象会更像是硕大无朋的人间剧场。扩建工程的脚手架和塔吊几十年如一日地以禁寺为中心朝外侧延伸，洲际、凯悦、希尔顿、万豪等国际知名品牌酒店的大楼像拥挤的围观者一般环绕在禁寺广场周围。在禁寺左侧近端的皇家钟塔饭店（Abraj Al Bait），一座观景平台正在 558.7 米的顶层紧张修建，预计半年内即可开放。这座总高度 601 米的摩天大楼是当今世界第三高建筑，拥有全球位置最高的餐厅、钟塔和钟面，可以以毫无遮挡的视野俯瞰整个禁寺广场。当然，它也像沙特的许多著名建筑一样遵循潜规则：施工由本·拉登集团负责，产权属于王室。

黑色丝绒布覆盖着的克尔白天房（Kaaba）以一种孤独而庄严的姿态矗立在禁寺正中央。根据穆斯林们数千年口口相诵的传说，在人类祖先亚当与夏娃的时代，曾有一块洁白的陨石自天而降，但后来因为世人的恶行而变黑。当阿拉伯人和犹太人共同的祖先——先知易卜拉欣（即《创世记》中记载的亚伯拉罕）和长子易司马仪（以实玛利）抵达麦加之后，他们开始建造人类历史上第一座清真寺。此时大天使吉卜利勒（加百列）现身，将黑石交给他们。为了安放黑石，易卜拉欣父子共同建造了第一个立方体形的 Kaaba 神坛：实际上，今天英语中表示立方体的 Cube 一词，和 Kaaba 本来就是出自同一词源。公元 7 世纪初，当穆罕默德参与旧克尔白的扩建时，他曾亲手将黑石重新安放在建筑东南方的角落。随后数百年间，随着一次次扩建的进行，克尔白逐渐演化成为今天的样貌：长 13.1 米，宽 11.3 米，高 12.86 米，用花岗岩制作，外覆绣有金质《古兰经》经文的绒布。而禁寺本身的建筑主体在 17 世纪初的两次洪水后经过了全面重建，实际上已是奥斯曼帝国的遗产。

在齐亚丁·萨达尔看来，尽管早在伊斯兰教的萌芽期，一生至少前往麦加朝觐一次就被列为每位穆斯林必修的"五功"之一，但真正令圣地变得高不可攀的因素其实是交通不便带来的稀缺性。在 20 世纪 50 年代现代公路体系穿透汉志山脉之前，来自全球各地的朝圣者必须首先坐船抵达吉达港，再从那里换乘驴和骆驼，甚至徒步穿越山地，最后才能抵达禁寺。这首先排除了大部分年老体弱者和妇女参与朝觐活动的可能。而即使是青年男子，由于其需要为穿越大洋、高山和荒漠的旅程预备足够的盘费，还要考虑应对海难、传染病等突发意外，实际上需要额外筹措一笔相当不菲的预算来支持这次旅行，并非人人都能承担。一个耐人寻味的数字是：即使是到了远洋航运和陆上铁路运输手段已经相对完备的 20 世纪 30 年代，每年前往麦加朝觐的穆斯林人数也从未突破 5 万人，并且其中的半数以上是来自英国和荷兰控制区的较富裕人士。那些居住在东南亚岛屿和非洲大漠中的贫困穆斯林，即使已经穷半世之力凑齐了长途跋涉所需的盘缠，往往也会因健康和气象原因无法实际成行。这使得亲赴麦加变成了一种令人艳羡的特权——不是因为其神圣，而是因为其昂贵。

沙特阿拉伯政府对这种情形了然于心。自 1924 年伊赫万骑兵攻陷圣城以来，以保护者兼门票收费员的身份向朝圣穆斯林收取"朝觐税"（亦称"皇家特许使用费"）就变成了该国政府最可靠的财政岁入；在东部的巨大油田发现之前，这甚至是利雅得当局最大的一笔常项收入。而为了使停留在麦加的朝觐者贡献尽可能多的消费支出，沙特王室毫不犹豫地向欧美旅游业取经。1953 年 7 月，哈佛大学商学院的年轻穆斯林学生阿卜杜勒·贾法尔·谢赫乘坐飞机前往吉达和麦加的经历被刊登在美国《国家地理》杂志上，包机朝觐遂成为欧美富裕穆斯林阶层的首选。1964 年费萨尔国王登基之后，圣寺的整体规模被一下子扩建了 6 倍，宣礼塔的数量增加到 7 座，以容纳朝觐者数量的上升；禁寺广场周边的闲置空间也渐渐被高级酒店所充塞，身着整洁西服、一口流利英语的前台接待员取代了随地搭设的宿营帐篷。到 70 年代中期，年度朝觐者的规模第一次逼近了百万人大关，基于财富多寡的地位等级秩序也正式成型。麦加变成了沙漠中的拉斯维加斯，形象至为复杂。

现实政治的阴影，也不可避免地浸染到这里。1979 年 11 月 20 日，自称"新伊赫万"和救世主马赫迪降临的宗教狂热分子乌塔比（Juhayman al-Otaybi）率领 400 多名同党携枪械潜入禁寺，挟持 1000 多名朝圣者作为人质，与超过 1 万名沙特国民警卫队发生对峙。叛乱者在广播中对沙特王室的奢靡生活、亲西方立场以及他们对石油财富的控制进行了严厉的声讨，要求效仿刚刚爆发革命的伊朗，切断对欧美的石油出口，驱逐一切外国人，剥夺沙特王室的统治权并对他们进行公开审判。对峙和零星交火进行了整整两个星期，到 12 月 4 日，叛乱分子终于在不间断的催泪弹攻击和巴基斯坦突击队员的强攻之下宣布投降。沙特政府承认在行动中共死伤 588 名武装人员，另有 12 名朝觐者遇难；叛乱者有 117 人被当场击毙，63 人遭到逮捕处决。

1987 年 7 月 31 日，一群来自伊朗的什叶派朝觐者在麦加举行反对美国和以色列的示威游行，并成群结队地涌向禁寺广场。维持秩序的沙特国民警卫队对空鸣枪示威，随后双方爆发了正面冲突和规模惊人的踩踏事件，最终造成 402 人当场死亡，649 人不同程度地受伤，大部分是伊朗人。这一事件连同 1979 年的流血冲突一道，带来了意义深远的政治影响：一方面，作为逊尼派阵营巨头之一的沙特和什叶派领袖伊朗之间的关系急剧恶化，双方相互扶植代理人、在整个中东进行影响力竞争的局面一直延续到了 30 多年后的今天；另一方面，沙特政府逐渐意识到原教旨主义宗教势力在国内的存在最终将会危及现有政体的稳定。为了因势利导、降低治理成本，他们开始考虑以邻为壑、"祸水外流"，通过将激进分子送往阿富汗参加对苏联的"圣战"，来避免其危害本国。年轻的奥萨马·本·拉登便在这些激进人士之列，他最终在阿富汗和巴基斯坦交界外打造了一个"野蛮生长"的恐怖主义网络，彻底改变了 21 世纪初的世界，也使沙特政府处在了受质疑的地位。

今天的麦加是一座复杂的城市。仪式感十足的宗教活动依然是整座城市日常生活的唯一重心，继续膨胀的朝觐者规模也在印证它的影响力，但和萌芽时代伊斯兰教所倡导的那种平等、互助理想相比，一切都彻底不同了。萨达尔叹息道："虽然表面上经历着日新月异的变化，但麦加吸收的仅仅是现代世界中的消费主义，却没有融入多元文化、多元宗教、学术自由、知识成就和艺术创新。它并不能起到跨越国家隔阂的桥梁作用。"类似的疑惑，或许也是穆罕默德·本·萨勒曼王储发起他那场"愿景 2030"改革的动力。但在 2018 年这个初春，"穆塔瓦"依然在禁寺周围来来回回，肤色和财富依然是麦加人最重要的日常价值尺度。

王国里的王国

从空中俯瞰下去，沙特阿美（Saudi Aramco）在阿拉伯半岛东部的势力范围犹如一个封闭的国中之国：这既是指其管理形态，也是空间上的直接呈现。以总面积高达 8400 平方公里的世界第一大传统油田加瓦尔油田（Ghawar Field）为中心，在东部省中段的沙漠腹地出现了一块由国民警卫队和铁丝网严密守护、外人不得擅闯的神秘禁区。从哈萨绿洲的北部边缘到波斯湾西岸的达曼（Dammam）港，人类历史上规模最大的天然财富构建起了属于自己的世界：油井、大型炼油厂、全国最大的水泥公司以及 5 条半岛长途输油管线的起点皆分布于其中，连同为超过 5 万名员工准备的生活区、学校区、周边市镇和体量巨大的办公楼。当我试探性地离开公路主干道、试图靠近一处炼油厂所在的村镇时，鸣着警笛的巡逻车已经现身，不失礼貌地要求我折返。

与利雅得那些外形前卫的摩天大楼相比，沙特阿美的独立王国最突出的特征在于：它拥有一些在这个国家属于例外的特权。在加瓦尔油田的核心区周边，有专为阿美公司服务的国民警卫队航空基地、装甲兵营房和地空导弹阵地。在全国其他地方还处在被禁边缘或者刚刚开放的电影院、音乐厅以及高度欧美化的娱乐设施，早在 20 世纪 80 年代就在这里建立起来，作为隐蔽的福利提供给内部员工。更令人好奇的是它的财富生成和分配方式——迄今为止，除去数量有限的新闻照片外，沙特阿美，特别是加瓦尔油田深处开采设施的详情依然是外界无从得知的商业机密。在阿美公司总部所在地达兰（Dhahran）城，一切外部车辆都只能通过两座大门进出，并且需要有至少一名公司雇员作为担保、提供工作证件作为存档，才能允许外部车辆进入生活和娱乐区。而沙特王室每年要从公司的巨额收入中抽取多少比例用于个人消费，则更是绝密中的绝密。

原中国驻沙特王国大使、中东问题特使吴思科回忆说："2000 年我刚到沙特当大使的时候，到很多地方走了走，很疑惑怎么没看到地面上有开采石油的设备。后来人家告诉我，沙特的油田都是自喷的，不需要地面上的设备。这里不喷了，那就封了这口油井再换个地方。因此沙特石油的开采成本很低。"除去这种优良的地质条件外，"阿美"这个名称本身也反映了足够丰富的背景信息——1933 年最初成立之时，它的全称叫作"阿拉伯 - 美国石油公司"，美国专家和美国资本在其中起着主导性作用。尽管历经"二战"之后的反复变化，欧美资本在 1980 年已经彻底退出阿美公司，但通过1945年与美国总统罗斯福达成的"情人节协议"，利雅得当局将自己的政治前途也和全球头号强国挂上了钩。1994年之前，阿美公司总部所在地达兰曾长期充当美国空军在波斯湾沿岸最重要的前进基地，第一次海湾战争期间多国部队最严重的人员伤亡（伊拉克"飞毛腿"导弹命中该基地食堂）也发生于此。是故国际能源界至今仍坚持使用"沙特阿美"这个历久弥新的名字，尽管沙特政府曾反复强调整个公司已经在1988年11月重组并更名为"沙特阿拉伯石油公司"。

1973年禁运危机之前，沙特阿美乃至整个沙特王国对石油财富的记忆大体上是光明的。加瓦尔油田的发现将伊本·沙特的政府从财政破产边缘拯救了回来，并创造出比朝觐经济更加稳定和可靠的收入来源。由于沙特能源业系在1929年全球大萧条之后才进入扩张期，而且接踵而来的世界大战和美国汽车业繁荣直接带来了需求的稳步攀升，到20世纪60年代为止，沙特的石油勘探-开采业与整个国家的国民经济始终处在同步增长的状态。沙特父子不仅有余力修建富丽堂皇的宫殿，也在委托本·拉登集团为全国铺设新的高速公路、建造城市新居民区和海水淡化设施。矛盾仅仅存在于阿美公司的外国股东和政府关于收入的分成比例上。

禁运的决定改变了一切。一方面，受定价权谈判和供给显著缩水的影响，全球原油价格经历了长达6年的井喷式上涨，使以沙特为首的波斯湾沿岸各国的出口收入一举增加了近7倍；另一方面，热衷于赚取"快钱"的伊拉克、利比亚等国政府逐渐和石油输出国组织（OPEC）的实际操盘手、沙特石油大臣亚马尼产生了冲突。坐拥全球探明储量最大、开采成本最低的加瓦尔油田，亚马尼更倾向于控制OPEC国家的原油总产量，使价格上涨的幅度与欧美国家的平均通胀率大致相当。如此一来，大多数国家将继续维持现有的能源消费结构，不会迅速推进以新能源取代化石燃料的变革，产油国的长期收入增长自可获得妥善确保。在伊拉克等国不服从OPEC产量分配计划、无限制增产的情况下，亚马尼一度选择降低沙特本国的产量，以维持共计总量的平衡。但在新登基的法赫德国王的施压之下，沙特阿美最终也选择增产，使全球能源市场的供给侧出现了近乎无政府状态的增产竞赛。至1986年，泡沫终于破裂：全球油价在半年内暴跌49.5%，市场重新洗牌。

仿佛命中注定：从20世纪70年代中后期的油价"牛市"到1986年大崩溃之间发生的一切，在20多年后再度重演。由于法赫德国王在20世纪80年代初制定了极为宽松的税收政策（个人所得税低至1%，关税5%），沙特政府除去占GDP近四成的能源收入以外几乎没有其他财源，电力、通信、交通等垄断行业效率极为低下。在城市化程度急速飙升（1970~2003年沙特的城市人口比例由25%激增到了85%）的背景下，政府被迫举借各种内外债务以应付公共开支，最多时竟占到GDP总量的60%以上。1999年，受东南亚和俄罗斯经济危机拖累，全球油价再度跌至谷底，沙特阿拉伯经济增长率则已滑落至零点。主政的阿卜杜拉王储不得不宣布部分向美国资本开放电信、航空和金融业，并将总额超过3500亿美元的公募和私募资金投放到美国市场，以换取华盛顿的经济承诺：在伊朗和伊拉克遭受长期封锁的背景下，继续以沙特作为美国本土原油消费的第一供应商。

所幸忍辱负重的举措只维持了两年。2001年，"9·11"事件爆发，国际油价止跌回升。从2003年初到2008年7月，全球油价经历了超过60个月的持续增长，一度飙升至每桶147美元的历史峰值。随后经过一年多的金融危机冲击，油价自2009年起再度进入上升区间，并于2011年1月"阿拉伯之春"爆发后又一次登顶历史新高。沙特国家财政不仅得以破天荒地实现零赤字，经济增长率更是一度达到了空前的7.2%。

但伊本·沙特的子孙们并未表现得比20多年前更加高明。财政警报解除之后，巨额石油红利重新被漫不经心地分配到了各个公共事业和社会福利部门，形形色色的基础建设项目皆以高油价作为预设前提，似乎从来没有人想到油价有一天会重回谷底。按照传统做法，所有超过1亿沙特里亚尔（约合2670万美元）的投资项目都需要由国王亲自批准，但在2010~2014年那些疯狂的日子里，这项限制被一路放宽到了2亿、3亿甚至5亿沙特里亚尔，最后干脆彻底取消了审批手续。本土劳动人口的23%受雇于效率低下的国企，福利远远高于外籍劳工，创造的经济价值却少得可怜。耗资100亿美元的阿卜杜拉国王金融实验区在2006年投入运营，但在12年后的今天依然有大量闲置单位尚未租出：除去石油外，沙特阿拉伯对海外资本没有任何吸引力。

2016年4月,穆罕默德·本·萨勒曼王储罕见地对美国媒体承认:2010~2014年,沙特政府平均每年的"无效开支"高达800亿美元,占到预算额度的25%以上。王储的首席经济顾问、毕业于哈佛大学的穆罕默德·阿尔-谢赫亲口承认,由于全球油价在2014年夏天之后重回"熊市",沙特仅在2015年一年就损失了超过1200亿美元的外汇储备。如果继续维持现有的开支水平不做调整,国家财政可能在22个月内宣告破产。

王储和阿尔-谢赫最终抛出了他们的应对方案,那就是2016年4月底公布的"愿景2030"规划,目标是在2030年之前,使制造业、旅游业、金融等非能源部门创造的收入达到与原油、天然气出口相当的水平。然而为了获得启动改革所需的初始资本,王储不得不再度求助于石油:从2016年起,沙特政府即反复宣称将把阿美公司不超过5%的股权(不包含采油部门)包装公开上市,募集的资金以及对其他行业进行私有化的所得将组成一支总额2万亿美元以上的主权财富基金,在境外进行多元化的资产配置,以在能源收入之外每年为利雅得多创造1000亿美元的收入。然而时间已经过去了整整两年,在全球油价依旧低于每桶60美元的背景下,资本市场的谨慎态度使得阿美的IPO计划至今尚未付诸落实,沙特政府对阿美公司的估值预期与外界的评估相差更是达到了3~5倍。石油以一种反向的方式显示了它的力量:任何强人都无法轻易驾驭它。

墙内墙外

站在夜幕下的利雅得街头,任何人都不免感慨自己身处的竟是一个如此奇幻的国家。那些灯火辉煌的巨型单体建筑具有22世纪式的奇幻外观,但有效利用率极低的设计和巨大的空间浪费似乎又显示它们的主要用途只是炫耀。许多私家庄园一般的豪华宫殿,只有走近打量才会发现竟是一座大学,然而学生的数量又相当稀少,并且完全没有兴趣谈论和时局、社会有关的话题。每逢周末休息日,中老年人依旧遵循着传统的生活习俗,闭门在家;游乐场和公园则只对结伴出行的年轻夫妇和兄弟姐妹们开放。在这里,不存在"我",只有"我们"——你必须首先从属于某个集体,某个家族,某个大型企业,或者某所相对固定的清真寺。从尊贵的萨勒曼国王父子到普通的升斗小民，都必须依靠某种群体建立起一堵"保护墙"，随后才谈得上生活。

然而这道由特定群体构成的"墙"，又使整个国家缺乏一种真正意义上的全民性公共生活：这和我在伊拉克、叙利亚等动荡中东国家的所见所感毫无二致。事实上，沙特王国和在"阿拉伯之春"中发生剧烈动荡的那些国家一样，都没能避免青年人口爆炸的压力：从1994年到2002年，全国总人口由700万急剧增加到1700万，随后在12年里又翻了将近一番（包含移民和外籍常住人员），达到3000万以上的规模，并以每年超过1.5%的速度继续增长。截止到2018年，有40%的沙特人年龄在15周岁以下，常住人口的五成是30周岁以下的青年男性，全国男子失业率即使按官方统计也超过12%（美国媒体给出的估计数是40%）。就业已经临近饱和的国有企业无法吸纳如此之多的剩余劳动力，私营企业则宁可雇用来自南亚和东南亚的外籍劳工：后者不仅在工资和福利待遇上逊于本国人，而且普遍比常年研习伊斯兰教法的沙特青年具备更强的专业技能。

在安置有穆罕默德陵寝的麦地那先知清真寺（Al-Masjid an-Nabawi），我静静观察着几位十多岁年纪、正在学习宗教典籍的本地少年。他们的谈吐举止依然流露着稚气，眼神认真而温驯。经过少年时代一以贯之的经法学习，他们会有机会进入少数几所精英大学的教法系，享受丰厚的国家津贴，最终在"穆塔瓦"或者乌里玛阶层中找到一份近乎终身的职业。然而这条路也意味着他们将永久性地和前沿科技、创造性产业以及外部世界绝缘：虽然对民众评判一项新发明、一种新现象正当与否恰恰是他们未来需要经常面对的场合。王储的改革计划试图引导这些年轻人走进真正意义上的现代大学，用他们的学术和科研天分造福国家的未来；他也希望赤贫的底层沙特人能放弃他们对体力劳动的鄙夷态度，从可能离去的南亚劳工手里接过建筑安全帽、咖啡壶和烤肉架。但这项工程的难度，绝不低于将近一个世纪前伊本·沙特国王在沙漠中创造出一个新国家。

2018年春天的全球能源市场依旧未能恢复到4年前崩盘时的状态，油价在每桶50～60美元的区间徘徊不前。应当看到：2003年以后长达十余年的油价"牛市"，除去供给侧波动的刺激外，根本原因在于亚洲国家经济崛起带来的需求增长。

但在2014年以后，亚洲各国经济先后进入结构调整期，短期内难于产生巨大需求；而美元恰好在此际启动新一轮升值周期，推动了海外游资向美国本土回流，进一步加大了沙特经济复兴的难度。在俄罗斯原油出口和美国页岩油产量双双出现增长的情况下，沙特的处境变得前所未有的微妙。与此同时，它还在进行那场完全消耗性的也门干涉战争，并继续在叙利亚与黎巴嫩、伊朗做全面对抗。

穆罕默德·本·萨勒曼王储的时间不多了。从2017年春天开始，他频频以王位继任者的身份去往世界各地，与美国、俄罗斯、中国、日本、英国政府领导人以及政商精英做目的各异的会谈，希望自己的改革计划能获得全球政治、经济和金融资源的襄助。但他可以依靠的本土精英着实有限：资产规模7920亿美元的阿布扎比投资局（ADIA）拥有1700名专门雇员，而利雅得当局用于管理近2000亿美元规模的沙特公共投资基金（PIF）的专业人士只有130人，这还是在2016年一次性招募了近70名基金经理的结果。王储和他的左右手们依然在用原始的跟进即时热点、为资深投资银行家举办晚宴以及向各国政府部门征求意见等粗糙的办法寻找投资项目。与此同时，为了填补资金缺口，他还不得不将王室家族内部的矛盾公之于众，通过拘捕有资产外逃和贪腐嫌疑的30余名达官显贵、要求其放弃名下的部分资产来缓解改革可能带来的预算压力。

不仅如此，也门内战的持续扩大，正在使沙特自第一次海湾战争以来又一度暴露在遭受弹道导弹频繁袭击的危险之下。在两国交界的奈季兰、吉赞、阿西尔三省，得到伊朗支持的也门胡塞武装多次发射"飞毛腿"和OTR-21"原点"B型短程导弹攻击沙特军队的阵地和营房，其中2015年9月的一次成功袭击造成至少60人阵亡。2017年胡塞方面获得射程更远的"起义"和"火山"系列导弹后，更是将沙特首都利雅得、延布的炼油厂、塔伊夫的法赫德国王空军基地甚至阿布扎比纳入了攻击范围。2017年11月4日，胡塞武装发射的一枚"起义"-1型导弹在进入沙特领空约800公里后，于命中其最终目标哈利德国王机场之前，被沙特皇家防空军的"爱国者"导弹击落。《纽约时报》发起的一项独立研究认为，"爱国者"仅仅拦截了"起义"分离之后的推进段，弹头最终成功击中了机场附近的空旷地面，只是因威力有限而未造成伤亡。12月19日，另一枚来自胡塞武装的"火山"2H型导弹又飞向了正在召开高级军事会议的沙特国防部大楼，但未能击中目标。在那之后，沙特防空军紧急强化了对机场、油田设施和大型公共建筑的保卫措施。而据沙特国防部2017年4月公布的数字，在战事开始的前27个月里，"爱国者"已经完成了超过100次针对弹道导弹的拦截任务。

然而时间毕竟已经重新开始。即使是在导弹袭击的阴影下，改革造成的积极影响也已经在年轻一代中生根。离开利雅得之前的那个晚上，我在一家酒店的天台上看到了沙特之行期间最动人的画面之一：数百名年轻的男男女女身着得体的西式正装，热情洋溢地参加一场以"联谊"为名的晚餐会。在烛光和音乐的映衬下，他们热情地交谈，用咖啡和汽水碰杯，从中寻觅着自己潜在的未来伴侣。而在他们父母的青春时代，通过中间人介绍结成的婚姻双方，甚至只有待婚礼结束之后才能见到对方的真实容貌。在他们之中，将会第一次孕育出沙特社会关于"我"之主体性的认识，并和石油财富一样最终改变这个传统却又年轻的国家。

感谢穆光继、赵灵敏、周小康为本文提供的帮助和建议

终结"九龙夺嫡"：穆罕默德王储的崛起

刘怡

"那家伙"，约旦留学生 K 用右手比成手枪的姿势，朝墙上的画像比画了一下，"可真能折腾啊！"

不必仔细看我也能猜到，墙上挂着的是在 2017 年 6 月 21 日被最终确立为沙特王位第一顺位继承人的穆罕默德·本·萨勒曼（Mohammad bin Salman）王储的画像。在过去的两年里，他是这个石油王国最出风头的人物，也是极少数能以只言片语直接影响到普通人生活的人。就在几分钟前，K 还在向我抱怨他刚刚听到的一则流言：从 2018 年 9 月开始，除去已经确认发放的奖学金外，大学生得到王室随机发放的朝觐、斋月等特殊节令津贴和国王巡视宣慰金的机会将要大大减少，而这都要归因于穆罕默德王储发起的削减政府开支的运动。2016 年初，沙特政府宣布下调对成品油、民用电和淡水的长期政府补贴，导致一些城市的生活用水价格在两个月内上涨了 10 倍。成千上万的沙特人登录到"推特"，用抗议和漫画表达他们对那位"85 后"王储的不满。

但也有人赞赏穆罕默德的果敢姿态和行动力。2017 年 11 月 4 日，包括 11 位王室成员和近 30 位前政府要人、富商巨贾在内的政商精英在王储策划的反腐败行动中被捕。对这些昔日权贵的抓捕全程有新闻记者跟随，国家电视台的摄像机拍下了身陷囹圄的亲王和大臣们呆坐在利雅得丽思-卡尔顿酒店的大堂里，面色铁青、一言不发的镜头。此举随即赢得了电视和电脑之前的平民阶层的欢迎：尽管生活补贴在减少，但王储正试图以更开放的改革措施吸引年轻人和自己站到同一阵营。这些措施包括允许开设电影院和音乐厅、解除女性驾驶禁令、限制宗教警察"穆塔瓦"的权力、为创办小型科技企业提供注册便利以及开设面向本地青年的职业培训课程,对腰缠万贯的王室巨头们的清查则是其最新步骤。和王储打过交道的美国参议员林赛·格拉汉姆不禁盛赞:"亲王显然懂得,在沙特阿拉伯这样一个国家里,让多数人得到更多的时候已经来临了。"

考虑到目前在位的萨勒曼国王已是82岁高龄,无论穆罕默德究竟会在哪一年正式继位,他都将成为沙特王国历史上登基年龄最小的一位君主。在此之前,这一纪录属于第二代国王沙特·本·阿卜杜勒·阿齐兹,他在1953年继位时年已51岁。而从这位第二代沙特国王开始,整整五代君主都有一个共性:他们全都是开国之君伊本·沙特的儿子,彼此互为兄弟。考虑到伊本·沙特早在1953年就已病逝,他的子女中年纪最小者如今也已经年过古稀,最近几位沙特君主常常会给人一种形象老迈、体弱多病的感觉。但出生于1985年、身强体健的穆罕默德·本·萨勒曼显然不会给人这样的印象,外界对他的评价更多会像K所说的那句"能折腾"。而最微妙之处在于,穆罕默德将是自伊本·沙特以来,第一次出现有第三代男性成员继承王位的局面。由来已久的"九龙夺嫡"乱象,在他这里将得到彻底终结。尽管宫廷斗争的阴影,至今还未从利雅得上空驱散。

奇特的王储制

原中国驻沙特王国大使、中东问题特使吴思科将沙特王位继承问题的混乱归因于阿拉伯半岛由来已久的家族政治传统:"部落时代留下的一些传统,至今仍会影响沙特王室的日常生活方式和社交。比如国王要定期和普通老百姓直接会面,又比如选择继承人。因为继承人的能力会影响到整个王室家族的命运,不能由国王一个人说了算,所以通常会由一个容纳了诸多资深成员的王室委员会来决定一位亲王是否适合被立为王储,不行的话还可以更换。至于那些没当上国王的亲王,他们的地位依然是有保证的,而且会在经济方面得到补偿,这就保证了王室内部的稳定。当然,考虑到亲王们的母系血统存在差异,还会有一些额外的平衡。"

一代英主伊本·沙特一生都为自己的魁梧身材(身高超过1.95米)和强健体魄

而自豪；作为这种自豪感的注脚，他和22位不同的妻子生下了45个儿子，其中有36位活到成年以后，选择何人入继大统遂成为一大难题。在奥斯曼帝国晚期，这个问题并不难解决：掌握大权的禁卫军将领会选择自己心仪的亲王继承苏丹之位，并将落选者逐一杀害。但对看重家族利益胜过个人的伊本·沙特来说，他更关心未来的君主能否在乱世之中确保整个王国乃至统治家族的安稳。于是便有了"生前建储"制度：在位的君主在年富力强之时，便会征求由10余位家族长辈组成的王室委员会的意见，提前确定王位的第一、第二顺位继承人，必要时还可调整。

在今天的沙特阿拉伯，拥有"亲王"头衔的男性贵族总数被认为超过3000人；但倘若细分其血统，其中绝大多数仅是王室远亲，是沙特家族在20世纪之前的男性成员的后裔，与伊本·沙特及其贵胄子孙关系相当疏远。而伊本·沙特的36个儿子及其男性后代，目前有200余人在世，其中真正具有显著政治能量者总数不会超过30人。而在这些亲王中，又以"苏德里七兄弟"（Sudairi Seven）最广为人知——内志地区最著名的贝都因部落苏德里家族的一位女性成员胡萨·宾特·艾哈迈德在1913年与伊本·沙特结婚，随后陆续诞下了7个儿子。这7名亲王在日后的继承权之争中有两人成为国王，两人以王储的身份病逝，可谓尊贵已极。

在1953年病逝前夕，伊本·沙特曾经留下过关于"兄终弟及"的暗示，希望沙特王位能在自己的众多儿子之间做长期传承。但仅仅过了10多年，变数就已经出现：伊本·沙特的长子沙特·本·阿卜杜勒·阿齐兹在继位之后治国无方，并且图谋效仿欧洲王室，将最高权力传给自己的儿子。他的同父异母兄弟、实际主政的费萨尔王储对此大感不满，于1964年联合"苏德里七兄弟"控制的王室委员会废黜了哥哥，自己宣布登基。但这位才干卓越的费萨尔在1975年意外地被一名精神错乱的侄子刺杀，将王位留给了伊本·沙特的第五个儿子哈利德。待他在1982年病逝后，继承权逐步转入"苏德里七兄弟"及其盟友之手。七兄弟中的法赫德从1982年起在位长达23年，2015年登基的现任国王萨勒曼则是七兄弟中的老六。在他们之间，不属于苏德里世系的阿卜杜拉国王因为头脑精明，并且获得苏德里世系中年轻成员的信赖，自2005年起稳定执政了10年。

每位沙特国王登基之初，通常都会任命新产生的王储兼任副首相、国防大臣等重要职务，以为其将来上台执政积累经验。出于王室内部的平衡，已故国王如费萨尔和阿卜杜拉的子嗣也会被安排到关键职位上，甚至不允许其擅自辞职。随着伊本·沙特的儿子辈成员日益老迈，这种安排带来了严重的效率问题和不稳定隐患：从哈利德开始，多位沙特国王在正式即位后不久就开始出现中风、心脏病、糖尿病等健康问题，无法长期有效执政；各种势力乘机谋求攫取政府实权，宫斗之声不绝于耳。因此待同样身体不佳的萨勒曼国王在2015年登基之后，最终决定改弦更张，变兄终弟及为父死子继。年轻的穆罕默德遂得以成功上位。

"抽干沼泽"

在2017年11月4日的24个小时里，沙特阿拉伯王国发生了如下震荡：11位亲王和大批退休政府高官在新王储发动的反腐败运动中被捕，其余王室成员也被暂时禁止出境，超过1200个公私账户被冻结。也门胡塞武装向利雅得国际机场发射的一枚"火山"H2型弹道导弹在飞入沙特领空800公里后，被防空军的"爱国者"导弹击落，王储随后谴责向胡塞武装提供弹道导弹的伊朗政府正在发动"赤裸裸的军事入侵"。正在沙特访问的黎巴嫩总理萨阿德·哈里里突然宣布，因为存在被暗杀的风险，他将立即辞职（回国后又宣布撤回这一声明）。这位总理与沙特王室关系素来密切，但在2016年年底重新上台后不得不对占据议会多数席位的什叶派势力（亲伊朗）采取妥协态度。有黎巴嫩政治评论员揶揄说，哈里里毫无自主权，形同利雅得的人质。

毫无疑问，在反腐运动中栽倒的亲王们的名姓，是国外观察家和新闻媒体最为关注的。最醒目的名字无疑是伊本·沙特之孙、身家近190亿美元的"中东巴菲特"瓦利德·本·塔拉勒（Al-Waleed bin Talal）亲王。他是上市公司王国控股（KHC）的董事会主席兼CEO，在2018年出炉的福布斯全球富豪榜上排名第45位。瓦利德被捕的消息传出后，王国控股的股价发生暴跌，公司市值在48小时内缩水约13亿美元。第二位显赫人士则是已故国王阿卜杜拉之子、国民卫队大臣和前司令米塔布·本·阿卜杜拉（Mutaib bin Abdullah），他的军旅生涯超过30年，自2010年起就控制着拥有10万人的"禁军"国民卫队，是全体王室成员安保工作的最高负责人。

此外还有米塔布之弟、前利雅得省省长图尔基·本·阿卜杜拉,他曾在空军任职多年;前空军副司令、气象与环境署主管图尔基·本·纳赛尔,他曾多次卷入与英国企业之间的军火采购舞弊和受贿案;前副国防大臣和海军司令法赫德·本·阿卜杜拉,他在21世纪初曾是全国海洋事务的最高负责人;前国务大臣和内阁办公厅主任阿卜杜勒·阿齐兹·本·法赫德,他也是声名在外的国际地产商和媒体经营者,并与突然宣布辞职的黎巴嫩总理小哈里里有着密切的商业往来。除以上六人外,被捕名单中还包括经济与计划大臣法凯赫、中东广播公司总裁易卜拉欣、沙特广播与电视网控制人萨拉赫·卡迈勒以及前沙特海军司令苏尔坦。他们被控以贪污、受贿、渎职等多项罪名,暂时软禁在利雅得丽思-卡尔顿饭店,几个星期后才被陆续释放。

  毋庸置疑,这首先依然是一场以巩固权力为出发点的"大扫除"行动。尽管将穆罕默德立为王储的决定并未收获公开的反对之声,但在过去数十年里分散于王室不同支系,尤其是先后被废黜的穆克林、纳伊夫两位前王储及其家族成员手中的政治和经济资源,依然会成为这种"有悖祖制"的操作的显著威胁。萨勒曼国王同父异母的哥哥"红色亲王"塔拉勒(他正是此次被捕的瓦利德亲王之父)就公开批评称,萨勒曼传位给儿子的计划打破了王室内部由来已久的政治平衡,王室委员会应当集体推翻这一决议。控制国民卫队、在军中广有人脉的米塔布亲王,更是使年轻气盛的新王储随时处在被政变或"兵谏"赶下台的阴影之下。

  有鉴于此,萨勒曼父子采取了两手准备以应对潜在的风险。首先,自2015年春成为副王储(两年后"转正")以来,穆罕默德便频频陪伴父亲出访中、美、俄、日各国,在国际媒体面前高调亮相,并主导了OPEC的几轮限产谈判。两任美国总统奥巴马和特朗普都对这位年轻王储夸奖有加,并公开做出了"希望沙特阿拉伯长期保持稳定"的表态,显然是对既成事实的承认。在2017年初,王储亲自前往美国,为特朗普上任后的中东之行部署前期安排,并和美国军工联合体(MIC)中的要角做深度接触,最终签署了总值1100亿美元的武器装备和后续服务进口协议,个中不无"投名状"的成分。其次,尽管王储的政治资历尚浅,但他从2010年起便作为父亲的主要顾问和助手介入国内事务,对利雅得省、国防部、石油部、经济与规划部以及国内改革的相关业务领域多有涉猎,也因此与建制派势力频繁产生摩擦。2016 年 5 月，他就曾在毫无先兆的情况下解雇了过去 30 年间实际执掌沙特能源政策的石油大臣纳伊米，在坊间引发轩然大波。

然而事实证明，穆罕默德王储的赌博成功了。在纳伊米黯然出局之后，沙特开始和 OPEC 成员国以及俄罗斯、委内瑞拉一起，厉行严格的限产政策，在两年内削减了接近三成的原油出口量，国际油价因此得以回升到每桶 56 美元以上，大大缓解了外汇储备急剧缩水的沙特的财政窘境。现在，王储又开始通过推动反腐行动和插手巨型国企，进一步推动他那踌躇满志的"愿景 2030"规划的实施。如同特朗普在 2016 年大选期间的口号"抽干沼泽"，利雅得核心权力圈中可能威胁到穆罕默德地位的沼泽已被抽干，他的地位获得了保障。

前途未卜的冒险

回想起来，世事发展的许多轨迹早在一开始就显现出了端倪。自从 2015 年 4 月 29 日被确定为沙特王位第二顺位继承人以来，穆罕默德亲王在出镜率和影响力上远远超过了他的堂兄、当时的正牌王储穆罕默德·本·纳伊夫。无论是发动干涉也门的"关键风暴"作战，还是大张旗鼓地推出"愿景 2030"，又或是登上《彭博商业周刊》封面，公开赞成对伊朗采取强硬姿态……这一切的一切，都在塑造一位个性鲜明的改革强人形象，从而为顺理成章地接班其父萨勒曼国王做好了铺垫。相比之下，中庸低调、长期掌管内政部的穆罕默德·本·纳伊夫亲王虽然有"反恐先锋"的美名，但从一开始起就存在先天不足：他的父亲老纳伊夫·本·阿卜杜勒·阿齐兹亲王一度有望继承其兄阿卜杜拉的王位，却在 2012 年死于心脏病，将继承权拱手让给了现任国王萨勒曼。而 82 岁高龄的萨勒曼在继承人问题上显然更偏爱自己的八儿子小穆罕默德。夺嫡之争尘埃落定之后，纳伊夫父子也不幸成了沙特历史上唯一一对曾先后被立为王储、最终却未能如愿接班的龙子龙孙。

33 岁的穆罕默德王储素来是欧美媒体青睐的那种"新人类"。他推崇乔布斯、扎克伯格和比尔·盖茨，曾公开宣称"我可以创造像苹果公司那样的传奇，而未必要去当国王的雇员"。尤其令人印象深刻的是，他试图对沙特王室和国家机器之间不分彼此的关系做一种有限度的剥离：这在该国历史上称得上石破天惊之举。

长期以来，沙特亲王这一群体都以一掷千金和奢侈闻名于世，但这对该国的国民经济本身并无帮助——亲王们的消费目的地并不在缺少丰富娱乐设施的利雅得，而是在美国、西欧和其他海湾国家。他们按照秘而不宣的王室财富分配规则从国家的石油收入中抽成，随后在纽约、巴黎、伦敦购买豪宅和五星级酒店，既不向本国纳税，对未来的经济改革也毫无贡献。而长期被图尔基·本·阿卜杜拉、图尔基·本·纳赛尔以及苏尔坦海军上将把持的军火采购业，尽管屡屡签下数百亿美元的大单，却连起码的保障维护和弹药补给都无法完成。几位亲王本人更是从订单中索贿、贪污甚多。即使是在2014年全球油价逐渐陷入"熊市"、沙特国家财政出现上千亿美元的赤字的情况下，亲王们的奢侈生活也不曾稍有收敛。当年夏天，阿卜杜勒·阿齐兹亲王在巴黎街头遭遇武装匪徒抢劫，仅现金就丢失33.5万美元，引发舆论骚动，而沙特本国国民却在经历补贴削减。

正是在此背景下，穆罕默德王储对他的堂兄弟和叔叔们痛下杀手，吸引了全球舆论的关注。这位王储现在具备了沙特历史上少有的不容置疑的权威，去推行他的经济和政治改革计划；并且从他的年龄看，这一趋势或许会持续很久。但不确定性依然笼罩在这个"土豪"王国上空——射向利雅得的弹道导弹，正是对王储竭力推行的地区内干涉政策的反应。由于极度忌惮伊朗领导的什叶派阵营在最近10年的影响力上升，王储力主介入也门内战，并配合美国的中东政策，对德黑兰实施全面对抗。随之带来的安全和财政压力，也需由沙特独立承受。尽管在2018年初，沙特开始通过和以色列的接近来扩大对抗德黑兰的同盟，但2017年爆出的卡塔尔断交风波仍显示：沙特王室长期奉行的以邻为壑、转移风险的政策，在当今中东世界里的效能正在衰减。

同样值得担忧的还有雄心勃勃的"愿景2030年"规划。被寄予厚望的沙特阿美IPO计划，由于国际资本市场的极度不看好，已经被推迟到了2019年。而无论是王储还是他年迈的父亲萨勒曼，都承担不起改革失败的代价。距离重构中东政治秩序的第一次世界大战结束马上就要满100年，依然由沙特和哈希姆这两个古老家族统治的地区大国已经只剩下沙特王国和约旦。百年孤独之后，阿拉伯半岛正在迈向前途更未知的未来。

"被消失"的卡舒吉：一桩事后张扬的凶杀案

刘怡

"丽思－卡尔顿循环"

2012年，总部设在伦敦的世界旅游交易会（WTM）宣布将当年的全球酒店业工程与设计大奖颁发给沙特阿拉伯新落成的利雅得丽思-卡尔顿酒店。在颁奖词中，大会代表盛赞这家占地52英亩的五星级酒店"兼有华丽园林之美、宽敞空间之便与环球美食之享"，可谓"整个沙特最适宜举办大型会议的场所"。2014年，造访利雅得的美国总统奥巴马应邀入住该酒店的皇室套房。2017年5月，有55个国家和地区政府首脑出席的利雅得峰会在丽思-卡尔顿酒店面积超过5700平方米的会议室和宴会厅举行。上任后首度出访国外的美国新总统特朗普，在这里签下了人类历史上金额最高的一笔军火交易订单，包含意向合同在内的总金额超过3500亿美元。

17个月过后，当初列席峰会的美国国务卿蒂勒森、伊拉克总统马苏姆、马来西亚总理纳吉布、巴基斯坦总理谢里夫等多位要人，有的已经黯然引退，有的则锒铛入狱。作为会议主办者的沙特阿拉伯王储穆罕默德·本·萨勒曼（以下简称MBS），则开始在丽思-卡尔顿招待一群"画风"截然不同的新朋友。2018年10月23日下午，王储带着平静的神情走进那间熟悉的会议大厅，朝来宾们挥手致意。镀金沙发座椅上一串醒目的空位显示：尽管这次名为"未来投资倡议"（Future Investment Initiative）的峰会商业属性远大于政治性，不少收到请柬的贵宾依然不愿在这个敏感时刻现身于利雅得，以免遭受舆论攻讦。但王储的兴致并未因此遭到破坏：他径直走向俄罗斯直接投资基金（RDIF）CEO、俄联邦国家杜马投资委员会副主席基里尔·季米特里耶夫（Kirill Dmitriev），与这位普京女儿的密友相谈甚欢，并向到场的记者表示："朋友越多，财富越多。"季米特里耶夫也不失时机地恭维道："沙特阿拉伯是我们的好伙伴。"历时三天的峰会结束后，沙特经济与发展事务委员会发布消息称：新达成的投资协议总额在500亿美元以上，市场对沙特依旧看好。

但穆罕默德亲王的"朋友"名单里，显然已经不包含一年前还在峰会上与他同席而坐的土耳其外长恰武什奥卢，也不包含后者的顶头上司、土耳其总统雷杰普·埃尔多安（Recep Erdogan）。10月23日，即王储在丽思-卡尔顿现身的同一天，埃尔多安在安卡拉大国民议会总部发表了慷慨激昂的演说，指责沙特政府在土耳其领土上实施了一起"有预谋的凶杀"。他言之凿凿地表示："就在卡舒吉先生第一次造访沙特驻伊斯坦布尔领事馆之后不久，部分领事馆工作人员突然起程回国。他们是在沙特制订一份'路线图'，一份行动计划，并为此做好准备。接着，一支由15名沙特人组成的行动团队分批抵达了伊斯坦布尔。他们之中有将军、高级情报人员和法医官，全都具备参与一起谋杀的某种资质或能力。卡舒吉遇害当天，这15个人统统聚集在伊斯坦布尔，他们是受谁指使？""下达谋杀指令的人需要和执行者承担相同的责任，如此方能令全球舆论满意。"

在两国之间掀起轩然大波的这桩奇案，始于2018年10月2日异见记者贾迈勒·卡舒吉进入沙特驻伊斯坦布尔使馆后的神秘失踪。尽管迄今为止仍未寻获受害者的遗体，且国际法公认的领事特权限制了当地警方进入领馆搜查的权力，土耳其政府依旧根据其情报机关提供的线索做出判断：卡舒吉已在领馆内遭到残忍的谋杀，尸体被带走抛弃，而暴行的策划者正是最近两年来在中东政治中大出风头的穆罕默德王储。沙土两国在叙利亚内战中存在的事实对抗状态，与埃尔多安急欲摆脱汇率不稳和通胀率激增的意愿相结合，使土耳其政府迫切希望借此机会将沙特置于受声讨和孤立的境地。而这一切，又因为卡舒吉的双重背景，变得越发复杂——自2017年6月起，卡舒吉已经移居美国，并成为《华尔街邮报》的专栏作家。他所遭遇的厄运,使美国主流媒体几乎一致站到了沙特政府的对立面。这无疑令丽思-卡尔顿酒店的座上宾特朗普感到相当尴尬。

而导致卡舒吉"被消失"的原因,再度和利雅得那座奇妙的丽思-卡尔顿酒店联系到了一起。2017 年 11 月 4 日,穆罕默德王储在国内发起了声势浩大的反腐败行动,包括 11 位王室成员和近 30 位前政府高官、富商巨贾在内的政商精英在摄像机镜头前被捕,随后被软禁到丽思-卡尔顿酒店内。其中最受关注的一位,便是卡舒吉长期的密友和合作者、"中东巴菲特"瓦利德·本·塔拉勒亲王。2018 年 1 月 27 日,瓦利德在缴纳了总额近 60 亿美元的罚金后获得释放,同时还公开表态支持堂弟穆罕默德王储的改革。但曾在亲王名下的阿拉伯新闻频道担任总编辑的卡舒吉却不为所动,依旧利用美国不受限制的舆论环境发出形形色色的批评之声,最终招来杀身之祸。这桩事后张扬的凶杀案,不仅使穆罕默德王储主推的"愿景 2030"改革的可信度受到越发深重的怀疑,对美沙土三国关系也将产生始料未及的影响。如同英国《卫报》为卡舒吉撰写的讣告所言:"他的惨死使他成为一名殉道者。而他所属的那个王国,从此将无法摆脱来自全球的警惕。"

不一般的卡舒吉

倘若在英文维基百科网站上检索 Khashoggi(卡舒吉)这个姓氏,将会得到 7 个人名结果;除去贾迈勒·卡舒吉(Jamal Khashoggi)本人外,其余 6 位皆是他的亲属。这种情况在今天的沙特阿拉伯并不罕见:直到 20 世纪初为止,奥斯曼帝国治下的阿拉伯半岛依然是一个民族成分复杂的混居地带。在红海沿岸的汉志地区,突厥人、亚美尼亚人、库尔德人和犹太人济济一堂,成为多数阿拉伯人之外别具影响力的少数族群。伊本·沙特统一半岛腹地之后,一部分少数族裔成员选择继续留在新成立的沙特王国,并将姓氏改成了更符合阿拉伯语发音的写法。由于总数不多,且不与阿拉伯人通婚,这类"归化"公民往往集中于少数几个家族。土耳其裔血统的卡舒吉家族便是如此,他们的姓氏来自突厥语单词 kaşıkçı,意为"制勺匠"。

贾迈勒·卡舒吉的祖父穆罕默德·卡舒吉出生于圣城麦地那,20 世纪 20 年代在大马士革和巴黎修读过临床医学,随后成为沙特小有名气的外科医生和卫生部官员，并曾担任开国国王伊本·沙特的私人医师。这种安排符合沙特王室的一贯调性：在重要的技术岗位上，适合提拔无党羽、无根基的外来者，因其家族富贵完全来自国王的恩赐，不易产生叛意。和老卡舒吉一样成为沙特王室利益关系网成员的，还有来自也门的新兴建筑业巨头穆罕默德·本·拉登。老卡舒吉的长子阿德南在"冷战"时期是中东最著名的大军火商之一，曾经深度卷入20世纪80年代的"伊朗门"事件。阿德南的妹妹萨米拉则嫁给了埃及亿万富翁、巴黎丽思酒店的拥有者穆罕默德·法耶兹。而贾迈勒·卡舒吉是穆罕默德的次子艾哈迈德与一位阿拉伯妇女之子，属于家族第三代。

和许多出身名门的沙特世家子弟一样，卡舒吉在青年时代前往美国留学，取得了印第安纳州立大学的工商管理学士学位。27岁那年，他开始为吉达的英文报纸《沙特公报》撰稿，自此投身新闻生涯。在文化背景和思想倾向上，卡舒吉并不是一位自由主义者：他推崇穆斯林兄弟会的泛伊斯兰主义理念，倡导建立以现代科技、大众教育和保守的文化政策为特征，同时依然尊奉《古兰经》教义的新型伊斯兰政体。他还曾不止一次宣称：1979年之前沙特王室奉行的淡化宗教色彩的"开明专制"模式，正是阿拉伯半岛最理想的政体。有鉴于此，鼓吹世俗化的自由主义者认为他的立场失于保守，传统的瓦哈比派则视他为离经叛道的"背教者"。

阿富汗战争后期，自感备受对苏"圣战"鼓舞的卡舒吉曾前往前线进行采访，并在那里结识了另一位家世不凡的沙特名流、未来的恐怖主义大亨奥萨马·本·拉登，两人一度过从甚密。整个90年代，卡舒吉的足迹遍及阿富汗、阿尔及利亚、苏丹和中东诸国，除去继续报道拉登的后续经历以及全球范围内涉及穆斯林群体的冲突外，也在进一步完善他对"伊斯兰式现代化"理念的看法。1999年，他开始出任英文《阿拉伯新闻报》副总编，2003年转任《祖国报》总编。在担任这一职务的短短两个月里，他疾言厉色地批判教士阶层对沙特政治和社会生活的干预，因此被迫离任出国。但西方舆论也从此视他为沙特内部改革派的头号发言人。

这多少是一种误解——尽管卡舒吉自始至终以立场超然的知识分子自居，但他从未抗拒从自己显赫的家世背景中获益。两位沙特王室成员对卡舒吉的成名起到过不可替代的作用：其一是长期执掌沙特情报机构的图尔基·本·费萨尔（Turki bin

Faisal）。在1979年，正是图尔基力主沙特充当反苏"圣战者"的财政和组织后盾，将整个中东世界的年轻抵抗者送往中亚，也是他最早安排本·拉登前往巴基斯坦与"圣战者"们会合。卡舒吉在20世纪80年代后期即与图尔基有过密切接触；英国著名周刊《旁观者》（*The Spectator*）据此推断，他很可能充当过沙特情报机构的线人，并为他们兼任监视本·拉登的工作。2003年被迫辞职之后，卡舒吉再度得到了图尔基亲王的庇护，成为后者担任沙特驻英国和美国大使时的媒体助理。2007年，他再度成为《祖国报》总编，三年后由于批评政府的宗教政策再度挂冠而去。这一回，他开始向第二位贵人瓦利德亲王求助。

2015年初，将媒体产业视为自己商业帝国重要组成部分的瓦利德高调宣称：他将在巴林建立一家面向全球市场的新电视台"阿拉伯新闻频道"，与声名在外的卡塔尔半岛电视台进行竞争，而卡舒吉将成为这家新电视台的总经理兼总编辑。按照瓦利德的设想，半岛电视台代表的是中东世界的民粹主义观点，而总部设在迪拜的阿拉比亚新闻频道立场更接近沙特政府；他的新频道将在两者之间实现折中，以不提倡暴力革命为前提，争取更大限度的言论自由和政治自由。然而"自由"的有效期仅仅持续了11个小时：在2月1日开播首日，卡舒吉就安排记者对巴林政治反对派领袖哈里尔·马佐克进行采访；震怒的巴林政府当即决定关停该频道，使瓦利德和卡舒吉的宏伟理想"突然死亡"。此后卡舒吉基本失去了在波斯湾沿岸国家，尤其是沙特阿拉伯国内的发声渠道，只能转而为英美报刊撰稿，直至2017年最终选择出走美国。

对2015年开始执掌大权的穆罕默德王储其人，卡舒吉始终抱有毫不掩饰的厌恶感。尽管王储所鼓吹的改革方针，例如给予妇女更多社会自由、进一步推进沙特经济的全球化、解除教士集团干预社会和政治秩序的权力等，似乎与卡舒吉的个人主张有着颇多吻合。但他认定MBS企图将改革事业作为强化个人专权的工具，且其进攻性的外交路线有害无益，因此毫不犹豫地发出批评之声。2018年3月，他在给《卫报》撰写的专栏中批评王储"正在把国家从昔日的极端宗教主义扭转向'除去我的改革以外再无他途'的个人极端主义，并对哪怕是最温和的批评者采取粗暴的逮捕手段"。当卡舒吉的长期资助者瓦利德亲王被关入丽思-卡尔顿酒店之后，他在拥有200万粉丝的"推特"上将王储与俄罗斯总统普京相提并论，指责MBS"年纪轻轻却已经学会了一套粗暴对待批评者的手腕"。在遇害前最后几个月为《华盛顿邮报》撰写的英文专栏中，卡舒吉逐一批驳了王储对黎巴嫩、伊朗、卡塔尔和也门采取的强硬政策，认为那不过是徒劳无益地浪费国家财富。

卡舒吉并不是唯一一位对穆罕默德王储做出严厉批评的知名人士。自2016年沙特全面启动被称为"愿景2030"的经济和社会改革以来，欧美经济学家和自由派政治评论家曾不止一次对其合理性提出过质疑。流亡海外的"自由亲王运动"领袖、绰号"红色亲王"的塔拉勒·本·阿卜杜勒·阿齐兹（他是瓦利德亲王的父亲）甚至公开质疑萨勒曼国王传位给MBS的安排的正当性。但卡舒吉的身份来得着实特殊——作为非阿拉伯人血统的"归化"国民，他的家族和拉登父子一样，完全是仰仗沙特王室的宠信方能登堂入室。在穆罕默德王储心目中，卡舒吉的身份首先是"家奴"，随后才是知名新闻记者和社会名流。对塔拉勒亲王这样的王室至亲成员的攻击，MBS可以视之为"家事"，不做理会；但对卡舒吉的"背叛"，他却断然无法容忍，务必加以严惩。

不仅如此，卡舒吉对MBS的叔父、已故的阿卜杜拉国王的温和改革政策的赞赏，以及他和图尔基、瓦利德两位王室成员之间的密切关系，还使他在不经意间卷入了沙特王室的宫廷斗争。现任国王萨勒曼（MBS之父）属于伊本·沙特的子嗣中著名的"苏德里七兄弟"（Sudairi Seven）之一，其母亲乃是内志地区最著名的贝都因游牧部落苏德里家族的成员。1982年至今，"苏德里七兄弟"中先后有两人登基即位，两人成为王储，权倾一时。萨勒曼国王在2017年6月将MBS确立为王储，更是进一步保证了未来沙特王国的统治者将从苏德里家族的后裔中产生。而2005~2015年在位的阿卜杜拉国王虽不是苏德里家族成员，却因为谦冲自牧的个性和灵活精明的头脑，颇受相当一部分王室成员的敬爱。在2017年11月的大逮捕行动中，阿卜杜拉国王的两个儿子米塔布（前国民卫队司令）和图尔基·本·阿卜杜拉（前利雅得省省长）同样遭到波及，在王室内部引发了不小的争议。而卡舒吉既以阿卜杜拉的怀念者自居，理所当然地就被MBS视为内部反对力量的发言人。

基于沙特王室长久以来的平衡传统，新国王即位之后，对已故国王的子嗣往往须以托付要职的方式予以优待；王室重要成员在出任部长级职务、担任驻外使节以及涉足商业活动时，也有着极高的优先权。是故尽管"苏德里七兄弟"及其后裔已经成为最大赢家，王室内部的资源分配依然处于相对分散的状态。卡舒吉常年身居美国，背后有图尔基的情报、外交资源和瓦利德的雄厚财力作为倚仗，又对阿卜杜拉国王及其后裔怀抱好感，隐隐已有"另立中枢"的势头。他在《华盛顿邮报》上的专栏文章长期被翻译成阿拉伯语传播到中东世界，在沙特国内赢得了一批沉默的支持者。而卡舒吉甚至已经开始寻求组建政党——据《旁观者》在 10 月 13 日披露，卡舒吉正在筹组一个名为"立即为阿拉伯世界取得民主"的政治运动，力图将 MBS 政权的批评者结合成一个整体。无论这一行动的目的是支持王室内部的某位挑战者，还是探索一种全新的非君主专制政体，对穆罕默德王储来说都将是最可怕的心腹大患。最终，他下定了尽快对这位反对者做出肉体消灭的决心。

盖棺论未定

哈蒂丝·坚吉兹（Hatice Cengiz）亲眼看着自己的未婚夫两次走进沙特驻伊斯坦布尔领事馆：第一次是在 9 月最后一周，第二次则是在 10 月 2 日下午。按照埃尔多安的描述，正是在这之间的一个星期里，由 15 人组成的暗杀小组潜入了土耳其。10 月 2 日下午，坚吉兹就在领馆门外等候，却再也没有见到卡舒吉的身影。

还有十多天就将迎来 60 岁生日的卡舒吉，此前曾经有过两段婚姻，均以破裂而告终。2017 年秋天选择出走美国之后，他在弗吉尼亚州置办了一处房产，并已经申请到了绿卡。位于华盛顿的伍德罗·威尔逊国际学者中心也向他提供了一个研究员职位。不过在安顿好未来在美国的生活以前，他打算先和在土耳其结识的女博士生坚吉兹缔结第三段婚姻。为此，卡舒吉来到未婚妻求学的城市伊斯坦布尔，进入沙特领事馆，申请开具一份证明他已处于离异状态的文件。10 月 2 日，他正是前去领取这份证明的，未曾想迎来的却是终结。

根据土耳其政府和伊斯坦布尔当地报纸《每日晨报》（*Daily Sabah*）披露的信息，就在 10 月 2 日之前的几天内，沙特国家情报机构"穆卡巴拉"的一位要员阿西里少将亲自挑选了一支由 15 人组成的"老虎队"，安排他们变换身份潜往土耳其。这15人中包含一名精通国际法的资深外交官，7名曾经担任王室保镖的王家卫队军人，一名与卡舒吉身高、体态相仿的中年男子，以及沙特法医学会主席。据土耳其警方透露，在抵达伊斯坦布尔之后，"老虎队"曾经在郊区进行了踩点，似乎是为了寻找理想的抛尸地。根据土耳其警方公布的部分调查报告，当卡舒吉进入领事馆之后，在十几分钟内就被酷刑折磨致死，遗体被肢解后从领事馆后门带出，被抛弃到几处不同的地点。总部设在伦敦的网络新闻媒体"中东之眼"（沙特政府指责其运营资金来自卡塔尔政府和穆斯林兄弟会）更是事无巨细地描述称："老虎队"中的法医官在音乐声中操起骨锯，将还在喘息的卡舒吉活活锯成一堆残肢。他的一截手指被切下，带回国作为向穆罕默德王储表功的证据。与此同时，那名与卡舒吉体态相仿的沙特男子从领事馆后门溜出，堂而皇之地在街道上露了几面，试图以此给调查人员造成迷惑。

由于在领事馆正门始终没能等到未婚夫现身，坚吉兹和弟弟在10月2日傍晚选择报警。随后的一个多星期里，土耳其警方陆续通过媒体披露了大量与案情有关的细节。或许是为了掩盖该国情报部门曾在沙特领事馆内安装窃听设备的隐情，许多曝料信息并无视频或音频佐证，但足以说明沙特政府与卡舒吉之死存在直接关联，并且矛头直指穆罕默德王储本人。据卡舒吉生前服务的《华盛顿邮报》报道，与土耳其方面共享调查信息的美国情报机构在10月9日也承认：他们在事前曾经截获沙特官员讨论"抓捕"卡舒吉一事的通信记录，但并未向卡舒吉本人发布警告。而沙特政府自始至终否认卡舒吉在领馆内失踪，更不承认与本国政府有关。

然而燎原之火此时已经燃起。卡舒吉在西方媒体圈的声望、他的土耳其血统，以及他作为美国O类签证持有者和永久居民的身份，都使得沙特政府对事件做出"冷处理"的企图以惨败告终。曾经对穆罕默德王储评价颇高的共和党资深参议员林奇·格拉汉姆率先在国会发声，要求特朗普政府针对此事制裁沙特。国会两党多名参议员致函白宫，要求援引《全球马格尼茨基人权问责法》就此事展开调查。包括美国财长姆努钦和多位金融巨头在内的欧美商界人士均发表声明称：不会出席10月23日在利雅得召开的未来投资倡议峰会。

10月17日，美国国务卿蓬佩奥紧急飞往中东，先后与穆罕默德王储、沙特外交大臣朱拜尔以及土耳其调查负责人举行会谈，要求沙特方面接受与土耳其进行联合调查的安排。三天后，沙特官方媒体公布了一份不完整的调查报告，首度承认卡舒吉系于10月2日下午在领事馆内的一场争吵中，被"致命的拳斗"夺去了生命，且相关涉案人员试图掩盖真相。穆罕默德王储随后下令将包括阿西里少将在内的5位高官免职，并逮捕18名与此案有关的外交和情报人员。到了10月25日，即装运卡舒吉遗体的沙特外交车辆被发现（遗体至今下落不明）之后三天，沙特政府再度承认凶杀系出自预谋，但依旧否认王储或其幕僚班子与此事有关。

年轻的王储或许会对自己选择在2018年这个多事之秋执行暗杀令感到后悔。几个月之前，借由俄罗斯提供的中介，沙特和土耳其这两个在叙利亚问题上存在严重对立的国家似乎已经处在了全面和解的边缘。但随着全球新兴市场在2018年迎来大范围的经济波动，汇率、通胀率双双告急的土耳其政府迫切需要一个外交事件来摆脱现实困境。而沙特政府的肆无忌惮和惨无人道，使埃尔多安获得了最理想的子弹——在卡舒吉事件发生之前，保守化倾向严重的土耳其政府正在成为全世界自由主义者攻击的靶子。但仅仅几个星期之后，安卡拉当局的面目就变成了正义、真相和新闻自由的维护者。埃尔多安希望抓住这个始料未及的良机：他不仅继续对穆罕默德王储的个人品行进行炮轰，还暗示萨勒曼国王需要当机立断，抛弃这个捅出通天窟窿的儿子。而土耳其与美国之间阴晴不定的关系，也由于土方在案件调查上的高度公开，呈现出明显的转暖趋势。

更棘手的考验，不仅会落在向来自信满满的穆罕默德王储头上，对即将迎来中期选举的特朗普同样是巨大的考验。卡舒吉事件曝光之初，这位言行无忌的美国总统一度宣称，作案者或许是某个"独行杀手"。但随着越来越多的证据浮出水面，特朗普被迫承认：他正面临自上任以来"最艰难的外交政策课题"。这种艰难性，部分正来自他的大女婿、总统高级顾问贾雷德·库什纳（Jared Kushner）。恰恰是库什纳促成了沙特与以色列政府的接近、那笔3500亿美元军火订单的签署，以及穆罕默德王储与特朗普本人的多次会面。毫无意外，在2017年的上一届未来投资倡议峰会上，库什纳就端坐在王储身旁。而他们开会的地点，依然是那家被奢侈、欲望和暴力笼罩着的——利雅得丽思-卡尔顿酒店。

制裁下的俄罗斯进入"普四期"

年初的叙利亚危机,年中的俄罗斯世界杯,以及年末的俄乌海上冲突,国际舞台上从来不缺俄罗斯的戏份。随着普京的再一次当选,未来六年内,俄罗斯这艘年迈的航空母舰又将在老船长的带领下,驶向难以预测的未来。

正在开始的终结：普京再次执政

刘怡

汤姆·克兰西的幽灵

"回想四年前的那场谈话，我们都错了，汤姆·克兰西是对的。更加讽刺的是，我们自以为有统计数据作为佐证，自以为克里姆林宫会遵循和我们一样的'理性'。而克兰西仅仅凭借惯性和直觉就猜中了一切。"

2018年春节之前，我收到了核裁军问题专家、在奥巴马总统第一个任期内曾供职于美国国务院的S博士的邮件。4年前，当乌克兰危机还方兴未艾之时，我们曾在北京讨论过美俄关系的前景，连带也提到了彼时刚刚去世的谍战小说家汤姆·克兰西（Tom Clancy）。这位成名于"冷战"后期、曾获得里根总统公开推介的畅销书作家，对苏联及其继承者俄罗斯始终怀有不加掩饰的戒心。即使是在俄罗斯经济濒临崩溃的20世纪90年代末，克兰西的小说里依旧会出现如下套路感十足的桥段：克格勃特工活跃在全世界每一个最边缘的角落，上天入地、无所不能；弹道导弹技术从俄罗斯源源不断地流向中东；克里姆林宫的实际决策权被情报机关首脑暗中攫取……而在2014年春天，S博士和我都相信这样的论调早已过时——即便是在美国和欧洲遭遇金融海啸重创、全球油价高居每桶100美元以上峰值的2011年，俄罗斯的人均GDP也没能超过2.5万美元（按购买力平价计算）。经历了能源和采矿业的大规模"再国有化"，俄罗斯经济结构的单一性和脆弱性都变得更加突出，而2014年初的能源市场已经开始急速转冷。由于人口结构和出生率的固有缺陷，以及无力承担长周期投资的风险，一切大肆渲染的远东开发计划可信度都极低。总之，按照我们当时的看法，始于 2008 年前后的俄美战略地理摩擦不会中止，但在乌克兰上演的多半只会是代理人竞赛。普京需要操心的事有很多，德国和东南欧的能源买家是他离不开的。"如果石油就能充当权力杠杆，为什么要冒全面对抗的风险呢？"

4 年过后，全世界上空都徘徊着汤姆·克兰西的幽灵。在美国，FBI 和国土安全部的调查人员指控与俄罗斯安全机关有关的网络黑客在 2016 年总统大选期间入侵民主党全国委员会（DNC）的邮件服务器，通过披露机密邮件内容和制造假新闻等方式影响了大选结果。由于在选战期间私会俄罗斯驻美大使，新任国家安全事务顾问弗林任职未满一月就被迫辞职，总统特朗普和第一家庭也被卷进风波。在英国，特雷莎·梅政府谴责俄罗斯特工在 2018 年 3 月 4 日使用神经性毒剂暗杀了一名叛逃情报人员及其女儿，并顺势驱逐了 23 名据称与此案有关的俄罗斯外交官。在叙利亚，2018 年 2 月初，得到美军空中掩护的库尔德人武装在代尔祖尔省的哈沙姆（Khasham）与俄罗斯民兵组织"瓦格纳集团"（PMC Wagner）的成员发生激烈交火，数架俄罗斯第五代隐形战斗机苏-57 也在赫梅明空军基地现身。就连普京本人也犹嫌不足地亲自出马——3 月 1 日，他在发表第三个总统任期内最后一次国情咨文演讲时，骄傲地宣称俄罗斯已经开始量产包括射程 10000 公里的 RS-28 "萨尔马特"型洲际弹道导弹在内的全新核武器投射平台，并演示了一段模拟动画：搭载在"萨尔马特"之上的十多个核弹头穿过大气层，突破美国反导系统的拦截，狠狠地砸向特朗普的私人庄园所在地佛罗里达州。

然而和这种无孔不入的压迫感极度不对称的是，2018 年的俄罗斯经济形势甚至比 4 年前刚刚遭遇制裁冲击时更加严峻。尽管克里姆林宫不遗余力地投入由沙特牵头的原油限产行动，使全球油价在 2018 年初稳定在了每桶 60 美元以上的水平，但连续 28 个月的经济负增长依然导致全国贫困人口由"普三期"开始时（2012 年）的 1540 万人直线飙升至近 2000 万人，净增 1/4 以上。退役海军中校、圣彼得堡一家大型造船厂的中层员工季米特里耶夫告诉笔者，过去 6 年里，他的实际收入缩水了接近 40%，新增订单的数量已经倒退回 21 世纪初的水平。一度超过 17% 的通胀率虽然在 2017 年内获得了勉为其难的控制，但新的危险又开始逼近：由于政府大幅削减公共开支以及青年失业率高企，越来越多的俄罗斯人正倾向于选择减少消费、增加储蓄，从而带来了通货紧缩的可能。而收入下滑和人口老龄化带来的劳动力市场缺口，一度迫使普京政府暂时控制民族主义高调，雇用更多来自中亚的外籍劳工从事低端服务业、制造业和零售业，但随之而来的安全隐患也令人侧目——2017 年 4 月 3 日，一名与北高加索分离主义势力有关的乌兹别克裔恐怖分子在圣彼得堡地铁内制造了一起爆炸案，造成 50 余名平民伤亡。同年 12 月，另一起针对喀山大教堂的恐怖袭击也只是勉强被挫败。

重重压力之下，普京不得不打破对经济官僚长期庇护的惯例，实施了有针对性的问责。2017 年 12 月 15 日，前经济发展部长阿列克谢·乌柳卡耶夫（Alexey Ulyukaev）因为在国企并购交易中索贿 200 万美元被判处 8 年徒刑，成为 2000 年以后落马的最高级别政府官员。这一决定甚至招来了乌柳卡耶夫长期的支持者，也是普京最信赖的盟友之一俄联邦总理梅德韦杰夫的抱怨。而为了平息诸如社会活动家纳瓦尔尼这样的政治异见分子制造的抗议声浪，克里姆林宫要求俄罗斯石油公司（Rosneft）等国有能源和矿业巨头承担尽可能高的税负，以应对节节攀升的预算赤字。节流措施同样波及在中东的军事行动：2016 年春天以来，俄国防部已经分几批撤出了此前派往叙利亚的航母战斗群、远程轰炸机以及地面单位，仅保留防空和空中支援力量。

换言之，尽管克兰西成功预见到了俄罗斯领导人的不甘平庸，但在进入 21 世纪第二个 10 年前夜，俄罗斯依然是一个经济增长停滞、人均收入下滑、国民经济存在结构性缺陷的脆弱国家。2013 年，受愈演愈烈的乌克兰危机影响，派拉蒙影业公司及其合资方曾经以克兰西的杰克·雷恩系列小说作为剧本框架，拍摄了谍战电影《一触即发》（*Shadow Recruit*）。在该片中，俄罗斯政府通过私人企业将巨额资金注入美国债券市场，企图以恐怖袭击配合"金融炸弹"的模式制造新的经济海啸，一举搞垮华尔街。在给 S 博士的回信中，我揶揄了一句："可惜克兰西的数学太差。整个俄罗斯的 GDP 规模，目前大约只相当于美国的 1/5。假如要凭金融手段发动一场足够令特朗普刮目相看的'超限战'，恐怕得先把克里姆林宫和埃尔米塔日博物馆卖掉。"

"干得棒极了"

2011年初，"王车易位"变身总理的普京在为沙俄时代的"改革宰相"斯托雷平筹备150周年诞辰纪念活动时，曾经引用过那位20世纪初政治家的著名语录："给俄罗斯20年内外安定的时间，它将变得让你认不出来。"这句名言经过中文媒体的多次转述，几乎成为象征普京"长期执政，励精图治"的最著名口号。而在私下里，克里姆林宫的主人仅仅设定了一个相对审慎的经济目标：到2020年前后，使俄罗斯的人均GDP达到欧盟成员国中相对靠后的葡萄牙的水平。受益于从2006年开始的能源"牛市"，到2012年前后，这一目标一度接近完成；但随着"页岩革命"与乌克兰危机引发的国际制裁几乎同时到来，俄罗斯人的实际可支配收入被永久性地冻结了。根据世界银行的统计数据，从2013年到2016年，36个月里全俄GDP竟缩水了42.47%！

油价"熊市"对经济结构单一的俄罗斯造成的压力，通常被视为造成衰退的主因。但在莫斯科国立大学（MSU）世界经济系主任弗拉季斯拉夫·伊诺泽姆采夫（Vladislav Inozemtsev）教授看来，还存在更严重的深层问题。他告诉笔者：2012年普京重登总统宝座、开始第三个任期后，俄罗斯经济学界和政界洋溢着盲目乐观的气氛。为了兑现关于完善医疗保健体制、提高养老金标准、升级老旧的基础设施和更新军事装备的广泛承诺，普京决定对商业和房地产大幅加税，并进一步提升巨型国有企业在能源、采矿、森林等出口支柱行业所占的产能份额。乌柳卡耶夫索贿一案，即是发生在俄罗斯石油公司意图收购另一家国企巴什基尔石油公司（Bashneft）半数股权期间。由于这种竭泽而渔的措施，大国企创造的巨额利润几乎都被"分蛋糕"式地消耗殆尽，中小工商业者和国外资本控股企业则拒绝考虑继续升级设备、扩大产能，以免被税务部门"割韭菜"。从那时起，俄罗斯经济的有效增长动力就只能靠居民消费来提供，而硕果仅存的稻草又在两年后被经济制裁所抽走。"在莫斯科的麦当劳餐厅，点巨无霸牛肉汉堡（BigMac）的人迅速减少，因为鸡肉餐更便宜。"

低油价和制裁压力引发卢布贬值的唯一好处或许在于，在2014～2016年通胀率高企的那 24 个月里，俄罗斯人可以用更优惠的价格买到手机、汽车、服装等消费品；莫斯科的阿迪达斯运动服饰专卖店一度成为西欧和亚洲顾客青睐的代购目的地，因其售价折算为美元极为划算。亿万富翁、著名寡头弗拉基米尔·叶夫图申科夫（Vladimir Yevtushenkov）旗下的儿童用品零售商场"儿童世界"（Detsky Mir）即因祸得福，在 3 年内增开了超过 200 家门店，并于 2017 年成为乌克兰危机后俄罗斯第一家成功上市的企业。但获利最多的仍是来自西欧和亚洲的家电、服装和汽车品牌，没有人会购买口碑糟糕的本国工业制品。而随着对收入增长的预期陷入悲观，越来越多的俄罗斯人更倾向于储蓄工资收入，并控制除购买食品以外的其他开支。根据俄联邦国家统计局 2016 年公布的数字，当年全国储蓄额占居民可支配收入的比例超过了 15%，较 8 年前净增 1.7 倍。

至于曾经多次被普京提及的、"耗费数万亿卢布"的基建项目，它们在粗放的管理模式和缺乏竞争的定向承包模式下，迅速沦为滋生腐败的温床。2014 年索契冬奥会曾是克里姆林宫精心包装的"面子工程"之一，然而其中暴露出的乱象之多，连俄罗斯当局本身也无意否认。由俄罗斯铁路公司承建、用以连接奥运村和滑雪比赛场的一条 50 公里山区铁路，建筑成本竟高达 87 亿美元，相当于温哥华筹办 2010 年冬奥会的全部支出，可供美国国家航空航天局（NASA）发射 3 台火星探测车。而整个冬奥会的筹办成本最终达到了惊人的 510 亿美元，高于 2008 年的北京夏季奥运会，较预期超支 325%；而冬奥会的比赛项目和持续时间显然远远少于夏季奥运会。在叶利钦时代担任过俄联邦第一副总理、后来成为政治反对派的涅姆佐夫（Boris Nemtsov）在 2015 年遇刺之前曾撰文披露：不同于大部分国家的通行做法，参与索契冬奥会基建项目的俄罗斯私人公司很少投入自备资金；它们首先和大型国企设立合资企业，随后就能从国家财政中获得近乎取之不竭的拨款。一些与奥运赛事毫无关联的天然气管道、度假村、商业综合体以及游艇码头工程，在被主管官员包装成"冬奥会附属产业"后，也获得了巨额财政补贴，相关当事人则从中抽取可观的回扣。2013 年初，由于遭到普京提起的问责，负责索契基建的俄罗斯奥委会副主席艾哈迈德·比拉罗夫（Akhmed Bilalov）与其兄弟双双逃往英国，并宣称遭到特工追杀。普京本人对此也只能无可奈何地讥讽道："棒极了，他们干得真是棒极了。"

意味深长的是，那些从权力漏洞中受惠的俄罗斯商人们并不认为自己的祖国是适合久居之地。在阿布扎布，一位长期报道俄罗斯商业新闻的美国记者告诉我：最近5年，越来越多的俄国财富新贵（尤其是发家于互联网产业的"新俄罗斯人"）倾向于获得双重国籍，或者将名下资产"蚂蚁搬家"式地转移到境外。波罗的海三国以及马耳他、塞浦路斯尤其备受青睐；在支付从25万到200万欧元不等的"投资门槛费"后，他们便可举家获得当地永久居留权，甚至欧盟公民身份。欧洲最大的互联网企业之一、全俄头号网约车公司Yandex创始人阿尔卡季·沃洛日（Arkady Volozh）即已在2016年购买了马耳他公民身份；财富排名全俄第30位的烟草业巨头、曾任国家杜马副主席的萨维蒂斯（Ivan Savvidis）则在饱受金融海啸冲击的希腊大肆置业，从此长居南欧。作为对比，2014年俄联邦政府曾经对20世纪90年代以及21世纪初出走西欧的旧寡头们发布"资本大赦令"，鼓励他们将资产转移回国，但只有上百人提交了申请，尚不及每年申请移民拉脱维亚者的1/100。

与之相反，由于21世纪第一个10年的短暂复兴带来的人均寿命增长，以及老龄化过早到来造成的就业人口短缺，为低端服务业招募劳动力越来越成为积重难返的痼疾。美林银行独联体大区首席经济学家欧萨科夫斯基（Vladimir Osakovskiy）在2016年起草的一份研究报告中指出：在2006年达到适龄就业人口峰值之后，俄罗斯劳动力市场的规模正以平均每年50万人的速度迅速递减。与欧盟成员国中失业率最高的希腊、西班牙等国相比，俄联邦5.6%的失业水平并不突出，甚至低于欧盟成员国平均水平；但包括莫斯科、圣彼得堡在内的大城市在建筑业、环卫和餐饮业方面依然存在惊人的岗位空缺。潜在的通缩风险和消费需求的疲软皆可以从这一角度解释。由于预计到2023年，俄罗斯公民的总体预期寿命将由目前的70.5岁增加到74岁，联邦劳动部已经在制订延迟退休的方案。但当务之急仍是继续引入廉价的中亚和高加索劳工，以解燃眉之急。

这实在是一个莫大的讽刺——尽管普京的民族主义者形象往往被和法国的玛丽娜·勒庞、德国的亚历山大·高兰之类高调反移民政客联系到一起，今天的俄罗斯却是欧洲移民政策最宽松的国家之一。莫斯科卡内基中心经济政策项目高级研究员安德烈·莫夫肯（Andrey Movchan）在2017年的一份报告中指出：当前在俄罗斯境内定居和工作的外籍人士（含已入籍者）总数超过1100万人，占据全国劳动力市场15%的份额。尽管安全部门对那些来自中亚五国和高加索、许多时候甚至缺少合法证件的"黑工"常怀疑虑，但只有他们能忍受低工资、无保障的工作环境以及警察不间断的"问候"。而本土青年会要求更高的工资和更有保障的合同，继而导致当地物价和生活成本的上涨（外籍劳工通常会将大部分收入汇至母国）。俄联邦移民局2016年公布的数据显示：2015年全年共有173万名外籍劳工通过了俄语等级考试，获得了在该国的长期工作许可证，每年还会有将近20万名新人加入在俄罗斯定居的队伍。莫夫肯表示："雇用更多移民是一种不可逆转的趋势。尽管'光头党'之类的极端民族主义团体近年来影响不小，但政府承受不了大规模排外造成的代价。"

"短线"与"长线"

一项相当矛盾的事实是：尽管普京柄国17年的成绩在2014年克里米亚危机后遭到了欧美媒体的口诛笔伐，但随着"反主流右翼"势力在全世界影响力的上升，特别是特朗普当选美国总统、英国"脱欧"等反全球化事件的出现，俄罗斯的"主权民主"模式在欧美保守派势力眼中被重新赋予了正当性。而普京在乌克兰、叙利亚等战略地理边缘板块采取的主动攻势，除去令人惊叹其决心外，也使对俄罗斯的两极分化评价变得更为突出。担忧者视之为"冷战"时期"邪恶帝国"的再现，怀疑者则困惑于捉襟见肘的资源何以仍未耗尽。

捷克布拉格国际关系学院教授马克·加莱奥蒂（Mark Galeotti）为此提供了一种解释："普京擅长'短线'操作，并且玩得极为漂亮。但他承担不了'长线'维持一个帝国需要付出的经济成本。"这一看法获得了毕业于普林斯顿大学的俄裔美籍女记者朱莉娅·伊奥菲（Julia Ioffe）的响应。在2018年1月发表于《大西洋月刊》的封面文章《普京到底想要什么》中，伊奥菲指出：相比于苏联后期军工联合体部署绵密的全球扩张计划，普京的战略抉择带有更强的情绪化特征；无论是2010年被破获的安娜·查普曼间谍网、在叙利亚的军事干预还是2016年美国大选期间的疑似黑客攻击，前期准备都难言完善，而是具有试探和押宝的成分在内。但奥巴马时代缺乏主动性的对外政策以及特朗普的准孤立主义倾向使这些行动造成的影响被高估了：对白宫和克里姆林宫而言都是如此。问题在于，当"普四期"接近开启之时，"短线"将以何种方式纳入"长线"安排之中？

在2017年结题的一项俄罗斯政治生态研究阶段性成果报告中，上海外国语大学教授、《俄罗斯研究》期刊副主编杨成曾经指出：今日俄罗斯的"普京主义"（Putinism）或者说"普京模式"，更近似杂糅有超级总统制、受管控的市场经济和主权民主意识形态的克里斯玛型（Charisma）政体。普京的地位既不似列宁一般是基于意识形态共识和一党制下的精英遴选体制，也不像斯大林那样可以有效垄断暴力机关和听命于中央的计划经济机器。对俄罗斯的新生代政治-经济精英和普通民众来说，他首先是一位资源分配者和协调人，举足轻重但绝非独一无二。这也是普京-梅德韦杰夫"王车易位"的双头模式得以在2008~2012年畅行无阻的主因。

在2000~2004年的"普一期"打倒了叶利钦时代控制国民经济命脉的"银行七寡头"（Semibankirschina）集团之后，普京通过对关键经济部门的"再国有化"和中央-地方关系的调整，建立了政商一体、中央彻底主宰地方的新统治模式。由于缺乏苏共式的干部储备体制作为精英迭代的工具，他只能长期倚重两大集团的力量：一是分布在情报系统、军警和司法机关等"强力集团"中的昔日战友或私人密友，如伊戈尔·谢钦、伊万诺夫和罗滕贝格兄弟；二是政治教父索布恰克留下的"圣彼得堡帮"官僚班底，如梅德韦杰夫和阿列克谢·米勒。所有这些新精英并非基于个人情谊或意识形态忠诚维持对普京的支持；除去独占性利益外，他们还希望在自己负责的行业内留出足够大的寻租空间，以持续地积累个人和部门权势。这致使裙带主义之风屡禁不止。

除去上层精英以外，另一套不可或缺的统治工具是基层动员和监管机器。它们分布在活动频率日渐上升的青年组织Nashi（意为"我们"）和"青年近卫军"，规模急剧膨胀的网络安全和宣传机构，为打击恐怖主义和城市犯罪而新建的国民近卫军，乃至拉姆赞·卡德罗夫（车臣共和国首脑）这样的边疆豪强治下的地方行政机构中。信息监管、舆论动员与暴力工具的结合，使得普京根本不必畏惧以旧寡头和卡西亚诺夫、涅姆佐夫为中心的政治反对派。在这方面，中老年民众和低收入者是普京的天然盟友；在他们心目中，崛起于经济转轨和私有化进程中的旧寡头群体乃是强盗、骗子、黑手党的同义词，卡西亚诺夫和涅姆佐夫的政府工作履历则和 1998 年那场耻辱性的财政危机具有直接关联，先输一着。而普京在油价"牛市"的年代里扮演了锄强扶弱的慈父角色，在 2014 年之后又成为挫败"颜色革命"阴谋的英雄，正合于俄罗斯人根深蒂固的大国情结。

澳大利亚国立大学（ANU）人文与社会科学学院客座研究员多罗茜·霍斯菲尔德（Dorothy Horsfield）将参加 2018 年俄罗斯总统大选的 8 位候选人称为"普京和七个小矮人"。由于俄罗斯共产党长期以来的领导人久加诺夫（1996 年他曾经将和叶利钦的正面较量拖到了第二轮投票）未能获得党内影响力日渐上升的中右翼集团的提名，自由民主党的资深候选人日里诺夫斯基的极右翼立场又过于离经叛道，普京甚至不曾提早开始运作自己的选战，而是延迟到 2017 年 12 月 6 日才以独立候选人的身份报名参选。前圣彼得堡市长（也是普京的政治导师和伯乐）索布恰克之女、36 岁的克谢尼娅·索布恰克（Ksenia Sobchak）加入战团一度被视为新生代自由派精英觉醒的象征，但她在民众中缺乏深厚的根基，与普京本人的关系也过于密切，以至于异见分子视她为政府送入反对派阵营的"特洛伊木马"。最终，克谢尼娅·索布恰克只获得了 1.67% 的有效支持票数。

唯一一位可能给这次选举制造变数的反对派领袖是阿列克谢·纳瓦尔尼（Alexei Navalny），但他早在 2017 年 12 月 25 日就被中央选举委员会剥夺了参选资格。这位激进民族主义者不仅是一名擅长利用互联网和新媒体传播其主张的政治"极客"，在领导广场运动方面也有着丰富的经验。在 2013 年的莫斯科市长选举中，纳瓦尔尼曾经获得过第二高的 27.24% 的得票率。2017 年 3 月 26 日，他曾在莫斯科、萨马拉等主要城市发起了一场十万人级规模的示威游行，谴责总理梅德韦杰夫的疑似贪腐行为，作为投身总统选战的预热。但中央选举委员会最终宣布：由于纳瓦尔尼曾在 2013 年被法庭裁决犯有三项贪污和诈骗罪行，他不具备登记参选的资格。

与此前的政治反对势力相比，草根出身的纳瓦尔尼最突出的特点，恰恰是他并不鼓吹某种虚无缥缈的"主义"，而是直接将矛头指向"普京模式"僵化之后出现的贪腐横行、收入下滑等现实弊病。根据杨成的分析，随着苏联解体后成长起来的一代人逐步成为选民的中坚力量，20世纪末盛行一时的关于"市场""自由"等大问题的争论在今天的俄罗斯已经被弱化。构成选民中四成以上比例的年轻人（年龄小于35岁）对政府的考察标准极为现实：无论谁是最高领导人，都必须优先解决就业和社会保障问题，并切实维护宪法规定的政治参与权和市场经济秩序。而纳瓦尔尼在民族主义立场上与俄罗斯民众的传统偏好并无分歧，他所宣扬的政治目标——惩治贪腐、提高选举透明度、给予司法机关更大自主权——在表面上也不和政府的长期宣传相抵触。是故尽管克里姆林宫以釜底抽薪之策将这名公开的挑战者排除了出去，却不得不重视他所引发的关注。

2000年，当临危受命的普京首度登上总统大选的舞台时，他还是一位年仅47岁、来日方长的政治新秀。而在"普四期"结束的2024年，他已将年过七旬、垂垂老矣，不知是否仍将掌控最高权力。根据2008年修订以后的俄联邦宪法，在结束2012~2024年连续两个为期六年的总统任期后，普京必须再度离开总统之位，或者继续"王车易位"、执掌行政权力，或者就此退休。比这更微妙的是，一路伴随他走上权力巅峰的"强力集团"战友和"圣彼得堡帮"精英群体，也在和他一同老去，并且由于纳瓦尔尼持续的贪腐指控而日渐声名狼藉。换言之，无论普京在2024年将做出何种选择，他都必须面对中枢权力精英的更新换代。大约从2016年开始，以"强力集团"第二代成员为核心的年轻政治精英开始进入总统办公厅，统一俄罗斯党高层和内阁；与此同时，在过去的3年里，俄罗斯85名地方州长中的36人被撤换，平均年龄由55岁下降到了46岁。尽管远未决定最终接班人将以何种形式产生，但普京显然已经决定了将以主动换血的方式更新他的"主权民主"。

但在未来6年里，决定俄罗斯方舟最终前进方向的注定仍将是他孤身一人。2018年3月18日日落前，俄联邦中央选举委员会最终宣布：在当天举行的总统大选最终投票中，普京获得有效选票的76.67%（投票率为67.47%），以压倒性优势毫无悬念地开始了第四个总统任期。天黑以后，普京出现在红场附近集结的一群支持者中，依然不失豪迈地宣布："感谢大家。以俄罗斯的名义，我们将共同承担一项伟大的任务，成功在等待着我们。"到2024年，他将成为自斯大林以后执政时间最长的国家元首，也是最不可替代的一位。

克里米亚：王牌与代价

徐菁菁

克里米亚攻势

和 2012 年一样，普京的胜选毫无悬念。被视为最大政敌的反对派领导人阿列克谢·纳瓦尔尼未获参选的资格。普京的 7 位对手不是像俄自民党候选人日里诺夫斯基那样的常年陪跑派，就是普遍缺乏知名度和影响力的新面孔。"俄罗斯的帕丽斯·希尔顿"、政治家阿纳托利·索布恰克之女克谢尼娅·索布恰克虽然受到了较高的关注度，但缺乏基本的政治经验。在电视辩论现场，她一次无法遏制自己的愤怒直接往对方脸上泼了一杯水，一次忍不住哽咽落泪。

面对这样的竞选局面，普京像往年一样拒绝参与总统候选人的电视辩论。他没有发布任何一条竞选宣传视频，除了在 3 月 1 日进行国情咨文演讲聚集人心之外，他基本没有其他竞选动向。就连 3 月 3 日唯——场竞选集会，他也只发表了两分钟的讲话。

总统不动声色，雄心勃勃。有报道说，普京竞选团队的目标是投票率达到 70%，得票率达到 70% 以上，他们要用数据回击来自西方国家的质疑。

实现这个目标并不容易。在总统的这个任期里，2015 年和 2016 年，俄罗斯经济持续两年衰退；2017 年 GDP 增长 1.8%，通胀率降至 2.5%，创下 25 年来最低纪录；粮食产量达到 1.341 亿吨，创 40 年来最高纪录。不过，根据国际货币基金组织（IMF）预计，2022 年前俄罗斯年均经济增长难以超过 1.7%，明显低于世界年均3.7%~3.9%的增速。2017年5月普京批准的《2030年前俄联邦经济安全战略》指出,俄经济仍面临投资不足、原料依赖、中小企业GDP占比不高、地缘政治局势紧张以及腐败和贫困的挑战。根据俄罗斯科学院社会研究所最新一轮民调,对于普京任期内的两大问题——社会不平等和腐败,54%的受访者认为,总统希望解决腐败问题,但实际结果却不尽如人意;45%的受访者对其肃清腐败的能力表示怀疑。只有30%经济条件较差的受访者认为他有能力消除社会不平等。这些在选举中普遍占据重要地位的问题恰是普京继续获得绝大多数民众支持的难点。

不过总统并非按兵不动,他手中仍握有一张王牌:克里米亚。

距离选举日越近,克里米亚的名字越醒目。3月14日,普京在塞瓦斯托波尔这个驻扎着俄罗斯黑海舰队的城市,对欢呼的人群表示,克里米亚民众4年前以公投方式通过与俄罗斯合并,表明克里米亚"回家了"。普京说:"你们为历史重树了正义;你们通过这一决定,告诉了整个世界,什么是真正的,而不是虚伪的民主。你们参加了公投投票,为自己和子孙的未来做出决定。"

距离大选不到一周,一部名为《普京》的纪录片迅速在社交网站上走红。在影片中访问普京的,是2018年1月出任普京竞选活动新闻秘书的康德拉绍夫。在纪录片中,总统被问道:克里米亚在什么情况下可以归还乌克兰?普京反问道:"你说什么?你们疯了还是怎么的?在任何情况下,永远都不会。"普京说,不同意西方对俄罗斯指手画脚,任何问题都只能通过对话而不是最后通牒解决。

俄罗斯"第一频道"电视台在3月17日晚播放由导演阿列克谢·皮马诺夫执导的电影《克里米亚》。这部电影以2014年春普京签署命令将克里米亚收归俄联邦为背景,讲述了一名乌克兰记者与一名塞瓦斯托波尔居民之间的爱情故事。它的目标是最大限度地向俄罗斯和乌克兰人民讲述"克里米亚之春"事件的原委,使观众了解克里米亚居民以及俄罗斯和乌克兰国民在那段日子里的经历和感受。2017年9月27日,这部影片曾经在克里姆林宫举行首映式,发行后首周就以1.6亿卢布的票房占据周末票房首位。导演皮马诺夫曾是俄联邦委员会委员,也是全俄人民阵线组织高级成员。该组织由普京于2011年提议建立,旨在吸引和会聚执政党、其他党派、无党派人士及非政府组织等支持普京的力量。拍摄这样一部影片的最初提议来自俄罗斯国防部长绍伊古。这个提议得到了普京的首肯。于是，影片的制作与拍摄得到了俄联邦国防部、文化部、俄联邦总统驻克里米亚联邦区全权代表的全力协助。

3月17日是俄罗斯大选前的"静默日"。从这一天零时起，所有涉及选举的媒体宣传、造势活动均将被禁止。"第一频道"在这一时刻播放这部影片，难免有为总统拉票之嫌。而事实上，3月18日不仅是大选的投票日。4年前，就是在这一天，克里米亚正式签署条约，宣布加入俄罗斯联邦。

2014年3月，普京在庆祝克里米亚"入俄"的纪念仪式上将克里米亚事件描述成了俄罗斯从历史屈辱过往中一雪前耻的转折点。作为普京过去一个任期内最重大的外交决策，克里米亚"入俄"使俄罗斯在国际舞台上与西方尖锐对峙。这一举措究竟是天才的战略决策，还是鲁莽的杀鸡取卵？观察家们争论不休。但对于俄罗斯国内政治而言，毫无疑问的是，克里米亚"入俄"在过去4年中持续释放着红利。在2012年普京再次担任总统后，俄罗斯国内出现了一些反对普京的思潮，甚至在普京的就职日莫斯科还发生了大规模的游行示威。而成功夺回克里米亚，使普京重获荣光——2000年他第一次当选俄罗斯总统时，就以控制车臣共和国的硬汉形象深入人心。

2013年8月，普京的支持率为63%，次年8月攀升至84%，这一现象首先归功于"克里米亚效应"。3年后，2017年5月，俄罗斯Romir调研公司、全俄社会舆论研究中心和民意基金会的社会研究数据均显示，在超过60%的普京支持者们看来，克里米亚入俄仍然是普京工作中突出的重要成就。而大选前，根据全俄社会舆论研究中心的民调，持有这一观点的人在过去一年里有增无减。78%的俄罗斯人认为，克里米亚入俄对国家只有好处，只有13%的人认为此举造成了负面后果。在大多数俄罗斯人看来，领土是永久的，西方制裁造成的经济困难只是暂时的。

关键抉择

2013年，时任乌克兰总统亚努科维奇决定暂停与欧盟的一体化协议准备工作。这一导火索引起了乌国内大规模的抗议活动，并最终导致了亚努科维奇在2014年

2月下台。亲西方政府迅速在基辅崛起，多年来一直存在亲欧亲俄分歧的东西乌克兰陷入对峙。西方国家与俄罗斯则互相指责对方干预和介入了危机。

乌克兰作为东西方角力场为时已久，危机的爆发像新一轮颜色革命的重演，但克里米亚"入俄"却颇为出人意料。2014年3月11日，克里米亚自治共和国议会发布声明，议会81位出席议员有78人投下赞成票通过"宣告克里米亚自治共和国和塞瓦斯托波尔市（Sevastopol）独立"。两天后，一场公投就以97%赞成的得票率获得通过，克里米亚自治共和国正式宣布和塞瓦斯托波尔一起脱离乌克兰，成立新的克里米亚共和国，并准备加入俄罗斯联邦。18日，普京批准一项与克里米亚有关接纳克里米亚共和国加入俄罗斯并组建新的俄罗斯联邦主体的条约草案，并于21日正式设立克里米亚联邦管区。

在西方看来，克里米亚"入俄"是俄罗斯通过武力吞并邻国的领土，是推翻了"冷战"后欧洲秩序的惊人之举。一个疑问是：普京执政的头14年对克里米亚半岛人民自决并没有表现出多少兴趣，为何会突然做出挑战欧美"底线"的行为？

一个普遍被接受的观点是，2014年基辅入欧游行集会期间，俄罗斯情报部门获悉，激进的亲欧派准备在夺取基辅政权后，立即把克里米亚交给北约。克里米亚是控制黑海的战略要地。大概有2.5万平方公里的岛屿深入黑海的中部，通过刻赤海峡与俄罗斯相望。对于黑海北岸的乌克兰和俄罗斯，克里米亚是通向黑海乃至地中海的不二选择。乌克兰独立后，俄罗斯与乌克兰达成协议，继续租借半岛上的塞瓦斯托波尔港，部署黑海舰队。一旦克里米亚变成北约的地盘，北约将会部署反导系统、无线电和无线电技术侦察站，基于黑海舰队的基地建立海军基地、机场，用于输送物资等。俄罗斯不但失去了战略要地，还将处于敌方军事技术装备的威胁之下。

但有理由相信，克里米亚的战略价值并不是克里姆林宫的唯一考虑。中国人民大学国际关系学院教授宋伟曾指出，时至今日，俄罗斯海军早已风光不再，克里米亚的"地缘战略意义"也并不值得普京孤注一掷。军舰如果要从黑海进入地中海再进入大西洋或者印度洋，必须经过博斯普鲁斯海峡和达达尼尔海峡。根据1936年签署的《蒙特勒公约》，黑海海峡的主权归属土耳其。在战时，如果土耳其中立，那么禁止一切军舰通过这两个海峡；如果土耳其参战，允许军舰通过与否由土耳其决定。而土耳其是北约成员国，即便俄罗斯获得了克里米亚半岛，它本质上也不对黑海的控制产生决定性的影响。另外，在当前的军事条件下，核武器、具有全球到达能力的导弹系统和战略轰炸机已经使得某一地理据点的所谓"地缘战略意义"大大降低了。

"收复"克里米亚，更像是一场争取短期战术优势的赌博，在短期内，投入不大，收益立现。

首先，克里米亚有其特殊性，"收复"可行。2014年2月28日，俄出动13架次伊尔-76运输机，向克里米亚投送了大约2000人的空降兵部队。军事行动初期，俄军政高层一再对外宣称，"没有向克里米亚派兵"，"当地出现的是自卫队"。为此，俄军在行动中摘去肩章以及车牌等各类身份标识，拒绝回答提问，甚至乔装"克里米亚地方武装"，全力追随克里姆林宫的模糊政策，坚持不开第一枪，积极采用柔性方式迫使乌军放弃抵抗。克里米亚"入俄"可以说兵不血刃。

自1783年叶卡捷琳娜大帝凭借沙俄帝国强大的实力兼并了克里米亚半岛之后，俄国人便始终控制着这片土地。1954年，赫鲁晓夫将克里米亚"赠给"乌克兰。但事实上，发生改变的只有行政区划。克里米亚的主要经济支柱是驻军、军事工业和旅游业，基本上属于莫斯科直接管理。在苏联体制下，其人口结构和文化方面并没有出现任何乌克兰化的进程。

上海国际问题研究院俄罗斯中亚研究中心助理研究员封帅在研究中指出，1991年苏联解体后，大多数原苏联加盟共和国在塑造独立国家的过程中都采用否定苏联的历史，强调苏联政权对本民族的压迫，重新美化1917年以前的民族历史的路径。乌克兰就是其中的典型之一。但克里米亚与这一话语体系格格不入。

克里米亚的历史与塞瓦斯托波尔、黑海舰队的名字紧密联系在一起。克里米亚战争中的塞瓦斯托波尔围攻战随着列夫·托尔斯泰的《塞瓦斯托波尔故事》成为俄罗斯民族精神的象征。"二战"期间，黑海舰队抵抗纳粹德国的围攻，坚守塞瓦斯托波尔长达250天。"二战"结束后，塞瓦斯托波尔和克里米亚的另一城市刻赤先后被授予"英雄城市"的称号。克里米亚一直是苏联历史叙事中反抗外来侵略、保卫祖国的主角之一。

和乌克兰其他地方不同，在克里米亚人的历史记忆中没有大饥荒或者大清洗运动，而且因为特殊的军事价值和旅游观光价值，克里米亚地区的经济发展水平和平均收入在苏联时期一直高于乌克兰其他地区。"在克里米亚的历史叙事中，无论在任何位置，都很难找到乌克兰与克里米亚的内在联系，也无法从历史演进中解释乌克兰对于拥有克里米亚领土主权的必然性和逻辑性。"20世纪90年代初，克里米亚就已经历过一场分离主义运动。这些都使得俄罗斯的干涉行为既在其国内具有很强的政治合法性，也得到了克里米亚地区主体民族的普遍接受和欢迎。事实上，2014年，克里米亚的俄罗斯族只占了总人口的60%左右，乌克兰人大约占24%。公投的投票率为82%，而赞成加入俄罗斯的比例达到95%。有一部分乌克兰人也投了赞成票。

另一方面，克里姆林宫有把握不会因为克里米亚爆发直接的军事冲突。乌克兰的经济运转基本依靠美欧和国际货币基金组织的援助维系，与俄罗斯在各方面的实力都相差悬殊。

奥巴马政府在叙利亚、利比亚等问题上的软弱已经让外界和普京清楚看到，奥巴马不但不可能下决心与俄罗斯发生直接的军事冲突，其采取的制裁手段也不可能真能将俄罗斯扼杀。1979年苏联入侵阿富汗时，卡特政府召回美国驻苏联大使、对苏联实施谷物禁运、切断对苏联的技术转让并开始向阿富汗反抗势力提供援助。2014年3月17日，奥巴马政府率先宣布的制裁措施只是对7名俄罗斯政府高官与议员实施经济制裁。奥巴马对于克里米亚局势既没有发出强硬的信号，也没有给予乌克兰以足够的援助，甚至一直拒绝向乌克兰提供致命性武器。

西方对伊朗的制裁影响重大，在于将该国从全球金融和贸易体系中剔除。伊朗没有不可替代的东西，俄罗斯却有。乌克兰危机爆发后，美国商会（US Chambers of Commerce）执行副总裁薄迈伦（Myron Brilliant）对由克里米亚危机引发的美国和俄罗斯的政治交火发表评论明确表示，美国工商界并不想被卷入这场政治危机。2015年，俄罗斯外交部在一份声明中直言，虽然西方制裁不断加码，但美国企业仍旧愿意在俄罗斯做生意。"即便有来自白宫的压力，美国企业并没有急于离开我们的市场。""波音、福特、约翰·迪尔、美国铝业、可口可乐、百事、玛氏、埃克森美孚、雪佛龙、康菲石油等在俄投入巨资的企业还是希望保持它们在俄的地位。"

欧洲亦然。尽管多年来欧洲一直在谋求天然气来源多元化，但依然有1/3的天然气来自俄罗斯。欧盟与俄罗斯的年贸易额高达4000亿美元，约占欧盟年贸易额的1/10。欧洲经济与俄罗斯的联系更为密切。欧盟委员会2015年预计，由于欧盟对俄罗斯实施制裁，欧盟2014年、2015年分别减少400亿欧元和500亿欧元收入，分别占欧盟国内生产总值的0.3%和0.4%。而欧盟人士的预计，欧盟对俄实体部门的制裁将令俄经济2017年损失230亿欧元、2018年损失750亿欧元，分别占俄国内生产总值的1.5%和4.8%。两大经济体的贸易战是互损的。

其结果是，美国和欧盟在对俄制裁问题上一直存在分歧。2014年，英国时任首相卡梅伦的态度最为强硬。他说："既然俄罗斯在助长一个欧洲邻国的矛盾，它就不能指望还能继续参与欧洲市场，享有欧洲的资本、知识和技术专长。"德国则非常希望能与俄罗斯维持某种对话渠道，以保护本国的经济利益和能源供应。法国向俄罗斯出售两艘"米斯特拉尔"级直升机航母的交易的第一阶段仍将继续，并不希望因为制裁影响自己的生意。斯洛伐克则明确指责制裁"毫无意义、只会起反作用"。总的来说，欧盟内部在对俄制裁问题上分为三大阵营：持强硬态度的有波兰、波罗的海国家、英国等；态度较缓和的有奥地利、希腊、塞浦路斯和意大利等；而爱尔兰等规模较小、与俄罗斯相隔较远的国家则采取"中间路线"，主张对话和施压并举。

制裁与反制裁

3月14日访问克里米亚时，普京造访了正在建设中的刻赤海峡大桥。这座大桥是现在刻赤市内最热门的景点。这一全长12英里（19.3千米）的工程计划于2018年12月跨越海峡，连接起克里米亚半岛与俄罗斯大陆。

刻赤海峡位于两座山脉之间，中间狭长地带的风力强劲，还是地震多发带。100多年来，不断有人提议在刻赤海峡上修建大桥，几乎都因为造价高昂、战乱纷飞，或是自然条件限制以失败告终。唯一获得成功的是"二战"时的德军，但他们修建的桥梁很快就被海峡的浮冰撞断。

如今，工程技术不再是问题，唯一的问题是成本。刻赤海峡大桥计划耗资70亿美元，有专家称，这一预算占据了俄罗斯境内公路和桥梁总预算的很大一部分，但俄罗斯政府对此予以否认。亿万富翁阿尔卡季·罗滕贝格（Arkady R. Rotenberg）最终接下了这桩生意。年轻时，他曾是普京在圣彼得堡的柔道搭档。作为总统的亲信，罗滕贝格原本就因为克里米亚问题而受到西方制裁。

一切代价都是必需的。俄罗斯总统国民经济和公共管理学院政治学家叶卡捷琳娜·舒尔曼（Ekaterina Schulmann）对《纽约时报》说："大桥是克里米亚和俄罗斯之间最直观的联系。一座实实在在的桥连接两地，代表克里米亚是俄罗斯的一部分，没有比这更具有象征意义了。"

并不只是象征意义。克里米亚半岛与俄罗斯没有陆上共同边界，之间隔着几百公里的乌克兰领土。克里米亚"入俄"后，乌克兰切断了大部分交通要道，将半岛与外界隔离开来。由于受到制裁，雅尔塔商业区曾经最热闹的麦当劳关闭了大门。国际企业撤出半岛，国际信用卡也被禁止使用。"入俄"后的第一年尤其艰难。克里米亚的淡水供应和电力80%以上来自乌克兰。岛上的粮食作物和蔬菜收成为此缩减了35%。2015年新年，成千上万人度过了连续3天断电的日子。由于开始从俄罗斯进口食品，运输成本和俄罗斯本身的经济状况使食品价格涨了2.5倍。旅游业一直是克里米亚的重要经济来源，每年大约接待600万游客，其中绝大部分是乌克兰人。"入俄"后，这些游客消失了，小贩们必须将印有普京痛殴奥巴马图案的T恤卖给更多的俄罗斯人。

为了在这片"回归"的领土上实现"守成"。2014年8月，俄罗斯联邦政府批准了2020年前克里米亚和塞瓦斯托波尔的社会经济发展联邦目标计划。拨款总额为8254亿卢布（约合146亿美元），其中联邦预算7797.62亿卢布（约合138亿美元）。俄罗斯政府称，2015年，克里米亚已经走出了危机的阴影，游客人数比上年增长21%，GDP增长了8.5%，人均收入也有大幅度提高，不过统计数据也承认，当地的零售市场销售额下降了7.6%。

除了在维系克里米亚上投入大量资金，俄罗斯经济一度受损。2014年到2015

年，俄罗斯货币卢布贬值约50%，跌幅之剧烈引人注目。除了国际原油价格下跌，西方制裁和资本外逃也是重要原因。

但公允地讲，欧美经济制裁对俄罗斯并不致命。俄罗斯经济在2017年已经逐渐走出了低谷。以天然气出口为例，尽管欧洲各国决定减少对俄罗斯天然气的依赖，但2017年1月至8月，俄罗斯天然气工业股份公司向独联体以外的国家出口了1263亿立方米天然气，比2016年同期增长了12.1%。这一方面是由于欧洲必须平衡政治与经济利益：2016年10月，欧盟委员会就决定授权俄罗斯天然气工业股份公司使用OPAL管道，该管道将天然气从北溪项目的终点格赖夫斯瓦尔德输送到捷克和德国边境，决议在2033年前都将有效。另一方面，俄罗斯的定价优势。俄罗斯方面压低了利润率，以抢占欧洲市场高地，美国液化天然气的到来并未为给欧洲的液化天然气进口带来任何实质性变化。

美国加州大学洛杉矶分校政治学教授丹尼尔·特雷斯曼说，在普京时期，西方的官员必须面对一个越来越敢于危险赌博、愿意争取短期战术优势而不太顾及长期战略的领导人。

普京深知，克里米亚带来的真正挑战在于远方而非当下。2017年12月25日，俄罗斯国际事务委员会发布了《俄罗斯对外政策展望：2018》的报告。报告指出，俄罗斯对外政策将加强与独联体国家的关系作为最优先方向，但乌克兰危机的外溢效应是俄罗斯与独联体国家的主要矛盾，俄罗斯要面对独联体国家有意愿加入北约的问题。未来莫斯科必须要提出有吸引力的发展模式，才能够巩固独联体的凝聚力，降低其与域外的地缘政治经济组织进行一体化的愿望。

这份报告同时指出，俄罗斯并不希望进一步恶化与西方的关系，希望借助欧美在制裁问题上的差异态度，加强与欧盟的合作对话，防止西方对俄罗斯安全威胁的升级。但在克里米亚之后，双方如何修复关系，互信与合作能到达何种程度？

丹尼尔·特雷斯曼指出，早在2008年北约峰会上，北约联盟已决定在乌克兰或格鲁吉亚加入北约的问题上不再往前走了。英国、法国和德国的官员们一直坚称，这两个国家局势还太不稳定，不能考虑同意其加入该联盟，况且让它们加入，还会与莫斯科发生不必要的对抗。如果普京目的是要防止俄罗斯被军事包围步步紧逼，那么克里米亚将带来完全相反的结果。克里米亚"入俄"后，北约加强了在东欧地区的军事存在，组建了一支 4000 人的快速反应部队，后者将在保加利亚、爱沙尼亚、立陶宛、拉脱维亚、波兰和罗马尼亚几国之间轮流驻防，并在黑海部署了 4 艘军舰。

近 3 年来北约组织强化其在东欧的军事部署的行动，它整合邻近俄罗斯的波兰、波罗的海三国以及罗马尼亚等国的本国防力量，提升东欧国家抵御外部威胁的自身能力。随后由北约组织内的美、英、德等军事强国牵头组建用以执行快速反应和支援任务的部队，以改善对抗俄罗斯的外部环境和同盟协调机制。2017 年 11 月的北约国防部长会议认为，欧洲虽然需要注意恐怖袭击和难民潮，但应对来自俄罗斯的"传统"且似乎日益严峻的威胁，仍将是今后北约组织所面临的核心议题。

当然，与之相关的还有莫斯科还必须为克里米亚付出另一个长远的代价——永远地失去一个作为俄罗斯西部屏障的乌克兰。

Memo more...

巴西国家博物馆的大火，让人们陡然发现这个金砖国家的衰落，而挪威国王的来访点燃了大家对北欧的向往；中国周边，印度的经济发展值得我们的关注，"巴铁"的中枢易主对中巴关系会有何影响？大马强人总理的回归，会搅动东南亚局势吗？

巴西:"奇迹"褪色,重回十字路口

刘怡

  国家博物馆这场突如其来的大火,摧毁的不仅是巴西人引以为豪的珍贵文物、考古学成果以及艺术品珍藏,它还构成了一种危险的象征:在 20 世纪 90 年代的经济改革之后走势良好的国家,即将陷入一场大危机。

  在 9 月 2 日夜间的大火将巴西国家博物馆的建筑主体和大部分馆藏文物焚毁殆尽之前,这个南美第一大经济体、"金砖四国"之一正在殚精竭虑地避免被席卷整个新兴市场的纷乱所压倒。在 2018 年这场由国际油价回暖、美元持续升值和利率快速上调三重压力造成的新兴市场结构性动荡中,外贸、财政双双面临巨额赤字压力的阿根廷和土耳其率先倒下,巴西和南非则被观察家普遍视为下一块"多米诺骨牌"。尽管相对较低的短期债务比例以及特梅尔政府削减开支的努力使得巴西目前面临的压力稍小于 20 世纪 90 年代初,但本币汇率的急速下跌释放出的依然是不祥的信号:2018 年 3 月以来,巴西雷亚尔对美元的累计贬值幅度已经超过了 25%,汇率跌至三年以来的新低。同时根据 2018 年第二季度末公布的数据,巴西政府债务占国民生产总值(GDP)的比重已经上升至历史新高的 74.04%,央行负债超过 3.4 万亿雷亚尔,失业率则继续徘徊在 12.3% 的高位。

  与经济萧条构成共振的是政坛层出不穷的贪腐丑闻。在中左翼背景的女总统罗塞夫(Dilma Rousseff)因为涉嫌收受非法政治献金、于 2016 年 8 月遭遇弹劾下台之后,继任最高领导人的中右翼政治家米歇尔·特梅尔(Michel Temer)同样被曝出接受了全国最大肉制品加工企业 JBS 股份高达 500 万美元的贿赂,支持率一度下滑至7%。这使得中左翼第一大党劳工党（PT）在2018年10月的国民议会和总统选举中卷土重来的希望再度大增。但该党目前正面临群龙无首的困境——72岁的劳工党热门候选人、曾两度出任巴西总统的卢拉·达席尔瓦（Lula da Silva）于2018年1月被二审判决贪腐、洗钱两项罪名成立，获刑12年又1个月，并在8月31日被最高选举法院取消了候选人资格。支持率紧随其后的中右翼阵营推举社会自由党（PSL）党首雅伊尔·博尔索纳罗（Jair Bolsonaro）为候选人，但后者过于极端的宗教、政治立场以及层出不穷的攻击女性和LGBT群体的言论已经招来了广泛的质疑之声。9月6日，博尔索纳罗在米纳斯吉拉斯州的竞选集会上被一名反对者持刀刺伤腹部，经抢救后脱离危险。而无论哪一方最终胜出，都无法指望享有与卢拉相仿的广泛民意支持。

经历20世纪90年代自由化改革的阵痛之后，巴西在21世纪初一度迎来了国民经济和世界影响力稳步上升的"新奇迹"（区别于20世纪70年代的"巴西奇迹"）时代。得益于全球市场，尤其是亚洲新兴市场对铁矿石、铝土等原材料和大豆、牛肉、咖啡等农产品需求的持续增长，巴西在21世纪第一个10年的平均GDP增长率始终维持在接近5%的水平，2011年更是一度逼近10%的高点，因此也被时任高盛集团首席经济学家吉姆·奥尼尔列入代表新兴市场的"金砖四国"（BRIC）之一。但在第二位中左翼总统罗塞夫任内（2011～2016），全球需求的萎缩开始造成大宗商品出口的急剧下滑，不加检视的对外投资、过于铺张的福利政策以及新兴能源行业的全面国营化则成为滋生腐败和亏空的温床。尽管在特梅尔短暂的两年任期内，缩减公共开支、重新转向新自由主义已经带来了一定程度的成效；但外国投资者依然担心，一旦卢拉的信徒赢得了10月的大选，恢复增长的赤字将令巴西再度回到20年前的困境中。而这一次，已经不会再有救命的"稻草"从亚洲伸过来了。

肮脏的油罐车

所有观察家都不曾料到，罗塞夫政府为平息舆论压力而发起的反腐败调查"洗车行动"（Lava Jato），最终将揭发出总额超过100亿美元的贪污、受贿和挪用公款行为，并导致前后三任总统声誉扫地甚至锒铛入狱。

一切始于一个名叫马格纽斯（Hermes Magnus）的小角色。2008年，这位电子加工厂厂主被迫向穷追不舍的金融警察供认称：长期以来，他一直涉足巴西地下银行网络的洗钱业务，并听命于该国最臭名昭著的亿万富翁、绰号"地下央行行长"的阿尔贝托·尤素夫（Alberto Youssef）。后者在20世纪80年代就活跃于边境走私业，随后成为巴西最大的五个地下洗钱集团之一的首领。在圣保罗州，到处流传着尤素夫用装甲车和私人飞机运送黑钱、在自家豪宅为政客们举办耗资7万美元以上的狂欢宴会的故事。但此人从未在监狱中度过超过一个月时间，原因是他有一位位高权重的密友：进步党国会议员、大农场主何塞·亚尼内（José Janene）。

2005年，尚处于民望高峰期的卢拉政府爆发"月度津贴"丑闻：时任全国邮政总局局长马里尼奥在一段偷拍视频中，明目张胆地从一名商人手中接过装有3000雷亚尔现金的信封，承诺将一桩政府工程授予该商人名下的企业。马里尼奥随后供认称，中右翼政党巴西工党领导人、国会议员罗伯托·杰弗森才是工程的实际操办人。身处舆论旋涡中的杰弗森索性破釜沉舟，揭发执政的劳工党为争取中间派政治家在国会投票中与政府保持一致，长期以"月度津贴"的名义向至少18名国会议员发放每个月1.2万美元的贿赂金，并将多项政府工程承包给这些议员的亲信，涉案金额据信超过5000万美元。卢拉总统的幕僚长迪尔塞乌（José Dirceu）被指控为贿赂行动的策划者，最终黯然辞职并获刑23年又3个月。但案件的诸多细节依然不明。

在"月度津贴"案中，亚尼内是被控受贿的18名议员之一，但调查委员会始终不曾明了他究竟是通过何种金融渠道将形形色色的黑金洗白。尤素夫的现身使警方抓住了受贿者的马脚，他们发现这位地下银行家在首都巴西利亚周边承包了多处加油站，极有可能是通过这些加油站以及与之关联的银行为政客们编织黑金网络。在2014年春天的调查中，警方截获了尤素夫与巴西国家石油公司（Petrobras）前董事保罗·科斯塔之间的往来邮件，其中明确提及由尤素夫安排资金为科斯塔购置一辆"路虎"越野车。在证据确凿的情况下，罗塞夫总统授权联邦法官塞尔吉奥·莫罗（Sérgio Moro）逮捕科斯塔和尤素夫，并发起针对尤素夫洗钱集团犯罪网络的调查活动。因为此次行动最初发端于尤素夫旗下的加油站和油罐车，故而被命名为"洗车行动"。

事实证明，这辆"油罐车"的肮脏程度超乎所有人的想象。部分是为了推卸自己的责任，部分是为了扩大影响、以免被暗杀灭口，转做污点证人的尤素夫直截了当地承认：由地下洗钱网络运营的资金链不过是整个贪腐系统的冰山一角，整个巴西能源系统都已经沦为官僚集团和政党盗取国民财富的吸血工具。在21世纪初发现多处位于东南外海的盐下油气板块之后，巴西石油日产量迅速由此前的不足200万桶上升至300万桶以上，超过墨西哥，成为除美国以外的第二大非欧佩克（OPEC）产油国。围绕油气开采以及与之有关的石油勘探、精炼、运输乃至海外投资，产生了数以亿计的新生财富，而它们统统被经办官员和执政党当作私财加以瓜分。作为国家石油公司负责炼油和供应业务的高管，科斯塔亲自安排9家大型建筑公司和7家能源服务企业承接在海外的基建和服务项目，并从中抽取3%的回扣。每一项承包合同中都包含明目张胆的巨额贿赂和政治献金，它们经过建筑公司在海外开设的账户以及尤素夫这样的中间人洗白，最终进入政客名下的企业。

从2014年3月"洗车行动"启动至今，累计已有超过300名巴西政客和商人遭到起诉，涉及证据确凿的赃款超过10亿美元，巴西能源行业因此蒙受的投资损失和法律诉讼费用则高达110亿美元以上。随着调查不断深入，落马政客的级别也变得越来越高：2016年10月，众议院议长库尼亚（Eduardo Cunha）在巴西利亚的家中被捕，检方指控他通过11个海外账户收受高达4000万美元的贿赂，并将其藏匿在一家假托宗教网站的壳公司名下。随后的调查还发现了新任总统特梅尔安排JBS股份向库尼亚输送政治献金的谈话录音。2017年5月，联邦参议员、前中右翼联盟总统候选人内维斯（Aécio Neves）在尤素夫的检举下被暂时停职，但随后经参议院投票恢复履职。根据尤素夫的口供，内维斯从JBS股份收受了总额超过2700万美元的贿赂和违规献金，以便安排遭受"洗车行动"指控的落马官员对检方发起反诉讼，宣称自己遭到了诱供和不公正对待。

在巴西石油迅速拓展其海外业务的21世纪初，中左翼总统卢拉曾公开为其摇旗呐喊，而当时主管全国能源工业的正是未来的女总统迪尔玛·罗塞夫，两人自始至终否认曾经从油气交易中谋取过任何个人利益。但在2015年6月，警方逮捕了巴西第一大石化工程企业奥尔布雷希特控股（Odebrecht SA）的首席执行官马塞洛·奥尔布雷希特,他承认曾经向卢拉支付巨额游说费用,以换取这位前总统帮助他取得巴西石油在古巴、安哥拉等地的海外项目的承建权。紧接着巴西石油的海外销售商荷兰 SBM 公司的代表律师也向媒体披露,该公司曾经用回扣收入资助了罗塞夫在 2010 年的总统大选。女总统最初拒绝承认任何指控;为了维护昔日的政治导师卢拉,她甚至在 2016 年 3 月提名后者为总统幕僚长,以使其获得司法豁免权,避免遭到立即起诉。但在民众示威的压力下,2016 年 8 月,巴西参议院以 61 票对 20 票的压倒性多数通过了弹劾罗塞夫的决议,决定终止其总统履职。卢拉则在 2017 年 7 月被一审判决受贿和洗钱罪名成立,最终不光彩地锒铛入狱。

以国家的名义

常驻拉丁美洲多年的原《时代周刊》记者蒂姆·帕吉特(Tim Padgett)向笔者回顾了他眼中的巴西贪腐风气之源:"和大部分中南美国家不同,巴西不是通过惨烈的内战从欧洲殖民统治之下独立出来的。它经过了一个和缓而漫长的过渡阶段:首先是葡萄牙布拉甘萨王室的继承人在这里称帝,建立了君主立宪政体的巴西帝国,随后在 1889 年由帝国转化为共和国。早在帝国时期,工商业阶层和地方贵族以及内廷近臣之间就形成了一种基于利益的共生关系;他们以国家的名义垄断了大部分社会财富,并通过构建广泛的关系网确保政治权力和经济财富可以不断世袭下去。在今天的巴西,最富有的 1% 人口依然坐拥 50% 以上的 GDP 规模;虽然已经没有了皇帝和公爵,但议员和高级公务员遵循的还是 19 世纪的道德法则。公共伦理从来没有在这里扎根过。"

还不至于此。既得利益者垄断的不仅是有形的社会财富和政治权力,还包括对"国家"这一抽象概念的定义资格。而这正是理解两次"经济奇迹"以及今日巴西所处的困境的关键。第二次世界大战前后,具有独裁倾向的民粹主义者、曾任总统长达 18 年的瓦尔加斯(Getúlio Dornelles Vargas)率先开启了巴西本土的经济现代化道路:他试图以中央政权主导的工业化进程和能源、采矿部门消解种植园寡头结成的"咖啡和牛奶联盟"对经济命脉的控制,一方面建立垄断国企控制新兴产业,另一方面实行广泛的福利政策。在 1964～1985 年军政府执政时期,"国家主义"至上的趋势获得了人为强化：军政府抛弃了高福利政策，但依旧以高税收和出口农产品获得的进账推行激进的工业化、城市化路线，并对外国资本的进入持开放态度。在军政府上台的前6年，巴西国民储蓄总额增长了一倍以上，1/3的农业人口进入了城市，年均GDP增长率一度突破11%。在这个被称为"巴西奇迹"的增长周期里，全国前100大企业中有75%属于国营性质，国家主义之风昭然。

但日后被经济学家总结为"拉美化陷阱"的那些弊端，也已经埋藏在"奇迹"的基底中。尽管通过大兴土木和强有力的市场保护主义加快了工业化进程的速度，巴西政府却不曾将财政盈余用于投资教育和公共卫生事业。涌入圣保罗、里约热内卢等巨型城市的大量失业人口形成了一个接一个的贫民窟，带来了巨大的治安隐患。而作为工业化助推器的进口石油在1973年全球能源危机之后进入暴涨周期，则令外债总额出现惊人的增长，最终在90年代初造成了恐怖的通货膨胀（通胀率一度接近2500%）和席卷全国的经济萧条。由于旧法币彻底丧失信用，巴西央行被迫于1994年7月1日开始发行新货币雷亚尔，并向IMF申请紧急贷款援助。

临危受命主持雷亚尔发行的是一位经济学门外汉、信奉"第三条道路"的社会学教授费尔南多·卡多佐（Fernando Henrique Cardoso），他在1994年当选为巴西总统，随后连任两届。在回忆录《意外的总统》中，卡多佐把自己的经济政策总结为"信任市场的力量"；在他看来，正是因为对巴西电信和淡水河谷公司（全球第二大矿业公司）进行了忍痛割爱式的私有化，巴西政府得以部分卸脱沉重的公共债务，企业本身也在市场需求的推动下重新焕发了活力。但卡多佐的竞争对手们显然并不信任他的结论：这位接近新自由主义立场的总统运气不佳，刚刚开始迎接复兴周期就遭遇1998年亚洲金融危机的连带影响，随后始终无法在账面上拉动巴西的GDP增长率和公共债务占比。这直接导致了中右翼联盟在2002年大选中的惨败——此前曾三度角逐总统大位失利的卢拉一举赢得了61.3%的普选票和全国26个州中的25个，组建了巴西历史上首届左翼政府。

在经济学者眼中，卢拉及其接班人罗塞夫首先被视为福利主义者和赤贫阶层利益的关心者；但从另一个角度看，他们恰恰也是和瓦尔加斯以及军政府领导人倾向类似的"大国家主义"信徒。这一点在巴西石油公司的命运中体现得最为突出：在桑托斯海盆盐下油气板块发现之后，卢拉曾经踌躇满志地表示"这是上帝给巴西的特别馈赠"，认为出口原油带来的可观收益足以缓解外债压力以及公共开支增长带来的赤字。但事实证明，这种估计仅在2014年之前国家油价的"牛市"周期内方才成立。那时节也是巴西的"新经济奇迹"蒸蒸日上的窗口：在卢拉的8年任期内，巴西崛起为全球第七大经济体，2000万底层人口脱离了贫困，外汇储备增长至接近3000亿美元。人们可以对制造业的萎缩视而不见，甚至可以容忍"月度津贴"这样的公开贪腐。

但"大国家主义"和"资源诅咒"在邻国委内瑞拉曾经经历过的那种周期性盛衰，同样在中左翼党派执政的巴西获得了复制。在卢拉第二任期内油价超过单桶100美元的狂欢中，总统指示国家石油公司将本土油气一概输入出口市场，同时进口价格更高的精炼成品油、以优惠价格投放到国内市场，差额以公司利润补齐。为了宣示巴西作为南美新兴市场国家领军人物的地位，不仅巴西石油公司广泛介入到加勒比海以及非洲国家能源产业的开发中，昔日仅仅负责为国内基建项目提供融资的巴西国家开发银行（BNDES）也开始向周边地区输出资本，以为巴西基建企业获取走出去的机会。从多米尼加的发电厂、安哥拉的水坝到委内瑞拉首都的地铁线，巴西资本和企业冒冒失失地闯进了数十个他们毫无施工经验或成本核算概念的项目，最终又如旋风般撤离，只留下无法胜数的债务黑洞。从巴西石油贪腐案看，其中究竟有多少是为了满足私欲，实在难于计算。

蒂姆·帕吉特不客气地评论道："在20世纪初美国经济取得爆发性增长的'镀金年代'，也曾出现过整个市或者整个州的官僚系统彻底腐化的负面案例。但只有在巴西，出现了从总统到低级公务员、从联邦议员到乡镇税吏，无人不贪、无官不腐的可怕景象。"他举出了几个骇人听闻的案例：巴西东北部一座仅有4万多人口的小城市邦雅尔丁（Bom Jardim）在2012年迎来了一位女市长莱特，她在短短5年时间里就从政府拨付的教育和扶贫经费中克扣下了400万美元；而由于政党力量的庇护，这位市长仅仅被处以罚款和开除公职的处罚，不必入狱。据帕吉特估计，巴西每年2万亿美元的GDP中有5%损失在了贪污和贿赂行为中。而在非政府组织"透明国际"2017年公布的全球清廉指数排行榜上，巴西名列第79位——依然是一个被高估了的位置。

褪色的港口

在距离圣保罗市仅有79公里的桑托斯港（Portof Santos），占地780万平方米的货柜码头和形形色色装卸终端见证了巴西经济横跨三个世纪的盛衰。自1892年开港以来，直属联邦政府管辖的桑托斯港先是见证了巴西成为全球第一大咖啡出口国，随后是汽车零部件、果汁、大豆、玉米以及原油的不间断输出。截止到2006年，这里一直是拉丁美洲吞吐量最大的集装箱港口。"新经济奇迹"的影响，在桑托斯表现得也最为显著。

对21世纪初这场短暂的奇迹，卡多佐和卢拉有着不同的理解。前者至今依旧认为，没有新自由主义者采取的改革减负措施，巴西经济的再度起飞绝不可能在卢拉任内到来。后者则始终不曾为自己的所作所为做出道歉，反而以依旧高涨的支持率作为论据，辩称扩大开支的政策最终服务到了超过全国人口10%的最底层民众。他们显然都选择性忽视了，巴西原油、铁矿石和农产品出口的持续增长是以整个新兴市场，尤其是亚洲市场对大宗商品需求的上涨作为前提的。经济成绩单屡遭诟病的罗塞夫在外贸和产业方针上与卢拉并无显著区别，GDP增长率却从2011年的接近10%直线滑落至2016年的－5.5%，正是全球需求整体萎缩造成出口不振的缩影。而卢拉政府为维持规模庞大的扶贫、基建、民生补贴（如巴西石油公司在出口原油与进口成品油之间的价格"剪刀差"）和海外投资开支，一味倚重原材料出口和外资，使一度兴旺的巴西本土制造业产值一路下滑至不足GDP的15%，应对风险的能力自是大大降低。在2013年大宗商品的价格巅峰期，政府预算赤字仅占GDP的3%；短短24个月之后，这个数字就变成了10%。这正是今天的投资者对巴西望而却步的原因。

在"洗车行动"和反政府示威的冲击下，罗塞夫内阁在2016年夏末黯然收场，与中左翼结成权宜同盟的特梅尔成为最大受益者。观察家相信这位中右翼新总统会回到和卡多佐接近的市场主义路线：毕竟，可观的外汇储备以及依然存在盈余的外贸额度使他面临的境况比90年代初期要好得多，高盛公司也对巴西的经济前景给出了谨慎乐观的估计。最初,事情的确如此:国家开发银行中止了25个毫无盈利前景的海外开发项目,巴西石油公司决定放开国内成品油市场的价格,并向外资出售部分近海石油板块的开采权,对过于铺张的养老金计划的改革方案也已经在草拟中。2017年第一季度,巴西 GDP 恢复了正向增长,外贸顺差也再创新高。

但特梅尔没能成为力挽狂澜的英雄。仅仅12个月之后,这位总统在 JBS 股份行贿案中扮演的"皮条客"角色被司法机关侦知,自此彻底丧失了执政公信力。总资产超过280亿美元的食品加工业巨头 JBS 同样是世纪初镀金"经济奇迹"的受益者,该公司高管向多名国会议员和食品安全监察员行贿的动机是为了掩盖被媒体揭露的一系列质量安全问题,以及继续获得政府对食品行业的税收减免。紧接着,寸土寸金的桑托斯港的运营承包商之一也被曝出曾向特梅尔行贿,以便获得更长时间的码头租用权。现在,经济学家开始担心:一旦中右翼联盟在10月大选中落败,特梅尔那些确有实效的改革措施也会被当作腐败的副产品重新予以废止。

在20世纪的大部分时间里,中右翼政府在巴西民间社会被视为地方保护主义、裙带关系和贪渎之风的同义词;当劳工党在2002年赢得大选之际,他们曾被期望开启一个新时代。16年过去了,被改变的不是巴西政坛,而是劳工党本身:他们不再被视为底层民众和改革潮流的代表,而是腐化坍缩成为一个新的特殊利益集团。人们无法再根据"左"与"右"的立场差异判断一个政党及其领袖的可信赖程度,这也是即将到来的这场大选最特殊的地方:即使是目前呼声最高的博尔索纳罗,在民调中也只获得了22%的支持率。而当选者不仅需要继续对抗本币贬值的压力,还需要立即说服正在首都街头游行、抗议油价上涨的司机们重回工作岗位。

1831年,亚历克西·德·托克维尔在《论美国的民主》第一章中写下了他对南美大陆的观感:"当欧洲人最初登上南美大陆之时,他们以为自己所到的是诗人吟咏的仙境。在这迷人的所在,目力所及的一切仿佛都是为了满足人类的需要,或者为着使人愉悦而安排的。""人们沉湎于这种氛围当中,我还没有见过哪种外部环境产生的消极影响会像此地这样大,大到使人们只顾眼前而不管将来。"在2018年的巴西,你也可以按照字面含义来理解这位观察者的担忧:人们首先需要为化解眼前的危机选出一位新领袖,随后才谈得上将来。

挪威：幸福感从何而来

贾冬婷、李菁

财富，一定会带来幸福吗？

提起挪威，脑海中总会浮现出森林的意象。"挪威的森林"最初源自甲壳虫乐队20世纪60年代的一首歌 *Norwegian Wood*，讲述了一段亦真亦幻的情感故事，而故事里的超现实情境正是借挪威的森林营造出来的。

令人好奇的是，这一置身世界尽头的冷酷仙境，除了带给人物质的有形馈赠——典型的如森林、海洋、石油、三文鱼、极光——还会产生什么样的精神影响？与幸福又有什么关联呢？

事实上，挪威一直是"幸福感"超级强国。自2011年起，联合国每年发布一次"全球幸福指数"报告，挪威、丹麦、芬兰、瑞典这北欧四国一直占据着榜单的前几位，挪威更在2017年位居榜首，得到最高10分中的7.54分。在联合国报告中，衡量一国幸福感有一整套复杂标准，九大领域：教育、健康、环境、管理、时间、文化多样性、社区活力、内心幸福感、生活水平。但说到底，幸福是一种很难量化的内心感受，这激发着我们深入挪威去探寻幸福的秘诀。

最容易与幸福建立关联的变量是财富。联合国报告也显示，富裕的国家民众幸福感比较高。不过，财富对幸福的影响并非单向的正相关。从总量上看也是如此，过去30年全球生活质量不断上升，但幸福指数的提升却相对缓慢。报告制定者、美国哥伦比亚大学经济学家杰弗里·赛克斯指出，经济增长会提升生活质量，但同时也伴生一些社会问题，比如社区意识丧失、社会信任度下降、焦虑感扩散等。

去探寻挪威的社会制度和国民幸福，不可避免地要面对它的国家财富，而且是由于石油的发现而突然激增的财富。它是如何享用财富，同时又设法摆脱石油财富的魔咒的？

1969年，在挪威境内的北海区域发现了日后证明堪称巨大的石油储备，这个发现超越其他一切因素，无时无刻不在影响着每个挪威人的生活，可谓喜忧参半：一方面，现代挪威社会的成功——福利国家制度，无可比拟的生活水平，强大的区域性基础设施和服务，以及散布各地的新建筑，在很大程度上都建立在石油的基础之上；另一方面，从历史上看，石油财富很少对一个国家产生长远的正面影响，挪威会幸免吗？我们去卑尔根拜访了挪威石油基金专家、挪威经济学院院长欧斯坦·特格森（øystein Thøgersen）。

事实上，"石油基金"是个习惯性说法，1996年开始启动的这一基金，2006年已改组为政府全球养老基金，作为挪威的主权财富基金在境外进行投资。采访当天，基金主页上的实时数字显示，基金市值达到87170亿挪威克朗，早已突破1万亿美元，也是全球最大的主权财富基金。挪威是个小国，人口只有520万，这一主权基金总量相当于GDP的两到三倍，人均拥有19万美元财富。而且，这笔财富被妥善管理，严格控制，每年只使用区区4%，剩下的都用于海外投资。可以说，石油基金是现代挪威社会最大的成就——它是北欧自制精神的终极体现，是负责任地管理财政的楷模。

特格森告诉我们，挪威人并非生来养尊处优。1969年之前，挪威是斯堪的纳维亚三巨头的穷亲戚，经济拮据，捉襟见肘。因为境内2/3的面积都被冰川、山地、高原覆盖，人们要在贫瘠的土地上勉强劳作，或者在危机四伏的海洋上讨生活。直到1969年底在北海海域南部发现第一块油田，1972年成立挪威国家石油公司Statiol，此后不断发现新的油田以及天然气田。巅峰时期，挪威一度是全球第七大石油生产国、第三大石油出口国、第二大天然气出口国。据估算，即便挪威人什么事情也不做，现有的石油资源也足够全体国民富足地生活150年。

石油的影响立竿见影。特格森说，他的祖父母一辈以前都在"旧行业"——渔业、船业、制造业工作，大批石油开采完毕后，人们纷纷转向"新行业"——与石油工业直接相关的海上勘探、石油工程工业以及酒店和餐馆服务业等。即使是远离海岸线的地区，工资水平也显著地上涨了，旧行业的人在减少，大规模转向间接的石油产业或者公共服务部门。

直到20世纪80年代遭遇经济危机之后，挪威人开始有了忧患意识：石油资源枯竭后，挪威该往何处去？于是在1990年，挪威议会批准通过政府石油基金法案，石油营收将不再直接归入政府财政，而是转存入石油基金中。这也开始真正践行1971年挪威政府提出的"石油十诫"，宗旨就是确保收益不仅有益于这一代，而且可以造福子孙后代。特格森认为，石油基金也是挪威远离2009年金融危机的原因之一。

石油基金的绝大部分由挪威央行负责进行海外投资。特格森介绍，投资思路是尽量多样化，"把风险分散到多个篮子里"。目前，这笔基金投资在了全球78个国家的9050家公司，其中60.6%投资国际股票市场，36.3%用于固定收益投资，另有3.1%用于投资海外房地产。累积下来，挪威已控制着全球大约1%的股票，是欧洲股票市场最大的国有股东。

特格森认为，石油基金成为挪威人幸福感的重要源泉之一，基于两个原则：第一，基金的使用被严格限制。这一基金相当于国家的储蓄账户，原则上不会动用本金，只消费利息。之前经济学家估算的基金回报率是4%，2016年以来因全球汇率降低，将预期调低到了3%，于是政府财政支出也随之变为动用基金总额的3%。"这样的话，即便石油开采殆尽，本金不再增加，这笔钱也不会减少。"第二，财富由全体国民共享。通过一套包括免费医疗、免费教育等在内的社会福利体系，奠定了一个从摇篮到坟墓都能得到照护的乌托邦社会，将财富转化为了福祉。

挪威人如何做到了抵制消费，没有花掉更多石油收入？特格森认为，一方面是基金建立之初就很清楚，要避免"荷兰病"，即中小国家经济的某一初级产品部门异常繁荣而导致其他部门的衰落，所以每一届政府尽管都面临少用石油收入的挑战，但都会遵守规则。另一方面，也是基于文化传统。"挪威一直是个穷国，人们分散生活在沿海，而不是聚居在城镇和乡村，习惯了靠简单的必需品维持生活。所以，挪威人不喜欢放纵挥霍，对储蓄始终绷着一根弦。"

有关资源枯竭的担心并非杞人忧天。特格森说，目前挪威石油的储量已经开始下降，而天然气正处于增长的最高水平。说石油时代结束或许为时过早，但对未来的预期必须要改变。他举例，从石油基金中的支出是可持续的，但支出的增加是不可持续的；工资的增速会放缓；石油产业的劳动力要削减，转移到新的产业。

那么，在石油经济逐渐褪色之后，驱动挪威经济的新动力来自哪里？我们决定去挪威创新署找答案，那里是政府支持本国企业和产业创新的最重要机构。创新署由一位女性CEO安妮塔·克罗恩·特拉塞斯（Anita Krohn Traaseth）引领，她身着富有冲击力的红色衣服，开门见山地说："挪威只有三文鱼和石油吗？这些传统假设当然没错，我们是一个以自然为本的国家。但基于自然资源的潜力，又远远不止这些。"

桌上有几瓶苹果汁，安妮塔随手拿起来："这是一个关于循环经济的典型例子。挪威东部很多人种苹果树，但采摘不了那么多苹果。于是就有年轻的社会企业，四处寻找过剩的苹果树，把苹果采摘下来，按照传统做法制造新鲜果汁，而不是让它们被扔进垃圾桶。"安妮塔认为，类似这样的关于可持续发展的案例俯拾即是，毕竟挪威人拥有难以比拟的自然资源，"对下一代来说，贩卖安静、纯净、清洁更为重要"。

安妮塔告诉我们，挪威创新署在2015年策划了一个名为"梦想承诺"（Dream Commitment）的调查。他们向学生、大公司CEO、协会等发出邀请，让人们说出对国家发展有哪些期望。因为研究表明，当你把梦想说出来的时候，就更容易实现。最终，有几个领域被选出，成为挪威未来发展的方向：清洁能源、生物医药、智慧城市、创意产业、旅游、海洋产业、医疗与养老。这些领域对于正在塑造国家新品牌来说至关重要，因为必须要让世界知道这个只有500多万人口的小国到底要做什么、能做什么。

以海洋产业为例，安妮塔说，海底下的东西比目前出口的要多得多。除了传统的渔业、船运和船舶制造之外，挪威还在创造基于海风的新能源，以及开发下一代生物医药。比如，挪威海域有很多蘑菇，研究人员已经发现，海洋中的蘑菇也可以制造下一代的抗生素。

无论是对传统资源的有效利用，还是对创新产业的开发，都是基于挪威社会的可持续发展基因。1987 年，挪威历史上的第一位女首相布伦特兰夫人在联合国发表报告《我们共同的未来》，第一次正式提出了"可持续发展"。正是在这一理念下，挪威社会倾向于安全、务实、内敛、调和、凝聚力，这也是挪威人幸福感的根本。

Koselig，生活里的幸福哲学

挪威人甚至有一套"幸福哲学"，这要从一个词"Koselig"说起。想象一下，在挪威森林的小木屋中，燃起蜡烛，火炉里的木头燃得噼啪微响，再泡上一杯咖啡，摆上小甜点，倒在沙发上慵懒地看着一本侦探小说。这时候，挪威人就会用"Koselig"来形容，它比任何其他词都更能表达一种温暖、亲密和相聚的感觉，或者说典型的挪威"幸福感"。

对于一个挪威家庭来说，如何去不遗余力地追求这种简单又朴实的幸福哲学呢？

一个周二的下午 3 点钟，我们在奥斯陆中央火车站与博德见面，跟他一起回位于小镇 Son 的家，去感受一个挪威家庭的日常生活。看到我们对于他下班时间的惊讶，博德说，挪威人在工作上享有很大的弹性，规定每天工作 7 个半小时，但可以自己决定几点上班，也可以在家办公。此外，对于每一个劳动者来说，每年都有至少 5 周的带薪假期。因为挪威人最珍视的一点就是"工作和生活平衡"。

这一天原本的计划是：在附近镇上工作的博德妻子下班后回家做饭，而博德和我们坐 50 分钟火车去镇上，先去把大儿子接回家，然后我们和全家人一起共进晚餐，再去两个女儿的学校看她们的一场足球赛。没想到，因为在火车站聊天忘了时间，我们错过了第一列火车，只好再等半个小时，于是接孩子的任务只能交给妻子了，博德做饭。无论如何，夫妻两人总是共同承担，分工明确。

回到家，女主人已经带着 13 岁的大儿子出门了，留下了晚餐的半成品，我们再简单加工下就好。一家五口居住的是幢朴实的白房子，屋内也没有奢侈的家具，起居室一侧是看得见风景的大落地窗，室内的视觉中心是满墙的书架，围合的

布沙发，连通着开敞的厨房和餐厅。墙面和桌面上散布着一些画作和摆饰，博德说，这些都是当地艺术家的作品，或者来自他们在世界各地旅行时的纪念品，充满"Koselig"哲学下的温暖和亲密感。作为挪威世界自然基金会负责人，博德关注海洋垃圾问题，还有机动车和人类活动带来的污染，在生活中也尽量使用公共汽车或电动汽车，消费奉行环保和节俭。他认为，这也是挪威人的共识。

让我们有些意外的是，尽管挪威人收入高居全球第二，人均收入超过7万美元，但却很少在这里见到奢侈品店，也很少有人炫耀性消费。博德说，部分是因为北欧社会盛行的"詹代法则"，这一法则可以总结为"你和我们都一样"。如果一个人为了攀比，去购买一些自己并不需要的东西，是会被人看不起的。另一方面，挪威有着全球数一数二的税收——所得税率从36%开始，食品类消费税14%，非食品类消费税25%，汽车的汽油燃料税则高达80%。但是大部分挪威人都乐于交税。人们都认为，拥有豪车并不会带来幸福，幸福来自自己所爱的人在需要的时候能得到援助的那种安全感。

简单的晚餐后，我们去博德女儿们的学校观看足球比赛。两个女孩一个7岁，一个11岁，在相邻的两个场地参赛，家长们站在中央空地上加油。太阳渐渐西沉，映照着球场背后的一片挪威森林，树梢上跃动着金色和红色的光，仿佛有火焰要喷涌而出。9月的阳光格外令人留恋，因为进入10月、11月之后，日照的时间就会越来越短，下午三四点钟之后就见不到太阳了。不过，对于热爱户外运动的挪威人来说，正如他们的一句俗话所说："没有坏天气，只有不合适的衣着。"博德说，夏天和冬天可以做的事情是截然不同的，同样令人期待。他们从奥斯陆市中心搬到距离50分钟车程的海滨小镇Son，也是为了更接近自然。夏天走路10分钟就可以去海边游泳，冬天则会迫不及待地外出滑雪，几乎每个挪威人都有一副滑雪板。像很多挪威中产家庭那样，博德一家在山区也有一间小木屋，周末有空就会过去，在周围徒步。"挪威人周一早上都会彼此寒暄，说自己上周末去哪儿滑了雪、登了山，这些活动非常重要。"

关于家庭和工作的平衡，突出体现在挪威独特的育儿文化上，这一点在我们去拜访挪威贸工部部长托尔比约恩·勒埃·伊萨克森（Torbjørn Røe Isaksen）时体会尤深。在去贸工部采访的路上，我扫了伊萨克森的 Instagram，听说这位 40 岁的政坛明日之星也是 Ins 红人，而且画风搞怪，颠覆了人们对政治人物的刻板印象。当天果然有条更新："工作要耽搁了。18 个月大的生病小男孩需要他的父亲。"配图是一张伴着小婴儿的无奈又怜爱的脸。我心想不妙，不知道这位忧心的父亲还会不会如约而至。另一方面也难免惊讶，因为孩子生病，一位部长就要推迟工作，而且还公之于众，难道不担心引发争议吗？

到了中午约定的时间，他已经坐在办公桌旁了。谈起生病的孩子，他说："他哭了一夜，所以我上午陪他待在家里，为此不得不取消和推迟一些工作。不过，在挪威，唯一普遍而有效的借口就是孩子生病了。每个人都会说，好的，我们理解。"

伊萨克森告诉我们，挪威已经形成了普遍的育儿友好文化，政界也不例外。"包括现任首相埃尔娜·索尔贝格（Erna Solberg），她在 25 年前刚刚步入政坛时，孩子也很小，她明白那种感受。因此，当我们举行政府会议时，一个有效缺席理由就是你要去幼儿园接孩子。"

牛津大学曾发起过一次"全世界最完美丈夫"的评选，挪威男性荣膺榜首，因为他们花了最多的时间在家务事上。伊萨克森告诉我们，尽管他的工作要比妻子的工作多得多，但家务事分配还挺平均的。"家里主要是我做饭，我也管洗衣服，但是我不喜欢收拾床铺，所以我不做这个。我们还一起接送小孩。"不过他认为，出发点并不是"我要当一个完美丈夫"，而是挪威社会无处不在的"平等主义"，特别是性别平等。伊萨克森说，这包括男性和女性在社会上有真正的自主权，挪威是女性就业率最高的国家之一，而且，在很多领域打破了传统的性别界限。另外，家庭中也同时兼顾父母双方的需求，女性并不需要为了家庭牺牲事业，挪威的父亲育儿假、育婴津贴、幼儿园托育制度也都是基于这一性别平等的精神。

父亲育儿假这项福利政策由挪威首位女首相格罗·哈莱姆·布伦特兰（Gro Harlem Brundtland）于 1993 年提出。根据这一法案，新生儿父母双方总共可休 59 周带薪育儿假，而且为了鼓励爸爸们参与其中，政府还规定了父亲育儿假的"配额"——父亲必须休满 59 周中的至少 15 周，这 15 周不能转让给妻子。伊萨克森认为，这形成了挪威独特的育儿文化，父亲从次要的照顾者成为活跃的家庭角色，与孩子共处的时间也更多了。无论是爸爸还是妈妈，下班后回家陪伴家人和孩子，才是社会的主流价值观。

一年半前，伊萨克森的儿子出生，他请了12周育儿假，在家陪伴新生婴儿。而在四年前，大女儿出生时，他也用完了父亲育儿"配额"，在家休假14周。他说，这是一生难得的机会，参与孩子最初的成长。作为一位部长，他也并不认为休父亲育儿假很特殊。"老实说，如果我不休任何育儿假，将父亲的家庭责任置之不理，会被视为一个强烈信号，在政治上会引发更多的负面反应。"

作为贸工部部长，伊萨克森这次也会随王室访问中国。他告诉我们，他访问的主要议题一是贸易合作，特别是在海洋资源、环境问题、能源技术上。二是社会模式。"我生于1978年，中国的崛起贯穿了我的一生。对于中国来说，伴随着充满活力的经济，如何搭建一张社会安全网络，是下一步的挑战。在这方面，兼顾经济发展和社会安全的北欧模式是有借鉴意义的。"

人与自然：强大的纽带

与挪威人谈论挪威，他们总是会将话题带到与大自然的纽带上，说起他们对户外生活深入骨髓的热爱。大自然，就是走进挪威人内心世界的那把钥匙。

历史上，挪威人口的分布就比邻国更为稀疏。它是欧洲人口密度最小的国家，每平方公里只有11人。分散的人口形成与世隔绝的小社会，方言有上千种。直到现在，挪威人仍一如既往地分散在各个地区——北方腹地、深山老林、海滨河畔，以及冰天雪地的岛屿。

挪威人与自然纽带的一个典型体现，就是挪威一档看似无聊的真人秀节目——《慢电视》(*Slow TV*)，却已经成为挪威的标志性文化景观。顾名思义，《慢电视》的节奏非常缓慢：历时7小时从奥斯陆与卑尔根的一趟火车旅行；134小时的海达路德邮轮航行，夺得最长直播纪录片的世界纪录；8小时对准一堆噼里啪啦燃烧的柴火；18小时的钓鲑鱼现场，花了3小时，才钓到第一条鱼；8个半小时直播从一只绵羊到一件毛衣的全过程，镜头里织毛衣的人也昏昏欲睡……但是，这档没有主线、没有脚本、没有剧情的节目却取得了空前成功，第一次火车旅行吸引了大约

120万挪威人收看，而看过沿海航程的更高达320万人，要知道，挪威总人口才有520万。

"为什么我们会做这样的节目？那就必须追溯到2009年，我们几个挪威公共电视频道NRK的同事在餐厅讨论做一档节目，以纪念1940年德国入侵挪威事件。有个同事想到了火车。那年正值卑尔根铁路建成100周年，它连接了挪威的东部和西部，跑完全程需要7个多小时。于是我们去跟策划编辑们说了这个想法，他们回答说：'好，那节目要多长？'我们说：'全程。''对，但我们是说节目长度。'就这样来来回回地对话，最终他们才明白了。"在卑尔根山顶一家咖啡馆里，《慢电视》制作人托马斯·海勒姆对我们讲述，后来他们真的拍了7个多小时，架设了四部摄像机，三机拍摄沿途的自然风光，加点乘客的访谈。他们本来预测，节目会吸引约2000名挪威火车迷，没想到实际观众数字是120万，成千上万的"脸书"及"推特"用户彼此聊着，好像他们都一起坐在火车上。有位76岁的老人从头到尾收看，到了终点的时候，他起身拿起手边一个他以为是行李的东西，等到他的头撞到了窗帘杆，才发现自己坐在自家客厅。

"就在火车旅行首播当晚，一则'推特'留言说：'为什么那么胆小？为什么只有436分钟？你们可以延长到8040分钟，展现挪威的代表性旅程——海达路德邮轮海岸航行，大约3000公里，几乎覆盖我们所有的海岸线。'所以，第二期节目，我们就登上了海达路德邮轮扬帆起航，而且是现场直播。在途中，成千上万的人在被拍到的时候，对着镜头挥手，这是历时五天半的'挥手秀'。甚至船上的乘客也在看电视画面，而不愿转身90度直接看窗外的景色。就这样，古怪的《慢电视》成了人们客厅的一部分，成了彼此分享的共同话题。"

为何《慢电视》会脱颖而出？海勒姆认为，现场感非常重要。"因为我们保留了真实时长，没有剪辑，带着观众身临其境，搭上了火车、乘上船、聚在一起织毛衣。2018年夏天，我们又直播了去北部山区的远足旅行，每天都有500多人加入队伍，一起参与到故事里来。"

"现场感之所以让人着迷，是因为可以展开联想，就像在美术馆看画一样。"海勒姆给我们看了一个片段，是峡湾岸边风光，要盯着几乎静止的画面，盯得胃都痛了。"当你坚持很久以后，我相信你会注意到画面下方的一个黑点——一头缓缓移动的牛。你或许会开始想象：农场主人在不在家呢？他在看牛吗？那头牛想去哪儿？你就开始在脑子里编故事。你也会期待下一秒钟会发生什么有趣的事情。当然，最有可能的是什么也不会发生，因为生活就是如此。"

《慢电视》的流行，不仅是因为讲故事的方式，也是因为故事本身。海勒姆说："这并不只是看着油漆干燥观看冰山融化，也不是艺术或冥想。我们必须找出对挪威人有重要意义的故事去挖掘，比如在12小时直播柴火燃烧的背后，是因为在寒冬漫长的挪威，人们对火有一种特别的情感。"而在我们外人看来，《慢电视》是和挪威独特的生活哲学分不开的。这种哲学让他们作为世界上最富有的国民之一，仍享受着斯巴达式的生火取暖的乐趣，心满意足地为迎接北欧严冬编织出厚实的衣物，《慢电视》也是一种再现。

《慢电视》之所以出现在挪威，当然也是因为这里无与伦比的大自然，以及人在自然间多样的旅行，电视只要忠实地呈现出来就好。从卑尔根到奥斯陆，我们也亲历了各种不同的旅行。先是乘船从卑尔根前往巴莱斯塔德，去看著名的松恩峡湾。挪威绵长的海岸线用非常复杂的方式企图吞噬内陆，陆地被切割成了锯齿状，海水最终延伸到内陆，形成了一条条内陆"河流"，于是峡湾诞生了。当我们坐上皮划艇进入松恩峡湾，更体会到这奇美风光的魅惑。群山夹缝中的波光山色似乎延伸至无限，周围除了几艘船划桨的水声，天地间一片静谧，让人放下羁绊，忘掉时间。

巴莱斯塔德是松恩峡湾里的一个小镇，除了偶尔有游轮停靠，大部分时间都保持着宁静，有点"遗世而独立"的味道。壮美的高山峡湾以及充满野趣的田园生活，吸引了众多名人，影响最大的一位是德皇威廉二世，自从他1889年第一次来挪威探险之后，一直到1914年"一战"爆发，持续25年，他每年夏天都会来此度假。在他看来，这里是欧洲大陆唯一远离尘世嘈杂与繁忙的地方。Kvikne's Hotel是这里最有名的宾馆，从1877年经营第一家小家庭旅馆开始，一直维持着家族企业的传统。"你们知道吗？这里还珍藏着一件见证了第一次世界大战的文物！"现在的家族继承人西格里德神秘地带我们走到一张木制椅子前。翻开椅子背面，上面有长长的一段文字，记述了 1914 年的一段小插曲：1914 年 6 月 28 日，费迪南大公在萨拉热窝被暗杀——此事后来成为第一次世界大战的爆发点；而这年夏天，德皇威廉二世照常来到巴勒海滩度假。7 月 25 日下午 5 点左右，他去画家朋友汉斯·达尔家里做客，就是在达尔家的木椅子上，威廉二世收到一份报告，称一场战争不可避免。最后通牒即在下午 6 点发出。两天后，皇家游艇离开小港驶往德国。一场战争已成为事实。面对我们惊叹的眼神，西格里德又狡黠一笑，说，这当然是复制品，真正的椅子不可能放在这个人来人往的大厅里。

之后我们乘车去弗洛姆，沿途经过挪威典型的山间林地，可以随时下车徒步。在附近长大的琳达说，即使是人迹稀少的山区也不用担心，随处都分布着挪威徒步协会建立的公共小屋。为了给户外运动者提供更好的体验，徒步协会设立了长达 2.2 万公里的徒步路线，并沿途标注了超过 100 万个红色 T 字标识。有 29 万挪威人加入了徒步协会，可以进入任意一栋。我们进入的这间小屋只有必要的起居用品，沙发、餐桌、床、壁炉等。可以自带食物，自己生火取暖，到附近去打水，更加贴近自然。琳达说，公共小屋也让挪威人在享受自然的同时"照顾"自然，这是一个相互的过程。想起在奥斯陆见到的几届世界咖啡师大赛冠军蒂姆·温德伯（Tim Wendleboe）所说，在挪威北部，至今保留着一种传统的咖啡自制法，将咖啡直接放入沸水里，不经过过滤，煮出来的咖啡和油脂一起喝下去，能尝到篝火的味道。直到现在，挪威人也更喜欢浅烘焙的咖啡，因为更贴近豆子的原味。

从弗洛姆到米尔达，我们搭上弗洛姆高山火车（Flam Railway），这也是《慢电视》曾拍摄过的火车旅行中的一段。弗洛姆高山铁路始建于 1942 年，轨道架在山腰，在山林中穿行，路线和速度一如当年。古旧的木质车厢，红色装饰，进入其中，让人不禁要慢下来欣赏风景，不急着赶路。20 公里的路途中，小火车钻进 20 个大大小小的山洞，从 886 米海拔降落到海平面高度，隔几分钟就停一站。慢下来才发现，每一段都有每一段的美，都忍不住要下车欣赏一阵，以至于我们的摄影师在一处高山瀑布下的小站流连忘返，差点没赶上发车。下车后发现，绿色车身上写着"世界上最美的火车旅行之一"，这也是"慢"带来的乐趣吧。

全身心地拥抱自然，也是和内心对话的一种方式，更容易激发极致的心灵体验。在奥斯陆蒙克美术馆的《呐喊》前，我们又一次体会到这种极致情感。画作的主体是在血红色背景下一个扭曲的表情。据蒙克所说，这来自他自己的一次亲身体验。一天晚上，蒙克一次和两个朋友一起沿着海边便道散步，日落时分，云被染得红红的，像血一样。蒙克疲惫地停靠在栏杆上，从厄克贝里山上俯视奥斯陆峡湾。这时候，仿佛听到一声刺耳的尖叫穿过天地间，他站在那里不停颤抖着。在《呐喊》画作中，奥斯陆峡湾充满着发抖的、血红的幻觉，蒙克将一种沉闷、焦虑、孤独的情感表达到了极致。蒙克美术馆馆长斯坦因·奥拉夫·亨里克森（Stein Olav Henrichsen）认为，蒙克探索的问题并不只是他个人的，而是普世的。"当然他在5岁时就失去了母亲，15岁失去了妹妹，一生也体弱多病，但他并不惮于面对，甚至毫不留情地揭开黑暗面。不只是《呐喊》，事实上，他一生都在探究一个问题，那就是人是什么，何以为人。"

著名音乐家格里格的音乐也突出地汲取了大自然的灵感。比如《培尔·金特》组曲，配乐诗情画意、色调丰富；《晨曲》如一股凉爽的清泉，在一片安谧的田园气氛中，衬托着太阳破云而出的晨曦精致；《山妖的大厅》中则充满了狂暴粗野、咄咄逼人的怪诞之感。格里格传记作家阿凌·达尔（Erling Dahl Jr.）原是一位大提琴家，他哼唱起格里格著名的《晨曲》的开场曲："非常美丽的音乐，对吧？格里格在创作中借鉴了大量民族音乐的范式与主题，而这种音乐模式可以让全世界的人都能'识别'出来。"格里格的故居在卑尔根郊外的山上，面临大海。阿凌·达尔带我们穿越山林，来到海边，一片错落的礁石延伸到海里。他说，格里格经常来这里眺望远方，寻找灵感。也是在这里，他某天看到一缕夕阳照射到对面山坡下一处陡峭的崖壁上，感觉受到了召唤，决定死去后就葬在这里。他后来如愿归返自然，棺木非常简朴，几乎不留痕迹地嵌入了崖壁中间，面对着大海和夕阳。

实习记者俞可薇、龚思怡、韩越对本文亦有贡献

"班加罗尔特快"：管窥印度式全球化

刘怡

看不见的走廊

在我起程前往印度之前，关于"班加罗尔特快"的零星记录已经在我的记事本里存在了很久。那是一个与18～19世纪的东方贸易极度类似的故事：每周二下午，会有一群美国顶级IT企业、投资机构和咨询公司的代表在旧金山坐上德国汉莎航空的一架波音747型客机，经过20多个小时的飞行和一次欧洲经停，抵达"印度硅谷"班加罗尔开始他们的亚洲冒险。在商务舱座席上度过的旅程将会是他们在随后一段时间里最舒适的旅行体验；因为一旦抵达印度，炎热的气候和永不停歇的堵车会让这些习惯了美国生活方式的精英们叫苦不迭。但他们依旧在源源不断地涌来，犹如200多年前乘坐飞剪式帆船、载着茶叶和丝绸航行于海上的水手。

一位曾在小米科技服务过的美籍管理层人士向我回忆了他搭乘这班"特快"的经历。由于印度存在大量无法核实的"垃圾"商业信息，商务舱的乘客们在自报家门并交换名片之后，通常会狡黠地抛出自己确实掌握商机的一条"尾巴"，吸引邻座的同行以等价物做出交换。"我这里有8家声讯业务外包公司的可靠资料，谁能找到计算机主板装配厂？""有没有专攻印度市场的私募基金的代表？有个好项目可以一起聊聊。"诸如此类的对话几乎每一分钟都在进行，宛如公开的商业情报集市。交流者中有不少人是同行，有一些甚至具有直接竞争关系；但只要存在前景光明的产业和客户，没有什么是不可以交换的。一些有备而来的技术人员和律师甚至在旅程结束前就找到了新雇主,这至少证明汉莎航空公司是有投资眼光的——2001年,他们率先决定开通班加罗尔和美国西海岸之间的直航线路,并将这架747型客机的商务舱座位增加到80个。如今,湾区的许多票务代理商每年能卖出总额数百万美元的直飞印度机票,东西方的硅谷通过空中走廊连接在了一起。

这实在是一个不折不扣的东方奇迹。仅仅20年前,印度个人电脑的安装数量还只是180万台,每100人中仅有10.5部固定电话,密度在全亚洲位列倒数第三。当美国已经保有3000万台连接互联网的电脑时,印度的相应数字是4.5万台。但到了2016年初,全印度信息技术服务(IT)和业务流程管理(BPM)外包企业的总产值已经达到1190亿美元,占据全球软件出口市场20%的份额,规模仅次于美国。从2010年到2015年,印度IT产业出口部门的产值一路由500亿美元翻番至980亿美元,相当于全球平均增长速度的3倍多。考虑到今天的印度依然是一个识字率刚刚超过65%的教育普及落后国家,则其IT产业的发达程度就更令人叹服了。

如果说中国高度普及的九年义务制教育、相对良好的交通基础设施和东南沿海民营企业的兴起早早奠定了成为"世界工厂"的硬件基础,那么印度政府同样清醒地认识到:类似的经验无法在南亚次大陆复制。早在前殖民地时代,缺乏向心力的次大陆版图上就出现了数个人口、资金高度集中的核心贸易城市;进入20世纪后半叶,3个1500万人口规模的超级都市圈(德里、孟买、班加罗尔)和一个500万人口的东部大城(加尔各答)地位已相当稳固,只有它们积累了足够的流动资金、高等教育和科研设施以及相对完善的市政、交通条件,可以充当经济起飞的助推器。因此,印度政府决心使其外向型经济高度精英化、集约化,瞄准前期需要投入资本较少、更倚重智力和教育资源的软件和IT服务产业,给予其重点扶持和优惠的税收减免政策。

和"中国模式"专注的制造业相比,"印度模式"的核心支柱本质上是专业技术人员,而非设备和厂房,这显然是一种前期资金要求不高的轻量级产业。而班加罗尔和孟买高等学府中培养出的那些中产阶级子弟,恰恰最适于就近从事此类工作。大部分印度IT业从业者早期从事的是无自主品牌和知识产权的低级外包出口业务；当美国西海岸正牌硅谷的员工们进入梦乡时，他们的印度同行恰好可以在白昼时区接上工作，承担系统升级、数据包加工和纠错杀毒等工作。初期经验积累完成之后，一批印度本土知名软件企业应运而生，进驻了班加罗尔、孟买等地的IT产业园，并开始和全球主流IT巨头开展更高层次的商业合作。麦肯锡国际的研究报告估计，目前全印度直接从事软件外包服务业的专业人员多达230万人，另有650万人间接与此相关；在2016年全球软件业离岸外包目的地排名前10的城市中，印度独占6座，已经成为声名在外的业界样板。

尼赫鲁与寇松

在2004年之前，已故的英属印度副王乔治·寇松（George Curzon）侯爵的名字甚少在官方媒体中被公开提及。在国大党政府传统的甘地—尼赫鲁主义叙事中，那是一个反面角色：1899~1900年，在他治下的印度中西部发生了死亡人数超过100万的大饥荒，紧接着孟加拉邦又在1905年根据宗教族群的分布差异被拆分成了两块。在印度民族主义者由来已久的历史叙事中，这些都属于殖民者犯下的冷血罪行，永远值得唾弃。

尽管在独立运动过程中曾经多次借用印度教和耆那教的内省教义，甘地—尼赫鲁主义的本色依然是后殖民地式的。英国人离去之后，他们渴望迅速建立一个强大而稳固的现代国家，恢复印度文明在古老年代曾经有过的荣光，并以某种方式报复和羞辱曾经的殖民者。1961年，尼赫鲁做出了一项完全出于面子意识的重大决策：为了平息极端分子对"国大党在陆上划界问题上向中国妥协"的指控，他派出4.5万人的大军，在48个小时内占领了葡萄牙留在印度的三小块殖民地果阿、达曼和第乌，俘虏了4000多名守军中的绝大多数。此举在军事和政治上都毫无必要，不过是为了在欧洲人面前出一口恶气。而这又反过来煽动起印度民族主义者的骄傲情绪，使他们在1962年主动对中国挑衅，最终以军事惨败而告终。尼赫鲁也在两年后郁郁而终。

直到1998年基于偏执心理引发南亚核危机，并最终招来国际制裁和资本外逃的恶果之后，印度政治家才逐渐回忆起寇松的遗教。在19、20世纪之交的那几年里，他曾谆谆告诫印度人：一个国家最有价值的资产不是领土和疆界，而是基于分享经济繁荣形成的长期影响力。在当时，寇松所指的是"苏伊士以东经济圈"：在英帝国基于全球商品贸易和资本自由流通形成的大循环中，印度的影响力可以辐射至波斯湾、阿富汗、缅甸和暹罗，构成一个规模稍小的次级经济圈。而辛格和莫迪这两位寇松的传人对一个世纪前的经验做了进一步调整：在21世纪初的全球经济循环中，印度将使其由最高阶技术精英构成的IT和金融业服务于欧美发达国家，方兴未艾中的重工业满足本国和中东市场的需求，出口附加值最低的消费品和低端制造业则主要占领南亚和东盟市场。甚至连劳工也可以作为一种"产品"进入地区市场：在阿拉伯世界总会有他们的用武之地。

只有站在新寇松主义的角度，才能理解莫迪的一系列施政方针的用意。尽管同样被视为坚定的印度民族主义者，并且曾经在边境争端中对中国做出挑衅，莫迪在安全问题上的立场远不像尼赫鲁父女那样强横而顽固。在巴基斯坦成为拥核国家之后，尝试从领土上对其加以占领或肢解已经变得不现实了。重要的是使周边国家对印度的商品、技术和劳动力形成依赖，使南亚的每一个次级区域都"结成相互依赖、互惠共荣的网络"。正是在这个意义上，莫迪希望在辛格时期的"世界办公室"模式上更进一步，打造"印度制造"的品牌。

如果说以软件外包开发为支柱的服务业构成了印度经济与全球化中心国家之间的纽带，那么"印度制造"就是莫迪政府打造南亚 - 东南亚次级经济生态圈的关键步骤。类似孟加拉国、斯里兰卡和缅甸这样的国家并不需要多么专业的IT和金融服务，但对空调、手机、手表这样的消费品和初级机械设备依然有旺盛的市场需求。而莫迪希望把目前在这些国家占有优势的"中国制造"商品挤出去——不仅凭借价格优势，也要利用政治情感牌和距离优势。素来以质量低劣、工期延宕而臭名昭著的印度军工企业在最近几年已经延揽到了一个新客户：同样拥有大量苏制武器，却与中国关系微妙的越南。而随着南海周边国家陆续着手采购第一批潜艇，拥有自主建造和维修潜艇能力的印度也将成为有竞争力的维修和升级服务提供商。从这个角度看，印度造船业长期以来坚持只与欧美公司合资建厂，却拒绝出让控股权的保护主义做派显得不无道理，也即将迎来收获。

尽管常常被拿来和"中国模式"做比较，但"印度模式"终究有其独特之处：在通过集中高端人力资源、重点发展IT服务业掘得第一桶金之后，莫迪政府最终也决意转向打造制造业基础的"固本"之举。印度或许不会成为未来的"世界工厂"，但在新寇松主义的指引下，它正在朝"南亚工厂"的方向迈进。在此过程中，技术优势不足以形成代差、价格优势正在逐渐被侵蚀的中国出口商品，极有可能遭遇来自次大陆的挑战。毕竟，寇松侯爵在1909年曾经做出过这样的遐想："有朝一日，现代印度将会成为亚洲大陆最强大的国家。"

中枢易主，"巴铁"仍在等待戈多

刘怡

名不副实的"胜利"

尽管 CNN 坚持在新闻评论中将伊姆兰·汗（Imran Khan）称为"巴基斯坦的特朗普"，但在伊斯兰堡，所有人都知道他不是——在选民投票率已经下滑至 51.77% 的背景下，这位 65 岁的前板球明星和他领导的巴基斯坦正义运动联盟（PTI）在 2018 年国民议会选举中仅仅拿下了 31.89% 的普选票，既未能赢得单独组阁所需的简单多数，在计票程序的公正性上也饱受国际观察家的质疑。如果从得票总数上看，2.14 亿巴基斯坦人中其实只有区区 1685 万人选择了伊姆兰·汗，而特朗普至少在 3.8 亿人口的美国拿下了 6298 万张普选票。

假使再考虑到 7 月 25 日投票日之前的一系列铺垫，则伊姆兰·汗交出的成绩单，甚至可以用"惨淡"来形容。前总理、老资格执政党穆斯林联盟（PML，以下简称穆盟）党魁纳瓦兹·谢里夫（Nawaz Sharif）由于身陷贪腐丑闻，在 2017 年 7 月 28 日被最高法院剥夺了继续担任公职的资格。2018 年 7 月 13 日，谢里夫在拉合尔被捕，旋即被判处 10 年徒刑。顶替其出征选战的旁遮普省首席部长沙巴兹·谢里夫（他是纳瓦兹的弟弟）公开抨击称：投票和计票过程中存在大规模舞弊现象；军队高层和情报机关为了扶植相对弱势的正义运动联盟，以便从幕后操控政局，对谢里夫家族以及穆盟候选人实施了有预谋的迫害和打压，最终使其仅仅拿下 64 席。至于长期以第二党身份出现、扮演着传统反对派角色的巴基斯坦人民党（PPP），因为其基层组织依旧处在新生代党主席比拉瓦尔·布托·扎尔达里的改革造成的震荡中，得票率进一步滑落至第三位，仅获43席。但即使是在传统两大党早早颓势尽显的情况下，游走于"巴铁"政坛超过20年的正义运动联盟也只拿下了272个改选席位（不含另外70个按得票率分配的妇女和少数族裔代表预留席位）中的116席，必须和多个小党派结盟才能完成组阁工作。在地理位置至关重要的俾路支斯坦省、信德省和旁遮普省腹地，伊姆兰·汗和他的追随者没能赢得哪怕一个选区，更是折射出这场大选乃至整个巴基斯坦深陷宗派斗争旋涡，并处于分裂威胁的边缘。

　　与此同时，弱势的新总理需要面对的却是空前严峻的经济和政治考验。由于对外贸易长期处于严重入超状态，并且国际油价的回暖令外汇在2018年的消耗陡然加快，巴基斯坦央行外汇储备的规模在过去14个月里已经缩水了45%，到7月下旬仅余91亿美元，只够维持一个多月的进口运转。严格说来，该国的国家财政已经破产：从2017年6月至今，巴方累计从东方邻国的商业银行获得50亿美元的贷款，加上本币主动采取贬值20%的策略，方才避免了大规模债务违约的出现。但在未来18个月，巴基斯坦将有超过200亿美元的外债面临到期偿付；即使是按照最保守的估计，也需要筹集超过100亿美元（悲观的分析家估算出的数字是280亿美元）的"过关"资金。而无论是呼吁东邻继续"输血"，还是在不到5年时间里第二次求助于国际货币基金组织（IMF），新政府都不得不以缩减开支和强化征税力度作为交换条件。但鉴于伊姆兰·汗的竞选政纲正是以大幅度增加社会福利为核心，民众对新政府的信任程度可能从第一个星期起就被投上巨大的阴影。

　　更大的不确定性则来自以旁遮普人为主体的军队高层的态度。在过去30年里，巴基斯坦的民选政府只有在获得至少一个军人派别支持的前提下，才能维持相对稳定的运转。而军队和情报机关在核武器、陆上安全问题以及对外政策中的决定性话语权，在任何时期都不曾被削弱。正是由于来自军队的隐性支持，伊姆兰·汗才得以赢得2018年的这场选举；但一旦他把自己赖以崛起的民粹式手法用于对冲军队的影响，谢里夫曾经的命运将很快降临到他本人头上：毕竟，仅仅5年之前，穆盟也曾高调宣布巴基斯坦政治的新时代已经到来。

板球明星的崛起

尽管 CNN 将伊姆兰·汗比拟为"巴基斯坦的特朗普"未免显得夸张,但公允论之,这两人的确具有某些意味深长的共性:他们在本国都属于颇具知名度的精英人士,却又以底层代言人的形象崛起于政坛。他们在个人生活上的浪漫态度皆不为主流价值观所偏爱,又乐于发表挑战政治惯例的惊人言论。最重要的是,他们的胜利都代表了民生问题在诸多社会问题中的迫切性,这一点远大于"面子",甚至大于民主程序本身。

德国移民后裔特朗普通过经营商业地产的成绩以及在电视真人秀中的表现积累了自己的大众知名度,普什图中产家庭子弟伊姆兰·汗则以板球巨星的身份为巴基斯坦人所熟知。运动天赋不仅帮助他申请到了牛津大学基布尔学院的奖学金,还使他成为巴基斯坦众望所归的国家英雄——在 1983 年和 1987 年板球世界杯上,以伊姆兰·汗为队长的巴基斯坦队两度杀入四强。1992 年,这位年届四旬、在退役后响应国家征召复出的球星更是率队勇夺世界杯冠军,将他的个人传奇推向了顶峰。人们热烈地讨论他的击球速度和出场习惯,也把他的浪漫私生活和种种离经叛道行为看成是可容忍的花絮——尽管公开申明过自己的穆斯林身份,但伊姆兰·汗的每一段婚姻都没能维持 10 年以上,在英国还有一个私生女以及层出不穷的绯闻女友。1982 年,他赤裸上身、仅着一条短裤出现在一家伦敦报纸的采访照上,这在通常情况下足以永久性地终结他的政治生涯。

与此同时,随着军人总统齐亚·哈克在 1988 年意外空难身亡,巴基斯坦进入了民选政府首脑与军队领袖交替执政的年代。年轻的人民党女领袖、与欧美国家关系密切的贝娜齐尔·布托(Benazir Bhutto)在 20 世纪 90 年代度过了两个不连续的总理任期,随后因为贪腐嫌疑被赶下台,2007 年从流亡地回国后遭遇自杀式炸弹袭击身亡。另一位政治巨头、代表旁遮普商业集团利益的穆盟领袖纳瓦兹·谢里夫虽然一度与军人集团关系密切,并在 1998 年默许了由军队推动的核试验,但在一年后还是被陆军参谋长穆沙拉夫用一场不流血的政变赶下了台。2008 年穆沙拉夫被军内同僚罢黜后,贝娜齐尔·布托的丈夫扎尔达里当选为总统,恢复了宪法的正常运行和以总理为核心的行政体制。谢里夫乘机得以东山再起，率领穆盟在2013年大选中获得历史性胜利。但执政仅仅4年后，这位三起三落的政治强人便不得不再度黯然下野，并最终第二次身陷囹圄。

邻国兼宿敌印度政治体制运转的稳定，使得巴基斯坦不正常的政党轮替和军人干政现象往往被欧美政治学者当作转型失败的反例加以鞭挞。近年来印度经济崛起的强劲表现，更令巴基斯坦相形见绌。但倘若以世界银行公布的GDP增长率数据作为参照，不难发现：1990年以来印巴两国国民经济的起伏趋势，走向几乎完全吻合。一旦遭遇国际性金融危机或者政策调整带来的动荡，印度经济的抗压能力并不比巴基斯坦更突出。至于为何两国GDP增长率的平均水平会存在显著差距（印度在最近10年接近7%，巴基斯坦则为4%），用人口基数和资源禀赋规模也可以做出合理的解释。实际上，即便巴基斯坦政府平均5年就要遭遇一次大规模财政危机，其GDP增长率在最近50年也从未跌落到负数。真正的问题在于分配不均：完全由民选产生的贝·布托和扎尔达里政府在解决城乡贫富差距和拉动就业方面表现乏善可陈，谢里夫政府推动的私有化路线更是造成了层出不穷的暗箱操作和贪腐弊案。当失业成为最突出的社会问题时，人们关心的是民生，而不是民主。

伊姆兰·汗的崛起，便是在此种背景下发生。1996年，他将几个中间派中产阶级政治社团合并为"巴基斯坦正义运动"联盟（以下简称正义党），公开挑战分别由布托家族和谢里夫家族控制的传统两大党，并表态称："我国面临的最突出问题不是极端主义，而是治理失能。"但直到2002年，该党才在大选中拿下第一个国会议席。在穆沙拉夫执政的10年里，正义党致力于深耕草根阶层，在巴基斯坦中部和北部建立起了自己的基层动员系统。在2013年大选中，该党已经崛起为议会第三大党；若无伊姆兰·汗的认可，穆盟甚至无法组建稳定的中央政府。但仅仅4年之后，伊姆兰·汗就抛弃了与执政党之间同床异梦的合作：在2017年围绕巴拿马解密文件产生的风波中，正是正义党强硬地要求终止谢里夫的任职资格，最终导致后者黯然下野。

在1996年之前，伊姆兰·汗的公众形象是一位亲西方的花花公子，一名会被虔诚穆斯林视为"背教者"的非主流人物。但在最近20多年改变政治"人设"的尝试中,他最终找到了自己的定位:一位尊重宗教信仰和传统但反对家族政治的平民主义者,一位在左右两条经济路线之间保持平衡、承诺为底层群体提供更多保障的福利主义者,以及不加掩饰的民族主义者。最后一点在2018年的巴基斯坦尤其重要:继美国总统特朗普公开指责伊斯兰堡当局"为阿富汗恐怖分子提供避风港""把美国领导人当作傻瓜"之后,巴国内部还兴起了质疑中巴经济合作前景的质疑。而伊姆兰·汗以一种鲜明但不偏激的立场申明了自己的看法:在接受英国《泰晤士报》采访时,他承认巴基斯坦需要对阿富汗局势承担责任,但同时也强调美国才是"反恐战争"的第一责任人。巴基斯坦在这场战争中已经蒙受了数以万计的平民伤亡和巨额经济损失,不应当再受道义上的谴责。在中巴关系上,伊姆兰·汗表示希望向中国学习关于扶贫和反腐败问题的经验,但也重申中巴经济走廊应当惠及除旁遮普省(穆盟大本营)以外的其他地区。在当下的巴基斯坦,这无疑是一种足够取巧的表态。

国家治理危机

穆盟和现代巴基斯坦的缔造者穆罕默德·真纳(Muhammad Ali Jinna)在1948年因患晚期肺癌而去世,不必看到随后70年里的种种波折。实际上,相较印度独立运动的领导人甘地和尼赫鲁,真纳甚至很难被称为民族主义者——作为英属印度国民大会党的早期党员之一,律师出身的真纳既不懂乌尔都语(今天巴基斯坦的官方语言),也更乐于和殖民当局达成妥协。对他而言,创建独立的巴基斯坦国家完全是一种防御性动作:在20世纪30年代英属印度筹备自治之时,真纳仅仅希望建立完全由本地人选出的行政机构,并由穆盟在穆斯林人口占绝大多数的西北五邦掌握地方政权。但国大党在1936年第一届邦议会选举中的激进姿态使他感到了恐慌,认为一旦英属印度作为一个整体获得独立,印度教徒凭借巨大的人口和经济优势(其数量是穆斯林的2.5倍以上),一定会成为新的压迫者,穆斯林则将沦为彻底的牺牲品。有鉴于此,他在1947年最终决定支持"两国方案",在英属印度西北方建立一个独立的伊斯兰国家。巴基斯坦便是在此种背景下仓促诞生。

换言之,不同于现代印度继承了南亚次大陆固有的经济体系、地理禀赋和人口分布特征，"防御性"的巴基斯坦除去统一的宗教信仰特质外，几乎不具备其他历史、种族身份或者地理认同。在英治时期，西北五邦就是边境冲突和部落起义的高发地；殖民地当局从未能在当地建立起统一的法律秩序和文官制度。这种困境也被巴基斯坦所继承：它的6个主要省份和自治邦每一个都有独立的主体民族，几乎每个民族在历史上都发展出了依附于周边国家的贸易和经济网络，使用20种以上的不同语言和文字。只有同时具备充足的财力、稳定的国际环境以及强有力的中央政权这三项条件，才能将这个仓促拼凑起来的防御同盟整合成真正意义上的现代国家。然而所有这些条件在过去71年里都不具备：直到今天，巴基斯坦依然只是一个"形式国家"。

真纳和他的继承者们殚精竭虑，为这个新国家建造了一个全新的首都伊斯兰堡，也建立起了看似统一的法律、财政体系和中央军队，然而各省的宗派主义和分离主义特征并未因此而有所消弭。头号商业中心卡拉奇所在的信德省在经济上更靠近孟买和波斯湾国家；这座城市之所以能在过去半个多世纪里，由一个仅有40万人口的小港口发展为拥有1500万常住人口的大都市，靠的完全是阿拉伯海转口贸易以及沙特阿拉伯、阿联酋等海湾富裕国家的援助。掌握全国军队大权的旁遮普人以及从西北内陆涌入的普什图人（伊姆兰·汗本人即属于这一族裔）在这里一概被视为国内殖民者，20世纪末席卷欧亚大陆的穆斯林运动也曾以这里为辐射源。以军人集团挑战者身份出现的布托家族，便是信德省本地利益集团的代言人。在2018年大选中，由贝·布托30岁的儿子比拉瓦尔领衔的人民党依旧在信德省取得大胜，根基之稳固可见一斑。

类似的情况也出现在天然气、石油和矿产资源富集的俾路支斯坦省。800万俾路支人仅占巴基斯坦全国人口总数的3.6%，无论是旁遮普政商集团还是外国投资者都被他们视为敌人。20世纪60年代以来，俾路支分离主义者曾4次发动反对中央政权的大规模暴动，其间累积的平民伤亡，更使这个边境省份与伊斯兰堡之间的离心力变得与日俱增。与阿富汗邻接的开伯尔-普赫图赫瓦省（Khyber Pakhtunkhwa）则成为普什图人的无政府乐园：1893年，入侵阿富汗未果的英国政府通过划定"杜兰德线"，将普什图人聚居区分别留在了阿富汗王国和英属印度这两个政治实体内。但随着整个阿富汗在1979年之后陷入延续至今的动荡，国界的意义变得荡然无存。巴基斯坦一侧的白沙瓦变成了普什图人聚居区仅次于喀布尔的政治和商业中心，一切为文明国家法律所禁止的生意——毒品、军火、走私和人口贩卖，都在这里红红火火地进行。从反苏"圣战者"、本·拉登到塔利班分子，形形色色的不安分势力在这条边境线两侧自由流动，近乎不受限制。而开伯尔-普赫图赫瓦省恰恰是此次大选中伊姆兰·汗得票率最高的地区：显然是基于族群认同，而非国家利益。

于是，对占据巴基斯坦总人口44.7%的旁遮普人来说，避免国家因宗派主义而解体变成了一项持之以恒的工作。和许多缺乏民主政治传统的后发国家一样，这项工作是由军事精英来完成的。每当信德省商业利益集团的代言人（以布托家族为首）表现出坐大的趋势，军人集团便走上前台，以超党派的仲裁者身份终止选举制度，并利用与印度之间周期性的安全紧张实施全国动员。和南美国家一样，军人集团内部也存在一套隐性的领导权竞争和自我更新机制，使得一人独裁较少出现，而让位于周期性的领导层更新。在20世纪90年代，军人集团还与旁遮普本省商业利益的代言人谢里夫家族结成同盟，以形成一种更间接的政治干预模式。

然而在一个弥漫着宗派主义和分离主义气息的国家里，这注定是一场徒劳无功的尝试。由谢里夫在其三个总理任期内主导的经济改革固然使巴基斯坦勉强挤入了全球经济循环，但最大的受益者依旧是旁遮普商业巨子及其盟友。在卡拉奇这座超级城市，常住居民的总数在最近20年里膨胀了59.8%，供电、供水设施和廉租住房的数量却几乎不曾增长，失业率一度高达25%，帮派犯罪和毒品交易横行。前财政部长穆巴希尔·哈桑哀叹："今天的卡拉奇就像一个乱哄哄的菜市场，合法的国家结构在这里已经近乎崩溃：警察变成了私人保镖，法官依据贿赂的多少来断案，绑架犯、杀人犯、银行劫匪和毒枭才是城市真正的主人。"谢里夫政府主导的农村扶贫计划和电信业发展计划在过去5年里一度取得了漂亮的统计进账，但直到2016年总理家族的私人财务状况被披露，人们才能看出谁是最大的受益者：谢里夫兄弟及其子女在英属维尔京群岛注册有至少4家离岸企业，并通过这些企业在伦敦海德公园周边购置了6处高档房产，在苏格兰则是76套公寓的房主和承销商，并持续参与欧洲企业在巴基斯坦的商业开发。与此同时，巴基斯坦本国的外汇储备却正濒临枯竭。

而依然由旁遮普人控制的军队高层和情报机关却远未打算从国家政治舞台的中央退场。出于对印度的安全恐惧，全力发展核武器以及在周边地区输出影响力始终是巴基斯坦陆军和三军情报局（ISI）坚持的长期方针。在20世纪六七十年代，这种偏执尚可争取到来自美国的经济和军事援助。但一旦巴方在1979年之后全面介入阿富汗，创造安全冗余的努力反而变成了扩大内乱的根源。在巴基斯坦军方的支持下，反苏"圣战者"以及塔利班长期以白沙瓦周边作为后方根据地，带来了严重的安全隐患和治安问题。而在美国发起的"反恐战争"中，巴方虽则不得不接受华盛顿方面的施压，内里仍不愿放弃通过普什图人武装和政治力量介入阿富汗局势的欲望。于是，漫长的准战争状态开始在巴基斯坦西北边境蔓延：美国无人机和特种部队频繁越过巴阿两国边境线，执行形形色色的"斩首"行动，带来巨大的经济破坏和平民伤亡。而巴基斯坦军方虽然一再否认在阿富汗采取的干预措施，却长期为此投入财政和人力资源，使得全国安全和经济形势持续恶化下去。

在与穆盟以及人民党以外的多个小党派达成基本一致之后，伊姆兰·汗将在2018年8月初正式就任巴基斯坦政府总理。与特朗普自诩代表了美国大部分平民阶层的意志不同，这位少数族裔背景的新领导人依然是宗派政治的产物，也依旧需要通过和军人集团的磨合来推行自己挽救国家的计划。但在伊斯兰堡密布着掣肘力量的政治环境中，他不可能是最后的救世主——在21世纪即将进入第三个10年之际，巴基斯坦这个中国重要的邻邦、在中文网络上被亲切地昵称为"巴铁"的全球人口第五大国家，依然在等待属于自己的"戈多"。

强人归来，"大马"寻求再出发

刘怡

风暴来临之前，纳吉布（Najib bin Abdul Razak）已经做出了一切力所能及的努力，但依旧无济于事。

距离 2018 年 5 月 9 日的马来西亚国会下院选举尚余一个月时间，担任首相已有 9 年之久的纳吉布以一种以逸待劳的姿态开始了他的布局。4 月 7 日，就在他宣布解散旧议会当天，执政联盟国民阵线（BN）公布了他们的竞选宣言，内容包括：免除本国农民和小农场主在购买国有种植园土地时欠下的债务，提高橡胶收购价格；投入巨资，在婆罗洲等马来半岛以外的地区修建新的公路、住房、发电厂和污水处理厂，提升旅游景区的机场服务质量；制定保障条款更健全的法律法规，使妇女在就业、生育、参政时能获得更切实的福利；在 5 年内将全国最低工资线上调至 380 美元左右，同时将外籍劳工在就业市场中所占的份额压缩至 15%；扶植高科技产业，在 5 年内将数字经济对国内生产总值的贡献率提升至 25%，同时全国上网成本降低 50%、网速提高一倍。总之，按照纳吉布的说法，"国民阵线必须赢。只有这样，人民才能过上和平富足的生活"。

无须赘言，厚达 220 页的竞选宣言将马来裔和穆斯林选民、公务员、农村贫困人口以及婆罗洲居民作为主要取悦对象，试图以真金白银交换他们的支持。在过去 60 多年里，正是来自这几个核心选民群体的忠诚构成了国民阵线（以下简称"国阵"），特别是阵线中的第一大党马来民族统一机构（UMNO，以下简称"巫统"）逢选必胜的根基。纳吉布对这套驾轻就熟的模式有信心：尽管自 2013 年惊险胜选以来,他本人曾屡次身陷诸如"蒙古女郎谋杀案""一马公司贪腐案"之类的争议事件中,但政府拿出了进入21世纪以来最强势的经济成绩单。截止到2018年第一季度,马来西亚全国失业率下降至3.3%,人均工资水平恢复上升。2014年全球能源市场急剧转冷之后,以往依赖石油出口收入的"大马"政府通过扶植旅游、金融和医疗产业,幸运地完成了经济结构转型,并在2017年实现了5.9%的GDP增长率。这使得纳吉布可以傲然面对反对派要求改革的呼声,毫不留情地鞭挞道:"所谓'变革',不过是陈词滥调。人人都会喊口号,但弯道超车是很危险的。"

放到10年或15年前,单是一纸经济形势简报就足以帮助纳吉布不费吹灰之力赢下大选。但这一次,他碰上了一个过于强大的对手:现代马来西亚历史上最重要的政治家马哈蒂尔(Mahathir Mohamad)。

2018年已是92岁高龄的马哈蒂尔,拥有两个特征显著的身份标签:20世纪90年代"亚洲小虎"经济奇迹的缔造者;马来西亚政治史上摧毁力最强的"首相杀手"。自1957年"大马"获得正式独立以来,包含马哈蒂尔在内总共产生过6位首相,其中有4人直接被他赶下台,唯一幸免的是纳吉布的父亲、被马哈蒂尔视为政治恩师的阿卜杜勒·拉扎克(Abdul Razak Hussein)。在1981～2003年由马哈蒂尔担任首相的22年漫长岁月里,先后有3位副首相被他扫地出门,甚至逮捕入狱。所有这些输家都和马哈蒂尔一样,来自全国第一大党,也是现代马来西亚连续执政时间最长的政党巫统。但2018年这一次,马哈蒂尔甚至连他的固有政党背景也要撤除:他在2016年退出了巫统,与儿子慕克里另组新党"土著团结党"(PPBM)。2017年初,土著团结党正式宣布加入国阵长期以来的反对者希望联盟(PH),马哈蒂尔也因此被推举为反对派阵营新的共主。

开票结果最终显得合情而不合理:依靠社会动员的力量和马哈蒂尔的个人声望,希望联盟在下院222个席位中豪取121席,并赢得47.92%的普选票,正式获得了独立组阁权。而纳吉布的经济成绩仅仅为国阵争取到79个议席和33.8%的普选票,可谓空前惨淡。自1957年正式独立以来,马来西亚首度迎来了执政党派轮替。5月10日,马哈蒂尔再度宣誓就任首相,他也以92岁的年纪成为当今世界最高龄的民选政府首脑。

对这位高调回归的政治强人来说，胜选本属意料之中，随后的一系列布局才是大问题。尽管亲手推倒了自己赖以崛起的"巫统独大"体制，但历来被视为马来西亚政坛痼疾的裙带式贪腐、党同伐异、族群矛盾和密室政治，恰恰是由马哈蒂尔一手造成。对巫统体制的清算，势必无法绕过这些历史遗产。而马哈蒂尔的高龄还意味着他从一开始就必须物色好政治接班人，而这又意味着他必须硬着头皮与希望联盟发起人安瓦尔彻底和解，重新支持这位在1997年被他亲手构陷下狱的前副首相。无论如何，曾经跻身"亚洲四小虎"之一的马来西亚已经迎来决定性的转折时刻，而强人马哈蒂尔将再度充当"大马"国家前途的仲裁者。

纳吉布的罪与罚

5月16日夜间，距离马哈蒂尔宣誓就职尚不满一周，5队全副武装的马来西亚警察进入了前首相纳吉布的豪宅、私人办公室以及归属其妻子所有的3处公寓，搜查并带走了纳吉布夫妇的部分私人物品。英国路透社记者认为，此举和纳吉布疑似准备出逃有关。5月12日，这位前首相突然在其"脸书"主页上宣布将会"出国度假一周"，引来大批记者和民众蹲守于吉隆坡机场。马国移民局随后宣布：鉴于新政府即将重启对"一马公司弊案"的调查，牵涉其中的纳吉布已被暂时禁止出境。前首相随后通过其律师发表声明称："此前的司法调查已经证实我没有做出任何不法行为。凭空构陷一位前公职人员是窃国大盗是不公正的。"

2009年在巫统高层的一致支持下接任首相一职时，纳吉布曾经被视为马哈蒂尔众望所归的政治接班人。他的父亲阿卜杜勒·拉扎克曾在1970～1976年出任马来西亚首相，姨夫侯赛因·奥恩（Hussein Onn）则是前马哈蒂尔时代最后一任首相兼巫统主席。1976年，年仅22岁的纳吉布顶替病逝的父亲出战国会议席补选胜出，自此跻身巫统最高理事会和政府高层，陆续刷新了马国担任下院议员、副部长、州务大臣和部长职务的年龄下限。1986年之后，他更是进入了马哈蒂尔的内阁，直接在那位强势首相的指挥下开展工作。马来西亚资深政治评论员沙米姆·阿敦认为，纳吉布在巫统党内的家族传承、他的灵活手腕和高情商，成了他赢得马哈蒂尔信任的主要原因。毕竟，"敦"（马哈蒂尔获得的联邦荣誉头衔）从来都不允许巫统内部出现第二个不受驾驭的强人。1997年，时任副首相兼财政部长安瓦尔·易卜拉欣（Anwar bin Ibrahim）便是因为坚持自己的政策主张而被马哈蒂尔直接"拿下"。2009年，已经从"敦"手中接班的巴达维（Abdullah Ahmad Badawi）首相因为抗拒马哈蒂尔的幕后施压，被迫主动禅让巫统主席和政府首脑的职务，纳吉布遂得以接替上位。

作为一位曾留学英国诺丁汉大学，与金融界、能源界和军界皆有密切往来的精英政治家，纳吉布在外交和福利政策上继承了马哈蒂尔的传统路线，同时也在"一个马来西亚"的口号下致力于平衡族群利益，并吸引更多外资进入服务业和金融领域。2014年油价进入"熊市"之后，马来西亚经济仍能维持高速增长，与政府在基建投资和旅游、金融等产业采取的刺激政策有直接关联。对国际格局的嬗变，纳吉布也称得上心领神会：2016~2017年，马来西亚政府陆续与中国达成两笔总额近700亿美元的商业和投资协议，并为本国军队购进部分中国产武器装备。而在2017年2月吉隆坡机场发生神秘朝鲜人暗杀事件后，纳吉布政府又审时度势，迅速减少与朝鲜的贸易往来，并和美国签下了价值100亿美元的民航客机采购订单。在投身2018年选战之时，他甚至公开模仿特朗普，提出了"携手国阵，让我们国家变得更伟大"的口号，动机不言而喻。

然而不同于其前任巴达维的清廉作风，出身官宦世家的纳吉布素来就有挥金似土、生活奢靡的名声，并且长期与种种贪腐丑闻联系在一起。据《亚洲前哨报》和法国《解放报》报道，2002年纳吉布在担任马来西亚国防部长期间，曾授权其亲信顾问阿都拉萨·巴金达（Abdul Razak Baginda）与法国泰勒斯防务集团进行谈判，签下了以10亿欧元高价购买3艘"鲉鱼"级柴电潜艇（后减少为2艘）的军火大单。日后泰勒斯公司向法国检察机关承认，交易中存在高达1.14亿欧元的违法佣金，悉数支付给了巴金达在欧洲注册的空壳公司。马来西亚独立调查记者拉惹·柏特拉则认为，巴金达不过是纳吉布的代理人，后者才是佣金的最大获利者。

根据《解放报》刊登的长篇系列调查，巴金达在经手巨额"黑金"期间，曾与一位蒙古模特阿丹杜雅·沙丽布（Shaariibuugiin Altantuyaa）过从甚密。后者在察觉内情之后，向巴金达索要50万美元的封口费，遭到拒绝。2006年10月底，阿丹杜雅·沙丽布在雪兰莪州神秘失踪，她被炸碎的遗体在18天后才被警察找到。在随后的调查中，负责纳吉布个人安保的两名特警军官被指控为谋杀者，但两人在上诉期间先后逃往国外；对巴金达的教唆杀人指控则以不成立而告终。这起众说纷纭的悬案使纳吉布的个人操守第一次遭到了公众的广泛质疑，但看上去并没有影响到马哈蒂尔对他的信任：2009年，他依然在"敦"的支持下接替巴达维成为政府首脑。

2015年初，美国《华尔街日报》曝出了一桩更加惊人的丑闻：纳吉布上台之后，曾经授意马来西亚主权财富基金1DMB（一个马来西亚发展有限公司）出资10亿美元与沙特国家石油公司一起从事国际并购业务；但当2011年双方的合作中止后，有6.81亿美元的巨款没有返还给1DMB，而是经开曼群岛的空壳公司转移到了纳吉布在吉隆坡大马银行的私人户头上。操作这单交易的是纳吉布继子阿齐兹的密友、华裔投资银行家刘特佐（Jho Low），他同时也是1DMB的顾问。刘特佐和阿齐兹在美国的"合伙生意"还包括纽约和洛杉矶的两幢价值超过4000万美元的豪宅（由刘特佐旗下的公司买入，随后转售给阿齐兹的关联企业），一艘90米长的私人游艇，以及《华尔街之狼》等多部好莱坞电影的股权。与此同时，1DMB在槟城、雪兰莪、阿布扎布的多笔土地和债券投资却巧合地遭遇了"意外亏损"，最终导致高达110亿美元的账面亏空和巨额资金去向不明。

身为一马公司顾问委员会主席兼马来西亚财政部长，纳吉布无疑需要为整起丑闻承担连带责任，但他以一种轻描淡写的姿态为自己做了撇清：6.81亿美元的神秘进账被解释成"来自沙特王室的合法政治献金"，妻子名下的豪宅、珠宝和名包则是由于"我们都出身名门望族，合法继承的遗产和商业活动的收入原本就足以支持高消费"。当美国调查人员正计划没收刘特佐名下价值17亿美元的资产的同时，马来西亚政府的危机公关以及一马公司复杂至极的账目担保网络却使得整件丑闻被欲说还休地遮掩了过去。吉隆坡民调公司独立中心（Merdeka Center）在2017年发起的一项调查显示：只有6%的马来西亚人关心一马弊案的调查进度。

但纳吉布终究还是为此付出了代价。围绕着弊案风波的解决，巫统高层发生了分裂；以马哈蒂尔为首的多名老资格政治家宣布退党，另立土著团结党。随着巫统在大选中落败,纳吉布已经被昔日恩师马哈蒂尔和党内同僚视为双重罪人,遭遇深入调查,乃至锒铛入狱只是时间问题。至此,"敦"的接班人已宣告全军覆没。

马哈蒂尔的遗产

对后马哈蒂尔时代马来西亚政坛的种种乱象,纳吉布的前政治秘书、如今在新加坡南洋理工大学从事地区政治研究的胡逸山有过一段精当的论述:"就像是老电影里'不羁的西部',独行侠假如没有一些跟班、几匹'好马'伴随,最后一般还是会落得个惨淡的下场,逐渐失去踪影。在马来西亚,如果要出来从政的话,平时就要懂得所谓的'养马仔'。没有马仔,就没有政治本钱来谈判,这就是马国的政治现实。"对公共利益的私相授受,被政治家当作培植个人势力的传统方针继承下来,远不止反映在纳吉布一人身上。与此同时,在过去6年间,马来西亚在透明国际(TI)行贿指数排行、《时代》周刊全球贪污排行和《经济学人》裙带资本主义排行三项榜单上长期位列前三,以至于资深国会议员、"马来民主改革之父"林吉祥不禁感慨:"一想到我国政府的贪污印象指数即将上升至20多年以来的最高点,就宁愿(国际)榜单晚几个星期再公布。"

耐人寻味的是,尽管马哈蒂尔本人素有清廉之名,但马国政坛的裙带贪腐之风和它的"亚洲小虎"经济建设成就、引人注目的吉隆坡国油双塔乃至名噪一时的"亚洲价值观"一样,都属于这位"敦"的遗产。马来西亚的威权治理模式,也是在他任内最终固化结顶。东南亚问题专家、暨南大学国际关系学院教授庄礼伟告诉笔者:"在马哈蒂尔治下,新兴的马来裔统治集权为了达到其'重组社会'的目标,积极干预市场,这就使政治权力与经济利益变得难解难分,甚至出现了执政党大办公司、政府大搞巨型工程以及由政府出头'指导'市场等古怪现象。新兴马来裔政治精英以及与他们有关联的商人成为最大受益者,形成了朋党体制。"

1957年宣告独立之初,马来西亚三大主要政党巫统、马华公会(MCA)和国大党(MIC)即相约结成政党联盟,作为一个利益共同体投入政治选举。三大党分别代表占当时全国人口绝大多数的马来裔、华裔、印度裔三大种族集团,日后又加入婆罗洲的3个地方党派和3个新党,形成今天的国阵。结盟各党在划分选区、吸引目标选民、打压反对势力等问题上目标一致,在历次选举中也往往共享动员机制和竞选口号,形成了一个连续执政超过半个世纪、顶层高度稳定的既得利益集团。由于马来裔居民占全国总人口的比例超过50%,其代言人巫统自然也主导了国阵的大部分政治议程,形成以马来裔政商精英为主、华裔和印度裔为辅的格局。

以马来裔族群守护者自居的马哈蒂尔在1981年登台组阁,其时正值马来西亚工业化和城市化进程蓬勃兴起。为了实现社会资源主导权由华人乡绅、知识分子向马来裔城市新贵的转移,马哈蒂尔政府坚持由政府来主导工业规划、能源产业的发展和基础设施建设,并鼓励执政党参与大企业的经营。到今天为止,马来西亚全国前30大企业仍有40%的股份控制在政府手中。一家企业,哪怕是跨国巨头公司在"大马"境内的商业活动也完全取决于执政党高层的只言片语,留下了巨大的寻租空间。而被"钦定"可以试点私有化的航空业、城市水务和通信业,经营权也往往不出所料地落入巫统领导层及其亲信之手,形成无孔不入的隐性贪腐网络。

庄礼伟认为:"马哈蒂尔倡导的所谓'亚洲价值观',本质上是一种政治巫术。其真实目的是将巫统权贵们的金钱政治活动和'党的利益''国家利益'紧密结合,赋予其充分的合法性。"为了巩固巫统在民间的支持率,社会福利政策、农村的土地售卖和住房改建计划,甚至赞助穆斯林团体到沙特朝觐都变成了政府对民众的变相"贿买",以看似公允的方式有侧重地部署下去。直到本次大选前夜,纳吉布仍在以郑重其事的口气恫吓自己的国民:假如反对派在选举中获胜,马来人将"在自己的土地上沦为流浪汉、乞丐和贫民"。

而在这样的操作搬弄之下,马哈蒂尔也一举成为巫统,乃至国阵内部不容挑战的灵魂人物。为了警示潜在的最高权力觊觎者,这位"敦"不惜动用司法工具打击政敌,开创了极其恶劣的政治先例。1997年亚洲金融危机期间,马来西亚林吉特因境外资金炒作出现汇率波动,马哈蒂尔下令本币继续锚定美元、实行外汇管制,与主张削减开支并向国际货币基金组织(IMF)求援的副首相安瓦尔发生严重分歧。一年后,安瓦尔这位曾经的政府二号人物被控告犯有贪污、渎职、泄密、鸡奸等10项罪名,解除了一切职务。指控安瓦尔与其司机发生"非自然性行为"一事尤其显得恶毒:在穆斯林信徒超过总人口60%的马来西亚,这意味着获罪者不仅将彻底斯文扫地，而且在政治上永无东山再起的希望。尽管联邦法院在 2004 年推翻了对安瓦尔的指控，宣布他完全清白，但安瓦尔也因此从巫统新一代领导人的竞争中出局，被迫另起炉灶领导反对派联盟挑战国民阵线的统治地位。荒唐的是，2008 年国会大选落幕之后不久，安瓦尔再度被当时的助理控告犯有鸡奸罪，并在一审判决罪名不成立的情况下被上诉法院强行定罪，判处 5 年徒刑。在 2016 年 12 月的最后一次司法复核中，联邦法院依然裁定罪名成立，安瓦尔需在狱中服完剩余 16 个月的刑期，无法出战 2018 年大选。

然而与安瓦尔的决裂，也使得马哈蒂尔有计划地培养接班人、实现最高权力和平转移的设想彻底落空。2003 年第一次宣布退休后，他首先扶植了一位弱势首相巴达维，6 年后又用看似更恭谨的纳吉布取而代之。然而随着巫统上层因"一马公司弊案"发生分裂，老骥伏枥却无兵无勇的马哈蒂尔发现他不得不求助于被自己打倒的安瓦尔，利用后者创建的反对派政党同盟"希望联盟"实现卷土重来。讽刺的是，纳吉布的回应恰恰是马哈蒂尔最擅长的那种手法——4 月 27 日，当"敦"计划乘租赁的飞机前往兰卡威递交参选申请时，意外发现飞机出现故障，他指责其中有人"暗中搞破坏"。吉隆坡警方随即宣布他们已经按照新颁行的《反假新闻法》立案调查，要追究马哈蒂尔"制造与传播假新闻"的责任。耄耋老叟，在 20 年后也见证了宿命轮回。

安瓦尔会回来吗？

重出江湖的马哈蒂尔以大家长的姿态投入选战。2016 年秋天安瓦尔案件在联邦法院进行复核时，马哈蒂尔在旁听席上现身，与昔日的左膀右臂、也是被他亲自打入万劫不复之地的安瓦尔四手相握，冰释前嫌。安瓦尔随后公开呼吁希望联盟的支持者投票给"敦"，以终结纳吉布的连任梦想。在反对派阵营制作的竞选短片中，盛年时代的马哈蒂尔的黑白影像不时闪回，使中老年人再度回忆起了"亚洲小虎"马来西亚实现经济腾飞、领导人与普通民众尚能同甘共苦的那段岁月；更重要的是，在那个时代，"一切商品的价格都比现在便宜"。短片最后，92 岁的马哈蒂尔深情地望向镜头，仿佛暗示这是他最后一次重上战场，而希望在下一代人身上。

在20世纪90年代曾经屡试不爽的这套选举"巫术"，最终再度奏效：反对派历史性的胜出就是证据。但对马哈蒂尔曾经的同志、默默咽下失利苦果的巫统高层来说，"敦"的抉择也是一场代价巨大的自我否定。作为希望联盟-土著团结党阵营推举的候选人，马哈蒂尔在他的竞选纲领中提出要限制首相在人事和经济政策上的大权，发挥国会和舆论的制衡功能，开放民间社团、政党注册，进一步实现族群平等。巫统的支持者不禁哑然失笑：所有这些积弊已久的问题，不正是马哈蒂尔在他当政之年有意造成的结果吗？假使他打定主意要消除政府的寻租空间，特别是惩办犹有势力班底的纳吉布，焉知不会将自己当年大搞政治清洗的旧账一并翻出？

事实上，此番马哈蒂尔重出江湖所依靠的反对派力量，正是他在自己的权力巅峰期竭力压制民间社会所造成的反面产物。1987年10月，为压制华人团体在文化和教育政策上的正当诉求，并警告巫统内部愈演愈烈的反对势力，马哈蒂尔政府发起"茅草行动"（Operasi Lalang），以"危害国家安全"为由，逮捕了107位华人政治家（包括10名国会议员）、社区领袖、知识分子和社会工作者，并封闭了3家有影响力的报纸。在第二年针对巫统内部"倒马"派系的司法诉讼中，他又强迫包括最高法院院长在内的3位高阶法官辞职，开创了行政力量干预司法的恶劣先河。而在1998年他亲自将安瓦尔构陷下狱之后，马来西亚全国掀起了声势浩大的"烈火莫熄"（Reformasi，马来语"改革"的音译）运动，民间社会内部的力量被激发出来，与国阵相抗衡。

历经20年的发展，特别是在互联网和社交媒体兴起之后，普通马来西亚人对实现族群平等、分享经济发展财富和政治权力乃至铲除裙带资本主义的热望已经无法为任何力量所遏制。以往稳坐钓鱼台的国阵，尤其是巫统，在最近几次议会选举中也开始遭遇真正的挑战。2008年大选中，由人民公正党、民主行动党和伊斯兰党结成的"人民联盟"拿下国会222席中的82席，并获得47.79%的普选票，与国阵（得票率51.39%）已经相差无几。这是国阵在历史上第一次丧失议会绝对多数席位，巴达维首相因此在第二年被马哈蒂尔废黜。2013年大选中，反对派重组的"希望联盟"（伊斯兰党退出，国家诚信党加入）一举获得50.87%的普选票，首次超过了国阵。虽然受选区划分倾向性的影响，他们在议席数量上依旧以89席落后于国阵的 133 席，但后者的颓势已经开始显露。2018 年大选前夕，"希望联盟"更是以分布在全球的年轻马来西亚公民作为主攻对象，喊出了"干净选举、干净政府、异议权利、强化国会民主、拯救国家经济"五项口号，可谓志在必得。

92 岁的马哈蒂尔曾经一手缔造了马来西亚的经济奇迹和巫统的黄金时代；但在传统模式衰败的每一个关键节点上，也都有这位"敦"的无心插柳。正是他一意孤行的"茅草行动"和对安瓦尔的打压催生出了浩浩荡荡的"烈火莫熄"运动，又是他扶植纳吉布的决定造成了马来政坛贪腐横行、弊案累出，最终透支了执政党的公信力。而他在 2016 年的悍然退党，一方面敲响了"巫统独大"的丧钟，另一方面也意味着已成孤家寡人的巫统退党元老们不得不转而依靠社会运动的力量，尽管双方在 20 年前曾经剑拔弩张，彼此势不两立。

5 月 16 日，70 岁的安瓦尔终于走出吉隆坡监狱，并随即获得司法特赦，重回希望联盟最高理事会。5 天后，在马哈蒂尔的支持下，安瓦尔的妻子、希望联盟长期的实际领导者万·阿齐扎（Wan Azizah）被任命为政府副首相。根据马来西亚媒体的推断，年事已高的马哈蒂尔可能在一到两年内再度宣布引退，最终将最高行政权力交到安瓦尔夫妇手中。而历经 20 多年的跌宕起伏，昔日意气风发的槟城学生领袖安瓦尔也已是青衫垂老，需要强打精神才能应对肃清贪腐、实现族群和解、寻求经济发展新动力等一系列严峻考验。

距今 72 年前，英帝国殖民地事务部将马来联邦、五大土邦州府和海峡殖民地（不含新加坡）合为一体，形成马来亚联邦，即华人口中的"大马"（区别于此前仅下辖 4 个州府的"小"马来联邦）。1957 年，马来西亚正式获得独立，而它此后的政治变迁泰半与强人马哈蒂尔有关。如今，这位老者又一次，也是最后一次变更了国家前进的航向，即将到来的是风险与机遇并存的新时代。

2018，分化之年

2018年，中国在许多领域的普遍特征是明显可见的分化。最简单的例子，连TFboys的粉丝群，因为基数足够庞大，都能明确地分出好几个子集来，她们的兴趣和关注点不一样。很多品牌都明白，所谓找TFboys代言，得弄清楚是里面的哪些子集粉丝群跟自己的商品相契合。有做互联网营销的公司利用多个社交媒体平台的开放数据，长期跟踪一批超大样本的匿名消费者的情感表达和行为特征，发现能分出超过100个很显著的人群子集。哪怕在一个热点社交话题里，参与讨论的网友因为兴趣、价值观、个性不同也经常能分出10个以上的观点子集来。

从前，中国对人群的观察和研究均按照年龄、性别、地域、教育程度等人口统计学指标，可现在，更准确的认识方法是把人口统计学和情感表达这两种划分系统交织在一起，它的复杂程度和分散程度远超过传统划分方式。

这种分化与中国移动互联网极其发达相关。首先是新浪微博在2011年用户超过2亿，当时中国网民也只有4亿人，新浪微博就占了一半，它变成了一个国民级的社交媒体平台。其碎片化的传播方式，以及后来其他手机应用比如今日头条的算法式推荐，改变了人们接收信息的形态和看世界的视角。从前的信息传播是中心化的，电视台黄金时段播放一下，大家就都知道了。现在的人们却被自己关注的信息、爱好和算法推荐织成了一个茧。大家都活在属于自己的"信息茧洞"里。这是社交媒体时代的特征。

2018年现象级的大众文化产品其实也反映了信息茧洞的存在。《创造101》时常排上微博热搜，王菊和杨超越在节目结束之后，也成为最新的明星，被各种品牌和活动邀请。可是，能说它是一个国民级的综艺节目吗？同样是歌唱类比赛和选秀，恐怕与早期的"青歌赛"、十年前的"超女"选秀相比，普及程度远远不够，"小年轻"之外，对她们了解的人有多少呢？

甚至，《创造101》的走红都是顺应了信息茧洞时代的规则。主创团队在接受本刊记者采访时说，在最初的选角阶段，导演组就拒绝"标准化审美"。他们没有以身高、三围等选择，他们要的是各自有特色，不管是貌美、有性格，还是好玩。这些最初的原则，埋下了成功的种子。王菊是被称为掀起了"现象级的狂欢"的人，她形象黑胖，并不符合中国传统男性审美标准，依旧受到粉丝的喜爱。而杨超越，出身江苏农村，初中都没毕业，自称是为了2000元通告费入的行。这些都不符合传统造星的标准，却获得了巨大的成功。

分化也体现在IG战队的夺冠上。因为有王思聪在微博上的一系列活动，电竞爱好者之外的人群才知道IG的存在，可是即便一度登上热搜，恐怕还是有很多人并不清楚IG是谁，IG到底伟大在哪里。我们写了一篇《IG夺冠：梦想、资本与需求》，详细地向读者介绍了IG战队的生活状态，电子竞技职业和他们比赛里激动人心的过程，为对电竞和这个群体好奇的人打开了一扇窗。

分化在现实中也看得见摸得着，"拼多多"的崛起不仅仅是社交电商模式一次硬生生的创新，更引人注目的是，它把"五环外生活""小镇青年"可视化了。拼多多走红的时候，也正是消费降级的话题被讨论之际，周刊记者探访了拼多多上商品的制造工厂，它们多分布在农村、城乡接合部，生产着质量差的低端商品。拼多多是另一个中国。收入不多的外来务工人员、厂哥厂妹、留守在农村里务农的农民们……随着智能手机在中国的普及，这些从前没有受到关注的人群来到了移动互联网上，因为具有庞大的人口基数，他们给互联网带来新的红利。除了拼多多，快手、抖音的迅速崛起也是以"用户下沉"为特征的。而拼多多，只是其中一个看得见、可以量化的现象。对于生活在北上广深、没有太多机会走到乡下去的人们来讲，这些项目让人了解了一个更为真实、全面的中国。我们的国土如此广大，不但分为多层级的市场，其实还有许多生活状态非常不同的人。

在日渐分化的形态里，"民生"是一个能够引起广泛共鸣的话题。《我不是药神》收获了30.7亿人民币的票房，除了电影本身的质量外，也因为它勾起了观众们对自身生活的关注：中国许多普通人吃不起抗癌药，吃不到最新的抗癌药，我们做了一期封面专题来讲《中国人需要什么样的抗癌药》，它不仅是被电影挑起的热点新闻，更深刻的背景是，随着治疗水平的提高，癌症病人的长期生存率越来越高了。这也就导致了病人生活的时间越来越长，对疾病的投入越来越大，在某些癌症种类里，癌症几乎可以看作是一种慢性病了。面对这种转变，从政策到科研，从医院治疗的手段策略到患者和家属自己，都要有一些转变。

我们还关注到"恐艾症"患者，它指的是怀疑自己感染了HIV病毒，或非常害怕感染并有洁癖强迫症表现的心理疾病患者。它有一定的人格基础，患者常受到高危行为历史以及生活压力事件的影响，内心痛苦而反复求医。并且，在互联网时代，网络搜索和算法推送提供的一知半解的信息更加剧了这部分患者的恐慌。我们希望大家能关注到这种现象。

2018年可以说是分化之年，"个性化"会成为常态。很难再有"举国"这样的文化现象出现，它让人们更自由，但同时也让人更封闭，封闭在自己的喜好和思维模式里。所以，跳出信息茧洞，去看更多彩的、更广阔的世界，才是未来我们所需要的生活态度。（杨璐）

城市人的"心病"

　　城市人生活节奏快、压力大，很容易引发各种心理疾病。社交网络和新技术的出现让我们处在持续的焦虑之中，而社会的高强度的压力让城市人的心理更加脆弱，夜生活的丰富和生活节奏的加快正在悄然夺去我们的睡眠……

焦虑：为什么别人都过得比我好？

陈赛

美国心理学家利昂·费斯廷格（Leon Festinger）在 20 世纪 50 年代有一个著名的"社会比较理论"。他认为：我们每个人都有评估自己的需求，而我们对自己的评价往往需要建立在与他人比较的基础之上。

费斯廷格分析，社会比较有两种形式，一种是向上比较，即与那些比我们好的人相比，这种比较会导致不安全感与卑微感，挫伤自尊，甚至出现抑郁症状。另一种是向下比较，即和比自己差的人比较，这种比较相对能让人们看到自己积极的一面，提升自信。

社交媒体之所以是一个羡慕嫉妒恨的战场，是因为它很容易引发向上比较——别人的生活看起来都那么迷人，宝宝、钻戒、旅行、毕业典礼、体面的工作……

好像全世界的人都在做有趣的事情，在滤镜的微光中，一碗面条都闪耀着诱人的光芒，给我们存在主义式的焦虑和百味杂陈。

于是，你忍不住发出天问："为什么别人都过得比我好？"

嫉妒是一种古老的社会情绪

在《身份的焦虑》中，英国作家阿兰·德波顿（Alain de Botton）写道："世界从来都不是公平的。我们每天都会体验许多的不平等，但我们并不会因此而嫉妒每一个比我们优越的人，这就是嫉妒的特别之处。有的人生活胜过我们千倍万倍，但我们能心安无事，但另一些人一丁点儿的成功却能让我们耿耿于怀，寝食不安。"

为什么？

美国心理学家理查德·史密斯（Ricllard Smyth）认为，嫉妒（envy）通常源于两种因素的结合。第一是相关性：你羡慕/嫉妒的东西常常对你有着个人意义，就像焦大不会羡慕林妹妹，一位芭蕾舞演员的美妙舞姿也不大可能引发一个律师的嫉妒，除非这位律师也曾经有过芭蕾舞的梦想。第二是相似性，一个被我们嫉妒的人，一定在某种程度上与我们有可比之处。同样以写作为生，但我不会嫉妒海明威。当我们嫉妒某人时，我们可以想象自己在他的位置上。所以，我们最不能忍受的，是与我们最为相似之人的成功。"只有当我们所拥有的，与儿时的朋友、现在的同事、我们看作朋友的人，以及在公众领域与我们身份相当的人一样多，甚至还要略多一点时，我们才会觉得自己是幸运的。"

美国历史学家苏珊·马特（Susan Matt）在《赶上琼斯家：美国消费社会中的嫉妒，1890~1930》一书中追溯了19世纪末20世纪初美国消费社会的兴起与嫉妒作为一种社会情绪之间的关系（当时的报刊专栏上有各种各样的指导，关于如何处理嫉妒的情绪，如何压制，或者拥抱它）。[1]

她认为，从1890年到1930年，美国人的嫉妒经历了一次剧烈的转变——它从一种罪过（"七宗罪"之一）变成一种可以被社会所接受的正常情绪，并成为新的消费社会的驱动力之一。

在这场转型中，大众媒体扮演了关键的角色。在此之前，社会比较大都局限于我们在现实生活中熟悉的人，至少是我们在现实生活中曾经遇到过的人，对于这些人，我们能做出相对客观、合理、细节化的判断。我们能看到他们的成就，也能看到他们的缺陷和挣扎，社会比较是相对可接受的。

但大众媒体将家人、朋友、邻里之间朴素的社会比较，变成了与图像、页面和屏幕的较量。报纸、杂志、电影、广告，将一种看似远远优越于普通人的生活摆在

---

[1] 在美国，琼斯（Jones）是一个常见的姓氏，如今却带讽刺的意味，可以代表任何富有的家庭。"赶上琼斯家"这个俗语的含意是，人一旦变富有，或有点什么钱，就想跟隔壁的琼斯家做比较。比谁手上的钻石大，比谁的香奈儿款式多，比谁的老公有成就，比谁家的房子有气派。比来比去，就像绕圈子赛跑一样，永远没有尽头。

人们眼前。

如何应对这种嫉妒呢？

消费社会的答案就是——消费。通过消费，你也能过上与广告中一样令人羡慕的生活。或者说，购买了广告所代言的商品，你便可以成为人人艳羡的那一位。其结果是促成了一种社会普遍的"竞争性购买"。即使中产阶级消费者只能买得起立式钢琴而不是三角钢琴，但它仍然是一架钢琴，是令人羡慕的符号。据称一家商店刊登了一则广告，宣称这架钢琴能"让你的女儿成为淑女"，结果在短短的三天内卖出将近300架。

其实，关于消费社会利用广告制造的白日梦，没有人比英国作家约翰·博格（John Berger）更加一针见血："广告不等于商品本身，也并非旨在颂扬商品本身，广告总是针对潜在的买主，为他塑造一个依靠购买商品就能获得的理想自我，并进一步为他构想这个理想自我能够吸引的别人的羡慕眼光。因此，广告关注的并非物品，而是人，尤其是人际关系，它许诺的也并非物质享受，而是一种精神上的快乐——被外界判定的快乐，被人羡慕的快乐。"

但广告所许诺的快乐毕竟是虚假的，它真正给人们带来的是因不安的野心、仿效和嫉妒而产生的无尽的内心冲突和斗争。一些社会评论家和医学专家认为，这恰恰是19世纪末20世纪初出现的"神经衰弱症"的根源。

"神经衰弱症"是19世纪中期美国医生乔治·彼尔德（George Beard）提出来的。彼尔德总结了当时在美国广泛流传的一类原因不明的躯体综合征，将其命名为"神经衰弱症"，即"由过度疲劳引起的神经机能衰竭"，其症状包括全身不适、功能衰弱、食欲不振、长期神经疼痛、失眠、疑病以及其他类似症状。

在1881年出版的《美国式神经紧张：起因与后果》一书中，彼尔德分析了神经衰弱症各种可能的源头，比如宗教、政治、噪声，但首当其冲的是技术。他列举了五项"划时代"的技术变革，包括蒸汽机、定期新闻、电报、科学以及女性的心理活动。尤其是电报，"在莫尔斯先生和他的竞争对手出现之前，商人们的忧虑比现在要少得多，因为那时候的交易更加局部、缓慢，竞争不那么激烈"。

一份同时代的《牧师杂志》的言辞更激烈一些："很明显，越来越多的人，尤其是大城市里的人，有着心理和神经的衰弱……对兴奋剂的狂热……心灵上的疾病同身体上的疾病一样种类繁多……这种思维上的状况表现为大脑无法正常工作……笼统地说这可以归因于现代生活的匆忙和刺激，通过快速的交通和几乎即时的全球沟通带来的便利。"

一不小心，你还以为，这是某份日薄西山的现代报纸在口诛笔伐 Twitter 呢。

社交媒体加剧了社会比较

100 多年后，我们不神经衰弱了，但我们开始 FOMO 了。

FOMO，fear of missing，害怕失去，指那种总在担心失去或错过什么的焦虑心情，也称"局外人困境"。[1]

一开始，FOMO 似乎只是特指担心错过派对之类的社交场合，但后来范围渐渐扩大到一种普遍的焦虑感。你总觉得朋友圈里会有有用的，或者好玩的东西出现，不刷就会错过。或者你觉得别人都比你过得好，玩得比你开心，事业比你成功，人生比你有趣，从而造成一种对自身境况的不满，一种持续的压力，想要做更多的事，花更多的钱，获得更多有趣的体验——未必因为这些事情对你来说很重要，而是它们看起来对别人很重要。

英国《卫报》上有一篇文章这样描述 FOMO 的症状——"从一种尖锐的嫉妒开始，然后是焦虑、自我怀疑、一种啃噬人心的不足感，最后是强烈的挫败感和愤怒。"

据称 FOMO 主要影响那些对"脸书"、"推特"、Instagram 之类的社交媒体上瘾的人。根据美国最近的一项调查，大概有 56% 的社交媒体用户有这种毛病，而且已经有研究证实它与许多现代心理疾病有关，包括焦虑、抑郁、社交恐惧以及各种心身疾病。

毫无疑问，社交媒体加剧了社会比较。首先，它将社会比较的范围拉得更广。

---

[1] FOMO 这个词最早出现在 2002 年，2013 年正式收入牛津辞典，定义是"焦虑，因为更有趣更令人兴奋的事情正在某处发生，通常由社交媒体上的帖子引发"。同期收入的词汇还包括"自拍"（selfie）、"数字戒毒"（digital detox，指一个人远离智能手机和电脑等电子设备一段时间，以借此机会为自己减压或将关注点转移到真实世界的社交活动中）等。

如今，我们要比较的对象，不仅是现实世界里的熟人，也不仅是广告里某个完美的陌生人，还包括越来越多"貌似完美的普通人"。以前你可能永远也不会知道他们生活的细节，但现在你能看到他们美好生活的方方面面，旅行、派对、餐厅、感情……

比如我的朋友P，他从小乡村到大城市打拼，好不容易在大城市挣得一席立足之地。有一次，他无意间与一个小学同桌在网上重逢，从此得以每天在朋友圈里"观看"她的日常生活。他们以前一起坐在小乡村破败的教室里读书，如今这位小学同学嫁到了瑞典。她的房子就在一片大湖边，后面是一座大森林。她几乎每天都在朋友圈里晒自己的生活，春天去看花，夏天去钓鱼，秋天去森林采蘑菇，冬天去滑雪……有一天，P终于受不了了，默默拉黑了他的小学同学，也不再看任何朋友圈。

如果"希望超过自己的邻居"是我们的天性，社交媒体无疑将这场竞争导向了更惨烈、更肤浅、更盲目、更漫无边际的方向。而世上最难忍的，大概就是老同学、旧同事、前男友/女友的成功。因为他们的成功，让你得以瞥到自己错过的机会、未曾实现的心愿、未能拥有的人生。

说到底，我们到底担心错过什么呢？

19世纪浪漫小说主人公可能花费一生的时间纠结于一个错失的机会，但今天社交媒体上信息洪流所经之处，我们需要担心的，似乎是整个世界的可能性。这让你质疑之前所做的一切决定，并对之后要做的每一个决定心存疑虑，甚至陷入一种无法做出任何决定的僵滞状态。因为每一次选择，都意味着消除其他的可能性，只剩下一个。你怎么可能确定，哪个才是最好的选择呢？

我们担心失去人生的可能性，但社交媒体会随时告诉你，你失去了什么，错过了什么。杜克大学的行为学家丹·艾瑞里（Dan Ariely）在分析FOMO现象时说，社交媒体使获取信息变得容易，拉近了你与信息的距离，因此会使你更加恐慌。"与很难获得信息的时代相比，就好像是迟到2分钟的误机和晚到2小时的误机相比，2分钟的错过会令人懊悔得多。因为你会觉得，你和赶上飞机的差距只有那么一点点。"很多时候，在朋友圈里得到的信息带给人的遗憾，就是这种微小而强烈的悔恨之情。

其实，人生而痛苦，这是一个简单而明显的事实。所有的人类，只要不是早夭，都会感觉到来自身体上的和精神上的痛苦。我们都会感觉到悲伤、失落、焦虑、害怕和迷惘。我们都曾有过尴尬、屈辱或者羞耻的感觉。人人都有难以言说的伤痛秘密。但在社交媒体上，你会发现，这些痛苦都是隐性的。

当我们在社交网络上谈论糟糕的或者倒霉的事情时，常常会经过一番反讽的滤镜过滤，表现得举重若轻、云淡风轻。至于悲伤、挫折、自我怀疑，甚至创伤性的经验，你会觉得有一只看不见的手，阻止你在朋友圈里分享。我们更热衷于讨论的，是新的恋情、新的工作、蓝天白云的假期。于是，举目所见，到处是一个个光鲜的，近乎完美的人生。

《纽约客》曾经发表过一篇文章《颜值即正义》，谈到美图秀秀和中国人在社交媒体上的礼节问题。作者引用一位网红的话，"分享一张你没有P过的照片被认为是一种'失礼'"。

这位作者还表示问了很多中国朋友，在把照片发布到社交媒体上之前，他们会花多长时间来编辑一张照片，大多数人的答案是每张脸约40分钟，而与朋友一起自拍则需要一个多小时的时间。这项工作需要几个应用，每一个都有各自的强项。没有人会考虑上传或发送没有修过的照片。

我有点怀疑这种叙述中的真实性。但毫无疑问，社交媒体是一场特殊的游戏，有它独特的游戏规则。比如只分享你喜爱的，或者与你有共鸣的东西；要有创造性，但不能太假；点赞评论要及时回馈，礼尚往来……

但是，为什么会有这些规则？它们又是怎么形成的呢？

社交媒体的虚拟全景监狱

有一次，我采访一个法国老画家。他在采访之余，给我画了一幅肖像画，寥寥几笔，但画得很传神。那天回到家，我把那幅画装裱进一个小相框，摆在我家唯一的一张书桌前面。然后，我煮了一杯咖啡，叠了几本书在旁边，把台灯打开，调到暖色调。然后，我拿手机拍了一张照片，用了一点滤镜，一张完美的小清新的照片。

就在我发朋友圈之前，突然停下手，因为我突然意识到其中的表演性。我到底要表达什么呢？

这张照片既真实，又虚假；既完整，又破碎。它让我家看起来是一个整洁、文艺、温暖的地方，但其实画面之外的空间摆满了孩子的玩具、衣服，以及乱七八糟的书架。而我，作为一个发照片的人，不仅在表达，更是在表演。我想象着人们评判的目光——他们会怎么看我？他们会怎么看这张肖像？他们会怎么看我发这张肖像的动机？

心理学上有一个"聚光灯效应"（spotlight effects），指一个人不经意地把自己的问题放到无限大，好像自己时刻处在聚光灯之下，但其实是一种幻觉。

社交媒体给我们制造的第一大幻觉，就是我们时刻都在他人的目光关注之下。很显然，我们渴望别人的目光。我们对自己的认识，很大程度上取决于别人对我们的看法。我们的自我感觉和自我认同很大程度上受制于周围人对我们的评价。如果我们讲的笑话让他们开怀，我们就对自己逗笑的能力充满信心。如果我们写的文章得到别人的称赞，我们就会对自己的见识多一点信心。哪怕是朋友圈里那些看似最肤浅的点赞和转发，似乎也能满足我们灵魂某种深切的渴望：善意、理解与赞同。但是，这些善意、理解与赞同，是否也是一种幻觉？

就像在《群体性孤独》中，美国社会学家雪莉·特克尔（Sherry Turkle）所揭示的，我们既缺乏安全感却又渴望亲密关系，因此才求助于科技，以寻找一种既可以让我们处于某种人际关系中又可以自我保护的方法。其结果却是，我们一方面与远隔千里的人紧密相连，另一方面却与近在咫尺的人越来越疏远。

雪莉·特克尔曾经将社交媒体的哲学总结为——"我分享，故我在"。分享，是社交媒体最基本的运作机制。但我们在社交媒体上分享内容并不仅仅是信息的中立的交换，更是直接关系到我们的激情、价值与梦想。而且，大部分时候，我们分享内容的时候是透明的、可见的，也就是说，是在众目睽睽之下。从这个角度来说，分享的行为本身是一种表演。演员在舞台上表演，知道自己被观看，就会根据观众的反应调整自己的行为，以达到最好的效果。社交媒体也一样，被观看和评判的自觉意识，会导致我们下意识地想要取悦，或者打动观众。

在一篇《社交媒体与福柯》的文章中，悉尼大学的哲学教授蒂姆·雷纳（Tim Rayner）详细分析了如何用福柯的理论来分析社交媒体对我们心理层面的影响。

福柯曾经以英国哲学家边沁设计的"全景监狱"模型论述时刻被观看的状态，如何影响人类的心理状态。"全景监狱"的设计很简单：四周是被分成许多小囚室的环形建筑，中心是一座瞭望塔。监视者只需要站在瞭望塔上"观看"，便可以监视囚犯的一举一动。但囚犯自己却无法看到塔内的情形，因此也无法确认自己是否正在被观看。从18世纪以来，这种模型被广泛应用在各种建筑之中，包括监狱、学校、医院、工厂、都市空间等。

福柯认为，这是一种特殊的权力化的空间构形，"每个人在这种目光的压力之下，都会逐渐自觉地变成自己的监视者，这样就可以实现自我监禁。这个办法真是妙极了：权力可以如水银泻地般地得到具体而微的实施，而又只需花费最小的代价"。

蒂姆·雷纳认为，从这个角度来看，虽然是虚拟的，但社交媒体也制造了一种高效的全景式监狱效应——不仅仅是因为我们的言论和行为时刻被社交媒体公司监控、记录，以生成他们的市场分析或广告利润（大部分时候我们无视这样的数据收割），真正影响我们行为的，是我们与之分享的那些人。

"社交媒体的虚拟全景式监狱里没有囚徒与看守。我们每个人既是囚徒，也是看守，在分享内容的同时，隐蔽的观看和评判彼此。"

除非是匿名分享，我们分享的每一段文字，每一张图片，每一个视频，每一篇文章，都刻着存在主义式的标记——"这是我发的，是我的作品之一，通过它你可以理解我"。

我把自己的一张肖像画发到朋友圈，希望别人看到这张照片，领略到背后透露的我的忙乱人生中难得的一点从容与诗意。

你在朋友圈晒孩子的照片，希望别人竖起大拇指点赞，让别人看到，你繁衍了后代，养育了一个健康可爱的孩子。

这些未必是谎言、炫耀或者自我中心主义，而只是在生命中找到一些特别的瞬间，为之赋予形式和意义，是一种创造的形式。

当我们得到回应的时候，我们感到兴奋。这种兴奋也并不可耻，它是一种隐秘的愿望的达成：原来我们内在的孤独可以被刺破，我们的烦恼与喜悦可以被理解，我们希望向世界传递的信息可以被接收到，至少被部分人。

但是，创造与虚拟的界限在哪里？自爱与自恋的边界在哪里？从哪里开始，我们的表演开始与真实的自我脱节？又从哪里开始，理想的自我取代了真实的自我？我们真正想要的，不再是被理解，而是按我们希望被理解的样子被理解。

关于这个问题，雪莉·特克尔在《群体性孤独》里这样写道："在 Twitter 或者 Facebook 上，你努力表达某些关于你自己的真实的东西，但因为你同时也在为别人的消费而创作，所以你发现自己越来越多地在想象和对你的观众表演。在你本该展示真实自我的瞬间，变成了表演。你的心理变成了表演。"

无论财富、权力、美貌，甚至情感，一切都是相对的，与一个人的欲望相关。每次你渴望一些你无法得到的东西，你就变得更匮乏一些。既然我们如此需要在与他人的对比中确认自己的价值，那么，关于世界的问题，最终都会变成自我的问题。在对别人的嫉妒中，真正引发的是对自我的深切怀疑。

由此，我们大概可以看清楚，FOMO 其实是两种情绪的结合，是在关于外部世界的焦虑中包裹着一层关于内在自我的恐惧。表面看上去，它是关于错过享受人生各种快乐的可能性，但更重要的是，它是关于错过了那个我本来可以成为的人。我没有成为那个想象中最好版本的自己。

年轻的时候，你觉得人生像草原一样开放，可以信步漫游，成为任何你想成为的人。但如今你回顾自己的一生，那些大大小小所有曾经做过的选择，在当时看来都那么正确，甚至不可避免，如今回想起来，却是一个个无可救药地缩小了人生的可能性。现在你 30 岁了，或者 40 岁了，或者 50 岁了，某天早上醒来，你发现自己不是那个你想成为的人。

于是，你努力在社交网络上虚构一个理想的自我，一个足以令人羡慕的人生样本。但这种表演导致一种双重的恶性循环，第一，是对自我的深切的怀疑；第二，造成了他人的 FOMO。其结果，也是 FOMO 现象中最诡异的一点，你不仅没法实现别人的理想投射，也没能实现自己的理想投射。

如何改变这种状况?

牛津大学社会科学家安德鲁·皮兹布斯基(Andrew Przybylski)做了关于FOMO的第一次实证研究,结果发表在2013年的《人类行为学中的计算机》上。结论之一是,FOMO焦虑水平在年轻人中最高,尤其是年轻男性。第二,FOMO焦虑水平越高,使用社交媒体的频率越高;第三,也是更具有启示性的一点是,FOMO焦虑水平高的人,通常在现实生活中有未满足的心理需求,比如爱、尊敬、自立与安全感。也就是说,现实生活中爱、尊敬、自立与安全感的匮乏,直接导致了FOMO式的焦虑症。

其实,在皮兹布斯基的设计中,这几种心理需求直接对应人类三个最根本的动机:自主感(自我主导)、胜任感(自我效能)以及连接感(与他人的情感连接、归属感)。[1]

比如,对胜任感的需求,是指一个人在与环境的互动过程中能有效地掌控环境,并推动自己向重要的目标前进。但同样的需求也有可能驱使我们的完美主义倾向,以及以他人的尺度来判断自我的价值。

对社会连接的需求,也就是与他人建立情感的需求。我们都是社会性的动物,我们都害怕孤独,渴望温暖和归属。毫无疑问,社交媒体为我们提供了高效的连接手段,让人们连接得更紧密;但另一方面,正如特克尔在《群体性孤独》一书中所说的,它也破坏了人类关系的本质(包括夫妻之间、子女之间、朋友之间等),强化了人与人之间的疏离感。

至于自主的需求,是促使我们根据自己的个人利益和价值行事,但这也可能导致我们的自我中心和自恋倾向。我们花费大把的时间和热情,搜集一切"有趣"的经验,以证明自己是一个有趣、独特、自主的人。

---

[1] 两位美国心理学家爱德华·德西(Edward L.Deci)与理查德·瑞恩(Richard Ryan)在1970年就提出了"自我决定理论"(self-determination theory),这套理论从人性心理需求的角度分析,总结出人如果持续有动机做一件事情,必须同时满足三大心理诉求:自主感(autonomy)、胜任感(competence)以及连接感(relatedness)。

其实，我们在社交媒体所感受到的各种负面情绪，嫉妒也好，遗憾也好，失落也好，最根本的问题在于，时时刻刻与世界保持连接，时时刻刻与人际相连接，外面世界的精彩都在眼前，别人的美好生活都在眼前，是一种我们并不熟悉，也不知道如何去应对的人类情境。

比如英国记者威尔·斯托（Will Storr）认为，当我们抱怨技术导致了自我中心主义时，其实是我们怪错了对象。"我们都以为是那些技术，是Twitter、Facebook，iPhone导致了这些自我迷恋，但事实并非如此。根本性的问题不在我们的设备，也不在我们的社交媒体，而在于我们本身。或者说，我们建造的文明本身，一代代鼓励了越来越膨胀的自我。"

威尔·斯托2017年写了一本书《自拍》，书中第一章写的就是自杀。自杀在美国和英国的流行让他感到不安，他认为罪魁祸首是满足不了对自己过高的期待带来的恐惧和耻辱。他引用的调查说，少女们对自己的身体越来越不满意，越来越多的男性患上了肌肉上瘾综合征，现在大学生中有一种流行病，跟"完美主义者的呈现"现象有关，就是在社交媒体上让自己的生活看上去像是一系列令人嫉妒的胜利。人们因为未能成为想象中的自己而受到折磨。

"我们应该对于人之为人有更准确的认识。我们的超级个人主义文化是这一切问题的核心——我们可以成为我们想成为的任何人，可以实现我们想实现的梦想，只要我们的梦想够大，只要我们付出足够的努力。但事实是，我们只是有限的生物性的存在，带着这种存在的所有限制。我们是有限的，这一点无可改变。"

在《未曾度过的人生》中，英国心理学家亚当·菲利普斯（Adam Philips）对所谓理想自我、理想人生提出了另外一种方案。

他认为，人类最大的幻想（fantasy）是那些"未曾度过的人生"（unlived life）——那些我们觉得自己应该，或者本来可以拥有却因为种种原因错过的人生。无论你怎样努力地要活在当下，"未曾度过的人生"就像一个个无可逃避的存在和阴影，关于失去的机会，被牺牲掉的欲望，是对未曾实现的心愿的一首挽歌。它们像幽灵一样纠缠我们，因为它们有着某些重要的意义。

与威尔·斯托不同，亚当·菲利普斯对于"未曾度过的人生"是持肯定态度的，但它也有风险，可能会让人沉溺在大脑中并不存在的那部分记忆里。你总觉得那会是更美好的一种人生，但事实并非如此。另一个真相是，人的一生中选择和牺牲无可避免，没有人能拥有所有可能的人生，如何带着这些选择和牺牲继续生活才是最难的。

所以，他认为，我们或许应该过一种互相映照的"双重人生"——一种现实的，一种幻想的；一种正在发生的，一种从未发生的。通过省察你的幻想，可以省察现实；而通过检阅未曾度过的人生，可以帮你指向更有意义的人生。

抗逆力：如何应对生活中的坏事件？

曹玲

心理韧性，平凡的魔法

夏威夷实验：为什么有些孩子富有韧性？

夏威夷群岛有数百个岛屿，其中8个主要的岛屿包括考艾岛、毛伊岛和夏威夷岛等，被称为"大岛"。

1955年，米瑞娜（Mirena）生于考艾岛。那一年，两位美国心理学家艾米·维尔纳（Emmy Werner）和鲁斯·史密斯（Ruth Smith）在岛上开展了一个研究，他们调查了岛上698名儿童的生活环境，并在他们1岁、2岁、10岁、18岁、32岁和40岁时进行追踪研究，希望得知儿童早期生活中哪些因素能对他们产生积极影响，哪些因素会阻碍他们发挥潜能，此研究后来成为历时最长的儿童发展和逆境研究之一。

米瑞娜也是被研究的孩子。当时夏威夷的种植园和酒店业蓬勃发展。米瑞娜的父亲在海岸警卫队工作，母亲在阿罗哈航空公司演出，跳草裙舞和唱歌。她和父母以及6个兄弟姐妹住在一个三居室的房子里，每天往返1英里上学。回家后，孩子们负责保持室内的干净整洁。米瑞娜的父亲是个酒鬼，父母经常起冲突，有时使用暴力，他们只有很少的钱来养活7个孩子。

这样的家庭在岛上不算少数。研究人员将孩子们分成两组，其中约三分之二的人被归为低风险组，三分之一的人被归为高风险组。所谓高风险指的是家庭贫困、父母存在心理问题、母亲在围产期有很大压力、家庭不和睦（包括家庭暴力）、父母酗酒或患病等。相比车祸、亲人去世等巨大压力，家庭问题所带来的压力强度较低，但会反复影响孩子们应对压力的方式，并逐渐累积，持续时间达数月或更久。

1989年，在追踪了32年后，维尔纳发表了该项目的研究结果。她发现，高风险组中有三分之二的人出现了问题，比如在10岁时有严重的学习或行为问题，18岁时有犯罪记录、心理健康问题或怀孕经历。不过，高风险组依然有三分之一的孩子成长成有能力、自信、有爱心的人，他们在学业、家庭及社会各方面都发展得不错，他们总能做好准备，抓住新的机会。

维尔纳陷入了深深的思考：为什么这些孩子中的一些人在困境中能发展得很好？当时，心理研究者热衷于探讨各种危险因子与心理或行为问题的关系。人们认为，在高危和压力下的儿童发展，必然导致适应不良。尽管也有一些人儿时经历了严重的压力或逆境，长大后却功能完好，甚至很优秀。但是这些例子被认为是个别的，不具有代表性。这些令人敬佩的儿童被称为坚不可摧、刀枪不入、无懈可击、不可征服、超级儿童、英雄等，但是人们很快认识到"坚不可摧"这样的词并不符合事实，于是抗压、韧性等词语逐渐取而代之。resilience是名词，其动词为resile，源自拉丁语resile，意为"跳回"，被翻译成心理韧性、复原力等。

所谓心理韧性，指人的心理功能并未受到严重压力、逆境影响的一种发展现象。通常包括三种情况，一是曾经生活在高度不利的环境中，战胜了逆境，获得了良好的发展；二是虽然生活在不利环境中，但功能不受损害；三是能从灾难性事件中成功恢复过来。如果将这个定义应用到一种心理状态上，我们会说一个具有心理韧性的人能够在离婚、失业，甚至失去亲人时恢复到原有的生活状态。

维尔纳在考艾岛的研究发现，表现出强大韧性的高风险儿童中，有三分之一的人家里有4个或更少的孩子，他们与兄弟姐妹之间的年龄间隔至少两年，很少与他们的主要照顾者长期分离，并且至少与一个照顾者关系密切。如果是女孩，则没有青少年时期怀孕的经历。

对于不同年龄段的人来说，拥有强大韧性有着不同的重要因素。比如10岁时，顺利成长与出生时没有并发症、父母遇到的困难较少（如心理健康，不存在长期贫困或养育困难等）有关。18岁时，积极的个性特征对成长有帮助，和人之间的积极关系也有很好的影响，这种关系不一定与父母有关。32岁和40岁时，拥有稳定的婚姻非常重要，对于童年不幸的人来说，和谐的婚姻是一个具有重要保护意义的转折点。此外，谋到稳定的职业，毕业后参军也具有重要的转折意义。

广泛的研究表明，儿童面临的风险因素越多，他们可能需要补偿的保护因素就越多。这些因素中一些和运气有关，比如有韧性的孩子可能遇到了一个支持他的父母、老师、照顾者、导师等。但另一方面，很多因素是心理上的，与儿童如何应对环境有关。从孩提时代起，有韧性的孩子就倾向于"以自己的方式面对世界"。他们独立、自主，寻求新的体验，并有"积极的社会取向"。他们在幼时被形容为积极的婴儿，如"活跃""可爱"或"警觉"，他们在学校里有朋友，有家庭以外的情感支持。

有心理学家认为，有韧性的孩子有心理学所称的"内部控制源"：他们相信命运由自己掌控，接受无法改变的事情，把危机看成学习与成长的机会，而非无法承受的问题。他们心中有广阔的蓝图，因此能够忍耐很长一段时间内的不幸。

还有一些情况引起了研究人员的注意，一些在青少年时期"脱轨"的孩子，在三四十岁时，往往在没有心理健康专业人士帮助的情况下成功扭转了局面，让生活步入正轨。这种转变非常复杂，涉及许多因素，学校、军队、宗教，以及重要人物的出现等。

米瑞娜对父母在生活中的角色，以及有人支持的重要性做过很多思考。她是家里最大的孩子，感到有责任解决家庭问题。她记得父母激烈争吵的场景，母亲把厨房里所有的瓶子都弄坏了，家里到处都是血。她很沮丧："我能做什么？我只是个孩子。"

幸运的是，她的祖母住得不远。糟糕的事情发生时，她会穿过公园，穿过甘蔗田，浑身沾满红色的泥土，来到祖母家。祖母把她带到外面的水池里洗掉身上的泥巴，然后带到家里的浴缸里给她洗干净。她并不算很好相处的孩子，有时咄咄逼人，大部分时间都在外面待着，浑身脏兮兮的，一头长而蓬乱的头发，只有祖母能把她洗干净。

她知道，祖母很爱她。这对她影响很大：无论什么情况，还有人爱她。后来，米瑞娜养育了7个孩子和15个孙辈，在抚养孩子最艰难的时刻，她常常想起祖母。她知道自己要给孩子们尽可能多的关爱，就像当年祖母对她那样。维尔纳认为，很多具有心理韧性的人在经历了一番刻骨铭心的成长之后，会更加富有同理心。如此一来，逆境就可以与心理灵活性、爱心和关怀连接起来，最终带来乐观的思维方式。

12岁时，米瑞娜去了寄宿学校，发现家庭并不是都像她家那样。之后她留在学校工作，在那里遇见了自己的丈夫。

如今，我们知道，父母或主要照料者如何照顾我们是至关重要的。但是在实验开始的时候，许多关于童年经历如何影响成年自我的研究尚未发表，很多人并没有意识到爱和情感对儿童的重要性。

我们对养育的理解有些来自对动物的观察。20世纪30年代，斯坦福大学的心理学家哈利·哈洛将婴儿恒河猴与母亲分开，并将它们分开饲养。他允许小猴子去找两只较大的猴子模型：一只用铁丝制成，身上装着喂奶装置；另一只用软毛巾布材料覆盖，但是喝不到奶。小猴子几乎所有时间都待在柔软的毛巾妈妈身上，只有在饿了时才去铁丝妈妈那里吃奶，吃完之后又快速回到毛巾妈妈身边。这个违反伦理的研究让人怀疑，之前关于"食物和住所是婴儿的主要需求"的想法，并认为舒适的怀抱可能比以前认为的更加重要。

之后，心理学界发展出了对育儿影响至深的依恋理论，提出者是美国心理学家约翰·鲍尔比（John Bowlby），他将其定义为"跨越时空将一个人与另一个人联系在一起的深刻而持久的情感纽带"。大多数婴儿与其照顾者形成了一种依恋关系，早期的依恋关系在某种程度上为我们与他人相处的模式打下基础，即使在成人的浪漫关系中也是如此。

鲍尔比对孩子和他们的照顾者很感兴趣。他最早的研究之一是来自伦敦诊所的88名青少年患者，他们中有一半被指控盗窃，另一半有情绪困扰，但没有表现出犯罪行为。鲍尔比注意到，这44个未成年小偷更可能在幼时失去照顾者。这使他想到早期失去经历会如何产生深远的影响。1957～1958年，鲍尔比在斯坦福行为科学进修中心得知了哈洛的恒河猴母爱剥夺实验。1958年，51岁的鲍尔比形成了依恋理论的基础，开始用动物行为学和发展心理学对依恋理论进行论述。他写文章强调，亲子关系失调会成为儿童突出的危险经历，将对后来的发展产生重要影响。

后来，鲍尔比的同事玛丽·爱因斯沃斯（Mary Ainsworth）开发出一种测量母子依恋质量的方法，这种方法至今仍在使用。这种被称为陌生情境测验法的方法通过让照顾者离开房间，然后返回，观察留在房间里的幼儿对照顾者和陌生人的反应。根据他们的反应，依恋可以分成三类：安全型依恋、焦虑—回避型依恋、焦虑—抵抗型依恋，这可以部分预测幼儿后来的发展。最令人担忧的分类是"混乱的依恋"，这些儿童的依恋对象对他们造成了伤害，比如父母对儿童的需要不敏感，或者是以反复无常或遗弃的方式照顾儿童，这可能会导致孩子成年后和他人交往以及调节情绪的能力较差。

米瑞娜思考了很多和亲人的关系，"哪怕只有一个支持者，对孩子来说也是非常重要的"。

韧性是动态的，可以习得

1976年3月7日，《华盛顿邮报》曾以《逆境对一些孩子来说小菜一碟》为标题刊发文章，宣扬儿童的超能力。后来，研究人员慢慢意识到，韧性只是一个平凡的魔法，它的神奇之处在于身处高危环境却能扭转局面。更为重要的是，它很平凡，很常见，是一种很多人都会的魔法，它并非少数人独有的超能力，而是人类普遍的发展现象。

从进化角度来说，人类遭遇数不清的困境，我们拥有同样的基本应激反应系统，这一系统和其他动物的一样，都已进化了数百万年，大多数人都能很好地使用该系统来处理压力。

韧性似乎正是人类机体中存在着的一种自我保护的本能，它会在逆境下自然地展现出来，推动着人们去克服生命威胁，追求自我实现。

研究人员从更加极端情况下的孩子们身上验证了韧性的这一特质。20世纪90年代，罗马尼亚前总统尼古拉·齐奥塞斯库倒台之后，人们在孤儿院发现很多儿童。阴冷的房间里挤满了大眼睛的小孩，他们从婴儿床上爬起来，盯着拍摄他们的西方摄影师看。

齐奥塞斯库统治的年代禁止堕胎和避孕，导致出生率大幅上升。因为贫穷，父母不能或不想养育的孩子不断涌入罗马尼亚的孤儿院，最终人满为患。无人照顾的孩子在孤儿院里经历巨大的情感剥夺和忽视，他们没有人拥抱或安慰，没人哄他们睡觉，只能得到基本生理需求，比如食物和保暖。事情曝光之后，人们纷纷收养孩子。英国卫生部联系了伦敦国王学院精神病学家、心理学家迈克尔·鲁特（Michael Rutter），让他研究这些孩子日后的发展如何。当时被英国人收养的孩子有 324 名，他接触了其中 144 名。

这些孩子均在 5 岁之前被领养。鲁特在他们到达英国后不久就对其状态进行了调查，又在其 11~15 岁期间进行了后续的问卷调查以及测试，大约四分之三的人在 22~25 岁间再次参与了调查。通过这种独特的"自然实验"，科研人员对人类早期经历的剥夺可能会带来的影响进行了研究。

当时流行的说法是童年时期的严重逆境导致了一系列情绪和行为问题。但是鲁特的研究发现了一些不同的结论：除了少数特殊的孩子，比如自闭症儿童，普通孩子的情绪和行为问题并没有增加；如果孩子们在六个月之内被收养，他们会发展得更好。

鲁特认为，面对逆境时的适应力是一个动态的过程，儿童的发展涉及变化、挑战和连续性，韧性不是固定的特质。"你可以适应某些事情而不是其他事情，在某些情况下，你可以保持韧性而其他人不能。"不过他也承认，对某些事情具有韧性的人更有可能对其他事情也有韧性。

鲁特提供了一个医学类比："保护儿童免受感染的方法是允许自然发展免疫力，儿童从早期暴露于有限的病原体中受益，从长远来看，不和病原体接触是有害的。同样，孩子们在生活中需要一些压力，这样他们才可以学会应对。"压力和应对方式之间的相互作用非常重要，某些应对方式比其他方式更有帮助，一些保护因素意味着压力得到更好的管理。

维尔纳也发现，随着时间的推移，韧性可能会发生变化。一些有韧性的孩子特别不走运,他们在遭遇了各种压力的打击之后,韧性消失了。她解释说:"韧性就像常量计算,方程的哪一边更重,是韧性还是压力?如果压力非常强大,会使韧性不堪重负。简而言之,大多数人都有一个临界点,如果突破这个临界点,这个人可能会被击垮。另一方面,有些小时候没有韧性的人,反而在后来学会了韧性。长大以后,他们克服了逆境,像那些一直坚韧不拔的人一样茁壮成长。"这又产生了一个问题,即如何学习韧性?

乔治·博南诺(George Bonanno)是哥伦比亚大学教师学院的一位临床心理学家,他认为韧性的核心元素之一就是个人的认知。也就是说,你是把一个事件看成是创伤,还是一次学习成长的机会?他的理论很简单,每一件令人恐惧的事,不管从旁观者立场上看它有多么消极,是否会让人痛苦,都因经历它的人而异。

拿一些极端事件来说,比如一个好友的意外死亡,你可能会为此感到伤心,但如果你能在这一事件中发现意义,那么这件事就不算是创伤。也许它会让你注意到某些疾病,或者是应该和社会建立更密切的关系。经验并不会和事件死板地捆绑在一起,它在于人们对事件的心理解释。

博南诺认为,通过调整对事情的看法,我们可以决定自己受到创伤程度的大小。美国神经学家凯文·奥克斯纳的研究也表明,让人们学会以不同的角度看待刺激,比如在人们第一反应较为消极时,用积极正面的词汇重塑他们的想法;当人们的第一反应体现出热烈的情感时,则用情绪较淡的词汇来引导,以此来改变他们对刺激的体验和反应。这可以让人们更好地调节自己的情绪,这样的训练可能会产生持久的影响。

针对我们如何解释事情的研究也有了类似的进展。积极心理学创始人,宾夕法尼亚大学心理学家马丁·塞利格曼发现,训练人们改变解释方法,包括从内到外("坏事不是我的错"),从全局到特殊("这件事微不足道,并不会大到预示着我的生活出了岔子"),从永久到暂时("我可以改变现状,而不是认定它无法改变"),能让心理更加满意,并且不易患上抑郁症。内在控制也是一样,内在性更强的控制会让人感觉自己压力更小、表现更好,外控到内控的转变还会让人心理更健康,工作表现有实际提高。支撑韧性的认知能力也能够慢慢习得,从无到有地塑造韧性。

不幸的是，相反的情况也会出现。我们可以在自己的头脑中创造或夸大压力源，我们会因为很小的事在心里勃然大怒，反复想着它，搞得自己发疯，就好像那件事是世界上最重要的事情。将逆境视为挑战，你将变得更加灵活，也能把事情处理好，从中学习和成长；如果让它紧紧缠着你，把它视为威胁和潜在的创伤，则会导致持久的问题，你会变得愈发顽固，也更容易受到不利因素的影响。

目前，心理学家已经把韧性理论应用于实践，韧性干预在儿童和青少年教育实践领域应用得最广泛也最富有成效，目的是要让孩子获得应对挑战的各种生活技能。除此之外，美军国防部成立了心理韧性与预防指挥部，专门负责心理韧性培育的指导工作。为提高心理韧性培育的针对性和有效性，美国各军兵种也开发出了一系列相关项目。塞利格曼指导的军人综合健康计划是一项美国陆军为军人、文职人员及其家庭成员提高军事成绩和保持全面健康的心理韧性培育计划，帮助他们适应环境变化，减少心理疾病的发生，让军队变得更加强大。

你的大脑可以改变

目前，我们对韧性的机制以及如何提高还知之甚少。如果我们将其视为一个变化的过程，我们的大脑、思维和行为会如何变化，以帮助我们应对不利的环境？伦敦大学学院发育神经科学和精神病理学教授埃蒙·麦克罗里（Eamon McCrory）一直在研究这个问题。

他的团队收集大脑图像，进行认知评估、DNA和感知数据的组合，这些数据来自受虐待儿童以及未受到虐待的对照组。这两个群体在年龄、青春期发育、智商、社会经济地位、种族和性别等方面非常匹配。研究人员的目标是在资金允许的情况下尽可能长时间地跟踪他们，试图预测遭受虐待的孩子是具有韧性还是会发展困难。

麦克罗里曾在国家防止虐待儿童协会工作，他了解这一人群所面临的临床挑战："如果有一百个孩子被提到经历过虐待，我们知道他们中的大多数实际上不会产生心理健康问题，但是少数人的风险会显著增加。目前，我们还没有可靠的方法来了解哪个孩子是安全的，哪个孩子会有问题。"

到目前为止，麦克罗里已经确定了可能存在差异的三个主要领域：如何处理威胁、大脑结构和自传体记忆。针对退伍军人和受虐待儿童的研究表明，参与处理威胁的大脑区域如杏仁核都更为敏感。如果你经常处于危险之中，那么你的大脑可能已经适应了对威胁的敏感。研究人员发现，在家庭中经常受到虐待的孩子比其他孩子更容易察觉到威胁，预感到疼痛。这种警觉性在恶劣环境中可能会对他们有所帮助，但会导致长期的紧张和焦虑。

该团队还对孩子的大脑进行扫描，试图了解受虐待儿童的大脑结构差异随时间推移是稳定还是变化。"我们对大脑结构随时间推移的可塑性知之甚少，我们知道眶额叶皮质和颞叶有结构差异，但我们不知道它们是静止的还是会随着时间的推移而改变，至少在某些儿童中是这样。"他说。

他认为第三个方面是自传体记忆。自传体记忆这个参与思考和处理个人历史记忆的大脑系统也可能受到早期创伤经历的影响，其形式在短期内具有适应性，但在长期看来并无益处。如果过去发生了可怕的事情，你会想要避免记住它们，这可能会导致细节上的缺失。"自传体记忆是你记录和编码自己的经历并理解它们的过程。我们知道患有抑郁症和创伤后应激障碍的人有一个过于概括化的自传体记忆模式，他们在回忆过去的经历时没有那么鲜活。我们也知道经历过虐待的孩子可能会显示出更笼统的自传体记忆。如果你过去发生了可怕的事情，那么你就会想要避免思考和记住它们，不能按要求描述具体事件，只能提取类别化、概括化的记忆。"

纵向研究表明，过度概括化的记忆模式可能会成为未来疾病的风险因素。"有一种假设认为，过于概括化的记忆会限制个人有效吸收未来经验的能力，因为我们借鉴过去的经验，来预测未来事件出现的偶然性和可能性，并利用这些知识进行判断。因此，过度概括化的记忆可能会限制一个人判断未来压力因素的能力。"

回到夏威夷的米瑞娜，她发现自己很难知道记忆是否受到早期经历的影响。她对家庭成员的记忆是复杂的，父亲是"一个聪明的人""一直在读书""是一个普通人，除非他喝醉了"；母亲是"一个美丽的夏威夷女人，有一个美丽的声音"。除了这些描述之外，她还有更深刻的回忆，她看到母亲曾多次试图杀死父亲，因为父亲喝醉了，母亲很生气，而她通常会试图阻止他们。回忆过去，米瑞娜有时会双眼含泪。

研究人员也愈发了解心理韧性这一现象的遗传和生物学因素。耶鲁大学儿童研究中心的精神病学家斯蒂文·索思威克（Steven M. Southwick）出版了一本书叫作《韧性：掌握生命最大挑战的科学》（2012 年），他认为心理韧性特别好的人，其压力荷尔蒙的水平会在承受精神负担后迅速下降，身体出现的炎症反应也会减轻。通过这种方式，人们能更快地从压力中恢复，或者说他们能开始习惯压力。

遗传学研究发现，调节交感神经系统、下丘脑—垂体—肾上腺轴和血清素系统的基因多态性，部分决定了我们对压力的生物反应是过于激烈还是过于温和，或者在最适合的范围内。此外，对同卵双胞胎的研究发现，其中一个双胞胎暴露于创伤性应激源如战斗，但另一个双胞胎没有，估计创伤后应激障碍的总体遗传率为 32%~38%。这意味着对于韧性来说，（删掉）遗传基因很重要，但基因（删掉）并非全部。

许多神经生物学因素和系统都与韧性相关，包括交感神经系统（即肾上腺素和去甲肾上腺素）和下丘脑—垂体—肾上腺轴（即皮质醇），它们会对压力和危险迅速做出反应，一旦危险过去就关闭；多巴胺奖励系统即使在慢性压力期间也能继续激发积极情绪；完整的海马使我们能够形成新的记忆，区分危险和安全的环境，并有助于调节我们的压力反应；高度发达的前额叶皮层，可以通过抑制杏仁核来调节对压力的情绪和行为反应，杏仁核在处理和触发与战斗-逃跑反应相关的原始情绪中起着核心作用。

新兴的科学研究已经开始表明，与韧性相关的神经生物学系统可以得到加强，更加适应压力。例如，使用脑电图和功能磁共振成像技术的研究表明，正念冥想和认知评估训练可以增加左前额叶皮层的活跃度。这一点非常重要，左前额叶皮层活跃程度较高的人会从愤怒、厌恶和恐惧等负面情绪中恢复得更快。

此外，大脑的海马与韧性以及我们对压力的反应密切相关。众所周知，皮质醇长时间升高的不间断应激可以破坏海马神经元。而海马有助于调节下丘脑—垂体—肾上腺轴，对其神经元的损害会降低它们抑制应激反应的能力，结果可能对海马神经元造成更大的损害。而神经生长因子，如脑源性神经营养因子可以促进脑细胞生长，延长细胞的存活时间，修复受损的神经细胞。在动物研究中，剧烈的有氧运动会增加神经生长因子的水平，似乎可以抵御压力的一些负面影响。

随着科学家们更多地了解遗传学、发育、认知、环境和神经生物学的复杂相互作用，很可能开发出行为、社会和药理学结合的干预措施和培训计划，以增强对压力的抵抗力。另一方面，我们可以找出影响韧性的高危因素，通过来自个人、家庭、社会三方面的保护性因素，共同抵抗环境的不利影响。

"从根本上来说，韧性来自人不断成长发展的向上的生命力。韧性是人类生存的本能，能让我们摆脱生活中的沉重压力。我们想在地球上留下我们的足迹，就必须前进。"维尔纳说。

失眠：如何夺回我们的睡眠？

杨璐

觉醒：逃离手机

人类社会发展到今天，每天晚上能够跟我们相依相伴进入梦乡的，除了伴侣，还新加入了智能手机，但这不是一个健康的行为。

在2018年世界睡眠日发布的一份《2018年中国睡眠指数报告》中，57.7%的"90后"在睡觉前玩手机，36.8%的人玩手机的时间超过了50分钟。这可不是单身人群为了睡前排遣寂寞，已婚的"90后"人群中，49.8%的被调查者表示睡前与伴侣各玩各的手机。手机推迟睡眠时间，干扰睡眠质量。同样在这份报告里显示，"90后"的睡眠指数不乐观，普遍睡眠不佳，呈现出"需要辗转反侧，才能安然入睡"的状态。

报告虽然聚焦在最具有商业价值和越来越成为社会中坚的"90后"群体，但都市生活节奏和习惯相差不大，从其他现象也能侧面看出现在的夜晚有多么的热闹。如果你做微信公众号就会知道晚上10点以后有一个推送和阅读的小高峰，外卖APP的首页在这时上线夜宵模块，而超级电商购物平台淘宝，也对外公布晚上10点到12点是流量的高峰，他们还曾经推出过"夜淘宝"概念，晚上10点上线营销项目，其中"一千零一夜"第一期，2个小时就卖了20万个鲅鱼水饺。

冯铮就觉察到了手机对睡眠的坏影响，但请神容易送神难，让现代人放下手机，不是件容易的事。他从前是晚睡族，有时候12点、凌晨1点才睡觉，但随着孩子的出生，丧失了睡到自然醒的条件，每天早上7点，他必须得起床照顾小孩，时间久了明显感觉睡得不够，智能手环的监测结果也显示他深度睡眠的比例低了。冯铮立刻意识到这种状态跟手机有关，"一个是看手机让我睡得很晚，另一个就是脑子太兴奋，一直在聊微信、刷朋友圈，放下手机也很难立刻进入到睡觉的环境里去"。

在多次早睡计划因为忍不住玩手机而失败之后，冯铮开始尝试各种减少使用手机的方法，拔除早睡之路的最大障碍。"最基本的是把微信APP藏在手机屏幕里更远的地方，关闭消息的通知，这就增加了打开它的步骤和时间，不容易来回来去地看。还尝试过把手机调成黑白颜色，据说可以减少使用的时间。"冯铮说。这些招数效果并不明显，因为他的所有工作都在微信上联络和展开，越想控制反倒造成了一种新焦虑。"每隔几分钟就想去刷一下，看有没有人找我。"冯铮说。

冯铮又从美国海淘了一个带倒计时锁的盒子，只要设定上锁时间把手机放进去，除非砸烂盒子，否则不到时间打不开。他现在每天晚上9点把手机锁进去，被动地死了心，然后发现了一个美好又安宁的世界。"原来时间还可以这么多，看看书，听听音乐，到10点多也就没什么事了，自然就上床睡觉了，同时解决了晚睡和睡眠质量的问题。"冯铮说。这个盒子是美国一个创业项目，创始人在随盒子附上的信中写道，他是一个爱吃甜食的人，无论巧克力饼干藏在任何能想到的地方，都能被吃掉。他需要找到一个既能吃饼干，又能避免不断被诱惑的方法，于是发明了这个盒子。除了戒甜食，美国消费者用它戒烟、戒酒、戒除药物依赖等，也因为它帮助人们抵抗诱惑实现目标，创始人被《早安美国》等很多媒体报道。

冯铮是顺为资本的投资副总裁，遇到这种解决诉求的终极武器，自然联想到在中国落地的可能性。有利的条件是顺为资本跟小米生态链紧密协同，找到能以更为中国人接受的价格生产的工厂资源其实不难。冯铮后来没有做，他理智分析之后，觉得能决绝地把手机锁进盒子的人是个非常小众的群体，因为"这是违反人性的行为"。他说："从前在美国工作的时候，美国人把工作和生活分得特别开，下班之后老板是不可能去找他的。中国人不一样，很多人都在拼搏，不是反思工作占用了太多的时间，而是担心错过了一个机会。把手机锁起来，万一晚上老板突然想起我呢。中国现在不是太多了的阶段而是还不够的阶段，所以戒除欲望的产品没有土壤。现在流行的是知识付费、自我提升，是获得满足欲望的工具。"

即便没有工作这个令人牵挂的目标，移动互联网的设计机制就是让人沉溺其中。纽约大学商学院的副教授亚当·奥尔特（Adam Alter）在著作《欲罢不能：刷屏时代如何摆脱行为上瘾》中把电子产品让人上瘾的机制总结成六个步骤：诱人深入的目标，轻而易举的进步，大张旗鼓的反馈，逐渐升级的挑战，不可预见的悬念，令人痴迷的社会互动。用这个公式去对比移动互联网产品会发现，越是受人欢迎的明星产品越与这六个步骤相契合。"移动互联网的项目花了那么多钱，招了那么多人，追求的就是日活更高，留存更高，黏性更高，这一切指标其实都指向让用户更沉迷。就像微信早年也讲用完即走，但今天手机上用的时间最多的恐怕就是它了。"冯铮说。

冯铮是分享型人格，他把这个盒子发到了朋友圈，希望帮助那些同样饱受睡眠困扰的人，不出他所料，大家觉得这个东西很有趣，但愿意花500块钱买盒子来戒除手机的，寥寥无几。冯铮并不气馁，他始终觉得控制使用智能手机的时间和频率是一件有益身心的事情，他又以ELFAClub的名义在微博上发起公益活动"不看手机24小时挑战赛"，用"放下手机，拿起生活"号召网友参与，选择对工作干扰少的周末进行，从周六中午12点到周日中午12点。虽然，这对于改善睡眠和拒绝生活被智能手机碎片化没有多少效用，但与世界片刻的失联让参与者重拾了片刻安宁的时光。

根源：昼夜节律与 24/7 的矛盾

手机对睡眠的影响有科学依据。暨南大学附属第一医院精神心理科主任、博士生导师潘集阳曾经在美国宾夕法尼亚大学医学院睡眠中心接受睡眠临床诊疗技术训练，是美国睡眠医学学会会员和中国睡眠研究会睡眠障碍专业委员会副主任委员。他说，人的大脑从晚上9点钟开始分泌促进睡眠的褪黑素。如果这时候使用带有发光屏的电子设备，它发射的短波长的光，也就是经常说的蓝光，会抑制褪黑素，使褪黑素的分泌周期发生相位迁移，并增加人的警觉度。"国外做过两个实验，一个是在美国用 iPad，一个是在韩国用三星手机，睡前两个小时连续开机，会引起第二天人的记忆力、警觉性等方面的障碍。除了蓝光对褪黑素的抑制，如果我们看到了精彩的内容，更加难以入睡。"

睡眠时间的向后延迟只是第一步，现代社会的作息才最终完成了干扰睡眠的整个过程。潘集阳说："如果你是一个自由职业者，或者你是老板，第二天不用上班，那么凌晨两三点钟睡觉，第二天睡到自然醒上午 11 点起床理论上也没问题，只是昼夜节律往后推了。但我们大部分人是学生和上班族，要遵守现代社会运转的节奏。晚睡时生物节律就与社会节奏发生时差，时间长了就影响睡眠质量，增加失眠的风险。"

昼夜节律是人类作为自然界生命体天生具有的，就像生老病死一样摆脱不掉的"宿命"。中国睡眠研究会副理事长、北京清华长庚医院睡眠医学中心主任叶京英说："几乎所有的生物体的激素水平、生理行为都是早中晚波动的，比如褪黑素、肾上腺皮质激素、孕激素等，我们做节律相关的技术一定是定点按时去查的。2017 年诺贝尔生理学或医学奖就颁给了研究生物昼夜节律分子机制的遗传学家。这也推动了对昼夜节律的科普，让很多人都明白了它受到基因的控制。"昼夜节律虽然是人体内在的生物钟，但就像美国和韩国做的两个实验所揭示的结果，它会受到外在条件的干扰。叶京英说，能够影响生物钟的外界信号被称作授时因子，包括运动、温度、饮食、光线等，这其中光的干扰是最强的。

即便没有掌上平板电脑和智能手机发射蓝光，光线干扰睡眠这一生物学原理早已是现代哲学家、社会学家、医生们跨学科纠结的老问题。1782 年，英国画家约瑟夫·赖特创作了一幅《夜里的阿克莱特棉纺厂》，一轮满月的夜空下，棉纺厂的窗户透着煤气灯的光。这个夜班场景是人类作为一种自然生命与工业革命之后作为现代社会人相遇并且角色重叠的最早写照之一。它说明，照明技术和对利润永无止境的追求重组了工作和时间之间的关系。人不再是农耕时代那样日出而作日落而息，遵循四季变换、昼夜更迭来生产生活，而是同自然相剥离，与机器结为搭档，连轴转地创造剩余价值。

睡眠是被强调生产力的现代观念所排斥的。休谟的《人性论》开篇就指出，睡眠与狂热和疯癫一道构成了人类追求知识的障碍。后来，随着医学和管理学对健康和疲劳的研究，虽然人们认识到健康的睡眠和适当休息会提高工作效率，但现代社会也已经建立出一天 24 小时、一周 7 天、不分白天黑夜、不眠不休的营业与生产的体制，睡眠从纷繁的世界中抽身修整，不能带来任何效益，本质上依旧与现代社会格格不入。

于是，随着社会的发达，睡眠逐渐受到侵蚀。国际化大都市被称为"不夜城"，摩天大楼上的灯光照亮夜空，24 小时服务的餐厅、超市、交通系统让你随时享受着白天的便利，更不用说智能手机的虚拟世界里根本没有昼夜与时差的区别，只要不睡觉，你可以在里面毫无阻碍地开会工作或者下单购物。美国艺术史家乔纳森·克拉里在《24/7：晚期资本主义与睡眠的终结》中写道，在这个星球上的富庶地区，大部分边界都已经瓦解，比如私人时间和工作时间、工作与消费。以北美地区为例，20 世纪初的人每天要睡 10 个小时，上一代人睡 8 个小时，如今北美成年人平均每晚睡大约 6.5 个小时。

科学研究也在试图穿透人类的梦乡，彻底占领它。美国五角大楼高级研究计划局正在尝试无眠技术，包括神经化学药物、基因疗法和穿透颅腔的电磁刺激。短期目标是使得一个士兵能够最少 7 天不睡觉地作战，长期目标甚至希望延长到 14 天，同时还能保持旺盛的身体状态和高昂的斗志。从历史上看，该局的发明创造后来都应用到了更广泛的社会领域，比如即时通信的概念为因特网和人工智能打开视野，无眠战士的技术也会应用到无眠工人或者无眠消费者身上。乔纳森·克拉里预测，如果无眠技术大获成功，也许未来不眠产品将成为一种生活方式的选择，而最终变成大多数人的生活必需品。

属于自然的睡眠行为与属于现代社会的 24/7 体制相冲突，形成了社会时差，这让"无眠时代""睡眠终结""告别黑夜"等成为西方思想界批判与反思的一个常见题目。20 世纪 90 年代末，俄罗斯和欧洲的太空联盟计划建造并发射轨道卫星，将太阳光反射回地球，根据估算，它的亮度接近月光的 100 倍，能够让大都市彻夜通明，节省能源节省钱。这个极端计划的反对声音就包含了各种对光污染、睡眠与 24/7 体制的批评观点。天文学家担心妨碍到地面望远镜的宇宙观测，科学家和环保人士担心这会影响昼夜交替，造成新陈代谢紊乱，影响睡眠，给动物和人造成生理伤害，而人道主义组织认为体验黑夜和仰望星空是一项基本人权，任何组织都不能剥夺。

睡眠问题，一种现代病症

为了追求财富和利润，人类的生产经营活动在时间和空间上不断地拓展，可真的需要把甜美的梦乡也开发出来挣钱和消费吗？先不说无眠技术面临的道德和人权的讨论，起码目前为止，剥夺睡眠给人以许多伤害。

睡眠影响人的记忆力和学习能力，人在睡眠中的快速眼动时期，脑电波非常活跃，是在对白天所有事情进行分析总和。如果没有这个时期，白天做的事情就记不住。睡眠对身体健康也有影响。英国医生西蒙·阿特金斯博士在《如何摆脱失眠困扰》中告诉读者，根据修复和复原理论，人在睡觉之后，身体和大脑得以恢复生机，从而保持发挥最佳效能，维持健康水平。用计算机作类比，睡眠就像磁盘检查、病毒扫描，以及对我们的硬盘进行碎片整理。值得一提的是，睡眠让免疫力获得喘息机会，没有睡眠人可能会被周围的每次咳嗽和感冒所传染，更为严重的是，根据美国芝加哥大学科莫尔儿童医院的研究，支离破碎的睡眠会抑制免疫系统对癌前病变的早期检测能力，也使得这种疾病更具有侵袭性。

除了恶性肿瘤这种众病之王，长期睡眠不足对健康的严重侵害还能列出一个不短的清单。比如，肥胖的风险会高出 30%，因为缺少睡眠就会使胃口大开的胃饥饿素增加，同时让人感到饱足的瘦蛋白减少。而随着肥胖风险的提高，本来患糖尿病的风险也就提高，再加上缺少睡眠会改变身体处理血糖的方式，糖尿病的风险就叠加了。糟糕的睡眠还会让血压上升到持续较高的水平，然后高血压跟睡眠缺乏者血液中的致炎化学物的增加更容易对血管壁造成伤害，引发心脏疾病。长期失眠也会导致脉冲水平升高，这也是导致心脏病的另一个因素。还有最广为流传的伴生状态，焦虑和抑郁。长期睡眠缺乏会让人处于低落和神经质的边缘，有一项调查研究发现，睡眠差的人患抑郁症的可能性是睡眠好的人的 5 倍。

睡眠对健康如此重要，但医学上对它的研究却是一个新兴的领域。1953 年，芝加哥大学的纳沙尼尔·克莱特曼博士注意到人在睡眠时偶尔会发生快速眼动，于是开始研究睡眠过程中的这个现象。在睡眠医学最初开展的10年里，人们对睡眠了解不多，全部精力都在研究上，并没有对患者进行过治疗。直到20世纪60年代后期，加州大学洛杉矶分校的安桑尼·卡莱斯博士才建立了第一个睡眠障碍中心。

睡眠问题很大程度上是一种现代病症，伴随着城市化、工作节奏越来越快，主动或者被动剥夺睡眠越来越多，才跟昼夜节律产生时差，让人受到困扰。睡眠医学起步的时间正是美国战后经济增长的黄金时代，1965~1970年，美国工业生产以18%的速度增长，到1971年83%的家庭至少拥有一辆汽车。与这些财富增长同步，美国睡眠障碍协会的创办人彼得·豪里博士在文章中回忆，20世纪70年代之后，美国睡眠障碍中心的数量快速增长，甚至很多不具有资质的人也开始经营类似的中心，以至于1975年，他召集成立了美国睡眠障碍协会，确立睡眠障碍中心的专业标准。现在美国境内几乎所有主要的医学中心都有睡眠障碍中心。

用这个发展轨迹来对照中国，我们的睡眠医学还在起步阶段。1995年，全国只有北京、天津和上海三座城市有地铁，大家都住得不远，并且出城没多远就是农田，夜晚能看到满天的星光。从1999年到2017年，中国的城市化率每年增幅都超过了10%，到2017年中国的城镇化率达到了58.52%，几乎所有中心城市都修了地铁，运营里程超过了3000公里。这些数字背后是大家越来越忙，住得越来越远，城市的夜晚越来越明亮喧嚣，受到睡眠困扰的人越来越多。空军总医院睡眠中心是我国最早开展临床多导睡眠实验研究的医院之一，空军总医院原副院长、睡眠中心主任高和说，空军总医院发展得早是因为有特殊的需求，一个是歼击机飞行员这种职业人群对睡眠的敏感程度很高，比如美军从本土飞到巴尔干半岛，这种跨时区长时间飞行，飞行员得保持一个良好的警觉状态，就需要睡眠医学干预。另外是随着航天事业的发展，航天员到了太空之后，生物节律会发生改变，也得进行研究。中国第一批航天员在国外宇航中心训练时，模拟宇宙环境的脑电变化就是空军总医院分析的。

除了这些特殊领域，中国很长一段时间对睡眠问题的理解还处于不同的二级学科里。高和说，20世纪80年代初只有协和医院开始做睡眠呼吸障碍的诊断，这是针对一个专病的睡眠实验室，并不是完整的睡眠医学学科，涉及睡眠问题的诊断和治疗分布在不同的二级学科里。也就是说，你想找出自己失眠的根源，得分别去精神病学、心理和行为医学、耳鼻喉科、头颈外科、老年医学科等挂号，如果第一次没有幸运地选中失眠根源的科室，免不了还得去看其他的。睡眠的困扰一旦上升到睡眠医学的高度，它涉及的问题除了因为看手机而睡得晚起得早，还跟人体内部许多问题相关。比如，焦虑和压力，表现为打鼾症状的睡眠呼吸暂停、周期性肢体抽动、发作性嗜睡，甚至脑瘤、帕金森症、甲状腺功能紊乱等医学因素也会导致失眠。

最近10年以来，不同专科的医生逐渐意识到睡眠问题的交叉性，一些大医院成立了跨科室的睡眠中心。叶京英从前是同仁医院咽喉科首席专家，擅长睡眠呼吸暂停综合征的诊疗和手术，她说，很早就意识到睡眠问题的综合性，但历史悠久的医院有自己的传统，于是2014年她转到清华长庚医院建立睡眠中心，还是以她的长项即睡眠呼吸障碍为中心，但涵盖心血管内科、呼吸内科、内分泌科等跟睡眠有关的科室联合诊疗。空军总医院在服务特殊职业人群之外，2013年成立了睡眠医学科，主任高和是内科呼吸系病和危重症的专家，也是空军总医院专家组组长，还到美国匹兹堡大学医学院睡眠中心做过高级研究学者，他领导的睡眠研究中心不但做诊疗，还做职业睡眠医师和睡眠技师的培训。潘集阳的专业背景是精神医学，他说，焦虑和抑郁的一个常见症状是失眠，于是2003年他到宾夕法尼亚大学睡眠中心学习睡眠医学诊疗技术。"美国的睡眠医生也是有两个专业的，各学科医生参加美国睡眠医学会的考试，通过之后拿到睡眠专科的执照，开业时就挂自己从医学院学习的第一专业，比如内科、呼吸科等，还有第二专业睡眠科。"潘集阳说。

别太在意失眠，先放松

睡眠对我们的健康如此重要，并且经常说它占据了人生命的三分之一，但我们对睡眠却所知甚少。高和说，睡眠能被称为一个临床专科，首先是它有独立的睡眠疾病谱，确定了临床诊疗的范围，也就是睡眠发生期间与睡眠相关的疾病，它白天看不到，只有睡觉时才出现，但会影响日间的功能，这些疾病大概有近百种，分成若干类别。比如说，入睡困难、睡不醒、睡眠呼吸障碍、异态睡眠，像那种深睡状态离开床，转一圈又回去，睡眠运动疾病，节律问题，就像睡得晚又要被迫早起而形成的睡眠时相延迟综合征等，还有一些疾病带来的睡眠问题也需要甄别。

普通人阅读和理解这个疾病目录的门槛很高，但也有自我觉察的方法。高和说，睡眠的时长不是像流传的那样一定要睡满8小时或者9小时。"人能够耐受的最短睡眠时间是5到6个小时，也有一些人属于长睡眠者，需要睡8到9个小时，这两个极端相对来说人群都要小，大部分人在中间段，也就是睡7个半小时到8个小时。对于老年人来说，睡眠减少也不一定是问题，人随着年龄增大，睡眠结构是会改变的。判断睡眠质量，除了睡眠时间长短，其实还有另外一个很重要的因素，就是清醒时的功能状态。无论睡眠几个小时，如果白天的状态很好，就说明睡眠足够了。睡眠跟吃饭是一样的道理，每个人的饭量都不一样，只要保证营养就可以了。"

偶尔的失眠和熬夜也是很正常的，不用过于在意，但持续性的睡眠不好，就得怀疑是不是睡眠出了问题。睡眠不好的症状包括，在床上躺半个小时以上还睡不着，半夜频繁醒来，每天都醒得很早而且再也无法入睡，或者三条结合。高和说，这种状态每周出现三天以上，持续三个月、六个月甚至更长的时间，可能就要关注一下了。

常见但容易被人忽视的睡眠问题是睡眠呼吸暂停。高和说，人们经常会批评开会打瞌睡的现象，觉得是对工作不重视，其实可能是睡眠呼吸暂停惹的祸。"白天开会犯困，一定是他晚上有睡眠剥夺。成年人最常见的睡眠剥夺问题就是睡眠呼吸暂停，特别是偏胖的、颈部短一点或者面部结构稍微有缺陷、有吸烟喝酒习惯和慢性咽部问题的都是高危人群。他晚上虽然睡了8个小时，可一会儿一呼吸暂停，就干扰他的睡眠结构和睡眠质量，到了白天躯体内部有睡眠压力，在开会时瞬间就进入了睡眠状态。"

除了身体原因造成了失眠，彼得·豪里博士在《和失眠说再见》里写道，根据美国国家统计数据，至少半数以上的失眠症都是由心理原因引起的，比如抑郁、焦虑、婚姻压力或者工作压力。中国的临床医生因为所处医院背景不同，面对的患者对失眠的认识、求诊也跟美国不一样，所以还没有这方面的权威统计，但采访中，医生们都提到心理原因导致的失眠确实常见。

有一种焦虑引起的失眠，甚至是焦虑睡眠本身。几乎每个接受采访的医生都提到，他们经常遇到来求诊的患者坚持夸大自己的睡眠问题，幸好睡眠中心的多导睡眠监测数据能让患者相信自己并没有想的那样睡得少，或者自从发现自己有失眠症状，睡眠就成了一件天大的事情，想出很多方法去控制，结果越控制越适得其反。首都医科大学附属北京安定医院副院长李占江是中国心理卫生协会认知行为治疗专业委员会副主任委员，擅长治疗焦虑障碍、抑郁障碍、失眠、进食障碍等精神障碍。他说，日常当中流传一些助眠的小方法，比如说睡不着就数羊。其实越关注什么时候才睡得着，越集中精力数羊，就会越兴奋。当大脑付出的努力越多时，就会引起皮层唤醒和情绪唤醒。这时候一看还没睡着，就会焦虑。焦虑又唤醒了身体，皮肤、听觉都敏感起来，对周围环境就感觉不舒服，或者去卫生间次数就多。去洗手间次数多了就再也睡不着了。"所以，我们跟病人说，要接受自己的睡眠状态，顺其自然，想什么就去想，这个过程中不去刻意控制自己，要放松下来。"

涉及心理症状的抑郁和焦虑就跟睡眠的关系更大了。李占江说："抑郁症的早期可能会有失眠的症状，也可能是睡眠比较浅，但抑郁症的充分期，患者是睡得着觉的，只是醒得比较早。这是抑郁症的一种特征，叫末端失眠。"李占江接诊的精神障碍患者中一半以上有睡眠问题，他说，情绪出了问题，往往会表现在吃饭和睡觉上。比如现在消化内科很多病人都发现有情绪问题，这当中难治的病人就得做心理调整，甚至是用一些抗焦虑或抑郁的药物。睡眠也是同样的，安定医院在5年前也成立了睡眠中心，精神障碍的病人很多也得去看睡眠门诊。

睡眠对精神障碍另外一个重要的意义是，很多精神疾病有复发的可能性，重要的前兆之一就是出现睡眠问题。"我在跟病人交流的时候，都会讲病情恢复之后一定要坚持有规律的生活，保证充足的睡眠。这些不是空话，真的都很重要，相当于是心理自我保健，就可以减少或者预防病情的复发。"

并不一定需要安眠药

中国的睡眠医学起步不久，高和说，跟睡眠问题相关的有近百种疾病，能够把它们在一个环境里面很熟练和很精准解决的，这样的睡眠中心在国内还比较少，数量上远不能满足人们看睡眠问题的需求。北京几家知名的睡眠中心里，多导睡眠监测的床位全都需要排队。对大多数关注自己的睡眠的人来讲，比较可行的是先掌握一些自助的方法。

高和说,喝咖啡或者茶等含有咖啡因的饮料、抽烟、喝酒和睡前看手机、iPad、电视都会影响睡眠。美国有一个研究报告表明,失眠者的脑细胞处于高度活跃的状态而无法入睡,如果再摄入咖啡因就犹如雪上加霜。尼古丁也像咖啡因一样是一种刺激物,让人清醒。而如果睡前两个小时内摄入酒精,就很可能降低睡眠质量。另一位医生强调了电子屏的蓝光光谱是睡眠的大敌,它会干扰节律,影响睡眠稳定性。把这些生活习惯移除,是解决睡眠问题的第一步。

除了生活习惯,睡不着也跟一些行为有关系。高和说,通常情况下,人应该困了才上床,这样的话,困的感觉与人体跟床的接触形成一种条件反射。只要困了躺在床上,床和人体的接触就成为诱导睡眠的一种刺激。但有些人因为某种原因失眠一段时间后,他不知道怎么处理,越睡不着觉越想早点上床,躺在床上翻来覆去睡不着,久而久之床和人体接触就形成了失眠的条件反射。一旦形成这种生理性失眠,本来坐着都困,躺到床上就不困了,就是因为自己应对失眠或者长时间在床上做了很多与睡眠无关的事情,破坏了人体和床接触的助眠关系。

把这些生活习惯和行为总结下来,其实就是睡眠形成的三个要素。高和说,第一个要素叫睡眠压力,讲通俗了就相当于人饿了吃东西才香。从你早上醒来开始,不睡觉保持的时间越长,临睡前睡眠压力越大,入睡越快。那些不利于睡眠的生活习惯,比如晚上喝茶、睡前看手机、有些人晚上没睡好白天补觉等,在主睡眠期之前就把睡眠压力释放掉了,躺下就睡不着。第二个要素是生物节律。人们应该尊重自然睡和醒的节律去睡觉,保持一个比较有规律的作息,人的身体能够在规则的节奏下发挥很好的作用。如果睡觉和起床的时间经常不固定,就可能会跟自己的生物钟发生错位,形成失眠。第三个就是行为问题造成的生理觉醒,不困的时候就躺到床上去,破坏人体和床接触的助眠条件反射,睡不着就焦虑,把身体唤醒了。

睡眠跟其他病症相比,有一点特殊的地方在于,并不都需要药物治疗。高和说:"安眠药的剂量、吃和停的过程、时机等,药物本身的问题和停药之后的心理问题,不是患者能够自我把握的,必须得医生很好地跟病人交代,并且从美国治疗失眠的数据来看,一半以上的睡眠问题是通过认知行为治疗的,而不是药物。"国际失眠治疗指南里，也是把认知行为治疗作为一线的治疗方法，它是心理治疗方法的一种。李占江说，原理是人在情绪上的感受会反映在行为上。所以，有些人经历各种事情或者身体内部疾病，产生负面评价形成一些情绪体验，身体就给出相应的行为反应，比如说睡眠问题。医生就要通过改变患者的行为或者认知，去改变他的情绪核心，达到改变身体感受的效果。

社会转型、生活节奏加快、压力大和竞争激烈确实会对人的情绪和心理造成影响。以抑郁症为例，李占江从前收治的病人很多是家族遗传这种生物性因素导致的，现在更多的是心理因素。"因为生活、工作、人际关系带来的内心冲突，因为跟别人比较，自己的预期和现实的差异等产生的情绪变化，觉得别人都好，就自己不好，越来越对自我贬低，抑郁就容易出现。"李占江说。压力管理也常出现问题，压力带来的焦虑水平上升本来是正常人应该具备的情绪。"最经典的解释是战斗逃跑反应，人遇到威胁就得去面对风险，调动身体资源，血压会升高，肌肉会紧张，就会更有力量。焦虑是推动人进步和发展的一种动力，但是每个人对压力的承受能力不一样，面对同样的压力，有些人工作提高了，有些人却崩溃了，这叫心理韧性或者心理弹性。它是可以锻炼和调整的。"李占江说。

也许是精神障碍医生让人放松的职业习惯，也许是失眠症状并不像想象的那样难以治疗，李占江在谈论失眠的成因和治疗时，语气并不严峻。他说，改变生活方式和调整作息，形成良性的循环，睡眠问题两个月就能见效。睡眠门诊的认知行为治疗，常规的进行六次也就可以了。但是，睡眠如果真的出现问题，得具有睡眠知识和早期干预，病程越长难度越大。

有时候焦虑和担忧源于我们所知不多，起码在睡眠问题上是这样。首先得放松下来，不要试图控制它，才能睡意袭来。

新趋势，卧室里的革命

在国内，真要到了采访的几位临床医生的面前，很多已经是严重失眠的病人了，基本年龄偏大，大中产，责任大事情多，压力也大。而回到文章开头的睡眠报告，那些声称自己饱受睡眠困扰的年轻人，大概率选择了互联网式的或者消费主义的调整方法。

再次印证了"一边作死,一边自救"的"90后"特征,有一半以上的"90后"睡前玩手机,睡眠质量不佳,就有数千万的"90后"使用助眠小程序和APP。小睡眠是一款用声音助眠的小程序,上线第一天,没做任何营销就获得70万粉丝,它也是2017年腾讯评出的最受欢迎十大生活小程序之一。创始人邹邹是华南师范大学的心理学博士,她说,一直想把心理学变成一个标准化的产品直接提供给大众。在做上一个减压项目的时候发现70%以上的用户因为心情不好或者焦虑,有解决睡眠问题的需求。于是,把这个重度垂直的需求从减压模块里独立出来做成了一个新项目,就是小睡眠。

小睡眠的原理是用声音使大脑放松。它包括白噪声、雨声、说话声等自然氛围音,疗愈音乐,人声引导放松减压等模块。白噪声是一个海淘热点,许多家庭买来屏蔽噪声或者安抚新生儿。邹邹说,白噪声对0~4个月的幼儿最有效,因为这个声音的频率跟子宫内的波段类似,增加安全感。但是对成年人来讲,最有效的办法是风声、雨声、流水声、人声等自然氛围,可以达到舒缓神经的效果。而音乐疗愈和人声指导下的放松减压本身就是心理治疗的手段。如果用户不清楚自己应该如何选择模块和搭配,小睡眠也完全采用了移动互联网便于使用的原则,组合好"高效学习""冥想静心""抗噪专注""脑波助眠"等组合,一键播放不用操心。

小睡眠的小程序现在有3000万粉丝,后来上线的APP下载量也接近2000万,根据用户数据,邹邹给睡眠问题的观察提供了另外的维度:"我们都以为只有一线城市因为工作节奏快、压力大才有睡眠问题,三线、四线城市都过的是养老的生活,不失眠。可实际上,小睡眠在三线、四线城市根本没做推广,却也拥有庞大的用户群体。我们就做了深度的用户调查,发现小镇青年也会有焦虑感。他们的物质生活已经很丰富了,但是精神空虚导致睡不着,一部分是因为焦虑,一部分是因为孤独。"邹邹说。

传统的寝具领域也从消费升级上反映出对睡眠的关注。天猫床垫销量名列前茅的雅兰床垫电商负责人张虎说,雅兰的线上用户是移动互联网的主力购买人群"80后"和"90后",最近几年明显看到消费行为的变化,一个是大家愿意接受更高级的床垫，比如乳胶席梦思、智能床垫，一个是床垫有了复购率，从前床垫这种产品是消费一次可能要等到换房子才会买新的，现在能从后台看到买完三五年有人就想换更时新的，更高级的。"房子是租来的，生活是自己"的生活方式在床垫上也有反映，张虎说，他们2017年做了一次推荐租房适用床垫的营销活动，销量不错，说明现在很多年轻人在能力范围之内愿意想办法给自己创设一个舒服的环境。

枕头也是一个活跃的消费升级品类，它比床垫的单价低，换起来也灵活。天猫平台上枕头和国际床品的负责人鹤梳说，跟中国传统的荞麦枕、花草枕相比，年轻人对枕头品质的要求越来越高，愿意在绿色、健康和好奇心上花钱。比如说，住过五星级酒店的人越来越多，酒店同款的羽绒枕就很受年轻女性的欢迎，乳胶枕不生虫子，用起来Q弹，也是流行的品类。还有一些特殊的工艺也能被人接受，比如说，带有凝胶的夏天枕起来凉爽的枕头，日本流传过来填充PE管的枕头，它可以让用户自己调节高低，还有带声音的枕头跟手机连在一起，听相声、讲故事、听音乐用。在满足基本舒适度上，对极致化的需求越来越高。

特别神奇的还有眼罩产品，这种从国外流行进入中国的品类每年有两位数的增长。天猫平台眼罩品类的负责人霞殇说，眼罩中的蒸汽眼罩从前在中国是没有的，大家从日本代购，现在像珍视明、闪亮这些眼药水的品牌，都在转型从蒸汽眼罩进入日用品生产商行列。珍视明每年的蒸汽眼罩销量过亿，很成功。眼罩预计未来会像面膜一样成为一个日用快消品市场，大家对眼部遮光、保健的需求等于是完全无中生有制造出一个品类。

这些东西对睡眠有价值吗？就像邹邹所说，小睡眠满足的是大众的睡眠需求，如果真的有睡眠问题还得求助于专门的医生。睡眠医学和睡眠科学严格讲是两件事。高和说，睡眠科学涉及卧室的布置、灯光、对噪声的控制，以及床垫是否符合人体工学并且满足睡姿变化的需求、床品的保暖散热、各种助眠产品等，它们营造的氛围和舒适度对睡眠也有影响。这个领域的研究和产品，我们跟美国也有很大的差距，好在现在也有人在关注了。

实习记者龚思怡对本文亦有贡献

"悲伤之年"：与大师别离

  2018年貌似是一个悲伤之年，一个个与童年记忆联系无比紧密的偶像先后逝去，让许多人开始感慨，自己到了一个失去的年纪。我们追悼偶像，其实也是与曾经的自己，道一声有仪式感的"再见"。

"乡愁"余光中:"西潮"与"后土"之间

艾江涛

"后土"难离

1949年春,为了躲避内战的战火,金陵大学外文系大二学生余光中,不得不转学到厦门大学。几个月后,他跟随家庭辗转香港避难。这样的逃难经历甚至路线,对21岁的余光中来说,并不陌生。1937年底,南京陷落之前,余光中便跟随母亲逃回常州外婆家,随后一路迁回到上海法租界,在那里度过一段寄人篱下的日子后,在1939年夏天经香港、越南,历经艰辛,才到重庆与父亲团聚。

不同于还能在厦门大学插班就读,香港一年是在无学可上的苦闷中度过的。1962年,刚刚在台湾获得年度"中国文艺协会"新诗奖的余光中,应《自由青年》杂志之邀撰文自述写诗经过,回忆起那段日子:"面临空前的大动乱,生活在港币悲哀的音乐里,我无诗。我常去红色书店里翻阅大陆出版的小册子,我觉得那些作品固然热闹,但离艺术的世界太远了。我失望,我幻灭。我知道自己必须在台湾海峡的两岸,作一抉择。而最苦恼的是,我缺乏一位真正热爱文学的朋友。有一位朋友劝我回大陆,不久她自己真这样做了。我没有去。最后我踏上来基隆的海船。那是1950年的夏天,舟山撤退的前夕。"

隔着十多年的时光,当初的赴台成了更多出于艺术考虑的某种抉择。只是,余光中没有想到1949年夏天于甲板上回望的那片大陆,从此犹在梦中,一别就是近半个世纪。而在梦的彼端,则是二十多年在华山夏水中度过的日子与点滴记忆。写诗，用余光中日后的话来说，如同叫魂与祷告。

但在 20 多岁离开大陆，而不是更年轻，对他来说则是一种幸运。2002 年，74 岁的诗翁余光中，在为即将在大陆出版的九卷本余光中集序言中写道："因为那时我如果更年轻，甚至只有十三四岁，则我对后土的感受就不够深，对华夏文化的孺慕也不够厚，来日的欧风美雨，尤其是美雨，势必无力承受。"显然，这块被他称为"后土"的大陆，已为日后的诗人打下最初的积淀。

在国民政府侨委会任职的父亲余超英，本身具有相当古文水平，一有机会便为余光中阅读讲解《东莱博议》《古文观止》中的道德文章。1939 年，余光中在四川江北悦来场的南京青年会中学就读，曾做过小学校长的远房舅舅孙有孚也逃难到附近，并带来大量藏书，这些线装本古籍很自然地为他打开古典文学的大门。初三之后，国文老师换了一位前清拔贡戴伯琼，在他的指点下，余光中坚持用文言文写作，从而打下扎实的古文基础。而早在上海法租界时，余光中便有幸接触到英文，在中学他又遇到出身金陵大学的英文老师孙良骥，他在高一便崭露头角，一举夺得英文作文第一名，中文作文第二名，英语演讲第三名。

1945 年 8 月，抗战结束后，余光中随父母回到出生地南京。1947 年，余光中先后考取北京大学和金陵大学，其时内战的硝烟已经蔓延北方，在母亲的劝阻下，他最终选择了金陵大学外文系。

刚读大学时，尽管班上已有几位同学在热烈地写着新诗，但余光中颇看不惯他们那种诗意淡薄的分行散文，他最初的兴趣还在五七言古诗之中。后来接触到浪漫主义诗人郭沫若的诗集《凤凰》，还有新月派诗人臧克家的诗集《烙印》，又在一本批评文集《诗的艺术》中读到卞之琳和冯至的诗歌，再加上对英国浪漫诗人及惠特曼的原文阅读，余光中开始写作新诗了。多少有些幸运的是，在厦门大学的短短数月内，他竟在当地报纸副刊接连发表了六七首诗作。

这种幸运一度延续到渡海之后的台大时期。一次，同班同学蔡绍班擅自将余光中写作的一叠诗稿拿给梁实秋看，没想到余光中不久便收到梁的一封鼓励有加的回信，后者自此也成为他在文学上最重要的引路人。1952 年，即将毕业的余光中出版首部诗集《舟子的悲歌》，不出意外，梁实秋不但为他写了序言，还亲自撰写书评称

"他有旧诗的根底，然后得到英诗的启发，这是很值得我们思考的一条发展路线"。

尽管处女诗集没有带来幻想中的轰动，但已足以使余光中成为声名鹊起的年轻诗人。据台湾诗歌史研究者刘正伟讲述，在20世纪五十年代初空气紧张、文化寥落的台湾，能够出诗集的人很少，某种程度上，也正因此，比他年长十几岁、有台湾现代"诗坛三老"之称的覃子豪、钟鼎文（另外一位为纪弦）后来才会亲自找上门来，拉他共组蓝星诗社。

"诗是必然，诗社却是偶然"

台湾现代诗歌运动滥觞于《自立晚报》的《新诗周刊》。1951年11月5日，《自立晚报》总主笔钟鼎文创立《新诗周刊》版面，并与纪弦、葛贤宁、覃子豪、李莎等人轮流主编，为战后台湾新诗提供了一个稳定的发表园地。之后，由于与同仁诗歌观念不同，纪弦脱离《新诗周刊》，分别于1952年8月创办《诗志》、1953年2月创办《现代诗》。不同于之后成立的蓝星诗社，现代诗社是"先有刊，后有社"，纪弦持续在刊物上主张"新诗乃横的移植而非纵的继承"，提倡"知"的路线，排斥抒情的诗歌，并很快拉了115人的盟友加入，一时之间声势极为浩大。

而这显然让覃子豪、钟鼎文这些主张抒情传统的人感到紧张。于是，1954年3月，覃子豪、钟鼎文两位诗坛前辈专门跑到余光中位于台北厦门街的家中看他，表示想另组诗社与纪弦抗衡。不久，在一个初春的晚上，在诗人夏菁家中的餐桌上，蓝星诗社成立，最初的成员包括覃子豪、钟鼎文、邓禹平、余光中、夏菁。这一历史性的时刻，在1986年出版的蓝星诗人诗选《星空无限蓝》的序言中，被余光中总结为"诗是必然，诗社却是偶然"。

余光中去世后，与他同岁的蓝星诗社后期重要成员向明不禁陷入不知所措的失落之中。目睹蓝星诗人渐次凋落，他依然清楚记得诗社成立时的情形："因当时也是从大陆来台的诗人纪弦先生正成立现代派，要将在西方流行的现代派诗作横的移植到中国来，并且要打倒抒情，而以主知为创作的导向，这对诗的认识有所本的蓝星诗人言，一直是以秉承诗以抒情传统为己任，承袭固有的抒情风格写诗，非常不以为然，是以蓝星的这时结社有点像是对纪弦现代派的一个反动。然蓝星诸君子对英美诗及法国象征诗亦各早有涉猎,认识其优劣取舍所在,故并不排除吸收西方诗所具有的现代营养,故后来亦有将蓝星以'温和的现代主义'相称。"

用刘正伟的说来说,台湾现代诗歌的三个球根,分别是从大陆跑到台湾来的新月派、现代派,以及在20世纪二三十年代日据时期受日本影响而起的本土现代主义。蓝星诗社、现代社与创世纪社、笠诗社,便是这三个球根上生长出来的产物。不过,1954年10月在高雄左营成立的以军旅诗人张默、洛夫、痖弦为代表的创世纪诗社,起初以"新民族诗型"对抗现代社,后来因服膺超现实主义、达达主义而走向更为激进的现代诗歌路向,引发现代诗内部论战,甚至令纪弦一度要宣布取消现代诗的概念,则是后话了。

与其他诗社不同,蓝星诗社的组织异常宽松自由。这种沙龙式的同人聚合,正如余光中在1973年所写的回忆文章《第十七个诞辰》中所说:"一开始,我们似乎就有一个默契,那就是,我们要组织的,本质上便是一个不讲组织的诗社。基于这个认识,我们也就从未推选什么社长,更未通过什么大纲,宣扬什么主义。"

蓝星最初的阵地,是由当时在粮食局任职的覃子豪从《公论报》副刊商借而来的一个约三批宽的版面,他们以此而创办了《蓝星诗周刊》。20世纪50年代初,台湾教育非常不普及,当时为了满足求知若渴的军中青年,中华文艺、军中文艺、中国文坛等函授学校应运而生。

"那时候没有电话和电视,主要通过通信与杂志学习,老师把讲义寄给学生,学生再把作业寄给老师批改。距离近的一些熟悉的人一起到台北聚聚。这些学员百分之八九十都是军中青年,当时主要有国文识字班、小说班、散文班、诗歌班这样四个班。"刘正伟说。

蓝星诗社前期的核心人物覃子豪便长期担任这些函授班的老师,向明、痖弦等人正是在覃子豪的班上被培养挖掘而出的。由于办函授班,办杂志,为学员提供发表园地,帮助诗人出版诗集,蓝星诗社的影响力很快得以扩大。

蓝色星空下的变奏

诗社成立后,大家经常在台北市万国戏院的咖啡室或中山堂的露天茶座聚会谈诗。那种相与激励的诗歌氛围，在余光中的记忆中，天真可爱，也许幼稚但并不空虚，一度他甚至觉得那就是一个小的盛唐。另一方面，梁实秋对台湾诗坛的肯定与奖掖，也让他志得意满："梁实秋先生说目前台湾的新诗要比中国以往的新诗进步得多，这是多么令人兴奋的事情！数十年内，中国将会涌现一群伟大的诗人，其盛况将可比美盛唐，其光辉将可照耀千古！让我们为他们开路！"

不过，对余光中个人来说，在诗社成立的最初两年里，他仍然深受新月派格律诗的影响，写下大量诸如"我向高空射支箭，/飕飕落在云后边。/当时天阴风雨紧，/云深箭渺看不见"这样不古不今的"豆腐干体"。走出新月派的余绪，迈入更为现代的写作实践，始于1956年。

这一年，余光中翻译完了《梵高传》，同时着力美国诗人艾米丽·迪金森诗歌的翻译，还与表妹范我存结婚，在综合的灵感刺激下，余光中宣称自己诗的现代化开始了。另一间接的因素还来自当时诗坛的论战，余光中回忆道："先是《联合报》上有人写一连串批评的文章，我也是受攻击的目标之一。尽管其人骂得并不很对，却使我警惕了起来。然后是五六、五七年的现代化运动的全盛期，许多优秀的新人陆续出现。现在我仍清晰地记得，自己如何一个接一个认识了夏菁、吴望尧、黄用，以及他们周末在我厦门街的寓所谈诗（或者争吵）的情形。我一面编《蓝星周刊》与《文学》《文星》的诗，一面投入这现代化的主流，其结果是《钟乳石》中那些过渡时期的作品……"

1958年，30岁的年轻教师余光中，前往美国爱荷华大学进修一年，在那里选修了现代艺术课程。在1956~1960年，这一后来被研究者所划分的"现代化时期"，除了《钟乳石》，余光中还写作了诗集《万圣节》。即使是这一时期的诗作，大概也只能称为一种广泛意义上的"现代诗"，即富有现代精神的作品，而非狭义上合乎现代主义理论的现代诗，与洛夫等人不同，余光中从未服膺某种主义或流派，始终游走在传统与现代、主知与抒情之间。所谓改变，以他自己所举的例子便能看出端倪，由于在新大陆受到现代画趋于抽象的启示，他渐渐在写作中扬弃装饰性与模仿自然，追求一种高度简化后的朴素风格，比如"常想沿离心力的切线／跃出星球的死狱，向无穷蓝／作一个跳水之姿"，是抽象化的"无穷蓝"，而非"无边的蓝空"。

很快，苏雪林、言曦等人发起对现代诗的攻击，批评当时的台湾新诗，不过是象征派的余绪，以艰涩掩盖空虚。包括余光中在内的许多诗人纷纷起来撰文保护现代诗。这次论战的结果，虽然巩固了现代诗的国防，却也再次显露出现代诗内部的分化。1961年余光中在《现代文学》第8期发表长诗《天狼星》，洛夫随后发表长文《〈天狼星〉论》，批评其从主题到意象，不符合存在主义与超现实主义的原则，注定要失败。在反批评文章《再见，虚无》中，余光中认为台湾多数现代诗已冲入晦涩与虚无的死巷，宣布自己要告别虚无。

从此，余光中更多从对传统的认识与挖掘入手，进入所谓"新古典主义"写作时期，代表作正是从《莲的联想》到《白玉苦瓜》的一系列诗集。这种转折，与他后来1964～1966年、1969～1971年的两次赴美教学也不无关系，在异国他乡，萦绕心头的儿时记忆与流淌在血液中的文化传统自然地浮现出来，汇聚成浓得化不开的乡愁。

"当时台湾大部分诗人都在盲目西化，写作超现实等别人难以看懂的诗歌。可余光中回归中国的抒情传统，当时台湾还在联合国有席次，有文化中国的底蕴在，所以余光中提出新古典主义的诗歌，只能说风靡一时。镜头全部照在他身上，大概就是在《莲的联想》之后。"

尽管如刘正伟所说，新古典主义诗歌令余光中风光一时，但这依然不足以概括诗风多变的他。1986年元旦，余光中在第8本诗集《敲打乐》新版序言中写道："不错，我曾经提倡过所谓新古典主义，以为回归传统的一个途径。但是这并不意味着我认为新古典主义是唯一的途径，更不能说我目前仍在追求这种诗风。"

事实上，1971年从美国回来后，震撼于当时在美国风起云涌的摇滚乐，余光中格外注重探索诗歌与音乐的关系。随后在台湾兴起的民歌运动中，余光中的许多诗歌被改编成音乐，他还直接写了合曲而作的诗歌。1967年在台湾苗栗出生的刘正伟回忆，少年时代的自己，正是一边听着杨弦等人谱曲的《乡愁四韵》《在雨中》等歌，一边在课堂上读着余光中的诗。

不愿被提及的论战

余光中曾把1959年到1963年称为自己的"论战时期"，那也是围绕现代诗论争的国防时期。年轻时喜欢论战的余光中,中年之后便无心恋战,原因正如他后来所说:"年轻的时候我多次卷入论战,后来发现真理未必愈辩愈明,元气却是愈辩愈伤,真正的胜利在写出好的作品,而不在晓晓不休。与其巩固国防,不如增加生产。"

然而,围绕现代诗的论战并未结束,余光中在 20 世纪 70 年代现代诗论战和其后的乡土文学论战中的表现,似乎也并没有随着他晚年的自陈而被忘却。其时的台湾,历经保钓运动、国际孤立,蒋介石"反攻大陆"的意识形态陷入困境,台湾内部陷入苦闷与彷徨之中。伴随着对台湾自我身份的追问,在一些人看来,20 世纪 60 年代以虚无主义、反工业文明、反立法体制、存在主义达到对戒严体制反抗的现代文学(诗),也便有了再检讨的必要。1972、1973 年,曾参加过北美保钓运动的文学评论家唐文标接连发表《先检讨我们自己吧!》《什么时代什么地方什么人》《诗的没落》等文章,对现代主义诗歌提出批评。对这一震动文坛的事件,余光中显然没有沉默,在《诗人何罪》一文中,他将论争对方视为"仇视文化,畏惧自由,迫害知识分子的一切独夫和暴君"的同类。

不久,台湾发生日后影响深远的乡土文学论战。继《"中央"日报》总主笔彭歌发表《不谈人性,何有文学》,将批评矛头指向乡土文学代表作家和理论家王拓、陈映真、尉天骢等人,还在香港中文大学教书的余光中,在 1977 年 8 月 20 日《联合报》发表《狼来了》一文,影射台湾乡土文学是大陆的"工农兵文艺"。由于文章中提到的"狼"和"抓头"的动作,显得寒气逼人,以至于陈映真多年后都难以释怀,认为这对当时的乡土文学界是一个政治上取人性命的、狰狞的诬陷。事实上,新儒家代表徐复观在不久后发表的文章中便表示过类似的忧虑:"这位给年轻人所戴的恐怕不是普通的帽子,而可能是武侠片中的血滴子。血滴子一抛到头上,便会人头落地。"所幸的是,在胡秋原、徐复观还有郑学稼等国民党营垒中开明人士陆续出面说话后,对乡土文学作家迫害的恐怖阴影逐渐散去。

如果说《狼来了》与余光中反共的政治立场有关,那么后来所披露的余光中向军方"私下告密"的行为,则更让他陷入了争议的旋涡。2000 年,陈映真在与陈芳明的论战中,提及后者在《死灭的以及从未诞生的》一文中公布的余光中在 20

世纪 70 年代后期给他写的一封密信片段："隔于苦闷与纳闷的深处之际，我收到余光中寄自香港的一封长信，并附寄了几份影印文件。其中有一份陈映真的文章，也有一份马克思文字的英译。余光中特别以红笔加上眉批，并用中英对照的考据方法，指出陈映真引述马克思之处……"陈映真在文章中表示，自己多年以前已由郑学稼亲口告知，这份材料被直接寄给了其时权倾一时、人人闻之色变的王昇将军，而在那个阴森的年代，这是足以置他于死地的一封信。

2004 年，九卷本《余光中集》在大陆刚刚出版，余光中获得华语文学传媒大奖年度散文家奖，一时间备受瞩目。面对当时的"余光中热"，北京学者赵稀方发表长文《视线之外的余光中》，详尽披露余光中在乡土文学论战中的表现，感叹大陆对台湾历史的无知，并对余光中的人品提出质疑。

这篇文章的发表引起了轩然大波。相关论争文章也很快以专辑"余光中风波在大陆"刊载于同年秋天出版的台湾人间思想与创作丛刊《爪痕与文学》中。在这些文章中，有对赵稀方表示佩服并提出难以接受"余光中热"的台湾学者吕正惠，也有陈漱渝、陈子善等以持中的观点认为追问并求真求全，这样的批评也是对研究者不够了解台湾文学史的提醒。台湾佛光大学教授黄维梁则写了长文《抑扬余光中》，为其辩护，核心观点在于《狼来了》中虽有意气的话，但余光中反对的是工农兵文艺，并非乡土文学；关于"告密"一事，余光中曾亲口对他说绝无此事。王昇最近也亲自以书面声明表示绝无"告密"一事。

在舆论的发酵下，余光中事实上已不得不正面回应，这就是后来公开发表的《向历史自首？——溽夏答客四问》。在这篇文章中，余光中坦承《狼来了》是一篇坏文章，缘于自己初到香港大受"左派"攻击之后，情绪失控之下的意气之作，并非受任何政党所指使。而对于"告密"一事，余光中表示自己绝未"直接寄材料向王昇告密"，只是将这份来自友人的材料作为朋友通信，从香港寄给了彭歌，自己还在信中说明"问题要以争论而不以政治手段解决"。

事实上，余光中在写作此文前，曾通过自己的学生钟玲，与陈映真取得联络，并在私人通信中对陈映真一再表示道歉。只是这份公开答复并未让陈映真真正谅解，他认为将材料交给彭歌的性质与直接告密并无多大区分，而私人通信中那些道歉的好话的消失以及标题中的问号，都让他感到寂寞、怅然和惋惜。

其时，论战已然过去几十年，两岸文化政治语境截然不同，令陈映真与余光中两个"统派"共同感到怅惘的，自然是在台湾日益崛起的"台独"话语。学者古远清对两人都比较熟悉。古远清回忆道，2005 年 8 月，他在长春开会期间遇到陈映真，谈及这段公案时还劝他"你和余光中的恩怨都是以前的事了，不要记得那么清楚，宜粗不宜细，你们两个都主张统一，当然一个左统，一个右统，应该团结起来"。陈映真当时也觉得他说得有道理。2009 年，古远清在《传记文学》上发表《余光中的"历史问题"》，讲述当年这段公案，并在之后出版的余光中传记中将这篇文章列为专章。传记出版后，古远清第一时间将其寄给余光中，据说他看后很不高兴。古远清说，由于此事，之前与他多有交往的余光中，再没有见他。

无疑，对向来以美为追求的诗人余光中来说，对此多少有些讳莫如深。余光中曾说自己从不写日记，也不写自传，因为作品就是最深刻的日记，而"我的艺术思想、人文价值，都在我的评论之中。我的情操与感慨，都在我的诗文散文里，我在母语与外语、白话与文言之间的出入顾盼，左右逢源，不但可见于我所有的作品里，也可见于我所有翻译的字里行间"。

本文写作参考《余光中传：茱萸的孩子》，傅孟丽著；
《余光中诗书人生》，古远清著；《爪痕与文学》，陈映真主编

霍金：禁锢人间 仰望宇宙

苗千

撰写过一本畅销世界几十年（还有几本相对不太知名）的科普书；坐在一架高科技轮椅上，身躯瘦小，头歪向一边，双手交叉放在腿上，戴一副方框眼镜，脸部肌肉也稍显扭曲，这让他的面部表情看起来似乎总是稍微带着一丝嘲弄；不时借着媒体发出惊人之语——这便是几十年来史蒂芬·霍金教授展示给外界的形象。然而只有去真正试图理解他的研究、他的思想和人生经历，才会明白他所展示给外界的形象与他真正的人生甚少瓜葛。在他21岁之后这55年的人生，本身就是一个关于他的死亡的巨大征兆。那么，究竟谁是史蒂芬·霍金？

风格独特的英国病人

即使每个人都明白什么等待在生命的尽头，对于大多数人来说，仍然有足够的理由去拖延或否认，尽量享受生活中美好的一切，生命正是以拖延死亡的方式而存在的。但对于霍金来说，在他21岁时被确诊患有一种罕见的运动神经元疾病之后，大概随时随地都能够感受到死亡的迫近。这样的现实加上医生当时做出的他最多只能再活两年的诊断对于一个年轻人来说未免太过残酷，也激发出了一个人所蕴藏的最强大的生命力，堪称一个残酷的人类学实验。

人们可以把霍金看作一个世界名人，或是看作一个研究宇宙起源和时空结构的神秘科学家，这两个身份对于霍金来说多年来早已纠缠不清。但只要亲眼见到过他在轮椅上瘦小的身躯，任何人都会马上明白，对于霍金来说，他自己首先是一个病人，一个逐渐丧失行动能力、被囚禁在自己身体里的神经元疾病患者，一个在患病后存活了50多年、以坚强的求生欲望创造了医学奇迹的英国病人。

霍金的身体对比和他同样有名的装配有电脑和显示器的高科技轮椅来说未免太小了一些。与在照片上和摄像机前显示的不同，我在剑桥第一次见到霍金时只是认出了他的轮椅。当时霍金住在剑桥纽纳姆学院（Newnham College）附近，在2005年夏秋时节的傍晚时分，我常能见到他坐在轮椅上，在夕阳和晚风中被一个妇人推着走在剑桥的银街（Silver Street）之上。夕阳中，霍金教授瘦小的身体毫不动弹，脸上也看不出任何表情变化，他和他的轮椅逐渐在下落的夕阳中成为一个黑色的剪影。

斯坦福大学的理论物理学家伦纳德·萨斯坎德（Leonard Susskind）记述了他在20世纪80年代初期第一次见到霍金时，对霍金坐在轮椅上瘦小的身躯感到震撼，他估计霍金当时大约只有45公斤。前微软高管、美国高科技创业家纳丹·迈沃尔德（Nathan Myhrvold）也回忆起他在1983年前往剑桥跟随霍金做博士后研究时，第一次见到霍金时的感受。他写道：只要你曾经和霍金一同工作过，看到他真实的病痛，你就很难会为自己感到难过。霍金的疾病所带给他的痛苦足以摧毁任何一个人的精神。在这种情况下，每天思考宇宙的起源和黑洞的性质，研究那些距离自己上百亿年之前发生的事情以及数百万光年之外的天体似乎也是一种安慰，这让在自己周围发生的一切都显得微不足道。

自从在1963年确诊以来，运动神经元疾病就以一种缓慢但不可阻挡的趋势让霍金逐渐丧失行动能力，他的身体开始成为他的监狱。在20世纪70年代时他尚能以一种让人担心的方式开车，到了80年代他就已经完全被囚禁在轮椅之上。情况仍然在不断恶化，南安普敦大学的理论物理学教授玛丽卡·泰勒（Marika Taylor）因为在中学时读了霍金的《时间简史》决定学习物理学，而在剑桥大学听了霍金和彭罗斯（Roger Penrose）关于黑洞的演讲之后决定进行宇宙学研究。她从1995年开始师从霍金进行博士研究，根据她的回忆，那时霍金已经不能只是在研究生的帮助下生活，而是需要来自专业护士的照料。后来逐渐开始有了一个医疗和助理团队围绕着霍金。

霍金能够在患病的几十年里始终得到精心照顾，这在一方面依赖于英国国家医疗服务体系（National Health Service），另一方面，在后期支出越来越大的情况下，也要依赖各种基金的帮助，以及霍金撰写流行书籍、参加各种电视节目的收入。一个围绕着霍金的医疗团队，这种看上去的排场实际上正如一把看得见的达摩克利斯之剑，随时提醒着霍金生命的脆弱与可贵。

病人霍金最想摆脱的，大约也正是一个瘫痪病人的形象。只要是自己能做到的事情他都尽量不让别人代劳，大概正是这种不懈的努力延缓了他肌肉萎缩的速度。无论是否面对大众或媒体，他总是试图表现出积极的一面。泰勒教授回忆，在20世纪90年代，霍金在逐渐失去自己的声音的过程中，仍然不断试着给身边的人讲笑话，尽管他的声音越来越难以辨别，就连简单的一句话他也往往需要重复四五次才能让别人听清。

这种特殊的身体状况，造就了霍金独特的风格。作为一个理论物理学家，他首先必须能够尽量把复杂的问题简单化，在没有纸笔的情况下在头脑中做出尽量多的运算。在有限的表达能力之内，他更是必须直奔主题，首先选择最重要的内容与别人交流。这种风格让跟随他做研究的博士生们从来无法体验到导师的循循善诱，而总是直指问题的核心。

霍金在20世纪80年代没法再说话之后，拥有了一种带有美国口音的合成声音。他通过声音合成器进行发言总是需要非常简洁，不可能为学生讲解如何进行计算。因此，在霍金的指导下进行研究工作非常困难，但是也非常刺激，因为学生有足够的机会独立完成重要的工作。泰勒教授至今都记得当她在完成了霍金布置的任务之后，导师脸上露出的赞赏的微笑。

霍金的重要合作者与好朋友、牛津大学的数学家罗杰·彭罗斯则在纪念霍金的文章中写道：跟随霍金进行研究的学生与自己的导师会面堪称是一项艰巨的任务，因为霍金会在没有详细解释原因的情况下就让自己的学生走上一些看上去希望渺茫的研究路径，而想要理解霍金指导的真正含义则有如解开神谕。

从普朗克到霍金

"物理学"（physics）一词源于古希腊，意为关于自然界的知识。尽管有众多古希腊哲人试图通过对自然界纯粹的观察来理解世界运转的规律与组成世界的物质本源，但直到 17 世纪，艾萨克·牛顿提出了万有引力定律和牛顿力学三定律，一举奠定了经典力学的基础，才使物理学成为一门精确的使用数学语言描述的自然科学。

时至 19 世纪下半叶，同样来自剑桥大学的詹姆斯·麦克斯韦（James Maxwell）将光、电、磁三种现象统一用电磁场理论加以解释，并发表了麦克斯韦方程组，使经典力学达到了前所未有的完整程度。人类相信此时所掌握的物理学知识已经足以解释在自然界中观察到的一切现象。经典力学从诞生到走向最辉煌的顶峰，两位英国科学家起到了至关重要的作用，但当时没有人能够预料到，整个经典力学的华美大厦即将在一场物理学革命中轰然倒塌，崭新的物理学理论即将出现，而人类科学研究的中心，也即将从英国转移到以德国为中心的欧洲大陆。

在 19、20 世纪之交，为了解决热力学研究中的黑体辐射问题，当时柏林洪堡大学的物理学家马克思·普朗克（Max Planck）开创性地提出了量子化（quantum）概念。横空出世的量子化概念虽然一开始仅仅是为了在数学形式上解决问题，让计算数值与观测结果相契合，但这个让所有物理学家都感到一头雾水的新概念越来越显示出强大的生命力。人们开始逐渐意识到，量子概念揭示了自然界在微观领域运动规律的本质，与经典力学截然不同的量子力学呼之欲出。

年轻的爱因斯坦迅速意识到了量子概念的价值，他在自己的"奇迹年"，1905 年内一连发表三篇论文，其中一篇论文正是应用量子化概念，利用光量子来解释光电效应，这篇论文也在日后为他带来了诺贝尔物理学奖。尽管爱因斯坦在年轻时离经叛道，讨厌权威，但在成年之后，他还是回到了当时世界科学研究的中心柏林进行工作，直到"二战"前夕被逼离开。

在 20 世纪初期量子力学刚刚建立的年代里，从普朗克开始，爱因斯坦、海森堡、薛定谔等物理学大家，大多都在德国接受过教育或是从事过研究工作。世界科研中心从英国向欧洲大陆，尤其是德国的转移，其背后是德国在新一轮工业革命中取得领先地位，以及德国大学对于科学教育的重视。当时在德国的大学中普遍设有科学实验室，而在英国的大学里仍然普遍存在着"重文轻理"的风气，英国人仍认为在大学里应该首先选择学习哲学、法律等"文科"专业，而学习科学知识相对粗鄙得多。

认识到了科学人才的可贵之后，为了缩小与德国大学的差别，英国大学也逐渐开始重视科学教育。剑桥大学在 1874 年建立了卡文迪许实验室进行自然科学研究，并且在 20 世纪初首先引进了博士项目，力图培养更多的专业科学家。

即便如此，直至第二次世界大战之前，德国一直保持着世界物理学研究中心的地位，尤其是在理论物理学领域更是集中了世界上最优秀的科学家。英国的卡文迪许实验室虽然一枝独秀，但它主要是在实验物理学领域取得各种突破，在理论研究方面仍然明显落后于欧洲大陆。

一些科学大师早年在英国的经历也并不顺利。尼尔斯·波尔（Niels Bohr）慕名来到卡文迪许实验室，想跟随电子的发现者约瑟夫·汤姆逊（Joseph Thomson）进行研究，却根本得不到老师的重视。擅长数学的英国学生保罗·狄拉克（Paul Dirac）天纵奇才，却性格古怪，又因为付不出剑桥大学的学费，只能转投布里斯托大学学习工程学，直到 1923 年才有机会通过奖学金前往剑桥大学求学。

随着纳粹的崛起和覆灭、第二次世界大战的爆发和结束，世界科学研究的版图被彻底改变了。爱因斯坦正是在 1933 年纳粹上台时永久离开了德国前往普林斯顿，众多一流的科学家也紧随其后离开德国另寻出路。第二次世界大战结束之后，世界的科研中心转移到了美国，而英国也开始了自身在自然科学，尤其是理论物理学领域的迅速发展。

狄拉克在 1928 年结合量子力学与狭义相对论，提出了著名的狄拉克方程，奠定了自己在物理学界的大师地位。不仅如此，狄拉克在剑桥大学工作期间还教导了一批出色的学生。其中跟随狄拉克研究马赫原理与惯性，在 1953 年获得博士学位的丹尼斯·夏玛后来主要进行天体物理学研究，他被认为是第二次世界大战之后英国科学界的代表性人物，夏玛也正是霍金在剑桥大学求学期间的博士导师。著名的天体物理学家弗莱德·霍伊尔（Fred Hoyle）也曾经接受过狄拉克的指导，霍伊尔后来在剑桥大学创建理论天文研究所，研究所中的第一个研究职位正是霍伊尔指定由霍金获得。

英国的，太英国的

因为疾病的发展，身体受到的痛苦和受到的限制越来越多，这让霍金逐渐开始以一种独特的形象出现在世界面前，在另一方面，他又是一个再标准不过的英国人。霍金成为多年以来全世界知名度最高的科学家，固然是因为他独特的形象和高深的研究领域，以及那本畅销世界的《时间简史》，而他的标准英国式性格，所谓正宗的"英国性"（Englishness），其实也是让他受到大众喜爱的原因之一。

所谓的英国性格或"英国性"，并非是人们通常所说的英国"贵族气质"，而是一种由英国独特的岛国文化所特有的，在种种促狭之中所衍生出来的一种特殊的善于自我解嘲的生活方式，其中绝不都是可圈可点的长处，最为恶名在外的便是英国人对于赌博的爱好。

霍金喜欢赌博的名声在外，其中最有名的便是他在 1997 年与另两位物理学家组成的赌局。霍金与后来在 2017 年获得诺贝尔物理学奖的美国物理学家基普·索恩（Kip Thorne）组成一队，和加州理工学院的物理学家约翰·普雷斯基尔（John Preskill）针对"黑洞信息悖论"对赌。霍金与索恩认定信息在进入黑洞之后便会被毁掉，而普雷斯基尔则坚信经由霍金辐射所释放的信息与此前进入黑洞的信息有所联系。直到 2004 年，在爱尔兰都柏林的一次讲座中，霍金当众表示认输，并且输给普雷斯基尔一套棒球百科全书。

不只是这次著名的赌局，在其他的对赌中霍金也是十赌九输，他还曾经和密歇根大学的物理学家戈登·凯恩（Gordon Kane）打赌不可能发现希格斯玻色子，为此他在 2012 年又输掉了 100 美元。尽管对于霍金来说这些赌局只算是"小赌怡情"，但对赌博的热爱确实算是霍金的英国性格最明显的体现。普雷斯基尔回忆他当年第一次在一个学术研讨会上见到霍金，他发现霍金不喜欢虚伪客套，更爱直来直去，于是干脆直接问他："你怎么证明自己刚才说的那些都是正确的呢？"霍金则对他笑了一下说："想打赌吗？"

对于大多数英国人来说，酒吧和幽默感都是生活中必不可少的元素，即使对于身患重病的霍金来说也不例外。泰勒教授回忆，在她跟随霍金攻读博士学位时，有时人们进行讨论的场合会从系里转移到酒吧里——这在一个拥有近两百家酒吧的小城里是一件再自然不过的事情。而霍金也会和大家一起去酒吧里聊天，他喜欢在酒吧里谈论任何话题：政治、电影、音乐、别的领域的科学问题，他尤其喜欢在酒吧里用他的声音合成器发出的声音给大家讲笑话。2004年,霍金在接受《纽约时报》的采访时说:"如果没有幽默感,生命就将是悲剧。"大概只有英国人才能把幽默感与生命的意义联系在一起。

在这些典型的英国性格之外,霍金也有讨厌繁文缛节、直率洒脱的一面。迈沃尔德回忆,他在跟随霍金进行博士后研究时,有一个探讨"超引力"(supergravity)的"精英"学术研讨会对他们研究组发出邀请,并且说明每个组只能派一人参加。霍金推荐了组里恰好研究相关领域的一个学生参加,而研讨会的组织者却表现得并不乐意,向霍金强调他应该找出研究组里最资深的人前去参加。霍金最终还是让那名学生去参加研讨会,还不忘随之幽默一把,他让学生带去了一张字条,上面写着"我很遗憾你们那里没能给我也空出一个位置"。

一个英国人,想要获得来自全世界的爱戴,首先要获得全英国的爱戴,而想要获得全英国的爱戴,则首先需要获得英国媒体的青睐。霍金这样典型的英国性格,当然会受到各国媒体尤其是英国媒体的喜爱。在几十年的时间里,霍金与媒体相互成全,在媒体的渲染下,霍金逐渐脱出理论物理学家的身份,逐渐被塑造成为全知全能的人类导师。霍金当然也乐得拥有如此身份,或许他把自身的角色都当成一种英国式反讽的素材,他一面与媒体相互塑造,同时又对社会中的种种荒谬和盲目崇拜冷眼旁观。

理论的,太理论的

2016年10月,在瑞典皇家科学院,我向诺贝尔物理学委员会执行主席、物理学家尼尔斯·马滕松(Nils Mårtensson)教授提问:一些进行纯理论研究的物理学家,比如剑桥大学的物理学家史蒂芬·霍金,有没有希望获得诺贝尔奖?马滕松听到问题略显尴尬,只能回答作为诺贝尔委员会的成员,他无法单独对某个科学家做出评论,而理论物理学家当然有希望获得诺贝尔奖。我的问题提得确实不够聪明,即使我非常清楚这个问题的答案。

霍金是一名过于理论的理论物理学家,这让他几乎没有机会获得一个在大众眼中衡量物理学家最高学术水平的诺贝尔奖——这其实也是很多理论物理学家所共同面对的处境。在大众眼中,理论物理学自牛顿和爱因斯坦传承而来,天生具有一种特殊的魅力。理论物理学家不需要像实验物理学家们一样整日在实验室里忙碌,只需要在头脑中做计算就可以理解日月星辰运行的奥秘,颇有一种"运筹帷幄之中,决胜千里之外"的风采。

实际上,从20世纪下半叶开始,随着人类在基础物理学领域做出的突破和发现越来越少,导致了实验物理学和理论物理学的分化越来越大。理论物理学家们越来越执着于各种纯数学性的物理模型的构建,随后依照各种各样的理论模型,又会反推出各种各样的光怪陆离的宇宙模式,其中的很多成果无论对错可能都无法被实验所验证。这甚至让一些科学家开始质疑科学的含义——当科学失去了可证伪性,又该怎样定义和发展?

霍金的研究领域并非纯粹依靠数学手段构建虚无缥缈的模型,他在20世纪70年代做出的最著名的学术成果,"霍金效应"(Hawking effect)所描述的对象正是在宇宙中广泛存在,但人类却几乎没有任何机会进行实地探测的黑洞。这也使人们几乎没有可能通过天文学观测去验证霍金的理论。所谓的霍金效应,通常被更通俗地称为"霍金蒸发"(Hawking evaporation)。从字面意思来解释,是说在宇宙中广泛存在的黑洞的热力学温度并不为0。即便黑洞因为自身的引力作用,任何跨过黑洞视界(event horizon)的物体都会无可避免地被黑洞吞没,连光都不例外,但如果从量子力学的角度来看,黑洞也具有极低的温度。作为热动力学领域中的"黑体"(black body),黑洞也会向外界辐射粒子,因此可以说黑洞也具有温度,而且它的温度与自身质量成反比。

与一些看上去过于虚无缥缈的理论模型有所不同,即使无法通过实验验证,霍金的学术成果仍然在物理学界得到了广泛接受和高度评价。一方面,人们可以通过计算从理论上的各个角度对霍金效应进行验证;另一方面,也是因为这是霍金通过自己的物理学直觉,从热动力学的角度首次将量子力学和广义相对论结合在一起,得出的一个令人信服的一般性结论。

霍金效应的出现,以前所未有的高度越过一些技术问题,直接通过热动力学的基本原理得出一个普遍答案,因此具有格外重要的地位。目前人类理论物理学界研究中最重要的目标,仍是希望将主要描述在大尺度下质能与时空相互作用的广义相对论与描述在微观领域基本粒子行为方式的量子力学相结合,从而得出一个"大统一"理论。100年来,这个工作仍然没有完成。在这样的背景下霍金关于黑洞的理论工作就显得尤为重要。以后任何研究量子引力的物理学家想要得出一个更为一般化的大统一理论,都需要首先验证他的理论是否能够包含霍金效应。从这个角度来说,霍金效应的发现虽然还远不算是人类能够得到大统一理论的标志,却是人类实现物理学的融合所迈出的关键一步,也会是在未来验证大统一理论是否正确的一块试金石。

虽然有很多人愿意把人类认识到黑洞可能存在的年代回溯到法国数学家拉普拉斯的时代(在18世纪,拉普拉斯就曾经根据牛顿力学想象,宇宙中是否可能存在着一种因为自身质量太大、引力太强,而使光线都无法逃脱的纯黑的天体),实际上,科学家们直到20世纪后半叶才意识到宇宙中可能真实存在着黑洞。美国物理学家约翰·惠勒(John Wheeler)在1957年才首先提出了"黑洞"(black hole)这个学术名词,在当时还引发过物理学界的反感和抵制("黑洞"一词的英文在英语中略显不雅,而其在法语中干脆就是一个脏话)。在当时,更不会有人想到,如黑洞这样的宏观天体会和量子力学有任何关系。

正如著名的印度裔美国物理学家苏布拉马尼安·钱德拉塞卡(Subramanyan Chandrasekhar)所说,黑洞是宇宙中最完美的宏观物体。它在时空中产生出来,非常的简单,只需要几个最基本的数字就可以描述它的一切性质。而这样简单的天体,也蕴藏着宇宙中最深刻的秘密。在霍金刚刚开始进行宇宙学研究的20世纪六七十年代,即便对于天文学家来说,很多人对于宇宙的认识也仍停留在静态宇宙模型的阶段(认为宇宙的整体状态不会随时间变化,宇宙并不存在开端和结束),霍金师从夏玛进行天体物理学研究,这对师徒一开始也认同静态宇宙模型,但随着宇宙大爆炸在空间中的回响——宇宙微波背景辐射(CMB)的发现,师徒很快就改变了自己的想法,转而研究通过一次大爆炸而诞生的宇宙模式。

刚被确诊为患有运动神经元疾病,所有人都认为命不久长的霍金,却在刚进入真正科研领域的年轻时代,就在导师的带领下走到了人类宇宙学研究的最前沿。彭罗斯回忆，（在 1963 年）当时博士二年级的霍金，正是在导师夏玛的介绍下认识了当时在伦敦大学伯贝克学院（Birkbeck, University of London）工作的彭罗斯，两人立即开始合作，并且形成了维持一生的友谊。

彭罗斯首先通过当时对于大多数物理学家都很陌生的拓扑方法证明，质量过大的恒星在坍塌之后会在时空中形成一个无限小的奇点，它的密度和时空曲率都是无限大。在奇点，爱因斯坦的广义相对论会到达极限——这正是后来人们所说的黑洞。这样一个神奇的奇点被包裹在黑洞的"视界"之内。霍金在意识到黑洞存在的可能性之后，迅速对彭罗斯的理论进行了拓展，他和彭罗斯证明了，如果存在一场宇宙大爆炸，那么它一定也是起源于一个无限小的奇点。尽管当时人们开始意识到宇宙可能存在着一个开端，但是这两个年轻人所提出的理论仍然被学术界认为太过激进。霍金和彭罗斯则认为，并不存在不激进的理论，因为这是唯一正确的理论。

人类对于结合广义相对论和量子力学的大统一理论的追寻还远没有结束，甚至多年来取得的实质性进展也不算多。想要理解宇宙与黑洞的本质，人类仍需要一套完整的量子引力学理论。在霍金最后的科研生涯里，他也把最多的时间投入到了如何构建大统一理论的量子引力研究中。他一直希望可以得出一个描述整个宇宙的公式，也就是所谓的"宇宙波函数"（the wave function of the universe）。它由时间的开端，一个奇点大爆炸开始，终结于时间的另外一段。怀着这样的构想，霍金不停地进行着尝试，也和其他人一样不断经历着失败。

正如霍金所说，人类不过是生活在一颗围绕着普通恒星运转的小行星上的一群高度发达的猴子，而人类的不凡之处在于我们可以理解宇宙。被局限于银河系一隅的人类是否真的有可能窥探到宇宙的全部奥秘？关于黑洞的性质，物理学家们对它的理论研究和空间探测始终没有停止，也不断在产生出新的迷惑。

萨斯坎德教授就在他的科普著作《黑洞战争》（The Black Hole War）中详细记述了从 1981 年开始，他与霍金和荷兰诺贝尔奖得主杰拉德·特·霍夫特（Gerard't Hooft）三个人之间持续了 20 多年的关于黑洞信息悖论而进行的形而上学式的论战。在萨斯坎德的描绘中，霍金是一个几乎从来不怀疑也几乎从不犯错的富有冒险精神的物理学家。在这本书的结尾，萨斯坎德表明他找到了解决黑洞信息悖论的方法，却没有细谈霍金对此的反应。（关于黑洞信息悖论问题的争论，虽然霍金在 2004 年表示认输，但实际上在物理学界仍然没有一个被普遍接受的答案，与霍金共同参加赌局的基普·索恩就一直拒绝承认自己失败。）

除了黑洞信息悖论之外，人类对于黑洞的性质仍有种种其他的迷惑。从 2012 年起，在理论物理学界又出现了关于"黑洞火墙悖论"的讨论。几位物理学家关于黑洞性质的推论让物理学界又陷入一场混乱又令人兴奋的大辩论中。根据广义相对论的描述，黑洞的所谓"视界"只是在数学上的一个界限，意味着一旦越过视界，任何物体都将注定无法摆脱黑洞的引力而向它的奇点坠落。除了其在数学上的意义之外，视界在实际观测中并没有特殊的价值。

另有一些物理学家通过量子力学证明，黑洞的视界是黑洞内部与外部的分界线。试想一对处于量子纠缠态的粒子的其中一个坠入黑洞会产生出什么现象？在理论上这有可能与霍金蒸发理论和量子力学发生冲突，出现一些无法解释的悖论。几位科学家做出了一个大胆的推测，黑洞的视界并非只具有数学上的意义。在视界的周围可能存在着由霍金辐射的高能粒子构成的一圈"火墙"，其巨大的能量足以摧毁任何粒子的纠缠态。

"黑洞火墙悖论"迅速在理论物理学界引发了巨大的争论，至今仍没有平息。有人对其嗤之以鼻，有人则认为它开启了新物理学的大门，无论结果如何，这都说明人类想要理解各种天体以及各种天文学现象的困境——过于遥远的天体既无法触及，又难以探测，大多数问题只能通过纯粹理论性的讨论而陷入僵局，而史蒂芬·霍金教授再也没法和人们一起思考时空与黑洞的难题。

科学与大众

在理论物理学家的身份之外，对于大众来说，霍金更重要的一重身份则是一个热度始终不减的世界性名人。虽然霍金是首先通过自己出色的科学成果在学术界内成名，但在媒体的推动下他取得的世界性声誉也难免会在学术界内外为他招来嫉妒与嘲讽，有些人认为这会让很多人忽视和霍金同等水平的科学家。

世界性的声誉显然为霍金的生活带来了种种便利。霍金喜欢名声，喜欢到处旅行，也喜欢体验各种不同的经历，这些都是作为一个世界名人为他带来的好处。另一方面，这种声誉也为他带来了更实在的好处。作为一个重病患者，他要维持自己的生活和工作，尤其是支持一个以他为中心的团队。出版流行书籍和出席各种电视节目为他解决了这方面的困扰。

霍金是否滥用了自己的声誉？或许他有时纯粹是出于幽默感或是恶作剧的心态才会对媒体讲出一些容易登上头条的言论，但不可否认的是，正是因为霍金的书籍、他的言论，以及他的存在，才让很多人对于科学开始感兴趣，也让大多数人对于人类文明可能遇到的灾难有了更清醒的认识。

霍金的一些言论引发了很大的争议。例如他建议人类应当尽早离开地球，否则就如同把所有的鸡蛋都放在一个篮子里——而地球就是这个篮子。如果不考虑离开地球去其他星球生活的可能性，实际上霍金是在警告人类对于那些"小概率大影响"的事件始终保持警觉。人类每一年里遭受小行星袭击的概率都是 1/1000，从长远来看，这几乎是无可避免的事件。人类对于那种类似造成恐龙灭绝的小行星袭击是否已经做好了准备？除此之外，对于人工智能的进化、气候变化、转基因病毒的袭击、核武器战争的可能性等看似与普通人的生活完全无关甚至是显得荒谬的问题，正是因为霍金的存在，才让大多数人对此有所意识。

一个时代的结束

一位理论物理学家，一个喜欢在酒吧里给大家讲笑话的英国病人，一个在与媒体的相互塑造中获得了先知般世界性声誉的人——史蒂芬·霍金教授的去世，对于很多普通人来说，可能也意味着一个时代的结束。霍金是人类在牛顿和爱因斯坦之后最著名的物理学家，他通过自己杰出的大脑，以整个宇宙为研究对象，试图解开关于时空和存在的本质之谜。他的成就将成为人类物理学中不可忽视的一部分。他的失败是全人类的失败，而他不断探索的精神将伴随着物理学家继续寻求物理学的大统一理论。

霍金的研究领域激发了所有人的想象力，更为鲜明的则是他的形象。他的头偏向一边，瘦小的身躯坐在轮椅上的形象已经成为在 20 世纪后期直至 21 世纪初期人类科学家的标志。这个形象展现出了人类想要理解整个宇宙的雄心壮志，又提醒着人们霍金在一生中所经受的肉体上的痛苦。因为疾病的折磨，霍金的人生被撕裂为两个极端的部分：苦苦求生的重症患者与探索宇宙的高贵灵魂。如果有任何人想要理解生命的意义，想要去探索在种种苦难之中的生活的可能性，他都应该去读一读史蒂芬·霍金的故事。

成为李敖：一个台湾知识人的 20 世纪时间场

刘怡

1949 年 5 月 12 日傍晚，排水量 5649 吨的"中兴号"客轮长鸣汽笛，缓缓靠上台湾基隆港 1 号混凝土码头。据上海地方志办公室主编的《沿海运输志》记载，1946 年 11 月才从美国购进的"中兴号"，拥有当时国内少见的无线电音乐放送装置、带钢琴演奏的休息室和八人一间的独立盥洗室，仅内部装修就花去法币 6 亿元，因此成为众多国民政府高级军政人员转赴台湾的首选交通工具。但对挤在露天甲板上的 14 岁少年李敖及其 8 位家人来说，这实在是一段毫无愉悦可言的航程：上海解放在即，他们已将房产低价抛售，把全部家当换成了不到 9 两的黄金，与上千名难民一起仓皇逃往陌生的小岛台湾。而类似的迁徙之旅，在 12 年中已经是第三次。

1937 年初，毕业于北京大学中文系、以中学校长身份在伪满洲国从事地下抗日活动的李敖之父李鼎彝，由于组织关系遭到破坏，被迫举家南迁至北平。其时李敖尚不满两周岁。抗战烽火燃烧至关内后，李鼎彝一度奉命打入华北伪政权，出任太原市禁烟局局长。谍报工作的业绩虽不煊赫，却奠定了他追随国民党"正统"政权的基调。李敖在北平结束小学以及初一第一学期的学业后，于 1948 年冬随父亲南逃至上海，未及半年又登船再赴台湾。其时仓促赴台的前军政人员与中小知识分子，数量多如牛毛。李鼎彝虽得官场旧交的帮衬，也只勉强觅得台中第一中学中文科教师一职，收入有限，家计每每入不敷出。据李敖日后回忆，其时全家 9 口人被迫蜗居在一间面积 30 多平方米的木制宿舍内，"充满了穷困与灰暗"，直到整整 13 年后始获乔迁。

与经济上的困顿相伴随,政治上的前途不定更是笼罩在整个台湾知识界上空的巨大阴影。朝鲜战争爆发之后,解放军渡海而来的警报暂时解除;国民党政权经过大刀阔斧的"改造运动",似乎又续上了偏安一隅的底气。然而蒋介石将内战失利的原因归咎于党内凝聚力不足,企图以特务机关为工具,全面强化对执政集团内部以及民间社会的多维度控制。蜂拥来台的军政人员和党务官僚,有相当一批被闲置,"终日书空咄咄,逢官必骂",对当局充满怨气。据著名报人、"立法委员"卜少夫回忆,其时来台诸公对"反攻大陆"早已丧失信心,遂移情于麻将、酒家,"今朝有酒今朝醉、狂歌当哭的场面不时出现",一派消沉气象。

赴台之时的李敖,虽然仅是初中生的年纪,但因为少年早慧,已经通读过《中山全书》、自由派杂志《观察》以及苏联作家革拉特珂夫的长篇小说《水泥》。就读于台中一中期间,他终日徜徉于学校图书馆,高中一年级即撰文推崇美国杜威的"进步教育"理念。因为反感台湾暮气沉沉的中学教育制度,整个高三李敖几乎都在家中自学,1954年以同等学力考入台湾大学法律系,未几因兴趣不合而休学,重考台大历史系。但最初的新鲜感过后,他又认为大部分来台学者的"荒谬迂腐已经到了不成样子的地步",于是复又"自由自在自己读书"。直至1963年以休学方式离开台大历史系研究所,李敖始终未曾取得任何正式文凭,实属异数。

在1973年出版的文集《传统下的独白》中,李敖总结过自己青少年时代的心理状态:对传统的伦理教育感到极度不耐烦,认为这类教育只能滋生"乡愿、好好先生、和事佬以及等而下之的巧色之徒、巧宦、走狗、奴才、文警、小人","不能把咱们国家带到现代化"。是故他有意培养自己一种"愤世嫉俗的气概",有时近乎宗教狂热。1955年父亲患病去世后,李敖坚持在葬礼上不磕头、不燃纸、不流一滴眼泪,"独自一人在传统与群众面前表现'我往矣'的勇敢"。1961年考入台大历史系研究所之后,他更立志要"在环境允许的极限下,赤手空拳杵一杵老顽固们的驼背,让他们皱一下白眉、高一高血压"。青年文人李敖,至此闪亮登场。

然而李敖之成为长久的文化明星、舆论焦点,又绝非单纯的性格产物,他和时代潮流之间的"化学反应"亦不可割裂。青年时代他曾受教于中共地下党党员严侨,初蒙左翼思想的熏陶;加之固有的大中华文化观念,对国民党政权借"传统文化复兴"为名,行偏安威权之实的做派自是不屑一顾。而思想导师胡适与殷海光的影响,又使得他逐步从重温"全盘西化"入手,倡导一种基于自由主义价值观的现代文化理念,以抵抗国民党当局的伪儒学"道统"。及至威权政体进入末期,李敖借助大众传媒与商业消费的兴起,将台湾人关于自我身份认知的讨论包裹在对蒋氏父子"家国病"的嬉笑怒骂之中,也因此成为名噪一时的文化商人。在20世纪台湾的时间场中,外来者李敖最终嬗变为独一无二的"李大师",完成了他的生命体验和自我塑造。

胡适的遗产:"中""西"之争背后

小字辈李敖与"新文化运动之父"胡适的交往,始于就读台大后师长的引荐,关键事件则是李敖为《自由中国》撰稿。1948年国民党兵败大陆前后,出于关心国是、不满南京政府倒行逆施的动机,以胡适、雷震、王世杰等在知识界素有威望,同时或多或少曾经"与闻国是"的学者型官僚为中坚,兴起了鼓吹政治自由主义、企图在国共之间探索"第三条道路"的尝试。然俟朝鲜战争爆发,美国在地理安全上对台湾的倚重使得蒋介石不必再忌惮国际压力。在"改造运动"的名义下,吴国桢、王世杰、雷震等人或被迫出走美国,或被褫夺政府职务,言论与社会活动空间皆遭到强横的打压。胡适虽仍在1957年被任命为"中央研究院"院长,但蒋氏父子对他不过是尊而不亲,视之为学术文化界的一块牌匾而已。蒋经国在阳明山"革命实践研究院"演讲时,甚至公开把矛头指向胡适等人:"大陆就是'自由'丢掉的,现在他们又来台湾讲'自由'!"

万马齐喑之中,在政治上为自由主义发声的责任,逐步转移到了以前"总统府国策顾问"雷震为中心的自由中国杂志社身上。雷震及其追随者认为,窜奔台湾的结局已经明示了蒋介石一党、一人专政模式的失败;国民党欲在台湾励精图治,就必须尽早结束一党训政,实现自由主义的民主宪政。50年代后期,《自由中国》不独已成为台湾岛内传播自由民主思想的舆论阵地,更有团结和动员自由派知识分子、向组建反对党过渡的潜在苗头出现。到1960年,雷震联合吴三连、成舍我、陶百川、张佛泉、殷海光等72位社会名流和大学教授,着手筹组新党,并公开反对蒋介石第三次参选台湾地区领导人。当年9月,自由中国杂志社遭到查封,雷震则以"包庇匪谍、煽动叛乱"的罪名被判处10年徒刑,酿成轰动一时的白色恐怖。

雷震案爆发之后,胡适专程从美国返回台北,面晤蒋介石为之求情。但蒋以半威胁的口吻回应称:"胡先生同我向来是感情很好的。但是这一两年来,胡先生好像只相信雷儆寰(雷震),不相信我们政府。"此后胡适饱受国民党御用媒体的声讨,在精神上陷入极度痛苦和内疚的境地。1961年11月,在去世之前三个月,胡适在台北一次学术会议上做了题为"科学发展所需要的社会改革"的演讲,明里大张旗鼓地抨击中国传统文化逡巡不进、因循守旧,暗中影射国民党缺乏现代民主精神,重新回到了42年前五四新文化运动的主题上。

青年李敖与胡适之间的纽带,除去刊登于《自由中国》的《从读〈胡适文存〉说起》一文外,大体集中于私人交往领域,殊少专门传授。但在自由主义阵营旗帜凋零、胡适溘然长逝前后,李敖痛感胡适的门生故旧正在将他的形象乡愿化,而忽略了其毕生坚持的自由主义主张。因此,从1962年初开始,他连续在《文星》杂志发表《播种者胡适》《胡适先生走进了地狱》等多篇文章,开始按照他的理解重构胡适的思想形象。

在李敖看来,胡适在1919年以后有一大得、一大失。得者,他"对国家大事,诉诸理智而非情绪,重实证而反对狂热",致力于培植"非政治性的学术基础"和"思想自由的批评风气",从不"为了目的热,就导出方法盲"。胡适对文学革命、新文化运动、寻求独立和长期发展科学乃至民主宪政的贡献,终其一生"没有迷茫,没有转变",如同"好唱反调的乌鸦,确实具有远见",是"永不停止追求真理的国中第一人"。失者,胡适虽首倡"全盘西化",但在随后的数十年间却大开倒车,花费了太多精力在东方学术的考证和辨伪上,"脱不开乾嘉余孽的把戏,甩不开汉宋两学的对垒",把文史学风带到了"迂腐不堪的境地"。他原本已经指出了"全盘西化"的正途,自己却倒退回去,终究未能在台湾这片文化沙漠中开凿出甘泉。李敖认为,在胡适身上表现出的这种"委曲求全的微意",充分显示了他是"一个自由主义的右派,一个保守的自由主义者"。

在批评了胡适的调和主义立场之后，李敖笔锋一转，终于亮出自己的锋芒——历数胡适的思想，"只不过是一个'开放社会'所应具有的最基本必要条件"，"说他叛道离经则可，说他洪水猛兽则未必。甚至在某几点上，我们还嫌他太保守、太旧式"。胡适对蒋介石百般让步，仍不能为当局所容，这是"中国社会的大悲哀"。如今斯人已逝，中国思想界、知识界应当盖棺论定，承认"胡适之是我们的伟大领袖，他对我们国家的贡献是石破天惊、不可磨灭的"；同时也要继承其遗志，继续向前，用"我们的进步"向胡适"投掷我们的无情"。

距离新文化运动爆发整整43年后，李敖以纪念胡适、重提"全盘西化"为契机，明确宣示了反对国民党当局借"复兴传统文化""端正中国文化本位"之名，行威权统治的自由主义立场。明里是惋惜胡适的保守倒退，个中饱含的则是对逼迫胡适委曲退让的蒋氏父子的尖锐质疑。诚然，此际李敖的行文已经暴露出他立论过于主观独断、力道有余而深度不足的先天缺陷，但敢于在高压之下为胡适仗义发声，已非常人能为之举。这位小字辈也因此在60年代日益走向前台，与国民党政权及其文化代理人展开正面交锋。

殷海光之死：《文星》沉浮记

南京大学中文系教授、胡适研究专家沈卫威在《自由守望：胡适派文人引论》一书中指出：1949年之后，在以胡适为精神领袖的台湾自由主义知识人群体中，有两个显见的核心：其一为由雷震首倡，分别以殷海光和夏道平为两大"文胆"的自由中国杂志社；其二则为使李敖声名鹊起的文星杂志社。而殷海光身兼胡适门徒、李敖导师、台湾政治自由主义第二代领袖的三重身份，无疑成为"斗士"李敖更直接的引路人。

以研究逻辑学和科学哲学起家的殷海光，自国共内战爆发起即兼任"中央日报"主笔，1948年曾以一篇振聋发聩的《赶快收拾人心》激烈抨击国民党当局的权贵政治和内外政策，因此蜚声海内。来台之后，他成为自由中国杂志社鼓吹政治自由主义的头号笔杆子，并时时教导弟子："一个真正的自由主义者，至少必须具有独自的批评能力和精神，有不盲目权威的自发见解，以及不依附任何势力集体的气象。"为遂其宣传自由主义的初衷,殷海光满腔热情地翻译出版了诺贝尔经济学奖得主哈耶克的代表作《通往奴役之路》,并秉持"五四之子"的立场,在"中西文化论战"期间为李敖提供声援。其时他已经因卷入雷震案而被台大哲学系停职停薪,生活、精神双双陷入困顿,然犹以鼓励的口吻盛赞李敖的成名杂文之一、1961年11月发表的《老年人和棒子》:"李敖所指出的问题确实存在于这个社会,并也存在于大家的潜意识层。这一事实经李敖的文章揭露,把大家本来存在于心目中,但却不甚清晰的底片晒露出来,让大家明白了各自心目中这一底片的形状。"

与此同时,李敖正以《文星》杂志为阵地,对沦为国民党御用意识形态的儒家"道统"发动全面论战。《文星》本是"总统府国策顾问"、国民党中常委萧同兹之子萧孟能与妻子朱婉坚在1957年创办的一份综合性月刊,1961年李敖成为主要作者之后,一举将其专事报道文化艺术选题、甚少置喙当下社会的前期办刊方针扭转过来,直指时弊。继公开悼念胡适之后,1961年春天,李敖又以《给谈中西文化的人看病》《我要继续给人看病》《中国思想趋向的一个答案》三篇长文为投枪,将方兴未艾的"中西文化论战"推向了最高潮。

在这三篇文章里,李敖公开指斥中国人有盲目排外的"义和团病"、夸大狂的"中胜于西病"、热衷比附的"古已有之病"、充满谎言的"中土流传病"、小心眼儿的"不得已病"、善为巧饰的"酸葡萄病"、蛊惑人心的"中学为体西学为用病"、浅薄的"东方精神西方物质病"、意识空虚的"挟外自重病"、梦呓狂的"大团圆病"、虚矫的"超越前进病"这十一种常见的落后群体性意识,而其根源又有四端:一为"泛祖宗主义",被太多历史糟粕所束缚和牵制;二为"浅尝即止的毛病",不思系统学习西方现代化,只想投机取巧、浅尝辄止;三是"和经济背景脱节",企图把农业社会的守旧理念原样照搬到现代工业社会;四是"不了解文化移植的本质",一味强调"中国空间时间的特殊性",不愿下毅然革命的决心。而李敖为此开出的药方是"一剪刀剪掉传统的脐带……向那些现代化国家直接地学,亦步亦趋地学,惟妙惟肖地学","死心塌地学洋鬼子"。

以今日的眼光观之,这番言论实有民族虚无主义的色彩,未免矫枉过正。但在20世纪60年代的台湾，它却在不经意间点穿了国民党当局执政逻辑中的二元对立：蒋介石父子"好谈道德和正统"，"把狗肉当作羊肉贩给别人吃"，自己却须时时仰赖美援物资和美国的经济输血，"四维八德十三经二十五史虽多，可是还得靠人家援助"。在政府酝酿的经济复兴计划和政治上的食古不化之间，存在着可怕的张力。在《老年人和棒子》中，他自信满满地对亲近国民党的台湾本省上层喊话："你们老了，打过这场仗，赢过、输过，又丢下这场仗。""当我们在奔跑，你们对世界的恐惧，不能把我们吓倒。""大老爷别来绊脚，把路让开！"相较1948年殷海光带有规劝性质的《赶快收拾人心》，已是毫无掩饰的战斗姿态。1965年12月1日，李敖再度在《文星》第98期发表《我们对国法党限的严正表示》一文，公开质疑当局的党禁政策，终于招来灭顶之灾。5天后，文星杂志社与文星书店一道被勒令停业。次年7月，殷海光亦受李敖牵连，不获台大续聘，失去了讲坛这方舞台。

与评价胡适时一样，李敖在回忆录中自谓受教于殷海光的科班学问不多，亦不信他的那套逻辑学，然受其道德人格的感召则受用终身。他盛赞恩师有两大优点，一为"有知识"，知道大江东流挡不住，台湾非得自由民主不可；二为"无政治野心"，能时时维护理想主义的标准，不把自由民主当作争取政治地位的手段。是故当殷海光身陷失去教职，且不被批准赴美国访学的困厄处境之后，自身朝不保夕的李敖仍勉力为老师提供经济支持，并在1967年主动安排殷海光接受胃部恶性肿瘤手术，使癌细胞的扩散被推迟了两年半。

1969年9月16日，殷海光终因胃癌复发，在苦闷和寂寞中与世长辞，享寿不过49岁。直至临终前，他仍然说："一方面我跟反理性主义、蒙昧主义、褊狭思想、独断教条做毫无保留的奋斗；另一方面，我肯定理性、自由、民主、仁爱的积极价值，我坚信，这是人类生存的永久价值。"殷氏在著述以外的作风并不以宽容民主著称，相反在公开论战中，还时时有咄咄逼人、不留余地的倾向，这种强硬气质也为李敖所继承。在威权时代台湾一元化的文化环境中，这种斗士姿态自有其特殊的时代意义。而殷海光日后也被誉为"'五四'之后，除胡适以外，台湾唯一有影响力的知识分子"，李敖则自谓是继胡、殷之后的第三代旗手。

"家国病"之辩：何谓中国

需要指出的是，从日后李敖的文论底色和思想倾向判断，他实在是一位如假包换的大中华主义者、传统文化本位者，而不似早年著述中的立场一般，对中国文化嗤之以鼻。但李敖自言他虽有家国情怀，却无蒋氏父子刻意营造的"家国病"。他的倾向统一的立场以及其中的"左"倾底色，除去少年时代阅读鲁迅作品所获的心得外，很大程度上来自高中时代的语文教师严侨的影响。严侨是《天演论》翻译者严复的长孙，两个妹妹分别嫁给台湾望族鹿港辜家的长男辜振甫与资深报人、台湾记者工会理事长叶明勋，在台湾有着良好的社会关系。1950年，严侨从福州辗转渡海来台，以台中一中的教职作为身份掩护，实为准备策应解放军渡海的先遣人员。但就在同一年，中共台湾省工作委员会的整个机关悉遭国民党特务机关破坏，继而朝鲜战争爆发、台湾海峡成为天堑，严侨遂再不得回返大陆。尽管他的地下党员身份始终不曾暴露，但仍因具有"匪谍"嫌疑，饱受军警特务的骚扰，数度入狱。李敖自言在严侨及其父辈、祖辈身上看到了整整一部中国近代史。恩师口中"中共政权"与"国民党当局"截然不同的平等主义色彩，尤其令他心驰神往。受此影响，李敖在少年时代即已对国民党当局鼓吹的"反攻大陆"图景嗤之以鼻。他更相信祖国大陆之于台湾孤岛的向心力：一种合乎逻辑的力量。

至于国民党当局刻意营造出的"家国病"，即所谓"文化反攻大陆"，正是李敖长期讨伐的对象。1950年冬，与李敖曾有私交的史学泰斗钱穆在台北获蒋介石接见，后者允诺从"总统府"办公费中每月拨出3000港币，支持钱穆、张其昀、唐君毅等人兴办新亚书院（今香港中文大学前身）。嗣后在钱穆等人的引领下，拥有唐君毅、徐复观等传统派思想家的新亚书院隐隐已成为"文化反攻大陆"的前哨。1958年，四位与国民党当局关系匪浅的新儒家学者唐君毅、张君劢、牟宗三、徐复观在香港联名发表《为中国文化敬告世界人士宣言》，极言中国文化不仅有历史价值，在现实条件下同样可以焕发新生，对中国大陆推崇的马克思主义以及胡适等人倡导的欧美自由主义则不无贬损。这一论调与蒋氏父子在台湾鼓吹的"传统文化复兴""中国文化本位"，可谓不谋而合。尤其是新儒家宣扬中国文化"并无专制传统",在吸纳西学的基础上,又恰似在为蒋氏的威权统治缓颊。1967年钱穆赴台后,蒋介石专门拨款在东吴大学校园内为他修筑素书楼,钱穆亦恭维蒋氏"诚吾国历史人物中最具贞德之一人",遭到李敖的当面责难。

1961年底,在"中西文化论战"的导火索被点燃之后,《文星》杂志以及"李大师"本人针对"家国病"的进攻终于全面开始。早年曾任职于军事委员会委员长侍从室、领有少将军衔的徐复观因为出头攻击胡适是"中国人的耻辱,东方人的耻辱",第一个遭到李敖的痛斥,称其为"夸大狂的病人""学林张宗昌"。继而有蒋经国情报系统背景的"立法委员"胡秋原也披挂上阵,在文章中给李敖扣上"胡适的鹦鹉""文化太保"的帽子。李敖及其论友居浩然索性反其道而行,在1962年10月写出长文《胡秋原的真面目》,指责胡秋原在1933年曾经参与过反对南京政府的"福建事变",是"与虎谋皮的反动行为"。在"戒严"时期的台湾,指责文人通共无疑是最厉害的撒手锏;将国民党走卒惯用的手法还施其身,无疑是李敖式的机敏。

1962年11月,胡秋原在气急败坏之下,正式向台北地方法院控告萧孟能、李敖侵害其名誉。1963年2月,徐复观也加入战团,声言"如果和解不成",将亲自向蒋介石举报文星书店出版的《中国现代史料丛书》。《文星》一方也不甘示弱,在依据"刑法"提出反诉的同时,还邀请李敖正式出任《文星》主编。李敖乘胜追击,在1963年7月1日写出长文《为"一言丧邦"举证》,继续攻击胡秋原"不堪造就,竟然老羞成怒,老下脸皮来控告我",甚至劝告对方"趁早投笔毁容,披发入山",嬉笑怒骂从容自若。

从1961年底论战全面爆发到1965年《文星》被迫停业,整整四年时间里,李敖以一连串文章对台湾党政要人、学界名流进行了指名道姓的批评。仅其中声明较著者就有:前国民党要员张其昀、陈立夫、陶希圣,"监察院"副院长刘哲,具有文人与政客双重身份的胡秋原、任卓宣(叶青)、郑学稼、陈启天,以及新儒家掌门人钱穆、唐君毅、牟宗三、徐复观、毛子水。"家国病"一派亦以《政治评论》《世界评论》和香港《民主评论》三本刊物作为平台,发动言论反击。至1967年,李敖终因早年与严侨谋划偷渡返回大陆的事迹被特务机关侦知,以妨碍公务提起公诉，在证据不足的情况下被判处 1 年徒刑，以软禁方式进行。随后又因为他掩护党外政治活动家彭明敏出逃美国，并向国际舆论透露国民党当局迫害政治犯的状况，终于在 1971 年 3 月被捕，1972 年 8 月以"台独罪"判处 10 年徒刑，至蒋介石去世后获大赦出狱，实际服刑 5 年又 8 个月。

站在自始至终的"陆统"主义者立场上，李敖从来都视国民党的军事与文化"反攻大陆"为一丘之貉。他断定残山剩水的弹丸之岛根本不可能孕育出任何"再造中华"的思想资源，胜负之数早已在体量差距之中决定。是故无论是蒋介石对新儒家的借重，还是钱穆、徐复观等人郑重其事的发声，在他看来都带有一种反现实的虚妄感，甚至富于喜剧色彩。而他本人竟因蒋介石之死不必继续服刑，则尤属喜剧的最巅峰了。

"文商"李敖：盛名之下

《文星》时期的李敖，身份不仅限于作家和社会活动家。某种程度上，他首先是当时台湾首屈一指的出版策划人和书商。萧孟能对李敖的题材判断力和"在刀尖上跳舞"的功夫给予充分信任，遂使《文星》逐步形成了"用杂志强打，使书店上垒，以书店配合杂志运作，形成思想大围标"的系统运作模式。1965 年台湾共有 22 家出版商参加香港书展，共展出图书 1782 种、27400 册。其中文星书店虽然仅占 210 种，实销数却多达 24535 册，接近台湾参展图书总销量的九成，受欢迎程度可见一斑。1962 年李敖与胡秋原的笔战，因情节曲折、花絮不断，直接将《文星》的单期印量由 4000 册刷新为 7000 册，对其他图书亦有助推。日后李敖曾不无得意地承认："《文星》结束时，我有了一户 32 坪（约 105.7 平方米）的公寓房子，这是我生命中的大事。"

除去对经济富足的追逐以外，人近中年，李敖的反威权斗士形象究竟有几分是时势造就，几分又是精心"运营"的结果，同样耐人寻味。尽管李敖在回忆录中对平生相识每多讽刺揶揄，但从少年时代起，他便乐于结交社会名流、政客豪绅，以拓展自己的关系网和知名度。从学界领袖胡适及其门生故旧，到国民党军政要人与其家庭成员，一概过从甚密。《老年人和棒子》一炮而红后，甚至连陈诚也点名要接见这位文坛新秀，和他相谈甚欢。而在《文星》时期的密友中，居浩然是国民党元老、前"司法院"院长居正之子，萧孟能之父萧同兹则是北伐时期的老党员，曾长期掌控国民党宣传机关。这些国民党元老的权势虽未必如日中天，毕竟有资历与声望在握，即使是蒋氏父子也须留出几分情面。公众名望、社会关系与高官长辈的组合形成了一种缓冲，使李敖纵然不得不频繁出入法庭，却少有断送性命的忧患，自有一层隐性的保护罩。

同样由时势造就的还有台湾政坛从20世纪70年代开始的"崔苔菁"（即"吹台青"，指拔擢台湾本省籍青年才俊，因其与当红歌星崔苔菁为谐音而得名）进程。蒋经国自知长期经营台湾已成必然之举，故在官员的选拔上也日益倚重本省籍人士。而李敖当年曾经就读、其父也担任过教职的台中一中恰恰是一所本省籍学生占大多数的名校。20多年前与"李大师"同窗就读的发小，其时已有多人位居国民党中高层职位，李鼎彝的学生亦有不少已然平步青云，对当年的同门师兄弟多少会手下留情一番。甚至连卷入"台独"案件的彭明敏，20世纪60年代也曾位列"台湾十大杰出青年"，出任"中华民国"驻联合国大会代表团顾问。相较其他既无背景，又乏奥援的白色恐怖受难者，李敖纵使一度身陷囹圄，实际处境依然要好得多，至少不会有真正的性命之忧。

正是在这一背景下，20世纪80年代初李敖的再度入狱，究竟是因为国民党当局复行迫害，还是财产纠纷所致，成为一段众说纷纭的公案。1977年4月，自称"不按牌理出牌"的萧孟能为了逃避文星书店结业后积欠的债务，与李敖签下君子协定："查李敖先生住所所有关于本人之字画、书籍、古董、家具等（文件与信函不包含在内，系本人存寄，托李先生代为保管，未得本人书面之同意，任何人不得领取），均系本人移转给李敖先生以抵偿对其所欠债务者，应该属李敖先生所有。特此证明。"1979年10月，准备前往智利躲债的萧孟能又与李敖签订一份协议，委托其代管"在台个别或共同之全部与金钱财产有关事项"。然而1980年2月萧孟能与女友王剑芬由智利返回台北，却发现自家大门已被李敖更换门锁，家中财物被洗劫一空，归属王剑芬所有的另一处房产也被转移至李敖的新婚妻子胡茵梦名下。1981年，萧孟能以非法侵占罪对李敖提起诉讼，使后者再度入狱6个月，但财务仍未能全数索还。随后数年间，李敖屡次雇用记者、私家侦探和律师，对萧孟能、王剑芬施以层出不穷的"捉奸"恐吓和法律诉讼，终于迫使萧孟能"自承怀疑之错误，并向老友李敖表示道歉"，继而远走海外。在这类财产纠纷上，李敖倒是颇有"全盘西化"的风骨，一厘一毫亦不愿吃亏。

二度出狱之后的李敖，已经察觉到威权统治临近收尾的总体社会氛围，遂再度祭起双重身份：一面以带头大哥的姿态团结党外运动阵营，对国民党行逼宫之势；另一面，他再度祭出《文星》时代的旧章，以《千秋评论丛书》《万岁评论丛书》的名义，发行政治评论月刊以及盘点蒋氏父子"黑历史"的系列论著，再度名利双收。诚如他最喜用以自道的两句陆游看梅诗："老子舞时不须拍，梅花乱插乌巾香。"可谓尽得风流。

然而，后威权时代的李敖，在积累起足够多的财富和足够显赫的名望之后，终于也无法再做到进退从容。一方面，公众舆论的名利场已经由出版业转移至电视行业，不能忍受掌声零落的"李大师"遂也频频出镜，迅速透支了积半世之功营造的神秘感和个人光环；另一方面，本土主义的日渐做大，使得台湾本位主义的核心命题，渐渐偏离了中国大历史的流向。始终以大中华主义者自居的李敖，最终也只能以游戏的心态，在"立委""市长"乃至台湾地区领导人选举中张扬其政见立场。昔日由时代和潮流造就的传奇人物李敖，终于也倒在了时代的沙滩上，成为背景。毕竟，距离他以少年英雄的姿态横空出世，已经过去50多年光阴了。

参考资料：李敖：《传统下的独白》；李敖：《李敖回忆录》；陈正茂：《从胡适到雷震、殷海光：自由主义在台湾的浮沉》；高华：《论六十年代初台湾中西文化论战中的李敖》；张耀杰：《李敖与萧孟能的"快意恩仇"》等

知识付费时代：我们如何获得真知识

信息爆炸的时代，知识付费应运而生，然而问题也接踵而至。通过付费，我们就能学到真正的知识吗？知识付费确实能让有知识的人赚到钱吗？更为重要的是，在付费之前，我们先要问一下自己，我们要向知识寻求什么呢？

我们向知识寻求什么？

陈赛

为什么我们突然变得爱学习了？

半个世纪以前，芝加哥大学校长罗伯特·赫钦斯曾提出过"学习型社会"的理想。他是在研究成人继续教育的问题时，从人的自我实现的角度提出这个概念的。与动物相比，人是以一种极为孱弱和无助的姿态来到这个世界的。我们必须用比动物长得多的时间，才能逐渐完善各种生理器官，从环境中不断地学习那些自然和本能所没有赋予我们的生存技术。

人不仅在生物学意义上是"未完成"和"未确定"的生物，作为精神的存在更是如此。一个有理性的成年人势必要关注自己的生命历程，关心自己作为一个人的存在、成长和发展永远存在内在动力。所以，赫钦斯将学习型社会描述为："除了能够为每个人在其成年以后的每个阶段提供部分时间制的成人教育外，还成功地实现了价值转换的社会。成功的价值转换就是指'学习、自我实现、成为真正意义上的人'已经变成了整个社会的目标，并且所有的社会制度均以这个目标为指向。"

今天，我们也算进入了"学习型社会"吗？毕竟，一切与学习有关的词汇都显得那么新潮：知识付费、认知焦虑、认知升维、自我提升、自我实现……

赫钦斯认为，"学习型社会"的实现有两个先决条件，一是闲暇时间的增多，二是社会的飞速变化。后者要求人们不断地接受教育；前者使之成为可能。

这两个条件我们也都符合。与赫钦斯的时代相比，我们生活在一个更加复杂动荡的世界。人们的闲暇时间增多了，但生存压力也更大了。尤其在全球性经济危机的背景下，全球化和技术在迅速淘汰技术含量偏低的工作，提高新工作的技术门槛。不久之前，世界上大部分年轻人学习一门技能，就可以应付一生。但今天知识更新的速度之快，一个人必须持续处于 Beta 状态，准备进入各式各样、很可能毫无关联的领域学习。

所不同的是，在赫钦斯的时代，要成为一个真正意义上的人，他认为最好的方法是通过阅读和讨论西方经典名著。"这些名著中包含了人的心智赖以获得洞察力、理解力和智慧的最佳材料。在不朽经典面前，现在世界所说所想的东西几乎没有什么是新鲜的，经典作家探测了人性必须提供的几乎每个问题的深度，并以令人吃惊的深度和洞察力解释了人类的思想和态度。而阅读和讨论这些名著，在某种角度来说，是让现代人参与到有史迄今的伟大的对话，使对话能继续下去。"

在今天，比起"一个真正意义上的人"，我们更想要的是成功、幸福、财务自由，而通往获得成功、幸福、财富自由之路的，不再是一本本经典名著，而是一个个 APP，得到、知乎、千聊、喜马拉雅 FM……这些知识商家承诺我们知识视野的极速扩张、认知能力的快速升级以及人生境界的最大提升。他们告诉我们，在今天这个忙碌而不完美的世界里，我们必须以最大的效率找到最有价值的知识。当然，我们也必须为这些知识付费。

为什么中国人突然对知识有了这么强烈的热情？我们对知识的焦虑是真实的，还是被制造出来的？资本在其中扮演了什么样的角色？除了资本力量的推动之后，还有什么样的社会心理、技术条件促成了这场知识的狂欢？这种陌生的知识容器里蕴含了什么样的可能性，又潜藏着怎样的危险？在"消费"这些知识胶囊时，我们寻求的是知识本身，还是一种虚幻的体验？在网络时代，知识的媒介与本质发生了什么样的变化？到底什么样的知识才能让我们真正应对这个剧变的时代？

"知识胶囊"的流行背后

为了写这篇文章，我在"豆瓣时间"上购买了生平第一个网络付费课程——《52 倍人生——戴锦华电影大师课》。

这是北京大学中文系教授戴锦华的一个音频课程,每周解读一部经典电影,包括《美国往事》《飞越疯人院》《窃听风暴》《布达佩斯大饭店》……

"相对于其他艺术,人们始终顽强地认为,观影的艺术是与生俱来的,人们不需要学习就能够看懂电影。但事实上,电影是一个高度与工业、与科技、与商业、与前沿的人类思维和文化联系在一起的,被人们制作、被人们编织、被人们编码的一种艺术。"

"电影是需要学习的,请相信我。"

戴教授的声音很有特点,低沉、沙哑,有一种气势,让你不由自主地对她所说的产生一种真切的信任感。在这一轮知识付费的商业热潮中,这样的信任感是稀缺的。

更重要的是,这个声音把我带回十几年前的北大课堂。她一直是北大最受欢迎的老师之一,每次上课都人满为患。我记得是在一个老教学楼的阶梯教室里,学生塞得满满当当,她一个人站在讲台上,白衬衫、长马尾,帅气而干练,长长的华丽的句子如流水一般滑过耳际。

其实,我已经完全忘了当时她讲了什么,但那种课堂的气氛却始终留在脑海里。年轻时代的求知热情,无论对世界的好奇,还是对艺术的向往,多少混杂着一点小小的虚荣。

那时候我刚刚考上研究生。在此之前,我在北京的一所语言学院花了四年时间学了一门语言。中国绝大部分的语言学院,将语言作为一种工具、一种技能被教授的。初到北大,好像突然进入到知识的另一个维度,一种更自由、更舒展的精神空间。我很快学会了那个时代的知识青年热衷的事情:逛书店、淘DVD、看电影、听音乐会……

那时候,互联网刚刚为我们打开一个新的世界,虽然距离社交时代还远,但知识的危机其实已经初见端倪,只是我们还没有意识到。我们仍然理所当然地以为,书本、图书馆、大学是知识最稳固的媒介——那里储存着我们文化里最庄重的知识,那些能够推动我们进步的知识,那些让我们最引以为豪的知识,那些代表了我们作为人类的最高成就的知识。我们在大学里学习这些知识,然后走到社会上,就能沉着应对这个世界如潮水一般的问题。谁能想到，有一天，这些信念都会一一轰然倒塌呢？

"知识胶囊"的时代

一开始，我有点担心，用"知识胶囊"来形容她的这门豆瓣课程，是否有所冒犯。

两年前，许知远在采访罗振宇的时候，用了这样一个比喻——"他是一个卖胶囊的，把知识装在一个胶囊里，像速效救心丸一样，让你吃下去。"

在那次采访中，罗振宇预测了一个知识付费时代的到来。"这个时代只剩下一个壁垒——认知的壁垒。"而他认为，他的知识产品有能力让人们的知识视野极速扩张。更重要的是，这些产品将极大地节省人们求知的时间与精力。毕竟，在这个时代，效率意味着一切。

认知重要吗？

当然。

有那么重要吗？

未必。

然而，没多久，在传统知识机构与互联网免费内容的中间地带，果然诞生了一个新型的知识工业，分答、值乎、知乎 Live、得到、喜马拉雅 FM……

于是，我们看到一个光怪陆离的知识的自由市场：从怎么做 PPT 到如何实现财富自由，从如何瘦腿到如何欣赏古典音乐，从母婴知识到养生知识，从北大经济学课到清华管理学课，我们甚至被许诺"与全球精英大脑同步"，"像时代领航者一样思考"，"拥有一个自己说了算的人生"……

"你认为，它如果不是胶囊，那叫什么呢？盒饭吗？"戴锦华笑着反问我。

在北大，她的一门电影赏析课通常要花三个小时，前半部分带学生精读电影，后半部分对电影进行文化分析——电影的社会语境与历史语境。

对她而言，电影文本是一个朝向社会和历史的窗口。从文本到社会，从媒介到社会，也是她自己多年来形成的一种研究思路。但在豆瓣课程中，她不得不最大程度地压缩这种文化分析，而将更多的时间留给电影本身，也就是分析电影的视听语言。

"以前，我会跟我的学生分享我通过电影这扇窗户看到了什么，会花更多的时间来说这个窗子是怎样的、是什么形状、是怎样构成的，我们如何打开它，而不是停滞在这里。但在这里，我只能采取压缩的方式，尽可能告诉大家去把握触摸这扇窗户和打开这扇窗户的方法，至于最后他们看到了什么，就只能交给他们自己了。"

她半开玩笑地说，在北大的课堂里，判断教学的成功与否，是看你把学生讲明白了，还是讲"糊涂"了。"我经常对我的学生说：'如果你们都听明白了，那我就失败了，因为我是要跟你们分享问题，而不是答案。我是要让你进入问题，发现你原来不知道。'"

因为在这个知识面对巨大危机的时代里，提出问题，提出"真问题"，她认为才是大学教育的目的所在。"真问题和伪问题之间最大的区别就在于，真问题无法预设答案，也没有答案可预设。它是正在追寻答案过程的问题。不光我没有答案，今天你所能找到的所有知识系统中都没有答案，然后，我们共同从各个不同的角度来尝试回答它。"

事实上，她曾经以为，这种教育理想能在网络时代得到最大程度的放大与普及——所有"愿意花三小时来分享一部电影和分享这部电影向我们提出的所有问题的人"都可以聚在一起。

"理论上来说，我们是可以相遇的。"她说。尽管她不断被告知，没有人愿意花三个小时的时间来讨论一部电影。"没有人告诉我这个结论是如何得出的，因为在现实生活中，确实有人愿意花三个小时坐在课堂上，而且走很远的路到北大来。"

真正的问题是体制上的。"如果北大所有的课都在网上，那么各种各样的问题，比如北大的生存，或者其他学校的生存，或者教师职业等怎么解决？我们怎么面对今天的体制？"

"当然，我也可以无偿地把我的课程放到网上去，但这就面临另外一系列的问题，有人可能会拿它做各种有偿的利用，甚至各种的断章取义、各种的阉割……我很恐惧这样的事情发生。所以，我需要一些系数，需要一些保障，那就意味着我必须跟各种各样的机构达成某种合作的样式，这也就意味着没有不付钱的午餐。"

相应地，她也降低了她对一门网络课程的期待值——"在传播电影的一些基础知识的同时，传播一种与主流评价标准，比如流行趋势、教科书，或者各种权威版本有所错落的趣味。能与主流价值之间形成一些摩擦，我已经很满意了。"

在豆瓣的第一节课上，她就告诉她那些看不见的学生们："我想与你们分享我对电影的爱，虽然我知道，这是一个不可能完成的任务。"

还记得 MOOC 吗？

几年前，我还在《新知》杂志做编辑的时候，我们曾经做过一期关于学习的封面。当时我们报道的主角是 MOOC（大型网络公开课），它有一个几乎是诗意的中文名字：慕课。[1]

2011 年，塞巴斯蒂安·史朗，斯坦福大学计算机科学系的一位明星教授将自己的人工智能入门课放到了网上。没想到短短三天时间就有 1.4 万名学生报名，三个月内，他的网络课堂里聚集了 16 万名学生。整个斯坦福都没有这么多学生。不久，他创建了 Udacity，第一个商业性的大型线上教育平台，他本人也被称为"MOOC 教父"。

不到两三年的时间里，当年风头最健的几个 MOOC 平台，包括 Cousera、Udacity，纷纷偃旗息鼓，或者转向付费的职业培训。史朗在 2013 年 12 月的一次采访中表示："我们在教育上并没有像我们预想的那样产生影响。我们的产品非常糟糕。"

《纽约时报》上的一篇文章分析 MOOC 衰落的原因，认为 MOOC 的理想很美好，将世界上最好的教育普及到每个普通人身上，但它对人们的时间、精力以及学习能力也提出了过高的要求。在几个大平台上，每个课程的学生完成率不到 10%，

---

[1] "开放教育资源运动"始于这样一种认识：大学应不吝于向世界开放更多的智性资源。自从麻省理工于 2001 年开创性地提出开放教育课件以来，这一运动已经迅速在全球推广开来，并形成了一场全球性的学习热潮。尤其是 2012 年，成了 MOOC 井喷的一年——源于斯坦福的 Udacity、Cousera、哈佛与 MIT 联手创办的 EDX 都属于其中的佼佼者。

而完成了课程的学生基本上都曾经受过良好的高等教育。这意味着"世界上最好的教育"也许只适合很少数的人。在 MOOC 系统中成功的学生，恰恰是并不需要 MOOC 的人，他们在任何情况下都能成功。

从这个角度来说，知识胶囊是否是 MOOC 的一种变体呢？

从视频转向音频，从整块时间转向碎片化时间，简化学习的难度，帮你整理知识点，适时加入笑点，增加学习的兴趣度，按照一位从业者的说法："付费时代就是把一些精深的东西翻译得更加浅薄，让普通大众都能够很容易地理解它。谁在未来掌握了这种能力，谁就可以在内容付费中获得成功。简言之，就是把课本上那点事说得像家长里短一样。人们面对知识固然好奇，但同时也很偷懒，谁替听众省了这步力，谁就分享了市场。"

由此，知识变成了一种服务——保证你实时的知识更新、有效的连接，以及哄着你把课上完。

当然，你必须为这些服务付费。

当一个商家为你提供了足够好的知识商品时，你当然应该付费。但问题是，在这样一个嘈杂的社会、文化与技术环境里，我们如何判断一个知识商品是否"足够好"？

金钱从来不是真正有效的过滤器。付费并不能保证知识的质量。有趣的谎言常常比真理更赚钱。依靠商家的良心告诉我们什么是可靠的知识更是危险的。

一个问题以 60 秒的音频来回答，一本书的内容以 20 分钟的音频来消费，3 小时的课程压缩为 30 分钟的音频，在这样的知识加工过程中，我们得到什么，又失去什么？当然，它们也许为我们拓宽了视野，节省了时间，给我们一个个被零碎知识点亮的瞬间，但我们真的能指望依靠它们应付一个如此庞大、复杂的世界吗？这种显而易见的扁平化、娱乐化、流行化的倾向，又会对它所传递的知识造成什么样的影响？

我们似乎已经对这些知识商品的加工原则达成了某些基本的共识——比如知识必须是碎片化的，必须短，但这样的认知究竟是我们对媒介的认知，还是我们对今天的整个的资本环境正在塑造的一种生活态度的认知？

还有，所谓现代人对于知识的焦虑，在多大程度上是真实的，又在多大程度上是被制造出来的？

　　"我不认为有什么知识的焦虑。"戴锦华教授告诉我，"我甚至认为我们对于如此深刻巨大的技术革命所造成的知识的这种急剧更新都缺少敏感。"

　　"人们并没有意识到这个网络已经改变了我们的生活，整体地改变了我们生活的生态，因此我们需要用完全新的知识去面对它，去认知它，在这个意义上你认为我们有过什么有效的讨论吗？"

　　"我指的是一切，我们获得知识，我们使用知识，我们相互连接，我们日常生活都被改变了。你想一想，现在你还进商场吗？你还逛街吗？你现在一年有几次去看你的朋友？你有几次跟朋友们坐下来聊天？你读几本书？你花多少时间在微信朋友圈？你有多少知识是从微信朋友圈当中获得的？……我们的一切都被改变了，我们原有的所有的生活方式，但我们意识到了吗？我们应该如何面对 Alpha Go、Alpha Zero？当机器的自主学习能力以这样的速率和规模提升的时候，人类知识的意义是什么？"

知识的危机

　　"知识"曾经是一个宏大的词，它不是一堆不相关的事实，或者某种实用的速成配方，而是我们理解周遭世界的基本能力，是从混乱中寻找秩序，是人与动物的根本区别，是我们作为人的成就，是我们的命运。

　　或许，这才是这些付费知识商品令我感到如此困惑，甚至不适的更重要的原因——它们的出现伴随着整个传统知识系统的崩塌。Alpha Go、Alpha Zero 的出现则让事情变得更诡异——这个世界上，机器拥有人类不具备甚至可能永远不会具备的知识，那人类累积了数千年的知识系统算什么？

　　我向戴维·温伯格（David Weinberger）博士请教。他是哈佛大学伯克曼互联网与社会中心的资深研究员，2012 年曾经出版过一本《知识的边界》。在这本书中，他详细探讨了互联网如何彻底改变了人类知识的运作方式。

　　他说，"知识胶囊"这个隐喻让他感到不安之处有两点：一是这个隐喻中有一种隐含的消极性。被喂养并不是一种获取知识的好办法，真正的求知之旅必然包含提问，包含挑战，而不是将知识视为关于世界无可置疑的真理。

二是知识的封装性。如果你认为这里有一口知识，它是完整的，只要服用了你就掌控了它，那么这就是危险的。人类知识中确实有一些可以测量、拆解成最小的单元，并在最短的时间内掌控，比如如何修理电脑、如何做生意，没有这些单元化的知识，就没有可以对话的空间，因为别的计算机修理人员会指望你理解什么是"主板"，而别的生意人会指望你懂得生意的基本规则。但即使是这样的知识，也不会是封闭的。

"我们关心的知识永远指向未知，这才是世界的真相——这个世界太大太复杂，根本不可能穷尽，与之相反的任何许诺都是让你变小，而不是变大。知识永远承诺开放，而不是封闭，你永远无法真正'掌控'它，你知道的越多，知道自己无知之处越多，就越能理解这个事情多么超出你的控制。"

事实上，他那本《知识的边界》的英文标题就是 Too Big to Know，意思是"世界太大，无可穷尽"，还有一个很长的副标题——"重新思考知识，既然事实不再是事实，专家随处可见，房间里最聪明的人是房间"。

为什么要重新思考知识呢？

他认为，自从互联网出现以来，我们的知识——信息、思想，甚至智慧，逃离了它固有的物理限制（书本的页面或者人的心智空间）之后，从性质上也发生了巨大的变化——从有限变成了无限，从内容变成了链接，从图书馆变成了无所不在的巨网。

在这样的变化中，我们意识到，过去我们关于知识的许多认知，其实都源于知识的媒介——纸张、书本、图书馆，而非知识的本质。比如我们认为知识是固定的，书本也是如此，一经出版就无法收回。我们认为知识是有序的，井井有条地被组织进章节与书本之中，根据严格的分类系统摆放在图书馆的架子上。我们还认为知识是过滤的产物，作者、编辑、出版人、图书馆馆员都是过滤器——很少有书能够被出版出来，更少的书能被搬到图书馆的书架上，而经过这些过滤器的层层筛选，最终能摆到图书馆书架上的知识显然是可以信任的。

在互联网上，很多人看到了知识深刻的危机——搜索引擎腐蚀了我们的记忆力，社交网络切割了我们的注意力，终结了深入思考的能力。我们的孩子再也不读书了，当然更加不读报纸了。任何人都能在网络上找到一个大扩声器，发出和受过良好教育及训练的人一样高扬的声音，哪怕他的观点再愚不可及。所以，网络代表了粗鄙者的崛起，剽窃者的胜利，文化的终结，一个黑暗时代的开始。

但温伯格却认为，知识的危机是一件好事。当知识溢出了它固有的容器之后，其实有了更多的可能性。"这场知识危机让我们终于得以思考，我们到底希望向知识寻求什么，而不只是我们可以从知识中得到什么。"

我们向知识寻求什么呢？

在西方传统中，是柏拉图对知识做出了最初也最权威的定义："知识是一种真实的，因为正当的理由而为人们所信服的观点。"也就是说，我们相信很多事物，但只有一部分是知识。

自柏拉图之后，测定知识的标准越来越高。笛卡儿认为，知识是你在任何可想象的环境中都不会怀疑的事物。现代科学家们对知识的测定更要经过精心设计的、反复的实验。唯有如此，知识才是知识。而我们每确定一个知识，就在知识的大厦中多添加了一块砖瓦，同时也消除了又一处怀疑。这就是我们关于知识最基本的信念——知识是由所有理性的人都同意的真理构成的，而这些真理结合在一起，反映了世界的真实本质。理解世界的真实本质，这就是知识的目标。

温伯格认为，这个目标是高尚的，策略也很聪明、很有效地运行了两千多年，但其实都是为了应付一个我们选择性遮蔽掉的事实：世界很大很大，而我们的大脑很小很小。以我们有限的认知能力试图去理解如此庞大、如此复杂的世界根本是不可能的事情。

如何理解一个远远超出大脑处理能力的世界？

当然是过滤、筛选、简化，将复杂的事情降低到可以掌控的局面。

但是，在网络时代，这种策略却不再可行。因为知识的规模变得如此巨大（截至 2015 年，谷歌图书已经扫描了 2500 万本图书；维基百科上有 299 种语言，总词条超过 4000 万），大到超过任何个人的理解，中央过滤器变成一件不可能的事情。

这也意味着我们的知识策略必须有一个根本性的转变：从减法到加法。从过滤知识以适应我们狭小的认知能力（书、出版、图书馆都是一道道非常狭窄的门），到将任何一种想法，它的细枝末节——都放置在巨大的、松散连接的网络之中，容纳其中所有的混乱、冲突与争议。

网络上当然也有过滤器，但它们的原则只是向前过滤（Filter Forward），把过滤的结果排到最前面，而不是剔除掉任何东西（Filter Out）。每一个链接既是潜在的停止点，也是继续向前的诱惑。

在他看来，旧的知识过滤系统虽然效率很高，但也不可避免地带上了过滤器的偏见，比如边缘化的声音很少被听见。现在我们有了成千上万新的过滤器：网络上的每一个人本身都是一个过滤器，就像每一个网站或服务都会梳理网络并呈现它认为你应该关注的内容。不同的视角、不同的生命体验都被连接在一起，但问题是，我们必须自己决定，应该听谁的。

"互联网最强大，也最改变世界的一点是，每个人都能说话，但同时也意味着那些帮助我们决定可信度的旧技术不再可行。在这里，你可能找到这个世界上最好的专家，也可能找到不学无术的骗子。所以，对于关心知识的人而言，这是最好的时代；但对于蠢人来说，这也是最好的时代——你可以找到很多你愿意相信的事情，也可以找到很多同意你的人。"

"对每一种知识的媒介而言都有限制，它们有擅长的，也有不擅长的，但它们总是倾向于以自己的强项来定义知识，无论是书，是大学，还是知识胶囊。"温伯格说。

事实上，我们许多关于知识的理想，都不过是关于媒介的美丽的误会。比如我们将图书理想化了，浪漫化了，有人甚至盲目地迷恋它们。它们作为文化物体在我们眼中呈现的形象，反映的常常是我们对端着一杯干雪利酒在英国式的阅览室里读书的一种怪异的怀旧情绪。但事实是，大多数读者读到的大多数书，都是廉价的、几乎读完即丢的一次性用品。

在温伯格看来，不仅读书并没有那么神圣，连我们以为知识所能拥有的最高的、最自然的形状——长思考能力（Long Form Thinking），也是受限于媒介的结果。如果你在写一本书,你就不得不与自己对话,想象各种可能的反对观点,因为书就是一种与读者分离的、非对话式的、单向的媒介。我们不得不依赖这种自言自语,但并非思想本就如此。正因为书将思想固定在了纸上,于是我们不得不建立一支长长的思想序列,由一个想法通往另一个想法,因为书籍是由一张纸一张纸装订起来的。而作家们费尽心思将读者从 A 地送到 Z 地,一切与这条叙述的狭长小径背离的事情或者观点,就算再有价值,看起来也像是干扰,分散读者的注意力。所以,我们之所以发展出长思考,只是因为书籍不够长,不足以让那些思考自由舒展成它们本来的样子。"如果书籍告诉我们,知识是从 A 到 Z 的漫长旅程,那么网络化的知识可能会告诉我们,世界并非一个逻辑严密的论证,而更像是一张无定形的、相互交织的、不可掌控的大网。"

温伯格说,我们对于人类是多么容易犯错误的物种这一事实,多少还是有点自知之明的。自从有文明以来,一个个人来到这个世界,犯了各种各样的错误,然后一个个地死去。所以,对于我们这样一种不确定性的物种,这种对于确定与清晰的要求,实在是一种强求,有很不自然的一面。

所以,反倒是网络一代对于知识的看法更接近知识的本质。在他们看来,世界上并不存在某种叫"知识"的东西,你可以把它放到某个容器里,郑重地保存在那里,永远不会变化。恰恰相反,知识永远存在于网络之中,在变化之中,在玩耍之中,在一系列永远无法达成共识的讨论与争执之中。对于我们这样一种不完美的社会动物,试图理解一个太大太复杂的世界,永远的合作与争执才是题中应有之义。

我们到底向知识寻求什么?

从这个角度来说,知识胶囊的流行,是否是对旧的过滤器——那个平静的、有序的、清晰的世界图景——的一种怀念?我们相信,那些我们相信的人会为我们提供值得信任的知识,而将一切令人不快的分歧、争执拒之门外。

但是,我们真的有选择吗?

是的,我们看到,知识走下书架之后是一个混乱的世界——知识被错误引用、被贬损、被强化、被合并，被误读了一千倍而传播，被同化到近乎看不见的地步。但其实，知识一向如此，只不过以前我们看不到而已。

很大程度上，我们今天仍然依赖于旧的过滤器给我们权威的知识。我们仍然依赖专家、出版社、图书馆、大学为我们提供权威的信息，但正如温伯格所说，在网络时代，房间里最聪明的人不再是任何专家，甚至不再是任何知识机构，而是房间本身：容纳了其中所有的人与思想，并把他们与外界相连的这个网。

"知识网络并不关心我们从哪里获得知识，无论是从网络上免费获取的，还是从书本、大学课程中付费得到的，或是听了某个廉价的知识胶囊或者昂贵的咨询公司报告得到的。它关心的是，在获取了这些知识之后，是否与别人一起理解这些知识。你是否与别人构成网络，以分享你所学到的，与他们交谈、讨论、增进彼此的知识？"温伯格告诉我。

所以，他所谓的"最聪明的房间"，或者说"知识网络"，与其说是一个网络，不如说是一组网络时代面对知识应持的信念与态度。比如，这个世界的知识不仅是开放的，而且深刻地连接在一起；比如，我们对知识应该更加慷慨，这样不仅更多的人可以学到知识，你自己的知识也因为经过了质疑、挑战、检验、连接而变得更好；比如，我们应该学会更加开放地拥抱新观念，学会如何参与到多种方式、多元文化的讨论之中，可靠性不仅来自权威，也来自开放的对话；比如，我们应该如何学会评估知识——当神殿的祭司们不再控制我们能够了解什么知识，我们就比以往更需要那些批判性思考的技能，我们需要学会区分哪些是废话，哪些是论证充分的结论。在批判性思考的基础上，我们还需要学习热爱不同——作为人类的本能，我们都喜欢和像我们一样的人站在一起，但当我们限制自己，不允许自己的舒适受到一点打扰的时候，也就是我们变蠢的时候。

旧媒体，哪怕是抱着最美好的意图，也只能展现给我们很小的一部分世界，那个它认为我们应该觉得有趣的世界。但网络是我们每一个人兴趣最真实的表达，我们点击每一个链接，都是因为这个链接对我们而言具有某种意义，无论是大是小，是好是坏。

所以，我们向知识寻求什么呢？

理解世界，难道不是我们能向知识寻求的最重要的东西吗？

"是的，西方很多哲学家都这样认为。但这不是唯一的目标。对于知识与教育、文化有许多不同的目标：培养负责任的公民、好的邻居、高效率、令人满意的工作者、终身学习者、知识的探索者、公共辩论的有益参与者、有爱的家庭成员、能在艰难的环境中坚持不懈的人、艺术与美的创造者……"

温伯格告诉我，在这个清单里，他没有将知识从教育里分离出来，因为他认为将知识从获取知识的方式中抽离出来是不对的，这会使知识简化为内容，但知识不是内容。知识永远伴随着情境，人类创造知识，永远是为了某种具体的目的。

求知，从根本上来说，是一件极其个人化的事情，与人的情绪、情感、欲望、信仰相关。一个好的学习者设计并开展自己的学习，必然从自己所关心的意义出发。著名教育学家派珀特（S. Papert）讲过这样一个故事：一个人不擅记花草的名字，他看着一朵花，使劲地想名字，就是想不起来。直到有一天，他换了一种办法：先从花的名字开始，想为什么这个名字适合这朵花。于是，死记硬背变成一个小小的探究游戏，很快他就能很流利地说出各种花的名字。所以，最根本的问题是，你想向知识寻求什么？

知识付费，能学到什么？

杨璐

价值：知识付费有用吗？

知识付费有用吗？王晓湘打开自己的手机，给我看她订阅课程的学习进度，每一个课程都听完了最新的内容，等待着下一个更新。她大学毕业 11 天就注册了公司，创业生活紧张又忙碌，只能利用每天的碎片时间听这些课程。"我吃早饭的时候听，晚上回到家眼睛累得酸，再也看不了手机了，就放这个课程躺着听。还有敷面膜的时候可以听，一节课听 15 分钟，正好是一个面膜。"王晓湘说。她买的都是跟开公司相关的课程，其中一门公关课是因为她刚好有一阵子想知道如何做公关，就在经常看的公众号上发现有系统讲公关技巧的课程，花了 298 元一直听到了现在。"我其实不知道这个老师是不是大咖，也不关心他的背景。开公司训练我成了一个强价值判断型的人，身份包装和营销手段影响不了我，他很厉害、他不厉害对我来讲是一样的。我就是看这些信息是不是我需要的，能不能解决我手头面临的问题。"王晓湘说。

从标题上看，她订阅的这门课程很实用：如何与传统媒体建立良好关系，如何与自媒体建立良好关系，如何撰写打开率高的新闻通稿，如何做好 CEO 形象管理，如何安排一场高质量的高管专访，等等。跟大学里系统教授的公共关系学教材内容完全不一样，这里讲述的不是学术理论，而是一线公关人员多年工作经验的总结。"这个老师讲公关不单是外部公关，还包括团队内部也需要公关，比如说你要公关你的股东。我从前脾气老大，就烦股东干涉我，开会甩给他们一个报表就好。这是非常不对的。我 2018 年就打算股东开会前先给大家写一封信，把公司的情况、因为信息不对称造成的分歧写下来，先有个铺垫。"王晓湘说。

王晓湘觉得这种知识胶囊的形式性价比很高，学习"做生意"的经验，很多人会去读商学院，她目前还没有这个需求。她觉得读商学院的收获，一个是知识，一个是人脉，这两样东西她都有其他途径去获得。王晓湘是个学习能力很强的人，大学考上中国传媒大学录取分数线很高的国际新闻专业，爱读书、爱钻研。"我好奇人工智能是怎么回事，我就会买十几本人工智能的书回来看，把它吃透。我对金融感兴趣，我就会买支付宝和微信支付的书回来研究。我本来每年就有 6000 元的预算是花在买书和杂志上的。人脉这件事，大概因为我受过记者的训练，我想结识谁就去自己认识了。"王晓湘说。作为一个 26 岁、开公司才 3 年的年轻创业者，她觉得最缺乏的是行业经验和一线操作人员的核心信息，这些她都通过课程或者垂直领域的媒体内容去获得。除了公关课程，她近期听的还有一门新零售的课程，讲课老师既有资深投资人，也有阿里集团相关岗位的负责人。

王晓湘虽然泛泛地听课，但遇到特别有用的信息，她也得像在大学里上课一样，重复听来复习，下载老师的 PPT。学习有它的基本规律，不会因为改变了形式、打散了内容而有变化。像王晓湘这样购买跟工作相关的课程，并且认真揣摩的还有王晓姝。王晓姝在北京一家公司做培训工作，她总觉得这种文职工作不属于一线业务部门，资源也有限，有种容易被人替代的危机感。为了能在迅速变化的时代里跟住节奏，也不被公司里的惯性磨灭了技能，她特别在意用心工作和自我提升。王晓姝说，多看书肯定是有好处的，但工作太忙了，没办法确保加班很晚回到家还能有看书的精力，音频的方法就可以在路上和睡觉前听一会儿，很适合她这样白领的生活状态。

王晓姝从 2016 年开始加入樊登读书会，这个项目每周更新一本书，花 50 分钟时间把这本书的结构、重点讲给读者。"它相当于把书读薄了，有些内容其实还转化成了工作上的工具。它不是说给大家'鸡汤'但是不给勺子，而是一碗带勺子的'鸡汤'。"王晓姝的公司属于业绩导向型，经常开会时大家都讲市场环境如何，市场竞争如何，外部形态如何，每个问题都能讲得有依据、有道理，但缺乏实质性的推进。她和周围订阅的同事听了樊登讲《瞬变》就对"正确的废话"很有感触，那本书里一个改善越南儿童营养不良问题的例子，正是在讲如何突破工作中正确的废话，想出改变办法。"我们跟领导交流，领导觉得里面的方法挺好的，就让每个分公司的一把手买这本书读，按照里面的方法找关键点，树立榜样，用科学方法改进工作。"王晓姝说。

樊登读书会选的很多书是翻译引进的，有大量实验支撑的实用型书。王晓姝说，她觉得樊登挺好的一点是很少在音频里加入自己的想法，基本是书中的干货，有人说这是他把书嚼碎了，但对于没有大量时间从头看到尾的白领来说，这样能快餐式地掌握要领。近期对王晓姝很有用的书是《睡眠革命》，它其中一项理论是说睡眠要打破必须睡满八九个小时的执念，而是每1.5小时是一个睡眠周期，只要睡四五个睡眠周期也能很精神。"我们有时候加班到后半夜，第二天特别有起床气。现在我加班到凌晨1点，那就算好睡眠周期定闹表，比如睡4个半小时，第二天也挺好的。我觉得这样的内容对人挺有帮助的。"王晓姝说。像《高效能人士的七个习惯》这种本身就是用来培训的畅销书，王晓姝的同事听完讲述后还把它转化成一个课程，王晓姝也把另一本书中的科学原理应用在撰写公司操作手册上。

这种学习方法甚至让她找到了学生时代的感觉。王晓姝说，大学老师从前就说过，她很有演讲才华，想要有发挥就得多读书积累。工作后看书的心境变了，时间也少了，人总是容易懒散下来。订了一年多的读书会，她边听，有时候还要记笔记，然后为了把书中的内容应用在工作里，刻意地去研究和转化，记住了不少东西。

形式：付费的"百家讲坛"

2017年知识付费最火热的时候，有投资人说，知识付费要想走得远，必须提供价值而不是创造焦虑。价值最直白的理解是王晓湘和王晓姝订阅的那类直接可以用于或者转换到工作中的内容，但市场上现在还有大量看起来并不"刚需"的产品。傅楠是大学文科老师，既不做生意也不创业，对商业经验和技巧的内容毫不感兴趣，她订阅的是跟文化和艺术相关的付费音频，并且还在持续购买之中。

因为职业和大学里的氛围，读书一直是傅楠日常生活里的旋律。她最开始订阅的是"得到"APP上的《每日听书》和喜马拉雅APP上的《大咖读书》，她觉得每年出那么多新书，如果都靠读，读不过来。这种音频对她来讲相当于一种音频的书评，她先把书的整体框架和精髓内容听完，再决定要不要买来精读。

从这个需求进入到知识付费购买的市场，傅楠又订阅了《雪枫音乐会》《严伯钧西方艺术课》《王佩瑜：京剧其实很好玩》《香帅的北大金融学》等课程。在她看来，这种产品的内容和深度就像多年前流行一时的《百家讲坛》。"我觉得这种内容对提高公众在更多领域的兴趣爱好挺好的。可能有人没上过大学，有人上的大学水平不行，或者毕业之后没有学习氛围，那就可能一辈子都没接触过古典音乐、西方美术史了。就像前些年很火的电视节目《百家讲坛》，很多人是通过电视节目喜欢上历史的。只不过现在这种普及类产品形式更多了。"傅楠说。

把知识付费放到媒介形式的序列去理解，就不那么玄妙了。傅楠说，对于不以看书和写东西为职业的人来讲，听是一个很好的媒介，看电视必须要坐在电视机前，看手机眼睛会酸，看书也是受到时间、地点、光线的限制，可这种音频可以在上下班的路上、做家务的时候听，就像广播到现在也没有消失，它在一些场景里依旧有巨大的优势。

傅楠把这种产品的心理预期定位在一种媒体上，无论付费音频的营销如何强调知识对人生的改变，她的心态总是很轻松，既不太在意每年在阅读领域的预算中多出这一类的音频产品，也对课程的收获没有量化要求，一定要达到什么样的水平，一定要学到什么样的程度。"我订了这些课程就能对古典音乐流派和西方美术史特别懂了，这是不可能的。我如果想深入地了解，肯定是要自己看书和学习的。而且我觉得这些课程预设就是把大众领进门，那么它的门槛如果设定在大学公选课甚至比较专业的程度，并不一定合适。"傅楠说。

傅楠用媒体的标准来看待这种付费音频，她的要求是信息量大和种类丰富。古典音乐领域，她同时定了《雪枫音乐会》和《刘岠渭：私家古典音乐会》。"我觉得这两个人都很厉害，而且同样的东西每个人的理解不一样。我既然对这个领域感兴趣，多听一听没有坏处。"听干货书领域，她除了从前订阅的《每日听书》和《大咖听书》，最近又新订阅了《刘苏里名家大课》，这其中有些书是重复的，但是傅楠无所谓，她订阅这种产品，需要的就是获得不同的人的不同理解，所以她对讲书领域的爆款"樊登读书会"没兴趣，她觉得每个人的思维方式和解释系统是固定的，她不想被一种思路局限住。

用看媒体的眼光和诉求去看知识付费更明显的例子是李路野。他最开始是在喜马拉雅上听《卓老板聊科技》，这个在前知识付费时代就存在的内容，是一档播客节目，选题是前沿科技和日常生活科学话题，跟科普专栏或者科学类公众号类似。"你说他给我带来什么吗？也没有带来什么。你说这是好奇心也好，说是偷窥其他行业的心态也好，我就是对这些话题很感兴趣。"李路野说。2016年《卓老板聊科技》搬到了"得到"APP上，简介从播客时期的"更新人们陈旧观点"，变成"得到"上"给用户带来系统的科学思维＋独立思考能力的训练"，受众人群也明确为：所有渴望掌握科学思维方式、锻炼独立思考能力、希望了解未来科技发展趋势的人，所有想要看透社会热点背后脉络的人。

无论营销文字多么"自我提升"，免费听过一年的忠实粉丝李路野还是为了"听个乐"，从喜马拉雅追到了"得到"，花了199元继续听。"他讲城市水处理系统啊，物种灭绝啊，这些选题我很感兴趣，然后每个选题，他能聊四五期，感觉很系统，能把一件事儿说透。我总是在家放，我媳妇说这么多音频里，她也最喜欢听这个。她虽然对这些话题不感兴趣，但卓老板讲得比较直白，比较有趣，不是那种很严肃的、特别深的专业知识。就算是小孩儿也能听得进去。"李路野说。

李路野订的另外一个付费音频《前哨·王煜全》也是资讯类型，它对自己的概括是："你的全球科技创新侦察兵。"王煜全是投资人，他在节目里对区块链、人工智能、虚拟现实、大数据、自动驾驶等热门概念正在发生的变化和未来的趋势进行讲解。"他对美国还有国内相关这些领域的创业公司，每个公司什么模式、什么技术如数家珍。这种前沿资讯，我是很喜欢听的。"李路野说。无论付费还是免费，李路野喜欢的是有信息含量和事实的那一类内容产品，在"知识付费赛道"上，他就付费听，也有一些相似的话题和形式是播客里的，他也非常喜欢。"播客可能就是有个大纲，信息密度没那么集中，知识付费有文字稿，照着文字稿读出来，信息量大，闲扯少一点。"李路野说。

精神动力："小镇青年"之窗

时海明律师对知识付费的理解，有更复杂的含义。他是一个 200 多人微信群的群主，如果不加班，每天早上 5 点钟起床，把一天的工作规划好，早上 7 点钟，准时向群里分享他从"得到"上订阅的专栏。"得到"上一共有 32 个付费专栏，他订阅了其中的 27 个。为了推广下载，"得到"设定每一次推送有 40 个名额的免费试听，时海明把这些无偿分享给素不相识的人们。因为"不图什么"，时海明的群规完全反运营规则：不许除了他以外的任何人向群里分享内容，不许任何人在群里聊天。"如果分享和聊天，群里就乱了，找我分享出来的订阅就不容易。我希望这个微信群像一个图书馆，你如果需要这些知识，就进来查找。"时海明说。

微信群的订阅分享，时海明已经坚持了 370 多天。他对待这件事很严肃，每天记录天数，做海报，还留意这篇文章的 40 个名额都被谁领走了。那些频繁点击阅读的人，被他记在了心里，他享受这种结识很多爱学习的人的感觉，即便互相从来没在网上说过话，即便他根本不知道这些人的真实身份。时海明从前对学习没有这么大的劲头儿，大学毕业之后，想过安逸的生活，他回到县级市老家做了一名律师。"我们这里学习风气和认知水平很有限，有的老律师甚至都不用电脑工作，要学习也就学习专业知识，觉得其他东西没有用。"时海明说。2016 年，时海明得到一个外出学习的机会，接触到很多信息，整个人都变了。时海明说，外面的律师不是我们这样的，跟商业是打通的。那些侃侃而谈，还能演讲的人，首先得肚子里有货，这必须得看书。

时海明现在的生活状态没有看书的时间，音频课却能在开车的时候听。"这虽然是一种琐碎的学习，但它变成了我的一个知识库，我需要的时候就回头检索。如果之前一点信息都没接触，连找资料都不知道去哪里找。"时海明说。他很快就从学习中获得了收益。"我听张潇雨的课很多，有一节讲了阿里巴巴的股权结构和公司运营。刚好我有一个客户要做股权，他是被收购方。我就跟他讲投资人进来有哪些风险,阿里巴巴是怎么做的,客户对我的内容很认可。也不是说这些都是从张潇雨的专栏里获得的,但是他的内容给我提供了线索,让我知道从哪些方向去深入学习。"为了提升整个团队的业务水平,时海明还会在每周例会上用十分钟时间,把自己一周以来学习到的最重要的知识点跟大家分享。

除了给自己的团队分享,时海明最初还把他的订阅分享到本地律师群,可就像他意识到的那样,封闭的圈子有些人并不接受这种内容。"他觉得你天天发给我这些是干吗呢,后来我就建了这个群,把想学习的人拉进来,这些人又陆续把他们周围想学习的人拉进来。"时海明说。这种志同道合让时海明觉得并不孤单,偶尔的反馈还是种鼓励。时海明说,高考那段时间,有一位高三班主任用小窗联系他,让他帮忙把吴军那几天推送的关于大学的文章复制下来,想打印出来送给即将毕业的学生。还有一次是宁波的一个公务员听了一篇推送内容特别有感慨,用小窗找他交流心得。如果他出差或者开庭早上没有时间,还会有人用小窗来问什么时候推送。

实际的生活环境和学习氛围的张力,让学习行为本身就成了一种精神动力。时海明说,他想明白了,学习不是为了别人,而是为了自己,一切都是为了让自己变得更好。在这样一个时间点上,"得到"给了他这些东西,他再把同样的东西给别人。除了线上课程,他这两年还频繁地自费外出学习,来过北京、上海,最远到新疆去交流。"我在学习上的花费应该有十几万了吧,其实我的收入都没有这么多。这些课程并不是传统意义上的那种会有培训证书之类的课。我有一次报12门课花了4.8万元,家里人问我花这么多钱能发什么证书。我说,什么证书都不发,装在我脑子里,我自己能用到就可以了。"时海明说。这个机构之所以打动他,是因为同事的效果。"我同事先报了班,每次上课回来,整个人精神状态跟打鸡血一样,就是那种斗志昂扬、激情澎湃。大约过了两个星期,鸡血没了,又到了上课的时间,回来又像打鸡血一样。我觉得这种课太神奇了,就也去上,然后回来发现我比他更厉害。"时海明说。

那些没办法外出学习的日子,音频课成为从封闭的县级市向外瞭望的窗口。时海明打开频率最高的是《吴军硅谷来信》,这个专栏自称能获得个人向上进阶的核心密码——思维方式的升级。内容涉及国内外优秀科技公司的先进做法及管理经验，媒体尚未报道的金融、科技类资讯，著名学府的教育方法和理念，世界各地的历史、艺术、风土人情。时海明觉得这个专栏的体验很好，因为浮光掠影。他生活在县级市里，跟波澜壮阔的互联网世界没太大关系，只要行业里有人讲一点点就够用了。"我不需要知道巨头们都发生了什么，但刚好我听到了一个故事，刚好我能用得上，就满足了。比如大数据和智能机器人，我知道有这些东西，干吗用的就可以了。我并不需要了解它的原理、它背后太多的内容。"时海明说。

打开率：移动支付的红利

2016年才出现的知识付费产品，用时髦的话来讲是供给侧的改革。知识和学习总归是件好事，消费者对这种新事物很宽容。王晓姝订的一门课程声称，商业知识的严重不对称带来财富的不均等，每个人都得上"商学院"，经营"自己"这个产品，增加在商业社会的成功概率。王晓姝对这个课程的打开率不高。"它当时广告做得挺好的，说每天5分钟讲生活中常见的道理。可能是我商业从事得比较少，感悟不太深，所以觉得对我的帮助不太大。"她从自己身上找原因，而不是像普通购物行为一样去追究如何衡量成功概率，这199元到底给自己的成功增加了多少概率。

时海明也发现虽然他上下班每天在路上要一个半小时，可27个订阅专栏对他来讲还是信息量太大，听不过来，他只能从中选出最喜欢的几个栏目，并且像他学得这么认真的人，碎片时间很难有理想的效果。"我原来每天在路上听，发现根本没办法消化掉。我只能系统学习，做笔记，做课件，这些功课做下来其实花的时间挺多的。"时海明说。因为感兴趣和以选书为目的，傅楠对购买的内容也不是一听而过。刘苏里的名家大课请刘瑜精讲《多元政体》，郑也夫讲《心流》，这些学术内容依靠碎片时间很难记忆深刻，她把讲义都保存下来，仔细地读和复习，有时也会用到里面的内容。

购买决策的做出也不像普通买东西那样深思熟虑。李路野花199元订了李笑来的《通往财富自由之路》一年的内容，这个专栏帮助订户打磨52个概念，影响订户做出选择和决定，决定订户未来的收入增长，改变学习和成长的方式。李路野说，这个专栏其实类似高级"鸡汤"，他不是教你具体的术，而是讲怎么高效、怎么利用好时间这些道理，但我更喜欢听有具体的案例、有事实的内容，所以打开得很少。我买它是因为我是罗永浩的粉丝，他订的东西我要去买一份。

移动支付已经渗透到生活的方方面面，扫码下单在网购领域是比信用卡更便捷的支付手段，也更能制造冲动消费。决策过程有生理基础，大脑中的蜥蜴脑在进化上负责处理眼前的危机，比如战或者逃。在大脑扫描实验里，即时奖励会让这个区域产生大量神经活动，未来的许诺却对这个区域毫无作用，对蜥蜴脑来讲，"未来"根本不存在，而前额皮质负责抽象思维和解决复杂问题。当人们看到"财富自由""成功概率""人生进阶密码"的时候，蜥蜴脑立刻启动一系列强有力的神经活动，促使人们快速下单。前额皮质虽然有阻止冲动的能力，但要评估这些付费是否能像描述的一样带来美好人生，需要足够的信息来评估和判断，也难以用这些理性的观点引起情绪冲动去对抗蜥蜴脑的下单冲动。

李路野是知识付费的购买者，他本身的职业也跟流量相关，接触特别多的自媒体大号。他说，提高转化率公认的好办法其实是让你的冲动劲儿还没过去，就完成下单。"比如前一段很火的方法是说转发朋友圈一个海报，类似于你多久没练口语了？你多久没健身了？你多久没按时起床了？然后是，你想要跟我一起这样做吗？这种方式裂变出去一年能卖2000多万的都有。如果是传统的课程，你总要考察一下老师怎么样再报名吧，线上一冲动就买了。"李路野说。对抗生理规律是件不容易的事情，李路野对这些套路都很熟悉，但他也有掉以轻心的时候。"我订了一个互联网专栏，当时是看见朋友圈里有人说，这个作者写了那么多年免费的专栏文章，我们欠他一张门票。然后我觉得应该看一看，花了199元，买完一次也没看过。很多时候都是一冲动就下单了，也不是真正需要。"李路野说。

看到一段直戳人心的推荐词，看到一个大V的背书，或者觉得这个话题挺有意思，有点好奇，那就下单了，这一套流程如行云流水，几秒钟就能完成。它只要99元，199元，决策成本很低，并不需要做功课，反复比价，可巨大的流量让出品方和渠道获得了不错的收益。它的内容和质量如何呢？首先没有类似于"期末考试""升学率"这样的标准来衡量"自我提升的程度"，有像王晓湘、王晓姝或者时海明这些认真学习的订户，也不乏大量消费之后很少打开收听的人。李路野曾经接触过付费小说项目，就是免费看几章后到了关键情节跳转到一个付费页面充值，"后台数据就是很多第一次充值的新手，付费之后没有再看过的"。很多购买行为是场景里的冲动消费，有时还谈不上拼内容，而是如何撩拨你付费心弦的技巧。

Memo more...

"创造 101"引领了今年的流行风潮，它和此前的选秀节目有何不同？"拼多多"是迎合了消费降级还是昭示了一种全新的商业模式？电竞作为一个新兴的产业，已经成为青年一代的职业选择，而医疗技术日新月异，谷歌甚至声称，人类和永生只差 11 年。

低端制造"拼多多"

王梓辉

"打假"的界限

8月1日,美国6家律师事务所分别发布声明称,因为中国政府调查拼多多平台出售侵权产品使其股价大跌,导致投资者遭受了经济损失。同样在这一天,国家市场监督管理总局出面表示,国家市场监督管理总局网监司高度重视媒体反映的拼多多平台上销售侵权假冒商品等问题,已经要求上海市工商局约谈平台经营者,并要求上海市和其他相关地方工商、市场监管部门,对拼多多平台上销售山寨产品、傍名牌等问题,认真开展调查检查。受这一连串事件影响,拼多多除了上市首日暴涨40%之外,随后股价一路走低。

但拼多多自己似乎觉得有些冤枉。7月31日,拼多多创始人黄峥在出面与媒体交流时表示:"打假我们一直是特别认真的。"更早的4月份,他在接受媒体采访时则自称:"全中国可能没有比我们更努力在打假的平台了。"

一方面是外界眼中的"假货云集",另一方面是自己口中的"认真打假",站在不同的立场上,你对拼多多的认识会截然不同。

42岁的猫哥对拼多多打假的评价是"太严格了"。作为拼多多平台上一名从事服装生意的中小卖家,2017年12月,猫哥收到了拼多多发给他的站内信,信中称他所售卖的一件皮衣存在"涉假情况",除了根据各项规定下架涉假商品、限制店铺账户资金提现之外,还要处罚他涉假商品历史销售额10倍的赔付金。当天,猫哥的店铺包括货款、保证金、提现金额在内共约 38 万元，这意味着他被处罚的金额高达 380 万元。

在 QQ 和微信这样的社交媒体上搜索相关信息，像猫哥这样受到拼多多严厉处罚的商家至少以千计之，他们中的绝大多数并不认同拼多多对商家的严厉处罚。最早可以追溯到 2016 年底，那时就有商家因为不满拼多多的处罚从而与拼多多对簿公堂，但从 2018 年开始，随着被罚商家数量和金额的不断增加，商家维权的行动也愈发激烈。

猫哥在社交媒体上被一些维权商家称为他们的"精神领袖"。最近这 8 个月以来，家在湖南郴州的猫哥大部分时间都待在上海，目的就是组织其他商家一起到上海的拼多多公司总部维权。之前这几个月中，他曾数十次联合其他的维权商家一起聚集到上海市长宁区金虹桥国际中心的楼下抗议——作为上海顶级的商务写字楼，拼多多的总部就设在这里。

最新的一次行动定在了 8 月 13 日早上，因为此前多次的无功而返，猫哥这回已经调整了自己的心态，"就是去多认识些一起维权的商家"。可惜猫哥还是有些失望，本来在几个人数加起来过千的 QQ 和微信群里提前多天就宣传了这次的集体维权行动，但在 8 月 13 日上午 11 点，楼下只来了十几个人。只有这些人，行动很难掀起什么大的水花。在此前 3 月初到 6 月底的若干次维权活动中，维权商家经常多达四五十人，大家会约好穿着印有"拼多多还我血汗钱"的文化衫，还多次试图冲过保安的防线直接冲进电梯上楼，这种暴力行为甚至引来了附近派出所的民警，但结果几乎一无所获，没几个人能通过这种方式要回自己的钱。

于是，8 月 13 日这天的活动更像是一次精神上的宣誓和对新人的启蒙。在这天来的十几个人中，有 4 个年轻人来自浙江桐乡，他们都曾在拼多多平台上开服装店卖衣服，然后从 2017 年下半年开始陆陆续续因为相似的原因受到了拼多多的处罚，不仅店铺被封，而且账户里所有的资金都被冻结，金额从几万到二十几万不等。君辰是其中最有维权经验的一位，他此前也和猫哥一起来过拼多多总部好几次，结果当然一无所获，于是他选择了拿起法律的武器，把拼多多告上法庭打官司。因为正好那几天要在长宁区法院开庭，他早来两天凑凑热闹。

其他三位都是第一次来拼多多总部维权，他们没有经历过猫哥和君辰的绝望，不试试当然心有不甘。他们到写字楼前台要求前往位于29层的拼多多总部，前台小姐毫不意外地拒绝了他们，只是替他们打电话通知了拼多多。一个多小时后，两位年轻的拼多多"接待组"工作人员下楼来和他们三人沟通，旁边同时站着两位穿黑衣带着通话设备的安保人员左右护航。沟通的结果就是记录下他们三人的店铺信息和联系方式，然后就让他们回去等消息了。

"我们早就试过了，没用的，他们过几天就会打电话告诉你，说你的店铺违反了《拼多多平台合作协议》的规定，你回去好好看看这个协议，我们在这一条有说到。"看到其他三人的尝试后，君辰露出了同情的苦笑。

无一例外，所有受到拼多多处罚的商家都被告知是违反了《拼多多平台合作协议》中的某些条例，主要包括销售假货、虚假宣传、虚假发货等。而违反协议的处罚则异常严厉，甚至看上去有些不合情理："要求商家支付通过拼多多销售的'严重问题商品'历史总销售额（以商品ID为准）的10倍作为消费者赔付金额赔付消费者，若商家拒绝支付该赔付金，则甲方有权以商家店铺资金抵扣消费者赔付金赔付消费者。"

一罚就罚去全部身家，老婆也为此和他离了婚，猫哥对拼多多的态度也许能代表很多被罚商家："就是想去拼命。"

因为此前被曝出的山寨电视机和山寨洗衣液等"伪名牌产品"，商家们现在最大的苦恼是得不到外界舆论的支持。在上海卖"创维佳""海信视听"等品牌电视的阿乐当天也到了拼多多总部楼下维权，他觉得自己卖的不是假货。"打个比方，就像我这个创维佳一样，如果买家问你是不是创维，你跟他讲是创维，那你就属于售假了。我跟买家都已经说了，我不是创维的。"

在这一点上，阿乐和拼多多创始人黄峥站在了同一边。在7月31日的媒体沟通会上，黄峥表示，虽然他们打假很认真，但外界把山寨问题和假货问题混在了一起，舆论则进一步把所有的商家问题都变成了假货问题。黄峥本人将这些争议产品分为两类，他认为那种完全冒充其他品牌的产品当然属于欺骗消费者，他将这种行为定义为就是假货；但有一些不够本分的、想占知名品牌的便宜，比如"青风"

纸巾，这些会让外界觉得有问题，但是这些产品跟假奶粉在性质上完全是两回事。"这个问题相对复杂，但是从根本上来讲，我觉得应该引导这些厂商去做好的、高性价比的产品。"

但黄峥的话既不是明文规定，也充满了模糊的色彩，一切还要看《拼多多平台合作协议》上的内容。"商品描述不符"是大多数商家被处罚的理由，成分、尺寸与样式上的差异问题均在此列。君辰的例子就挺有代表性，他的一件棉制衣服被拼多多抽检认为并非纯棉，由此他本人及亲属所开的几个关联店铺均被封停，二十几万资金也全部被冻结。他的另一位同伴被处罚的原因则是一件长度标为 50 厘米的毛衣被查出只有 48 厘米。君辰们一方面对我坚称他们所提供的成分表都是真的，"但拼多多那边就是不一样，他不认同你这个东西"；另一方面，他们也认为这种"吹毛求疵"的检查难以令人信服。

制造拼多多

在拼多多总部门前的吸烟区内坐了大半天，一天的维权活动毫无收获，君辰四人只能打道回府。从上海回桐乡只需要坐 40 分钟的高铁，这里最出名的是被打造成水乡旅游名片的乌镇。但就在乌镇东南方 20 公里外，濮院镇才是这座县级市经济实力最强的乡镇单位。这个拥有 20 万常住人口的小镇是中国最大的羊毛衫集散中心，每年生产的羊毛衫据说近 7 亿件，产销量占全国总量六成以上（也有数据说是四成）。

进入有 19 个交易区、超过 1 万余间商铺的濮院羊毛衫市场，千万不要以为这里卖的都是羊毛衫，事实上，从 T 恤到内衣再到即将到来的秋季大衣，你几乎能在这里找到所有需要的服装。一间间占地十几平方米的商铺紧挨着排在一起，那种"土洋结合"的名字是很多店的最爱，比如"威狼世家"。一排有十几家商铺，一个交易区就由二三十排这样的商铺组成。

不同于十几年前，那时大家的客户都是线下渠道的批发商；从几年前开始，大多数商铺的门口都陆陆续续挂上了"淘宝供货"的字牌。最新的变化则是"拼多多"的名字开始出现在"淘宝""天猫"和"京东"们的后面。

君辰带我走进一家他熟悉的商铺，店主一家正在整理店内的夏日服装，这些短袖衣服即将告别 2018 年的市场，商家们正在为秋冬季做准备。熟络地打完招呼后，我和君辰坐下查看他们正在整理的短袖衣服。"我这里都是 95% 棉的，你放心好了。"店主老张看到我们摩挲的动作后说道，语气非常自信，但衣服本身过于滑腻的手感告诉我们这恐怕不是事实。翻遍整件衣服都没有看到应该出现的成分标签，而且价格也只有 25 元。在另一家主卖衬衫的店中，我们才见到了可能真实的成分表——48% 的聚酯纤维 + 48% 的粘胶纤维 + 4% 的氨纶，大量廉价的再生纤维与合成纤维才是构成这些衣服的主要材料。

事实上，在全国各地的中低端大卖场或批发市场中，这样的衣服随处可见，你很难用"假货"或"山寨货"这样的概念来定义它们，但就是这种质量的衣服，这两年夏天却通过拼多多的渠道售出了数十万甚至上百万件。老张作为当地上游的服装生产商告诉我们，从 2017 年开始，拼多多平台的发货量在他们那里就逐渐涨了上去，几乎要和淘宝并驾齐驱了，"只不过在拼多多上大家的利润要低一些"。

"前段时间，他们挂上'七匹狼'的牌子卖 40 多元，卖得好的一天能卖好几千件。"从七匹狼到花花公子再到鳄鱼，这些常年出现在山寨服装领域的品牌自然是大家最爱用，也最能吸引消费者的，反正厂家生产出来的衣服都是"清白之身"，每个经销商自己拿回去爱挂什么牌子就挂什么牌子。

商家可以自己印吊牌，有些商家为了减少风险也会去购买品牌授权，到时候能弄一个品牌授权书挂在店里，但其实他们自己也知道这些皮包公司不管用。君辰就在上海的一家公司购买了"花花公子贵宾"的品牌授权，一个吊牌几块钱，但他同时告诉我："这个什么'花花公子贵宾'，他们也是一个国内公司抢注的商标，还在和美国那家公司打官司呢。"为了学习样式，他特意从拼多多上花 49 元买了一件带有"花花公子"吊牌的打底衫，价格倒是符合品牌身份的"全国统一价 980 元"，但成分一栏还是空的。

就在老张这样的店中，君辰和他的几个朋友会选中自己觉得不错的款式挂到拼多多上，然后根据用户的下单情况来老张店里取货，自己回去包装发货。一件快递小包的价格是5元，如果量大还能再少几毛钱。通过这条完整的产业链，即使你看到一件衣服在拼多多上只卖二三十元，君辰和猫哥他们在不参加促销活动的情况下仍然能挣至少5元。

老张他们当然不承认自己的货成分造假，不过当我打开拼多多查看那些目前还在售卖的廉价服装时，他们又凑过来帮我做起了专业普及。对于那些没有在商品说明中标明成分的服装，他们称现在的商家已经学聪明了，干脆就不写成分，反正你抽检是什么成分我就说是什么；对于那些标明了成分的商品，他们又不屑地反问我："你觉得他这个29块钱的衣服有可能是百分之百棉的吗？"

我把相似的问题提给阿乐：几百块钱的电视机靠谱吗？自称从1997年开始涉足电器生意的阿乐对笔者坦承，大品牌和小品牌的差别主要体现在两方面：做工和售后。由于在一台电视机的制造过程中，屏幕就占了80%的成本，而国内的小厂商根本没能力生产电视机屏幕，大家用的都是三星和LG的屏幕，所以小厂商只是买来比较廉价的次等或二手屏幕，再配以廉价外壳等材料，自己用相对粗糙的手工方式将它们拼装起来。"这种小厂也是很正规的，装好以后，每台机器还要放在那里播放24小时，测试好以后才装起来上市的。质量粗糙一点，但都能看。"而这些廉价电视机大多来自阿乐的家乡——广州番禺大石街。

外界将拼多多上的商品浓缩为"低价"与"够用"这两个关键词，阿乐觉得挺合适。相似的逻辑也适用于销量更大的日化产品。虽然拒绝透露具体的品类销售数据，但拼多多的工作人员还是向笔者透露，电器产品在拼多多上的销量并不高，"日常吃的和用的才是拼多多上最受欢迎的商品"。

洗衣液就是一个绝好的例子。在这个品类中，有多款"9.9元两斤包邮"的洗衣液销量在百万件以上，而它们中的大部分都来自河北省深泽县耿庄村。这个1万多人的村子被称为"耿庄日化基地"，围绕1公里长的村子主路，四周大都是从事相关制造的大小商家。廉价香精加上远低于标准的表面活性剂，再购入自己心仪的塑料瓶和品牌标签，一瓶2公斤装的洗衣液成本在8元上下。

29元的花花公子授权男装、900元的创维佳电视、9.9元的好太太洗衣液……这些或是"山寨"或是"假货"的产品反而成了拼多多上最受欢迎的商品。根据拼多多上市的招股书披露，其 2017 年全年的 43 亿单总订单量平均金额仅为 32.8 元，作为对比，阿里在 2014 年上市时，淘宝的平均客单价就已经到了 180 元。

拼多多的两难

几乎所有的拼多多商家都有一个共同的身份：前淘宝卖家。互联网评论者梁宁最近在分析拼多多的崛起时，就将 2015 年淘宝的打假行动与京东抛弃拍拍网所导致的商家外溢现象列为拼多多发展的红利之一。

历史是相似的。作为 C2C 电商的始祖，淘宝在过去的十几年间也饱受假货泛滥的指责之苦。2015 年 1 月 23 日，中国国家工商行政管理总局公布了网购商品的抽查结果，其中淘宝网的正品率仅为 37.25%，在手机、玩具、服装、化妆品等方面都存在假货问题。美国 7 家律师事务所也在当时宣布对阿里巴巴及旗下平台的售假事件进行调查。受此事件影响，阿里巴巴集团的股价大跌，市值蒸发了近 110 亿美元。

随即，阿里展开一场大规模的"打假行动"。据阿里透露，在 2015 年 9 月～2016 年 8 月的 12 个月里，阿里巴巴共撤下 3.8 亿个商品页面、关闭 18 万间违规店铺和 675 家运营机构。也就是从这一年开始，猫哥这些中小商家明显感觉到，淘宝一方面在管理上越来越严，比如不允许刷单，对售卖的品牌也要求有直接的授权书；另一方面，对中小商家的流量倾斜也越来越少，更支持天猫平台大型店铺的发展。"2014 年是最好的一年，之后就一直走下坡路了。"猫哥说道。而就在 2015 年 9 月，拼多多上线了。

在随后的 2016 及 2017 年，拼多多通过"零元入驻""无门槛入驻"等优惠政策不断吸引中小商家进驻，每年的用户量和收入都保持了 200% 以上的增长率。2017 年 9 月，拼多多专门到君辰的家乡濮院镇开了一个招商会。因为大规模发传单宣传，小镇当天去了几百人，大部分都是淘宝卖家，君辰他们看到"零元入驻"和"流量倾斜"等有别于淘宝的字眼后，纷纷抱着试一试的心态加入了拼多多。

从广东番禺，到浙江桐乡，再到河北深泽，有越来越多在全国范围内处于低端供应链条上的商家在拼多多上找到了自己广阔的生存空间。国泰君安证券的分析表明，拼多多的用户有65%来自三线、四线以下的城市，年龄以30～50岁的中年人为主，这些人群被定义为"淘宝满足不了的群体"。阿乐就说他们这种商家现在靠淘宝根本活不下去，因为没有流量。他自己开在淘宝上的店铺就很难搜到，商品的浏览次数非常低。

拼多多一方面依靠这些游走在灰色地带的商家崛起，另一方面却又因为这些灰色因素饱受质疑和制约。从某个角度来说，这就是拼多多所面临的两难处境：既要表现出自己的打假决心，打假力度太大又会侵蚀自己的平台根基。

如果深究产品质量，猫哥和君辰这些维权商家很难有辩白空间，但他们质疑的是拼多多的处罚决定："人家淘宝就是商品下架，关闭店铺，没见过哪个平台会直接把商家的钱全部拿走的。"同时，他们也认为拼多多上仍然在售卖的那些同类商品和他们的没有任何区别。"你看卖这么便宜，那都是假的。"阿乐就指着一款售价千元左右的TCL电视对我说道。

拼多多对此有自己的解释。黄峥就将治理假货比喻为"大禹治水"："你不能只靠堵，也要靠疏导，因为这么多的工厂在那里，要给它一个好的环境，要把它往好的地方去引。"他同时认为治理也要分优先级，针对那些有可能爆炸、有可能对人身有重大安全隐患的问题，应该先治理。

但这些说辞都无法解决他们和商家之间的矛盾。为此，除了在拼多多总部门口维权之外，被罚商家们也纷纷打起了官司，仅猫哥知道的起诉拼多多的案件就已经有760多起。一位赵姓律师还由此成为圈内的红人，从2016年8月开始，他就不断接手有关拼多多的案子，其自称"没有100个也差不多了"。刚开始的一年，他还经常能通过庭外和解帮商家们要回一些钱，从2017年年底开始，拼多多方面的态度越来越强硬，他的败诉经历也越来越多，在商家维权群里被冠以"赵不赢"的绰号。因为不信任这位赵律师，猫哥选择了来北京找律师打集体诉讼，他要集合更多的商家一起维权。

就在8月13日我和他们离开拼多多总部之前，一位眼尖的商家正好看到黄峥从大楼里出来，上了一辆停在门口的奔驰车疾驰而去，这是他们第一次亲眼见到黄峥本人。盯着奔驰车消失在视野中，商家们沉默了几秒，眼神中五味杂陈。

但黄峥肯定没看到他们,连阿里巴巴这样的庞然大物从某种程度上也不会一直停留在他眼中。在之前接受媒体专访时,黄峥曾这样说:"我们并不想做第二个阿里,拼多多的存在本身就是一种模式,而我们正处在这种模式开创的早期。你可以说我 low,说我初级,但你无法忽视我。"

实习生邱仲瑛对本文亦有贡献

在艾滋与恐惧的边缘

黄子懿

"不见血的折磨"

无论白天还是夜里，32岁的欧阳都躲在家里。他不爱动弹，两周没下楼了，最喜欢的姿势是在沙发上缩成一团，漫无目的地摁着遥控器，看电视上闪动的画面发呆。每隔一会儿，他就拿出手机，熟练地输入固定的词组和网址，翻看"恐艾吧"等老友般的网站。

这是他过去半年的常态。起初，家人还劝他多出门走动，他不为所动，只是一味地琢磨着心事，想要寻找一个终极答案："我到底得没得病？"他越是害怕，越是暗中认定自己患上了目前仍无法治愈的艾滋病。

来自权威医院与疾控中心的多次检测结果都告诉欧阳，他的HIV检测结果呈阴性，未感染，但他仍不相信。这种对HIV感染可能性的怀疑和恐惧，在长达一年多的时间里反复出现在他的脑海与睡梦里。

怀疑与恐惧，始于2017年9月的一个夜晚。因应酬需求，从事销售工作的欧阳常出入足浴、桑拿等性交易场所。一次在上海酒醉后，他与性工作者进行了一次无保护性行为。一个月后，他开始咳嗽、低烧。医生诊断为病毒性感冒，他断断续续打了一星期针后好转，体温降至正常水平。这时，此前很少感冒的他想起了之前的酒后乱性。他不放心，打开百度简单搜索后，开始了他的无尽恐惧之旅。

百度告诉他，艾滋病有窗口期，一般在2周至3月不等，这期间艾滋病毒较难被检测出来，而窗口期以及其后的艾滋病潜伏期常伴有一定症状：低烧、腹泻、淋巴结肿大等。欧阳看到这里，不禁吓出一身冷汗。

他立马去医院，一口气挂了呼吸科、风湿免疫科、肾脏内科、皮肤科做各项检测，各科检测正常，包括皮肤科的 HIV 检测。但他还是放不下心，又购买了 5000 多元的全身豪华体检套餐，结果显示各项指标均为正常。

但回家之后，他夜里开始持续低烧，并伴有腹泻，体重掉了 5 斤多。这让他陷入了更大的恐惧中——他的病症，与搜索出的艾滋窗口期症状都能对号入座。此后，他每隔半小时就要称一下体重，量一次体温，看是否正常，"不然心瘆得慌"。

他无心工作，向单位请了长假，将自己关在房间。担心自己"中奖"感染，他就从网络了解、获取一切有关艾滋病的知识，从贴吧、论坛，到相关 QQ 群，对志愿者和群友们讲述自己的高危行为与症状，乞求他们解答，答案都是否定，"不会感染"。

欧阳还是不信。他进而押宝专业机构，先后去了上海中山医院、新华医院等知名医院检测，结果都呈阴性。他又开始不相信医院，去疾控中心做免费检测。疾控中心医生仔细询问后，拒绝了检测。"你这情况根本不会感染，没有必要浪费资源。"任他苦苦哀求，医生也不为所动。

想到医生说没问题，欧阳心有所宽，但回家后仍忍不住不停量体温、测体重，稍微有波动就辗转难眠。渐渐地，他把自己当成了病人，不愿出门、不敢见人，认为外面环境不干净。他更不敢告诉家人自己有感染的可能，每天在家瘫躺度日，"这是一种不见血的折磨"。

"这是典型的'恐艾症'。"成都市恐艾干预中心（下称"恐艾干预中心"）心理咨询师张珂说。恐艾症，即艾滋病恐惧症，是一种对艾滋病强烈恐惧，并伴有焦虑、抑郁、强迫等多种心理症状和行为异常的心理障碍。一般来讲，"恐艾症"患者有两种：怀疑自己感染 HIV 病毒，或非常害怕感染并有洁癖等强迫症表现。

"'恐艾症'患者跟艾滋病感染者很不一样，后者很多人感染前对艾滋病一无所知，而'恐艾'是对艾滋病非常了解。"北京一家艾滋病检测公益机构负责人这样告诉我，每天他们机构的咨询电话都会被恐艾群体打爆，时而有人天天过来检测，以至于他们后来会将其记录在案，拒绝为该群体做检测，强制性地让隔月来一次。

这是一个数量非常庞大且在逐年增长的群体。根据张珂估计，目前全国有80万~100万的"恐艾"患者，部分属有重度抑郁、精神分裂等倾向的重度患者。如果算上有恐艾倾向的群体，该数字可能更大，达到千万量级。百度贴吧专门开设有"恐艾吧"——中国最大的"恐艾"社区。截至发稿前，关注人数有8.2万人，发帖量近1150万条，每分钟都有若干更新，发帖者和回复者们，多以"恐友"互称。

据张珂估计，在其机构所在地成都，"恐艾症"患者数量在5万左右，相关医疗机构经常会接触到这类反复前来咨询和接触的群体，成了棘手问题之一。"现在疾控中心一遇到这类患者，直接都往我们这儿送。"

成都市恐艾干预中心，是国内最早也是唯一的专业从事艾滋病恐惧症临床"恐艾"干预与预防治疗的机构，成立于2009年。10年来已累计为上千名"恐友"进行"脱恐"干预，其中包括曾经的欧阳。

但"恐艾"患者庞大的数量和对病症的怀疑，一度让其觉得难以招架。成立以来，恐艾中心搬过三次家。最早办公地点临近医院，但拜访者看到医院就心慌、不吉利。随着患者越来越多，对恐艾干预中心正常工作形成干扰，中心一分为三，在三个地点办公，其中有两个属于保密，防止"恐友"们突然造访。

7月中旬的一个下午，我经过几番与助理沟通拿到地址与电话后，走进了恐艾干预中心位于成都市区的某间办公室，想要探索一下"恐艾症"及其干预的知识与故事。这是一个位于成都某主干道一旁小路内的小区，低调隐秘，甚至有些简陋，一如那个日均访问量达到8200余人次的官方网站。

名为办公室，实则是一处租来的民宅，房间门口没有贴任何文字或图案标识。负责人张珂说，这是为了防"恐友"打扰。此前，时而有人"潜伏"在小区内观察张珂出入，一见到张珂来就上前咨询病症。"随时都有，"张珂后来专门给小区保安打了招呼，"经验都是一点一点累积出来的"。

张珂现年35岁，看起来比实际年龄大些。张珂头发稀疏，略有秃顶，看着一脸疲态。他说，这几天以来一直是凌晨2~3点才睡觉，很累，打算休几天假进行调养。

"负能量太多。"张珂说,"我以前也朝气蓬勃的,自从干了这行就不行了。"他招呼我喝一瓶农夫山泉矿泉水,然后说,有的"恐友"前来,连水都不敢喝,怕水里有毒,怕农夫山泉加害于己。不见血的折磨,"更多是一种心理问题"。

"恐艾"的滋生

2002年,在四川省乐山市疾控中心开展艾滋病防治工作两年后,当年27岁的医生陈晓宇第一次遇到了"恐艾症"患者。

那年12月1日"世界艾滋病日"后不久,一位中年女性走进了他的办公室。该女士说,她老公经常出差、应酬多,她想检查一下自己有无艾滋病。"我电视剧看多了,吓到了。"陈晓宇随后为其做了免费检测,结果呈阴性。

第二天,女士又来了,对昨日检测结果表示担心,想再测一次,陈晓宇没有同意。此后一个多月,女士每天都早早等在他的办公室门口。其间,陈晓宇有过不耐烦,劝回多次,但女士一直强调不打扰他工作,"我就想看看你,跟你说说话,看看我有没有病"。

"那时我没学心理学,不知道这叫'恐艾'。"陈晓宇说。直至2008年汶川地震,大批志愿者涌入灾区,陈晓宇在那里遇到了有心理学背景的张珂。那时,恰逢来疾控中心反复检测、咨询艾滋病的人愈发多了,陈晓宇力不从心,便向张珂请教。后者分析说:"这是典型的强迫心理。"

2009年,两人一拍即合,决定以做公益的态度,专门成立一个心理机构,做恐艾干预。然而在四川这个人口大省,恐艾群体十分庞大。最初名气做起来后,不仅门口常有"恐友"守候,中心咨询电话每天还会被打爆,"有的人一天能打几十次"。

在恐艾症患者群体中,有一种行为叫"刷卡",即向不同的相关机构咨询自己的病症,以图安慰。欧阳就是这样,前前后后,他一共检测了五次,结果都呈阴性。而张珂见过更极端的案例,有将每个省市疾控中心的电话都打过的患者。

"'恐艾症'和恐艾不一样。"张珂说,恐艾情绪社会上大多数人都有,但"恐艾症"已经上升至一种心理病症。患者和艾滋病人一样,也需进行关注甚至干预。

在北京师范大学心理学院教授王建平看来,"恐艾症"是一种混合性神经症,其疾病具有一定的人格基础,起病常受高危行为历史以及生活压力事件的影响,因内心痛苦而反复求医。张珂则将"恐艾症"的形成归结为三大因素:患者有特定行为(或自认为的高危行为)、防艾知识匮乏、心理不稳定等。该疾病有其内在规律,但极易受到外界影响。

28岁的王勇是向陈晓宇做过专业咨询的患者。他毕业多年,但大学期间一次高危性行为让他一直"谈艾色变",2017年症状集中爆发。工作不能专注,伴有心悸、惊慌、失眠。"每秒钟都在尝试说服自己没病,但没有用。用一个角度说服自己,还会从无限多角度来推翻。"王勇说。直到陈晓宇开始给他做干预,他坦承,"艾滋病是我童年的一个阴影"。

2002年,电视剧《失乐园》在全国热播。剧中由濮存昕饰演的主人公因一次车祸救人感染艾滋病,妻子转移财产后远走高飞,留下他一人和病魔斗争,选择雇凶杀己、了此残生。王勇小时看了这部剧,觉得"艾滋病实在太可怕了"。

而在张珂看来,最大的外力因素并非宣传,而在于"恐友"们在毫无艾滋病知识储备的情况下在网络上胡乱搜索,根据未甄别信息对号入座。欧阳从恐艾到"恐艾症",就忍不住搜索、加群寻求认同和安慰,而在王勇最焦虑痛苦的时候,他"差不多每隔半小时就会去恐艾吧看看帖子"。

小黑做志愿者已有两年,主要在"恐艾吧"和恐艾干预中心QQ群服务。每天下班后,他会把晚上9~12点的帖子抽出来,用语音和文字解答恐友的问题,每次语音最少都有7~8人,最多有40~50人。小黑自己也曾恐艾,能理解他们。"他们不知道跟谁说,只能对我们说。"小黑说,"恐友"们很敏感,有时会道德绑架,所以他每次单独通话时间都不会很长,"不然他们会产生依赖"。

"脱恐"后,王勇会想起这段经历,觉得网络社区虽有一定的专业咨询基础,但氛围太过消极压抑。曾经他看过一个帖子,恐友在上面夸大自己的特定性行为,被专业志愿者指出反驳后道歉,承认杜撰,想看看志愿者是否能看出来。"如果把一个毫无艾滋病知识的人扔进去,他可能会崩溃的。"

有的恐惧并非源自性行为。2018年,张珂遇到一位20岁患者。这位年轻患者吃完甜皮鸭后便血，吓得赶紧去网上搜索，觉得可能是直肠癌，但经检查只是严重痔疮，需立即手术。一周后，他本已感觉良好，但就在此时手机推送了一条有关一个小男孩莫名其妙得了艾滋病的新闻。他按捺不住，搜了艾滋病症状，打开了恐惧之门——每天对着镜子摸淋巴结、检查身上的皮疹，连期末考试都没有去，直接挂科。女友与他分了手，觉得他是"每天抱着手机的神经病"。

"智能手机时代，麻烦就在于只要你一搜索艾滋病，之后一个星期甚至一个月推送的关键词很多都是关于艾滋病的。"张珂说，对于恐艾患者心理评估标准，有两个很重要的指标就是刺激源和持续时间，而手机网络就是一个巨大刺激源，有时呈连续性。

此外，防艾宣传讲座也会加大恐艾情绪。"比如每年世界艾滋病日后，前来咨询的就会特别多。"陈晓宇说，他首个遇见的前述"恐友"，就在那之后出现在他办公室门口。而据恐艾干预中心统计，进行过重点防艾宣传的高校，前来咨询的学生恐友也会更多。"宣传多了，感染率下去了，恐友就多了，不过这也很难平衡。"张珂说。

据中国疾控中心数据，近年来我国新增艾滋感染者中感染途径约95%为性传播，其中27%～28%为同性性传播，近70%为异性传播。这与恐艾干预接到的咨询数据差不多：约有25%咨询者为同性性行为，超70%为异性性行为。其中男性占九成，大学生占比超过一半。

恐惧也会衍生：慢慢地，有些患者恐禽类、恐棉签、恐针头、恐饮用水，甚至还有的恐医院门把手……在张珂看来，这是进入到"恐艾症"最严重的阶段。而这样的患者并不在少数。

"脱恐"

用欧阳自己的话来说，他的"恐艾症"已进入了另外一个阶段。他有自知之明，但就是无法控制自己。

某天早上，他起床后发现鼻腔出血。"这是艾滋病还是鼻腔癌？"禁不住乱想，他去了医院做了这两项检测。这次HIV检测，他看着医院抽血的针，担心起针头是否重复使用。之后渐渐地，他开始恐地铁人群、恐厕所卫生、恐苍蝇与蚊子。"很痛苦，像进入一个死胡同，怎么走都走不出来。"

在恐艾干预中心，有一种"深井"理论，即好像掉入一个深井，越是拼命往上爬越是往下掉。恐艾后，王勇在有性行为时都会想起HIV病毒，甚至怀疑女友是否会携带。"会怀疑身边的所有人和事物。"王勇说。

按照张珂的理论，这是属于"恐惧转移型"的患者。"恐艾症"主要分为四个类型和阶段，分别是：应激反应型、恐惧惯性型、恐惧转移型、心理调整型。随着时间推移，若不及时调整干预，患者症状会依次加深。

例如，应激反应型是特定行为后几天，就在网络上搜索相关信息，有一定艾滋病相关知识作参考，导致极度害怕、情绪濒临崩溃；恐惧惯性型就是窗口期后检测呈阴性后，还出现类似症状，并坚持认为存患病风险，强迫自己反复检测；恐惧转移型，则指恐惧已转移、泛化至恐日常行为和事物：眼睛黏膜、共同进食、公用马桶乃至其他疾病。欧阳说，他如今看到电视上说癌症，也会去搜索一下自己是否有相关症状。

"越早接受干预越好。"张珂说，若及时治疗，"脱恐"成功率能达到80%～90%。他接触过第四类"心理调整型"的患者，因长期恐惧导致心理健康水平断崖式下滑，社会功能几近丧失。2018年，就有一个从外省被家人抬到中心来的男人，称自己走不动路，到办公室后瘫坐在地上，哭诉自身遭遇。

几番挣扎后，欧阳和王勇都找到了恐艾干预中心。2009年成立以来，恐艾干预中心一度均为免费咨询，但前来的恐友太多，中心有时无法正常工作，后来推出了一些收费项目。"最主要是得不到理解，免费咨询四次，只要有一次没有做好，就要骂你。"陈晓宇说。

"心理学讲究信任和关系，收费和预约制相当于进行一个筛选。"张珂说。中心2012年底开始收费，最初80元每小时，到现在300～600元每小时不等。由于精力有限，两人每年能做当面咨询的只有几十人，电话咨询更多，但每天也很少超过3人。"超过了，我们自己的情绪就会受影响了。"陈晓宇说。

收费让不少"恐友"感到不理解。陈晓宇常在微博无偿做解答咨询。一次，他遇上一个外省高官的女儿,每次回答,他都能感受到对方情绪高涨,经常给他发问候。但心理学伦理告诉他,不能让患者对自己产生依赖,于是他有时选择不回。后来,陈晓宇已能感到对方情绪波动明显,建议她预约一个收费咨询。

"我们关系都这么好了,你竟然还要收费?"女子说,再也不想理陈晓宇了。她跑遍了全国各大知名医院进行HIV检测,甚至花高价请专家吃饭,结果都是阴性。这并未结束她的恐惧,慢慢地,她成了最严重的"心理调整型"患者,整天足不出户。当她很长时间后再联系上陈晓宇时,陈晓宇看着她发来的照片,已"胖若两人"了。

张珂认为,想要"脱恐",需要艾滋病知识储备、情绪调整、行为习惯改善等三个要素。其中艾滋病知识储备占20%,情绪调整占50%,行为习惯改善占30%。一般咨询时,首先会评估患者的特定行为是否有风险,然后将主要精力放在情绪和行为习惯的评估和干预上。"脱恐不能只靠艾滋病知识,更根本的是内心的问题要解决。"

欧阳找到了张珂,一个多月前后预约了5次。那段时间里,他在张珂建议下逼自己丢掉体温计,但偶尔还会称体重——大街上药店遍地,门口摆着体重秤,他很难控制。好在他体重未降反增,每次称完心里特别舒坦,"好像拿到检测报告一样"。

一个多月后,因觉得已有效果,且每次咨询费用不低,欧阳结束了咨询,打算自己走出来。他强迫自己不去关注症状,不去称体重或摸淋巴结,但强迫行为和思维,依然时而闪现。终于,在一次称体重发现体重下降后,情绪再次爆发。他又开始量体温,还摸淋巴结。这是"复恐",重回当初的状态。

他搜索了艾滋病人生活状态。让他稍感平复的是,如果按时积极用药,艾滋病人寿命能与常人无异,甚至可消除传染性。除偶尔被歧视,影响不是很大。

但让他痛苦的,并非艾滋病本身,而是对一种未发生的概率极低事件的恐惧。医生们眼里,"恐艾症"患者多疑而易激惹,常有怀疑心,有一定的神经质和强迫症特征。王勇平时有一定强迫症,工作中喜欢多次检查数据,定早起闹钟需反复确认。前前后后,他一共做了3次检测。最后一次做检测时,疾控中心的医生对他说:"你们这种人,就算不恐艾滋病,也会恐其他病。"

他意识到这是自身问题，在"脱恐"最后两次咨询时，跟陈晓宇的交流几乎都是围绕着自身性格以及对周遭世界的看法等。"换作是我，宁可得艾滋病，也不愿意'恐艾'。"陈晓宇说，"恐友们"面临的精神压力，很多时候比艾滋病人还大。恐艾，则与中国对于艾滋病的社会文化心理有关。

"早期艾滋病还没有抗病毒药物治疗，是绝症，是容易传染的瘟疫，加之社会歧视和道德批判加大人们的恐惧，所以这么多年的潜移默化才让很多人'谈艾色变'。"陈晓宇说。

边缘地带

张珂说，自己太累，过两天要去休假。他每天一般工作到凌晨1~2点才睡，一来是因为忙碌，二来是做恐艾干预后脑海里装的事太多，不乏恐友描述的超出常人认知的行为，需要慢慢消化。

一次，一个男孩前来咨询，竟然拄了一根拐棍，行动迟缓。张珂以为是他的脚或膝盖受伤，但男孩却哭着说他昨晚喝醉后人事不省，不知被多少同性强行发生关系。"老师我怕感染HIV，请你救救我吧！"男孩说。张珂瞬间非常心疼。

休假期间，他打算暂时放下一切工作，除了网站定期的在线答疑。2011年网站开通以来，免费答疑咨询已有4800多页、合计2万余个问题。其中包括"共用牙膏传染病毒吗？""唾沫星子飘到眼睛里会传染艾滋病吗？"这类标题。截至发稿前，这些问题还躺在答疑首页，待他回答。

所有回答都是他亲自撰写，主要是分析病情与感染风险。他说，一般回答时他会尽量多说两句，让"恐友们"觉得受到重视，心理会有所宽慰。休假不间断答疑，也是出于这个考虑。

通过各种方式，张珂每年平均会为6000~8000人次做咨询，这个数字相比于前些年的5000人次提高不少。整个恐艾干预中心有4~5个QQ群，每群2000人容量全部满员，每日流动上百人，有上千条咨询待他们回答。这部分张珂和陈晓宇已无法兼顾，只有对外招聘志愿者。

让张珂最无力的，还是一些咨询者们前来咨询一段时间后并未远离刺激源，恐惧仍无好转，比如欧阳这样的"复恐"者，抑或是一些严重神经症患者。"这是我最大的负能量来源。"张珂说。

一个安徽的患者让他很惋惜。该患者是个老板，家底丰厚，跟了他好几个月，有很严重的强迫症。张珂分析了他性行为的风险并做了心理评估，一度认为通过干预能有效"脱恐"。一次咨询时，他对该患者说："你不要多想，就像平时开车一样，慢慢地、平稳地开就对了。"

过了一段时间，该患者反馈，自己受到这句话干扰，已不敢开车了。他天天打电话、发QQ骂张珂和干预中心："张老师把我害惨了呀！你要负责！"张珂很无奈，又怕直言会有刺激，只好对他道歉。患者继续不依不饶，张珂只好找到他家人，点明他有严重强迫症，需去医院用药治疗。"真的很想他好起来，但他一直好不起来，我只能帮到这一程了。"张珂说，"这就难受啊，这种痛苦有时会让你失眠。"

张珂是中科院临床心理学博士。为找到一个情绪出口，他有自己的心理医生，每月定期去做辅导。收费的恐艾咨询只占中心患者的1/3，价格不高。年过而立，有了养家压力，他于是在一家婚姻咨询机构入股10%，这是他在上海靠做3000元/小时的婚姻咨询致富的同学的建议。同学说他心软、有同理心，更适合做婚姻咨询。几年前，他也想过放弃，但后来觉得中心已初具规模，放不下了。

陈晓宇2000年开始做防艾工作。大学他学习中医，来到疾控中心后被分配做单位没人愿碰的艾滋病。最初几年人手不够，他承担了所有项目，和吸毒者、性工作者频繁打交道。夜晚，当同事都下班后，他得去性交易场所等嫖客们发泄完出来，让他们填表、抽血检测，为此没少挨打。第一任妻子因此与他离婚后，他提出过两次辞职，但都被领导以无人接替为由给按了下来。

真正让他对工作看法产生改变的，是2003年在网络上认识了一个清华毕业的老乡。老乡是男同性恋，与他交流甚好。陈晓宇觉得对方是家乡骄傲，便开玩笑地邀请老乡回家后做一次免费检测，结果呈阳性。"别说他，我自己都无法接受。"陈晓宇说，老乡是在外地做项目时出入浴池感染。不知道自己还能活多久，老乡坚持要把消息告诉家人。陈晓宇至今还记得那一天在他办公室，对方母亲哭得天昏地暗，跪在他面前说："陈医生，请你一定救救我儿子！"自那之后他意识到，每个艾滋病人都不是个体，背后是一个个家庭。

"恐艾症"患者亦是如此。2005年一个夜晚，午夜一两点，陈晓宇接到一个陌生电话，对方是西南交通大学峨眉校区一位大二学生，参加高年级学长毕业聚会后被带入娱乐场所发生高危性行为。恰逢学校宣传艾滋病，他越想越恐艾，最后站在了教学楼的天台，准备了结自己年轻的生命。

陈晓宇在睡梦中接到电话，瞬间惊醒，一边通话一边打车去学校。学生在电话里一直哭，他好不容易将其劝下楼。两人在峨眉山脚漫步夜谈，学生出自农村家庭，事后查出淋病，去小诊所看过后被高昂医疗费吓到，两天通宵未眠。陈晓宇利用专业知识分析，淋病治疗费用不贵，他也没有感染艾滋的风险。之后，陈晓宇定期给他打电话、骑车去探望。"那个时候恐艾的还不多，所以医生会主动点。"陈晓宇说，这位恐友后来顺利毕业，如今已升至副总，两人一直保持着联系。

对医生们来讲，病友成功"脱恐"康复、回归正常生活，是他们最大的成就感来源。有"脱恐"者从外省特意来到乐山，只为给陈晓宇一个拥抱；也有知名文娱明星登上张珂的门来，对他说这个消息可卖100万元。但张珂遇到印象最深的，是一位女性患者，因与自认"不干净"的人共饮了一杯水，恐艾到想要自杀。直到与张珂通电话的最后，她才对张珂承认，自己放了麻绳在身边，随时准备上吊自尽。张珂一听，吓得汗都流了下来。

"这种成就感还是有的，远远大于100万元收入。"张珂说。虽然多数时刻，他们是身心俱疲的。"恐友"中最严重者，不乏抑郁自杀或是精神分裂而在社会上闯出祸端者。"虽然你知道可能跟你关系不大，但也会觉得难受和惋惜。"张珂说。

倍感力不从心的，还有愈发像一个专业领域的恐艾干预。这个领域是艾滋病与临床心理学的交汇，需要两门专业知识的融会贯通。为此，心理咨询师张珂自费在国内外参加了很多艾滋病培训，而防艾专家陈晓宇则花了一两年苦读考试，拿到了国家三级心理咨询师资质。

在两位医生看来，专业医护人员心理学知识欠缺，又因门诊或检测人数众多，无法对恐友及时进行心理干预；而专业心理医生，则缺乏艾滋病知识，不能提供有效咨询和评估。陈晓宇曾向疾控中心领导建言，将恐艾群体纳入管理，但领导回复说,管理艾滋病人已经够难了,"那些神经病你管他们做什么?"。

作为恐艾干预机构,他们前去参加心理学和艾滋病会议,都会感到来自两方的困惑甚至抗拒。"能从肢体语言看得出来。"用张珂的话来说,"恐艾"这个领域,类似于地理上省际交接的边缘地带,目前仍是政策的真空。

2017年11月,恐艾干预中心申报的全国首个恐艾干预和研究项目获批。该项目要求针对300位"恐友"进行至少3次一对一干预,发放100份问卷并促使100位"恐友"提升,同时培养15位志愿者。项目经费3万余元,其中专家咨询费2万元。而目前,整个中心仅有4位专业咨询师、2名行政助理,其中一些还属兼职。中心一年营收为20余万元,开支大于收入。但张珂觉得,项目能获批已是一个很大的进步。

他和陈晓宇打算,下一步计划培训更多的恐艾心理咨询师,虽然目前看来有难度:候选人不多、专业难度大。他们还打算在峨眉山筹办一个小型疗养所,供严重的"恐友"干预调养,恢复社会功能,"进去后,第一件事就是没收手机"。

这个计划的灵感来自陈晓宇。2018年,他头发掉得厉害,请假去了峨眉山上休养。在一座没有缆车直达、远离景点的寺庙里,他每天日出而作、日落而息,听着暮鼓晨钟,时而打坐参禅,时而与一位"80后"住持方丈对话探讨。"感觉舒服多了。"陈晓宇说,"我们每个人可能都会有心理问题,只是有些还没遇到而已。"

文中欧阳、王勇、小黑为化名

中国人需要什么样的抗癌药

曹玲

电影《我不是药神》上映后引发了舆论热议。7月18日,李克强总理批示,要求有关部门加快落实抗癌药降价保供等相关措施。"癌症等重病患者关于进口'救命药'买不起、拖不起、买不到等诉求,突出反映了推进解决药品降价保供问题的紧迫性。""现在谁家里一旦有个癌症病人,全家都会倾其所有,甚至整个家族都需施以援手。癌症已经成为威胁人民群众生命健康的'头号杀手'。"总理说,"要尽最大力量,救治患者并减轻患者家庭负担。"电影在引起公众关注的层面上功不可没,但国家对抗癌药的关注并非由电影而发。

"随着人口老龄化,全球进入了一个慢性病社会。随着治疗水平的提高,癌症病人的长期生存率越来越高,这导致病人越来越多;病人生活的时间越来越长,对肿瘤的投入就越来越大了。这几年,国家慢慢把癌症看作慢性疾病管理起来,所以政府出台了一系列关于抗癌药的新政策。"广东省人民医院副院长、肺癌专家吴一龙说。

2017年,国家医保药品目录准入谈判,纳入了15个疗效确切但价格较为昂贵的癌症治疗药品,如赫赛汀、美罗华、万珂等,通过谈判降价及医保报销的双重效应减轻个人负担。从2018年5月起,包括抗癌药在内的所有普通药品、具有抗癌作用的生物碱类药品及有实际进口的中成药进口关税降至零,使我国实际进口的全部抗癌药实现了零关税。在2018年9月底,新一轮抗癌药医保准入谈判工作完成,专家提出的拟谈判药品均为治疗血液肿瘤和实体肿瘤所必需的临床价值高、创新性高、病人获益高的药品，覆盖了非小细胞肺癌、结直肠癌、肾细胞癌、黑色素瘤、慢性粒细胞白血病、淋巴癌、多发性骨髓瘤等多个癌种。

这些都是患者的福音。国家希望解决抗癌新药在中国面临的尴尬场面：上市晚，价格高，印度仿制药和国产原料药层出不穷。

中国人究竟需要什么样的抗癌药？答案看似非常简单：安全、有效、便宜、多样。吴一龙说："这个简单的答案，其实非常难。"

幸运的试药者

李楠家是东北小城市的一个医学之家。父亲退休前是当地呼吸内科医生，母亲在卫校当老师，她在血站工作。2013年8月，母亲咳出的痰里带一些血丝，父亲很警觉，让她赶紧带去医院检查。检查结果不太妙，左肺有很大阴影，父亲看了片子，立刻觉得"完了，活不了半年"。

父亲的第一反应就是切掉肿瘤。他联系了当地的医生，医生给出的治疗方案也是先手术，再化疗。李楠有点信不过当地的医生，决心要治就找最好的医院、最好的医生。于是一家人来到北京，找到了石远凯。石远凯是中国医学科学院肿瘤医院副院长、肿瘤内科主任，也是抗肿瘤新药临床研究专家。

会诊后，外科医生觉得患者已是局部晚期，肺部肿瘤很大，离血管太近，且年龄已经72岁，手术风险很大，不建议手术治疗。这种情况下，标准的治疗方案是放疗加化疗，但是李楠的母亲不肯化疗。她觉得，治病第一是延缓痛苦，第二是保证生活质量，第三才是延长生命。

当时她也不适合做穿刺活检，只做了支气管镜检查，细胞学涂片发现腺癌细胞，由于肿瘤组织太少，不能做基因检测。一般来说只有通过穿刺获取一部分肿瘤组织进行检测，才能判断肺癌的类型以及是否有基因突变，然后选择合适的靶向药物。石远凯向病人家属交代病情后，家人决定先口服靶向药物凯美纳看看是否有效。李楠的母亲在服药期间并没有特别不舒服，每天该干什么干什么，让大家千万别把她当病人。服用凯美纳一个月后复查CT，肺内的病灶没有变化，随后停止了凯美纳治疗，于2013年10～12月接受了肺部病灶的放疗。

2015年11月，李楠母亲的癌症复发，出现大量胸水。胸水在晚期肺癌患者中很常见，会压迫肺部，让人觉得呼吸困难。医生建议抽取部分胸水减轻压迫感，并且通过胸水进行基因检测，因为胸水里含有肿瘤细胞。检测结果发现，李楠的妈妈并没有中国肺腺癌患者中常见的EGFR基因突变和ALK基因融合，但是有一个罕见的C-MET突变，这意味着用C-MET抑制剂可能有效。

为什么要检测基因改变呢？因为临床研究显示，如果有某种基因改变，比如EGFR突变，使用针对EGFR开发的靶向药物的效果要比化疗好很多。如果有EGFR突变，就可以使用第一代靶向药物，比如易瑞沙、特罗凯、凯美纳。和EGFR突变类似，ALK、C-MET、ROS1、NTRK1等基因改变也有针对的药物，只不过后两者在人群中的比例没有那么高。

那时，石远凯刚开始做一个叫作BPI-9016的药物的临床试验，这是浙江贝达药业开发的C-MET抑制剂，他决定给李楠的妈妈用这种药试试。没想到药物起到了神奇的效果，2015年12月开始服用之后病人的胸水消失了，肿瘤标志物降低，这让石远凯非常惊喜。如今BPI-9016已经完成一期临床试验。

2017年3月，李楠的母亲肿瘤肝脏转移。当时正大天晴公司的靶向药物安罗替尼（2018年5月上市）在做临床试验，石远凯又让她用上安罗替尼，和BPI-9016一起服用，之后病情再次得到了控制，肝脏的转移病灶几乎完全消失。安罗替尼没什么副作用，胃口也很好，李楠的母亲像正常人那样生活。

2018年1月，肝脏再次出现转移灶，胸水再次出现。李楠没有告诉父母，只说要一个人带母亲来北京抽胸水。直到护士说明天做射频消融手术要备皮的时候，母亲才明白过来。李楠安慰母亲："医生说肝脏上有一个疑点，可能会发展，既然已经来了，就治疗一下。"治疗过程中，李楠对父母隐瞒了很多情况，从她嘴里说出来的多半是好消息。如果检查结果不好，她会修改复印检查单，再给家人看。母亲也生怕给李楠带来不便，能自己做的事情都自己做，女儿不想说的事情也不多问。

肝脏射频消融手术做得很成功，肝脏肿瘤的基因检测结果显示，肿瘤出现ROS1和NTRK1易位。可用的药物有已经上市的进口药克唑替尼，对ROS1融合基因阳性的肺癌患者有治疗效果，石远凯建议一试。克唑替尼是辉瑞公司生产的，

5万多一个月。这个药也有印度版本的仿制药,但李楠的父亲不太信任印度版的药物,怕万一是假的耽误治疗。"工薪阶层每个月吃5万块钱的药,负担不起,但是考虑到吃满4个月以后就可以申请慈善赠药,我们还是选择了进口药。"结果副作用比X396还大,母亲很痛苦,吃不下东西,每天躺着。"我们劝她不要担心钱的问题,她说不是钱,是太难受了。"

石远凯又把药换成齐鲁制药有限公司的临床试验药物WX0593,这是一种ALK和ROS1抑制剂。目前WX0593吃了一个月,李楠的妈妈觉得副作用不是很严重,继续服药。

李楠问石院长:"万一WX0593耐药了怎么办呢?"石院长说:"明年还会有新药出来。坚持一下,活着就是硬道理。"

从检查出肺癌晚期到现在,李楠的母亲已经活了5年了。根据美国癌症学会2016年的报告,肺癌患者5年的总体生存率只有17%,晚期患者的5年总生存率只有4%,像李楠母亲这样能够保持较高的生活质量生存5年已经算非常不错。用一些病人的话来说,"已经是赚到了"。

这5年,李楠记不清自己来了多少次北京。从东北小城,坐3个半小时的高铁,需要治疗的时候就带着母亲一起来,不需要治疗的时候,就带着检查结果一个人来。来的路上,她常常心有不安;回去的路上,心里的石头又放下了。石院长给了她一个个白色、贴着药物编号的塑料瓶,瓶子里装满了生的希望。

到如今,父亲还不知道母亲肝转移的情况。他是个容易焦虑的人,经常整夜失眠。李楠和母亲说,别告诉父亲,省得徒增烦恼。他们对很多事情绝口不提,比如母亲还有什么心愿,有什么打算。她提过一次,母亲哭了,她只知道母亲想在去世后捐献眼角膜。

李楠给我发了一张她母亲最近的照片,一位满头银发的老太太,面色红润,穿着粉红色的旗袍,围着桃红色的披肩,精气神十足,完全看不出是一位癌症病人。

她以为母亲对自己的病情一知半解,父亲也有些不明就里,觉得隐瞒部分病情给了他们希望。李楠离开诊室后,石远凯说:"她父母都是学医的,怎么可能不知道?大家心里都明白,但都不说,不捅破那层窗户纸。很多患者家里都这样,一是为了体谅家人，二是说了又有什么用呢？"

有药就有希望

李楠觉得，他们特别幸运，遇到了石院长，用上这么多新药。但是在石远凯眼里，李楠妈妈的幸运在于她有特定的靶点。

"C-MET突变在肺腺癌患者中不到1%。我遇到的病人很多，有这个靶点变异的人不多。患者从靶向药物中获益，但并非无限制获益，大约一年多时间耐药了，接下来又有新的药物出现，病人还能继续获益。"石远凯说。

李楠的妈妈没有做过化疗。大家都知道化疗药物的副作用，比如骨髓抑制、白细胞和血小板减少、恶心呕吐、脱发等，而分子靶向药物的特异性强，副作用会轻很多。在肿瘤病房，我们本想去拍一些照片，结果发现好几个病房的患者都因为化疗而呕吐不停，便却步了。

化疗的副作用对很多病人来说是切身之痛，就像"火在身体里烧"。化学药物一旦进入体内就开始扩散，从头到脚，所有细胞都会接触到药物分子，肿瘤细胞也不例外。药物一旦遇到胃部细胞就会发出信号，让脑部下发呕吐命令。体内诸多的细胞在这场化疗大战中会不幸中枪，不是细胞结构永久破坏，就是基因运作受损，再也无法修复。之后，残缺的细胞会开始自戕，自我毁灭。化疗药物对于快速分裂的细胞特别有破坏力，肿瘤细胞就是如此。但是人体有些细胞的分裂速度也很快，比如毛囊和骨髓造血细胞，因此化疗可能导致脱发或白细胞、血小板减少和贫血的表现。

如果说化疗药物大开杀戒、滥杀无辜，那靶向药物就是精准打击、一招制敌。石远凯说："我们可以把它看作激光制导炸弹，只对肿瘤细胞发生作用，而对周围的正常细胞的损害相对比较小。"

过去20年开发的诸多新型靶向药物中，受益最大的癌症类型要属肺癌、白血病、淋巴瘤、乳腺癌和黑色素瘤等。肺癌的治疗已经率先进入了个性化的治疗阶段，一些靶向药物正在逐渐取代化疗成为一线治疗药物。

有多大比例的患者能从新药中获益呢？石远凯介绍，肺癌分为小细胞肺癌和非小细胞肺癌，其中小细胞肺癌占到 15%～20%，非小细胞肺癌中，鳞癌占到了 30% 左右，腺癌占 60% 多。其中，针对肺腺癌的突破最多。研究人员从肺腺癌中发现了很多靶点，中国肺腺癌患者中有 EGFR 突变的占 50%，针对这个突变已经出现三代靶向药物。除此之外，肺腺癌患者中有 ALK 基因融合的占 5%，ROS1 基因融合的不到 1%，BRAF 突变的 1% 左右，KRAS 突变目前还在做临床研究，中国有 12%～15% 的病人，但是目前还没有针对这个突变的药物。除此之外，PDL-1 表达超过 50% 的病人占 15%，PDL-1 表达超过 50% 意味着可以从免疫治疗中获益。"全部加起来，中国约有 90% 的肺癌患者可以从靶向治疗和免疫治疗中获益，这是一个很大的比例。"石远凯说。

那么为什么针对肺癌的药最多呢？"有些癌症的发生不是单基因驱动的，它非常复杂，往往通过多个靶向药物的联合用药才有效，所以治疗会滞后。但是肺癌的很多类型是由专一基因突变引起的，针对突变的靶点开发新药是很多药厂的目标。除了 EGFR 之外，现在能找到的很多靶点都是低频靶点，在人群中的比例不高，比如 1%～2%，能找到 5% 的靶点就算不错的了。"广东省人民医院副院长、中山大学肿瘤学教授吴一龙说。

"针对这种低频靶点开发的药物，虽然受众少，但是一旦患者身上有这个特定靶点，有效率会很高。与此同时，针对小众靶点开发的药物治疗的病人少，对药厂来说成本增高，看起来很贵。"

"对患者来说，有药就有希望。"吴一龙曾不止一次目睹无药可用的患者离开时失望的眼神。对于肿瘤内科医生来说，药物就是他们的武器，没了武器，就一筹莫展。

没有靶向药物之前，内科使用的药物是化疗药。肺癌化疗总生存期是 8～10 个月，现在加上靶向药物的使用，病人的总生存期延长到 30 多个月。

为了寻找新药，石远凯做了很多临床试验，他说这是医院的传统。中国医学科学院肿瘤医院从 20 世纪 60 年代开始进行临床研究，至今已有 50 多年的历史。1983 年成为第一批卫生部药物临床试验机构。1997 年成立药物临床试验（GCP）中心，2001 年成为国家 GCP 中心，至今已开展各种临床研究约 1000 项。GCP 中心主任是孙燕院士，石远凯的老师。

1993 年至今，石远凯作为负责人和主要完成者，共进行了 170 多项抗肿瘤新药的临床试验，其中国内企业项目 90 多项、一类新药 60 项。根据国家食品药品监督管理总局的统计，他是我国进行抗肿瘤新药研究最多的主要研究者。他所参与临床试验的国产肿瘤药物凯美纳，打破了肺癌靶向药物长期被进口药垄断的局面，获得了 2015 年国家科学技术进步奖一等奖。

石远凯做了很多国产药的临床试验，失败的占大多数。像明星药物凯美纳那样的，毕竟是少数。最近三四年，找他承担临床试验的国内企业越来越多。这些药物大多数还属于 me too 和 me better 的药物。新药研发可分为三种类型：同类靶点的"模仿药"（me too）、针对已经上市药物的安全性以及有效性进行改良的药物（me better）、全新作用机制的全球首创药（first in class）。

"目前，中国大多数创新药还处在模仿和改良的跟随创新阶段。如果做完全意义上的新药，也就是 first in class 的话，需要大量前期原创性研究工作的积累，而且失败率非常的高。"石远凯说。

过去 60 年，中国在全球做专利药或创新药是很少的，以全球专利权带来市场划分来讲，中国最多占 10% 左右，80%~90% 的市场是在中国以外的。就肿瘤领域来说，一些中国高发的疾病，在国外也没有得到很好的关注，比如胃癌、肝癌、食管癌等。

"我们要发展中国的制药业，只有自己的制药企业发展起来了，才有降价的空间。"

寻药：灰色地带

吴一龙说，他的病人中超过三分之一的人都用过来路不明的药物，比如国外药品或者原料药。这个数字得到了其他肿瘤内科医生的认可，有人认为比例甚至更高。有时，医生也会主动告诉病人印度药的存在。一位不愿具名的医生说："有患者告诉我哪儿能买到印度版的药，下一个无助的病人来了，我也会推荐给他。虽然我也知道这样做违法，但总比没药好啊。印度版的药几百上千一个月，国内的进口药几万,你说他们怎么选?"

还有一位医生说:"有患者告诉我,他购买的原料药刚被合成出来的时候,纯度不高,副作用大;之后仿制者逐渐改进生产工艺,副作用慢慢降低了。"

《我不是药神》上映之后,有些事情可以公开谈论了。"以前向病人推荐印度药的时候,虽然自己觉得是在做好事,但感觉就像做贼一样,很多人不明白,医生一句两句也解释不清楚。现在向病人推荐印度药的时候,不需要更多解释,很多人看过电影,或者知道这么个事。电影替大夫和患者解释了这个现实存在的灰色地带是怎么回事,这个灰色地带并非丑恶,但很无奈。我这样做并非理直气壮,也不能说药卖那么贵是药厂丧尽天良的。就像电影里说的穷病,穷病有办法治吗?"

在中国医学科学院肿瘤医院的肿瘤内科,我看到脖子肿得比脸还鼓的中年女病人,肚子肿得像怀孕7个月的男病人,晚期的肺癌患者、淋巴癌患者、睾丸癌患者……有的已是耄耋老人,有的正值壮年,他们辗转来到这所全国最好的医院,满脸急切的神情,仿佛这里能给他们的命运下最后的判决。

肿瘤内科副主任医师秦燕说:"没有药,或者有药买不起,除了安慰,我们还能做什么呢?"

有时,她会劝说合适的病人入组参加临床试验。"基因检测自费做的话要1万6,参加临床试验不要钱,如果合适还可以免费用药,您要不要考虑考虑?"

如今,靶向药物多得让人眼花缭乱,不是专业人士或者患者,对这些药物根本搞不清楚,从药名也看不出来哪个是进口的哪个是国产的,听起来都像"洋鬼子"。我在门诊看到一个22岁的姑娘,给她不满50岁的父亲拿药,贝伐单抗、瑞格非尼、阿帕替尼……各种药名流畅地从她嘴里冒出来,不知道已经来了多少回了。可惜的是,问遍了能用的药物,秦燕医生的回复都是:不行。"已经没有他适合用的药了,能用的都被用了一遍了。"

"医学是有局限的,受制于很多因素。你以为你能妙手回春,手到病除?其实你不能。无法治疗了怎么办?只能去安慰,减少病人的痛苦。"在她眼里,传统的治疗方式联合靶向药物和免疫治疗能提高治愈率,降低副作用,使治疗更简单,病人付出的代价更少。比如淋巴瘤的治愈率越来越高,肺癌的生存时间越来越长。但

"进步是一点一滴的,革命性的变化并不多"。

从医初期,很多年轻大夫觉得患者要听医生的,有效果的药就应该用。"医生的生活中也会有各种烦恼,也有力不从心的时候,有想做一点事情没钱的时候,这些时候你就能理解病人的疾苦。不能因为某个药有一点点疗效,病人就应该去用,他有自己的权衡。"秦燕从病人的白眼、反抗、不屑、拒绝中反思:为什么病人不听我的?为什么病人不信任我?病人一句话背后的想法究竟是什么?她开始逐渐能看出病人有没有钱,体会到病人愿意为疾病付出多少,病人的家庭支撑如何,病人的期望又是什么。

"在肿瘤病房待久了,你会重新思考生命是什么,生命究竟是不是平等的。很多东西只可意会不可言传,只能在漫长的职业生涯中逐渐摸索。"秦燕说。

靶向药物进医保之争

与此同时,有医生在网上和众人激战。从7月18日开始,北京大学肿瘤医院消化道肿瘤内科主任医师张晓东的微博更新频率持续提升。这次频繁更博缘于即将开始的医保目录准入谈判第二轮遴选。

伴随电影《我不是药神》的热映,"减轻癌症患者负担""靶向药物纳入医保"等呼声走高。面对即将到来的谈判遴选,不少靶向药物生产企业联系张晓东,希望能获得她的投票支持。

她在微博上写道:"以某药为例,用于某晚期肺癌的常规化疗失败者,临床数据显示提高晚期患者3月平均生存,月3万元。如今医保降价50%,月1.5万元,报销比例80%,医保负担是每人1.2万元/月,这个费用是标准化疗至少3~4周期的钱。中国患者基数巨大,一旦进入医保,医生也无法控制患者要求,耗资巨大,为什么不能逼迫厂家降价患者自费使用?"

"靶向药进入医保是也就少部分人获益,大多数人不获益的事情,站在群体角度耗费医保巨大费用,延长生存几个月,有意义?"

有一些医生支持她的观点,自2017年7月以来,乳腺癌靶向药物赫赛汀被列入国家医保目录,药品价格大幅下挫,原来每支约2万元,现在降到7600元,加上医疗保险报销的七成或八成，病人自费大概1500元。从2018年年初开始，江苏、河北、上海等地出现了药品短缺的消息，许多医院出现了赫赛汀供不上货的现象。有的医院非常无奈，他们只能优先确保住院病人的使用，而不是门诊病人。一个疗程的治疗至少需要14支赫赛汀，原来全自费，即使药厂有买6个月送8个月的赠药活动，一年也要花10万元，而降价后，差不多只需要2万元。

有些医生担心的还有药占比的问题。所谓药占比，就是病人看病的过程中，买药的花费占总花费的比例。国家提出降低药占比的初衷是降低虚高的药品价格，改变以药养医的现状，降低老百姓的医疗费用。"靶向药物进入医保后，医院为了控制药占比，会觉得这药太贵我们不能进，病人一看明明进医保了，你们医院没有药，那我去别的医院看病。这就造成了病源的流失。还有一种情况，医院有这个药，但是只开给关系户，最终导致只有少数人从中受益。"一位不愿具名的医生说。他举了个例子，某医院原本擅长治疗多发性骨髓瘤，目前多发性骨髓瘤有两种靶向药物进医保了，来那度胺和硼替佐米，这两种药都非常贵，该医院不肯进药，患者就转到其他医院治疗去了。

对此，吴一龙认为，这些问题有解决的办法。基本医保的费用里占最大比重的药物是辅助用药。所谓辅助用药，就是可能有一点好处，但是不知道好处在哪里，可用可不用的药。

从2010年开始，肺癌靶向治疗药物进入医保范围，广州市是最早一批将靶向药物纳入医保的城市。当初广州市医保也担心，用这么贵的药，能不能付得起？作为专家，吴一龙从体系上设计了一套程序，一旦一个医生开出了靶向药物的处方，所有的辅助用药就全部开不出去了。"我们不能要求医生的道德高尚到什么程度，我们必须从体系上制度上去保证约束他。这样算下来，吃靶向药物的病人用的钱比以往还少了，一年下来花费更低了。如果变成必须要用的药物进医保，可用可不用的药自费，这样会更合理。"

中国社会科学院公共政策研究中心主任朱恒鹏认为，基本医疗保险最大的作用是"保基本"，光靠基本医保本身，很难承担起重特大疾病发生的"灾难性支出"，患者及其家庭因病致贫、因病返贫的风险仍然很高。他建议："我国应建立多层次的医疗保障体系,通过发挥商业保险、慈善救助以及社会公益等众多渠道的作用,真正解决患者,特别是重特大疾病弱势群体的保障问题。"

药为什么这么贵?

很多病人会被药价吓到,比如治疗多发性骨髓瘤的美国药来那度胺,一盒将近5.9万元(25毫克、21粒),一年费用70多万元,是绝大多数患者无法承受的。

新药贵得吓人。"美国家庭医生智库"给出的2017年全球最贵药物排行榜中,前五名分别为阿利泼金、苯丁酸甘油酯、罕见脑病药物"Brineura"、卡谷氨酸、α-葡萄糖苷酶。位于榜首的阿利泼金用于治疗载脂蛋白脂肪酶缺乏症,一疗程约762万元,足以买一辆劳斯莱斯汽车。即使排名第十的卡那津单抗,每年治疗费用也高达290万元。

世界上最昂贵的药物,大都是治疗罕见病的药物,它们被称为"孤儿药"。目前世界上已确诊的罕见病有7000多种,约占人类疾病的10%。以"孤儿药"阿利泼金为例,其适应症的患病率仅为百万分之一,因此该药在欧盟的市场容量只有150~200人。为维持利润,定价必然高,然而上市至今,也只有一位患者接受了治疗。

除此之外,治疗癌症等重大疾病的药物,价格也不便宜。随着一些新药的问世,癌症患者的生存期大大提高,比如易瑞沙10年间令晚期肺癌患者的中位生存期从14.1个月延长至33.5个月,5年生存率从8%增长到18%。但是,究竟有多少人用得起?在《我不是药神》里,药厂高管被简单地塑造成一个反派。

吴一龙说:"新药的研发成本很高,所有的药物你不可能期盼它一出来就便宜得像大白菜。像大白菜一样的话,药厂就要赔本,赔本的事情谁还会去做呢?"

亚盛药业的创始人杨大俊介绍,新药研发是一个系统工程,不是一个简单的产品。制药业有两个"10"的说法,即研发一个新药平均要10年时间,花费10亿美元。单单是了解一个疾病发生的机理就要花20~25年的时间,之后的药物研发还要10年。"最近一二十年有很多抗癌药出现,是因为过去三四十年研究人员做了大量工作,早期研究工作把机理解决清楚。"

有数据表明，开发一种新药的费用远不只这些，比如瑞士诺华公司，在1997年到2011年间研发费用大概在836亿美元，在这期间只批准了21种新药，平均算起来每种新药花费为40亿美元，这其中还包含了很多研发失败的项目。

以和记黄埔医药已经提交上市申请的新药呋喹替尼来说，药物前期试验花了四五年，临床试验和分析数据花了五六年，总共耗时约10年，花费约15亿元才研发出这种药。目前，呋喹替尼还在国外进行临床试验，公司希望药物能够在全球上市。和记黄埔医药的苏慰国博士是这款药物研发的带头人，他一手设计了药物的分子式并全程参与其中。据他介绍，新药上市一般定价会相对比较高，这有很多考量。"如果国内定价1块钱，国外上市定什么价呢？定价10块钱卖不掉啊，人家会都来中国买。所以，刚上市的时候药物定价会比较高，进入医保的时候可以把价格降下来。除此之外，企业还会对病人有慈善赠药作为补充。"

据知情人士透露，进口抗癌药在国内的加价早已不是行业的秘密。按照规定，国内医院可在实际购进价的基础上加价10%~15%。也就是说，成本越高的进口药，医院赚到的差价就越高。不仅如此，从药物出厂定价到医院药房，中间的环节渠道存在太多的灰色空间。

最近，施贵宝和默沙东公司相继在中国上市的肿瘤免疫药物PD1的价格尚未公布。据业内人士说定价很可能是全球价格，每月1.5万~2万。此人分析，国内同类产品很快也要上市，施贵宝和默沙东可能不会在价格上竞争，早期也不会形成直接的竞争，因为药物获批的适应症不同。中国的产品局限在黑色素瘤和淋巴瘤，进口的两种产品还有肺癌、肾癌等适应症。

如果药厂不降价，那么是否可以考虑像印度那样强制仿制？在7月底《知识分子》举办的论坛上，《我不是药神》里男主角的原型陆勇抛出了这个问题。

所谓仿制药，指的就是药品生产厂家等着药品的专利期过去，再进行仿制和销售的药品。但在印度，专利的年限却不是问题，制药公司强行仿制专利药的事件屡见不鲜，印度当局也在主动宽容这类事件。

20世纪30年代，为打破欧美制药垄断，为穷人做"救命药"的理念开始在印度扎根。为了让仿制药"名正言顺"，印度1970年出台的《专利法》规定"只保护制药工艺，不保护药品成分"，允许印度企业可以随意仿制生产任意一种药品，只要制药工艺不太一样就行。《专利法》颁布后，仿制药公司开始在印度大行其道，除了制药商，最大的受益者是穷人。《专利法》颁布后的30多年间，印度仿制药快速增长。其中，制药企业数量从1970年的2257家，增长到1980年的5156家，2005年超过了2.3万家。

1995年印度还推出"专利强制许可制度"。当一家公司研发一种新药，获得专利后禁止任何人在一段特定时间内制造该药物，保护专利。为了收回研发成本，公司通常定价很高。专利到期后，其他制造商才可以复制并推销自己的仿制版。

"强制许可"的规定意味着，当民众买不起高价的专利药时，无论专利保护期是否结束，都允许该药品直接被仿制。此类强制许可原本在别国只应用于艾滋病及大规模传染病相关药物，但印度将其覆盖面大大放宽。根据无国界医生组织（MSF）2005年的一份报告，印度的仿制药让艾滋病治疗的费用从1万美元降到200美元左右。

有报道称，德国拜耳公司的肝癌药物多吉美专利保护期到2021年，但印度制药公司早在2000年前就开始仿制销售。拜耳公司曾于2011年提起诉讼，但仍被印度"强制许可"。印度专利局的理由是"拜耳药物太贵，普通民众消费不起"。

仿制药对应的是具有专利保护的原研药，在印度正规渠道购买的仿制药不是假药，疗效有保证，但价格却只有欧美原研药的20%～40%，有的甚至只有10%。除了印度政府对"强制许可"条款的大尺度利用，印度本身的制药水平也处于世界前列。这就导致印度仿制药品不仅价格低廉，质量也有保证。因此，尽管受到法律的约束，但癌症患者和家属仍像飞蛾扑火一般寻找印度抗癌药的代购。

但是，各方人士都认为效仿印度的做法不妥，是专利保护的倒退。

知识产权律师张玚说："做创新药要花一个人生命中相当长一段时间，风险非常高，很可能失败，前期要投入非常多钱做这件事情。如果没有任何专利保护，意味着一旦你获得成功，其他人就可以搭顺风车，免费使用你的劳动成果，肯定会极大挫伤医药研发的积极性。"

那么，专利保护对创新到底意味着什么？张玚介绍，有人做过全行业分析，在所有的行业里，专利对于医药行业可能是最重要的。如果没有专利保护，医药行业用于研究与试验发展的投入会下降64%，这在其他行业的影响只有8%。

另外一个研究表明，如果把所有行业分三个类别：第一个类别专利是非常重要的，第二个类别专利比较重要，第三个类别专利不太重要，那么第一个类别里只有一个行业——制药业。

"1987年，我国《专利法》开始实施时是不保护药物的，第一次将药物作为产品保护是在1992年《专利法》修改时。当时有一个大背景，中国要加入WTO，我们跟美国之间进行谈判。最近国家在讨论《专利法》第五次修改，在中国，专利保护肯定是越来越强的，绝对不可能再退回到没有专利保护的情况。"张铮说。

"走印度的道路对创新是很大的打击。"苏慰国认为，只有大力发展制药业，提倡创新，百花齐放，研发出更多的国产药，才是解决药价贵的正途。

《创造101》：后选秀时代的大众审美狂欢

马戎戎

王菊和杨超越："创始人"的选择力量

"我站在舞台上，人完全是蒙的，完全没有想到，我的排名会这么靠前。"电话里，杨超越说。

6月23日，热门网综《创造101》总决赛开始。当晚，之前在网络上掀起狂欢、在预告片中排名第二的大热女孩王菊，很意外地没有进入前11名，无缘女团。而同时，另外一名在网络上争议极大的女孩杨超越，却以第三名的排名进入了女团，这个排名甚至超越了观众公认的实力选手Yamy等人。在杨超越身上，的确实现了节目的口号"逆风翻盘"。

"最后一周，选手们的排名变化每天都很大，各家的粉丝都在做最后冲刺。"七维动力CEO、《创造101》总制片人都艳这样告诉记者。都艳认为：这个节目的选手排名，完全是"创始人"们投票pick（挑选）的结果。"创始人"是这个节目对观众及选手粉丝的新称呼，通过付费点赞、买卡等手段，观众拥有将自己喜爱的选手送进赢家席位的权利。人气最高的11名女生，将最终从101名女生中胜出，组成"中国第一女团"。

总决赛结束后，一篇报道显示：为了把排名第一的孟美岐送上"C位"，她的粉丝们花费了超过1200万元。

"创始人"的力量，在杨超越身上体现得非常明显。这个虽然长相漂亮，但没有经受过专业表演和唱跳训练,也没有正式表演经验的女孩,在节目中艺能表现较差。在高强压力下屡屡飙泪。她的眼泪也被解读为"抗压能力太差""不够独立"。著名自媒体"咪蒙"甚至发文说:"杨超越就是真实世界里的巨婴。什么都不会,只会哭,以及给别人添乱!哎,不想写稿了,只想去打她!"

在微博上,和杨超越有关的热搜大多为"杨超越车祸现场""全网diss杨超越"。一直到总决赛后,网上关于杨超越最多的新闻也依然是"杨超越划水"。

杨超越的高排位,完全是粉丝们一票一票砸出来的。全网越是diss(诋毁),她的粉丝们就越是要送她上青云。在节目中,她甚至霸气回怼那些质疑她的人:"你们随便怎么质疑吧。我的粉丝给我投的,我就坐那儿,我跟你说我不怕。"

在节目的第一轮就已经被淘汰的王菊,也是由于"你们手中握着的;是重新定义第一女团的权利"这样有思想高度的宣言,赢得了粉丝的支持,从而一度在网上掀起"现象级狂欢"。

形象黑胖,不符合中国传统男性审美标准的王菊,戏称自己是"五角场碧昂斯"。她出生于上海中产家庭,中学就读于上海著名的"第三女中"。除了胖一点,黑一点,其实唱跳俱佳,还能写出"寒光照铁衣,态度华丽"这样的歌词;而杨超越,出身江苏农村,自称"村花"。她初中都没毕业,自承为了2000元的通告费入行。

形象、背景都存在巨大反差的杨超越与王菊,屡屡被媒体拿来做对比:一个是独立自强的新女性形象;另一个就成了迎合直男审美,白净甜美的"巨婴"。这样几乎是"相反镜像"的两个女孩,却在2018年夏天出现在同一档真人秀节目里,并且都在一段时期内为节目带来巨大话题热度与流量。背后,是这档节目对"中国第一女团"模式的探索。

"中国的第一女团应该是什么样子?最开始做这个节目的时候,每一个人都在问。"都艳说,"之前日韩非常成熟的工作化流水线打造的偶像团体标准里,已经有一些既定的审美符号和标志。大家习惯了一种符号化的审美:女团就应该是面容姣好、身材高挑苗条,符合大众的既定审美。"

至少在最初的选角阶段,导演组呈现出了"拒绝标准化审美"的意识。总编剧芦林说:"我们没有一个唯一的条件,比如说都得个头 1.68 米以上或者三围多少这种,因为我们不是选一个标准的模特,我们要的就是有各自特色和色彩,每个人的自我性格。不管你说的是貌美的,还是说有性格的,还是说可爱的好玩的,都加入到节目里面,大家共同来选择,来比拼——凡是能够代表这个时代的女孩子的面貌的,我们都尽可能地做了努力。"

他把这 101 个女孩都称为"妹妹":"101 个妹妹,各型各款都有。我觉得还是比较丰富的。"

"'101'选择的女生们也是当下不同圈层或者是多元形态中,不同属性的女生代表。然后在'101'这个舞台上,把当下中国女生的部分样貌或者风采呈现给大众。"都艳说。

相比 2005 年的"超女",都艳认为,当下已经进入了一个"后选秀时代"。

"2005 年,'超女'的那个时候,很重要的一点是,打破了一个人要想站上舞台,必须要经过学院这个权威的体系、权威的制度,打破了这种路径单一性,一下让更多的平民有了实现自己梦想的机会。但是现在我们看这些姑娘,其实她们本身已经是在娱乐圈的后备状态下,一些人已经在娱乐圈有了一定的名气和位置,她们的状态并不是纯粹的素人,而是介于素人和明星之间。"都艳说。

"2018 年对于所有的年轻人而言,机会和传播渠道更多了。但《创造 101》做的是一个行业生态的横切面。走近这个行业,你会发现,这个行业中有那么多家经纪公司,每家经纪公司按不一样的方向培养年轻人。如果单靠一家公司的力量去等待一个机会,这些苗子可能要等待影视剧作品,或者等待一个机会才能让她们出来,那恰恰'101'这个节目来了。借助互联网平台,这个节目把行业内所有的资源整合了起来。"都艳这样说。

在厦门大学新闻与传播学院博士生导师邹振东看来,2018 年现象级网综《偶像练习生》和《创造 101》的出现,意味着中国偶像制造的"第三次语法革命",前两次分别是 CCTV 青年歌手大奖赛和 2005 年的"超女":"媒介换了,由新媒体创造出自己的偶像,这才是一个大的革命。当互联网从搬运工转到自己原创,制造自己的偶像的时候,这就是新媒体真正崛起的时候。"

"小逆怡情":一场安全的全民审美狂欢

节目的第一集,101名女孩出场。一场关于女性美的大比拼已在暗地拉开帷幕。

为了能够突出节目的原创性,更加符合中国的偶像行业生态和社会语境,第一期选拔选手时,舞台上设置了双通道,有强烈对比的两组选手同时登场。一边是财大气粗的大公司,选手高度符合社会主流审美:肤白貌美大长腿,穿着定制的符合女团形象的服装;一边是财力经验都欠奉的小公司、个人选手,形象百花齐放。女孩们暗地比较各自的妆容、颜值、服装、实力,各自得意或失落着。

101名女孩,强手如林。有英皇娱乐、乐华娱乐、香蕉娱乐这样的成熟大公司选送的准一线DIVA(女歌手),有"小李飞刀"焦恩俊女儿这样的"星二代",有伯克利音乐学院的高才生。绝大多数选手色艺俱佳,外形高瘦白秀幼。

在这样的背景下,王菊和杨超越其实都算另类。

芦林回忆起选角阶段的王菊:"一头金发,腰上露着肉。"

在节目中,杨超越就曾经讥讽王菊的外形:"看起来不那么少女。"

王菊的横空出世,在节目中期一度掀起了一场网络狂欢。

南京师范大学新闻与传播学院学者王少磊认为,王菊身上具有一种"反偶像气质"。他认为,王菊在网络上的爆红,是多元文化生态下才可能出现的现象,而互联网平台更为她的走红提供了宽松的环境。

厦门大学教授邹振东认为,王菊的"叛逆"形象,其实只是一种"小小的叛逆":王菊不过是出列三步,并没有出列百步。她依然在主流审美谱系的大框架之下。

杨超越认为,粉丝们那么喜欢她,是因为相比其他选手,她表现得比较"弱",激起了他们的保护欲。在邹振东看来,杨超越的胜出,则恰恰在于她的"示弱"人设。在他即将出版的《弱传播》一书中,他认为:"舆论世界的强弱与现实世界的强弱刚好倒置:现实中的强者恰恰是舆论中的弱者。舆论的能量朝着有利于现实中弱者的方向运动。"

"如果你把偶像叫才艺偶像,杨超越当然不符合。但是偶像就一定要有才艺吗?杨超越能站在台上成为流量话题,她有另外一种能力,这种能力就是传播力。

她的传播力一定胜过了别的选手,这是她的核心竞争力。至于偶像的正能量,它跟才艺无关,而是跟你是不是善良有关,跟你有没有希望有关。"邹振东说。

事实上,审视最终选出的11名选手,加上节目初期的话题担当"3unshine",我们会发现女团之间审美标准的巨大差异乃至冲突。细长眼睛的Yamy、"胖虎"高秋梓都拥有自己的粉丝群体,即使最终胜出的11名选手,她们的特质也在打破以往对偶像"实力、貌美"的单一标准。

"11个女孩各有各的特色,有些审美特质甚至相互冲突。"6月23日晚在现场观察的北大传播学学者王洪喆说,"但是合在一起,依然代表一种审美。"

王洪喆认为,王菊被选进节目,是因为她的个人特色。她的个人特色和节目并不对立,而且恰恰是节目所需要的"多样化"的体现。同时,也满足了节目需要眼球的可能性。然而,随着节目的主流化进程,这样的元素逐渐被淘汰掉了。与其说这背后是大众审美逻辑在起作用,不如说是娱乐工业本身的逻辑在起作用:"这里更多体现了娱乐工业对女性偶像的偏好,对大众品位的塑造。"

"比王菊更激进的选手,比如3unshine,一开始就被淘汰掉了,没有被观众pick的机会。"王洪喆说。

采访中,在谈到对女性美的定义和标准时,杨超越说,她认为的女性美的标准就是"白、瘦"。

"我希望自己能一直保持'瘦'。"杨超越说。

"C位"与"C罗":中国社会的最大公约数?

6月23日晚上,许多人朋友圈的内容主题只剩下两个:一个是世界杯,另外一个就是《创造101》总决赛。赛程过半,2005年的"超女"冠军李宇春出现在了舞台上。在主持人黄渤的提问下,李宇春说出了一句金句:"2018年夏天最流行的,一个是C位,一个是C罗。"

王洪喆认为,被娱乐圈视若性命的"C位"与C罗之间,看似毫无关联,其实是有相似性和内在联系的。无论是C罗在本届世界杯上以30岁"高龄"屡创佳绩体现出来的拼搏精神,还是《创造101》女生在"逆风翻盘,向阳而生"的口号下勇争C位，都体现了一种"我要努力"的价值观。

"希望可以通过努力去证明自己，这本身是一种非常主流的价值观，或者说是一种现在大多数青年需要的价值观。这个价值观，符合这个节目作为娱乐工业重要环节的商业理性；也是普通人在这个非常焦虑的社会当中，他所能想象到的唯一的解决方案。"王洪喆说，"李宇春所提示出的C位与C罗之间的相似性，体现了我们当下社会的最大公约数。"

换一个角度去看，王菊与杨超越之间的差距，或许并没有看客所想象的那么大。

杨超越觉得，她的"爱哭"之所以能屡屡上头条，正是因为她"不像其他人一样擅长表情管理，哭得'丑'"。在"女团选秀"这个语境中，"丑"可以理解为"真实"的同义词。

杨超越也很努力。节目进行到尾声阶段，她每天只睡三四个小时，练到犯迷糊了，眼睛都闭上了，嘴里还在唱，唱到躺在地板上睡着了。总决赛三天前，舞蹈老师带领选手们彩排成团曲，从下午1点持续到第二天清晨6点，杨超越是留到最后的三个人之一。

华东师范大学传播学院副教授吴畅畅是节目的总编剧和顾问，他眼中的杨超越是这样的：家境一般，能力平常，处境欠佳，但也对改写命运抱有强烈渴望。

《创造101》不仅仅是一档综艺节目，也是一场时间、空间高度集中的社会实验，是现实社会的缩影。金字塔形的节目Logo和选手座位分布，带有强烈的隐喻意味。101个各路出身背景的年轻女孩集中封闭住宿，划分为A、B、C、D、F五个等级，三个月持续竞争，有人跃迁，有人坠落，最终只有11人站上金字塔顶。

然而，事实上，节目没有输赢。入团的选手，走出这个节目，首先面临的是要如何保持自己的高人气热度；没有入团的选手，走出这个小天地，反而有可能迎来属于自己的海阔天空。王菊虽然没有顺利成团，但她已经成立了自己的工作室，准备独立发展，目前手上已经有了国际大牌美妆产品的代言。《创造101》对她而言，仅仅是真正演艺生涯的起点。

"三个月下来，每个人都有变化，都有成长。"编剧芦林说，"我们想做的，是让每个人的光芒都散发出来。"

以出生年份来划分,《创造 101》的女孩,大多是"95 后",她们身上表现出的一些特质,刷新了主创对女性的认知。

"我没有想到女孩也会这么有勇气,这么有胜负欲。"节目发起人黄子韬说。他指的是第一期中,为了争夺进入 A 班的名额,强东玥主动提出要和 Yamy "battle"(较量)。

"这些妹妹在这个年代,她们更敢于表达自己的性格和她想要的东西。"芦林说。

"相比李宇春那一代,这一代女孩如果你说她们更清楚怎么做偶像这件事情,我觉得不见得,但是她们很清楚地知道,要做更好的自己。"制片人都艳这样说。

"她们有这样的一次平台机会,有这么庞大的平台资源和所有的传播力量去让那么多人关注她们,这件事情本身我觉得,于她们的青春而言,已经是非常优厚的一笔财富了。"都艳说。

电话里,杨超越告诉笔者,总决赛结束后,根据公司的安排,她要来北京居住和工作。"我要去北京了。"她的语气里,透着一种发自内心的喜悦。

IG 夺冠：电竞的自我正名之路

王梓辉

一名职业电竞选手的诞生

作为中国最具影响力和传奇性的电竞世界冠军，以"Sky"之名行走江湖的李晓峰每天都会接到很多年轻人发给他的私信，写信的大都是十几岁的孩子，他们的问题通常是：如何进入电竞行业并成为一名职业电竞选手？在一段"学生在学习阶段还是以学习为主"的无用劝说之后，Sky 干脆给出了一个简单粗暴的标准：在你所在的游戏服务器里面打进国内前 100，排名越靠前越好。

2016 年之前，广西桂林青年唐晓辉不是没想过走这条路，他也想追寻偶像 Sky 的步伐，去做一名职业电竞选手。事实上，他具备一名职业电竞选手所有必备的素质：对战绩的极高要求，"一个游戏玩不到整个区域非常靠前就不玩了"；能忍受一天超过 8 小时的训练时间，这对于普通游戏爱好者来说并不容易；以及最重要的——天赋，几乎在所有的游戏中，他的等级都能比普通玩家高出一截。

但那时已经 29 岁的唐晓辉还只是一家淘宝店的店主。如传统竞技体育一样，在同样讲求天赋的电竞行业，29 岁几乎是一个可以退役的高龄了，他的偶像 Sky 获得世界冠军的年龄是 20 岁，甚至退役时也只有 30 岁。

当时，《英雄联盟》是国内最吸引年轻人的竞技类网络游戏，每年它都会举办各种密集且完备的国内外赛事，其一年一度的全球总决赛能吸引超过 2 亿人观看，总奖金超过 400 万美元。早在 2016 年，这款游戏的月活跃玩家就达到了 1 亿人次，中国内地的活跃玩家数量至少在 500 万以上。这也意味着，想要在国内走上这款游戏的职业道路，你需要在几百万人中排进前 100。

可惜，唐晓辉在这里只属于"玩得好"的那一类，他的天赋还不足以使他成为职业选手。于是，在 2016 年 3 月之前，唐晓辉已经在家里开了将近 10 年的淘宝店。此前，他的人生如同所有的"网瘾少年"一样，从中学开始迷上了网络游戏，导致学习成绩难以对外人启齿，2007 年高中毕业后就进入了社会闯荡。他也试过去做一些"常规"的工作，比如在网吧做网管、在餐厅做服务员之类的，自称"享受惯了自由气氛"的他变得对这些朝九晚五的固定工作失去了兴趣，没有一种工作能让他坚持一年以上。于是他义无反顾地重返网络世界，一边打着游戏，一边在家里开着淘宝店卖游戏点卡赚钱。

不习惯固定工作并不意味着唐晓辉是一个坐不住的人，他在游戏时的表现证明，他真的能集中自己的注意力去做好一件事，只不过这件事不属于主流认知里的"正事"。

2016 年 3 月，一款叫《皇室战争》的游戏进入了他的人生。作为全球最具创造力的游戏开发商，来自芬兰的游戏公司 SuperCell 于 2016 年年初推出了他们的重磅产品《皇室战争》，这款游戏一经发布就在全球范围内获得玩家极大的欢迎。

而在中国，游戏爱好者唐晓辉也在第一时间下载了这款游戏。接触之后，唐晓辉被这款游戏迷住了，自称变成了一个"狂热的玩家"。因为开网店的时间比较自由，他每天至少要花七八个小时在这款游戏上，三分钟一局的规则意味着他每天至少要打 100 局游戏；为了高效提升自己的等级，他还会设置好闹钟提醒自己准时打开游戏中的宝箱。

开始时，他如同此前的其他游戏一样，只是觉得自己比周围的同伴都玩得好；但很快，他发现自己已经不仅仅停留在"玩得好"的那一层里，而变成了这个游戏里最厉害的那一批人，甚至还是国内打上 3000 分等级的第一人。

因为游戏的火爆，SuperCell 官方趁热在 4 月举办了《皇室战争》首届大师赛，唐晓辉抱着试试看的心态报名参加了线上预选赛，结果顺利杀入全国前八，被官方邀请到上海去参加线下总决赛，那也是他第一次来到上海这座城市。唐晓辉一口气冲到了决赛，虽然没能获得冠军，但亚军的成绩足以让他收获众多的掌声与欢呼，3万元的奖金也是他游戏生涯的第一笔收入。

亚军的成绩和下面观众的欢呼让唐晓辉确信自己迎来了人生的转折点，他也许能够靠这款游戏真正踏入电竞的圈子。在比赛结束后的颁奖环节，主持人询问唐晓辉接下来的计划，唐晓辉当场宣布要回去在直播平台上直播打《皇室战争》，观众们爆发出了欢呼声。第二天，唐晓辉就在直播平台"斗鱼"开始了直播的尝试，没想到效果出人意料的好。两年后，他还清晰地记得自己直播的前四天就积累了超过5000个粉丝，不到10天就拥有了1万粉丝。"斗鱼"的工作人员也开始联系他，给他的直播提供帮助。线上线下同时发力，他成为电竞行业的一个小明星。

随后在2017年年底，此前一直缺少一项职业化联赛的《皇室战争》启动了基于战队形式的全球职业联赛，唐晓辉作为这款游戏的名将也收到了三四家俱乐部的邀请，其中包括了自己偶像Sky当年效力的俱乐部——WE。"当时接到电话，我立马脑子里就想到了Sky。"在通过了考核后，唐晓辉签下了自己第一份职业电竞合同，拥有了每月几万块的固定工资收入。

至此，这个过去30年一直生活在小城桂林的青年在虚拟的游戏世界里完成了个人身份的转变，终于成为一名令同龄人艳羡的职业电竞选手。

俱乐部的职业化

现在，唐晓辉训练生活的地方是上海闵行区郊外的一栋别墅。在那里，二楼三楼是他们起居生活的房间，一楼则是他们的训练室。他和他的三个队友每天会从吃完午饭之后开始训练，一直到晚上6点。训练内容包括了相互之间比赛、学习经典的比赛视频、在网上和玩家比赛，简而言之，除了每周一次的视频学习外，他们的任务就是从周一到周五待在别墅里打游戏，只有周末能够和队友出门放松一下。

这样的生活看起来甚至要比"朝九晚五的固定工作"更为枯燥，但对于唐晓辉和他的队友们来说，这才是他们想要的。与唐晓辉相似，他的队友们同样对课堂学习缺乏兴趣，而在游戏上天赋突出。只不过他们的年龄分别只有22岁、19岁和18岁，而这才是大多数电竞选手应有的年纪。

但 31 岁的唐晓辉在其中并不显得突兀。也许是因为游戏世界的单纯和未曾受过长时间的社会磨炼，唐晓辉在谈吐上时常会流露出天真之色。比如他最喜欢的电影角色是神奇女侠，原因是"演员很漂亮"；至于不喜欢的角色，"谁欺负神奇女侠，我就不喜欢谁"！

当他和这些比他小 10 岁的少年在一起训练时，你感觉不出他才是年纪最大的那一位，甚至因为相对白净的面庞和时尚的淡黄色头发，他还被粉丝戏称为"广西花泽类"。他自己也觉得他不像是 30 岁的样子，甚至还反问记者："你和我聊天，你不觉得我比较幼稚吗？"唯一能暴露他年龄的是他的游戏 ID "亚洲之鹰"——这来自香港作家倪匡的小说"亚洲之鹰罗开系列"。

在这种环境里，这座看起来十分寻常的别墅就像是这几个年轻人的世外桃源。但从某个角度看，这样简单的生活也是他们与顶级电竞明星的差距。据外界估算，目前国内"电竞一哥"Uzi 的年收入过亿，而 Uzi 所在的俱乐部 RNG 为他开出的固定月薪大约就有 30 万元人民币，差不多是唐晓辉的 10 倍。

能开出这样的高薪并将 Uzi 运作成为电竞明星，RNG 依靠的是更为职业化和商业化的模式。就在距唐晓辉 5 公里之外，RNG 的队员们过着更为严苛也更加专业的封闭式生活。三个月之前，RNG 刚刚在虹桥机场附近的上海中骏广场租下了一整栋六层高的写字楼，这里离刚刚举办完进博会的上海国家会展中心咫尺之遥，是一个极为现代化的商业新区。

这栋楼的五层是他们的宿舍，里面住着几十个 RNG 俱乐部的队员。除了 57 名正式队员外，还有 20 多人是二线队和试训的队员。但不管是谁，这些怀揣电竞梦的年轻人必须每天在固定的时间起床、吃饭、训练、睡觉，除了偶尔抽抽烟，不能随意走出这栋楼，周末也不例外。这种模式使其看起来与传统体校几无二致，甚至在管理上更加严格——"只有打完比赛的那个晚上会放一次假。"其工作人员对笔者说道。在训练室门口的公告板上，我们看到了好几份处罚通知，其中一位年轻队员因为外出晚归被扣掉了 5% 的工资。

"网上把我们这里叫'RNG 网瘾戒疗所'，很多年轻人可能一开始抱着很大的热情过来，进来之后发现选手们都处在这样高强度的训练状态下，他们是无法支撑的，然后自然而然就把网瘾给戒了。"谈起这样的管理方式，RNG俱乐部的CMO（首席市场官）李杰明觉得理所当然。2018年4月，他在机缘巧合之下转行进入电竞行业，加入了RNG俱乐部，这个在6年前成立之初只是由YY直播平台几名主播组成的俱乐部现在已经有了快200号人，也设立了像"CMO"这样的职位。

此前网上流传着关于电竞俱乐部发展的"三步走"总结，李杰明颇为认同。所谓"三步走"，即从1.0的"网吧时代"，几个好朋友聚在一起去打比赛，也没有所谓的经纪人；到2.0的"小区居民楼"时代，每个战队都会有战队经理来负责商业化的部分，选手们则会在一个居民楼里进行密闭式的训练；到了3.0版本，这些之前零零散散的"战队"就进入了公司化的商业运营阶段。

从经济学的角度讲，所谓"职业化"正是社会分工越来越清晰的产物。在过去的若干年间，电竞行业没什么"分工"的概念。10年前，还在南京上大学的李杰明组织了南京市第一届高校电竞联赛。他记得那年参加比赛时，一个战队就只有选手自己，连教练都没有，一般都是队长兼教练。"我接触过在当时最火热的《DOTA》游戏里排名国内第一的战队，他们本身连经纪人也是自己兼的。"

10年之后，日月换新天，当年的《DOTA》已经变成了新版的《DOTA 2》。10月初，RNG战队作为国内选拔赛的冠军，以赛区一号种子身份晋级2018年在韩国举行的《英雄联盟》世界总决赛。因为已经是第八届比赛，所以也被简称为"S8"。

与当年李晓峰们单枪匹马出国比赛不同，RNG这次派出了超过30人的队伍，其中不仅有8名队员和2名教练，还有专门为他们服务的理疗师与数据分析师。除此之外，各种外围职能人员也去了十几个，他们分别负责组织粉丝应援、内容拍摄记录和新媒体运营等。

当时负责粉丝应援活动的阿肆告诉我，从8月底获得了参加S8比赛的资格后，她就开始了长达一个多月的准备工作。除了在社群网站上联络粉丝筹备相应的活动之外，她在国内的供应商那里定制了一万份粉丝应援的材料，花几万块把这些东西运到韩国，再租下两辆大巴车把这些材料运到租好的仓库中，然后在比赛当天分发给现场的粉丝，组织大家为队员加油。

职能清晰，多部门协同，所有一切按部就班，变成了一条有序向前运转的商业链。

年轻人的生意

"RNG现在的组织架构与一个普通的内容加工型企业没有区别。"李杰明这样定义自己。但无论是把自己定义为体育俱乐部还是内容型公司，想要吸引足够多的外部资源来培养偶像明星级选手，往专业化和职业化的方向走是前人已经证明了的道路。

作为中国在电竞领域最重要的参照物，韩国在1999年就成立了一个叫KeSPA的组织，也就是韩国电竞协会。"KeSPA应该说比世界要领先10年左右。"李杰明说道。为此，大概从10年前开始，国内不少俱乐部都陆续引进了来自韩国的管理人员和外援。

国内另一家电竞俱乐部EDG的负责人吴历华则告诉笔者，商业化环境的差异是韩国在电竞产业的发展上先人一步的重要优势。一方面，因为KeSPA隶属于韩国旅游文化观光局，使得韩国最初进行电竞职业化建设时，就能让大韩电信、大韩航空等国家级公司投资组建电竞职业战队；另一方面，这些大型企业也把电竞作为在年轻人中增加自己品牌影响力的一种工具，成立了专门管理电竞的部门。

在得到足够的商业支持后，韩国的电竞产业很早就建立了严格的标准化管理模式，这也让电竞成为整个韩国流行文化产业的重要组成部分。举个例子，和其他"韩流"偶像一样，韩国的电竞明星选手也同样不允许私下谈恋爱。在这种发展模式下，根据韩国文化体育观光部和韩国内容振兴院2017年发布的报告，韩国电竞广告的规模达到212亿韩元，仅次于韩国足球与职业棒球两大国民级体育项目，成为韩国赞助规模第三大的竞技项目。

而在中国，电竞产业却在诞生不久就遭遇了重大打击。2004年4月，国家广电总局发布了《关于禁止播出电脑网络游戏类节目的通知》，CCTV5的前王牌节目《电子竞技世界》惨遭封杀。在网络直播发展之前，电视直播对一项赛事来说是产业链的核心，没有电视台的曝光，赞助商、门票收入、内容版权都无从谈起，电竞变成没有商业模式的一个产业，只能依靠少数富豪的个人兴趣存活下去。

直到近三四年，随着网络直播的兴起和政策层面的逐渐放宽，电竞产业才慢慢开始了正常的商业化发展，也有了像量子体育VSPN这样以电竞赛事和泛娱乐内容运营为核心业务的公司。2015年，吴历华的EDG俱乐部开始了寻求外部资源的尝试，最简单和直接的办法就是寻找赞助商。那时，愿意赞助他们的是与游戏相关的硬件厂商，但金额只有几十万元。他们也尝试去找耐克这样的运动品牌合作，觉得大家面对的群体都以年轻人为主，然而运动品牌方面却回复说："我们内部针对不同的运动项目都有专门的同事负责，你们这个我们不知道该怎么做。"

又过了两年，随着电竞影响力的不断扩散，他们在2018年S8时的赞助商已经达到了7个，其中既包括英特尔这样的电子类企业，也有李宁这样的运动品牌，甚至连食品公司湾仔码头也加入了进来。而拥有明星选手Uzi的RNG更是有多达11家赞助商，这些商业上的赞助成为当下电竞俱乐部快速发展的原动力。

做了五六年电竞赛事运营的顾黎明觉得这是电竞在年轻人群体中魅力的直接体现，"我希望大家不要误会，比赛不是电竞的全部，电竞赛事是服务于年轻的玩家和年轻人社区的"。为此，顾黎明带领运营的《DOTA2》通过创意工坊这样的项目，号召玩家参与到游戏饰品的制作和设计中来，同时，完美世界控股集团也和四川传媒学院达成战略合作，共建了"国际游戏与电竞学院"以及"游戏与电竞孵化中心"，争取把更多的年轻人拉拢到电竞行业中来。

11月中旬，RNG战队在中国传媒大学动画与数字艺术学院举行了一场交流会，有80多位同学主动来这里了解电竞行业的发展状况。选择中传是因为这里是国内率先开设电竞方向专业的顶级院校，2016年9月，教育部将"电子竞技运动与管理"列入了高校专业学科，中传随即在次年设置了数字媒体艺术（数字娱乐方向）的招生方案，首届招收了20名本科生。

除了本专业的学生外，当天还有不少其他院系的同学过来交流。此前，他们大都是RNG的粉丝，但仅将游戏作为日常的消遣，并没有考虑过作为以后从事的职业。从2017年开始，他们也逐渐考虑将来在电竞领域工作。

李杰明为了这个活动专门从上海赶来了北京，他告诉笔者，就是因为年轻人对于电竞既充满好奇心，又充满误解，这个时候就需要有内部人士去告诉他们电竞行业到底是什么、你怎么才能加入。果然，当天的提问环节比预定延长了十几分钟。

为电竞正名

除了中国传媒大学之外，RNG2018年还在和全国其他100所左右的高校进行"电竞百校行"的活动，这是李杰明在加入RNG之后制定的一个全新宣传方向，他称之为"电竞体育正能量"。具体来说，就是在学校和社会上运作这样的公益活动。除了高校外，他们2018年还到黔西南自治州的8个希望小学修建了8所图书馆，捐赠了两万多本书，并且在其每个城市后援团中举行"读书会"这样积极向上的活动。

李杰明这样做的逻辑是，按照普华永道这些商业机构的分析，电竞产业的体量和规模本身就在那里，所以他不着急在商业模式上下功夫。"我认为现在更关键的是去做用户认知和主流价值观的疏导。以前电竞的一个误区是，大家老是把电竞跟游戏等同起来，但我们现在要告诉大家的是，电竞不等同于游戏，电竞等于体育，这是我们需要向公众去宣讲的方向。"

但李杰明2018年的运气很好，他想要宣扬的事恰好有人帮他做了，而且效果要好得多。

帮他的人是亚洲奥林匹克理事会。

作为腾讯公司电竞业务的负责人，侯淼告诉笔者，他们在五六年前就了解到亚奥理事会在进行"电竞入亚"相关的探讨。2018年过完年后，他们再次听到了一些更为确凿的相关信息。作为在电竞领域拥有丰厚基础的公司，3月，腾讯接到了亚洲电子体育联合会（AESF）发出的入围邀请及资料提报通知，他们也将自己合适的项目报了上去。5月14日，亚组委结合自己对申报项目的调研情况，比如在不同国家的普及率，并征集45个成员国投票的情况，选择了6个电竞项目成为雅加达亚运会的表演项目。经过激烈的预选赛后，中国队晋级其中三项决赛（《英雄联盟》《王者荣耀〈国际版〉和皇室战争》）。

等了十几年，中国的电竞人们好不容易等来了这个机会，他们不能犯错。竞技上的挑战并不复杂，尽管选手们此前来自不同的俱乐部，但国家荣誉足以让他们精诚合作。根据国家体育总局的标准，腾讯作为3个参赛项目在国内的运营方提供了3套供参考的国家队出征阵容，恰好与清华智库建议的阵容基本一致。

来自EDG俱乐部的田野成为他们团队中唯一一名入选的队员，他并不介意和之前不同俱乐部的对手成为临时队友，对他来说，更困难的地方在于如何以"中国代表队队员"的身份应对国家层面的大型赛事。为此，田野们被提前集中到了深圳市体工大队封闭集训了半个月，相关主管部门还专门派了负责国家队运动员规范的老师给这些第一次代表中国队出场的选手上课，比如他们领奖时的站姿和队服的拉链该拉到哪里。

"像兴奋剂是他们核心关注的一个点。"做了十几年电竞的侯淼此前也完全没想到电竞选手也会有兴奋剂方面的风险。作为重要参与方，腾讯也不得不肩负起监督管理的职责，比如让选手在餐食送到一个小时之内必须吃完，以防食物放久产生化学变化，使某项指标超标。"以前我们只听过什么体操、举重之类的有飞行尿检，没想到这次我们也体验了一回，但这些都是体育比赛应有的正规过程。"甚至因为亚运会体系原来根本没有这个项目，从体育馆的布置到安保路线的选择，都要腾讯与AESF、雅加达本地的主办方来一起落实与推进具体赛事的执行细节。

最终，三支代表中国代表团出征的电竞队伍获得了两金一银的成绩。作为《英雄联盟》夺冠团队中的一员，田野也拿到了一枚金牌，他也像很多传统项目的运动员一样试着咬了咬金牌。对他来说，这个冠军的意义和他之前获得的那些冠军都不一样。尽管国内这次仍然没有对电竞比赛进行直播，但央视的编导三天都在电竞比赛的会场，并且在后面两天对电竞拿到亚运会金牌的消息在各档新闻中进行了详细报道，这也让田野的父母第一次能从如此公开的渠道见证儿子的光荣。

从雅加达回国后，此前一直对田野从事电竞运动不太支持的父母专门给他打了一个电话，告诉他要继续加油。李杰明将这总结为"不是一个直接的影响，更多是由内而外的精气神上的肯定"，"这代表我们也能为国争光去夺冠了，这本身就是一种巨大的激励"。

亚运会结束后，来自中国的电竞俱乐部IG又在11月3日的S8决赛上第一次获得了这个赛事的世界冠军,这个消息在当天晚上的社交网络上刷了屏,很多主流媒体都进行了报道和转载。接二连三的好消息让整个电竞行业都觉得春天来了,但他们依然希望能继续向主流的方向靠近。

侯淼说,从社会角度来看,电竞能产生很多的就业机会,让很多年轻人发挥自己的所长,并且用这个事业来养活自己。唐晓辉和田野想必对此都深表认同。这些从小生长在小地方,对课堂学习毫无兴趣,却在游戏上拥有天赋的年轻人,现在已经成了社会中的"高收入人群"。但侯淼同时强调,随着更多的关注和资源进入电竞行业,这个行业也必须要让自己更加快速地成长起来,因为伴随机遇而来的也是更大的挑战。"电竞行业需要架起沟通的桥梁,通过提升整体行业发展的水平,来让参与电竞的年轻人真正感受到职业的存在感,从而找到未来的出路。"为此,他们在组织电竞联赛时,专门成立了团队去研究国外先进的商业模式和可能性,并通过行业内的活动把这些信息分享给俱乐部们。

为了得到更广泛的舆论支持,吴历华的 EDG 俱乐部现在每周都会组织队员去写自己的训练心得,写出来了之后定期寄一份给家长,让他们知道自己的小孩在做些什么,还会定期邀请家长来俱乐部参观。"这个工作我觉得起了非常大的效果。我们这边的孩子可能在一些方面不太符合一般认定的所谓'好孩子'的标准,但通过这样一些东西,家长们能看到自己的小孩在一个地方确实很努力地去追求自己的目标,把他们之前完全不了解的一面给展现出来。"

2018 年度记

1月18日至19日，中国共产党第十九届中央委员会第二次全体会议在京举行，全会审议通过了《中共中央关于修改宪法部分内容的建议》。

2月6日，中国台湾花莲县附近海域发生6.5级地震，共造成16人死亡，至少250人受伤。

2月22日，武大靖夺得平昌冬奥短道速滑男子500米冠军，为中国赢得平昌冬奥会唯一的金牌。

3月2日，卫铁指导的纪录片《厉害了，我的国》在中国大陆上映。

3月11日，第十三届全国人民代表大会第一次会议经投票表决，高票通过了《中华人民共和国宪法修正案》，对《中华人民共和国宪法》进行修改。

3月14日，著名物理学家史蒂芬·威廉·霍金逝世，享年76岁。

3月17日，十三届全国人大一次会议选举习近平为中华人民共和国主席、中华人民共和国中央军事委员会主席。

3月18日，著名学者和时事批评家李敖在台湾去世，享年83岁。

3月18日，弗拉基米尔·普京在总统选举中以76.69%的得票率获胜，成功连任第六届俄罗斯联邦总统。

3月22日，美国总统特朗普在白宫签署了对中国输美产品征收关税的总统备忘录；次日，中国商务部发布了针对美国钢铁和铝产品232措施的中止减让产品清单，拟对自美进口部分产品加征关税。中美贸易战正式开打。

4月5日，北京星际荣耀空间科技有限公司研制的"双曲线一号"S火箭在海南发射场发射升空，标志着中国首枚民营航天火箭发射成功。

4月14日，美国、英国和法国联合对叙利亚发动军事打击，使得叙利亚局势进一步复杂化。

4月16日，美国商务部宣布，未来7年将禁止美国公司向中兴通讯销售零部件、商品、软件和技术，中兴濒临破产边缘。

4月17日，遭跨省追捕的谭秦东从内蒙古凉城县看守所走出。

4月21日，《创造101》开播，新的选秀类综艺节目再一次席卷中国。

4月27日，韩国总统文在寅与到访的朝鲜最高领导人金正恩在板门店举行历史性会晤。

5月8日，美国总统特朗普在白宫宣布美国退出伊核协议。

5月13日，首艘国产航空母舰001A型离开码头，开始海试。

5月14日，美国驻以使馆迁至耶路撒冷并举行开馆典礼。

6月11日，戊戌变法120周年纪念日。

6月14日，2018年俄罗斯世界杯举行，这届世界杯第一次引入了视频助理裁判。法国队最后获得冠军。

6月12日，朝鲜最高领导人金正恩与美国总统特朗普在新加坡举行会晤，签署了历史性文件，就四项内容达成协议，包括朝鲜方面承诺"完全无核化"，这也是朝美在任领导人史上首次会晤。

7月5日，两艘游轮在泰国普吉岛附近海域突遇特大暴风雨倾覆，47名中国游客遇难。

7月10日，我国香港知名的教育家和慈善家田家炳辞世，享年99岁。

7月11日，因为中国对美国加税的反击，美国总统特朗普开启对额外2000亿美元中国商品加征10%关税的程序。

7月15日，国家药品监督管理局发布通告指出，长春长生生物科技有限公司冻干人用狂犬病疫苗生产存在记录造假等行为。

7月18日，因涉嫌垄断，欧盟当天针对谷歌的安卓手机操作系统开出50亿美元的高额罚单,创下欧盟的纪录。

7月19日,《延禧攻略》开播,清宫戏正式进入"乾隆纪元"。

7月26日,总部位于上海的社交电商拼多多在上海、纽约同时敲钟,正式登陆美国纳斯达克市场。

8月2日,辽宁沈阳发生非洲猪瘟疫情,非洲猪瘟第一次在中国出现。

8月6日,上证指数收盘点位为2705.16点,与十年前同一天相同,网友调侃A股"十年归零"。

8月10日,特朗普称,美国将对从土耳其进口的钢铝征收双倍关税。消息发布之后,土耳其里拉大幅下跌。

8月18日,联合国前秘书长科菲·安南去世,享年80岁。

8月26日,在雅加达亚运会田径男子100米的决赛中,苏炳添以9秒92打破亚运会纪录的成绩夺冠。

8月31日,全国人大常委会修改个人所得税法的决定通过,起征点每月5000元,并从2018年10月1日起实施。

9月2日,位于巴西里约热内卢市的国家博物馆发生火灾,馆内2000万件藏品大部分被烧毁。

9月3日至4日,2018年中非合作论坛北京峰会在北京举行,峰会以"合作共赢,携手构建更加紧密的中非命运共同体"为主题。

9月11日,中国评书表演艺术家单田芳因病在中日友好医院逝世,享年84岁。

9月23日,第一个"中国农民丰收节"成功举行,"丰收节"的时间定在每年农历秋分。

10月2日,沙特知名记者贾迈勒·卡舒吉因与土耳其未婚妻结婚一事进入沙特驻伊斯坦布尔总领馆,之后消失不见,土方认为其被沙特王储杀害。

10月3日,税务部门依法查处范冰冰"阴阳合同"等偷逃税问题,当天,范冰冰刊登致歉信表示,对税务机关调查后依法做出的一系列处罚决定完全接受。

10月20日,西湖大学成立大会在杭州举行,施一公教授担任西湖大学首任校长。

10月21日,台湾宜兰苏澳新马车站列车出轨侧翻发生意外,致18人死亡、207人受伤。

10月24日，港珠澳大桥正式通车。

10月28日，重庆万州区一辆公交车，因为乘客与司机激烈互殴导致车辆失控，在万州长江二桥桥面与小轿车发生碰撞后，坠入江中，造成13人遇难，2人失联。

10月30日，一代武侠大师金庸在香港逝世，享年94岁。

11月3日，在韩国仁川举行的《英雄联盟》S8世界总决赛上，来自中国赛区的IG战队获得本届全球总决赛冠军。

11月5日至10日，首届中国国际进口博览会在国家会展中心（上海）举行。

11月11日，第一次世界大战结束100周年，各国举行纪念活动。

11月12日，美国漫画界元老级人物斯坦·李在好莱坞一家医疗中心去世，享年95岁。

11月17日，法国巴黎爆发"黄背心"运动，抗议加征燃油税，成为法国50年来最大骚乱。

11月23日，中国台湾举行"九合一"大选，国民党籍候选人韩国瑜当选高雄市长。

11月26日，南方科技大学副教授科贺建奎宣布，世界首例基因编辑婴儿于11月在中国诞生。消息一出，引起巨大的争议和讨论。

12月11日，被加拿大警方逮捕的华为公司首席财务官孟晚舟获得保释。

12月18日，庆祝改革开放40周年大会在人民大会堂举行，会上授予100名为改革开放做出杰出贡献的个人"改革先锋"称号。